Gerit Bertram
Das Lied vom Schwarzen Tod

Das Buch

Nürnberg, 1522: Der Schwarze Tod rafft einen großen Teil der Bevölkerung hin und hinterlässt eine Spur aus Trauer und Chaos. Nach dem Tod ihrer Eltern wird die junge Anna gegen ihren Willen in ein Kloster gesperrt. Unterdessen schließt sich ihr Bruder Sebastian einer Bruderschaft an, deren Anführer Pankratius Erlösung verspricht. Als Anna die Flucht gelingt, beginnt ihre verzweifelte Suche nach ihrem Bruder. Indes verkünden Weltuntergangsprediger das nahe Ende, und Pankratius' Anhänger machen Jagd auf alle, die mit Luthers Lehren sympathisieren. Auch auf den Buchmaler Korbinian, der Anna Schutz und Zuflucht gewährt …

Der Autor

Gerit Bertram ist das Pseudonym eines Autoren-Duos. Als im Jahre 2007 Peter Hoeft in einem Internetforum einen Schreibpartner für ein historisches Projekt suchte, meldete sich Iris Klockmann, die bisher Kurzgeschichten und Fantasy geschrieben hatte. Obwohl sie einander nicht kannten, fühlten sie sich in ihrem Interesse für Geschichte verbunden, und ihre spannende Reise als Autorenduo nahm ihren Anfang. Inzwischen haben sich die beiden Schriftsteller mit ihren farbenprächtigen historischen Romanen einen Namen in der deutschen Verlagswelt gemacht. Die beiden leben mit ihren Familien im Norden Deutschlands.

Gerit Bertram

Das Lied vom Schwarzen Tod

Roman

Die Originalausgabe erschien 2014 unter dem Titel »Das Lied vom Schwarzen Tod« im Blanvalet Verlag, München.

Veröffentlicht bei
Tinte & Feder, Amazon Media EU S.à r.l.
5 Rue Plaetis, L-2338 Luxemburg
Januar 2019
Copyright © der deutschsprachigen Ausgabe 2014
By Gerit Bertram
All rights reserved.

Umschlaggestaltung: semper smile, München, www.sempersmile.de
Umschlagmotiv: © Artyzan / Shutterstock; © olga Klyushina / Shutterstock;
© dwph / Shutterstock; © Yulia Glam / Shutterstock; © Andrey_Kuzmin /
Shutterstock; © Lukasz Szwaj / Shutterstock; © lapas77 / Shutterstock
Korrektorat: Verlag Lutz Garnies, Haar bei München, www.vlg.de

Gedruckt durch:
Amazon Distribution GmbH, Amazonstraße 1, 04347 Leipzig /
Canon Deutschland Business Services GmbH, Ferdinand-Jühlke-Straße 7,
99095 Erfurt /
CPI books GmbH, Birkstraße 10, 25917 Leck

ISBN: 978-2-91980-758-1

www.tinte-feder.de

Dramatis Personae

Sebastian und Anna Stäubling – Nürnberger Geschwisterpaar
Gerald Pfanner – Gewandschneider und Onkel der beiden
Martin Pfanner – sein Ziehsohn
Korbinian Dietl – Nürnberger Buchmaler
Magdalena, genannt Lenchen – seine Tochter
Josef Stadler, genannt Sepp – ein Freund Sebastians
Adam Stadler – Sepps Vater
Barbara Freisler – ein junges Mädchen
Michael und Katharina Freisler – ihre Eltern
Kilian Pankratius – Prophet der Bruderschaft
Albrecht Dürer – berühmter Nürnberger Maler*
Agnes Dürer – seine Frau*
Susanne – ihre Magd*
Erhardt Gruber – Tuchhändler
Therese Gruber – seine Tochter
Johann Samer – Apotheker
Augustin Hofer – Brauer und angehendes Ratsmitglied
Lukas Wendel – Gerbereibesitzer

Willibald Pirckheimer – Nürnberger Humanist und Freund
Albrecht Dürers*
Andreas Osiander – Prediger an St. Lorenz*
Johannes Wenck – Vorsteher des Klosters Heilsbrunn*

Die mit einem * gekennzeichneten Personen sind historische
Persönlichkeiten.

Prolog

Nürnberg, im Jahr des Herrn 1522

Bäuchlings und nur mit seiner Bruche bekleidet lag der hochgewachsene Mann regungslos auf dem Boden der Kammer, die er vor drei Tagen gemietet hatte. Die dralle Wirtin hätte ihn wohl für tot gehalten, hätte sie in diesem Augenblick den Raum betreten. Doch damit war nicht zu rechnen, denn der Mann hatte sich schon am vergangenen Abend, als er von einem seiner Streifzüge durch die Gassen zurückgekehrt war, ausgebeten, nicht gestört zu werden.

Er öffnete die Augen, stützte sich mit den Ellenbogen ab und legte den Kopf in den Nacken. Sein Blick suchte das Kruzifix über der abgenutzten Eichenholzkommode. Das winzige Zimmer des Gasthauses war spartanisch eingerichtet, außer dem Bett gab es nur noch einen Schemel, über dem seine abgetragenen Kleider hingen. Das Essen nahm man unten in der Gaststube ein. Der Mann hatte allem entsagt, seit er in Nürnberg angekommen war. Nun suchte ihn Schwäche heim, und er vernahm das Knurren seines Magens.

Es musste ihm gelingen, die fleischlichen Begierden im Zaum zu halten, so gebot es die Heilige Schrift in Jakobi 1, Vers 15. Dazu gehörte auch das Essen. Mit Weibern hatte er sich schon lange nicht mehr eingelassen, sein letzter Besuch bei einer Hübschlerin in Augsburg war länger als ein Jahr her. Der Anblick der Metze und die Art, wie sie ihre ausladenden Hüften schwang, hatten ihm das Blut in die Lenden schießen lassen. Willenlos war er ihr gefolgt, um sie in ihrer Kammer wie ein Hund zu bespringen. Doch danach war Hass in ihm aufgewallt, Hass auf seine Geilheit und auf die Sünde, die ihn immer noch beherrschte, obwohl er sich schon unzählige Male dafür bestraft hatte. Mit einer Rute hatte er sich selbst gezüchtigt und anschließend so lange gefastet, bis er sicher war, dass der Allmächtige ihm vergeben hatte.

Drei oder vier Tage zu fasten machte ihm nichts aus, er hatte es in den letzten Jahren schon öfter und auch wesentlich länger durchgehalten und war dafür jedes Mal mit wunderbaren Visionen beschenkt worden. Manchmal waren sie jedoch auch erschreckend gewesen und hatten ihn zutiefst verstört. Seit einiger Zeit allerdings nahmen die Bilder an Intensität zu. Bilder, die Zweifel in dem Mann weckten, ob das alles wirklich von *Ihm* kam und nicht etwa der Leibhaftige ihn zum Narren hielt. Doch er war dieser Zweifel Herr geworden. Nein, es konnte nur der Allmächtige sein, der ihn für seine Treue und Glaubensstärke belohnte und ihm einen Blick auf das gewährte, was schon der heilige Johannes auf der Insel Patmos hatte sehen dürfen – das Ende der Welt. Er würde es den Menschen verkünden. Die Zeit war gekommen, er spürte es seit Langem. Das Ende stand bevor, und er, Kilian Pankratius, war dazu berufen, der letzte Prophet zu sein, von dem die Schrift kündete – Elia, der erscheinen würde, bevor der große und schreckliche Tag des Herrn nahte. Wie hatte der Herr einst gesagt? »Ich bin gekommen, das Schwert zu bringen!«

Sein Blick, der unverwandt auf dem Angesicht des Gekreuzigten ruhte, wurde weich, beinahe zärtlich. Der Mann erhob sich taumelnd auf die Knie. Sie schmerzten, doch das war ihm gleichgültig.

»Lass mich dein Werkzeug sein, Herr«, flüsterte er. »Gebrauche mich, ich bin bereit.«

Kapitel 1

Anna Stäubling zog die Tür des kleinen Hauses ins Schloss und vergewisserte sich, dass die in helles Sonnenlicht getauchte Gasse nahe dem Rossmarkt menschenleer vor ihr lag. Was allerdings nicht ungewöhnlich war, denn seit die Pestilenz über Nürnberg hereingebrochen war, mieden die Bürger jeden unnötigen Aufenthalt im Freien. Entschlossen band sie sich ein Tuch um Mund und Nase. Das zierliche achtzehnjährige Mädchen schlug mit eiligen Schritten den Weg zum Grünen Markt ein, dem größten Marktplatz Nürnbergs. Dort würde sie ihn finden: Martin, den Ziehsohn ihres Onkels Gerald. Ihr Herz klopfte schneller, wie immer, wenn sie an den jungen Burschen mit den dunkelbraunen, halblangen Haaren dachte, der seit dem zarten Alter von zwei Jahren bei ihrem Oheim lebte. Zwei Jahre älter als sie war er und der klügste Mann, den sie kannte. Niemand wusste, wer seine leiblichen Eltern waren, und sollten Gerald Pfanner und seine Frau sie gekannt haben, so hatten sie jedenfalls nie darüber geredet.

Anna hätte Martin mühelos aus dem Gedächtnis zeichnen können, so deutlich sah sie seine Gestalt und das lieb gewordene Gesicht vor sich, während sie durch die meist ungepflasterten Gassen lief. Martins Augen waren von einem tiefen Grün, und wenn sie sich im Schutz der Nacht heimlich trafen, um sich wenigstens für einige gestohlene Momente nahe zu sein, schimmerten goldene Lichtpunkte darin. Sie waren füreinander bestimmt, das wusste Anna genau.

Im letzten Augenblick wich sie einem Haufen Pferdemist aus, und sie bedauerte einmal mehr, keine Trippen zu besitzen, um ihre Schuhe vor dem Schmutz zu schützen, der die Gassen bedeckte. Bald konnte sie in der Ferne die Buden und Stände der Marktleute ausmachen. Der wolkenlose Himmel, über den ein Schwarm Krähen zog, täuschte, denn der Wind war eisig kalt an diesem Novembertag. Anna schlug die Kapuze hoch und betrat den gepflasterten Platz, auf dem unzählige Händler ihre Waren feilboten. Sie sog die Luft ein, die von den Gerüchen der Gewürze und Spezereien erfüllt war. Suchend ließ sie den Blick über die Stände schweifen, bis sie an der Gestalt eines jungen Mannes hängen blieb, der gerade einer Frau ein Kleidungsstück zeigte. Martin. Er hatte Anna noch nicht bemerkt, deshalb schlenderte sie weiter, auf einen passenden Moment wartend, um auf sich aufmerksam zu machen. Die Zeit verstrich quälend langsam, und als endlich alle Kunden den Stand verlassen hatten und auch von ihrem Onkel weit und breit nichts zu sehen war, trat sie auf Martin zu.

»Ich warte hinter der Lorenzkirche auf dich«, sagte sie mit gesenkter Stimme und tat, als interessierte sie sich für ein Kleid, das ausgebreitet vor ihr lag. »Ich muss dich sprechen.«

»Ich bin ohnehin fast fertig«, antwortete er mit einem Zwinkern.

Anna nickte nur, denn um Martins Lächeln zu erwidern, fehlte ihr die Kraft. »Bis nachher.«

Sie schritt weiter, verließ den Marktplatz und begab sich in Richtung St. Lorenz. Der Treffpunkt war etwas ungünstig gewählt, denn sie musste an Onkel Geralds Geschäftshaus am Anfang der Findelgasse vorbei, um zur Kirche zu gelangen. Als sie das mehrstöckige Gebäude erreichte, in dem auch Martin lebte, spähte sie durch eines der Fenster ins Innere, doch der Onkel war in ein angeregtes Gespräch mit einer Ordensfrau verwickelt. Eilig ging sie weiter und betrat den Platz, von dessen Mitte sich das Schiff und die Türme der Lorenzkirche in den herbstlichen Himmel erhoben. Im Schatten einiger Bäume, die das mächtige Gotteshaus säumten, blieb sie stehen. Der Wind riss an ihrem Umhang und an der Kapuze, während sie von einem Fuß auf den anderen trat.

Wenig später fielen die beiden sich in die Arme.

In Martins Augen trat ein heller, warmer Schimmer. Er beugte sich zu ihr hinunter, denn er überragte Anna um Haupteslänge.

»Fühlst du dich nicht wohl, Anna? Du siehst aus, als hättest du die letzte Nacht kein Auge zugetan. Was ist geschehen?«

»Mama«, stammelte sie, »man hat sie heute Morgen nach St. Lienhard gebracht. Gestern bekam sie plötzlich hohes Fieber und Schüttelfrost. Der Pestarzt war bei uns, er meinte, dies könnten erste Anzeichen der Seuche sein, nun ist sie dort, wo Aussätzige und Pestkranke vor sich hin siechen.«

»Um Himmels willen!« Martin zog sie erneut an sich. »Wie furchtbar! Weiß Vater schon davon? Ich habe ihn heute noch nicht gesehen, er muss noch vor Sonnenaufgang fortgegangen sein.«

»Ja, er war heute Morgen ganz früh bei uns und hat mit dem Medicus, Sebastian und mir gesprochen. Als letzter Verwandter fühlt er sich für uns verantwortlich und wird uns in sein Haus aufnehmen.«

»Dann lass uns dafür beten, dass Tante Fronica rasch wieder gesund wird und nicht wie die anderen …« Er sah an ihr vorbei, doch in seiner Miene erkannte sie, wie die Trauer um diejenigen Mitglieder ihrer Familie, die jämmerlich an der Pestilenz zugrunde gegangen waren, wieder in ihm aufflammte.

Anna wusste nicht, was sie darauf erwidern sollte, denn für den Verlust, der sich tief in ihre Seele gegraben hatte, war ohnehin jedes Wort zu gering.

»Ich habe Angst, Martin.« Nur ihm vertraute sie ihre geheimsten Gefühle an. Niemand sonst brauchte zu wissen, wie es in ihrem Inneren aussah.

»Ich weiß, aber vielleicht ist es auch etwas anderes. Tante Fronica ist stark, sie war nie ernstlich krank. Der Verdacht muss sich ja nicht bestätigen, Liebes. Bestimmt wird es ihr in den nächsten Tagen schon besser gehen.« Erneut wollte er sie an sich ziehen, doch Anna wies ihn energisch von sich.

»Du ... du solltest mich besser nicht mehr berühren, Martin. Wer weiß, ob nicht auch ich ...«

Er hielt einen Finger an die Lippen. »Das möchte ich nie wieder hören, verstanden? Lass uns daran glauben, dass deine Mutter wieder gesund wird. Im Gegenteil, wir werden jetzt in *einem* Haus leben, können uns täglich sehen und uns gegenseitig Kraft geben. Ich werde dir ganz gewiss nicht aus dem Weg gehen, du bist mein Leben!«

Sie wich vor ihm zurück. »Das ist leichtfertig! Immerhin sind in unserem Haus schon zwei Menschen gestorben, oder etwa nicht?«

»Schon, aber sieh dich nur um, mein Herz. Wie vielen Menschen begegne ich im Geschäft oder auf den Marktplätzen der Stadt? Wie viele berühre ich während der Arbeit, auch wenn es unabsichtlich geschieht? Wir atmen alle dieselbe Luft. Nein, ich werde nicht von dir lassen, Anna. Wenn Gott mich für meine Sünden strafen will, wird er es tun, wo auch immer ich mich aufhalte.«

»Deine Sünden?« Sie schob sich eine durch den Wind gelöste Haarsträhne aus dem Gesicht. »Welche Sünden solltest du begangen haben?«

»Oh, da würden mir einige einfallen«, meinte er mit einem verlegenen Grinsen, »aber das ist jetzt unwichtig. Ich muss zurück, bevor Vater mein Verschwinden bemerkt.«

»Ich auch. Sebastian wird auf mich warten.« Sie nahm seine Hände in ihre und hielt sich einen Augenblick an dem beruhigenden Gefühl seiner Wärme fest. »Glaubst du, du könntest dich morgen für ein paar Stunden freimachen, Martin? Ich … brauche dich, ich möchte Mama besuchen.«

Er hielt sie ein Stück von sich ab. »Nie und nimmer werde ich dir erlauben, die Stadtmauern zu verlassen! Weißt du denn nicht, dass es den Ordensleuten, die diese armen Kranken pflegen, strengstens verboten ist, jemals wieder die Stadt zu betreten?« Seine Stimme klang auf einmal hart. »Selbstverständlich ist Besuchern der Zutritt des Gebäudes streng untersagt.«

Anna lehnte die Stirn gegen seine Brust. »Martin, hast du … hast du auch nur den Hauch einer Ahnung, wie es Mama dort ergehen mag, ganz allein unter den Sterbenskranken?«

»Ich mag es mir kaum vorstellen«, räumte er leise ein. »Aber ich verspreche dir, ich werde Vater fragen, ob er eine Möglichkeit sieht, sich nach ihr zu erkundigen.« Zart strich er ihr über die Wange. »Bitte sei vernünftig.«

Schmollend löste sie sich von ihm, hauchte einen Kuss auf seine Wange, band das Tuch wieder um Mund und Nase und trat den Rückweg an.

Mit einem beklommenen Gefühl betrat sie kurz darauf ihr Elternhaus. Oben im ersten Stock hörte sie die Schritte ihres siebzehnjährigen Bruders. Hier waren sie geboren, Sebastian, sie und Xaver. Wenn sie für einen kurzen Moment die Augen schließen würde, könnte sie immer noch die Stimmen ihrer Familie vernehmen, die durch das Haus gehallt hatten. Nun schien über den Räumen nur noch der Hauch des Todes zu liegen. Anna verharrte an der Treppe. Seit Papas und Xavers Tod hatten Sebastian und sie die Schlafkammer der Eltern und des jüngeren Bruders nicht mehr betreten. Wortlos waren sie übereingekommen, die Tür einfach aus ihrem Gedächtnis zu bannen.

Die Zeit der Verdrängung würde jedoch mit diesem Tage zu Ende gehen. Während sie zögernd die Stufen erklomm, wurden ihre Knie butterweich. Ihr Bruder musste sie gehört haben, denn er steckte den Kopf durch die Kammertür.

»Da bist du ja.«

Schweigend betrat sie den Raum. Ihre Augen weiteten sich, als sie ein fest verschnürtes Bündel auf ihrer Schlafstatt sowie ein zweites auf seinem Bett vorfand. »Du hast also schon gepackt?« Nachdenklich musterte sie Sebastians Gesicht, das wie in Stein gemeißelt wirkte.

»Hab ich, ja. Ich dachte ...«

Sie murmelte einen Dank.

»Ich weiß, was du mir gleich sagen wirst, Anna. Die elterliche Schlafkammer.«

»Wir können es nicht länger vor uns her schieben.«

»Ich hab alles im Hof verbrannt«, bekannte Sebastian mit aufeinandergepressten Lippen. »Das Strohlager, ihre Kleider, einfach alles.« Er wandte sich ab, trat zum Fenster und wies hinaus. »Siehst du? Das Feuer brennt noch.«

Mit brennenden Augen starrte Anna auf die feine Rauchsäule, die in den Himmel emporstieg. Dann riss Sebastian sie in seine Arme.

»Du ... du brauchst da nicht mehr hinein, Schwester. Da ist nichts mehr.« Er vergrub das Gesicht in ihrem Haar, und Anna spürte seinen harten Herzschlag an der Wange. »Für dich ist es schwer genug, wenigstens dies konnte ich dir ersparen.«

Staunend hob sie den Blick, unfähig, etwas zu entgegnen. Stattdessen schmiegte sie sich erneut an ihn. »Wenn Mutter wieder gesund wird, bekommt sie ein neues, schönes Strohlager.«

»Und neue Kleider«, ergänzte er. »Der Arzt hat mich vorhin besucht und angewiesen, alles zu vernichten.«

Das Feuer auf dem Hof war erloschen.

»Ich habe Martin getroffen und ihm von Mama berichtet. Er hat mir verboten, sie zu besuchen, aber er will den Onkel bitten, ob er irgendetwas über sie herausfinden kann. Vielleicht dürfen wir ihr wenigstens Grüße ausrichten.«

»Möge Gott sie beschützen«, erwiderte Sebastian leise.

Kapitel 2

Ein Tuch auf Mund und Nase gepresst, starrte Sebastian in die Flammen des Scheiterhaufens, den man auf dem St.-Rochus-Friedhof errichtet hatte. Der Gestank des Todes schien durch jede Falte seiner Kleidung zu dringen und sich auf sein Gesicht zu legen, bis er glaubte, daran ersticken zu müssen. Während die Funken in den Abendhimmel stoben, stieg bittere Säure in Sebastians Kehle empor.

»Komm jetzt, wir müssen gehen«, vernahm er die Stimme seiner Schwester Anna dicht neben sich.

»Noch nicht. Warum … warum nun auch noch Mutter?«, gab er zurück.

»Nicht einmal ein eigenes Grab wird sie bekommen, sondern in einem Massengrab liegen.« Seine Sicht verschwamm. Der Schwarze Tod hatte ihnen alles genommen, zuerst Vater. Dann Xaver. Er war nur sechs Jahre alt geworden, als die Pestilenz ihm vor knapp zwei Wochen den letzten Lebenshauch aus den Lungen gepresst hatte. Und nun Mutter. Hätte der Herrgott nicht wenigstens sie verschonen können?

St. Lienhard und St. Johanni waren den erkrankten Frauen vorbehalten. So hatten die Männer es Sebastian erklärt, als sie seine Mutter vor einer Woche – zusammen mit ein paar anderen Kranken aus ihrer Straße – auf einem Ochsenkarren fortgebracht hatten.

Kälte kroch ihm in die Glieder, während er auf das beinahe heruntergebrannte Feuer blickte. Nicht nur die abendliche Kühle, sondern vor allem die Nähe des Todes ließ ihn frösteln. Seit vergangenem Sommer wütete die heimtückische Krankheit in seiner Heimatstadt. Unzählige Menschen waren ihr bereits erlegen, und der Schwarze Tod machte vor niemandem halt. Weder vor dem armen Teil der Bevölkerung noch vor den Kaufleuten und Patriziern, die, wie es hieß, in großer Zahl aufs Land geflüchtet waren.

»Wir können hier nichts mehr tun, Bruder. Lass uns gehen.«

Seine Schwester fasste ihn unter. Nur widerwillig ließ er sich von dem Ort des Grauens fortziehen.

»Onkel Gerald wird es nicht gutheißen, wenn er erfährt, dass wir hier waren.«

Er blieb stehen und strich ihr über das lange dunkelblonde Haar. Nachdenklich betrachtete er sie für einen Moment von der Seite. Auch Anna litt, selbst wenn sie es verstand, ihre Empfindungen hinter einer Maskerade aus Beherrschtheit zu verstecken. Die glanzlosen braunen Augen und das Zittern ihrer Finger, als sie sich in seine schoben, waren deutlich genug.

Schweigend machten sie sich auf den Rückweg zu Gerald Pfanners Haus in der Nähe des Frauentors. Sebastian hatte den verkniffen wirkenden Mann noch nie ausstehen können. Er erinnerte sich noch gut daran, wie sein Onkel vor etwa einem Jahr damit angegeben hatte, in den Nürnberger Rat aufgenommen worden zu sein. Ausgerechnet bei diesem griesgrämigen Prahlhans mussten Anna und er nun wohnen. Wie anders war Mutter mit ihren strahlenden Augen und dem meist lächelnden Mund, dachte Sebastian, während er auf dem Kornmarkt einem alten Mann auswich, der sich, in einem kleinen Karren hockend, mühsam auf sie zuschob. Dem Alten fehlten beide

Beine. Sebastians Herz machte einen schmerzhaften Satz. Wie kam es nur, dass die Pest nicht die Klauen nach Anna und ihm ausstreckte?

»Leute von Nürnberg!«, riss eine schrille Stimme ihn aus seinen trüben Gedanken. Er spähte in die Dunkelheit. »Tut Buße, denn der Zorn des Allmächtigen ist über euch gekommen.«

Ein Mann, um den sich eine kleine Traube Zuhörer gebildet hatte, streckte die Arme zum Himmel und fuhr mit sich fast überschlagender Stimme fort: »Kehrt um zum Herrn, Männer und Frauen von Nürnberg, sonst wird der Herr euch mit den Plagen Ägyptens schlagen! Wehe euch, denn der Tag des Zorns ist nahe, an dem Feuer vom Himmel fallen wird, um euch alle zu verschlingen!«

Einige der Umstehenden lachten, andere traten näher heran.

»Was sollen wir tun? Wie können wir dem Zorn des Herrn entkommen?«, rief eine junge Frau.

»Tut Buße, kehrt um von euren bösen Wegen!«, schrie der Mann. »Lasst ab vom Fressen und von der Hurerei und nahet euch zu Gott, ihr Sünder, so wird der Herr euch verschonen.«

»Komm, weiter!« Anna griff nach Sebastians Arm.

In den letzten Wochen hatte die Zahl derer, die in den Gassen und auf den Märkten der Stadt ihre Bußpredigten hielten, deutlich zugenommen. Bis zum Sommer, als der Schwarze Tod Nürnberg erneut heimsuchte, hatten sich immer öfter Gruppen von unrasierten, ungewaschenen Männern vor den beiden Kirchen versammelt, die sich barfüßig und unter Anrufung der Heiligen mit Geißeln den entblößten Rücken blutig schlugen. Mittlerweile wurden sie der Stadt verwiesen. Sebastian verzog das Gesicht. Im vergangenen Frühling erst hatten Anna und er beim Verlassen der Heiligen Messe durch eine Ansammlung dieser nach Schweiß und Blut stinkenden Kerle hindurchgehen müssen. Plötzlich hatte einer von ihnen ausgeholt und sich die mit Eisenstückchen gespickte Peitsche auf den Rücken geschlagen. Sebastian war nicht schnell genug zurückgewichen, Blutspritzer hatten sein Gesicht getroffen, und er hatte sich übergeben müssen.

Stickige Luft schlug ihnen entgegen, als die Geschwister das Haus in der Findelgasse betraten. Anna schritt durch die Diele und öffnete die Tür zu den Geschäftsräumen, die sich im hinteren Teil des Hauses befanden. In der rechten Hand einen Gänsekiel, saß Gerald Pfanner an seinem Tisch und tunkte die Feder in ein Tintenfässchen.

»Oheim, wir sind zurück.«

Mit verfinsterter Miene sah er auf. »Wo wart ihr zwei so lange?«

Anna schenkte ihm ein scheues Lächeln, die sicherste Waffe gegen den Zorn des Onkels. »Wir waren auf dem St.-Rochus-Friedhof«, antwortete sie mit tonloser Stimme. »Mutter, sie wurde …« Sie brach ab.

»Ihr hättet nicht hingehen sollen.« Pfanner schüttelte unwillig den Kopf. »Geh nach oben und sorge dafür, dass wir etwas zu essen bekommen. Ich bin gleich fertig.«

»Natürlich, Onkel«, beeilte sie sich zu versichern.

Von Sebastian gefolgt, stieg sie die Treppe ins erste Stockwerk hinauf, in dem sich Pfanners Wohnung befand, betrat die Küche und begann, das Feuer in dem gemauerten Herd neu zu schüren. Das tat sie in diesem Moment besonders gern, denn ihre Finger waren gefühllos von der Kälte. Seit dem Ausbruch der verdammten Seuche war ihr innerlich nicht wieder warm geworden. Die eiternden Beulen und die Schmerzenslaute ihrer Familie verfolgten sie selbst im Schlaf. Anna vernahm die schweren Schritte des Onkels, der die ausgetretenen Treppenstufen heraufkam, sowie das Knarren der Abtritttür, die sich neben der Küche befand. Im Gegensatz zu dem einfachen Haus ihrer Eltern, in der sie gegen Mietzins gelebt hatten, besaß das Bürgerhaus im Herzen der Stadt einen Aborterker, und Anna war froh, ihre Notdurft nicht auf dem Hof verrichten zu müssen, wie sie es bisher gewohnt war.

»Sebastian, du kannst das Geschirr in die Stube bringen und den Tisch decken«, bat sie den Bruder, der ihr, auf einem Stuhl sitzend, zugesehen hatte.

Sofort nahm er drei Teller und Löffel aus dem Spind und ging in die Stube hinüber. Der mit schweren Möbeln eingerichtete Raum, in dessen Mitte ein runder Tisch mit vier Stühlen stand, nahm den größten Teil des ersten Stockwerks ein. Anna vermutete, dass fast das ganze Häuschen der Stäublings in diesen einen Raum hineingepasst hätte.

Geschirr klapperte, kurze Zeit später waren ein Klirren und der deftige Fluch ihres Bruders zu hören. Anna lief in die Stube, wo Sebastian inmitten eines Scherbenhaufens stand.

Gerald Pfanner betrat den Raum, und seine Brauen zogen sich zusammen. »Haben wir mal wieder einen Teller zerschlagen?«

Ihr Bruder erbleichte unter dem strafenden Blick und biss sich auf die Lippen. Rasch half sie ihm, die Scherben aufzusammeln. Währenddessen musterte sie sein schmales Gesicht mit den kurzen dunklen Haaren. Seine Wimpern waren so lang wie die eines Mädchens, der Ausdruck in Sebastians Augen war stets voller Fragen, die er sich nicht zu stellen getraute. Sie tätschelte ihm den Arm.

»Du brauchst ihn nicht immer in Schutz zu nehmen, Madl«, stieß der Onkel hervor und wandte sich Sebastian zu. »Was bist du nur für ein Tölpel!«

Der Junge wandte sich ab.

»Sei bitte nicht so streng mit ihm, Onkel«, beschwichtigte Anna ihn. »Dafür kann er wunderbare Dinge schnitzen. Der Herrgott verteilt seine Gaben eben, wie er es möchte.«

Der Mann mit den schütteren Haaren schüttelte den Kopf. »Dummes Zeug«, murmelte er. »Werd noch mal kurz ins Geschäft hinuntergehen. Bis ich zurück bin, habt ihr zwei hier Ordnung geschaffen, und das Essen steht auf dem Tisch!«

Nachdem er gegangen war, stellte Anna einen Topf auf den Herd, um die Suppe vom Vortag zu erwärmen.

»Hier bleib ich nicht lange«, presste Sebastian hervor, nachdem der Onkel hinausgegangen war. »Nicht ein gutes Haar lässt er an mir. Ich verschwinde, hörst du?«

Anna hielt ihn fest. »Hast du einen besseren Vorschlag? Wo sollen wir denn hin? Wir müssen froh sein, dass er uns aufgenommen hat.«

Sebastian schnaubte. »Gestern hab ich gehört, wie er zu Martin meinte, dass er das Haus und die Werkstatt unserer Eltern verkaufen will. Ich bin Gewandschneider, kein Wagner, hat er gesagt.«

Anna hatte einen rüden Kommentar auf der Zunge, hielt ihn aber aus Rücksichtnahme auf den Bruder zurück. Für sie war Pfanner nichts als ein kaltschnäuziger, hartherziger Mensch. Machte ihm der Verlust der Familie denn gar nichts aus? Ihr Bruder und sie waren seine letzten Verwandten, aber selbst in dieser Situation gab er ihnen stets das Gefühl, ihm lästig zu sein. Oder verbarg der Onkel seine Gefühle nur hinter seiner ruppigen Fassade? Unglücklicherweise waren sie auf ihn angewiesen, also musste sie weiterhin die folgsame und sanfte Waise spielen. Oh, wie sie es hasste, sich zu verstellen!

Als Sebastian sich abwendete, um einen neuen Teller zu holen, betrachtete Anna nachdenklich seinen Rücken. Sie würde auf ihn achten müssen. Ihnen blieb keine andere Wahl, als das Beste aus der Situation zu machen. Ihre Gedanken schweiften zu Martin, dem Ziehsohn ihres Onkels. Wenn erst die Trauerzeit vorbei war und das Leben wieder in ruhigeren Bahnen verlief, wollte Martin um ihre Hand bitten. Bestimmt würde Onkel Gerald erfreut sein, immerhin war sie eine gute Köchin und lernte schnell. Vorerst würde er jedoch froh sein, ein Weib im Haus zu haben, das sich um seinen Haushalt kümmerte, nachdem seine Frau an der Pestilenz gestorben war. Außerdem verstand Anna sich darauf, ihn zu beschwichtigen, wenn sein aufbrausendes Wesen mal wieder mit ihm durchging. Ein unschuldiger Augenaufschlag hier, ein Lächeln dort hatten bisher wahre Wunder bewirkt. Wie viel Kraft es sie allerdings kostete, ihm nicht ihre Gedanken entgegenzuschleudern, wusste nur sie allein.

Anna rieb sich die pochenden Schläfen. Wenn sie bloß für einen Moment die Vergangenheit heraufbeschwor, glaubte sie, die Gegenwart nicht länger ertragen zu können.

Kapitel 3

Einzig jene Stunden, in denen sie sich mit Martin traf, brachten Licht in Annas Leben. Meist schlichen sie sich beide abends aus dem Haus, wenn der Onkel bereits in seiner Kammer verschwunden war. Sebastian, den sie längst in ihr Geheimnis eingeweiht hatte, schwang keine langen Reden über Moral und Anstand, sondern half ihr, denn Martin war auch ihm zum Freund geworden. Anfangs hatte der Bruder sie davon abhalten wollen, zu gefährlich war es, das Haus zu verlassen, wenn sich die Dunkelheit über die Stadt senkte. Anna hatte nur gelacht, denn im Gegensatz zu Sebastian kannte sie keine Angst vor der Nacht.

Als Onkel Gerald Martin, Sebastian und Anna eines Abends nach dem Essen verkündete, dass er die Nacht in den Geschäftsräumen verbringen werde, da er am frühen Morgen eine wichtige Besprechung außerhalb der Stadtmauern habe, wallte Erregung in ihr auf. Während sie die Küche aufräumte und das Geschirr abwusch, hatte sie Mühe, ihre Gefühle hinter einer gleichmütigen Miene zu verbergen.

»Wartet morgen nicht auf mich, vor dem frühen Abend werde ich wohl kaum daheim sein«, fügte der Onkel noch hinzu und drehte den Becher, der vor ihm auf dem Tisch stand, gedankenverloren in der Hand.

»Noch ein Bier, lieber Oheim?«, fragte Anna und warf Martin einen bedeutungsvollen Blick zu. Sie hielt dem Onkel den Krug hin, doch er wehrte ab.

»Nett von dir, aber ich habe genug.« Schwerfällig erhob er sich, strich sein Wams glatt und tätschelte ihr die Wange. »Ich werde dann mal. Bis morgen.«

Mit diesen Worten verließ er den Raum.

Kaum hatte er die Tür ins Schloss gezogen, ließ Anna das Tuch sinken. Sebastian, der hinter sie getreten war, umfasste ihre Taille.

»Seid ja vorsichtig«, flüsterte er. »Wir wissen nicht, wozu er imstande ist, wenn er euch erwischen sollte.«

Anna wandte sich zu ihm um und begegnete seinem besorgten Blick. Sie hauchte ihm einen Kuss auf die Wange. »Keine Sorge, Bruderherz. Es gibt nichts, wofür Martin und ich uns schämen müssten.« Dieser nickte, sein Gesicht war ungewöhnlich ernst.

Sebastians Ohren röteten sich. »So genau wollte ich es nun auch nicht wissen.« Er grinste. »Sollte er unverhofft zurückkommen und mich fragen, wo ihr seid, wird mir schon was einfallen.«

»Wir sehen uns gleich. Es ist wichtig. Warte aber bitte noch ein Weilchen, bevor du gehst«, sagte Martin, küsste Anna auf die Stirn und verließ das Haus. Sie sah ihm nach und betrachtete ihren Bruder liebevoll. »Du bist ein Schatz.«

Hastig warf sie sich ihren Umhang über, umarmte den Bruder und eilte dann nach draußen.

Martin und sie waren übereingekommen, sich nicht im Haus zu treffen, sondern an der Stadtmauer nahe dem Frauentor. Onkel Gerald war manchmal ein wenig vergesslich. Wenn er nun überraschend zurückkehrte und Martin in ihrer Kammer erwischte ... Sie sah sich nach allen Seiten um, lief die Gasse hinunter und blieb unter dem Frauentor stehen. Dort verharrte sie und lauschte in die Stille. Der Himmel war sternenklar, der Mond spiegelte sich auf dem regenfeuchten Weg und ließ ihn funkeln. Kühler Wind strich ihr über das vom Laufen erhitzte Gesicht. Dann hörte sie ihn kommen und sah seiner Gestalt entgegen, die sich ihr rasch näherte.

»Martin.«

Wortlos zog er sie in die Arme und strich ihr wieder und wieder übers Haar. Bis sie sich von ihm frei machte und ihm prüfend ins Gesicht blickte.

»Stimmt etwas nicht?«

Er wich ihrem Blick aus.

»Lass uns ein Stückchen gehen, ja? Wir müssen etwas Wichtiges besprechen.«

Irgendetwas an seinem Gang, an seiner Stimme ließ sie aufhorchen. Ihre Hand tastete nach seiner, während sie langsam an der Stadtmauer entlanggingen. Der Druck seiner Hand war fest, aber er schwieg beharrlich, bis sie sich mehr als hundert Klafter von ihrem Treffpunkt entfernt hatten.

Martin blieb stehen, sah sie reglos an. Dann führte er ihre Hand zum Mund und küsste sie. »Mein Liebes, du kannst nicht wissen, wie schwer es mir fällt …«

Anna spürte einen Kloß im Hals. »Aber was ist denn? Um Himmels willen, was ist passiert?« Im Schein des Mondes nahm sie einen feuchten Schimmer in seinen Augen wahr.

»Ich habe mitbekommen, wie Vater mit einem Mann gesprochen hat, denn ich war in der Kammer nebenan, um Ware für den nächsten Markttag zu verpacken. Es ging um den Verkauf der Werkstatt.«

»Und? Erzähl schon. Wann wird sie verkauft, sollen Sebastian und ich dann in Onkel Geralds Geschäft mithelfen?«

Martins Gesicht lag halb im Dunklen und verriet nichts über seine Gedanken. »Davon war nicht die Rede, Anna, ich weiß es nicht. Aber … der Käufer soll schon im kommenden Monat die Werkstatt übernehmen.«

»Ach, Onkel Gerald wird das gewiss morgen mit uns besprechen, dann wird sich alles aufklären«, winkte sie ab und strich ihm mit dem Daumen über die Wange.

»Anna …«

Er trat einen Schritt zurück. Alarmiert von dem veränderten Tonfall in seiner Stimme, fühlte sie, wie eine unbestimmte Angst nach ihr griff.

»Das ist noch nicht alles …« Martin stockte, rang sichtlich mit sich.

»Sprich weiter.« Ihr Mund war trocken geworden.

»Vater hat Pläne mit mir. Er will mich verheiraten.«

»Verheiraten?« Sie atmete auf. »Oh, Martin, dann hast du ihm bestimmt von uns erzählt?«

»Natürlich, nichts würde ich mir mehr wünschen, als dich zu ehelichen.«

Er zog sie an sich und begann leise zu erzählen. Von dem Ziehvater, der »seit Längerem Pläne für ihn schmiedete«, wie er sich ausgedrückt hatte. Martin hatte ihm versichert, er habe bereits die richtige Frau gefunden, und glaubte fest, der Vater freue sich über seine Wahl. Als er schließlich von seiner Verbindung zu Anna berichtete, war der Gewandschneider mehr als überrascht und hatte ihn obendrein ausgelacht.

»Ausgelacht?«, wiederholte Anna tonlos.

»Oh ja!« Seine Züge verhärteten sich. »Er sagte, er könne mich wirklich gut verstehen. Du seist schließlich eine Augenweide, nur leider nicht aus demselben Holz geschnitzt wie ich. Dabei klopfte er mir auf die Schulter wie ein Pfarrer bei einem seiner Schäfchen und meinte, dass mich nur romantische Gefühle treiben würden.«

Anna war es, als würde mit jedem seiner hervorgestoßenen Worte etwas in ihr zerbrechen.

Martin drehte sich ruckartig herum, umklammerte ihre Handgelenke. »Wir haben gestritten. Ich habe ihm deutlich gesagt, dass ich mich nicht nach Gutdünken von ihm benutzen lasse.«

Sie blickte zu ihm auf und entdeckte die Verzweiflung in seinem Gesicht. »Du hast ... du hast dich ihm widersetzt?«

»Natürlich, oder hast du etwa gedacht, ich gebe dich so einfach auf, mein Herz?«

Der Kummer in seiner Stimme drang ihr durch Mark und Bein. Wortlos schmiegte sie sich in seine Umarmung. Er presste sie ganz fest an sich, und sie spürte seine Wärme ebenso wie seinen Zorn. Dann hob er ihr Kinn, und sein Mund suchte den ihren. Anna seufzte, schlang die Arme um seinen Hals und erwiderte zitternd seine Liebkosungen. Die Leidenschaft, mit der er ihren Mund erforschte, schickte warme Wellen durch ihren Leib. Unbekannte Gefühle ergriffen sie. Wie oft hatte sie sich gewünscht, er würde sie eines Tages auf diese Weise küssen? Aber nun schien die Heftigkeit seiner Gefühle einen Hauch von Abschied mit sich zu tragen.

Als er sie freigab, schlug ihr Herz wie wild. Noch einen Moment wollte sie sich den süßen Gefühlen hingeben, die sein erster Kuss in ihr ausgelöst hatte, bevor sie die Lider wieder öffnen und sich der Wirklichkeit stellen wollte. Er betrachtete sie liebevoll, als sie die Augen aufschlug.

»Was sollen wir nun tun, Martin?«, fragte sie, als sie ihre Stimme wiederfand.

»Ein paar Tage abwarten«, murmelte er. »Nur, bis sich die Wogen zwischen Vater und mir etwas geglättet haben. Dann rede ich noch mal mit ihm. Auch wenn er es oft nicht zeigen kann, weiß ich doch, dass ich für ihn wie ein leiblicher Sohn bin. Er wird es schon verstehen.«

»Das gebe Gott.«

Martins Mund war plötzlich ganz nah an ihrem. »Ich liebe dich, Anna, hörst du? Gemeinsam schaffen wir das schon.«

Sie blieb wie angewurzelt stehen. »Das hast du vorher noch nie ... noch nie zu mir gesagt.«

»Offenbar wurde es Zeit«, lachte Martin leise an ihrem Ohr. Sein Mund wanderte zu ihrem zurück und verschloss ihn mit einem innigen Kuss.

Zwei Tage später fand der wöchentliche Markt rings um die Lorenzkirche statt. Entgegen seiner sonstigen Gewohnheit hatte Pfanner entschieden, sich gemeinsam mit seinem Ziehsohn hinter den Stand zu stellen und seine Gewänder feilzubieten. Ob Martin schon mit Onkel Gerald gesprochen hatte? Anna warf immer wieder sehnsüchtige Blicke aus dem Fenster, denn Martins Küsse gingen ihr nicht aus dem Kopf, und seine geflüsterten Liebesworte meinte sie überall zu hören. Inzwischen war es Nachmittag geworden, und Sebastian half in der Werkstatt aus, während sie sich den ganzen Tag mit der Wäsche abgemüht hatte.

Als der Onkel heimkam, hatte die Nacht längst ihren dunklen Mantel über die Stadt gebreitet. Anna beschlich ein ungutes Gefühl, als sie Pfanner die Treppe heraufkommen hörte, denn er schien allein zu sein. Würde er sie schelten, nun, da er wusste, dass Martin und sie ein Paar waren? Kurz darauf öffnete er die Küchentür und begrüßte sie freundlich.

»Wie war euer Tag?«, erkundigte sich Anna, nachdem sie ihm einen Becher Bier hingestellt hatte, »wart ihr erfolgreich?«

»Ja, danke der Nachfrage. Wo ist dein Bruder?«

»Sebastian ist schon auf die Kammer gegangen, Onkel.«

»Hol ihn. Wir haben etwas zu besprechen.« Er stellte seinen Becher ab.

»Wo ist Martin, Onkel?«

»Er ist geschäftlich unterwegs, Mädchen. Kann ein oder zwei Tage dauern.«

Anna blickte ihn verdutzt an, stieg aber sogleich die schmale Stiege zu ihrer Kammer im zweiten Stock hinauf, um dem Bruder Bescheid zu geben. Warum hatte Martin ihr nichts von dieser Reise erzählt? Es musste sich um eine dringende Angelegenheit handeln, sonst hätte er sie niemals im Unklaren gelassen.

Eine Weile später saßen die drei um den Küchentisch. Gerald Pfanner räusperte sich vernehmlich und nahm noch einen Schluck Bier.

»Habt ihr es schon gehört? Bei den Hubers gegenüber soll die alte Mutter an der Pestilenz erkrankt sein.«

»Oh mein Gott!«, entfuhr es Anna, und sie begegnete dem erschrockenen Blick des Bruders. Sie erinnerte sich, als kleines Mädchen häufiger bei den Hubers gespielt zu haben.

»Allerdings. Gestern hat man sie weggebracht, weiß nicht, wohin.« Der Onkel kniff die Augen zusammen. »Das ist auch der Grund, weshalb ich mit euch sprechen will. Hier ist es nicht mehr sicher für euch zwei. Wer weiß, ob die Alte inzwischen noch andere … Lassen wir das, hört mir lieber gut zu.« Die Miene des Gewandschneiders verfinsterte sich, während er zunächst Sebastian und dann Anna musterte. »Die Werkstatt eurer Eltern ist verkauft. Nächsten Monat schon wird sie übernommen werden. Scheint ein anständiger Kerl zu sein, der neue Besitzer.«

»Das ist eine gute Nachricht, Oheim. Was wird aus Jörg?«, fragte Anna.

»Der Geselle kann bleiben«, lautete Pfanners knappe Antwort.

Während er den Blick weiterhin auf Sebastian geheftet hielt, forderte er Anna auf, ihm nachzuschenken. Er setzte den

Becher mit dem schäumenden Gerstensaft an die Lippen und nahm einen tiefen Zug.

»Hör zu, Junge. Ich habe eine Stelle für dich gefunden. Du wirst bei einem Beinschnitzer in die Lehre gehen. Stöckl hat seine Werkstatt in der Schustergasse, er sucht einen Lehrjungen.«

»Eine Lehrstelle? Bei einem Beinschnitzer?« Sebastians Gesicht rötete sich vor Freude.

Anna wurde warm ums Herz. »Brüderchen, wie schön.« Über den Tisch hinweg fasste sie nach seiner Hand. »Du wirst bestimmt ein guter Beinschnitzer.«

»Nun zu dir, Mädel«, fuhr der Onkel fort. »Ich möchte dich in Sicherheit wissen, verstehst du? Ich werde dich an einen Ort bringen, an dem die Seuche dir nichts anhaben kann.«

Anna blickte ihn reglos an, wartete.

»Du wirst morgen im Kloster Heilig-Kreuz erwartet, in Regensburg. Die Mutter Oberin ist eine langjährige gute Kundin von mir, sie wird dich mit offenen Armen empfangen. Dort wirst du Gott von nun an in Gebet und Kontemplation dienen.«

Gebet und Kontemplation – was immer dieses Wort bedeuten mochte. Sie starrte ihn an, wollte widersprechen, doch aus ihrem Mund drang kein einziger Laut.

»Bisher wurde niemand rund um das Kloster von der Seuche heimgesucht, Mädchen. Dort bist du sicher. Morgen vor Sonnenaufgang wird dich ein befreundeter Händler mitnehmen, der Richtung Regensburg fährt.«

Anna schüttelte den Kopf. »Das ... das kannst du ... nicht tun.«

Zwischen den Brauen des Gewandschneiders bildete sich eine steile Falte. »Doch, Anna, ich kann. Und du wirst mir gehorchen!«

»Onkel«, vernahm sie die aufgebrachte Stimme ihres Bruders, »nicht nach Regensburg!«

»Schweig!« Pfanner zeigte mit ausgestrecktem Finger auf Sebastian und fuhr von seinem Stuhl hoch. »Ich erwarte Gehorsam und Respekt von euch, verstanden? Wer hat euch denn nach dem Tod eurer Eltern aufgenommen? Sagt es mir!« Seine Stimme glich nun einem Donnergrollen.

Anna sprang auf. Sie zitterte wie Espenlaub. »Ja, das warst du, Onkel Gerald, und dafür sind wir dir auch dankbar.« Sie brach ab und rang um Fassung. »Aber bitte schick mich nicht …«

»Still, Anna, und vergiss nicht, mit wem du sprichst! Es ist beschlossene Sache. Du wirst jetzt auf die Kammer gehen und deine Sachen packen. Das ist mein letztes Wort!«

Onkel Gerald stand so dicht neben ihr, dass sie seinen nach Bier riechenden Atem auf der Wange fühlte. Martin, dröhnte es unaufhörlich in ihrem Kopf.

Mit butterweichen Knien drehte sich Anna auf dem Absatz um und stieg, ohne den Onkel noch eines Blickes zu würdigen, die Stufen ins Obergeschoss hinauf. Sebastian folgte ihr bis vor die Kammertür, doch als er sie am Arm berührte, machte sie sich von ihm frei, stieß die Tür auf und ließ sich bäuchlings auf ihre Schlafstatt fallen.

»Schwesterchen, sieh mich an«, flüsterte Sebastian nach einer Weile kaum hörbar.

Anna drückte ihr Gesicht tiefer in die Kissen. »Ich … ich kann nicht.«

Tatsächlich war es ihr, als könnte sie ihre Glieder nicht mehr rühren, denn sie waren auf einmal schwer wie Blei. Dann spürte sie, wie er ihr sachte über das Haar und den Rücken strich.

»Warum tut er das, Anna? Wieso trennt er uns beide?« Sebastians Stimme klang tränenerstickt.

Sie fuhr herum und blinzelte. Nie zuvor hatte sie ihren Bruder weinen sehen. »Weil er damit alle Sorgen auf einen Streich los ist, deshalb! Zusätzliche Mäuler braucht er auch keine mehr zu stopfen. Was mit uns geschieht, ist ihm doch völlig einerlei!«

Sebastian riss die Augen auf. »So darfst du nicht reden, Anna. Er will sicher nur das Beste für uns. Wenn die Pest das Kloster bisher verschont hat, ist es doch nur verständlich ...«

»... dass er mich dorthin verbannt? Ach, Sebastian, das glaubst du ihm doch nicht etwa? Mir kann er jedenfalls nichts vormachen.«

In seinen Augen lag noch immer ein feuchter Schimmer. Sie küsste ihn leicht auf die Wange und wandte sich ab, denn sie konnte seine Verzweiflung nicht länger ertragen.

Warum tat Onkel Gerald ihnen das an? Dass er Anna durch seine Entscheidung auch von ihrem Bruder trennte, schien ihm nicht das Geringste auszumachen.

Weder Sebastian noch Anna kamen in dieser Nacht zur Ruhe. Nachdem der Bruder ihr mehrmals hoch und heilig hatte versprechen müssen, Martin alsbald alles zu erzählen, und sie einander versichert hatten, eine Möglichkeit für einen Besuch zu finden, kauerten die Geschwister auf einem der Betten, die Hände ineinander verschlungen. Ihre Verzweiflung schien wie eine Gewitterwolke über der Kammer zu schweben. Irgendwann sackte Annas Kopf auf Sebastians Schulter, denn während der stillen Stunden hatte sie jede Fluchtmöglichkeit im Geist durchgespielt, jeden heimlichen Pfad durchwandert, der aus der Stadt hinausführte. Aber wie sorgfältig sie ihre Pläne auch schmiedete, um dem Kloster zu entgehen, am Ende musste Anna sie alle verwerfen. Gerald Pfanner war in Nürnberg eine bekannte Persönlichkeit, er würde seine Beziehungen nutzen und die undankbaren Geschwister suchen lassen.

Als der Morgen schließlich anbrach und Anna die Schritte des Onkels auf der Treppe vernahm, erhob sie sich von der Schlafstatt und blickte den Bruder reglos an.

»Ich komme mit nach unten«, stammelte Sebastian, ohne ihre Hand loszulassen.

In diesem Moment betrat Gerald Pfanner die Kammer mit ernster Miene. »Guten Morgen, ihr beiden.«

Mit Befriedigung stellte Anna fest, dass auch sein Äußeres nicht eben frisch und ausgeruht wirkte.

Der Gewandschneider blinzelte. »Bist du fertig, Anna? Der Fuhrmann wartet bereits. Mach rasch.«

Sie nahm ihr Bündel an sich und ging hoch erhobenen Hauptes, wenn auch mit steifen Gliedern, an ihm vorbei.

»Schwester …« Sebastian drückte warnend ihren Arm. Sein Gesicht war so bleich wie die weiß gekalkte Wand des Flurs.

Anna schüttelte ihn ab und lief die Treppenstufen hinunter, doch er folgte ihr mit schnellen Schritten. Am Treppenaufgang hielt er sie einen Moment lang umfangen.

»Wir sehen uns bald, Schwesterchen, glaub mir.«

Sie hielt ganz still, küsste ihn, öffnete die Tür mit einem Ruck und zog sie wieder ins Schloss.

Ein runzeliger, gutmütig aussehender Mann saß auf dem Bock des Karrens und lüftete den Hut zur Begrüßung. Sie nickte ihm zu und sprang auf, ohne sich noch einmal umzublicken. Wenn sie dies täte, würde sie gewiss die Fassung verlieren oder dem Onkel etwas entgegenschleudern, das ihr nicht zustand. Also kniff sie die Lippen zusammen und starrte blind auf die vor ihr liegende Gasse, die sie aus Nürnberg herausführen würde, einem ungewissen Leben entgegen.

KAPITEL 4

Anna fuhr zusammen, als sich die in die hohen Klostermauern eingelassenen schweren Eichentüren hinter ihr schlossen. Eine in die helle Tracht der Dominikanerinnen gekleidete Frau redete freundlich auf sie ein, doch die Worte rauschten an ihr vorbei und fügten sich in die Unzahl fremder Eindrücke ein.
»Anna?«
Sie sah auf.
»Komm mit, ich zeig dir deine Kammer, in der du von nun an leben wirst. Wir legen hier viel Wert auf Zucht und ...«
Widerstandslos folgte sie der Ordensschwester durch einen kreuzförmig angelegten, zum Innenhof des Klosters offenen Gang. Als sie ein mehrstöckiges Gebäude betraten und eine Steintreppe hinaufstiegen, hätte Anna am liebsten auf dem Absatz kehrtgemacht. Bald darauf stand sie in einem winzigen Raum, dessen einziger Schmuck das Kruzifix über dem schmalen Bett war.
Sie ließ den Blick über die gekalkten Wände zu der Truhe schweifen, auf der eine Wachskerze stand. Daneben befanden sich ein Schlageisen, ein Feuerstein und ein Stück Zunderpilz, um sie entzünden zu können. Auf einem Teller lag das Abendessen, dem sie jedoch keine Beachtung schenkte. Fröstelnd ließ sie sich auf das Bett sinken. Martin. Der Schmerz,

der sie allein bei dem Gedanken an ihn befiel, ließ sie nach Luft schnappen. Was sollte nun aus ihnen und ihrer Liebe werden? Onkel Gerald wollte Martin eines Tages als seinen Erben einsetzen, das hatte er oft genug erwähnt. Wahrscheinlich hatte er seinem Ziehsohn im Streit vorgehalten, ihn damals als kleines Kind aufgenommen und großgezogen zu haben. Aber Martin war ein kluger und besonnener Mann, der seine Ziele zu verfolgen wusste. Sicher würde es ihm gelingen, den Vater umzustimmen. Es konnte nicht mehr lange dauern, bis er bei der Mutter Oberin vorsprechen würde, um sie hier herauszuholen.

Anna lächelte. Sie konnte es kaum erwarten, Martin wiederzusehen. Wie mochte es Sebastian inzwischen ergangen sein? Wenn sie nur schon wieder zu Hause wäre. Sie öffnete das Fenster, das zum Hof hinausging. Glockengeläut rief zum Abendgebet, und sie starrte auf den Boden, der die Spuren vieler Jahre trug. Neben ihr auf dem Bett lag sauber gefaltet die Tracht, die sie ab dem kommenden Morgen anzulegen hatte.

In den folgenden Wochen lernte Anna vor allem den streng reglementierten Ablauf des Klosters kennen. Zurückgezogen vom Lärm, den Zerstreuungen und den Ablenkungen der Welt, begannen die Dominikanerinnen den Tag mit einem Gebet, auf das weitere Momente der Kontemplation folgten. Inzwischen wusste sie, dass dieses Wort ein noch tieferes Versenken ins Gebet bedeutete. Überhaupt schienen die Ordensfrauen fast den ganzen Tag in der Zwiesprache mit Gott zu verbringen, nur unterbrochen von der Feier der Heiligen Eucharistie und den Mahlzeiten, die sie schweigend einnahmen. Zwischen den stündlichen Gebeten ging jede der Schwestern einer Arbeit nach. Den Abend beschlossen sie mit der Salve-Regina-Prozession, der Anrufung der Gottesmutter.

Den Kopf gesenkt, kniete Anna zwischen den anderen Klosterschülerinnen. Der Steinboden war empfindlich kalt, und der grobe Stoff ihrer Tracht scheuerte auf der Haut. Ihre Gedanken schweiften zu dem Grauen, dem Verlust und der Hilflosigkeit der letzten Wochen. Immer wenn sie übermächtig in ihr wurden, beschwor sie den letzten Abend mit Martin herauf. Dann war es ihr, als könnte sie noch seine festen Arme spüren, die sie gehalten hatten. Seine Lippen waren warm und voller Verheißung gewesen, die Liebkosungen wie ein verzweifeltes Versprechen, einander nie zu verlieren. Anna wäre beinahe ein tiefer Seufzer entwichen.

Das junge Mädchen neben ihr, Rosalind hieß es, stieß sie in die Seite, damit sie sich erhob. Anna warf ihr einen dankbaren Blick zu, niemand schien etwas von ihrer Zerstreutheit bemerkt zu haben. Als die Andacht dem Ende zuging, wollte sie sich unter die Nonnen mischen.

Da hielt sie jemand am Ärmel fest. Anna schaute geradewegs in die klaren Augen von Schwester Griseldis.

»Komm bitte mit in meine Kammer. Wir wollen uns unterhalten.«

Was konnte Schwester Griseldis von ihr wollen? Sie spürte die Blicke der anderen Klosterschülerinnen im Rücken, als sie den Weg zu den Privatkammern der Ordensschwestern einschlugen. Das Geräusch ihrer Schritte hallte in dem spärlich erleuchteten Flur wider. Wenig später nahm sie den ihr zugewiesenen Platz auf einem einfachen Holzstuhl ein.

»Du bist nun seit einigen Wochen bei uns und hast dich inzwischen mit unseren Gepflogenheiten vertraut gemacht«, eröffnete die junge Ordensfrau das Gespräch.

»Ja, Schwester Griseldis«, antwortete Anna lahm.

»Mir scheint, du suchst hier keine Freundschaften?« Die sanften blauen Augen ließen die ihren nicht los. »In Zeiten wie diesen, in denen die Pestilenz uns fest in der Gewalt hält, in denen Mutter und Kind getrennt werden und das eigene Heim nicht mehr sicher ist, in denen der Leibhaftige seinen Zorn über uns wirft und uns vor Angst nicht mehr schlafen lässt – da brauchen wir eine liebevolle Gemeinschaft, um uns gegenseitig trösten zu können.« Ihre Tracht raschelte, als sie auf Anna zutrat. In Griseldis' Augen glitzerten Tränen.

»Du bist nicht die Einzige, die trauert, Anna. Sieh dich um, Tausende sind der Seuche zum Opfer gefallen! Nürnberg ist zu einer Stadt der Leidenden geworden.«

»Habt auch Ihr einen lieben Menschen verloren?«, fragte sie stockend.

»Ja, gleich drei. Meine Schwester mit ihren beiden kleinen Kindern. Sie war noch so jung und …« Die Lippen der Älteren bebten. »Such deine Erfüllung in der Hinwendung zu Gott. Du kannst dich ihm anvertrauen und wirst Trost im Gebet finden.« Ein leises Lächeln umspielte ihren Mund. »Unser Kloster ist ein Ort der Sicherheit und des Friedens. Hier wirst du finden, was du suchst.« Stolz schwang in ihrer Stimme mit, als sie weitersprach. »Bischof Siegfried von Regensburg hat uns Dominikanerinnen vor fast dreihundert Jahren aufgetragen, Hüterinnen der Stadt im Westen zu sein. Wir sind eine Gebetswacht, die den Segen des Herrn auf die Stadt und die Kirche herabfleht. In Zeiten wie diesen hat sie es besonders nötig. Und nun geh, mein Kind.«

Mit steifen Gliedern dankte Anna der Nonne und trat hinaus. In ihrer Kammer angekommen, setzte sie sich auf ihr Bett, zog die Beine an und bettete den Kopf auf die Knie. Sie mochte Schwester Griseldis' Sanftmut und Geduld. Aber sie wollte keine Freundin, schon gar nicht dieses Getuschel und Gekicher der anderen Klosterschülerinnen, wenn sie sich unbeobachtet fühlten. Sie rollte sich zusammen und schloss die Augen.

Während sie so dalag, horchte Anna in die Stille ihrer Kammer. Wie sehr sie die Stimmen ihrer Eltern und Brüder vermisste. Martins Lachen. Seine Küsse. Hier hingegen war jeder Tag gleich.

Sebastian fluchte leise, als der Knochen, aus dem er einen Kamm hatte schnitzen wollen, mit einem hässlichen Knirschen zerbrach. Es war Februar geworden. Über zwei Monate war es nun schon her, seit er die Lehre bei dem Beinschnitzer begonnen hatte, und immer noch passierten ihm diese verflixten Missgeschicke.

»Junge«, ertönte sogleich die polternde Stimme seines Meisters, »wie oft muss ich es dir noch sagen? Du sollst nicht mit roher Gewalt arbeiten! Zart, Junge, ganz zart.« Der Mann in mittleren Jahren schnalzte mit der Zunge. »Mach mal Platz.«

Sebastian rückte zur Seite, damit sich sein stämmiger Meister neben ihm auf die Bank setzen konnte.

»Ich zeig es dir noch mal.« Er nahm dem Jungen das Messer aus der Hand, griff nach einem unversehrten Knochenstück und setzte die Klinge an. »Behandle den Knochen vorsichtig. Stell dir vor, er wäre ein hübsches Weib, das du streicheln willst.« Stöckl zeigte seine großen gelblichen Zähne. »Wie du *das* anstellen musst, weißt du sicher!«

Sebastian verzog das Gesicht zu einem schiefen Grinsen, er würde sich hüten, etwas von seiner Unwissenheit in diesen Dingen preiszugeben. Trotz seiner siebzehn Lenze hatte er noch nie die Haut eines Mädchens berührt, geschweige denn mehr gesehen, als er von seiner Schwester kannte. Geträumt hatte er allerdings schon so manche Nacht davon und fragte sich im Stillen, welche Geheimnisse es auf diesem Gebiet wohl noch zu entdecken gebe. Mädchen. Bei dem Gedanken fühlte er, wie ihm die Röte bis unter die Haarspitzen kroch.

»Um ein guter Beinschnitzer zu werden, brauchst du Feingefühl und eine sichere Hand.« Stöckl blinzelte ihn an. »Scharfe Augen natürlich auch. Die hast du zumindest. Hier, versuch's noch mal.«

Der Junge senkte die Lider.

»Mach nicht so eine Grabesmiene, das wird schon! Und schließ die Windläden, sonst frieren uns hier die Finger ein.«

Mit diesen Worten wendete sich der Meister ab und begab sich an seine Werkbank, um mit einer Säge einen Knochen in seine grobe Form zu bringen. Stöckl verwendete am liebsten die Mittelfußknochen vom Rind. Diese waren hart genug, leicht zu reinigen und für die Fleischhauer ohnehin unbrauchbar.

Sebastian stand auf und trat aus der Tür, um die Läden zu schließen. Beißend kalter Wind empfing ihn und zerrte an seiner Kleidung. In der Gasse war es unheimlich still. Er vernahm Schritte und warf einen Blick über die Schulter. Ein mit einem Ledermantel bekleideter Mann stand nur ein paar Fuß von ihm entfernt vor einem der Häuser. Gerade nahm er ein Tuch vom Mund und setzte sich eine schwarze Kapuze auf den Kopf. Eine Pesthaube! Wieder musste jemand ganz in ihrer Nähe an Pestilenz erkrankt sein. Es schauderte Sebastian, wenn er daran dachte, dass Gebrechen, Fäulnis und Tod nur einen Atemzug entfernt Einzug gehalten hatten. Nahm das Unheil denn gar kein Ende? Mariä Lichtmess war vorüber, und die Pest wütete nun schon seit sieben Monaten in der Stadt. Wer sich noch auf den Gassen Nürnbergs bewegte, ging gesenkten Hauptes und bedeckte Mund und Nase. Die Gesichter der Menschen waren von Leid und Verlust gezeichnet, jede Freude war aus ihren Mienen verschwunden. Ruckartig wendete der Junge sich ab, schloss die Windläden und huschte in die Werkstatt zurück. Doch das Frösteln, das ihn beim Anblick des Arztes mit der Kapuze ergriffen hatte, blieb.

Sosehr er auch versuchte, das Bild seiner Schwester aus dem Geist zu verbannen, immer wieder schob sich Annas erstarrte Miene, als sie voneinander Abschied genommen hatten, in sein Bewusstsein zurück. Seine Schwester im Kloster. Wenn es eine Person gab, die nicht für dieses Leben gemacht war, dann sie. Mutter hatte schon damals immer gesagt, Anna brauchte mal einen Ehemann mit einer festen Hand. Jemand, der in der Lage war, ihr Temperament zu zügeln, und der ihr im Geiste ebenbürtig war. Bedauernd griff er nach dem dünnen Knochenstück und versuchte, daraus einen Kamm zu fertigen.

Am selben Abend, nachdem Anna das Haus des Onkels verlassen hatte, war Martin heimgekehrt, und Sebastian hatte sein Versprechen eingelöst, dem Geliebten seiner Schwester alles zu berichten. Martins Gesicht war erstarrt, und er hatte Sebastian versichert, bei der nächsten Gelegenheit mit seinem Vater zu sprechen, damit der seine Meinung änderte. Seitdem waren sich die beiden jungen Männer nicht mehr begegnet, denn Sebastian bewohnte nun eine eigene Kammer bei Meister Stöckl. Vielleicht sollte er froh sein, Anna im Kloster zu wissen. Der Herrgott und die Heilige Jungfrau hielten ihre Hände über die Nonnen, hieß es. Rasch schlug er ein Kreuz über der Brust und beugte sich tiefer über seine Arbeit. Der Beinschnitzer war ein guter Mann, nur leider hatte Stöckl die Angewohnheit, ihm die Schuld zu geben, wenn eins der Werkzeuge nicht aufzufinden war, was in den letzten Wochen mehrfach geschehen war. Kurze Zeit später stellte sich immer heraus, dass der Meister die Gegenstände selbst verlegt hatte.

Sebastians Augen brannten vom spärlichen Licht in der Werkstatt, und der Rücken tat ihm weh. Durch die Ritzen der Holzbalken drang kalte Luft hinein, sodass er froh war, als der Meister ihm auf die Schultern klopfte.

»Lass gut sein für heute und leg dich hin.«

Sebastian nickte. Seine Kammer war gerade groß genug für ein Bett, ein Schränkchen und eine Wäschetruhe. Sogar ein kleines Fenster war darin, er konnte sich wahrlich nicht beklagen.

Der Beinschnitzer grinste. »Will noch auf ein Würzbier bei der guten Krimhild vorbei, drüben im *Schwarzen Hahn*.«

Der Junge erwiderte das Lächeln. Er wusste von der heimlichen Schwäche seines Meisters für die dralle Schankwirtin.

Die freundliche rotwangige Frau war seit einiger Zeit verwitwet. Ihre Schänke, die sie am anderen Ende der Gasse betrieb, war stets gut besucht. Öfter hatte er Stöckl beobachtet, wenn er sich in seinem besten Wams, einer sauberen Hose und geputzten Stiefeln auf den Weg zu ihr machte. Warum auch nicht? In Zeiten der Not mundete das Bier angeblich besonders gut und vertrieb die Sorgen für ein Weilchen. Nachdem der Meister das Haus verlassen hatte, blieb Sebastian noch eine Weile in der Werkstatt sitzen. Er vergrub das Gesicht in den Händen. Wüsste doch auch er, mit welchen Mitteln er dieses Gefühl der Leere auflösen konnte, das seit der Trennung von seiner Schwester zu seinem ständigen Begleiter geworden war.

Die Tage verstrichen, und der Frühling hielt Einzug. Meister Stöckl erwies sich zuweilen als unberechenbar, denn seine Laune konnte so rasch wechseln, wie die Wolken am Himmel vorüberzogen. Nur selten entlockte Sebastian ihm ein anerkennendes Nicken, wenn ihm ein Werkstück gelungen und der Beinschnitzer guter Dinge war. Neuerdings ging Stöckl jeden dritten Tag zu einem Bader, um sich rasieren zu lassen, und die schütteren Haare lagen stets ordentlich gekämmt am Kopf. Wie sollte Sebastian nur aus ihm schlau werden? Eines Abends lud der Meister ihn überraschend ins Wirtshaus ein.

Als sie nur wenig später Krimhilds Schänke betraten, schlug Sebastian der Geruch von Bier, Wein und gebratenem Fleisch entgegen. Vier Männer saßen am Ende des Raumes ins Würfelspiel versunken.

Die Wirtin trat auf den Meister zu. »Was darf ich euch bringen?«

»Zwei Humpen Bier und etwas Anständiges zu essen, meine Liebe«, entgegnete der Meister mit ungewohnt weicher Stimme, ohne Krimhild aus den Augen zu lassen.

Kam es Sebastian nur so vor, oder ließ die Wirtin die Hüften ein wenig mehr schwingen als notwendig? Er senkte den Kopf, um das Grinsen zu verbergen. Sein Meister schien verliebt zu sein. Während sie genüsslich das saftige Fleisch und das Brot verspeisten, plauderte Stöckl mit ihm wie mit einem guten Freund. Als sie beim zweiten Bier angelangt waren, beschloss Sebastian, nur noch an seinem Krug zu nippen. Sein Gegenüber stimmte ein launiges Lied an, die vier anderen Gäste fielen ein. Auch Krimhild gesellte sich zu ihnen. Sie war keine sonderlich hübsche Person, aber sie hatte für jeden ein freundliches Wort und ein fröhliches Lachen übrig. Ihm entgingen nicht die Blicke, die Stöckl ihr zuwarf. In einem günstigen Moment bedankte Sebastian sich bei seinem Meister für die Einladung und verabschiedete sich.

Bald schon änderte sich Meister Stöckls Stimmung. Ob Krimhild ihm einen Korb erteilt hatte? Jedenfalls kam er immer häufiger mit rot geränderten Augen und von einem üblen Geruch begleitet erst weit nach Sonnenaufgang in die Werkstatt. Sebastian erschrak und zog die Schultern ein, als sich der Meister eines Morgens mit unheilvoller Miene vor ihm aufbaute.

»Herrje, wie oft soll ich dir noch erklären, dass du alles an seinen Platz zu stellen hast, bevor du gehst? Schau dir dieses Durcheinander an! Schon wieder muss ich mein Werkzeug zusammensuchen.«

Sebastian murmelte eine Entschuldigung. Dabei war er ganz sicher, alles ordentlich hinterlassen zu haben. Nachdenklich beobachtete er seinen Meister, der sich ohne ein weiteres Wort an die lange Werkbank setzte und einen gefüllten Becher vor sich abstellte. Spätestens am Nachmittag würden Stöckls Bewegungen unsicherer werden, auch suchte er den Bader seit einiger Zeit nicht mehr auf. Krimhild musste dem verliebten Mann reichlich zugesetzt haben.

Sebastian beugte sich wieder über den fein polierten Kamm, an dem er seit dem vorigen Tag arbeitete.

»Wo ist meine dünne Feile, he?«, bellte Stöckl auf einmal.

Der Meister erhob sich mit einem Ächzen und schritt durch den Raum. Vor dem großen Regal, in dem dicht an dicht Körbe standen, in denen sie das Werkzeug aufbewahrten, blieb er stehen – und fegte sie im nächsten Augenblick herunter. Es schepperte und klirrte. Mit großen Augen starrte Sebastian auf die Feilen, Rimpler, Bohrer sowie die aus Knochen gefertigten Würfel, die auf dem Boden verstreut lagen, teilweise zerbrochen oder gesplittert.

»Such sie gefälligst! Und wehe dir, du hast sie verlegt … Dann gnade dir Gott!«

»Aber Meister, ich habe Eure Feile gar nicht benutzt. Bestimmt nicht.«

»Schaff hier Ordnung. Du wirst nicht eher gehen, bevor die Feile wieder aufgetaucht ist!«

Tränen traten Sebastian in die Augen, als er nach dem Besen griff. Wenn Anna nur hier wäre, überlegte er, sie wüsste genau, wie sie Stöckl besänftigen könnte. Er biss die Zähne zusammen, hörte schließlich, wie die Tür geräuschvoll ins Schloss gezogen wurde und Stöckls Schritte auf der Gasse verhallten. Sorgfältig fegte er die Scherben auf. Nachdem er fertig war, durchsuchte er die Behältnisse gründlich und fand Stöckls Feile unter dessen Schemel. Sebastian wusste nicht, ob er darüber froh oder unglücklich sein sollte, denn er wusste, der Meister würde ihm ohnehin die Schuld an der verlegten Feile zuweisen. Er ließ den Blick über den Inhalt der Körbe schweifen und seufzte. Der Beinschnitzer würde einiges an Werkzeug ersetzen müssen, was seine Laune gewiss nicht aufhellte.

Kapitel 5

Von besonderem Liebreiz war Marie nicht, das wusste sie selbst. Die Ohren standen etwas ab, das Kinn war fliehend. Deshalb hatten ihre Eltern es wohl auch nie geschafft, einen Gemahl für sie zu finden, bis sie vor zwei Jahren kurz nacheinander gestorben waren. Seitdem war sie auf sich gestellt. Die junge Frau lebte mehr schlecht als recht von dem, was die Kerle ihr zusteckten, für die sie in der kleinen Kammer, die sie mit einer anderen Hübschlerin bewohnte, die Beine breit machte. Weil sie wusste, wie wichtig es war, sich sauber zu halten, suchte Marie mindestens zweimal die Woche eines der letzten Badehäuser im Süden der Stadt auf, die seit dem Ausbruch der Pestilenz noch nicht geschlossen worden waren. Manchmal traf sie dort auch auf Freier, die sie in das nicht weit entfernte Haus am Rossmarkt einlud.

Sie bezahlte und betrat den Vorraum, in dem die Gäste ihre Kleidung ablegten. Das Glück war ihr hold, denn der Raum war leer, und an den Haken hingen noch keine Kleider. Sie mochte es nicht, wenn zu viele Männer und Frauen im Wasser standen. Marie zog sich aus, griff nach einem der bereitliegenden Schwämme, betrat die Badestube mit den beiden zur Hälfte gefüllten Zubern aus dunklem Eichenholz und stieg in das Becken. Das Wasser reichte ihr bis zur Hüfte, und sie ging in die Hocke. Einen Augenblick verharrte sie und genoss das lauwarme Nass, das ihren wohlgeformten Körper umspielte, und wusch sich gründlich. Wie gut das tat.

Die Tür öffnete sich. Hochgewachsen war der Mann, der hereinkam, und von kräftigem Körperbau. Ein Blick aus dunklen Augen traf sie. Er zögerte einen Moment, und sie warf ihm ein leichtes Lächeln zu. Der etwa Dreißigjährige stieg in den Zuber und tauchte kurz unter. Mit dem Schwamm fuhr er sich über die breite Brust und die muskulösen Arme. Er war recht ansehnlich, obwohl sich sein Haar schon lichtete und die Nase wie ein Haken gebogen war. Wie ein Kerl wirkte er, der eine Frau zu halten und zu nehmen wusste. Vielleicht hatte er ja Lust mitzukommen? Obgleich es ihr letztlich gleichgültig war, wie die Männer aussahen, die sie stießen, solange sie nur anständig zahlten. Wieder fühlte sie sein Augenpaar auf sich, der Blick des Fremden ruhte unverhohlen auf ihren vollen Brüsten. Ihr Körper war ihr einziges Kapital. Andere Frauen mochten ein hübscheres Gesicht besitzen als sie, aber was nützte das den Kerlen, wenn sie von ihren Weibern nicht bekamen, was sie im Bett bevorzugten? Zum Glück konnte sie da für ein paar Pfennige Abhilfe schaffen.

Marie öffnete den Mund und fuhr sich mit der Zungenspitze über die Lippen. Der Mann schluckte. Sie tauchte den Schwamm ins Wasser, ließ ihn zwischen ihre Beine gleiten und schloss mit einem leisen Aufstöhnen die Augen. Das Wasser plätscherte, als der Mann sich auf sie zubewegte.

Sie öffnete die Lider. »Soll ich es Euch besorgen?«, fragte sie leise, während sie ihm eine Hand auf die Brust legte und mit den feinen Haaren spielte. »Für fünf Pfennige könnt Ihr mit mir machen, was Ihr wollt.«

Wieder bewegte sich der Adamsapfel des Fremden. »Ich will das nicht«, brachte er mit heiserer Stimme hervor.

Sie zog ihren gut einstudierten Schmollmund und legte den Kopf schief. »Gefalle ich Euch etwa nicht?« Aufreizend reckte sie ihm ihre Brüste entgegen. »Seht doch nur, was Ihr verschmäht.« Ihre Hand, die noch immer auf seiner Brust ruhte, ging auf Entdeckungsreise. »Oder habt Ihr zu Hause ein Weib, das Euch vollauf zufriedenstellt? Fünf Pfennige, Herr – dafür mach ich es Euch, bis Ihr die Englein im Himmel singen hört.«

Die Augen des Fremden wurden schmal. »Red nicht so, Weib. Und nimm die Hand weg.«

»Ist es Euch vielleicht zu teuer? Ich bin auch mit drei Pfennigen zufrieden.«

»Ich hab gesagt, du sollst dein Maul halten, du Luder!«

Sie erschrak und fuhr zurück. »Entschuldigt, wenn ich Euch zu nahe getreten bin, Herr.«

»Hör mir zu, du kleine Hure!« Mit einer schnellen Bewegung packte er sie am Handgelenk. »Das Ende ist nicht mehr fern. Dann wird Christus erscheinen und die Menschen nach ihren Taten richten. Willst du so vor ihn treten?«

Marie wich an den Rand des Zubers zurück. Sein Blick war wie loderndes Feuer, die Lippen nur noch eine schmale Linie. Sie erschauerte. Der Kerl war ja nicht normal. Für kein Geld der Welt wollte sie mit ihm das Lager teilen, selbst wenn er ihr einen Gulden geben würde.

»Lasst mich bitte gehen«, bat sie. »Ich werde Buße tun und drei Vaterunser beten.«

»Buße, du?« Er ließ ihr Handgelenk los und packte sie am Oberarm. »Du bist ein Werkzeug des Bösen«, zischte er. »Verführst die Männer und bringst sie dazu, die Ehe zu brechen.« Sein Griff wurde fester, und sie stöhnte vor Schmerzen auf. »Weißt du nicht, was die Heilige Schrift über Huren und Ehebrecherinnen sagt?«

Marie sah sich um. Niemand außer ihnen war im Raum. Die Verachtung, die aus seiner Stimme klang, lähmte ihre Glieder.

»Bitte, Herr – ich verspreche Euch …«

Endlich ließ der Wahnsinnige Maries Arm los. Jedoch nur, um im nächsten Augenblick seine Hände um ihren Hals zu legen. Sie riss die Augen auf, wollte schreien, aber seine Fingernägel bohrten sich in ihr Fleisch, drückten zu.

»Der Herr sagt …« Überdeutlich sprach er die Worte aus.

Ein Ruck ging durch ihren Leib.

»… die Ehebrecherinnen …«

Verzweifelt trat sie um sich, versuchte, sich seinem Griff zu entwinden. Schon bekam sie keine Luft mehr.

»… sollst du töten!«

Das Blut stieg ihr in den Kopf. Noch einmal trat sie nach ihm, aber ihre Kräfte schwanden. Als er ihr etwas ins Ohr flüsterte, konnte sie seine Worte schon nicht mehr verstehen. Kurz darauf senkte sich Dunkelheit um sie.

Der Mann stieg aus dem Zuber und blickte sich nach dem entseelten Leib um, der mit ausgebreiteten Armen und Beinen auf dem Wasser trieb. Das Gesicht mit dem starren Augenpaar, von langem Blondhaar umgeben, war zur Decke gerichtet. Er bekreuzigte sich und atmete tief durch. Ein Hochgefühl breitete sich in ihm aus, rann wie guter Wein durch seine Adern und schenkte ihm eine Befriedigung, wie es bisher nicht die willigste Metze vermocht hatte. Einen Moment lang stand er still und mit geschlossenen Augen da, horchte in sich hinein.

Was hast du getan? Du hast Leben genommen.

»Aber Herr, das Weib war eine Hure!«, flüsterte er. »Mose hat im Gesetz geboten, solche Weiber zu töten. Ich habe getan, was du befiehlst.«

Die Stimme in seinem Inneren schwieg, und er entschied, dass es der Satan gewesen sein musste, der zu ihm gesprochen hatte. Immer wieder trat der Leibhaftige in den letzten Wochen an ihn heran, versuchte ihn von seinem Weg abzubringen. »Geh hinter mich, Satan«, hatte der Herr einst zu Petrus gesagt, »denn du meinst nicht, was göttlich, sondern, was menschlich ist!« Ja, der Teufel konnte sich gut verstellen, kam sogar als Engel des Lichts daher – so stand es bereits im Wort Gottes.

Ein feines Lächeln umspielte seine Lippen, als er den Raum verließ, um sich abzutrocknen und anzukleiden. Die alte Frau an der Kasse sah auf, als er an ihr vorüberging, und blickte ihm kurz nach. Er trat ins Sonnenlicht, hinaus auf die Gasse, die sich inzwischen merklich belebte. Einen Moment später war er in der allgemeinen Betriebsamkeit untergetaucht.

Kapitel 6

Annas Tage wurden von einem andauernden Gefühl der Dumpfheit begleitet, über allem schien ein Schleier zu liegen. Die gleichbleibende, strenge Miene der Mutter Oberin, das zurückhaltende Wesen von Schwester Griseldis und die Art, wie die anderen Klosterschülerinnen ihr aus dem Wege gingen, brannten sich ein. Mehr als einmal hatte sie zusätzlich den Rosenkranz beten müssen, weil sie zu spät zum Essen erschienen war, die notwendige Aufmerksamkeit bei der Arbeit vermissen ließ oder Widerworte gegen die Strafen erhob, die man ihr auferlegte. Dabei wollte sie gar nicht aufmüpfig sein, nur konnte sie den Zweck der zu befolgenden Bußübungen nicht immer verstehen. Sobald sie einen Moment für sich war, gingen ihre Gedanken auf Wanderschaft. Martins Antlitz stand ihr wieder vor Augen, sein trauriges Lächeln, als sie sich zuletzt getroffen hatten. Wie oft hatten sie, die Hände ineinander verschlungen, von ihrem gemeinsamen Leben geträumt und dabei gespürt, dass ihre Herzen im selben Takt schlugen.

Auch an diesem Morgen bekam Anna kaum einen Bissen hinunter, und die Stille, die während des Essens einzuhalten war, tat ein Übriges.

»Die Finger auf den Tisch, Anna! Und iss!«

Bei den Worten der Mutter Oberin fuhr sie zusammen. Widerwillig führte sie den Löffel zum Mund – und ihr Mageninhalt ergoss sich auf den Tisch. Ein Ausruf des Entsetzens folgte.

»Auf deine Kammer, aber rasch!« Die Stimme der Mutter Oberin überschlug sich.

Das Mädchen erhob sich schwankend, die Hände auf den Bauch gepresst. Die Wangen heiß von der Schelte, als hätte ihr jemand eine Maulschelle verpasst, stolperte sie hinaus, lief in ihre Kammer und ließ sich aufs Bett sinken. Wie oft in den letzten Wochen hatte sie die Rügen und strafenden Blicke der Nonnen versucht zu ertragen? Wie oft hatte sie gespürt, dass sie nicht hierhergehörte? Ein Schluchzen stieg in ihr hoch. War sie nicht ohnehin jedem in diesem Kloster ein Dorn im Auge? Warum kam Martin nicht, um sie zu holen? Bestimmt ließ die Mutter Oberin ihn nicht zu ihr, damit er sie nicht von der blöden Kontemplation ablenkte. Aber hätte er ihr nicht wenigstens eine Nachricht zukommen lassen können? Oder verbot die Mutter Oberin auch dies?

Mit einem erstickten Laut drückte sie das Gesicht in ihr Kissen, unfähig, sich gegen den Ansturm ihrer Gefühle zu wehren. Sie biss in den Stoff, um die Schreie zu verhindern, die sich in ihrer Kehle formten. Als die Tränenflut endlich versiegte, nahm ein Gedanke Gestalt in ihr an: Sie musste von hier fort. Mit dem Ärmel ihres Gewandes trocknete sie ihr Gesicht, griff nach einem Tüchlein auf dem Nachttisch und schnäuzte sich. Anna schaute aus dem winzigen Fenster. Nur wie? In diesem Fall war es von Vorteil, den Tagesablauf des Klosters genau zu kennen. Wenn sie ein Schlupfloch finden wollte, musste sie jeden Schritt sorgfältig planen.

Annas innere Erregung wuchs von Tag zu Tag und mit ihr auch die Zweifel. Zwischen den einzelnen Pflichten blieb kaum Zeit, um in der Betriebsamkeit des Klosters einen wiederkehrenden Rhythmus auszumachen. Die Nonnen versorgten sich weitgehend selbst, brauten in einem angrenzenden Gebäude sogar ihr eigenes Bier. Eines Morgens beobachtete Anna auf dem Weg in die Kapelle, wie ein Weinhändler um Einlass bat und der Stallbursche ihn redselig begrüßte. Wie oft der Mann die Nonnen wohl belieferte? Der Händler musste ein Bekannter der Mutter Oberin sein, denn er verließ erst am folgenden Morgen kurz nach Sonnenaufgang das Kloster.

Zu ihrer Enttäuschung wurde Anna kurz darauf für den Dienst in der Küche eingeteilt, in der Schwester Almuth darauf achtete, ihren Schützling gut zu beschäftigen. Außer ihr und Anna arbeitete nur noch Schwester Clementia dort, die trotz ihrer Blindheit erstaunlich geschickt mit Messern hantierte und Brot buk. Freundlich erklärte ihr die Alte, die ihr ganzes Leben im Kloster verbracht hatte, wie sie den Teig am besten knetete und die Kräuter des vergangenen Jahres haltbar machte. Nicht, dass Anna all dies nicht schon gewusst hätte, aber was schadete es, sich ein wenig unbedarft anzustellen? Währenddessen merkte sie, wie Schwester Almuth sie beobachtete. Wenn diese zuweilen die Küche verließ, nutzte Clementia die Gelegenheit, sich mit Anna zu unterhalten. So erfuhr sie, dass der Weinhändler ein Liebhaber des klösterlichen Klosterbieres war und diesem immer reichlich zusprach, wenn sein Weg ihn nach Regensburg führte. Das wiederum hatte die geschäftstüchtige Mutter Oberin zu ihrem Vorteil gedeihen lassen.

»Stell dir vor«, erzählte Clementia ihr eines Tages, »die Mutter Oberin hat den guten Baldewin neulich zu einem Umtrunk geladen und dabei einen Rabatt für den Weinpreis mit ihm ausgehandelt.«

Anna hatte Mühe, ihre Aufregung zu verbergen, weshalb sie, ohne Clementia anzusehen, weiter einen Brotteig knetete. »So, hat sie das?«

»Oh ja, und dafür sichert sie ihm eine Unterkunft und Bier zu, so viel er zu trinken vermag, bevor er nach Augsburg zurückkehrt. Ja, sie ist sehr klug, unsere Mutter Oberin.«

»Das ist sie wohl«, antwortete Anna tonlos, denn ihre Stimme schien plötzlich zu versagen.

Augsburg. Ihre leise Hoffnung, eine Fluchtmöglichkeit gefunden zu haben, zerplatzte wie eine Seifenblase. Sie lugte zum Fenster hinaus. Obwohl der März Einzug gehalten hatte und die Tage allmählich länger wurden, erschien ihr der Anblick der ersten Frühlingsboten, die sich durch die verharschte Erde kämpften, nicht eben ermutigend. Wenn sie den ganzen Weg nach Nürnberg über Schnee und Eis zu Fuß zurücklegen musste, war sie schneller zurück im Kloster, als sie sich vorstellen konnte. Annas Verzweiflung wurde übermächtig. Im nächsten Moment fühlte sie, wie sich Clementias Hand auf ihren Arm legte.

»Mädchen, habe ich etwas Falsches gesagt? Du atmest so ... so angestrengt.«

»Nein, mach dir keine Sorgen«, wehrte sie rasch ab und behauptete schnell, die Luft in der Küche mache ihr zu schaffen.

Damit gab sich ihr Gegenüber zum Glück zufrieden, aber in Zukunft musste sie vorsichtiger sein.

Als Anna am Abend ihre Kammer aufsuchte, konnte sie ihren Gedanken endlich freien Lauf lassen. Sie brauchte Kleidung, in der sie nicht sofort zu erkennen war. Ob sie in die Wäscherei gelangen konnte? Nur wie?

Sehnsüchtig ließ sie den Blick aus dem Fenster schweifen. Vielleicht tat sie Martin ja auch unrecht, wenn sie annahm, dass er sich von der Mutter Oberin abweisen ließ. Gewiss gab es gute Gründe, warum er sie noch nicht besucht hatte.

In Annas Vorstellungen stritt Martin unerbittlich mit seinem Vater, bis dieser ihn endlich um Verzeihung bat, da ihm letztlich sein Glück wichtiger war als alles andere auf der Welt. Wenn Martin endlich vor ihr stünde, würden bereits die Hochzeitsvorbereitungen laufen, heimlich natürlich, um sie zu überraschen. Sebastian sollte ihr Trauzeuge werden. Anna schloss die Augen. Ganz deutlich konnte sie Martins Anwesenheit fühlen. Ihre Finger kribbelten. Könnte sie ihn doch nur berühren, seine Wärme spüren und sich an ihn schmiegen in der Gewissheit, alles würde gut werden. Bis dahin jedoch musste sie ihre Gedanken zusammenhalten. Niemand sollte etwas von ihren Plänen erfahren, selbst Clementia nicht, die ihr als Einzige ein wenig Wärme entgegenbrachte. Anna löste die Haarnadeln von ihrer Haube und ließ beides achtlos zu Boden fallen. Ab sofort musste sie gehorsam sein, um jeden Verdacht von sich abzulenken.

Zwischen dem Mittagsmahl und den nachfolgenden Gebeten blieb den Klosterschülerinnen eine Stunde Zeit, die sie zur inneren Einkehr nutzen sollten. Nachdem Anna mehrere Tage damit zugebracht hatte, den Klosterhof in dieser Zeit zu beobachten, fiel ihr auf, dass einige Nonnen die Mußestunde nutzten, um sich miteinander auszutauschen. Manche suchten den Klostergarten auf und setzten sich in die Sonne, um die allmählich erblühende Natur zu betrachten. Natürlich war es nicht gern gesehen, wenn eine Novizin dieses Privileg nutzte, aber ein Verbot hatte die Mutter Oberin nicht ausgesprochen. Deshalb überquerte sie am folgenden Tag den Hof und betrat die Stallungen.

Der Mann, der die Lasttiere zu versorgen hatte, setzte eine erstaunte Miene auf. »Gott zum Gruße. Wie kann ich Euch dienen?«

Anna erwiderte den Gruß und näherte sich einem der beiden Kaltblüter, um ihm liebevoll über die lange Mähne zu streichen. »Danke, ich brauche nichts. Wenn ich nur ab und zu herkommen darf. Ich mag Pferde sehr gern.«

Der schwergewichtige Stallbursche mit dem lichten Haupthaar musterte sie. »Ist es Euch denn gestattet?«

Anna ließ sich auf einen Schemel sinken. »Ich werde Euch ganz bestimmt nicht stören. Aber ich bin es leid, allein in meiner Kammer zu sein.«

»Leistet mir ruhig ab und zu Gesellschaft. Ihr tut allerdings gut daran, Euch nicht erwischen zu lassen.« Der Mann trat auf eine hölzerne Kiste zu und entnahm ihr eine Bürste. »Wollt Ihr? Mein Hermann ist schon betagt und würde sich freuen, gestriegelt zu werden.« Skeptisch blickte er an ihr hinunter. »Wahrscheinlich ein dummer Einfall, wenn ich Euer Gewand so betrachte. Wobei bisher keine Klosterschülerin je den Wunsch geäußert hat, mir zur Hand zu gehen. Eure Kleider werden danach stinken.«

Anna nahm ihm die Bürste aus der Hand. »Na und?«

Mit gleichmäßigen Bewegungen begann sie, den Rücken des Wallachs zu striegeln. Die Stute neben ihm senkte den schlanken Hals über einem Häufchen Heu, das neben ihr abgelegt worden war. Annas Gedanken überschlugen sich. Wenn sie mehr über die Händler und die Gepflogenheiten des Klosters erfahren konnte, dann von dem Stallburschen. Vorsichtig schielte sie zu ihm hinüber, während sie sich der Flanke des Kaltbluts zuwandte.

»Sie werden es nicht gutheißen, wenn Ihr Euch bei einem Mann aufhaltet, mein Kind«, unterbrach er ihre Überlegungen.

»Anna ist mein Name. Anna Stäubling. Und der Mann, den ich besuche, könnte gewiss mein Großvater sein, oder?«

Der Stallbursche verzog erst das Gesicht, doch im nächsten Moment brach er in ein dröhnendes Gelächter aus. »Ich bin nur gespannt, wie Ihr dies der Mutter Oberin beibringen wollt. Ich heiße übrigens Rüdiger.«

Anna schenkte ihm ein Lächeln und tätschelte den Hals der Stute. Eine Weile später legte sie die Bürste in die Kiste zurück.

Sie enthielt alles, was zur Pflege von Last- und Zugtieren benötigt wurde, sowie etwas, das wie ein größeres Stück Stoff aussah. Eine Pferdedecke? Rasch klappte sie den Deckel der Truhe zu.

»Damit mich niemand bemerkt, sollte ich jetzt besser gehen.«

Anna raffte ihren Rock, sah sich nach allen Seiten um und machte sich eilig auf den Weg in ihre Kammer, um sich zu waschen, bevor ihr Geruch verraten konnte, wo sie die letzte Stunde verbracht hatte.

Kapitel 7

Während lautes Schnarchen durch Stöckls Kammertür drang, saß Sebastian bei einem einfachen Frühstück allein in der kleinen Küche. Diesmal mussten es mehr als zwei oder drei Becher gewesen sein, die sein Meister sich am Vorabend in Krimhilds Schänke genehmigt hatte. Wie schon so oft schlief Stöckl seinen Rausch aus. Dass der Beinschnitzer nach einem Besuch im *Schwarzen Hahn* am nächsten Morgen nicht ansprechbar war, geschah ja nicht zum ersten Mal. Sebastian verscheuchte eine Fliege, die sich auf seinem Teller niederlassen wollte, und starrte auf das Stück Brot in seiner Hand. Missmutig legte er es zurück auf das Holzbrett, griff nach dem Becher mit lauwarmer Milch und trank einen Schluck. Danach ging er in die Werkstatt hinüber.

Am späten Vormittag vernahm er endlich Stöckls schlurfende Schritte. Wortlos nahm der Beinschnitzer Platz. Offensichtlich gedachte er nicht, Sebastian seine Aufmerksamkeit zu schenken. Die Sonne hatte längst den höchsten Stand erreicht, und Sebastians Werkstück war fertig. Mit leisem Stolz betrachtete er den mit Ornamenten verzierten hellen Dolchgriff und reichte ihn Stöckl über den Tisch hinweg.

Der verzog das Gesicht – und warf den Griff in hohem Bogen auf die Platte. Sebastian zuckte beim Klang des dumpfen

Geräusches zusammen. Dem Himmel sei Dank war nichts geborsten.

»Polier das Ding gefälligst vernünftig. Ich dulde hier keine Schlamperei!«

»Das habe ich bereits getan, Meister«, getraute er sich einzuwenden.

Die Stimme des Älteren erhob sich zu einem Donnergrollen. »Tu, was ich dir sage, oder ich suche mir einen gehorsameren Lehrjungen!«

Stöckls Zorn war ungerechtfertigt, aber Sebastian schwieg. Als er am Abend endlich seine Kammer aufsuchen durfte, atmete er auf. Bald darauf hörte er, wie der Meister das Haus verließ. Sebastian warf sich aufs Bett. Auf sein Abendessen verzichtete er, da er fürchtete, Stöckl würde betrunken heimkehren und den Streit vom Vormittag wieder aufnehmen. Nicht zum ersten Mal begleiteten ihn wirre Träume. Mitten in der Nacht wurde er von einem Poltern aus dem Schlaf geschreckt. War der Meister gestolpert? Kurz darauf wurde es still, und Sebastian schlief ein.

Er erwachte vom ersten Gesang der Vögel und setzte sich im Bett auf. Meister Stöckl schnarchte zum Steinerweichen. Nachdem er sich gewaschen und angezogen hatte, horchte er auf die Geräusche im Haus. Sein Magen knurrte. Leise trat er in den Flur und horchte an Stöckls Tür. Er schien noch zu schlafen, deshalb schlich Sebastian in die Küche, um sich sein Frühstück zuzubereiten. Eine Weile später stutzte er. Das Schnarchen in der Kammer gegenüber hatte schlagartig aufgehört. Er setzte den Becher ab. Mit angehaltenem Atem horchte er in die plötzliche Stille. Nichts.

Sebastian stand auf und verließ die Küche. Er trat an die Schlafkammer, aus der immer noch kein Laut drang. Totenstill, dachte er, und ein beklemmendes Gefühl stieg in ihm auf. Zaghaft drückte er die Klinke herunter, öffnete die Eichenholztür und betrat den Raum. Die stickige Luft und der Gestank von Bier und Schweiß nahmen ihm den Atem. Stöckl lag in Wams und Hosen auf dem Bett, an den Füßen noch die Stiefel, die er vergangenen Abend angezogen hatte. Sebastian trat näher, hielt sich die Hand vor den Mund und beugte sich über den Meister. Er starrte auf den halb geöffneten Mund mit den gelben Zähnen. Im nächsten Augenblick sog Stöckl mit einem lauten Geräusch die Luft ein und riss die Augen auf.

»Was willst du hier?«

Sebastian wich zurück. »Gott sei's gedankt, Meister! Ihr lebt!«

»Natürlich lebe ich! Was hast du in meiner Kammer zu suchen?«

»Ich dachte, Ihr wärt …«

Stöckl fuhr hoch. »Was dachtest du, Bürschchen? Ich würde so fest schlafen, dass du dich in meiner Kammer umsehen und einen Blick in die Schränke werfen kannst?«

Sebastian hob die Hände. »Das würde ich niemals tun, Herr!«

Der Beinschnitzer richtete sich halb auf und rülpste. Sein Blick wurde hart. »Ach ja? Und was ist mit meinem Werkzeug? Mit den Pfennigen, die du mir aus dem Wams gestohlen hast?«

»Welche Pfennige, Meister?«

»Tu doch nicht so, verdammter Bengel! Die Pfennige, die du mir neulich in der Schänke abgenommen hast! Ich hab eine Menge Geduld mit dir gehabt! Nur wegen Gerald hab ich dich aufgenommen! Dabei hab ich gleich gemerkt, du taugst nicht mehr als zum Bodenschrubben!«

»Aber Meister … Hört mich an, bitte. Ich …« Sebastian machte einen Schritt auf Stöckl zu, brach ab, unfähig, auch nur einen weiteren Ton herauszubringen.

»Nein, es ist genug! Ich trau dir nicht länger. Und jetzt raus hier. Ich will dich nicht mehr sehen! Pack deine Sachen und geh zurück zu Pfanner.«

Wie betäubt zog Sebastian die Tür hinter sich zu. Am ganzen Körper bebend ging er in die Küche zurück. Er trat an das kleine Fenster und sah hinaus auf die Schustergasse. Die Glocken der Sebalduskirche riefen zum Gottesdienst. *Ich habe gleich gemerkt, du taugst nicht mehr als zum Bodenschrubben!*, dröhnte es in ihm.

Zu Gerald Pfanner zurückkehren? Niemals. Sebastian biss die Zähne zusammen, bis es schmerzte. Eher wollte er sich allein durchschlagen, als wieder unter einem Dach mit diesem unfreundlichen Mann zu leben, der kein gutes Haar an ihm gelassen und ihn und Anna weggegeben hatte. Nun widerfuhr ihm das Gleiche. Für den Meister war er gar ein niederträchtiger Dieb. Wahrscheinlich hatte Stöckl die Pfennige während einer durchzechten Nacht selbst verloren und konnte sich nur nicht mehr daran erinnern. Doch was nützte ihm das, wenn der Meister ihm nicht glaubte? Mit Gliedern, schwer wie Blei, erhob er sich und stieg die Treppe hinauf in seine kleine Kammer. Vielleicht konnte er irgendwo Arbeit finden. Wenn nicht in Nürnberg, dann eben anderswo. Eilig raffte er seine wenigen Habseligkeiten zusammen, schnürte sein Bündel und verließ das Haus.

Im Laufe der nächsten Stunden streifte Sebastian durch die Gassen rund um den Salzmarkt und beobachtete die Kirchgänger, die von der Messe in St. Sebald nach Hause gingen. In seinem Magen rumorte es. Sein Frühstück war dürftig gewesen.

Gegen Abend hielt er es vor Hunger kaum noch aus, und sein Mund fühlte sich an wie ein trockener Schwamm. Außerdem hatte es zu regnen begonnen, und die einsetzende Abendkühle ließ den Jungen frösteln. Schon brannten in den

Häusern Kerzen, die ihr Licht auf die Pfützen des Pflasters warfen. Sein durchnässter Wollmantel wurde immer schwerer, und von dem Saum seiner Kapuze rannen Regentropfen, die an seinen Haaren hinunter bis ins Gesicht liefen. Er wich einer Maus aus, die sich an einem alten Stück Brot zu schaffen machte. Und wenn ich doch zum Onkel zurückkehre?, überlegte er, während er mit gesenktem Kopf am Ufer der Pegnitz entlangging, vorbei an drei Pappenheimern, die dabei waren, den stinkenden Inhalt ihrer Bütten ins Wasser zu kippen – Kot, den die von der Stadt angestellten Männer in den Gassen sammelten und hier entsorgten.

Sebastian beschleunigte seine Schritte. Onkel Gerald würde ihm sicher etwas zu essen geben, und ein Dach über dem Kopf hätte er auch. Doch dann müsste er dem Oheim erzählen, was geschehen war, und darauf war er wahrlich nicht erpicht. Dennoch breitete sich Unbehagen in ihm aus, wenn er daran dachte, die Nacht im Freien verbringen zu müssen, nun, da sich das Gesindel gemeinsam mit den Ratten im Schatten der Gassen traf. Er lief ein Stück an der Stadtmauer entlang, deren hölzerner Wehrgang in den Farben Rot und Weiß bemalt worden war. Oben patrouillierten zwei Soldaten. Am Hallertor blieb er stehen. Auf den Wiesen dahinter hatte seine Mutter manchmal jungen Löwenzahn geerntet und Salat daraus bereitet.

Fast spürte er den herben Geschmack der Blätter auf der Zunge, während er durch das Tor lief, kurz bevor es geschlossen wurde. Die Hallerwiesen befanden sich etwas südlich, das wusste er, schließlich war er früher mit seinen Eltern und Geschwistern öfter dort gewesen. Im Schutz der Stadtmauer eilte er einen schmalen, ausgetretenen Pfad entlang und erreichte kurz darauf die Auen, durch die sich die Pegnitz wand. An einer flachen Stelle des träge dahinfließenden Flusses blieb er stehen. Einen Moment lang war er versucht, niederzuknien und seinen Durst zu löschen, doch der Gedanke an die Männer, die weiter oben ihre Bütten entleert hatten, hielt ihn davon ab. Nicht umsonst war es den Nürnberger Bierbrauern verboten, das Wasser der Pegnitz zu verwenden. Wer es dennoch tat und damit gegen das Reinheitsgebot verstieß, den erwarteten empfindliche Strafen, das war bekannt.

Er wandte sich um und trat zurück auf die Wiese. Zwei Handvoll Löwenzahnblätter stillten endlich den größten Hunger. Und nun? Die Stadttore wurden erst morgen früh wieder geöffnet. Ein ganzes Stück weiter südlich bemerkte er einen hellen Schein. Er lief weiter und näherte sich vorsichtig dem brennenden Feuer, an dem sich ein paar Männer wärmten.

Als sie seiner gewahr wurden, rief einer von ihnen: »He, was willste hier? Mach dich fort! Das ist unser Platz!«

Sebastian wollte sich schon umdrehen, da hörte er einen anderen sagen: »Red nicht so daher, das ist doch nur ein Junge, warum soll er sich nicht zu uns setzen und sich wärmen?« Der Mann wendete sich Sebastian zu. »Komm schon her und hock dich ans Feuer. Wir tun dir nichts.«

Ein Dritter lachte meckernd wie eine Ziege. »Genau, wir sind schließlich ehrbare Bettler und Diebe.«

Diebe? Sebastian bekreuzigte sich unauffällig. Unschlüssig trat er von einem Bein aufs andere, doch dann siegte das Verlangen, sich endlich ausruhen zu können. Er trat näher an das Feuer und setzte sich. Der flackernde Schein der Flammen beleuchtete die Gesichter der Männer. Derjenige, der ihn aufgefordert hatte, sich zu ihnen zu setzen, hatte nur ein Auge, mit dem er den Ankömmling gründlich musterte. »Was haste denn angestellt? Siehst nicht aus wie einer von uns.«

Sebastian hob die Hände und hauchte hinein. »Mein Lehrherr hat mich rausgeworfen.«

»Haste keine Eltern, wo du hingehn kannst?«

Er schüttelte den Kopf.

»Die Pest, was?« Der Einäugige zuckte die Schultern.

»Ich möchte nicht darüber reden«, erwiderte Sebastian.

Ein Kahlkopf, dem ein gewaltiger Bart bis über die Brust reichte, warf ihm etwas zu. »Hier, deck dich damit zu. Is noch immer verdammt kalt in der Nacht.«

Der löchrige Mantel des Bettlers stank nach Schweiß und Knoblauch, doch Sebastian war dankbar, sich überhaupt etwas umlegen zu können. Während die Gespräche der Männer leiser wurden und schließlich ganz erstarben, versuchte er die Bilder der vergangenen Tage aus seinem Kopf zu verbannen. Doch das wutverzerrte Gesicht seines Meisters und seine vernichtenden Worte vermischten sich immer wieder mit Annas vertrauter Stimme. Sie rief ihn beim Namen, streckte die Hand nach ihm aus. Bis auch dieses Bild verblasste und der Schlaf ihm endlich Vergessen schenkte.

Kapitel 8

Sebastian erwachte vom Läuten der Glocken, das über die Stadtmauer an sein Ohr drang. Er blinzelte und rieb sich die Augen. Im Osten wurde es bereits hell. In der Nacht war er einmal vom Schnarchen der Männer wach geworden, die – in Mänteln und Decken vor der kalten Nachtluft geschützt – um das längst erloschene Feuer lagen. Nun streckte er die steifen Glieder und setzte sich auf, während auch die anderen nach und nach erwachten.

»Hast du Hunger?«, sprach ihn einer der Männer an. Er mochte nur wenige Lenze älter als Anna sein. Eine dünne Narbe zog sich vom Kinn bis unter das linke Auge, außerdem fehlte ihm der rechte Arm. »Da, nimm.« In seiner ausgestreckten Linken hielt er einen Kanten graues Brot.

Sebastian griff danach, warf aber zunächst einen vorsichtigen Blick darauf und suchte es nach Mäusebissen ab.

»Ich bin Caspar«, stellte der Einarmige sich vor und ließ sich neben ihm nieder. »Und wer bist du?«

»Stäubling, Sebastian«, antwortete er kauend. Das Brot schmeckte herrlich, wenn auch etwas trocken.

»Was hast du nun vor, Stäubling?«, wollte der andere wissen, nachdem Sebastian ihm zögernd und in knappen Worten erzählt hatte, warum er die Nacht außerhalb der Stadtmauern im Freien verbracht hatte.

Er zuckte die Achseln. »Keine Ahnung. Zu meinem Onkel gehe ich jedenfalls nicht zurück, und zu dem ungerechten Beinschnitzer schon gar nicht.«

»Ich wüsste da was für dich.« Der andere hob die Hand und kratzte sich am Kinn. »Was hältst du davon, dich mir anzuschließen?«

»Anschließen? Was meinst du damit? Ich dachte, ihr seid alles Bettler und …«

»… Diebe?« Im Licht der aufgehenden Sonne sah er den Einarmigen grinsen. »So nennen uns die Leute, wenn sie uns erwischen und an den Galgen hängen. Was ihnen bei mir bisher nicht gelungen ist, wie du siehst. Den Arm habe ich bei einer anderen Gelegenheit verloren. Nein, Sebastian, ich nehme nur denjenigen etwas weg, die sowieso zu viel haben. Einen Armen oder einen Bauern würde ich nie bestehlen, das kannst du mir glauben.«

Ihm fiel auf, dass Caspar sich gewählter ausdrückte als die anderen Männer. »Bist du immer ein … ein Dieb gewesen?«

Der andere lachte. »Ich komme aus einem guten Stall. Mit vierzehn brachte mein Vater mich in ein Mönchskloster bei Augsburg.« Er spuckte auf den Boden. »Fünf Jahre habe ich dort zugebracht, bis ich eines Tages geflohen bin. Ich hab es einfach nicht mehr ausgehalten. Sieben Mal am Tag zur Messe und dazwischen nichts als Feldarbeit. *Ora et labora*, bete und arbeite. Obendrein war da noch ein älterer Bruder, der mich manchmal, wenn wir unbeobachtet waren … du verstehst?«

Sebastian schüttelte den Kopf.

»Er hat versucht, mich zu küssen, und mir an den Hintern gefasst! Hat behauptet, er würde mich lieben. Als sich die Gelegenheit bot, bin ich davongelaufen.«

Sebastian schwieg entsetzt. Ob die Frauen in dem Regensburger Kloster Heilig-Kreuz unter ähnlich harten Bedingungen leben mussten wie die Mönche? Einen Moment lang schloss er die Augen und versuchte der Furcht Herr zu werden, die sich in ihm ausbreitete.

»Was ist nun mit uns beiden?«, unterbrach Caspar seine Gedanken und zwinkerte ihm verschwörerisch zu. »Ich lenke die Leute ab, und du schneidest ihnen die Geldkatze vom Gürtel. Die Beute teilen wir unter uns auf. Ist gar nicht so schwer, wirst schon sehen. Machst du mit?«

Sebastian zögerte. Das kleine Stück Brot war nicht genug gewesen, um seinen Magen zu füllen. Warum eigentlich nicht? Wenn er nicht hungern wollte, musste er sich etwas einfallen lassen. Doch war das nicht Sünde? In der Hölle würde er schmoren, wenn er sich dazu hinreißen ließe! Sein Blick wanderte über die zerlumpten Gestalten der anderen Bettler, die eng beieinandersaßen und sich unterhielten. Einer sah ihn an und entblößte ein überraschend vollständiges Gebiss. Sie schienen sich gut zu kennen, hielten zusammen. Caspars Argumente waren nicht von der Hand zu weisen. Die reichen Patrizier in ihren feinen Häusern zwischen Weinmarkt und Sebalduskirche, dort, wo die Juden bis zu ihrer Vertreibung gewohnt hatten, lebten tatsächlich in Saus und Braus. Ein paar fehlende Kreuzer würden niemandem schaden. Außerdem wollte er ja nur so viel, um sich etwas zu essen und eine Decke für die Nacht kaufen zu können.

Er sah sein Gegenüber an und versuchte seiner Stimme einen entschlossenen Klang zu geben. »Gut, ich bin dabei.«

»Es soll dein Schaden nicht sein, Stäubling«, erwiderte Caspar. »Gleich werden die Stadttore geöffnet, dann gehen wir hinein. Heute ist Markttag, da geb ich dir deine erste Unterrichtsstunde in der hohen Kunst der Dieberei.«

Rüdiger wurde allmählich redseliger. So hatte Anna in Erfahrung bringen können, dass das Tor zwar nicht bewacht, aber stets verschlossen war. Schwester Verena, eine der älteren Dominikanerinnen, besaß neben der Mutter Oberin den Schlüssel. An ihn zu gelangen war nahezu unmöglich, da sie ihn stets am Gürtel trug.

Anna lag auf dem Bett, die Arme hinter dem Kopf verschränkt. Schwester Verena gehörte zu jenen Nonnen, die ihr zutiefst unangenehm waren. Ständig zog sie ein mürrisches Gesicht, was ihr bei den Novizinnen den Spitznamen eines Stallhundes einbrachte, der Mäuse und Ratten jagte: Rattler. Anna hatte sich ein Kichern kaum verbeißen können, als eine der anderen jungen Mädchen ihr dies in einem unbeobachteten Moment zugeflüstert hatte. Nur wie sollte sie an den Schlüssel gelangen?

Am folgenden Tag saß der Stallbursche vor dem Stall auf einem Hocker und machte sich an einem Karren zu schaffen. Als er sie bemerkte, freute er sich sichtlich. »Gott mit Euch. Ihr habt mich länger nicht besucht.«

Sie wies auf den Karren, über den sich Rüdiger nun wieder kopfschüttelnd beugte. »Was macht Ihr da?«

Er fluchte und hob den Kopf. »Ich begutachte das alte Gefährt. Soll es wieder flott machen. Kleinere Reparaturen mach ich immer selbst. Aber wie ich das hier bewerkstelligen soll, ist mir ein Rätsel.«

Anna, die im Schutz der Stalltür stehen geblieben war, betrachtete den Karren mit gekräuselter Stirn und strich dabei über die weichen Nüstern der Stute. »Das glaube ich gern. Wozu wird er denn gebraucht?«

Rüdiger machte eine wegwerfende Handbewegung. »Für das Bier, es muss bald ausgeliefert werden.« Mit einiger Mühe quälte sich der beleibte Mann von dem Hocker und reckte sich.

»Bis wann soll er denn fertig sein?«, fragte Anna, ohne den Blick von dem klapperigen Gefährt zu wenden.

»Ende nächster Woche. Ein Radmacher will bis dahin neue Räder liefern, und der Wagner wird in den nächsten Tagen erwartet.«

In Annas Kopf begann es auf einmal zu summen wie in einem Bienenstock. Sie wartete einen günstigen Moment ab, und als niemand im Klosterhof zu entdecken war, verabschiedete sie sich hastig, um sich auf den Weg zurück in die Küche zu machen.

An diesem Abend wurde Anna früher auf die Kammer geschickt und erst zur Abendandacht in der Kapelle zurückerwartet. Eine gleichmütige Miene aufzusetzen hatte sie während des Nachmittags viel Kraft gekostet. Sie konnte nur hoffen, dass die beiden Schwestern nicht bemerkt hatten, wie schwer es ihr fiel, ihr aufgewühltes Inneres zu verbergen. Vielleicht konnte sie sich zumindest so lange auf dem Wagen verstecken, bis sie sich außerhalb der klösterlichen Anlage befand. Den Rest musste sie dann eben zu Fuß zurücklegen.

Anna öffnete die Kammertür und schloss sie rasch hinter sich. Mit zunehmender Verzweiflung blickte sie sich um. Der Raum war zu klein, um mehr als fünf Schritte umherzugehen. Die Luft trug stets einen leichten Modergeruch mit sich, und der sterbende Heiland auf dem hölzernen Kruzifix über ihrer Schlafstatt schien vorwurfsvoll auf sie herunterzuschauen. Sie trat ans Fenster und öffnete es weit. Der Wind blies an diesem Tag mit schneidender Kälte, ließ die kahlen Äste der Obstbäume im Klostergarten tanzen. Bedauerlicherweise konnte sie sich nur bruchstückhaft an die Reise nach Regensburg erinnern, zu unglücklich war sie damals gewesen, um sich die Umgebung einzuprägen. Nur eins wusste sie mit Sicherheit: Zwischen dem Anwesen der Dominikanerinnen und der nächsten Ortschaft lagen viele Meilen weites Land, zumeist Getreidefelder, nur von Knicks und Gestrüpp unterbrochen.

Wo hatte bloß dieser Bach gelegen, der ihr im Gedächtnis geblieben war? Anna grübelte. Konnte es auf halber Wegstrecke gewesen sein? Ihre Flucht musste am helllichten Tag geschehen. Mehr als ein Augenpaar würde verfolgen, wie der Händler das Tor des Klosters passierte. Eine falsche Bewegung oder ein unbedachtes Geräusch genügte, und sie würde entdeckt. Ende nächster Woche wurde der alte Karren gebraucht, hatte Rüdiger gesagt. Gut, bis dahin blieb ihr noch etwas Zeit, um die fehlenden Dinge zu besorgen, damit sie einige Tage überleben konnte.

Nachdem Anna ihr inneres Gleichgewicht wiedergefunden hatte, läuteten auch bald die Glocken, die zur Abendandacht riefen. Mit gesenktem Haupt sang sie die Lieder, ohne dass auch nur ein Wort bis zu ihr durchdrang. Die Wäschekammer befand sich an der rückwärtigen Seite der Klosteranlage, nahe Brunnen und Abort. Beim gemeinsamen Schlussgebet bewegte sie bloß leicht die Lippen. Gab es einen besseren Zeitpunkt, die Wäschekammer aufzusuchen, als jenen, wenn die Nonnen und Novizinnen gleichzeitig die Kapelle verließen? Anna wartete, bis die Frauen in schwarz-weißer Tracht auf den in Dämmerlicht getauchten Klosterhof traten und die Novizinnen ihnen schweigend folgten. Sie nickte einigen zu, wandte sich nach rechts und zwang sich zu dem gemächlichen Schritt, der von den Schülerinnen erwartet wurde.

Ihr Puls begann zu rasen. Dreh dich nicht um, dachte sie. Tu so, als ob du zum Abort gehen willst. Feine Schweißperlen traten ihr auf die Stirn, dann passierte sie das stille Örtchen und blieb stehen. Vor der Kapelle entdeckte sie einige ihrer Mitschülerinnen. Als diese ihren Weg fortsetzten, lief Anna die kurze Strecke bis zur Wäschekammer. Lautlos schlüpfte sie hinein und schloss die Tür. Der Duft von Seifenlauge und feuchter Luft empfing sie. Anna kniff die Augen zusammen, um in dem finsteren Raum etwas erkennen zu können. In der Mitte befand sich der Waschtrog, gegenüber ein Schrank, der die gesamte Wand einnahm. Sie öffnete die Tür: Seifen und Bürsten. Einem tönernen Topf eine Schublade tiefer entstieg der typische Geruch von Holzasche. Rasch schloss sie die Tür wieder und öffnete die nächste. Tatsächlich befanden sich dort sauber aufgereiht und gestapelt die Leibwäsche sowie die Gewänder der Nonnen. Irgendwo musste es auch ein Behältnis geben, in dem die Schmutzwäsche aufbewahrt wurde. Tastend fuhr sie mit der Suche fort, bis sie mit der Stiefelspitze gegen etwas Hölzernes stieß. Beim näheren Betrachten entpuppte es sich als eine große Kiste. Mit gerümpfter Nase begann sie die Kleidungsstücke zu durchwühlen, aber das Ding enthielt nichts als schmutzige Leibwäsche.

Plötzlich stutzte sie. Da war etwas, das offensichtlich in einem gesonderten Sack aufbewahrt wurde. Eilig kramte sie ihn hervor und ließ den Deckel fallen. Nach kurzem Zögern stellte sie sich an das vom Mondschein beschienene kleine Fenster und zog den Stoff heraus. Es sah aus wie … ja, es war ein Umhang aus grober Wolle, aus dem ihr der Geruch von Schweiß entgegenwehte. Anna verstaute ihn wieder in dem Sack und machte einen Schritt auf die Tür zu, als sie mit der Stiefelspitze einen Gegenstand berührte. Mit einem Krachen fiel ein Besen zu Boden, der gegen die Wand gelehnt haben musste. Sie erschrak. Im selben Moment vernahm sie das Geräusch nahender Schritte.

Es gelang ihr gerade noch, sich hinter der Tür zu verstecken, als diese einen Spaltbreit geöffnet wurde.

»Ist da jemand?«, drang die heisere Stimme des Rattlers an ihr Ohr und schickte Wellen aus Angst durch ihren Leib.

Anna hielt den Atem an. Da trat Schwester Verena einen Schritt vor.

Könnte ich mich doch nur so klein wie ein Mäuschen machen, dachte sie, aber ihr blieb nichts, als sich in die Ecke zu drängen und zu hoffen, der Rattler möge am Eingang stehen bleiben. Nur einen Schritt weiter und alles wäre vorbei. Sie fühlte den Pulsschlag am Hals viel zu laut pochen.

Bange Momente vergingen, dann wurde die Tür leise ins Schloss gezogen, und Anna war wieder allein. Ermattet lehnte sie sich gegen die kühle Wand und wartete, bis sie glaubte, ihre Beine würden den Dienst wieder aufnehmen. Nachdem die Schritte der Schwester verklungen waren, huschte sie hinaus. Mit dem Stoffsack unter dem Arm hielt sie sich dicht an der Mauer und schlich auf Zehenspitzen vorwärts, bis sie am Abort anlangte. Dort verharrte sie und verbarg sich hinter einem Busch, um sich zu vergewissern, dass niemand sie beobachtete. Nachdem es im Inneren still blieb, schob sie den Umhang flach unter ihr Gewand und schritt, einen Arm schützend vor den Bauch gepresst, über den Klosterhof. Als Anna endlich ihre Kammer erreichte, zitterte sie wie Espenlaub. Kurz entschlossen verstaute sie den Kleidersack unter ihrer Matratze.

KAPITEL 9

Das Wasser, mit dem sich Anna frühmorgens gründlich wusch, war eiskalt, vertrieb jedoch die Müdigkeit aus ihren Gliedern. Noch lange hatte sie in der vergangenen Nacht wach gelegen, zu übermächtig war die Flut von Gefühlen über ihr hereingebrochen. Die Freude über den Umhang und der täglich zunehmende Zorn auf Martins Gleichgültigkeit kämpften miteinander wie zwei Krähen um Beute. Längst hatte sie aufgegeben, die Wochen und Monate seit ihrer Ankunft in Regensburg zu zählen, denn es bewirkte nichts als wachsende Ungeduld. Nachdenklich kämmte sie ihr dichtes dunkelblondes Haar und flocht es zu einem Zopf. Ihre Gedanken wanderten von Martin zu Sebastian. Wenn sie erst wieder vereint waren, würde sie endlich erfahren, was ihr Bruder während ihrer Abwesenheit beim Beinschnitzer alles gelernt hatte. Ein Lächeln stahl sich in ihre Mundwinkel. Sie schlüpfte in ihr Novizinnengewand und befestigte die Haube in ihrem Haar.

Als sie den Dienst in der Küche antrat und Schwester Clementia sie fröhlich begrüßte, kam sie sich schlecht und hinterhältig vor. Immerhin würde bald jemand sein Kleidungsstück vermissen, und sei es noch so schäbig und verschmutzt. Sie konnte nur hoffen, dass der Diebstahl erst auffiel, wenn sie das Kloster längst verlassen hatte.

»Anna, du bist schon wieder unaufmerksam! Du hast mir nicht zugehört!«

Schwester Almuths harscher Tonfall ließ sie jäh zusammenfahren, und das Messer, mit dem sie Gemüse schnitt, fiel mit hellem Klang zu Boden. Rasch hob sie es auf.

»Bitte entschuldigt. Ihr habt mit mir gesprochen?«

Die Schwester verschränkte die Arme vor der Brust und betrachtete sie finster. »Allerdings. Du solltest wissen, dass ich derlei Träumereien in meiner Küche nicht dulde. Geh und hol uns ein Fass Bier zum Abendmahl, aber plötzlich!«

Anna machte auf dem Absatz kehrt und lief hinaus auf den Hof. Als sie kurze Zeit später mit dem Gewünschten zurückkehrte, hörte sie die beiden Ordensfrauen miteinander sprechen.

»So habt doch ein wenig Geduld mit dem Mädchen. Sie ist bemüht und fleißig und benötigt eine liebevolle Hand«, redete Clementia beschwichtigend auf Schwester Almuth ein.

»Hab ein Auge auf sie, hörst du?«, entgegnete diese. »Sollten mir weitere Unaufmerksamkeiten zu Ohren kommen, muss ich mich an die Mutter Oberin wenden, hast du verstanden?«

»Selbstverständlich«, vernahm sie Clementias Antwort.

Anna betrat die Küche, woraufhin das Gespräch sofort verstummte, und machte sich wieder an die Arbeit. Sie wagte nicht aufzusehen. Den Rest des Vormittags redete sie nur, wenn sie gefragt wurde. Sie ahnte, dass sie es Clementia zu verdanken hatte, als ihr keine weitere Strafe auferlegt wurde. In einem passenden Moment dankte sie der alten Frau.

»Schon gut. Es braucht nicht viel, um Almuth in Rage zu bringen, das wirst du selbst wissen. Sei in Zukunft einfach vorsichtiger.«

Anna versprach es. In ihrer freien Stunde stattete sie dem Stallburschen einen Besuch ab. »Na, kommt Ihr voran?«

»Muss ja«, antwortete er, »am Sonntagabend sollen die Fässer verladen werden.«

In zwei Tagen. Annas Puls beschleunigte sich. »So früh schon?«

»Ja«, brummte er, »leider. Macht es Euch etwas aus, an einem anderen Tag wiederzukommen?«

»Ganz und gar nicht«, antwortete sie und wandte sich zum Gehen. Sie drehte sich noch einmal um. »Hat man denn einen Händler gefunden, der auch am Sonntag reist?«

Der Stallbursche kratzte sich am Nacken. »Wieso? Ach, jetzt verstehe ich. Ihr meint, weil am Sonntag verladen wird? So jemanden werdet Ihr kaum auftreiben, Mädchen«, lachte Rüdiger vergnügt. »Nein, der Weinhändler wird bei uns zu Gast sein und schon zum Sonntag erwartet. Er übernachtet im Kloster und tritt am Montagmorgen gemeinsam mit der Schwester, die unsere Brauerei leitet, die Handelsreise an. So kommt der gute Baldewin zu seinem Bier, und die Schwester fährt in Begleitung.«

Jedes seiner Worte hallte wie die Klänge einer Melodie in Anna nach. Übernachtet im Kloster, Sonntagabend verladen, am Montagmorgen gemeinsam ... Erregung ergriff sie.

Vorsichtig blickte sie sich nach allen Seiten um. »Im Hof ist gerade niemand zu sehen. Vielleicht bis morgen. Gutes Gelingen!«

»Danke«, antwortete er und schob seinen gewaltigen Leib unter den Wagen.

Zurück in der Kammer, warf Anna sich ungeachtet ihrer staubigen Stiefel aufs Bett. Ihr Herz hämmerte laut und voll ängstlicher Erwartung. Ihr Wassersack musste gefüllt werden. Außerdem fehlte noch eine Decke. Natürlich könnte sie versuchen, die Pferdedecke aus Rüdigers Kiste zu stibitzen, aber ebendies widerstrebte ihr. Es war etwas anderes, einen Umhang zu entwenden, dessen Besitzer ihr unbekannt war, als einen der wenigen Menschen zu bestehlen, die ihr im Kloster freundlich gesinnt waren. Der Umhang war aus grober Wolle, er musste genügen.

Beim gemeinsamen Abendessen beugte sie sich über ihren Teller und aß, obwohl sie nichts von dem kräftigen Gemüsebrei zu schmecken imstande war. Nach dem letzten Gebet mischte sie sich unter den Strom von Frauen. Wie sollte sie den letzten Tag hier nur überstehen, ohne vor Furcht und Aufregung verrückt zu werden? Anna zwang sich zur Ruhe und nutzte den Rest des Abends, indem sie sich wieder und wieder das Wiedersehen mit ihren Liebsten ausmalte. Tatsächlich fiel sie bald in einen tiefen, traumlosen Schlaf, aus dem sie noch vor Sonnenaufgang mit neuer Zuversicht erwachte. Als sie aus dem Fenster sah, prasselten dicke Regentropfen gegen die Scheibe und liefen in Rinnsalen daran hinunter.

Sebastian und Caspar machten es genauso, wie der Einarmige es vorgeschlagen hatte. Auf den Marktplätzen rempelte Caspar einen vorher sorgfältig ausgesuchten Bürger oder eine Bürgerin an und entschuldigte sich wortreich mit zerknirschter Miene, während Sebastian von hinten herantrat und mit einem scharfen Messer den Beutel oder die Geldkatze vom Gürtel schnitt. Bevor das Opfer den Verlust überhaupt bemerkte, war der Junge im dichten Gedränge untergetaucht und auch Caspar war längst verschwunden.

Beim ersten Mal hatte Sebastian das Herz derart in der Brust gehämmert, dass er glaubte, alle müssten es hören oder ihm den bevorstehenden Diebstahl an der Nasenspitze ansehen. An einem verabredeten Ort trafen sich die beiden und teilten die Beute untereinander auf. Als Sebastian sah, was sie ergaunert hatten, wurde ihm ganz heiß vor Freude und Erleichterung. Weder an diesem noch am nächsten Tag musste er sich hungrig zur Ruhe legen.

Bereits eine Woche, nachdem er das erste Mal mit seinem neuen Freund »zusammengearbeitet« hatte, trug er einen ganzen Silbergulden, zehn Kreuzer und ein gutes Dutzend Nürnberger Pfennige in dem Lederbeutel mit sich herum, den er einem fetten Pfeffersack vom Gürtel geschnitten hatte. Endlich konnte er sich eine eigene Decke leisten und brauchte nicht mehr mit dem stinkenden Ding des Bettlers vorliebzunehmen. Wenn ihn zwischendurch Gewissensbisse plagten, wischte er sie energisch beiseite. Dennoch schickte er an manchen Tagen Stoßgebete gen Himmel und bat um Vergebung. Ich mache das nur so lange, bis ich weiß, wo ich bleiben kann, tröstete er sich dann. Niemals durfte Anna ihn so sehen. Doch solange sie im Kloster lebte, war eine zufällige Begegnung zwischen ihnen mehr als unwahrscheinlich.

Eines Tages – Caspar und Sebastian hatten sich nach einem ausgiebigen Frühstück auf die andere Seite der Pegnitz begeben – zeigte der Einarmige am Rande des Saumarktes auf einen Mann, der an einem der Pferche stand und die Tiere begutachtete. Er war in einen langen Wollmantel gehüllt, der ebenso Wohlstand verriet wie das Barett mit der Brosche. An den Füßen trug der Mann keine Schnabelschuhe, sondern die vorne abgerundeten neuen Kuhmäuler. Der Schweinehändler eilte herzu, doch die beiden Männer wurden sich anscheinend nicht handelseinig.

»Los geht's«, flüsterte Caspar, als der Mann weiterschlenderte. »Wir treffen uns dann auf der Insel Schütt.«

Sebastian folgte dem Freund. Der Unbekannte sah sich um und schritt auf ein weiteres Gehege zu, in dem sich ein gutes Dutzend quiekender Ferkel tummelte. In diesem Moment trat ihm Caspar mit abgewandtem Gesicht in den Weg und lief in ihn hinein. Der Mann verlor das Gleichgewicht und stürzte auf den dreckigen Boden.

»He, kannst du nicht aufpassen, du Habenichts!«, stieß er hervor. Mühsam erhob er sich und klopfte sich den Staub von den Kleidern.

»Vergebung, Herr«, bat Caspar. »Hab Euch wirklich nicht gesehen.« Er trat vor und streckte die Hand aus, als wollte er ihm helfen, den Mantel zu reinigen.

»Nimm deine Finger weg, Kerl, und geh mir aus den Augen!« Der Mann wedelte mit beiden Händen, als wollte er ein lästiges Insekt verscheuchen.

»So lasst mich Euch doch helfen, mein Missgeschick tut mir wirklich leid!«, rief Caspar.

»Du sollst verschwinden, sag ich!«

Mit zwei Schritten war Sebastian hinter dem Mann, legte die Hand um den Griff seines Messers und zog es aus dem Gürtel. Sein Blick suchte den Geldbeutel. Eine Bewegung, ein schneller Schnitt, und schon war das lederne Säckchen unter seinem Mantel verschwunden. Während er sich umdrehte und unauffällig davonging, hörte er Caspar sagen: »Hab einfach nicht aufgepasst, wirklich!«

»Pack dich endlich! Und komm mir ja nicht wieder unter die Augen.«

»Wird nicht noch mal vorkommen, Herr.«

Sebastian schmunzelte, überquerte den Platz und strebte dem Eingang zur Ledergasse zu, die zur Pegnitz hinabführte. Über eine Brücke am Heilig-Geist-Spital gelangte man auf die lang hingestreckte Insel, die zum größten Teil von Obstbäumen bewachsen war. Unter dem Männerschuldturm, gegenüber von der flachen Stelle, an der die Frauen ihre Wäsche wuschen, wollte er auf Caspar warten, wie sie es schon öfter gemacht hatten.

Am Ende der Ledergasse, dort, wo diese sich verengte, kam ihm eine gut gekleidete Frau entgegen. An ihrer Hand lief ein vielleicht vierjähriger Knabe. Unter dem anderen Arm trug die Mutter einen Korb.

»Ich kann nicht mehr laufen«, quengelte das Kind, während sich die beiden Sebastian näherten.

»Wir sind bald daheim«, antwortete die Frau.

»Nein!«, heulte der Junge wütend auf. Im nächsten Moment warf er sich mit wild strampelnden Beinen auf das Pflaster.

»Steh sofort auf, Engelhard!«

»Nein! Du sollst mich tragen!«

Als die Frau den Korb abstellte, trat Sebastian näher und lugte hinein. Das gibt's doch nicht, durchfuhr es ihn. Wie konnte sie nur so leichtsinnig sein! Zwischen ein paar Päckchen steckte der mit einem Blumenmuster verzierte Geldbeutel der Frau. Kurz schweifte sein Blick zu ihr und dem Kind, das sich immer noch weigerte aufzustehen.

»Engelhard, du bist schon ein großer Junge, ich kann dich nicht mehr tragen! Außerdem siehst du doch, dass ich einen Korb voller Einkäufe …«

Mit einer blitzschnellen Bewegung zog er den Beutel aus dem Korb. Die Frau riss die Augen auf. »Zu Hilfe, ein Dieb!«, schallte ihr Ruf hinter ihm her, als er mit langen Sätzen davonstürzte, dem Ausgang der Gasse zu.

»Halt, wohin so eilig?« Er wurde herumgewirbelt.

Wo war der hochgewachsene Mann, der sich ihm in den Weg stellte und ihn um mindestens zwei Haupteslängen überragte, so plötzlich hergekommen?

»Geht mir aus dem Weg!«, knurrte Sebastian und wollte sich losreißen, doch der Mann fasste nach seinem Arm und hielt ihn eisern umklammert.

»Der Beutel da in deiner Hand – könnte es sein, dass er der Dame da hinten gehört?«

Aus dem Augenwinkel sah er die Frau und das Kind näher kommen. »Haltet den Dieb nur fest!«, schrie sie.

»Keine Sorge, der entkommt mir nicht!« Der Griff des Mannes, dessen fleischige Hände gewiss dreimal so groß waren wie seine, umklammerte ihn wie ein Schraubstock.

Sebastian brach der Schweiß aus allen Poren. »Lasst mich los, Ihr irrt Euch.«

»So? Warum läufst du dann davon wie der Hase vor dem Jäger? Der Beutel da sieht auch nicht aus, als ob er dir gehört. Her damit!«

Sebastian öffnete die Hand.

Da stand bereits die Frau mit hochrotem Gesicht vor ihm. »Was fällt dir ein, eine ehrbare Bürgerin zu bestehlen?«

»Bitte, Euer Eigentum.« Der Fremde mit dem kräftigen Griff reichte ihr den Beutel, ohne ihn loszulassen.

»Seid bedankt! Euch muss der Himmel geschickt haben.«

»Ich werde den Burschen den Bütteln übergeben«, versprach der Mann, »solchen Dreckskerlen muss das Handwerk gelegt werden.«

Sebastians Kehle wurde eng. Wenn der Mann die Büttel holte, war es um ihn geschehen. Seine Gedanken überschlugen sich. Er wusste, was mit Dieben geschah. Neulich erst hatten sie einen geschnappt, seine Hand auf den Klotz gelegt und abgehackt. Auf dem Marktplatz war das gewesen, Caspar und er hatten in der gaffenden Menge gestanden und das Geschehen verfolgt. Nie würde er vergessen, wie die Hand in den Korb gefallen und das Blut hervorgespritzt war. Mit viel Glück würden sie ihm nur Nase und Ohren abschneiden. Die Vorstellung jagte ihm eisige Schauer über den Rücken.

»Ihr müsst mir glauben, so etwas habe ich nie zuvor getan«, wandte er sich der Frau zu. »Bitte, erhebt keine Anzeige gegen mich! Es war nur, weil ich schon seit Tagen nichts mehr zu essen hatte …«

»So verhungert siehst du nicht aus, Bursche!«, unterbrach ihn der Mann grob, lockerte aber kurz seinen Griff. Im selben

Augenblick riss Sebastian sich los, sprang zur Seite und rannte mit Riesenschritten auf die Brücke am Heilig-Geist-Spital zu, verfolgt von den Flüchen des Mannes, dem er entwischt war.

Auf der Schütt angekommen, hielt er Ausschau nach Caspar, der jedoch nirgends zu sehen war. Im Schatten des Schuldturms ließ Sebastian sich nieder. Das war knapp gewesen. Er wischte sich den Schweiß von der Stirn. Einen Steinwurf entfernt hockten ein paar Frauen am Flussufer und wuschen ihre Wäsche im klaren Wasser der Pegnitz. Eine der Wäscherinnen stimmte ein Lied an, die anderen fielen ein. Eine junge Frau mit einem Zopf sah aus wie Anna.

Auf einmal waren sie wieder da, die Schuldgefühle, die er in letzter Zeit so oft verdrängt hatte. Was war nur aus ihm geworden? Ein mieser kleiner Dieb, der arglose Menschen bestahl und belog, und das beinahe täglich. Gott wird mich dafür ganz bestimmt in der Hölle schmoren lassen, dachte er düster.

Eine Hand legte sich ihm auf die Schulter. Caspar. Dem Himmel sei Dank!

»Wo hast du gesteckt?«

Der andere zuckte die Achseln. »Bin noch ein bisschen rumgelaufen. Wartest du schon lange?«

»Ich hatte Pech. Bin beim Klauen geschnappt worden«, erwiderte Sebastian, und sein Atem ging in heftigen Zügen. »Beinahe hätte mich ein Kerl den Bütteln übergeben. Ich konnte ihm gerade noch entwischen.«

»Berufsrisiko«, grinste Caspar und setzte sich neben ihn. »Ist mir auch schon passiert. Lass uns die Beute teilen.«

Sebastian holte den ledernen Beutel hervor, den er dem Mann auf dem Saumarkt vom Gürtel geschnitten hatte, zog das Band auf und ließ den Inhalt in Caspars geöffnete Hand fallen.

Der Freund stieß einen Pfiff aus. »Nicht schlecht, mein Lieber!«

»Du kannst meinetwegen alles haben. Hattest schließlich die Hauptarbeit.«

»Red kein dummes Zeug. Du hast geschnitten, ich hab ihn abgelenkt. Es wird wie immer geteilt. Los, nimm, was dir zusteht.«

»Behalt es.«

»Sag mal, bist du krank?« Caspar ließ die Münzen ins flache Gras fallen, legte ihm die Hand auf die Stirn und schüttelte sie, als ob er sich verbrannt hätte.

Sebastian rückte von ihm ab. »Lass mich einfach in Ruhe.«

»Wie du willst.« Caspar klaubte die Geldstücke auf, beförderte sie geschickt in seinen eigenen Beutel und erhob sich. »Wollen wir in einer Garküche etwas essen?«

»Ich hab keinen Hunger.«

»Langsam mach ich mir wirklich Sorgen, Stäubling. Also, ich hab einen Bärenhunger. Kommst du wenigstens mit, oder ist dir meine Gesellschaft lästig?«

»Nein, aber halt mal für ein paar Augenblicke die Klappe, ja?«

Caspar warf ihm einen verständnislosen Blick zu, schwieg jedoch. Sie verließen die Insel, und der Einarmige schlug den Weg in Richtung einer der Holzbuden ein, in denen man für ein, zwei Pfennige einen Teller Mus oder eine andere einfache Mahlzeit bekam. Als die beiden an einem Bettler vorbeigingen, blieb Caspar stehen. Eine Binde bedeckte die Augen des barhäuptigen Alten, der an eine Hauswand gelehnt auf dem Boden hockte, eine rostige Blechdose in der Hand. Caspar trat einen Schritt näher, und Sebastian folgte ihm.

Als der Mann merkte, dass jemand vor ihm stand, hob er die Hand und rasselte mit der Dose, in der sich ein paar Münzen befanden. »Ein Almosen für einen armen Mann, der sein Augenlicht schon vor vielen Jahren verloren hat!«, rief er in weinerlichem Ton.

Caspar beugte sich vor. Er hob die Hand, holte aus und tat, als wolle er dem Alten ins Gesicht schlagen.

Dieser zuckte zusammen. »He, was soll das?«

Der Einarmige lachte grimmig auf. »Wenn du blind bist, dann bin ich der Heilige Vater!«

Im nächsten Moment entriss er dem Mann die Dose. Der Alte schrie auf. »Mein Geld!«

»Komm, weg hier!« Caspar fasste nach Sebastians Arm und zog ihn mit sich fort.

Ihm blieb nichts übrig, als mit dem Freund die Gasse hinabzulaufen, wollte er nicht die Aufmerksamkeit der Leute auf sich lenken.

»Warum hast du das getan?«, wollte er wissen, als sie die nach zwei Seiten offene Garküche erreicht hatten, aus der ihnen der würzige Duft von auf Holzkohle gebratenem Fleisch entgegenwehte.

»Der Mann ist ein Betrüger.« Caspar grinste. »Hast du nicht gesehen, wie er zusammengezuckt ist, als ich so tat, als wollte ich ihn schlagen? So viel Dummheit muss bestraft werden.«

»Ein Betrüger. Und wenn schon.« Sebastian konnte es nicht fassen. Ein Beutelschneider bestahl einen Bettler. »Sind wir denn besser als er?«

Caspars Augen verengten sich zu Schlitzen, und er trat dicht an Sebastian heran. »Was soll das, Stäubling? Hast du ein Problem mit mir oder damit, wie wir uns Geld beschaffen?«

»In den Augen der meisten Menschen dieser Stadt sind wir doch auch nur Abschaum, Caspar«, brachte Sebastian hervor.

»Na und? Bisher hast du ganz gut davon gelebt, oder etwa nicht? Aber wenn du dein Gewissen entdeckt haben solltest, sag es lieber gleich, dann arbeite ich in Zukunft wieder allein.«

»Das ist vielleicht das Beste«, hörte Sebastian sich sagen.

Der Einarmige maß ihn mit einem abschätzigen Blick. »Du kündigst mir die Freundschaft? Wie du willst.« Abrupt wandte er sich um und verschwand im Inneren der Bude.

Unschlüssig blieb Sebastian vor dem Eingang der Garküche stehen, um schließlich seine Schritte Richtung Hauptmarkt zu lenken. Am Schönen Brunnen ließ er sich auf den Stufen nieder und stützte den Kopf in die Hände. Zwei Knaben und ihr Vater näherten sich und betrachteten den Aufbau, den kunstvoll gearbeitete Figuren zierten: die vier Evangelisten, Propheten, Kirchenväter und Heilige.

»Ganz oben, das ist Moses mit den Gesetzestafeln und den Geboten Gottes«, erklärte der Mann seinen Kindern. »Durch sie wissen wir, wie wir leben müssen, um nicht ins Feuer der Hölle zu kommen, wenn wir sterben.« Dann gingen sie weiter.

Die Zehn Gebote. Er hatte in den letzten Wochen gegen mehr als nur eines von ihnen verstoßen.

Du sollst nicht stehlen. Du sollst nicht begehren, was dein Nächster hat. Du sollst den Feiertag heiligen. Wie lange war es her, seit er eine Kirche von innen gesehen hatte?

Sebastian bewunderte das prächtige Portal der Frauenkirche schräg gegenüber. Was hinderte ihn, hineinzugehen und bei einem der Priester zu beichten? Er erhob sich, überquerte den Platz und zog einen der Türflügel auf. Im Inneren des Gotteshauses war es kühl. Sebastian sah sich um, betrachtete die Statue der Heiligen Jungfrau und schritt durch das gewaltige Kirchenschiff auf den Altar zu. Ganz in der Nähe waren die Beichtstühle. Aus einem drang Gemurmel, und er trat näher an den Holzkasten heran. » … wieder gefehlt, Hochwürden.«

»Es hat Euch erneut nach dem Bruder Eures Mannes gelüstet?«

»Gestern Abend erst war ich bei ihm. Mein Mann liegt schon seit Tagen krank darnieder. Ich schäme mich so. Bitte, sprecht mich von meinen Sünden frei.«

»Lasst Euch versichern, wir Menschen sind allzumal Sünder und mangeln des Ruhmes, den wir bei Gott haben sollten. So schreibt es der Apostel Paulus in seiner Epistel an die Römer.«

»Ich verstehe nicht.«

»Legt Eure Hand auf meinen Schoß, dann werdet Ihr verstehen.«

»Aber Hochwürden!«

»Ihr seid eine schöne junge Frau.«

»Ihr schmeichelt mir.«

»Bitte, tut es.«

Im Beichtstuhl wurde es still. Kurz darauf stöhnte der Priester auf. Angeekelt wandte sich Sebastian ab, stürzte den Gang hinunter zum Ausgang und trat ins Sonnenlicht hinaus.

Gegenüber der Kirche hatten sich ein paar Männer und Frauen um einen weiß geschminkten Spielmann geschart. »Oh hört, ihr Leut der stolzen Stadt«, stimmte er sein Lied an und zupfte dazu die Saiten seiner Laute, »der Schwarze Tod geht um, er holt sich Bettler, Bürger, Pfaff, ganz gleich, ob alt, ob jung. Der Knochenmann ruft: ›Tanzt mit mir, bevor das Ende naht. Kein Bußgebet, kein Elixier – nichts hilft, der Tod schon wart.‹«

Sebastian lief weiter, aber in seinem Rücken hörte er den Mann noch immer singen.

»So mancher nun aus Nürnberg flieht, solange er's noch kann, den and'ren sing ich dieses Lied, das ich für Euch ersann.«

Kapitel 10

Ich werde mir wieder Arbeit suchen, entschied Sebastian, nachdem er den Hauptmarkt verlassen hatte und durch die Gassen rund um Rathaus und Sebaldkirche streifte. Viel zu lange hatte er das Leben eines Diebes geführt. Während der nächsten Stunden klopfte er an Dutzende Türen, neben denen bemalte Holzschilder das jeweilige Handwerk des Hausherrn verrieten – vergeblich. Ob Schuster, Schneider, Korbmacher oder die Weißgerber unten am Fluss, niemand konnte einen Burschen gebrauchen, welcher ihm für ein paar Pfennige am Tag und ein Bett für die Nacht zur Hand ging. Vor der letzten Tür einer Häuserreihe in der Schildgasse blieb Sebastian stehen. Das Schild darüber verkündete, dass hier ein Sattler sein Handwerk betrieb. Sebastian klopfte.

Ein kräftiger Bursche in Sebastians Alter steckte den Kopf heraus. »Was gibt's?«

»Gott zum Gruße, mein Name ist Sebastian Stäubling. Ich bin auf der Suche nach Arbeit.« Er nickte in Richtung des Schildes. »Hier gibt es eine Sattlerei?«

»Sie gehört meinem Vater. Keine Ahnung, ob er jemanden braucht.«

»Es wäre sehr freundlich, wenn du ihn fragen würdest.«

»Sehr freundlich.« Der andere grinste. »Manchmal kann ich das sein, obwohl meine Schwester oft genug das Gegenteil behauptet.

»Sepp, wer ist denn da draußen?«, erklang eine Frauenstimme aus dem Inneren des Hauses.

»Nur jemand, der Arbeit sucht, Mutter.«

»Dann bitte ihn herein.«

Der Bursche zog die Tür auf, und Sebastian folgte ihm in eine kleine Küche, wo ihm eine Frau freundlich entgegensah.

»Gott zum Gruße, ich bin Frau Stadler. Du suchst also Arbeit.«

Sebastian nickte.

»Dann geh mit Sepp in die Werkstatt hinüber und frag meinen Mann.«

Die beiden verließen die Küche und liefen über einen ungepflasterten Hinterhof zur Werkstatt. Ein Mann mit einer hohen Stirn, in die ihm flachsblondes Haar fiel, stand mit aufgekrempelten Ärmeln und einer Ahle in der Hand über einen Balken gebeugt, sodass Sebastian seine kräftigen Armmuskeln sehen konnte. Ein helles Lederstück lag darüber, in das der Sattler bereits mehrere Löcher gebohrt hatte. An den Wänden sowie auf einem großen Eichentisch befanden sich weitere Ahlen, Scheren und Messer in verschiedenen Größen und Stärken.

Als sein Sohn die Tür hinter sich schloss, sah der Mann auf. »Was gibt's? Ein neuer Freund, Sepp?«

Der Junge schüttelte den Kopf. »Hat bei uns angeklopft. Sprich schon selbst, oder hast du keinen Mund?«, fügte er an Sebastian gewandt hinzu.

Dieser nannte seinen Namen. »Könnt Ihr jemanden brauchen, der Euch zur Hand geht, Herr Stadler?«

»Vielleicht. Kannst du denn mit Leder umgehen, Junge?«

»Ich hab's noch nie gemacht, aber man kann alles lernen.«

»Wohl wahr. Was hast du denn bisher gearbeitet?«

»War bei einem Beinschnitzer.«

»Beinschnitzer, so.«

Frau Stadler erschien in der Werkstatttür. »Das Essen ist fertig. Kommt ihr?«

»Kann Sebastian mitessen, Mutter?«, fragte Sepp.

»Natürlich.«

Der Sattler stach ein weiteres Loch in das weich gegerbte Leder. »Geht nur schon rüber, ich bin gleich so weit.«

Wenig später saß die Familie am Küchentisch. Auch Sepps Schwester Margarete, ein aufgewecktes Mädchen von etwa fünf oder sechs Lenzen, und Niclas, der älteste Sohn der Stadlers, waren erschienen. Während Sepps Bruder nur ein- oder zweimal den Kopf hob, um Sebastian über seinen Teller hinweg einen verstohlenen Blick zuzuwerfen, begann Margarete sofort, ihn auszufragen. Sebastian gab ausweichende Antworten und war froh, als Frau Stadler die Kleine ermahnte, ihren Gast in Herrgotts Namen endlich in Ruhe essen zu lassen.

»Ich könnte tatsächlich zusätzliche Hilfe in der Werkstatt gebrauchen«, meinte der Sattler, nachdem seine Frau die Teller abgeräumt und sie zum Abwaschen in eine Wanne mit Wasser gelegt hatte.

»Bei einem Beinschnitzer hast du bisher gearbeitet, sagtest du?«

»Ja, aber der wollte mich nicht mehr.«

»Und deine Eltern?«, wollte Frau Stadler wissen. »Was ist mit denen?«

»Sie leben nicht mehr.«

Sepps Mutter machte ein bekümmertes Gesicht und legte ihm die Hand auf die Schulter. Dann sah sie zu ihrem Mann. »Wenn der Junge niemanden mehr hat, sollten wir ihn aufnehmen. Es ist doch Christenpflicht, sich gerade in diesen schweren Zeiten um Waisen zu kümmern, nicht wahr, Adam?«

»Warum nicht? Auf einen Esser mehr am Tisch kommt es nicht an, und zu tun habe ich mehr als genug. Ich stelle allerdings eine Bedingung. Du wirst für die nächsten beiden Tage bei mir zur Probe arbeiten. Gut reden kann so mancher, ich will sehen, dass du es ernst meinst und dich bemühst. Bist du einverstanden?«

»Gern, Herr Stadler. Soll ich sofort anfangen oder morgen früh?«

Dunkle Wolkenfelder kündigten von weiteren Regenfällen, und der Sonne gelang es nicht, sich ihren Platz am Himmel zurückzuerobern. Ständig lauschte Anna auf die Glocken, die die nächste volle Stunde ankündigten. Wenn es nun am folgenden Tag ebenfalls regnen würde … Die Vorstellung, bei diesem Wetter zu flüchten, verbunden mit der Gewissheit, die Nächte im Freien verbringen zu müssen, ließ sie schaudern.

Das Frühstück hatte sie schweigend eingenommen, doch zur Mittagszeit stocherte sie so lustlos in dem Eintopf herum, dass Schwester Griseldis sie, nachdem der Tisch abgeräumt war, beiseitenahm und sie einer freundlichen, aber eingehenden Prüfung unterzog.

»Du isst zu wenig, Anna. Schau dich nur mal an, du bist bleich, und dein Gewand ist dir zu groß geworden. Mir scheint, du bist nicht glücklich bei uns?«

»Das stimmt nicht«, widersprach sie lahm. »Ich arbeite gern in der Küche.« Das war nicht mal gelogen, trotzdem mied sie den Blick der Ordensfrau.

Die Ältere strich ihr über den Arm und stutzte. Ihre Augenbrauen zogen sich zusammen. »Was hast du denn da auf deinem Gewand? Säubere dich, damit es keiner bemerkt.«

Anna errötete, als sie die Strohhalme am Saum ihres Rockes entdeckte. Sie verbeugte sich vor Schwester Griseldis und verließ den Speiseraum.

In der Küche ging es an diesem Tag geschäftig zu, denn das Kloster bereitete sich auf den Besuch des Weinhändlers vor. Der Mann liebte die fetten Würste, die dort regelmäßig gekocht, geräuchert und getrocknet wurden. Anna war es ganz recht, so blieb ihr nicht viel Zeit, um zu grübeln.

Am späten Nachmittag setzte erneut heftiger Regen ein. Wenn es weiter so goss, würden sich die unbefestigten Straßen, die vom Kloster wegführten, in Schlammpisten verwandeln und die Fahrt erschweren. In der Kapelle nahm Anna den angestammten Platz ein, so wie es gefordert wurde, und senkte den Kopf. Die Worte der Mutter Oberin und die Gesänge rauschten nur so an ihr vorbei. Als sie sich endlich erheben durfte, verabschiedete sie sich mit den Worten, ihr sei nicht wohl und sie wolle sich bald zur Ruhe betten. Die Regengüsse hatten sich mittlerweile in feinen Nieselregen verwandelt und nährten Annas Hoffnung.

Auf dem Weg in ihre Kammer bemerkte sie aus den Augenwinkeln, dass die Stalltür nur angelehnt war. Die Stimmen mehrerer Männer drangen bis zu ihr herüber. Sie wandte sich ab und betrat den Eingang, der zu den Privatkammern führte. Mit einem Seufzen ließ sie ihre Tür ins Schloss fallen, lehnte sich dagegen und schloss die Augen. Ein Beben überlief ihren Körper, jede Kraft wollte sie plötzlich verlassen. Hatte sie auch alles bedacht? War es ihr geglückt, keine besondere Aufmerksamkeit zu erregen, oder lauerte jemand nur darauf, sie auf frischer Tat zu ertappen?

Die folgenden Stunden brachte sie schlaflos zu, hin und her gerissen zwischen freudiger Erwartung und lähmender Furcht. Endlich nahte der Morgen und sie schlich – ihr Bündel auf dem Rücken und die Stiefel in der Hand, um jedes Geräusch zu vermeiden – auf Zehenspitzen den Gang entlang. Sie verharrte. Als alles still blieb, huschte sie weiter. Am Ende des Ganges befand sich die Kammer der Mutter Oberin. Anna konnte sie schon von Weitem erkennen, da die Tür die doppelte Breite der anderen einnahm. Mit aufeinandergepressten Lippen setzte sie einen Fuß vor den anderen. Da drang ein Laut aus der Kammer, ein Rascheln wie von Stoff oder Papier. Sie machte einen Satz vorwärts und blieb an der Ecke stehen, hinter der sie zum Ausgang gelangte. Die Augen geschlossen, erwartete sie das Unvermeidliche. Als nichts geschah, eilte sie zum Portal. Noch einmal blickte sie nach allen Seiten, um im nächsten Moment aus der Tür zu schlüpfen. Rasch zog sie die Stiefel an, nahm den Umhang aus dem Bündel und legte ihn sich um Kopf und Schultern. Der Klosterhof glänzte feucht im Licht der wenigen Fackeln.

Als sie die Stallungen erreichte, blieb sie wie angewurzelt stehen. Wo war nur der Karren abgeblieben? Vorsichtig schob sie den Riegel der Stalltür zurück, trat ein und eilte in den Nebenraum. Ihr Herz machte einen Satz, als sie das Gefährt entdeckte, dessen Ladung mit Planen abgedeckt worden war. Rasch kletterte sie hinauf und schlüpfte unter die Stoffabdeckung. Sie kauerte sich zwischen zwei Bierfässer und legte den Kopf auf die angezogenen Knie. Wie viel Zeit verging, bis sie Stimmen hörte, vermochte sie nicht zu sagen. Eine Tür knarzte, schwere Schritte näherten sich.

»Ich fahre ihn auf den Hof.« Das war eindeutig Rüdiger. »Gebt schon mal Bescheid.«

»Ist gut.«

Schritte verklangen, das Pferd wurde eingespannt. Der Wagen senkte sich bedrohlich, als der Stallbursche den Bock bestieg und das Gefährt auf den Hof lenkte. Anna spürte, wie die Sonne die Decken über ihr wärmte, und zwang sich, flach zu atmen.

Bald darauf vernahm sie die Geräusche eines zweiten Gefährts, dazu eine Frauenstimme, die unweit von ihr leise Befehle erteilte.

»Gott zum Gruße, lieber Baldewin. Ihr habt Euch das schönste Reisewetter ausgesucht.«

»Wie wahr. Hoffentlich bleibt es uns erhalten. Kann es losgehen?«, erwiderte eine heisere zweite Männerstimme.

»Es ist alles bereit. Ihr werdet bereits erwartet. Bis bald und gute Fahrt!«

Der Weinhändler bestieg den Bock, und der Karren setzte sich in Bewegung. Annas Handflächen wurden feucht, während sich die Räder auf dem gepflasterten Weg drehten. Sie sandte ein Stoßgebet gen Himmel und verharrte bewegungslos. Nur wenige Herzschläge später hörte sie, wie das Tor hinter ihnen geschlossen wurde. Leise zischend ließ sie die Luft aus den Lungen entweichen. In ihrer Vorstellung versammelte sich auf dem Klosterhof eine Traube Frauen, die erregt durcheinanderredeten und ausschwärmten, um sie zu suchen. Was würden Clementia und die Mutter Oberin von ihr denken, wenn sie erst ihr Verschwinden bemerkten? Ihr wurde abwechselnd heiß und kalt. Nur ein paar Stunden Vorsprung, mehr erhoffte sie sich gar nicht.

Während das Gefährt über die Wege rumpelte, versuchte sich Anna von ihren Ängsten abzulenken. Aber wie sollte ihr das gelingen, wenn ihre Glieder von der unbequemen Haltung schmerzten und die Füße längst eingeschlafen waren? Nur langsam drang die Erkenntnis in ihr Bewusstsein, den ersten, den wichtigsten Schritt bewältigt zu haben. Das Kloster lag tatsächlich hinter ihr. Nun galt es, in einem günstigen Moment vom Karren zu springen, bevor der Weinhändler ihn in Richtung Augsburg lenkte.

Irgendwann begann der Mann zu summen. Zunächst waren es Volksweisen, bald jedoch sang er auch eher derbe Schanklieder und entlockte Anna damit ein Schmunzeln. Die Ordensschwester aus der Brauerei schien sich in sicherer Entfernung zu befinden, ansonsten hätte der Mann sich so etwas gewiss nicht erlaubt. Je weiter sich das Fuhrwerk von den klösterlichen Mauern entfernte, umso mehr fand sie zu ihrem inneren Gleichgewicht zurück, das Schnauben und Wiehern der Zugpferde tat ein Übriges. Es musste ungefähr Mittagszeit sein, und Annas Zuversicht wuchs. Bald hatte sie genug Vorsprung herausgeholt.

Da drang die Stimme der Brauereivorsteherin an ihr Ohr. »Was haltet Ihr von einer Brotzeit, lieber Baldewin? Schwester Almuth hat uns einen gut gefüllten Korb mit Proviant mitgegeben.«

»Nichts lieber als das«, antwortete der Weinhändler mit unüberhörbarer Freude.

Bald darauf lenkte er den Karren abseits der Straße und blieb stehen. Anna lauschte und spürte, wie Baldewin vom Bock stieg. Von der Erschütterung, die seine Bewegungen auslösten, polterte eins der Fässer gegen ihr Schienbein, und sie unterdrückte einen Schmerzenslaut. Die lebhaften Geräusche wiesen darauf hin, dass die Tiere getränkt wurden und sich die Reisenden in der Nähe niederließen. Auch Annas Magen rebellierte, aber sie versuchte es zu ignorieren.

»Mir wäre es lieb, wenn wir die Herberge noch vor Sonnenuntergang erreichen. Ich habe dem Wirt versprochen, ihm einen kleinen Besuch abzustatten. Ihr wisst ja, wie es sich mit abseits gelegenen Häusern verhält, lieber Herr Baldewin«, vernahm sie die Stimme der Nonne. »Je später die Stunde, umso gottloser das Gesindel, das dort einkehrt.«

»Das lässt sich nicht leugnen«, räumte der Weinhändler ein. »Beeilen wir uns also.«

Der Weinhändler stieg auf, und sie setzten die Fahrt fort. Annas Gedanken kreisten unentwegt. Die beiden wollten also in einer Herberge übernachten. Die Frage war nur: Lag diese noch auf dem Weg nach Nürnberg? Sie musste sich entscheiden. Entweder sie ging das Risiko ein und schlief im Karren. Von dort aus am frühen Morgen unbemerkt zu verschwinden dürfte nicht allzu schwierig sein. Oder sie flüchtete, sobald der Weinhändler und die Schwester ihr Zwischenziel erreichten, und verbrachte die Nacht im Freien. Ohne auch nur eine Ahnung zu besitzen, wo genau sie sich befand. Nein, die Vorstellung behagte ihr gar nicht.

Während die beiden Wagen weiter ihrem Ziel entgegenrollten und der Mittag in den Nachmittag überging, wurde die Luft allmählich feucht und ließ Anna frösteln. Die Sonne war schon im Begriff unterzugehen, als der Weinhändler den Karren von der Straße lenkte. Der Herbergswirt empfing die Reisenden, und die Tiere samt den Wagen wurden untergebracht. Mucksmäuschenstill wartete Anna, bis Stille einkehrte, und kroch bäuchlings in die Dunkelheit. Hermann erschrak, als sie direkt vor seinen Vorderhufen landete, und schnaubte. Besänftigend strich sie ihm über den Hals. Ihre Glieder waren verspannt, und sie reckte sich, um sie zu lockern. Gierig trank sie aus ihrem Wassersack und setzte sich ins wunderbar weiche Stroh. Am besten, sie legte sich unter den Karren, dort würde man sie zumindest nicht sofort entdecken. Kurz darauf kroch sie darunter, und die Augen fielen ihr vor Erschöpfung auf der Stelle zu.

Anna erwachte mit dem ersten Hahnenschrei – und einem wild pochenden Herzen. Hatte sie jemand bemerkt? Ruckartig erhob sie sich und stieß sich den Kopf am Karren. Vorsichtig lugte sie hinaus. Sie befand sich in einem Verschlag, sodass sie freien Blick auf den Hof der Herberge hatte. Eilig warf sie sich ihr Bündel über den Rücken und wartete, bis ein junges Weib mit einer Milchkanne in der Hand aus ihrem Sichtfeld verschwand. Dann rannte sie los. Anna lief, bis das Stechen in ihren Seiten sie zwang, einen Moment zu verschnaufen. Zumindest befand sie sich bereits in der Nähe der großen Handelsstraße, auf der sie damals auf dem Weg ins Kloster gefahren waren. Die Straße war von Büschen und jungen Bäumen gesäumt, die ihr zwar keinen Sichtschutz, wohl aber einen Unterschlupf boten.

Sollte sich ein Fuhrwerk nähern, konnte sie sich dahinter verbergen. Bis die Betriebsamkeit auf der Handelsroute einsetzte, blieb noch etwas Zeit.

Anna erinnerte sich flüchtig daran, auf der Hinreise damals zwei Nächte auf dem Wagen von Onkel Geralds Freund verbracht zu haben. Ob sie am Abend Nürnberg erreichen würde? Sie raffte ihren Rock und hielt sich dicht hinter den schützenden Büschen. Als die ersten Fuhrwerke lärmend die Straße passierten, hatte sie bereits ein gutes Stück des Weges hinter sich gebracht. An tiefer gelegenen Stellen war sie knöcheltief im Schlamm versunken, und in ihrem Gewand und dem langen Umhang hatten sich kleine Zweige und Laub verfangen. Besser, sie hielt sich abseits der Straße, nur gab es in dieser nahezu baumlosen Ebene nichts als weite Stoppelfelder. Immer wieder betrachtete sie die Wagen, die an ihr vorüberrollten, der Weinhändler und seine Begleitung waren jedoch nicht unter ihnen.

Gegen Mittag veränderte sich die Landschaft, und sie erreichte ein Wäldchen. Dort legte sie eine kurze Rast ein und trank etwas Wasser. Anna fühlte sich schmutzig und fror, die Füße taten ihr vom Laufen weh. Von der Straße drangen die Geräusche von Mensch und Tier zu ihr herüber. Bald darauf entdeckte sie den kleinen Bach, an den sie sich erinnerte, und füllte ihren Wassersack auf. Ein feines Lächeln stahl sich in ihre Mundwinkel. Noch einen Tag, dann war sie daheim.

Kaum setzte Anna ihren Weg fort, da hörte sie, wie sich Hufgetrappel näherte. Fieberhaft blickte sie sich um, kalter Schweiß brach ihr aus den Poren. Wenige Schritte entfernt entdeckte sie einen Stapel Holz, den Förster dort sauber errichtet hatten, und lief darauf zu. Keinen Moment zu früh. Zwei Reiter kamen durch den kleinen Wald. Anna legte sich flach auf den Boden und lauschte mit angehaltenem Atem. Ihr Herz klopfte bis zum Zerspringen.

»Hier ist niemand«, hörte sie einen Mann sagen.

»Vielleicht ist sie in die andere Richtung gelaufen? Sie kann nicht weit sein«, antwortete ein zweiter.

Dann entfernten sie sich im Trab, und Anna blieb wie gelähmt liegen. Erst nachdem alle Geräusche verhallt waren, stand sie mit unsicheren Schritten auf. Ein Blick in den Himmel zeigte, dass ihr nicht mehr als zwei Stunden bis zum Sonnenuntergang blieben. Deshalb hastete sie weiter. Bald geriet ein verlassen wirkender alter Bauernhof in ihr Sichtfeld, der sich nahe an eine Straßengabelung schmiegte. Anna schlich von der rückwärtigen Seite heran, um das Gehöft in Augenschein zu nehmen. Es musste seit vielen Jahren verlassen sein, aber für ihre Zwecke würde es genügen, zumal sich über ihr dicke Regenwolken zusammenbrauten. Sie schlüpfte ins Innere und stand in einem Raum, in dem die Werkzeuge des einstigen Besitzers aufbewahrt wurden. Erschöpft legte sie sich auf den staubigen Boden und deckte sich mit dem Umhang zu.

Am nächsten Morgen erwachte sie voll freudiger Erwartung. Als sie an sich hinunterblickte, schüttelte sie entsetzt den Kopf. Sie ging zum Bach, wusch sich bibbernd im eiskalten Wasser und zog sich das Gewand an, das sie bei ihrem Eintritt in den Dominikanerinnenorden getragen hatte. Bald darauf brach sie auf, und wenige Stunden später sah sie aus der Entfernung die Silhouette von Nürnberg vor sich aufragen. Vor den Toren der Stadt entdeckte sie einen Wagen, der über und über mit Säcken beladen war, während sich die beiden Fuhrleute lachend zu einer Gruppe weiterer Händler gesellten, um ein Schwätzchen zu halten. In einem unbeobachteten Moment sprang Anna auf das Fuhrwerk und kauerte sich zwischen die Säcke, indem sie ihren Umhang über sich legte. Bald darauf bestiegen die Fuhrleute den Wagen, ohne der Ladung weitere Beachtung zu schenken, und lenkten ihn durch das Wollnertor in die Stadt. Überschäumende Freude breitete sich in ihr aus, als sie endlich die vertrauten Geräusche und Gerüche ihrer Heimatstadt wahrnahm.

Kapitel 11

Zwei Wochen, nachdem er die Hure ausgetilgt hatte, hörte er wieder die Stimme des Herrn.

Elia, die Zeit ist gekommen, nach gottesfürchtigen Männern zu suchen, die meinen Willen tun wollen, bevor der Tag naht, an dem ich den Erdkreis richten und die Böcke von den Schafen trenne. Darum sollst du ein Menschenfischer sein, wie mein Apostel Petrus es einst gewesen ist.

Pankratius verharrte auf den Knien und lauschte, aber er vernahm keine weiteren Worte mehr in seinem Inneren. Er erhob sich und trat vor das Kruzifix, um wie stets, wenn er eine Stunde im Gebet verbracht hatte, den Blick auf dem gekreuzigten Christus ruhen zu lassen. Er hob eine Hand. Fast zärtlich zeichnete er mit den Fingern die geschnitzten Linien des gemarterten Korpus nach. »Was hast du nur alles erlitten?«, flüsterte er. »Hilf mir, mich deiner würdig zu erweisen.«

Am folgenden Tag begann er damit, auf den Marktplätzen, den Stufen vor der Sebalduskirche und St. Lorenz Bußpredigten zu halten. Stets sammelten sich schon nach kurzer Zeit eine stattliche Anzahl Bürger um ihn und folgten andächtig seinen Worten über den Tag des Herrn, das bevorstehende Gericht und die ewigen Höllenqualen, die all jene treffen würden, die nicht Buße taten. Zwar gab es in der Stadt viele Männer, die Ähnliches verkündeten, jedoch gelang es keinem gleichermaßen, die Zuhörer in ihren Bann zu ziehen. Bald darauf hatte er ausreichend Männer um sich geschart, die glaubten, dass der allmächtige Gott ihn als Seinen letzten Propheten berufen hatte. Denjenigen, von dem es in der Heiligen Schrift hieß, er bereite die Wiederkunft Christi vor wie einst Johannes der Täufer bei Seinem ersten Auftreten am Jordan. Zu diesen ersten Anhängern des wortgewaltigen neuen Bußpredigers gehörten der Apotheker Johann Samer, Lukas Wendel, der eine Weißgerberei betrieb, und Augustin Hofer, ein wohlhabender Brauer und angehendes Ratsmitglied. Als Hofer hörte, dass der Prophet des Herrn in einer billigen Schänke am Saumarkt wohnte, bot er ihm an – beschämt von der Bescheidenheit des Propheten –, in sein vierstöckiges Haus in der Nähe der Pegnitz zu ziehen. Seine Frau stelle ihm eine Kammer zur Verfügung, in der Pankratius in Ruhe beten und in der *Biblia* forschen könne.

Sebastian wälzte sich in seinem Bett. Wenn er früher keinen Rat wusste, hatte er sicher sein können, Anna an seiner Seite zu wissen. Sie hatte ihn vor dem Onkel Gerald in Schutz genommen und ihm mit kleinen Gesten zu verstehen gegeben, dass sich alles zum Guten wenden würde. Manchmal war er versucht, den Sattler um einen freien Tag zu bitten, um nach Regensburg fahren und Anna besuchen zu können. Sicher würde sich ein Händler finden, der ihn mit in die Stadt nahm. Sogar ein wenig gespart hatte er, um den Fuhrmann zu entlohnen. Da er aber erst kurze Zeit bei Sepps Vater arbeitete, erschien ihm dieses Ansinnen etwas unverschämt. Er wollte sich noch gedulden, auch wenn es ihm täglich schwerer fiel. Anna machte sich gewiss schon Sorgen.

Als Sebastian sich auf die andere Seite drehte, sah er, dass Sepps Bett leer war. Der Sohn des Sattlers hatte ihm nach dem Abendessen erklärt, noch in eine Schänke zu wollen, um ein paar Freunde zu treffen. Sebastian hatte keine Lust verspürt, ihn zu begleiten, da ihm jeder Muskel von der ungewohnten Arbeit schmerzte. Ein Klopfen auf Holz ließ ihn aufhorchen, und er setzte sich auf. Da war ein Rascheln vor dem Fenster, dann Schritte, und es wurde abermals geklopft, diesmal ungeduldiger. Behände huschte er aus dem Bett, warf sich seinen Umhang über. »Ist da jemand?«, flüsterte er und spähte in die Nacht.

»Ich bin's, Sepp.« Einen Moment später tauchte die vertraute Gestalt des Freundes vor ihm auf. »Zieh dich an, Bastian. Schnell.«

»So spät noch? Ich liege schon im Bett. Wieso bist du nicht längst zurück?«

»Stell keine Fragen, mach schon! Ich warte beim *Schwarzen Hahn* auf dich.«

»Ist ja gut, ich komm gleich.«

Sebastian eilte in die Kammer. Rasch zog er sein Wams über, schlüpfte in die Schuhe und fuhr sich mit den Fingern durch das zerwühlte Haar.

Als er die Haustür hinter sich zuzog, sah er sich nach allen Seiten um. Stille lag über der in Nebel getauchten Gasse, nur drüben in der Schänke brannte noch Licht, und die Stimmen einiger Zecher drangen undeutlich zu ihm herüber. Vor einem der Fenster hob sich die kräftige Gestalt des Freundes gegen das letzte Licht des Tages ab. Die Kapuze über den Kopf gezogen, lief Sebastian die Gasse hinunter und blieb vor Sepp stehen.

»Was soll das?«, stieß er hervor.

Biergeruch umwehte den Freund. Sebastian rümpfte die Nase und warf ihm einen verstohlenen Seitenblick zu.

Sepp griff nach seinem Arm. »Komm mit, ich brauch deine Hilfe.«

Der Sohn des Sattlers zog ihn mit sich um die Schänke herum. Sebastian folgte ihm nahezu blind um die Ecke, denn der Nebel nahm ihm jede Sicht. Im nächsten Moment vernahm er ein heiseres Stöhnen. Mit einem Schlag war er hellwach. Mit zusammengekniffenen Augen trat er auf eine still daliegende Gestalt mit hellen Haaren zu.

»Wer ist das, Sepp? Was ... was geht hier vor?« Er packte seinen Freund am Handgelenk.

Der machte sich von ihm los. »Hab zwei Humpen Bier mit ihm getrunken. Kenn ihn ja schon lange. Aber dann haben wir uns hier draußen gestritten und ein bisschen geprügelt. Als er frech wurde, hab ich ihm einen Kinnhaken verpasst. Jetzt will er nicht mehr zu sich kommen ... Schau mich nicht so an. Kann doch passieren.«

Sebastian beugte sich zu dem dicklichen jungen Burschen hinunter, aus dessen aufgeplatzter Lippe Blut lief. Die Nase färbte sich bereits dunkel und schien anzuschwellen.

Er kniete vor dem Verletzten nieder und sprach ihn an, dieser zeigte jedoch keine Reaktion. Ohne lange nachzudenken, versetzte Sebastian ihm eine Ohrfeige und sah zu, wie sich die Wange des offenbar angetrunkenen Fremden allmählich verfärbte. Endlich hob dieser die Lider. Seine Augen waren glasig, er schien ihn kaum wahrzunehmen.

»Wie geht es dir?«, fragte Sebastian, erhielt als Antwort jedoch nur ein Rülpsen. »Der ist ja völlig weggetreten! Allmächtiger – wie viel habt ihr denn getrunken, du Depp? Das müssen weit mehr als nur zwei Becher Würzbier gewesen sein.«

»Vielleicht waren es auch drei oder vier, weiß nicht mehr. Der verträgt wohl nichts. Jetzt frag nicht so viel. Hilf mir lieber, ihn hier wegzuschaffen, bevor ein Nachtwächter vorbeikommt und uns erwischt. Allein schaffe ich es nicht, er ist zu schwer.«

Da hörte Sebastian sich rasch nähernde kleine Schritte. Ein Mädchen kam mit einem Korb unter dem Arm um die Ecke. Ihre runden Augen weiteten sich, als sie den Verletzten und die beiden jungen Männer erkannte. Sie stieß einen spitzen Schrei aus und wollte sich auf dem Absatz umdrehen. Aber Sepp stellte sich ihr in den Weg und verbarg somit den Blick auf den noch immer benommen wirkenden Burschen.

»Gott zum Gruße, schönes Mädchen. Wo willst du um diese Zeit noch hin? Es wird bald dunkel sein.«

Sebastian konnte sich von dem Anblick der Fremden kaum losreißen. Sie war in der Tat ungewöhnlich hübsch mit ihren blonden Haaren und den anmutigen Bewegungen. Hilfe suchend schaute sie sich um, doch die Gasse lag menschenleer vor ihr.

»Das geht dich gar nichts an«, entgegnete sie und wich vor ihm zurück. »Und jetzt geh mir aus dem Weg!«

Sepp tat, als hätte er sie nicht gehört, und trat langsam auf sie zu. »Aber nur, wenn du mir einen Kuss schenkst.«

Da konnte Sebastian nicht länger an sich halten und schubste Sepp beiseite, der ins Straucheln geriet.

»Was soll das? Lass sie gefälligst in Ruhe. Kümmere dich lieber um den da!« Er wies auf den Burschen, der sich inzwischen aufgesetzt hatte und – der irritierten Miene nach – nicht verstand, was sich vor seinen Augen abspielte.

Sebastian scherte sich nicht um den Freund, der ihm giftige Blicke zuwarf, sollte Sepp doch sehen, wie er mit dem Betrunkenen fertigwurde. Nur einen kurzen Moment war er abgelenkt gewesen, nun sah er, wie das Mädchen, noch immer bleich um die Nase, hastig davonlief.

»Bleib stehen! Keine Bange. Ich tu dir nichts!«, rief er ihr nach. Die Unbekannte dachte jedoch nicht daran und rannte die Gasse entlang. Gleich darauf geriet sie aus Sebastians Sichtfeld, und er eilte ihr hinterher. »Warte! Wo wohnst du denn?«

Tatsächlich hielt sie inne und betrachtete ihn nachdenklich. »Am Wollnertor.«

»Darf ich dich nach Hause begleiten? Das alles tut mir schrecklich leid, und ich würde es gern wiedergutmachen, dass Sepp dir Angst eingejagt hat. Ich weiß auch nicht, was in meinen Freund gefahren ist.« Er verstummte, denn ihr leises Lächeln ließ sein Herz schneller schlagen.

»Na gut. Du kannst ja nichts dafür. Ich heiße Barbara Freisler, und du?«

Er folgte ihr durch die Gassen. »Sebastian Stäubling.«

Am Wollnertor angekommen, blieb er stehen. Ihre großen Augen waren auf ihn gerichtet, und plötzlich wusste er nicht mehr, wo er seine Hände lassen sollte. Ihr Haar glänzte im Schein der Fackeln, und es drängte ihn, es zu berühren, um herauszufinden, ob es so seidig war, wie es aussah. Auf ihrer Nase entdeckte er ein paar Sommersprossen. Barbara ließ seine Musterung über sich ergehen, ohne mit der Wimper zu zucken. Sie konnte höchstens fünfzehn sein, wirkte aber durch die Ernsthaftigkeit, die sie ausstrahlte, ein wenig älter.

»Können wir endlich weitergehen?«, fragte sie grinsend und wies auf ein kleines Haus.

Schweigend legten sie auch die letzten Schritte zurück. Im ersten Geschoss brannte ein Talglicht.

»Ich werde jetzt verschwinden. Muss nicht sein, dass man mich hier sieht«, erklärte Sebastian und machte Anstalten zu gehen.

Sie hielt ihn zurück. »Danke, Sebastian. Du bist ein guter Mensch.«

Wenn du wüsstest, schönes Mädchen, dachte er, dass ich noch vor Kurzem arglose Menschen bestohlen habe. Ob Gott ihm das jemals verzeihen würde? Er blickte ihr ins Gesicht, um sich ihre Züge einzuprägen, murmelte einen letzten Gruß und wandte sich zum Gehen.

Kapitel 12

Anna ging gleich nach ihrer Ankunft in Nürnberg auf den Rathausplatz, um nach Martin Ausschau zu halten. Wenn sie mit ihm gesprochen hatte, wollte sie sich sogleich auf die Suche nach Sebastian begeben. Sie stellte sich in den Schatten zweier Kaufmannshäuser, denn nichts konnte sie weniger gebrauchen, als von Onkel Gerald entdeckt zu werden. Nicht immer stand er selbst auf dem Markt, hatte er sich doch auch um den Einkauf sowie viele andere Geschäftsangelegenheiten zu kümmern. Sie erinnerte sich an ein Gespräch, das sie einst über sein Geschäft geführt hatten. »Lass deine Marktweiber nie zu lange allein, die machen sonst nur Unfug«, hatte er gesagt.

Annas Herz klopfte schneller, als sie sich aus dem Schatten löste, den Hals reckte und den Blick über das fröhliche Marktgeschehen schweifen ließ. Doch rund um den goldverzierten Schönen Brunnen, in dessen Nähe Gerald Pfanner am Markttag neben einfachen Woll- und Leinenumhängen auch Decken und Hauben feilbot, war nichts von Martin zu entdecken. Dafür war die kräftige Gestalt des Onkels nicht zu übersehen, der gerade lautstark die besondere Qualität und Festigkeit seiner Waren anpries. Ein junger Mann sowie eine ältere Frau halfen ihm beim Verkauf der Umhänge. Anna kannte sie nur flüchtig.

Sie huschte in ihr Versteck zurück und lehnte den Kopf gegen die kühle Wand eines der Häuser. Sie war sich so sicher gewesen, Martin hinter dem Stand des Gewandschneiders anzutreffen. Bestimmt hatte Onkel Gerald ihn gebeten, im Geschäft zu bleiben. Hastig schluckte sie die Tränen der Enttäuschung herunter, die ihr in die Augen schossen, und begab sich zu Pfanners Haus in der Findelgasse. Als ihr zwei Frauen entgegenkamen, wandte Anna das Gesicht ab, aber die beiden beachteten sie nicht. Kurz darauf setzte sie den Fuß auf die steinerne Schwelle von Gerald Pfanners Haus. Zögernd griff sie nach dem Türklopfer, schlug zweimal gegen das flache Eisen und lauschte auf sich nähernde Schritte. In der Diele rührte sich nichts. Wo konnte Martin nur stecken? Sie musste ihn finden, um wenigstens ein paar Worte mit ihm zu wechseln. Wie überrascht er wäre, sie so unvermittelt vor sich zu sehen. Das Blut jagte ihr bei der Vorstellung schneller durch die Adern. Bald würde sie ihn wieder küssen. Gemeinsam würden sie schon einen Weg finden, um den Onkel umzustimmen. Anna schlich ums Haus, ging die Findelgasse auf und ab und achtete darauf, nicht erkannt zu werden.

Es wurde Nachmittag, aber von Martin war nichts zu erkennen. Anna schlang den viel zu großen Umhang enger um den Körper und überquerte die Pegnitz. Bis zur Schustergasse, in der sich Stöckls Werkstatt befand, war es ein ganzes Stück Weges zu gehen, und als sie sich vor der Eingangstür des Handwerkers wiederfand, wuchs ihre Erregung. Der Mann kannte sie zwar nicht, aber was war, wenn er Kunden in der Werkstatt hatte? Wenn sich dort ehemalige Nachbarn aufhielten? Sie nahm einen tiefen Atemzug und betrat das Haus. Ein beleibter Mann mit schütteren Haaren saß an der Werkbank.

»Grüß Gott.«

»Gott zum Gruß. Herr Stöckl, nehme ich an?«

Sie hielt dem Blick des Beinschnitzers stand, der sie unverhohlen von Kopf bis Fuß musterte. »Ganz recht. Was kann ich für Euch tun?«

»Ich suche Sebastian. Sebastian Stäubling. Er soll Lehrling bei Euch sein.«

Stöckl machte eine wegwerfende Handbewegung. »Das war er, allerdings nur, bis ich den Bengel hinausgeworfen habe. Der taugte nicht zum Beinschnitzer.« Sein Blick wurde schärfer. »Wieso wollt Ihr das wissen? Seid Ihr eine Verwandte?«

»Nein, nein«, wehrte sie hastig ab. »Könnt Ihr mir vielleicht sagen, wo er sich aufhält, Herr Stöckl?«

Der Mann kratzte sich am Hinterkopf. »Nein, ist mir völlig gleich, bin sogar froh, ihn los zu sein.«

»Hat er etwas angestellt?«, fragte Anna in betont gleichmütigem Ton.

»Bestohlen hat er mich, der Tunichtgut!«

Jedes seiner dahingeworfenen Worte hallte in ihr nach. Anna befeuchtete ihre trockenen Lippen. »Wie lange ist das her?«

Stöckl zog die Stirn kraus. »Etwa vier Wochen. Kann ich sonst noch etwas für Euch tun?«

»Nein, habt vielen Dank. Ich möchte Euch nicht länger aufhalten.« Mit diesen Worten eilte sie hinaus. Unweit der Werkstatt blieb sie stehen, bis sie wieder einen klaren Gedanken fassen konnte. Stöckls Nachricht jagte ihr Angst ein. Wo konnte Sebastian sich hingewendet haben? Wie sie ihn kannte, war er viel zu stolz, um zu Onkel Gerald zu gehen und von den Geschehnissen bei diesem Stöckl zu berichten. Auch hatte der Beinschnitzer gewiss mit dem Onkel über Sebastians Diebstahl gesprochen, was eine Rückkehr zusätzlich unmöglich machte. Die Worte des Mannes klangen ihr noch in den Ohren. *Der Tunichtgut.* Anna sah den Bruder förmlich vor sich. Sebastian und stehlen? Niemals. Wieder schritt sie durch die Gassen, die sich rasch leerten. Schließlich entdeckte sie in der Nähe vom Rossmarkt einen Hinterhof, in dem sie die Nacht verbringen konnte. Es war die Nacht vor Ostersonntag. Sie kauerte sich in einen Verschlag, der offensichtlich als Unterkunft für die Lasttiere der reisenden Händler diente, und rieb sich die klammen Hände. Die Ecke, in der sie sich versteckte, hielt immerhin den kalten Wind ab, und bald wurden ihr die Lider schwer.

Anna erwachte. Noch war alles still, deshalb blickte sie sich um und entdeckte eine Tränke, die bis zum Rand gefüllt war. Das Wasser schien ihr nicht ganz frisch zu sein, aber für eine notdürftige Wäsche genügte es. Sie vergewisserte sich, allein zu sein, schlüpfte aus den Kleidern und wusch sich hastig. Danach zog sie ihre guten Kleider an und schlang sich den Umhang um die Schultern. Das Gewand war etwas knitterig, aber das ließ sich nicht ändern. Einen Kamm besaß sie nicht, also fuhr sie mit gespreizten Fingern durchs Haar, um die Strohhalme zu entfernen, die sich darin verfangen hatten. Im vergangenen Jahr am Ostersonntag hatten Martin und sie die Messe in der Lorenzkirche gemeinsam besucht. Ob er auch dieses Mal wieder dort sein würde? Hoffnung keimte in Anna auf und vertrieb für eine kleine Weile ihr nagendes Hungergefühl.

Eilig und voller Erwartung schlich sie auf Zehenspitzen vom Hinterhof, denn hinter den Fensterscheiben erwachten allmählich die Bewohner. Bald darauf hörte sie die Glocken der Lorenzkirche, die zum Kirchgang riefen. Die Menschen strömten aus den Häusern, alle in ihren feinen Sonntagsstaat gekleidet, und folgten dem Geläut. Währenddessen wartete Anna im Schatten eines Hauses, dessen hölzernes Vordach weit auf die Gasse gegenüber von dem prächtigen Gotteshaus hinausragte. Warum nur dauerte der Gottesdienst so lang? Sie trat von einem Fuß auf den anderen, um die Kälte aus den Gliedern zu vertreiben. Als endlich mehr und mehr Kirchgänger herauskamen, beschleunigte sich ihr Puls. Viele der Gläubigen erkannte sie wieder, es waren vertraute Gesichter aus ihrer Kindheit, langjährige Kunden der Werkstatt ihrer Eltern. Martins Gestalt war nicht unter ihnen.

Anna wollte sich bereits auf dem Absatz umdrehen, da sah sie ihn aus dem Portal treten. Ihr Herz machte einen Hüpfer. Wie gut er aussah! Er hatte das Haar ordentlich nach hinten gekämmt und trug seinen besten Mantel. Könnte sie doch nur auf ihn zurennen und ihn umarmen, aber sie musste vernünftig sein und warten, bis er sich ihr näherte und niemand sie beide bemerkte. Im nächsten Moment schnappte sie nach Luft, weil ihr die Brust eng wurde. Hinter ihm trat eine junge Frau auf das Pflaster, zu der sich Martin nun umwandte. Lächelnd bot er ihr den Arm und sagte etwas, das Anna nicht verstehen konnte. Einige alte, gekrümmte Menschen schritten an ihr vorüber, und Anna stellte sich auf die Zehenspitzen. Das rotblonde Haar der schönen Fremden war zu einem Zopf geflochten, der unter der weißen Haube hervorlugte, das schmal geschnittene blaue Festtagsgewand betonte ihre schlanke Gestalt. Ein Lächeln lag auf ihrem Gesicht, als sie ihre Hand auf Martins Arm legte und die beiden über den Kirchplatz schlenderten. Anna schlug die Hand vor den Mund, um das Keuchen zu unterdrücken, das in ihrer Kehle aufstieg. Ihr war, als ob der Himmel über ihr einstürzte, und sie meinte, das Pflaster unter ihren Füßen würde sich bewegen. *Martin!* Ihre Lippen formten einen stummen Schrei, während das Paar in eine Gasse einbog. Mit geweiteten Augen starrte Anna auf die beiden Gestalten, bis sie einträchtig miteinander plaudernd hinter einer Häuserecke verschwanden, die auf direktem Weg zu Pfanners Haus führte. Sie wollte ihnen hinterherlaufen, Martin fragen, wieso er die fremde Frau so innig am Arm führte, aber ihre Beine versagten ihr den Dienst.

Erst als ein Mann sie anrempelte und derbe fluchend an ihr vorbeihumpelte, erwachte sie aus der Erstarrung. Die Glieder schwer wie Blei, setzte sie einen Fuß vor den anderen und ging über den Kirchvorplatz auf die geöffneten Türen des Gotteshauses zu. Sie ließ sich auf den Boden sinken, lehnte den Kopf gegen die Mauer und schloss die Augen. Martin und diese schöne Frau hatten recht vertraut gewirkt. Ihr Lächeln hatte von Zuneigung gesprochen, niemals würde Anna vergessen, mit welchen Blicken die Fremde Martin bedacht hatte. Wer war diese Person? Und wieso besuchten sie gemeinsam die Messe?

Jeder dieser Gedanken schmerzte in ihrem Leib. Andererseits gehörte Martin zu jenen Männern, denen die Frauen gern hinterhersahen. Beruhige dich, redete sie sich selbst gut zu. Diese Frau wird eine Verwandte sein, wahrscheinlich haben die sich lange nicht gesehen. Es hat nichts zu bedeuten, alles wird sich aufklären. Schließlich konnte Martin auch nicht damit rechnen, ihr hier vor dem Gotteshaus zu begegnen, warum also hätte er sich umblicken sollen? Die dicke Kirchenmauer im Rücken zu fühlen erschien ihr tröstlich. Je länger sie dort verharrte, desto mehr Kraft und Zuversicht flossen in ihre schweren Glieder zurück. Sie wollte sich gerade erheben, um Martin und der schönen Unbekannten zu folgen, da erschien ein Mann von ungefähr Mitte zwanzig in der Tür. Wangen und Kinn wurden von einem sorgfältig gestutzten dunklen Bart bedeckt, das schwarze Haar fiel ihm bis auf die Ohren. Andreas Osiander war seit zwei Jahren Pfarrer an St. Lorenz. Als er Anna gewahr wurde, musterte er sie freundlich.

»Gott zum Gruße, Hochwürden, ich bitte Euch …«, brachte sie hervor und hielt inne. Eigentlich müsste sie dem Pfarrer eine Lügengeschichte auftischen, sein Mitgefühl heraufbeschwören, aber sein gutmütiges Gesicht und der offene Blick ließen sie verstummen. Anna versuchte sich zu sammeln.

»Was kann ich für Euch tun?«

»Ich habe ... eine weite Reise hinter mir und«, Anna senkte den Kopf, »weder Geld noch weiß ich, wo ich schlafen soll. Ich bin hungrig und müde.«

»Das ist Euch deutlich anzusehen«, erwiderte er und setzte sich neben sie. »Seid Ihr krank oder verletzt?«

Zögernd schüttelte sie den Kopf. »Nein, das nicht. Nur habe ich in dieser Stadt niemanden, an den ich mich wenden kann. Wisst Ihr vielleicht einen Ort, an dem ich die Nacht verbringen kann? Eine Hütte, ein Stall, nur nicht mehr frieren. Ich will gerne arbeiten für die Unterkunft.«

Osianders Blick ruhte voller Mitgefühl auf ihr. »Es gibt ein neues Armenhaus, leider nehmen sie nur alte Männer und solche auf, die zu krank zum Arbeiten sind. Außerdem seid Ihr eine Frau.« Er schien einen Moment lang zu überlegen. »Wie ist Euer Name?«

»Anna.«

»Kommt mit ins Pfarrhaus, Anna. Ich wohne zwar bescheiden, kann Euch jedoch eine kleine Kammer zur Verfügung stellen, die mir als Vorratsraum dient. Besser als eine Hütte oder ein Stall ist sie allemal. Es wäre ja nur für eine Nacht, morgen reist Ihr sicher weiter?«

Anna nickte und folgte dem Pfarrer die wenigen Schritte zu dem Häuschen nahe der Kirche. Drinnen umfing sie angenehme Wärme. Der Gottesmann öffnete. »Setzt Euch in die Küche, ich bin gleich wieder da. Nehmt Euch von dem Wein dort auf dem Tisch. Gewiss seid Ihr durstig.«

Sie folgte seiner Aufforderung, ließ sich auf einen Stuhl sinken und goss etwas von der goldgelben Flüssigkeit in einen leeren Becher. Ihre Hände zitterten, als sie ihn anhob. Der Wein rann ihr wohltuend durch die Kehle.

In der zweckmäßig eingerichteten Küche war kaum Schmuck zu entdecken, lediglich zwei gerahmte Bilder zierten die weiß getünchten Wände. Eines zeigte den Namenspatron der Kirche, den heiligen Lorenz, das andere die Heilige Jungfrau mit dem Jesuskind.

»So, da bin ich wieder.« Andreas Osiander stand im Türrahmen, reichte ihr einen Teller mit zwei Brotscheiben und etwas Butter und betrachtete sie nachdenklich. »Habt Ihr keine Verwandten in der Nähe, die Euch aufnehmen könnten?«

Sie trank einen Schluck, nahm eine Brotscheibe und biss gierig hinein. Bis zu diesem Moment hatte sie nicht geahnt, wie herrlich einfaches Brot schmeckte. »Schon, einen Bruder«, ging sie auf seine Frage ein. »Ich bin auf der Suche nach ihm, früher haben wir ganz in der Nähe gelebt, bevor die Pestilenz ...«

»Ich verstehe«, antwortete Osiander betrübt. »Wie ist sein Name? Vielleicht kenne ich ihn und kann etwas zu seinem Verbleib sagen.«

Anna drehte den Becher in der Hand, um ihm nicht ins Gesicht blicken zu müssen. »Das glaube ich kaum, Herr Pfarrer, aber danke.«

Wenn sie dem Pfarrer nur die ganze Geschichte erzählen könnte! Möglicherweise kannte Herr Osiander sogar den Beinschnitzer, bei dem Sebastian in der Lehre gestanden hatte. Nur wären es von ihrem Bruder zu ihr, der entflohenen Klosterschülerin, lediglich wenige Schlussfolgerungen, und die ganze Wahrheit käme ans Licht. Das durfte sie nicht riskieren!

Osiander seufzte und ließ sich ihr gegenüber nieder. »Schade. Nehmt das. Es sollte für die nächsten Tage genügen.« Die Silbermünzen klimperten, als er sie auf den Tisch fallen ließ.

»Danke, Herr Pfarrer.« Anna nahm die Münzen an sich und wandte sich ab, um die aufsteigende Röte zu verbergen.

Kapitel 13

Annas Schlaf war unruhig gewesen und von wirren Träumen begleitet. In den nächtlichen Bildern war sie an Martins Seite vor den Traualtar von St. Lorenz getreten. Der Prediger hatte die ersten Worte des Segens gesprochen, als sich Martin unvermittelt von ihr abwandte, den Mittelgang der Kirche hinunter- und durch die geöffneten Türen hinausstürzte, als wäre der Leibhaftige hinter ihm her. Plötzlich verwandelte sich Osianders Antlitz in das ihres Onkels, dessen dröhnendes Lachen das Kirchenschiff erfüllte. Voller Entsetzen lief Anna den Gang hinunter, um vor der Kirche mit Martin zusammenzustoßen, neben dem die junge Frau mit dem rotblonden Haar stand.

Tränenüberströmt war Anna erwacht. Nun saß sie am Küchentisch des Pfarrhauses und aß ein wenig Brot und Käse. Osiander musste vor ihr gefrühstückt und das Haus bereits verlassen haben. Gedankenverloren spielte sie mit den Münzen, die er ihr geschenkt hatte. Der Pfarrer schien zu jenen Dienern Gottes zu gehören, die nicht nur von Nächstenliebe predigten. Entschlossen legte sie drei der vier Münzen auf den Tisch zurück. Die eine würde reichen, um für die nächsten beiden Tage Essen und eine Unterkunft bezahlen zu können. Bald darauf verließ sie das Pfarrhaus.

Ihre Schritte lenkten sie am Fischbach vorbei in östlicher Richtung zur Lorenzkirche. Wieder standen die Türen weit offen, die Laurentiaglocke läutete zur Frühmesse, doch es waren noch keine Gottesdienstbesucher zu entdecken. Nur zwei Bettler – der eine ohne Füße, ein Brett mit Rädern neben sich, auf dem er sich fortbewegte – hockten auf den steinernen Stufen vor dem Portal. Ein vertrautes Bild, schließlich war es ein Akt der Nächstenliebe, den Armen zu geben. Zum Dank würden die beiden Männer zwei oder drei Ave Maria herunterleiern. Anna schlüpfte an ihnen vorbei ins Innere.

Weihrauchgeschwängerte Luft umfing sie. Im Halbdunkel sah sie sich um. Es war lange her, seit sie hier gewesen war. Ihr Blick streifte das Sakramentshäuschen aus Sandstein und wanderte zum Engelsgruß, einem mannshohen Rosenkranz, in dem Maria und der Engel Gabriel, umgeben von sieben Medaillons, gleichsam schwebten. Eine alte Frau kniete davor, leise das Salve Regina betend. »Bitte für uns Sünder, jetzt und in der Stunde unseres Todes ...«, hörte Anna sie murmeln. Wie oft hatten ihre Lippen dieses Gebet im Kloster geformt. Zögernd schritt sie den Gang hinunter. Während das Sonnenlicht durch die hohen Kaiserfenster fiel, trat der Pfarrer aus einer schmalen Tür in der linken Seitenwand des Kirchenschiffs. Als er sie bemerkte, hoben sich seine Brauen.

Anna ging ihm entgegen. »Gott zum Gruß. Ich danke Euch nochmals für alles, was Ihr für mich getan habt.«

Osiander betrachtete sie freundlich. »Gern geschehen. Hattet Ihr eine ruhige Nacht?«

Wann würde sie diesem überaus hilfsbereiten Mann wieder in die Augen schauen können? »Danke. Ich muss Euch dringend etwas fragen, Hochwürden.«

»Nur zu.«

»Ihr kennt doch sicherlich einen jungen Mann namens Martin Pfanner«, eröffnete sie mit zitteriger Stimme, was ihr in der Nacht nicht aus dem Sinn gegangen war. »Er ist groß und schlank und hat dunkelbraunes Haar, das ihm bis auf die Schultern fällt.«

»Der Ziehsohn des Gewandschneiders in der Findelgasse? Natürlich«, antwortete Osiander mit einem Schmunzeln. »Er zählt ja zu meinen Schäfchen. Kommt regelmäßig in die Messe.«

Anna senkte die Lider. »Ich habe ihn gestern in Begleitung einer fremden Frau gesehen. Wisst Ihr, wer sie ist?«

»Warum fragt Ihr?«

»Bitte, ich muss es wissen.«

»Also gut. Ich habe Martin und Therese Gruber vor acht Tagen getraut.«

In Annas Ohren war plötzlich ein dumpfes Rauschen, und die Stimme des Seelsorgers klang wie von weit her. Sie schwankte, fühlte Osianders festen Griff und wehrte ihn ab. Sie sollte dem Pfarrer für seine Auskunft danken, aber aus ihrem Mund drang kein einziger Ton. Mit unsicheren Schritten setzte sie einen Fuß vor den anderen, bis sie schließlich aus dem Kirchentor schritt und heller Sonnenschein sie blendete.

Getraut. Vor acht Tagen. Therese Gruber. Die Worte hatten sich wie feurige Zeichen in ihr Hirn gebrannt. Unwillkürlich griff sie sich an die Stirn und stolperte voran, die Kapuze des Umhangs tief ins Gesicht gezogen. *Getraut. Vor acht Tagen. Therese Gruber.* Anna lief weiter. Menschen gingen an ihr vorüber. Alle Geräusche schienen auf einmal wie in Watte gehüllt zu sein, so als wäre sie durch unsichtbare Schleier von der Welt getrennt. Wohin sie wollte, wusste sie nicht. Nur fort. Ein brennender Schmerz breitete sich in ihrem Inneren aus und nahm ihr fast den Atem.

Abseits der belebten Gassen fand sie eine Bank und ließ sich nieder, denn ihre Füße wollten sie nicht mehr tragen. Martin hatte seine Frau angelächelt, ihre Blicke sprachen Bände. Onkel Geralds Pläne und Wünsche hatten sich also erfüllt. Anna fror, obwohl sich die Sonne durch die Wolken stahl und die Bank in gleißendes Licht tauchte. Wie schäbig, wie hinterhältig. Tränen rannen ihr übers Gesicht, und sie wischte sie wieder und wieder fort. Wie lange sie dort saß und blicklos geradeaus starrte, wusste sie nicht. Irgendwann stand sie auf und lief weiter.

Immer wieder hörte sie Martins Stimme, die zu ihr von Liebe gesprochen hatte. Während all der Monate, die sie im Kloster hatte zubringen müssen, waren es der Gedanke an ihn und die Hoffnung an ein baldiges Wiedersehen gewesen, die ihr Kraft gegeben hatten. Aber sie hatte sich in ihm getäuscht. Anna biss sich auf die Unterlippe, bis sie blutete. Besinn dich auf Sebastian, rief sie sich selbst zur Ordnung, den einzigen Menschen, an dessen Liebe du nie gezweifelt hast. Sie musste ihn finden.

Mit gesenktem Kopf schritt sie durch die Gassen ihrer Heimatstadt. Räder knirschten auf dem Pflaster. Ein Gerber, den Ochsenkarren mit allerlei Fellen beladen, kam ihr entgegen. Sie verbreiteten einen beißenden Gestank, und Anna presste sich eine Hand vor die Nase. Ihr Herz raste, als sie des Mannes gewahr wurde, den sie samt seiner Familie von Kindesbeinen her kannte. Nicht auszudenken, was geschähe, wenn er erfasste, wer sie war, denn damit wäre ihre Rückkehr zu den Dominikanerinnen besiegelt. Ihre Handflächen wurden feucht. Niemand würde dulden, dass sie sich den klösterlichen Pflichten sowie den Anordnungen Gerald Pfanners widersetzte. Angestrengt schaute Anna zu Boden und verbarg ihr Bündel hinter dem Rücken. Dann war der Mann an ihr vorüber. Einen Augenblick blieb sie stehen und blickte sich um. Dieses Mal war es gut gegangen. Sie stolperte vorwärts, bis sie vor einem Haus innehielt, weil sie glaubte, nicht einen einzigen Schritt mehr laufen zu können. Erschöpft setzte sie sich auf eine Stufe vor dem Hauseingang, ließ den Kopf gegen die Tür sinken und schloss die Augen.

»Kannst du nicht aufpassen, Bursche?«, riss eine tiefe, unwirsche Stimme sie aus dem Dämmerzustand.

Anna versuchte sich zu erheben, fiel aber sogleich wieder in sich zusammen.

»Hoppla, wer liegt denn da? Ein Mädchen. Da schau her.«

Anna hob mühsam die Lider. »Bitte, habt Ihr eine Unterkunft für mich? Ich will auch … will auch arbeiten.«

Bevor sie wieder in sich zusammensacken konnte, griffen Hände nach ihr und stützten sie. Eine Tür wurde aufgestoßen, ein scharfer Geruch drang ihr in die Nase, der sie entfernt an etwas erinnerte. Dann wurde sie auf etwas Weichem niedergelegt. Der Duft von frischem Stroh hüllte sie ein. Sie öffnete die Augen. Blond war der Fremde, das schulterlange Haar stand ihm wirr vom Kopf ab, und er trug eine Stegbrille.

»Geht es wieder?«

Braune Augen musterten sie eindringlich, jedoch nicht unfreundlich. Sie lag auf einem Bett. Der Unbekannte, er mochte ungefähr Mitte oder Ende zwanzig sein, lehnte in der Türöffnung.

»Danke, ja«, erwiderte sie schwach und machte Anstalten, sich zu erheben.

»Liegen geblieben. Bitte, trink.« Der Fremde reichte ihr einen Becher. »Dietl, Korbinian Dietl. Und mit wem habe ich das Vergnügen?«

Sie musterte seine schlanke, etwas hagere Gestalt. »Anna heiße ich. Nur Anna«, antwortete sie nach kurzem Zögern.

»Nur Anna, so so. Na, mir soll's recht sein.«

Der verdünnte Wein weckte ihre Lebensgeister. Der Fremde blickte skeptisch auf sie hernieder. Der lange Umhang eines Mannes, ihre ungepflegte Erscheinung, all das musste sein Misstrauen wecken.

»Fehlt dir was?«

Anna schüttelte den Kopf. »Nein, bin nur müde.« Sie zwang sich, die Augen offen zu halten, aber es fiel ihr unendlich schwer. »Warum habt Ihr mich ... mit ins Haus genommen?«

Über sein Gesicht flog ein Lächeln. »Du bist mir fast in die Arme gelaufen, schon vergessen? Hätte ich dich etwa halb ohnmächtig vor meiner Tür liegen lassen sollen?«

»Danke«, flüsterte sie und nahm noch einen Schluck Wein.

»Ruh dich ein bisschen aus. Ich muss zurück an die Arbeit.«

Aus dem hinteren Raum erklang ein Laut wie das Meckern eines Zickleins.

»Bleib, wo du bist, ja? Ich muss nur eben ... meine kleine Tochter, du verstehst?« Dietl fuhr sich durch das struwwelige Haar und verließ mit langen Schritten die Kammer.

Nachdenklich sah sie ihm nach. Das Weinen hörte schlagartig auf, und sie sank dankbar in das Kissen.

Sepp ließ sich auf Sebastians Bett fallen und streckte seine langen Beine aus. »Hast dich schon gut hier eingelebt bei uns, wie? Du bist jedenfalls nicht mehr so dünn wie bei unserem ersten Treffen.«

Sebastian, der aus dem Fenster geblickt hatte, betrachtete seinen Freund von der Seite. Sepp war ganz anders als er. Stark, stellte er mal wieder fest, und mit kräftigen Muskeln an Armen und Beinen. Oft genug hatte er bemerkt, wie die jungen Mädchen Sepp hinterhersahen.

»Ja, danke. Deine Eltern sind sehr freundlich, und die Arbeit in der Werkstatt gefällt mir.«

Adam Stadler hatte ihm schon zwei Tage, nachdem Sepp ihn mit in sein Elternhaus genommen hatte, Hilfsarbeiten in der Sattlerei übertragen. Sein Lehrjunge war ihm davongelaufen, und der zurückhaltende Mann brauchte dringend Hilfe. Sebastian hatte rasch festgestellt, dass ihm der Umgang mit

Ziegen- und Kalbsleder und die Herstellung von Taschen, Pferdesätteln und vielen anderen Dingen Freude bereiteten.

Sepp verschränkte die Arme hinter dem Kopf. »Kann es sein, dass du mir aus dem Wege gehst? Fast immer vergräbst du dich nach dem Abendessen hier in der Kammer.«

Sebastian schwieg, schlüpfte aus seinen Stiefeln und setzte sich neben den Freund auf die Bettkante. Sepp hatte recht, er war ihm tatsächlich ausgewichen. Das abendliche Erlebnis mit dem fremden Mädchen, dieser Barbara, schwirrte ihm nach wie vor im Kopf herum. Das schöne honigblonde Haar und der Blick, mit dem sie ihn beim Abschied bedacht hatte, hatten eine Saite in ihm zum Klingen gebracht.

»Du bist mir immer noch böse wegen damals.« Sepp setzte eine zerknirschte Miene auf. »Schau, ich bin auch nicht gerade stolz auf das, was an dem Abend passiert ist, weißt du?«

»Der Streit mit diesem Mann ist allein deine Angelegenheit. Nur wie du dich dem Mädchen gegenüber benommen hast, fand ich unmöglich«, schnitt Sebastian ihm das Wort ab. »Aber du musst selbst wissen, was du tust.«

Sie schwiegen, und Sebastian wünschte sich, der Freund würde ihn allein lassen, damit er in Ruhe nachdenken konnte. Sich seine Schwester im Kloster vorzustellen fiel ihm immer noch schwer. Selbst in seinen Träumen verfolgte ihn der Ausdruck in Annas Augen, als sie sich voneinander verabschieden mussten. Wie eine leere Hülle hatte sie auf ihn gewirkt, maskenhaft und ohne jene Stärke, auf die er sich stets hatte verlassen können. Mochte der Herr mit ihr sein! Ob Gott seine Gebete für Anna überhaupt erhörte, nach allem, was er getan hatte? Seine Sünden lasteten schwer auf seinen Schultern und brachten ihn so manche Nacht um den Schlaf, trotzdem hatte er es bisher nicht gewagt, bei einem Priester die Beichte abzulegen.

»Viele Bürger Nürnbergs glauben, das Ende der Welt naht«, ließ Sepp sich nun vernehmen. »Sie sagen, Gott habe uns die Pestilenz als Zeichen geschickt. Sie und manches andere.«

»Wer behauptet das?«

»Ach, komm, du hast sicher auch schon davon reden gehört.«

»Hab ich, aber ich gebe nichts auf das Geschwätz dieser Prediger.«

»Kann ich verstehen. Ich habe bisher genauso gedacht. Aber vor einigen Wochen habe ich auf dem Saumarkt einem Mann zugehört, der war irgendwie ...« Sepp brach ab. Sein Blick wirkte seltsam entrückt.

»Was war mit ihm?«

»Irgendwie anders war er. Keiner, über den die Leute gespottet und den sie nicht ernst genommen haben. Eine ganze Traube hatte sich um ihn gebildet. Die Zuhörer hingen an seinen Lippen, Sebastian. Ganz anders als bei den Pfaffen in der Kirche. Ich hab auch eine ganze Weile zugehört. Da hat mich jemand angesprochen, der wohl zu ihm gehört. Ob ich nicht mal zu einer Versammlung von Kilian Pankratius kommen wolle. Sie träfen sich einmal in der Woche.«

»Und? Bist du hingegangen?«

»Allerdings. Ob du es glaubst oder nicht, es war einfach nur großartig. Weißt du, dieser Kilian soll der letzte Prophet sein. Deshalb nennen ihn seine Anhänger auch Elia.«

»Wenn man dich reden hört, könnte man glatt denken, du wärst bereits einer seiner Anhänger«, lachte Sebastian.

»Wenn du *ihn* reden hören könntest, würdest du mich verstehen.«

»Langsam machst du mich neugierig.«

»Schön. Warum begleitest du mich dann nicht heute Abend?«

»Zu einer dieser Versammlungen?«

»Richtig. Ich denke, es wird dir gefallen. Diese Männer bilden eine starke Gemeinschaft. Irgendwie kommt es mir so vor, als gehörte ich schon lange dazu. Jedenfalls nennen sie mich bereits Bruder Josef.«

Sebastian musste lachen. »Bruder Josef?«

»Die sprechen sich so an, ja. Sie nennen sich ›Die Bruderschaft‹ und halten eng zusammen, Sebastian. Also, was ist? Kommst du mit?«

»Na gut, du hast mich überredet. Ein bisschen Abwechslung kann nicht schaden, *Bruder Josef.*«

Spontan zog der Freund ihn an sich und klopfte ihm auf den Rücken. »Du wirst es nicht bereuen, Sebastian.«

Der Versammlungsort, zu dem der Sohn des Sattlers ihn führte, befand sich unweit der vier Mühlen, deren Räder sich im Wasser der Pegnitz drehten. Während Sepp leise die schwere Eichentür des Hauses hinter sich ins Schloss zog, betrat Sebastian den halbdunklen Raum. Im schwachen Licht einiger Talglampen erkannte er etwa zwei Dutzend Gestalten, die sich um einen hochgewachsenen Mann in einfacher Kleidung scharten, der hinter einem Tischchen stand. Vor ihm lag ein in helles Leder gebundenes Buch.

»Wie Christus es tat, so sende auch ich euch wie Schafe unter die Wölfe!«, rief der Mann mit Leidenschaft in der Stimme. »Wie Er es seinen Jüngern befahl, so sage auch ich euch: Gehet hin und predigt das Evangelium aller Kreatur. Und habt keine Angst vor ihrem Drohen. Gottes Engel werden euch beschützen, nichts wird euch geschehen, denn der Allmächtige ist mit euch.«

Der Mann griff nach dem Buch und schlug es auf. Eine *Biblia*! Vom unzähligen Blättern und Lesen hatte der Ledereinband an einigen Stellen eine dunkle, fleckige Färbung angenommen. Sebastian hatte dieses Buch bisher nur auf dem

Altar von St. Sebald zu sehen bekommen. In letzter Zeit aber wurde gemunkelt, dass die Heilige Schrift in Deutschland zunehmend Verbreitung fand, seit ein Mann namens Gutenberg vor über fünfzig Jahren ein neues Verfahren zum Druck von Büchern und anderen Schriften erfunden hatte.

»›Ist Gott für uns‹, so schreibt der heilige Paulus in seinem Brief an die Römer, ›wer mag wider uns sein?‹«, las der Mann vor. Seine Stimme schwoll an. »Nichts und niemand, liebe Brüder, kann euch antasten. Doch selbst wenn Er es zulässt, dass man euch tötet, weil ihr für ihn Zeugnis ablegt, so seid gewiss, reicher Lohn ist euch beschieden. Ihr werdet mit Christus, der Heiligen Jungfrau und den Heiligen Aposteln zur Rechten Gottes sitzen.«

Sebastian beugte sich zu Sepp. »Das ist also dein Prophet?«, flüsterte er.

»Ja, das ist Kilian Pankratius. Der letzte Prophet, bevor der Tag des Herrn anbricht.« Sepps Augen glänzten in einem neuen Licht.

»Ich sehe, Bruder Josef hat einen Gast mitgebracht«, erscholl es jetzt von vorn. »Tretet näher, ihr beiden.«

Die meisten der Umstehenden wandten die Köpfe und traten zur Seite. Sebastian und Sepp leisteten der Aufforderung Folge.

»Ein Freund von dir, Josef?«, wollte Pankratius wissen, ohne den Blick von Sebastian abzuwenden.

»Ja, außerdem arbeitet Sebastian für meinen Vater.«

»Es ist schön, dass du ihn mitgebracht hast. Nur so wird Gottes Reich wachsen, bis Christus wiederkehrt.« Pankratius streckte Sebastian die rechte Hand entgegen. »Willkommen.« Seine Stimme klang warm. »Deine Anwesenheit ist für mich ein Zeichen, dass der Herr bereits zu deinem Herzen gesprochen hat. Ist dir bewusst, dass du den Namen eines Märtyrers trägst?«

»Ich weiß. Der Mann, dessen Namen meine Eltern mir gegeben haben, starb für seinen Glauben. Der römische Kaiser Diokletian erteilte den Befehl, mit Pfeilen auf ihn zu schießen, aber Sebastian überlebte, und eine fromme Witwe pflegte ihn gesund. Daraufhin trat er erneut vor den Kaiser, der ihn diesmal mit Keulen erschlagen ließ.«

»Du hast gut aufgepasst im Unterricht deines Priesters«, lobte Pankratius. »Scheinst überhaupt einen wachen Verstand zu besitzen. Solche Männer brauchen wir in der Bruderschaft. Wie der Sohn eines Reichen oder Adligen siehst du allerdings nicht aus. Du kannst nicht lesen oder schreiben, habe ich recht?«

»Nein, leider nicht. Mein Vater war ein Wagner.«

»Ein ehrbares Handwerk, dessen du dich nicht zu schämen brauchst. Was das Bücherlesen angeht, mach dir nichts draus, es ermüdet ohnehin nur den Geist, das hat schon Salomo geschrieben.«

Sebastian schwieg. Wie Anna hatte auch er sich schon des Öfteren gewünscht, beides zu beherrschen. Warum hielt der Mann nichts davon, wenn Menschen lesen und schreiben konnten? Nun gut, wenn die Welt sowieso nicht mehr lange Bestand hatte, wie Pankratius glaubte – wer brauchte da noch Bücher?

»Ich würde mich sehr freuen, wenn du unsere Versammlungen regelmäßig besuchst«, unterbrach Kilian Pankratius seine Gedanken. »Heute Abend bist du eingeladen, mit uns zu essen.« Sein Blick ruhte prüfend auf Sebastian, der sich auf einmal unbehaglich fühlte.

Wenn Elia wüsste, was er getan hatte, würde er ihn gewiss hinauswerfen lassen. Ein weiterer Gedanke durchfuhr ihn: Hoffentlich war keines seiner Opfer, die er bestohlen hatte, unter den Anwesenden. Verstohlen sah er sich um. Am liebsten hätte er den Raum verlassen, da aber die Zusammenkunft gerade erst begonnen hatte und er nicht ohne Sepp zum Haus der Stadlers zurückkehren wollte, beschloss er zu bleiben. Zu viel Gesindel trieb sich zwischen der Pegnitz und dem Saumarkt herum.

So folgte er dem Freund in einen zweiten Raum, in dem sich die Männer auf einfachen Bänken um einen Eichentisch niederließen. Jemand hatte Körbe mit grobem Brot, einen Topf mit dampfender Suppe, Trinkbecher sowie drei Krüge mit Bier bereitgestellt. Er nahm neben einem älteren Mann mit vollem, auf die Schultern fallendem Haar Platz. Dann tat er es den anderen gleich, senkte den Kopf und faltete die Hände zum Gebet. Nachdem Pankratius dem Herrn für das Essen gedankt hatte, machten sich die Bruderschaftler über die Gemüsesuppe her, in der ein paar Stückchen Schweinefleisch schwammen. Eine Weile waren nur das Geräusch der in die Schalen eintunkenden Holzlöffel sowie das Schlürfen der Anwesenden zu hören, die aus den verschiedensten Ständen zu stammen schienen.

Als alle fertig waren, hob Pankratius die Hand. »Es geht das Gerücht, Luther sei tot. Nach dem Reichstag in Worms, so heißt es, sei sein Reisewagen in den Wäldern Thüringens überfallen worden. Ihn habe man an Ort und Stelle aufgehängt.«

Ein kahlköpfiger Mann auf der anderen Tischseite nickte. Unter seinem Wams spannte sich ein gewaltiger Bauch. »Deshalb hat man also schon länger nichts mehr von diesem Ketzer gehört. Das hat er nun davon, der feine Herr aus Wittenberg«, erwiderte er grimmig. »Hat er wirklich geglaubt, es mit Rom aufnehmen zu können? Der Heilige Vater lässt sich nicht ungestraft öffentlich kritisieren, auch nicht von einem Professor der Theologie.«

Ein anderer, ein noch junger Kerl mit kurzen blonden Haaren, schnaubte. »Es heißt, der Mann habe nicht nur die päpstliche Bulle verbrannt, sondern den Heiligen Vater sogar als Antichristus bezeichnet, als den ›Sohn des Verderbens‹, von dem der heilige Paulus spricht.«

Bulle. Sohn des Verderbens. Antichristus. Sebastian verstand nichts von alledem, worüber die Bruderschaftler redeten. Als hätte Pankratius ihm seine Verwirrung von der Stirn abgelesen, richtete er den Blick auf Sebastian.

»Die Heilige Schrift besagt, dass vor dem Ende der Welt der Antichrist kommen wird«, erklärte er. »Christus nannte ihn auch den ›Sohn des Verderbens‹, der offenbart werden muss, bevor der Herr wiederkommt.« Ein Lächeln schlich sich auf sein Gesicht, während er mit feinem Spott fortfuhr: »Vielleicht war es ja dieser Professor aus Wittenberg.«

»Und dieser Melanchthon sein Prophet«, rief einer der Männer dazwischen, »das Tier, wie ihn der Apostel Johannes in Offenbarung sechzehn nennt!«

»Gut möglich«, fuhr Pankratius fort, »›das Griechlein‹, wie Luther ihn wohl nennt, tut sich ja ganz besonders dabei hervor, diesen Kerl und seine ketzerischen Lehren im ganzen Reich bekannt zu machen. Wie einen Fürsten haben sie ihn bejubelt, in Wittenberg, aber auch anderenorts. Bei allen Heiligen, die Pamphlete mit seinen ketzerischen Lehren verbreiten sich unter dem einfachen Volk wie Unkraut.«

»Nicht nur im ungebildeten Volk«, wandte der Kahlhäuptige ein, »Luther hat auch Künstler wie Cranach und andere Studierte für sich eingenommen. Außerdem etliche Priester, die diesen Unsinn bereits von den Kanzeln verkünden. Selbst in Nürnberg soll es einige unter der Geistlichkeit und den Patriziern geben, die seine Schriften schätzen. Osiander, dieser Judenfreund, gehört auch zu ihnen. Sogar kluge Köpfe wie Pirckheimer, Albrecht Dürer und Hans Sachs haben überaus großes Interesse an den Reden des Mannes bekundet. Man kann nur hoffen, dass das nun aufhört, jetzt, da Luther tot ist.«

»Jedenfalls hörte ich Meister Dürer erst vor einigen Tagen im *Bratwurstglöcklein* den Tod dieses ach so gottgeistlichen Menschen beklagen«, meldete sich ein Dunkelhaariger mit einem gewaltigen Kropf zu Wort.

Sebastian kannte ihn. Er hieß Johann Samer, war Apotheker und wohnte unweit der Burg.

»Gottgeistlich, Johann?« Pankratius' Züge verdüsterten sich.

»Das waren seine Worte. ›Wer wird uns nun das heilige Evangelium so klar vortragen?‹, hat er gejammert, unser allseits geehrter Meistermaler.« Die feisten Wangen des Mannes bebten vor Empörung. »Der Ruhm, der ihm in Italien und den Niederlanden zuteilwird, hat ihm wohl den Verstand vernebelt. Unser neu ernanntes Ratsmitglied ist immer öfter krank, seit er und seine Frau aus Antwerpen zurückgekehrt sind. Bald jede Woche schickt die Dürerin nach Arzneien für ihren Mann.«

»Wie auch immer«, gab Pankratius heftig zurück. »Wenn Nürnbergs klügste Köpfe schon nicht gegen die Lehren dieses Sachsen gefeit sind, wie soll sich dann das Volk dagegen wehren! Gut, wenn diesem unseligen Treiben endlich ein Ende bereitet worden ist.«

Der Mann rechts neben Sebastian hatte sich bisher kaum geäußert, doch nun schob er sich das volle Haar hinter die Ohren. »Vielleicht hat ja der Kaiser Luther aus dem Weg räumen lassen, nachdem der sich geweigert hat, seine ketzerischen Schriften zu widerrufen.«

Pankratius knallte seinen Becher auf den Tisch und zog ein Gesicht, als habe er Essig statt Bier getrunken. Im Licht der Lampen sah Sebastian seine Augen funkeln.

»Der Teufel soll sie alle holen, die sich gegen den Allmächtigen und die heilige Kirche auflehnen!«

Während des nun folgenden Tischgesprächs lernte Sebastian die Namen einiger der Männer kennen, die zu Pankratius'

Nachfolgern gehörten. Sein Nachbar zur Rechten stellte sich als »Lukas Wendel, Gerber« vor. Der Blasse mit dem kahlen Haupt hieß Augustin Hofer und betrieb eine Brauerei nahe der Pegnitz, und der junge Kerl mit den kurzen blonden Haaren nannte sich Ferdinand.

Es war spät geworden, und Sebastian schwirrte der Kopf, als Sepp und er sich endlich auf den Heimweg machten. Nicht ohne von Kilian Pankratius zu ihrer nächsten Versammlung in einer Woche eingeladen worden zu sein.

Kapitel 14

Nach einer unruhigen Nacht, aus der sie schluchzend erwachte, fühlte sich Anna am folgenden Morgen wie gerädert. Im Traum hatte Martin ihre Tränen verhöhnt. Sie hätte doch nicht wirklich daran geglaubt, dass er auf sie warten würde? Während er noch lachte, hatte er seine Frau an sich gezogen und Anna mit blitzenden Augen nachgerufen, wie viel schöner und wohlhabender seine Therese war. Ihre Kehle war noch immer wie zugeschnürt. Vielleicht war an dem Albtraum sogar ein Funken Wahrheit dran, und Onkel Gerald hatte Martin nicht lange überreden müssen, seine ursprünglichen Heiratspläne zu verwerfen?

Noch lange Zeit saß sie auf dem Bett und starrte ins Nichts. Wie hatte es geschehen können, dass er bereits nach wenigen Monaten wortbrüchig geworden war? Wie konnte er sie aufrichtig geliebt haben, wenn er seine Gefühle für sie wie schmutzige Kleidung einfach abwarf, um sich einer anderen zuzuwenden? Annas Augen füllten sich erneut mit Tränen, doch sie blinzelte sie energisch fort. Er verdiente sie nicht. Nachdem sie sich wieder gefasst hatte, blickte sie im Raum umher. Auf dem Hocker neben ihrem Bett fand sie ein einfaches, aber reichhaltiges Frühstück vor. Dietl musste den Gemüsebrei und den Becher Milch hineingestellt haben, während sie geschlafen hatte. Auch an eine Waschschüssel, etwas Seife, ein frisches Tuch und einen

Kamm hatte er gedacht. Hastig legte sie ihre verschmutzte Kleidung ab, wusch und kämmte sich sorgfältig.

Es klopfte. Rasch hüllte sie sich notdürftig in das Tuch und wartete. Nichts geschah. Mit nackten Füßen schlich sie zur Tür und öffnete sie einen Spaltbreit. Auf dem Fußboden lag ein Bündel. Anna sah sich um und nahm es an sich. Der Stoffhaufen entpuppte sich als ein schlichtes Baumwollkleid mit einer Schürze. Darin eingewickelt fand sie Leibwäsche und ein zartblaues Haarband. Sie riss die Augen auf und begutachtete die Sachen. Das Kleid war ihr ein wenig zu kurz, aber das kümmerte sie nicht.

Anna verließ die Kammer und schaute sich in dem Gang um. Im Licht, das durch eines der farbigen kleinen Fenster hereinfiel, tanzten Staubkörnchen. Von dem Hausherrn war nichts zu hören oder zu sehen, deshalb folgte sie dem eigenartigen Geruch, den sie schon am Vortag wahrgenommen hatte. Als sie sich vor einer alten Tür wiederfand, wurde er intensiver, und sie drückte die Klinke herunter. Offensichtlich befand sie sich in Dietls Werkstatt. Eine Bank aus dicken Holzbalken, auf dem sich Berge von in Leder gebundenen Büchern stapelten, daneben erkannte sie Gefäße mit Federkielen und allerlei Behälter mit Tinten, die im Morgenlicht in allen Farbschattierungen leuchteten. Weitere Gegenstände, die wie die Zähne eines Tieres wirkten, waren wahllos auf dem Tisch verstreut. Mit geweiteten Augen betrachtete Anna das heillose Durcheinander. Farbe, daher also der Geruch. Das Rascheln von Pergament, dann sah sie zwischen den Büchern blondes Haar hervorblitzen.

»Ach, du bist es. Anna. Wie ich sehe, hast du alles gefunden«, murmelte Korbinian Dietl. »Ich dachte mir, dass dir das Kleid passt. Es hat meiner verstorbenen Frau gehört.« Schon beugte er sich wieder über eins der Bücher. Auf seiner Brille waren bunte Farbtupfer zu erkennen, ebenso in seinem Haar.

Sie trat von einem Fuß auf den anderen. »Danke für das gute Essen und die Kleidung. Das war sehr freundlich von Euch. Ich werde dann mal …«

»Warte!« Er wischte die Hände an einem Tuch ab und erhob sich mit einem Seufzen. »Wenn du … ich meine … wenn Ihr nichts weiter vorhabt … Ihr sagtet doch gestern, Ihr seid bereit zu arbeiten, nicht wahr?« Mit dem Kopf wies er neben sich. »Magdalena, meine Tochter, sie wird gewiss gleich wach und hungrig sein. Dabei habe ich ein wichtiges Werk fertigzustellen, meine Auftraggeber wollen das Buch bereits Ende des Monats abholen. Ich weiß mir, offen gesagt, keinen Rat, wie ich das alles allein bewerkstelligen soll. Könntet Ihr mir vielleicht helfen? Selbstverständlich werde ich Euch dafür bezahlen.«

Anna trat näher, überrascht von der neuen, respektvollen Anrede. Hinter seinem Hocker konnte sie eine Holzwiege ausmachen, in der ein winziges strampelndes Kind lag, den Daumen nahezu vollständig im Mund verschwunden. Sie warf dem Hausherrn einen erstaunten Seitenblick zu.

»Wenn sie schläft, stelle ich die Wiege immer hier herein, damit ich sie höre«, ergänzte er. »Ich meine, wenn sie aufwacht …«

»Ich verstehe. Ich kümmere mich gern um die Kleine.«

Während Anna kurzerhand das Bettchen anhob, um es in ihre Kammer zu tragen, unterwies Dietl sie mit hastig hingeworfenen Worten, wo sie alles Notwendige fand. Daraufhin erwärmte sie etwas Ziegenmilch und zog sich mit dem Kind in die Kammer zurück, die ihr der Hausherr zur Verfügung gestellt hatte. Sie schob die Vorhänge auf, die im Winter die Kälte fernhalten sollten, und ließ frische Luft herein. Die Kleine war wirklich niedlich, wie sie einen Schmollmund machte und die Hände zu Fäusten ballte.

Als sie weinend die Augen aufschlug, setzte Anna sich mir ihr auf einen Stuhl, gab ihr von der Ziegenmilch zu trinken und legte ihr eine neue Windel um. Bald darauf ruhte die Kleine in Annas Armen und schlief. Ein gar ungewohntes Gefühl war es, das Gewicht und die Wärme eines Säuglings ganz nah am Leib zu spüren. Es war so lange her, seit sie ihren Bruder Xaver im Arm gewiegt hatte. Als ihre Mutter ihn auf die Welt gebracht hatte, war sie zwölf gewesen und damit alt genug, um ihr zur Hand zu gehen. Bestimmt würden auch Martin und seine Frau bald ein Kind im Arm halten.

Die Vorstellung ließ die Erinnerung an den Albtraum der vergangenen Nacht wieder lebendig werden. Hatte sie nicht stets davon geträumt, einst die Mutter seiner Kinder zu sein? Nun saß sie in einem fremden Haus und wiegte ein fremdes Kind. Annas Arme begannen zu kribbeln, denn die Kleine auf ihrem Schoß war eingeschlafen und wurde immer schwerer. Sie seufzte, stand leise auf und legte das Kind in die Wiege zurück. Ein Blick aus dem Fenster sagte ihr, dass es fast Mittagszeit sein musste. Ihre Unruhe wuchs. Wenn sie nur wüsste, wo Sebastian steckte.

Um sich von den trüben Gedanken abzulenken, schlich sie hinaus. Die Werkstatttür war nur angelehnt, also trat sie ein.

Korbinian Dietl winkte sie heran. »Kommt und setzt Euch. Schläft Lenchen?«

»Tief und fest.«

»Danke, Anna.« Sogleich senkte er den Kopf wieder über seine Arbeit, in der linken Hand ein Tintenhörnchen, in der rechten einen Federkiel.

Die aufgeschlagene Buchseite war bereits zur Hälfte mit einer kunstvoll gefertigten Blumenranke versehen. Ein Buchmaler, dachte sie staunend. Obwohl, die Bezeichnung traf es nicht richtig. Wer so naturgetreu malen konnte, dass sie meinte, die Blumen wären lebendig und nicht einfach nur gezeichnet, musste ein außergewöhnlicher Künstler sein. Seltsam gefangen von dem Zauber des Momentes, ließ sich

Anna auf einen Schemel sinken, sie konnte den Blick einfach nicht von Korbinian Dietl und seinen Zeichnungen wenden. Nun tauchte er den Federkiel erneut in ein Tintenfässchen. Seine Hand huschte über das Pergament, setzte hier und dort feine Striche am rechten oberen Rand der Seite. Anna hielt den Atem an und konnte kaum glauben, was durch seine Fertigkeit vor ihren Augen entstand. Ein Vogel, gerade im Begriff loszufliegen. Sein kleiner, kräftiger Schnabel war halb geöffnet.

»Das … das ist wundervoll, Herr Dietl«, hauchte sie.

»Ein Rotkehlchen«, ergänzte Dietl mit abwesend klingender Stimme. »Seht, es muss zwischen den Blättern und Blumen etwas Nahrhaftes entdeckt haben, vielleicht eine Larve?« Der Federkiel wurde abermals eingetunkt, dann konnte sie schon nach wenigen Strichen das kleine Vogelgesicht erkennen. »Es hat den Blick bereits fest auf seine Beute gelenkt. Gewiss ist es die erste Mahlzeit dieses Tages, und der Vogel ist sehr hungrig.«

Anna nickte.

»Wenn Ihr etwas zeichnen wollt, solltet Ihr es nicht nur betrachten, sondern mit all Euren Sinnen beobachten und empfinden.« Dietl nahm einen weiteren Federkiel zur Hand, und kurz darauf war der Schnabel des Vogels gräulich, während das Köpfchen und der Hals eine bräunlich rote Färbung bekamen. Die Flügel waren anmutig gespreizt. »Wenn Ihr am Ende hören könnt, wie der leichte Sommerwind seine Federn vibrieren lässt, wie das Vogelherz voller Erwartung schlägt und das Rotkehlchen einige Momente in der Luft stehen bleibt, um sich schließlich zwischen den Blumen niederzulassen und den saftigen Bissen genüsslich zu verschlingen, dann – und nur dann – ist Eure Zeichnung gelungen.«

Anna fühlte sich wie im Traum. Sie blinzelte mehrmals, denn sie meinte den Flügelschlag des kleinen Vogels beinahe sehen zu können, während sie Dietls warmer Stimme lauschte. »Ich danke Euch«, murmelte sie und erhob sich.

Als Korbinian Dietl am Abend Annas Kammer betrat, um nach dem Kind zu sehen, wandte sie sich um und bedeutete ihm, still zu sein. Sie gingen beide hinaus.

»Ich habe sie gewaschen und frisch angezogen. Mit etwas Glück schläft sie bis zum Morgen durch«, erklärte sie im Flüsterton.

»Vielen Dank, Anna. Wie es aussieht, habt Ihr Euch gut um Magdalena gekümmert.« Er zögerte. »Können wir uns unterhalten?«

»Ja, natürlich.«

Sie folgte dem Mann, der zwei Köpfe größer war als sie selbst, in den angrenzenden spärlich eingerichteten Wohnraum. Ihre Finger waren klamm.

Dietl deutete auf einen alten, aber gemütlich wirkenden Lehnstuhl, und sie nahm ihm gegenüber Platz. Er fasste in die Tasche seines Kittels, zog eine Pfeife und einen Beutel heraus und stopfte etwas von dem Inhalt in den Pfeifenkopf.

»Ich möchte nicht unhöflich oder neugierig erscheinen. Doch wie eine dieser Bettlerinnen, die in der Stadt herumlungern, habt Ihr nicht auf mich gewirkt. Könntet Ihr mir bitte erzählen, was Ihr vor meinem Haus zu suchen hattet?«

Während er die Kräuter mithilfe eines Feuersteins und eines Schlageisens entzündete, schluckte sie und schaute zu Boden.

»Ich bin aus dem Heilig-Kreuz-Kloster geflohen.« Ihre Ohren glühten. »Niemand darf wissen ... dass ich hier bin, sonst ...«

»Sonst was?«

Anna hob den Kopf. Offen war sein Blick und ohne jedes Arg. Wie konnte sie ihn belügen, einen Fremden, der sie in sein Haus gebracht hatte? Korbinian lehnte sich zurück, kleine Rauchkringel stiegen auf und würziger Duft erfüllte kurz darauf den Raum.

Sie holte tief Luft und erzählte ihm die ganze Wahrheit. »Sonst bringen sie mich ins Kloster zurück. Dabei will ich nie wieder dorthin. Außerdem muss ich meinen Bruder Sebastian finden«, endete sie mit erstickter Stimme.

»Ich verstehe. Deshalb seid Ihr also auf der Suche nach Arbeit und einer Unterkunft.«

Anna biss sich auf die Unterlippe und nickte.

»Vielleicht finden wir ja einen Weg, der uns beiden dienlich ist?«

»Wie meint Ihr das?«

»Na ja, du … Ihr braucht ein Bett zum Schlafen und eine Arbeit, während ich seit geraumer Zeit nach einem ehrlichen Hausmädchen suche, das sich auch um mein Kind kümmert. Nach dem Tod meiner Frau hatte ich eine Amme für Lenchen eingestellt. Leider hat sie vor einigen Wochen gekündigt, weil sie selbst wieder ein Kind erwartet.«

»Das tut mir leid, Herr Dietl.«

»Schon gut. Reich bin ich nicht, aber es genügt, um Eure Dienste zu bezahlen. Könntet Ihr auch das Kochen übernehmen?«

»Wenn Ihr es wünscht, Herr Dietl.«

»Gut. Während der Nachmittagsstunden könntet Ihr nach Eurem Bruder suchen, ich nehme Magdalena derweil mit in die Werkstatt.«

Freude wallte in ihr auf. »Das ist sehr großzügig, Herr Dietl.«

»Nein, reinweg Eigennutz. Für eine kleine Weile könnte später auch Euer Bruder in meinem Haus bleiben. Auf Dauer wäre es aber sicher zu eng.«

Anna dankte ihm heiser. Danach besprachen sie noch die Einzelheiten und wurden sich rasch einig. Für ihre Arbeit sollte sie die Kammer und zwei Nürnberger Pfennige bekommen.

»Noch etwas, Anna.« Dietls Blick wanderte aus dem Fenster. »Ich bin ein ehrbarer Mann und kann es mir nicht leisten, meinen guten Ruf einzubüßen. Gebt also acht, damit Ihr von niemandem erkannt werdet, hört Ihr?« Die Hände in den Taschen seines Kittels vergraben, sah er sie mit ernster Miene an. »Das wird nicht einfach werden. Am besten, Ihr verändert Euer Aussehen. Schon öfter habe ich Kunde darüber erhalten, wie gründlich die Nonnen nach entflohenen Schützlingen zu suchen pflegen.«

Anna nickte. »Ich passe auf. Ihr könnt Euch auf mich verlassen. Eines Tages werde ich es Euch vergelten, Herr Dietl.«

Kapitel 15

Einige Tage, nachdem der Buchmaler sie aufgenommen hatte, kürzte sich Anna die dunkelblonden Haare bis zu den Schultern und färbte sie mit einem Brei aus geriebenen Granatäpfeln, Walnussschalen, Gallapfelpulver und Alaun in einem tiefen Braun. Die Zutaten hatte sie sich von Herrn Dietl erbeten. Sogar er musste zweimal hinschauen, als sie ihm gegenübertrat.

Der Gedanke an Sebastian ließ ihr keine Ruhe. Er musste ja glauben, dass sie sich noch im Heilig-Kreuz-Kloster aufhielt. Morgen wollte sie es zum ersten Mal seit ihrer Flucht wagen, Dietls Haus zu verlassen. Würde es ihr gelingen, den Spähern des Klosters, die dafür Sorge zu tragen hatten, dass ihnen keins ihrer Schäfchen entwischte, abermals zu entgehen? Herr Dietl hatte ihr auf diese Frage geantwortet, sie müsse sich keine Sorgen machen, niemand werde sie mit der neuen Haarfarbe erkennen.

Anna betrachtete das schlafende Mädchen mit einem Lächeln. Wenn das Köpfchen vertrauensvoll an ihrer Schulter lag oder Magdalena die pummeligen Ärmchen nach ihr ausstreckte, fühlte sie Wärme in sich aufsteigen. Korbinian Dietl war stets von höflicher Zurückhaltung. Anna wusste nie, was in ihm vorging, denn über private Angelegenheiten sprach er nicht. Dafür arbeitete er wie ein Besessener. Wenn er den Kopf über eins der Bücher gesenkt hielt, die Stirn gekräuselt und die Brille auf die Nasenspitze gerutscht, schien er außer seiner Kunst nichts wahrzunehmen. Manchmal hatte sie sogar den Eindruck, selbst die Kunden, die sich seine Arbeit ansahen oder Preise aushandelten, waren ihm lästig.

Mit einem Tuch fächerte sich Anna Luft zu. Der Tag schien warm zu werden, bereits am Vormittag war ihre Haut mit einem feinen Schweißfilm bedeckt. Leise trat sie aus der Kammer. Während sie ihrem Tagewerk nachging, kehrten ihre Gedanken zu Martin zurück. Zu ihrem nagenden Kummer gesellte sich – je öfter sie über ihn nachsann – stetig wachsender Zorn. Auf sich selbst, weil sie sich von seinen liebevollen Worten hatte einlullen lassen und weil sie ihm vertraut hatte. Wie hatte sie nur so dämlich sein können? Und auf ihn, dessen hübsche Fassade nur ein oberflächliches und auf seinen eigenen Vorteil bedachtes Inneres verbarg. Konnte sie nicht sogar froh sein, nicht sein Eheweib geworden zu sein? Wer wusste schon, wie lange er seiner Frau letztlich treu war, bis die Nächste ihn betörte? Der Gute sollte nicht glauben, dass sie ihm jemals eine Gelegenheit geben würde, sich zu erklären. Monatelang hätte er Zeit dazu gehabt, um ihr von Therese zu berichten. Aber dazu war er wahrscheinlich zu feige gewesen. Verfluchter Mistkerl! Nun war es zu spät, und sie wollte ihn niemals wiedersehen.

Anna atmete tief durch. Wenn sie erst Sebastian wiedergefunden hatte, würde sich alles zum Besseren wenden. Nach getaner Arbeit und einem vorsichtigen Blick auf das schlafende Kind beschloss sie, Dietl noch eine Weile zuzuschauen. Sie wusste, er hatte nichts dagegen, solange sie ihn nicht störte. Also setzte sich Anna wortlos zu ihm und beobachtete fasziniert, wie durch Dietls Geschick das nächste Kunstwerk entstand. Er sah nicht auf. Sie mochte das Spiel seiner Hände, wenn er den Federkiel über das Pergament huschen ließ und aus einigen

Farben, manchmal nur mit winzig kleinen Strichen, eine vorher unerkennbare Form in etwas beinahe Lebendiges verwandelte. Dietls Bilder versetzten sie in Erstaunen. Selbst die großen Initialen, mit denen viele Seiten des Buches begannen und die er mit Ornamenten ausfüllte, waren wunderschön. Zuweilen wünschte sie sich, selbst einen Federkiel halten und eins dieser kostbaren Bücher verschönern zu dürfen. Aber natürlich war dies unmöglich.

Dietl hatte ihr erzählt, dass es ihn einst viel Zeit und Arbeit gekostet hatte, sich diese Kunst an einer Regensburger Schule für Buchmalerei anzueignen. »Es ist ein Handwerk, Anna. Ein Handwerk, das erlernbar ist.«

»Ihr meint, für jeden erlernbar?«, hatte sie mit wachsender Begeisterung hervorgestoßen.

»Für jeden *Mann*«, war seine Antwort gewesen. »Das Lesen und Schreiben sollte er ebenfalls beherrschen. Wie ich hörte, üben auch einige Nonnen diese Kunst aus, Franziskanerinnen in Köln zum Beispiel.« Seine Miene verdüsterte sich. »Leider wird es unser Handwerk nicht mehr lange geben. Diese Kunst stirbt aus, seit der Buchdruck erfunden wurde.«

Anna folgte seinem Blick. Ein gutes Dutzend zwischen Holzdeckeln gebundene, mit Leder überzogene Exemplare stand auf einem Regal an der Wand. Bücher besaßen in Annas Augen einen besonderen Zauber. Allzu gern hätte sie die Kunst erlernt, aus den bunt bemalten Seiten und Buchstabenreihen Geschichten und Geheimnisse lebendig werden zu lassen. Im Kloster hätte sie vielleicht eines Tages das Lesen erlernen können, doch erschien ihr der Preis, den sie dafür zahlen müsste, zu hoch.

Schritte näherten sich und rissen sie aus ihren Träumereien. Sogleich betrat ein älterer Mönch die Werkstatt. Während die Blicke des Klerikers über die Pinsel und Tiegel mit den verschiedenen Zutaten schweiften, aus denen Dietl seine Farben herstellte, erhob sich Anna gesenkten Hauptes von ihrem Platz und verließ den Raum. Seit ihrer Zeit im Kloster wurde ihr stets flau im Magen, wenn sie Mitgliedern der Geistlichkeit über den Weg lief.

Als sie wenig später mit Lenchen spielte und sich an ihrem hellen Lachen erfreute, flog die Tür auf, und Dietl kam hereingestürmt. Auf seinem Gesicht lag ein Strahlen, das sie so noch nie an ihm gesehen hatte.

»Herr Dietl! Was ...«

Stürmisch zog er sie an sich und drückte seiner Tochter einen Kuss auf die Stirn, was der Kleinen ein Glucksen entlockte. Anna errötete bis unter die Haarwurzeln.

»Anna ... ein neuer Auftrag, ein Porträt für einen hohen Herrn!«

»Wie schön.« Sie entwand sich ihm.

»Bitte entschuldigt! Ich hätte nicht ...«

»Schon gut«, beeilte sie sich zu versichern. Sie wich zurück und strich Magdalena über den dunkelblonden Haarflaum. »Das freut mich sehr für Euch, Herr Dietl. Ich will gleich noch ein paar Besorgungen mit der Kleinen machen, wenn es Euch recht ist.«

»Ja, gewiss. Geht nur«, murmelte er und fuhr sich mit einer Hand durch das Haar, ohne Anstalten zu machen, den Raum zu verlassen.

Sie sah zu ihm auf. »Kann ich noch etwas für Euch tun?«

»Einen Wunsch könntet Ihr mir erfüllen.« Dietls Miene wurde wieder undurchdringlich. »Esst mit mir zu Abend.« Sie wollte etwas erwidern, aber er schnitt ihr das Wort ab. »Ich bin es leid, allein am Tisch zu sitzen, und würde mich wirklich über Eure Gesellschaft freuen.«

»Aber ...«

»Nur an diesem einen Abend, ja? Schließlich gibt es etwas zu feiern.«

Anna trat ans Fenster. Der Tag neigte sich inzwischen seinem Ende zu, und die Menschen kehrten in ihre Häuser zurück, wo ihre Familien sie erwarteten. Ob diese Leute wussten, wie glücklich sie sich schätzen konnten, kein dunkles Heim betreten zu müssen, in dem nichts als die Stille lebte, wie bei den vielen Menschen, die ihre Angehörigen an den Schwarzen Tod verloren hatten? Im Gegensatz zu ihnen hatte sie allen Grund, dankbar zu sein. Da tauchte vor ihrem inneren Auge jäh Martins Bild auf, wie ihn seine junge Frau mit einem strahlenden Lächeln und einem Kuss begrüßte. Eine Frau, die nicht nur schöner und anmutiger war als sie selbst, sondern zusätzlich eine gut gefüllte Truhe mit Geld in die Ehe brachte. Welch glückliche Fügung für den guten Martin, bei den Aussichten musste es ein Leichtes gewesen sein, sich für Therese zu entscheiden. Der Teufel sollte ihn holen!

Anna wartete, bis die Hitze verebbte, die ihr bei diesen Überlegungen durch die Adern geschossen war, und wandte sich zu dem Hausherrn um. »Wenn Ihr es wünscht, Herr Dietl.«

»Gut.« Er schritt er an ihr vorbei und verließ die Kammer.

Es fühlte sich seltsam an, den Tisch für zwei zu decken. Insgeheim aber freute sich Anna über die Einladung. Die Haare hatte sie zu einem kurzen Zopf gebunden, und sie trug das gute Gewand, das ihr Dietl am gestrigen Tag überlassen hatte. Ganz neu schien das in einem kräftigen Gelb gefärbte Leinenkleid nicht mehr zu sein, denn am Saum der beiden Ärmel war es an manchen Stellen schon etwas dünn, dafür aber hübsch und sauber. Herr Dietl hatte ihr erklärt, es sei einst das Sonntagskleid seiner Frau gewesen.

Zu Hirsebrei und Karotten sollte es frisch gebackenes Gerstenbrot und ein Stück Lammfleisch geben. Dietl hatte beides am Vortag vom Markt mitgebracht. »Ich möchte, dass Ihr es uns heute zubereitet«, waren seine Worte gewesen. Anna hatte sich über den Speisewunsch gewundert. War das nicht ein Mahl, das nur an Feiertagen serviert wurde? Kurze Zeit später trat Dietl ein. Ihre Augen weiteten sich. Gut sah er aus mit seiner grünen Schecke und den streng nach hinten gebundenen Haaren. Sein Kinn war glatt rasiert.

»Köstlich riecht es hier, Anna«, lächelte er ihr entgegen.

In der Hand hielt er einen Strauß Bauernrosen. Wie viele Nürnberger besaß auch Dietl hinter seinem Haus einen kleinen Garten, in dem es außer diesen hübschen Blumen noch einen Nussbaum, ein Birnbäumchen sowie ein Kräuterbeet mit Kamille und Salbei gab. Verwirrt ließ sie den Blick zunächst zu dem Buchmaler und dann zu den Blumen schweifen, murmelte einen Dank und nahm sie, um sie in eine Vase zu stellen.

Während des Mahls unterhielt er sie mit allerlei amüsanten Geschichten, die ihm in seiner Werkstatt widerfahren waren, und ihre Anspannung ließ allmählich nach.

Als Anna den Tisch abräumen wollte, hielt er sie am Ärmel fest. »Bitte bleibt noch ein Weilchen. Ich möchte gern etwas mit Euch besprechen.«

Erstaunt hielt sie inne. Sie stellte die Teller zusammen und setzte sich wieder. Wie ernst der Buchmaler auf einmal wirkte!

Eine Hand griff nach ihrer. »Das Kleid steht Euch wirklich gut. Es erinnert mich an meine Frau. Ich möchte Euch gern von ihr erzählen.« Sein Lächeln war freundlich, doch es erreichte nicht seine Augen. »Meine Martha ist im Kindbett gestorben. Das Blut lief ihr aus dem Schoß, und ich konnte nichts tun. Es ging alles so schnell.« Sein Blick verlor sich in weiter Ferne. »Ich erinnere mich noch, wie Lenchen nach ihr schrie, aber Martha war zu schwach, um sie zu halten. Also nahm ich das Kind. Kurz darauf verlor sie das Bewusstsein.« Er verstummte.

»Ihr müsst nicht weiterreden.« Anna räusperte sich. »Ich werde dann mal Ordnung schaffen.«

»Nein, bitte bleibt und hört mir zu. Ich möchte, dass Ihr meine Frau werdet.«

Anna erstarrte. Zu nichts anderem war sie fähig, als auf seine sehnigen, von der Arbeit gezeichneten Finger zu sehen.

»Habt Ihr gehört? Werdet meine Frau.«

Sie entzog sich ihm und stand ruckartig auf. Der Stuhl fiel krachend zu Boden. In ihren Ohren dröhnte es wie ein Donnerschlag. »Das kann nicht Euer Wille sein!«

»Doch, das ist es, denn ich bin schon seit vielen Monaten allein. Ihr seid es ebenfalls, habt weder ein eigenes Heim noch jemanden, der Euch versorgt. Ich kann Euch all das bieten«, erwiderte er leise, ohne sie aus den Augen zu lassen. Er rang nach Worten. »Lenchen ist ganz vernarrt in Euch, und Ihr seid fleißig und hübsch anzusehen. Was sonst kann sich ein einsamer Mann zu seinem Glück wünschen?«

Ihr Herz machte einen schmerzhaften Satz.

»Bedenkt, wie vorteilhaft eine Heirat zwischen uns wäre«, fuhr er fort. »Ihr wärt eine angesehene Ehefrau, niemand könnte mehr mit dem Finger auf Euch zeigen oder hinter Eurem Rücken schwatzen. Ihr wärt die Gemahlin des Buchmalers Dietl.«

Anna spürte, wie sich alles in ihr verhärtete. »Ich danke für Euer Angebot, ja wirklich. Eure Beweggründe sind edel, leider kann ich es dennoch nicht annehmen.« Sie erschrak über die Bitterkeit in ihrer Stimme. »Gewiss bin ich nicht die Richtige für Euch.«

Vor ihrem geistigen Auge konnte sie die wissenden, abschätzigen Blicke der Nachbarn und Kunden ihres Herrn erfassen, wenn ihnen zu Ohren kommen würde, der Buchmaler Dietl habe sein Hausmädchen geehelicht.

»Verstehe.« Seine Miene wechselte zu der des verbindlichen Geschäftsmannes, den sie kannte, wenn Kunden die Werkstatt aufsuchten. »Vermutlich kommt alles zu überraschend. Ich bitte Euch nur, über mein Angebot nachzudenken. Danach gebt mir

Bescheid.« Dietl erhob sich und strich seine Schecke glatt. »Das Essen war ausgezeichnet. Ich werde jetzt zur Ruhe gehen.«

»Ja, natürlich«, antwortete Anna etwas zu schnell und machte sich daran, den Tisch abzuräumen. Sie hatte Mühe, das Zittern ihrer Hände zu verbergen.

Erst als Dietl den Raum verlassen hatte, wagte sie, das Geschirr aus der Hand zu legen, sank wie betäubt auf den Stuhl und starrte die Wand an. Die plötzlich eintretende Stille, verbunden mit ihrem wild pochenden Herzschlag, ließ sie sogleich wieder hochfahren. Er bot ihr also ein angenehmes Leben. Ein Zuhause an der Seite eines Mannes, den sie schätzte und bewunderte. Jemand, der gut für sie sorgen würde. *Ihr seid fleißig und hübsch anzusehen.* Fleißig, ja, das war sie wohl. Mit ihrer fast knabenhaften Figur und der Nase, die ihr stets ein wenig zu lang erschienen war, hatte sie sich allerdings nie als hübsch betrachtet. Schon gar nicht wollte sie jemandes Eheweib sein, der sie nur heiratete, um dem Getratsche der Leute ein Ende zu bereiten, oder aus Mitgefühl einer Heimatlosen gegenüber. Ihr lag weder an dem einen noch an dem anderen etwas.

Während sie aus dem Fenster schaute, versuchte sie, des Wechselbads ihrer Gefühle Herr zu werden. Als es in ihr langsam ruhiger wurde, machte sie sich an den Abwasch. Danach vergewisserte sie sich, dass Lenchen schlief, band sich ein Tuch um den Kopf und trat mit glühenden Wangen vor die Tür. Das Geräusch sich entfernender Schritte drang zu ihr herüber. Aus dem Haus gegenüber vernahm sie Stimmen, von der Gasse her das Winseln eines Hundes. Leichter Wind strich ihr kühlend über das Gesicht. Als sie noch Teil einer Familie gewesen war, hatte sie immer gewusst, was zu tun war. Es galt, der Mutter bei der Erziehung des kleinen Bruders und bei der Hausarbeit zu helfen. Ja, und dann war da noch Sebastian, der feinfühlige Grübler, auf den sie stets ein Auge haben musste. Ihre Mundwinkel hoben sich. Nun war nichts mehr wie früher.

Anna kehrte ins Haus zurück und verschloss die Tür mit dem Riegel. Sie musste bald mit Herrn Dietl reden, das war sie ihm schuldig.

Die Gelegenheit bot sich am nächsten Abend, als Korbinian Dietl noch in der Werkstatt arbeitete. Anna setzte Lenchen auf ihren Schoß und beobachtete das geschickte Spiel seiner Hände, während er auf einem Stück Pergament Ornamente vorzeichnete.

Er hob den Kopf. »Ist etwas, Anna?«

»Es geht um Euer Angebot, Herr Dietl.«

Er legte den Gänsekiel beiseite. »Habt Ihr Euch entschieden?«

»Ich muss Euch etwas gestehen«, erwiderte sie leise und nach kurzem Zögern. »Vor langer Zeit schon habe ich mein Herz an einen anderen verschenkt, obwohl er es nicht verdient. Bitte verzeiht, wenn ich Euren Antrag nicht annehmen kann.« Bei ihren Worten huschte ein Schatten über sein Gesicht, trotzdem sprach Anna weiter. »Er ist inzwischen verheiratet, diese Therese Gruber passt wohl besser zu ihm als ich.« Ihre Augen wurden feucht, aber sie wandte sich nicht ab.

»Therese Gruber? Ist das nicht die Tochter von Erhardt Gruber, dem Tuchhändler? Er ist ein wohlhabender Mann.«

Ein Tuchhändler. Das hast du ja fein eingefädelt, Onkel Gerald, schoss es ihr durch den Kopf. Tuchhändler und Gewandschneider, eine wirklich fruchtbare Allianz. Sie rang um Fassung und war froh, Lenchen bei sich zu haben, die den Kopf an ihre Brust schmiegte.

»Herr Dietl, Ihr seid gütig und freundlich und verdient eine Frau, die mehr für Euch empfindet als nur Freundschaft oder Bewunderung.« Sie hielt inne und nahm einen tiefen Atemzug. »Mehr habe ich nun mal nicht zu bieten, es tut mir leid.«

Er musterte sie ernst. »Deshalb also diese Traurigkeit, wenn Ihr Euch unbeobachtet fühlt. Mir tut es ebenfalls leid, Anna, aber lasst mich Euch eins noch sagen: Auch ich bin über den Tod meiner lieben Frau noch nicht hinweg, wir waren einander sehr nah, versteht Ihr? Doch sie ist jetzt bei unserem Herrn, und das Leben muss weitergehen.« Er strich ihr über die Hand und räusperte sich. »Seit Ihr hier seid, habe ich wieder Freude am Leben gefunden. Ihr tut mir und der Kleinen gut. Meint Ihr nicht, wir sollten es miteinander versuchen? Ich werde immer gut für Euch sorgen, das verspreche ich.«

Seine sonst meist abwesenden Züge waren klar, die blonden Haare wirkten, als wäre er mehr als einmal mit den Händen hindurchgefahren. Niemand war je so gut zu ihr gewesen wie dieser Mann. Anna lauschte in sich hinein, wartete auf einen Funken Glück oder zumindest Freude, aber bis auf diese unerklärliche Verbundenheit, die sie ihm gegenüber empfand, blieb alles in ihr still. Gedanklich kehrte sie zu den Ereignissen der vergangenen Monate zurück. Konnte das Leben mit einem Gemahl wie ihm grausamer sein als das innerhalb der Klostermauern? Wohl kaum, immerhin schien auch Herrn Dietls Herz nicht frei von Trauer zu sein. Erleichterte diese Tatsache nicht sogar alles? Nur wer liebt, ist voller Erwartung und droht, verletzt zu werden, oder etwa nicht? Ein Bund aus Freundschaft und gegenseitiger Achtung, war dies möglicherweise das Geheimnis einer guten Ehe, die alle Widrigkeiten des Lebens überdauert? Worauf wartete sie, wenn das Schicksal ihr diese Wendung bot?

Sebastian und ich wären in Sicherheit, wir müssten uns nicht länger verstecken, dachte sie mit trockener Kehle. Sie spürte, wie der Buchmaler jede ihrer Regungen gespannt verfolgte, während in ihrem Inneren ein Kampf tobte, der von Verantwortung, Pflicht und der Trauer um eine verlorene Liebe handelte. Hin und her wurde sie geschüttelt, wie ein Fähnchen, das der Wind mal in die eine und mal in die andere Richtung wehte. Was sollte sie nur tun?

»Glaubt mir, Ihr bedeutet mir sehr viel, Anna. Bitte, werdet meine Frau. Wir könnten uns gegenseitig Halt geben«, brachte Dietl stockend und mit einem verlegenen Lächeln hervor.

Für einen Moment schloss Anna die Augen, und Bilder vergangener glücklicher Momente zogen in ihrer Erinnerung an ihr vorbei. Als sie die Lider wieder öffnete, lag Dietls warmer Blick auf ihrem.

»Danke, ich … ich nehme Euer Angebot an.«

Kapitel 16

Sebastian entdeckte eine ganze Anzahl neuer Gesichter. Männer jeglichen Alters und Standes füllten den Raum. Offensichtlich wuchs die Zahl derer, die Pankratius folgten, unablässig an. Auch er konnte sich der Ausstrahlung von Elia, wie Sepp und die meisten anderen Männer den Prediger inzwischen nannten, nur schwerlich entziehen. Worin die Faszination lag, die Pankratius auf die Menschen ausübte, vermochte Sebastian nicht in Worte zu kleiden.

»Bei unserem letzten Treffen habe ich euch angekündigt, euch bald wie Schafe unter die Wölfe zu senden«, rief Kilian Pankratius aus, »ganz so, wie der Herr es mit seinen Jüngern getan hat. Dieser Zeitpunkt ist nun gekommen. Ihr werdet der verdorbenen Welt den Untergang verkünden und damit hier in Nürnberg beginnen. Wenn wir mit dieser Stadt fertig sind, ziehen wir weiter nach Regensburg, Ingolstadt und Würzburg.«

»Was genau sollen wir tun?«, wollte Ferdinand wissen.

»Wer seine Gegner besiegen will, der muss sie kennen«, lautete die Antwort des Propheten. »Deshalb werde ich morgen die Hauptmesse in St. Lorenz besuchen. Du und einige andere sollt mich begleiten.« Er wies auf eine kleine Gruppe Männer, die neben Sebastian standen. »Lukas und Conrad, ihr kommt mit mir. Dietrich und Josef, ihr auch.« Sein Blick heftete sich auf Sebastian. »Und du ebenfalls.«

»Ihr meint, ich soll … heißt das, Ihr nehmt mich in die Bruderschaft auf?«, brachte dieser stammelnd hervor.

»So ist es. Dein Freund gehört ja seit längerer Zeit zu uns, und da du ihn schon mehrfach begleitet hast, gehe ich davon aus, dass es dir ebenfalls bei uns gefällt.« Pankratius' Lippen verzogen sich zu einem leichten Lächeln. »Oder irre ich mich da etwa?«

»Nein, es ist nur so, ich habe …« Mit einem Mal war ihm, als wären alle Augen auf ihn gerichtet.

»Sprich weiter, Sebastian.«

»Ich habe gegen Gottes Gebote verstoßen, Sünden begangen, die ich bisher noch keinem Priester gebeichtet habe. Wollt Ihr mich trotzdem?«

Elia legte Sebastian eine Hand auf die Schulter. »Unser Herr will, dass du dich uns anschließt. Er hat es mir letzte Nacht gesagt, als ich wie so oft stundenlang im Gebet verharrte. Kein Mensch ist ohne Sünde, Sebastian. Mach dir wegen deines bisherigen Lebens keine Gedanken. Allen, die sich Gottes letztem großen Werk anschließen, werden sämtliche Sünden vergeben.«

Während die Glocken zur Messe riefen, schoben sich die sieben Bruderschaftler zusammen mit vielen anderen Nürnbergern durch die geöffneten Türen des Hauptportals ins Innere von St. Lorenz, um nach freien Plätzen Ausschau zu halten. Viele Bänke waren bereits vergeben, doch im hinteren Teil des Kirchenschiffs konnten sich Elia und seine Anhänger niederlassen. Sogleich senkte der Prophet das Haupt und schien sich ins Gebet zu vertiefen.

Sebastians Herz wurde leicht wie eine Feder. Der Druck der Sündenschuld war von ihm gewichen. All die Lügen und Diebstähle, alles vergeben! Niemals hätte er geglaubt, dass es so einfach sein könnte, sein altes Leben hinter sich zu lassen. Die Kirche lehrte den reuigen Sünder, einen Priester oder Pfarrer aufzusuchen, der ihm die Beichte abnahm. Unwillkürlich hörte er wieder die Worte und das Stöhnen aus dem Beichtstuhl der Frauenkirche. Auch dieser Pfarrer hatte von den sündigen Menschen gesprochen, aber nur, um die Frau dazu zu überreden, ihm zwischen die Beine zu greifen. Angewidert verzog Sebastian das Gesicht. Elia war anders. Er glaubte an das, was er verkündete, und besaß eine natürliche Autorität. Gewiss, manches klang befremdlich in Sebastians Ohren, doch wer war er, an Gottes Propheten Kritik zu üben? Elia hob den Kopf und nickte ihm zu, als hätte er seine Gedanken gelesen. *Wer seine Gegner besiegen will, der muss sie kennen.* Sebastian runzelte die Stirn. Wer waren diese Gegner? Der junge Prediger von St. Lorenz vielleicht?

Er wandte den Blick von Elia ab und sah auf zu den prächtigen Glasfenstern, durch die just in diesem Augenblick das Sonnenlicht fiel und den gewaltigen Hallenchor erfüllte. Wie immer zog ihn die einzigartige Atmosphäre in ihren Bann. Sebastian kannte die Legenden, die sich um das Gotteshaus rankten. Wunder waren hier geschehen, Lahme und Blinde geheilt worden. Ein Teil der Gebeine des heiligen Deocarus ruhten hier, des Patrons aller Augenkranken. Neben einem halben Dutzend Altäre, von denen längst verstorbene Heilige auf die Gläubigen herabschauten, hatte man eigens auch für ihn einen Altar geschaffen. Während nun die Türflügel geschlossen wurden und die Glocken verstummten, schweifte Sebastians Blick weiter zu dem steinernen Sakramenthaus. Bis ins Gewölbe ragte das von Adam Kraft geschaffene Kunstwerk empor.

»Sieh nur, den Pirckheimer«, unterbrach ein Raunen seine Gedanken. Es war Dietrich Bratler, der sich zu seinem Nachbarn Lukas Wendel beugte. »Der gelehrte Herr wird immer fetter!«

»Irgendwann platzt der Kerl noch«, erwiderte der Gerber leise. »Gebe Gott, dass es nicht an Ferdinands Tafel geschieht!« Der andere lachte leise.

Sepp stieß dem Freund feixend einen Ellbogen in die Seite, und auch Sebastian konnte sich ein Grinsen nicht verbeißen.

Seit der Kaiser nach dem Reichstag zu Worms das Heilige Römische Reich verlassen hatte, um Krieg gegen Frankreich zu führen, herrschte in der Kaiserburg das Reichsregiment unter dem Vorsitz von Erzherzog Ferdinand, dem Bruder des Herrschers. Vor einigen Tagen hatten Sebastian und Sepp einen Blick auf den hochgewachsenen Mann werfen können, als dieser in Begleitung einer Jagdgesellschaft durch das Tiergärtnertor aus der Stadt geritten war. Dass Willibald Pirckheimer – jener Mann, über dessen Leibesfülle sich Bratler und Wendel mokierten – des Öfteren auf der Burg bei Ferdinand und seiner Gattin zu Gast war, war allgemein bekannt.

Sebastian reckte den Hals. Tatsächlich, nur wenige Schritte von der Kanzel entfernt saß der Patrizier. Der Mann, der sich die Nase bei einem Turnier eingeschlagen hatte, wie es hieß, war eine weit über Nürnberg hinaus bekannte Erscheinung und hatte Kontakt zu dem berühmten Erasmus von Rotterdam sowie anderen klugen Köpfen in ganz Europa. Seine große Bibliothek stand allen Interessierten offen. Es war stadtbekannt, dass der Mann nicht nur gutem Essen, sondern auch allen Künsten zugetan und unter anderem deshalb ein Freund und Förderer Albrecht Dürers war. Diesen entdeckte Sebastian in Begleitung seiner Frau Agnes nun ein paar Plätze neben Pirckheimer. Den Maler erkannte man unschwer an den überaus langen Haaren, die ihm auf die von einem Pelzkragen bedeckten schmalen Schultern fielen.

Die Tür der Sakristei öffnete sich, und Andreas Osiander trat heraus. Während er den Gottesdienstbesuchern den Rücken zuwandte, sprach er die ersten Sätze des Messritus. Die lateinischen Worte der Liturgie und die Gesänge rauschten an Sebastian vorbei, allerdings gelang es ihm, sich im richtigen Moment niederzuknien und zu erheben. Zwei Bankreihen vor ihm saßen eine Frau und ein junges Mädchen, dessen langer Zopf leuchtete wie Weizen. Einen Augenblick meinte er, das hübsche Mädchen von der unseligen Begegnung mit Sepp vor sich zu sehen: Barbara, an die er immerzu denken musste. Aber sie war es nicht, ihr Haar hatte eher die Farbe von Honig. Ob er sie jemals wiedersah?

»Liebe Brüder und Schwestern«, unterbrach des Pfarrers Stimme seine Gedanken. Mit dem Evangeliar in den Händen hatte sich Osiander zu der Gemeinde umgedreht, was ungewöhnlich war, schließlich wurden die verschiedenen Teile des Ritus stets mit dem Altar zugewandtem Gesicht zelebriert. Ein schmales, kaum erkennbares Lächeln lag auf seinem Gesicht.

Sebastian beugte sich vor.

»Bevor ich mit der heutigen Evangelienlesung und deren Homilie beginne«, erklärte der Pfarrer mit klarer Stimme, »habe ich die Freude, Euch allen eine überaus wichtige und angenehme Mitteilung machen zu dürfen.« Seine Züge wurden ernst. »Nicht jedem Nürnberger wird diese Nachricht gefallen, das ist mir sehr wohl bewusst. Dennoch möchte ich meine Erleichterung nicht verhehlen über das, was ich vor zwei Tagen durch einen Boten erfahren habe. Der noch bis vor einigen Wochen tot geglaubte Martin Luther – er lebt.«

»Was sagt er? Luther soll leben?«, hörte Sebastian eine Frau weiter vorn rufen. Sogleich ermahnte ihr Mann sie zu schweigen, während viele der Anwesenden flüsternd die Köpfe zusammensteckten. Andere verliehen ihrer Freude über die Mitteilung unverhohlen Ausdruck, darunter auch Pirckheimer und Dürer. Sebastian folgte Sepps Blick, der Elia beobachtete. Dessen Züge hatten sich verzerrt. Die Knöchel seiner Finger, mit denen er die Rückenlehne der Bank umklammerte, waren weiß wie Linnen.

Nach der Eucharistiefeier, weiteren Gebeten und dem abschließenden Segen waren die Menschen ins Freie geströmt, wo die Gläubigen nun in Grüppchen zusammenstanden und sich lebhaft über die Nachricht ihres Pfarrers austauschten. Außer den allgegenwärtigen Bettlern, die vor den Stufen des Portals trotz eines feinen Nieselregens auf milde Gaben warteten, gab es an diesem Morgen wohl kaum jemanden, den das soeben Gehörte unbeteiligt ließ.

Lukas Wendel, Dietrich Bratler, Konrad Mutz, Ferdinand, Sepp und Sebastian hatten sich etwas abseits der Messebesucher um Elia geschart. Dieser hatte eine Zeit lang geschwiegen, doch nun streckte er den Rücken und ging über das regennasse Pflaster auf eine Handvoll Männer zu, die sich, kaum einen Steinwurf entfernt, über Osianders Mitteilung unterhielten. »Ihr begrüßt die Nachricht über Luthers Wohlergehen?«, hörte Sebastian ihn sagen.

Er folgte Sepp, um sich mit dem Freund in den kleinen Kreis derer einzureihen, die Elia umgaben.

Der Prophet sprach einen sorgfältig rasierten, in feines Tuch gekleideten Mann an. »Ihr scheint mir jemand zu sein, der genügend Verstand besitzt, um zu erkennen, welch Geistes Kind dieser ehemalige Mönch wirklich ist.«

Der Fremde schürzte die Lippen. »Ihr haltet nichts von dem Wittenberger?«

»Ihr habt es erfasst, guter Mann. Wollt Ihr wissen, warum?«

»Sprecht. Was habt Ihr gegen Doktor Luther?«

Elias Augen verengten sich. »Euer ›Doktor Luther‹ ist ein Ketzer und Verführer. Warum sonst hat der Heilige Vater ihn mit dem Bann belegt? Es heißt, der Kerl habe die päpstliche Bulle verbrannt.«

Der andere zuckte die Achseln. Wahrscheinlich ein Kaufmann, vielleicht sogar ein Ratsmitglied, dachte Sebastian.

»Es muss sich endlich etwas ändern in der Kirche«, versetzte der Mann. »Und wenn dieser Sachse das Werkzeug ist, dessen sich der Allmächtige bedient, so soll's uns recht sein.«

»Ein Werkzeug Gottes? Ihr meint wohl eher des Satans«, höhnte Elia. »Dieser Mann ist der Antichrist und gehört auf den Scheiterhaufen wie weiland Jan Hus in Konstanz. Der Kerl war auch nicht bereit, seine Ketzereien zu widerrufen.«

»Ihr solltet Euch schämen, so über einen Doktor der Theologie zu reden«, erklärte der andere, wandte sich entrüstet ab und ging davon.

Inzwischen waren auch Bratler, Mutz, Wendel und Ferdinand näher getreten und verfolgten den Disput zwischen Elia und den Luther-Anhängern, zu denen sich stetig weitere gesellten.

»Antichrist?«, rief einer von ihnen. »Redet keinen Bockmist! Martin Luther wird die Kirche reformieren, hört Ihr! Sie hat es auch bitter nötig.«

»Zugrunde richten, meint Ihr wohl«, gab Elia aufgebracht zurück. »Noch hetzt der Mann gegen den Papst und alles, was uns heilig ist. Was kommt als Nächstes? Die Anstiftung zum Aufruhr gegen die Obrigkeit, wie sie Thomas Müntzer allerorten betreibt? Nein, glaubt mir, dieser Luther gehört endgültig ausgemerzt von Gottes Erdboden.«

»*Dich* sollte man ausmerzen, du Papist!« Mit diesen Worten löste sich ein schlaksiger Bursche aus der Traube von Schaulustigen.

Mit zwei Schritten war er bei Elia. Schon fuhr seine Hand zum Gürtel und riss einen Dolch heraus. Kaum einen Herzschlag später stürzte auch Sebastian vorwärts, fiel dem Mann mit der erhobenen Waffe in den Arm und hielt ihn fest umklammert. Der Kerl warf sich herum. Mit weit aufgerissenen Augen und einem Fluch entwand er sich Sebastians Griff und stieß im selben Moment die Klinge in dessen Schulter. Sebastian stöhnte auf und strauchelte. Nur Sepp hinter ihm verhinderte, dass Sebastian zu Boden stürzte.

»Zahl's dem Burschen heim«, hörte er den Freund zischen.

Der Mann schnellte vor, die Spitze des Dolchs auf Sebastian gerichtet. Der stieß sich von Sepp ab, hob blitzschnell einen Fuß und trat dem Angreifer die Waffe aus der Hand. Klirrend landete der Dolch auf dem Pflaster. Dennoch gab der Kerl sich nicht geschlagen, sondern bückte sich nach der Klinge.

Ein hochgewachsener Mann trat hinzu. »Lass das Messer liegen, Matthias«, brüllte er, packte den Angreifer mit beiden Händen an seinem Wams und hielt ihn fest. »Bist du denn von allen guten Geistern verlassen?«

Mit den hängenden Schultern und dem Gesichtsausdruck eines geprügelten Hundes gab der Bursche ein jämmerliches Bild ab. Sebastian presste die Hand auf die schmerzende Schulter und fühlte etwas Feuchtes durch das Hemd dringen. Ihm wurde übel.

»Bist du wahnsinnig, mit deinem Dolch auf mich loszugehen?«, entfuhr es ihm scharf, als der Schlichter seinen Griff lockerte.

»Was kommst du mir auch in die Quere?«, knurrte der Angreifer und machte eine Kopfbewegung zu Kilian Pankratius hin. »Den da wollte ich treffen, nicht dich! Wer das Maul aufreißt und andere ausmerzen will, muss aufpassen, dass er nicht selbst …«

»Du hast ja keine Ahnung«, schnitt Sebastian ihm das Wort ab, »wen du da eben angegriffen hast. Dieser Mann ist nicht irgendjemand, dieser Mann ist ein Pro…«

»Warte, Sebastian«, ließ sich Pankratius vernehmen. »Meine Stunde ist noch nicht gekommen.«

»Was ist denn hier los?« Andreas Osiander schob sich nach vorne. Mit zusammengezogenen Brauen musterte der Pfarrer zunächst Sebastian und dann den Burschen, zu dessen Füßen immer noch der Dolch lag.

»Was hast du getan, Matthias Pollmer?«

Der senkte den Kopf. »Weiß auch nicht, Herr Pfarrer. Ich konnte nicht anders. Ihr wisst doch, ich hab mich manchmal nicht im Griff. Der da«, er zeigte auf Pankratius, »behauptet, Luther sei des Teufels und man müsse ihn umbringen. Das ist doch nicht recht, Herr Pfarrer.«

»Deshalb greifst du selbst zum Messer, ja? Mit dir nimmt es noch mal ein schlimmes Ende, Matthias. Zeig her.« Osiander trat auf Sebastian zu, zog seinen Hemdkragen zur Seite und untersuchte die Stichwunde. »Das sieht schlimmer aus, als es ist.«

Mit einem freundlichen Nicken verabschiedete sich der Pfarrer und kehrte durch einen Seiteneingang in die Kirche zurück, nicht ohne den Rat an Sebastian, zur Versorgung der Wunde einen Bader aufzusuchen. Während sich die Menge zerstreute, trat Elia auf ihn und die anderen zu.

»Sebastian hat heute großen Mut bewiesen«, erklärte er. »Der Angreifer war vom Satan geleitet. Er hätte mich leicht umbringen können, aber unser Herr hat dich benutzt, um das zu verhindern. Ich bin mir sicher, Gott hat noch viel mit dir vor.«

Kapitel 17

»Gehst du nicht mit zum Großen Markt?« Mit blitzenden Augen stand Sepp in der Werkstatttür.

Sebastian, der an einem Lederstück arbeitete, blickte auf. Seit dem Vorfall vor der Kirche waren vier Wochen vergangen, und seine Wunde war gut verheilt.

Sein Freund schüttelte in gespieltem Unverständnis den Kopf. »Die Heiltumsweisung, Sebastian. Schon vergessen? Heute ist der zweite Freitag nach Ostern, da werden dem Volk …«

»… die Reichskleinodien gezeigt, ich weiß. Hab nur nicht mehr dran gedacht.«

Im letzten Jahr waren Anna und er nicht nahe genug an das vor der Frauenkirche aufgebaute Podest mit dem Heiltumsstuhl herangekommen. Vor lauter Köpfen hatten sie nichts von den kostbaren Insignien – der Kaiserkrone, dem Zepter und dem Reichsapfel – erkennen können, die dort öffentlich ausgestellt waren. Nur das Schwert des Kaisers hatte Sebastian kurz in der Sonne aufblitzen sehen. Auch auf den Tisch mit den Reliquien, Teile der Krippe des Jesuskindes sowie die Dornen aus der Krone Christi war nur ein flüchtiger Blick möglich gewesen.

»Was ist nun?«, drängte Sepp. »Kommst du mit oder nicht? Meine Eltern, Niclas und Margarethe gehen auch.«

Sebastian kratzte sich am Kinn, an dem seit einiger Zeit dunkle Haare sprossen. Ihm stand eigentlich nicht der Sinn danach, in eine riesige Menschenansammlung einzutauchen.

»Denk an den Ablass, der allen Teilnehmern gewährt wird«, erinnerte Sepp ihn augenzwinkernd.

»Ich denke, wir Bruderschaftler haben keinen Ablass nötig«, gab Sebastian zurück.

»Stimmt. Komm trotzdem mit.«

»Also gut«, erwiderte Sebastian ergeben, legte das Werkzeug beiseite und folgte dem Freund.

Der Schauplatz des alljährlich stattfindenden Spektakels hatte sich bereits gefüllt, als die Stadlers mit Sebastian den Grünen Markt erreichten. Das Gotteshaus an der Ostseite des Platzes – so viel wusste er durch Erzählungen seines Vaters – war vor über hundert Jahren auf den Grundmauern einer abgerissenen Judenschule errichtet worden, nachdem die Juden aus der Stadt vertrieben worden waren.

Tief atmete er die frische Luft ein, die vom Stimmengewirr zahlloser Menschen erfüllt war. Aus allen Teilen des Reiches waren sie nach Nürnberg gekommen. Gebannt lauschte Sebastian den unterschiedlichsten Dialekten um ihn herum, während er den Stadlers in Richtung des Podests folgte, das man in den letzten Tagen errichtet hatte. An Hauswänden und Baumstämmen wiesen seit Wochen zahlreiche Anschläge auf das große Ereignis hin, und von allen Kirchenkanzeln herab war zum Besuch der Veranstaltung aufgefordert worden. Dass es in der Stadt in den letzten Monaten viele Pesttote gegeben hatte, schien die Menschen nicht davon abzuhalten, diesem Schauspiel beizuwohnen.

Begleitet von dem feierlichen Geläut der Glocken, teilte sich die Menge, und es bildete sich eine Gasse zwischen den Schaulustigen. Vereinzelte Jubelrufe wurden laut, andere Zuschauer verharrten in ehrfürchtigem Schweigen, denn die

Prozession näherte sich mit dem Heiltumsstuhl. Es waren ausschließlich Kleriker in festlichem Ornat, die jene kostbaren Gegenstände aus der Heiltumsstube des Schopper'schen Hauses herbeitrugen, in der sie, von Stadtknechten bewacht, die Nacht verbracht hatten. Sebastian reckte den Hals. Die ernst dreinblickenden Männer stiegen auf die erhöhte Bühne, traten an den mit wertvollen Tüchern bedeckten Heiltumsstuhl und stellten die Heiligtümer darauf.

Mittlerweile hatte die Sonne ihren höchsten Stand erreicht. Über dem Hauptportal der Frauenkirche schoben sich die Zeiger der großen Uhr auf die Zwölf, im selben Moment öffnete sich darunter ein Türlein. Ein Herold erschien und läutete ein Glöckchen, gefolgt von einer zweiten Figur mit einem Stab in der Hand sowie weiteren Musikanten. Es folgten die sieben Kurfürsten mit den Reichskleinodien in den Händen, die den in ihrer Mitte thronenden Kaiser dreimal umrundeten und ihm dabei huldigten. Karl IV. hatte das kunstvolle Uhrwerk mit den aus Kupfer gefertigten Figuren einst gestiftet. Das alles hatte ihm sein Vater erklärt, als Sebastian noch ein kleiner Junge gewesen war.

»Da ist Elia«, riss die Stimme seines Freundes ihn aus seinen wehmütigen Gedanken. »Lukas Wendel, Ferdinand und ein paar andere sind bei ihm.«

Tatsächlich, nicht weit entfernt erkannte Sebastian den Propheten in Begleitung einiger seiner Männer. Sepp setzte sich in Bewegung, und Sebastian folgte ihm, was angesichts der vielen sich vor dem Podium drängenden Menschen kein leichtes Unterfangen war. Fast hatten die beiden Freunde die Gruppe erreicht, da entdeckte Sebastian ein vertrautes Gesicht in der Menge. Caspar, jener Dieb, der ihn in den Kreis der Obdachlosen aufgenommen und in die Kunst des Beutelschneidens eingeführt hatte. Der Einarmige strebte geradewegs auf Elia zu! Für Beutelschneider war die Heiltumsweisung eine willkommene

Gelegenheit, um an ein paar Münzen zu gelangen, denn wer achtete in diesem Getümmel schon auf seinen Geldbeutel? Sepp und Sebastian waren nur noch wenige Schritte von Elia und seinen Anhängern entfernt, und Sebastian fragte sich bange, ob der Dieb ihn erkennen würde. Während er sich hinter dem Freund durch die Menge der Schaulustigen schob, konnte er einen weiteren Blick auf den Beutelschneider erhaschen. Soeben trat Caspar unauffällig hinter Lukas Wendel und zog seine Gnippe hervor.

Im selben Moment fuhr der Gerber herum. »Wen haben wir denn da? Einen Beutelschneider!«

Caspar wich zurück, doch Wendel packte und umklammerte ihn. Der Einarmige wehrte sich nach Leibeskräften, aber gegen die Kraft des Mannes war er machtlos.

»Du miese Ratte!« Wendel holte aus und rammte seine Faust in Caspars Gesicht.

Der verdrehte die Augen und fiel hintenüber. Jemand schrie auf.

Sebastian wollte sich an dem Freund vorbeidrängen, doch Sepp hielt ihn fest. »Misch dich da gefälligst nicht ein«, zischte er an seinem Ohr.

Sebastian machte sich mit einem Ruck frei, schoss vorwärts und ignorierte die wütenden Proteste einiger Umstehender. Einer von Elias Männern beugte sich über den Liegenden und holte abermals aus. Kurz darauf vernahm Sebastian einen dumpfen Schmerzenslaut, der ihm eine Gänsehaut verursachte.

»Lasst ihn los!«, rief er entrüstet aus und blickte um sich.

Ein rüder Stoß von der Seite, und Sebastian geriet ins Straucheln, fing sich aber im letzten Moment.

»He, Kleiner, der Kerl hat die Strafe verdient«, presste Wendel, der plötzlich vor ihm stand, zwischen den Zähnen hervor.

»Genau, macht ihn fertig«, hörte Sebastian die Rufe anderer.

Er holte tief Luft und nahm all seinen Mut zusammen. »Aber er hat nichts getan, oder? Lasst ihn gehen.«

Er hatte den Gerber, der sich unvermittelt vor ihm aufbaute und ihn mit verengten Augen maß, bisher eher als einen besonnenen Mann erlebt, doch die unverhohlene Drohung in seiner Stimme trieb ihm Schweißperlen auf Stirn und Nacken. Sebastian wich zurück. Aus den Augenwinkeln konnte er Elia ausmachen, der das Geschehen scheinbar ungerührt verfolgte.

»Komm jetzt.« Sepp zog ihn mit sich, fort von Wendel und Ferdinand.

Im Gehen wendete Sebastian den Kopf zur Seite. Sein Blick fiel auf den zusammengekauerten Dieb, der heftig aus der Nase blutete und sich eine Hand auf den Leib presste, stöhnend, hilflos. Er riss sich von Sepp los und drängte an der Traube von Neugierigen vorbei, die den Platz bevölkerten. Sepp hatte sichtlich Mühe, ihm zu folgen, und fluchte. Schließlich bekam er ihn nur wenige Klafter vom Ausgang entfernt am Arm zu fassen.

»Verdammt, bleib endlich stehen und beruhige dich! Ich weiß wirklich nicht, warum du dich so aufregst.«

Sebastian wirbelte herum. »Ach, du weißt es nicht?« Er maß den Freund von oben bis unten. »Ist das eure Art, mit anderen Menschen umzugehen? Sie zu verprügeln, obwohl sie längst hilflos am Boden liegen?«

Sepp bedachte ihn mit einer Miene, die Sebastian an die seines Vaters erinnerte, wenn er als kleiner Junge etwas ausgefressen hatte.

»Der Kerl ist ein Dieb, Sebastian. Schon vergessen?«

»Mag sein. Aber ist es an euch zu richten?«, fragte er lahm zurück.

Natürlich hatte Caspar dem Gerber den Beutel vom Gürtel schneiden wollen. Auf frischer Tat ertappt zu werden, damit musste jeder Dieb rechnen. Er schwieg, wandte sich ruckartig ab und folgte mit weit ausholenden Schritten dem Verlauf der

Straße, die ihn zu Sepps Elternhaus führte. Alles in ihm war in Aufruhr. Die unvermittelte Begegnung mit Caspar ließ die mühsam zurückgedrängten Bilder jener dunklen Tage bei den Bettlern und Dieben Nürnbergs wieder lebendig werden.

Sepp beschleunigte seinen Schritt, bis er Sebastian eingeholt hatte, und rieb sich das Kinn. »Was kümmert dich dieser Kerl, Sebastian? Abschaum muss wie Abschaum behandelt werden, meinst du nicht? Überhaupt …« Sein Blick wurde eindringlich. »… wenn ich's recht bedenke, führst du dich auf wie …«

Sebastian blieb stehen. »Sprich dich nur aus, Sepp! Wie was führe ich mich auf?«, sprudelte es aus ihm heraus, obwohl ihm das Herz bis zum Halse schlug. »Wie jemand, der seine Meinung vertritt? Mag sein, aber genau das werde ich nicht ändern. Ob es dir passt oder nicht.«

»Ist ja gut«, lenkte der Freund ein und schlug ihm auf die Schulter. »Lass uns heimgehen.«

Sebastian folgte ihm mit aufeinandergepressten Lippen.

»Was wird jetzt mit dem Mann geschehen?«, fragte er nach einer Weile zögernd, als Sepps Elternhaus schon in ihr Sichtfeld geriet.

»Na, was schon? Wenn er Wendel bestohlen hätte, würde der ihn den Bütteln übergeben, damit der Mistkerl seine Strafe bekäme. Was willst du überhaupt? Mit den paar Schlägen ist er doch gut davongekommen! Denk nicht länger darüber nach.«

Sebastian bedachte Sepp mit einem schrägen Seitenblick. Was würden der Freund und seine Eltern wohl denken, wenn sie wüssten, dass er selbst vor nicht allzu langer Zeit noch ein Beutelschneider war?

Kapitel 18

Korbinian bestand auf einer ordentlichen Hochzeit.

»Schau, meine Kunden erwarten das von mir. Außerdem erregen wir sonst nur unnötig Aufmerksamkeit.«

In den nächsten Tagen unterwies ein Mitglied des Inneren Nürnberger Rates, das seinen eigenen Schreiber mitbrachte, Korbinian und Anna in der Einhaltung der gängigen Vorschriften.

Die Heirat fand an einem sonnigen Junitag statt. Außer einigen Freunden lud Dietl seine besten Kunden ein, denn auch Korbinian hatte keine Verwandten, die seinen Ehewillen als Zeugen per Handschlag bestätigen konnten. Das Haus erstrahlte in festlichem Glanz, und es duftete nach gutem Essen und gewürztem Wein.

Anna sah sich im Wohnraum ihres Bräutigams um. Die meisten der Anwesenden waren ihr inzwischen von Besuchen in der Werkstatt bekannt. Besonders Konrad Mutz, der Besitzer einer kleinen Holzschnitzerei und ein alter Bekannter von Korbinian, war in den letzten Wochen öfter bei ihnen zu Gast gewesen. Sie mochte den Mann mit dem Schmerbauch nicht sonderlich. Just als sie die Blicke der Männer auf sich gerichtet fühlte und ihr Herz so laut wie Trommelschläge pochte, erhob sich Dietl von seinem Stuhl und kam ihr entgegen.

»Wie hübsch du aussiehst«, murmelte er, drückte ihre Hand und hakte sich bei ihr unter. »Keine Sorge«, raunte er, dann blieben sie bei den fünf Männern stehen, die ihnen mit unverhohlener Neugierde entgegensahen.

»Meine Herren, darf ich Euch meine Braut vorstellen?« Sein Lächeln wirkte offen. »Dies ist Anna, die zukünftige Herrin dieses Hauses.«

Bildete sie es sich nur ein, oder herrschte für einige Atemzüge angespannte Stille? Anna zwang sich, den Männern, allesamt in ihre besten Kleider gehüllt, einen nach dem anderen in die Augen zu blicken. »Gott zum Gruße«, brachte sie mit rauer Stimme hervor.

Ein älterer Herr mit kurz geschnittenem Bart und ungewöhnlich langen, über die Schultern fallenden welligen Haaren trat auf sie zu und ergriff ihre Hände, ohne auf die gerunzelte Stirn des Mannes neben ihm zu achten. Seine Schecke war kostbar verziert und passte vortrefflich zu der eng anliegenden Hose. Als er näher trat, fiel ihr seine fahle Hautfarbe auf, obendrein wirkte sein Gesicht eingefallen.

»Wie ich sehe, hat Meister Dietl eine gute Wahl getroffen.« Er zwinkerte ihr zu. »Dürer ist mein Name. Albrecht Dürer. Ich freue mich, Eure Bekanntschaft machen zu dürfen.«

Anna sog scharf die Luft ein. Korbinian verkehrte mit dem berühmtesten Sohn der Stadt, wie die Nürnberger Dürer stolz nannten? Sie wollte das Haupt senken, doch der Meistermaler hielt sie zurück.

»Nicht nötig, meine Liebe. Wir wollen uns ein wenig unterhalten.«

Die vier Herren hinter ihm warfen sich vielsagende Blicke zu. Anna registrierte, wie viel Vergnügen dem Maler das erstaunte Gemurmel der anderen Gäste bereitete.

»Kommt, Anna.«

Er zog sie ein paar Schritte weiter. Sein Gang war leicht schleppend, und als er sah, dass sie es bemerkt hatte, fügte er hinzu: »Vor einiger Zeit habe ich eine Reise antreten müssen, ich hatte mit Seiner Majestät dem Kaiser dringende Angelegenheiten zu besprechen. Bald darauf wurde ich krank, und in meinem Alter dauert es ein wenig, bis die Kraft in die müden Knochen zurückkehrt. Ich habe mich immer noch nicht von den Strapazen erholt.«

»Dann wünsche ich Euch eine rasche Genesung.«

Der Meister erwiderte ihr Lächeln. »Ich habe schon von Eurem Fleiß gehört. Korbinian ist ja sehr angetan von Euch, lange habe ich ihn nicht mehr so ausgeglichen erlebt wie in der letzten Zeit.«

Anna schaute zu Boden und presste die Lippen aufeinander. »Er ist ein guter Mann.«

»So ist's recht, Anna.« Er hob ihr Kinn an. »Nur Mut. Zeigt es den Lästermäulern. Ihr seht mir nicht aus wie eins dieser Weiber, die sich von dem derben Witz ungehobelter Männer einschüchtern lassen.«

Annas Mundwinkel hoben sich unwillkürlich. »Gewiss nicht, Herr Dürer. Wenn Ihr mich jetzt bitte entschuldigen würdet? Ich ... ich muss mich um Magdalena kümmern.«

»Nur zu, Anna. Danach lasst uns zur Lautmerung schreiten, damit Ihr vor Zeugen bekundet, ab dem heutigen Tage miteinander verbunden zu sein.«

Sie schluckte den faden Beigeschmack in ihrem Mund herunter und wandte sich ab, um nach dem Kind zu sehen, dessen Stimme inzwischen recht fordernd klang. Auf einem der Tische stapelten sich die Geschenke der Gäste. Ein fetter Schinken lag neben einem Zinnbecher und einem Ballen Stoff, ebenso ein Fässchen guten Weines und ein Korb voller Früchte.

Die Trauungszeremonie fand am Brautportal von St. Sebald statt.

Korbinian schenkte ihr ein Lächeln, als er ihr den schmalen Silberring ansteckte, der ihre Ehe besiegeln sollte. Anna nahm alles wie durch Nebel wahr, sie fühlte sich wie in einem Traum gefangen, allerdings würde sie aus diesem hier nicht erwachen. Das Brautgewand aus feinem rotem Leinen raschelte leise, während sie Korbinian den Ring überstreifte. Obwohl sie die Stimme des Pfarrers kaum wahrnahm, sprach sie ohne Zögern und mit fester Stimme die geforderten Worte nach. Nur sie selbst wusste, welche Anstrengung es sie kostete, den Schwur zu wiederholen, der sie bis ans Lebensende an Korbinian band. Doch es ging vorbei, und sie spürte, wie die Farbe in ihr Gesicht zurückkehrte.

Anna ließ ihren Blick über die wenigen Menschen gleiten, die ihre Eheschließung begleiteten. Wäre wenigstens Sebastians vertrautes Gesicht unter ihnen. Täglich war sie durch die Gassen Nürnbergs gestreift und hatte mit der Hilfe ihres Bräutigams sogar alle Spitäler in der näheren Umgebung aufgesucht, um sich nach ihm zu erkundigen. Aber dort kannte niemand einen jungen Mann seines Namens. Sie blickte zu ihrem Ehemann auf. Auch Korbinians Miene zeigte die unterschiedlichsten Gefühle. Trauer ebenso wie Hoffnung spiegelte sich in seinen Augen wider.

Eine Nachbarin hatte sich angeboten, die Braut am Abend auszukleiden und zu waschen. Annas Hände zitterten ein wenig, während sie der von der Arbeit gebeugten alten Frau behilflich war und die Bänder ihres Gewandes löste. Kurz darauf stand sie nackt vor ihr und wusste nicht, wie sie ihre Finger beschäftigen sollte. Die Frau machte sich derweil in aller Seelenruhe an ihren Haaren zu schaffen.

»Halt einfach nur still, wenn dein Gemahl zu dir ins Bett kommt, Mädchen, es geht schnell vorbei. Du wirst schon sehen.« Sie zeigte eine große Zahnlücke und kicherte. »Wenn du deinem Mann gut dienen willst, dann tu, worum er dich bittet, umso weniger zieht es ihn zu anderen Frauen.«

Anna ließ die Prozedur regungslos über sich ergehen. Die Bettdecken waren einladend aufgeschlagen, Kerzen warfen warme Lichtschimmer an die Wände. Von unten war noch das Lachen und Lärmen der Gäste zu hören, die dem Würzwein kräftig zugesprochen und beinahe alle Speisen aufgegessen hatten. Magdalena schlief längst friedlich. Die Alte geleitete sie zum Bett und drückte sie mit ein paar gemurmelten Wünschen in die Kissen. Anna zog die Decke bis unters Kinn und wartete mit angehaltenem Atem auf ihren Gemahl.

Bald darauf konnte sie sich nähernde schwere Schritte ausmachen. Die Tür wurde aufgestoßen, und Meister Dürer sowie ihr frisch angetrauter Gatte betraten den Schlafraum.

»Wie ich sehe, werdet Ihr bereits erwartet, Korbinian«, erklärte der Maler mit einem Zwinkern zu Anna, die daraufhin noch tiefer in die Kissen sank.

Der Bräutigam murmelte einen Dank und bedeutete Dürer und der Alten, sie allein zu lassen. Als sich die Tür hinter ihnen schloss, war es Anna, als würden sie jedes Geräusch mit sich nehmen. Er musterte sie unter halb gesenkten Lidern. Kam auf sie zu. Sie hielt den Atem an und versteifte sich. Unwillkürlich wanderte ihr Blick zur Tür, und sie kämpfte einen Moment gegen ihre aufsteigende Furcht an. Korbinian blieb vor dem Bett stehen, öffnete seine Schecke und warf sie achtlos zu Boden. So fuhr er fort, bis er sich der meisten seiner Kleider entledigt hatte und nur noch in der Bruche vor ihr stand. Anna heftete ihre Aufmerksamkeit auf seine sehnigen Armmuskeln. *Alle Frauen erleben dies. Nichts Schlimmes.*

Seine forschenden Blicke ließen sie innerlich erzittern. Sein Körper wirkte trotz der hageren Gestalt kräftig, und seine Brust hob und senkte sich regelmäßig, als er unter die Bettdecke schlüpfte. Das Kerzenlicht warf einen hellen Schimmer auf sein Haar. Wortlos zog er sie in seine Arme und bettete ihren Kopf an seiner Brust. Wie immer roch er nach Farbe, aber sie nahm auch den Duft von Seife wahr. Seine Wärme übertrug sich auf sie, dennoch konnte sie ein Beben ihres Leibes nicht verhindern. Martins Bild schob sich in ihren Geist, ihm hatte sie sich einst schenken wollen, nur ihm.

Korbinian hielt sie ein wenig von sich ab und senkte seine braunen Augen in ihre. »Meine Liebste«, raunte er und zeichnete mit den Fingern die Linien ihres Gesichts nach, »hab keine Angst. Was ich sehe, wenn ich dich betrachte, ist weit mehr als nur der Körper einer hübschen Frau.«

Anna blinzelte unter seinem eindringlichen Blick.

»Wir beide haben die Liebe kennengelernt, haben gelacht, gelitten und getrauert. Deshalb möchte ich, dass wir einander nur das schenken, was jeder zu geben bereit ist.« Damit zog Korbinian die Bruche aus und ließ sie neben die Bettstatt fallen. Er vergrub seine Hände in Annas Nacken und zwang sie, ihm nicht auszuweichen. »Ich werde dich glücklich machen, das verspreche ich dir.«

Anna wehrte sich nicht, als er sie erneut an sich zog und in seinen Armen wiegte, bis seine Wärme auch ihr Innerstes ergriff. »Halt mich, Korbinian«, wisperte sie, »halt mich einfach nur fest.«

Seine Lippen berührten ihre, und sie schloss die Lider. Dann fühlte sie, wie er zart und ohne Hast begann, über ihre Arme, die Schultern und den Rücken zu streicheln. Sie ließ es geschehen. Tränen traten zwischen ihren Wimpern hervor, rannen ihr über die Wangen, benetzten ihr Gesicht. Er wischte sie fort, ohne in seinen Liebkosungen innezuhalten. Bis sie sich ihm irgendwann schluchzend ergab, die Arme um seinen Hals schlang und er sie endgültig zu seiner Frau machte.

Anna hatte während der Nacht kaum ein Auge zugetan, sondern abwechselnd an die Zimmerdecke und auf das im Schlaf gelöste Gesicht ihres Ehemannes geblickt. Sie hatte den Rat der alten Frau beherzigt und seine Liebkosungen still über sich ergehen lassen. Er war wirklich rücksichtsvoll zu ihr gewesen und hatte ihr mit seiner unbeholfenen Zärtlichkeit die Angst vor dem Unbekannten genommen.

Als hätte er ihre Gedanken gehört, drehte sich Korbinian, der zuvor auf dem Rücken gelegen hatte, zu ihr um, ohne jedoch zu erwachen. Seine Hand ruhte auf ihrer Taille, und sie hatte Muße, ihn zu betrachten. Seine feinen Züge und der stets leicht nachdenklich wirkende Gesichtsausdruck waren ihr vertraut und gaben ihr ein Gefühl von Sicherheit. Gedankenverloren tastete sie mit dem Daumen nach ihrem Trauring. Die beiden Ringe aus Silber waren gewiss nicht billig gewesen, aber Korbinian hatte darauf bestanden. »So wie diese Ringe keinen Anfang und kein Ende haben, so soll es mit meiner Liebe zu dir sein«, waren seine Worte gewesen, als er ihr die Ringe zeigte, die er bei einem Schmuckhändler in der Lorenzstadt gekauft hatte. Sie konnte sich glücklich schätzen, einen so ehrenhaften Gemahl bekommen zu haben. Von nun an begann ein neues, ein zufriedeneres und ehrlicheres Leben, in dem Martin kein Platz mehr zustand. Wenn ich erst Sebastian gefunden habe, dachte Anna, werden wir alle in diesem Haus glücklich werden. Die Vorstellung ließ ihre aufgewühlten Sinne allmählich zur Ruhe kommen und hüllte sie bald in einen tiefen, traumlosen Schlaf.

Kapitel 19

Noch eine Woche bis Mariä Himmelfahrt. Bald würden sich die Blätter an den Bäumen verfärben und der Herbst würde den Sommer ablösen. Von Sebastian gab es trotz anhaltender Suche noch immer kein Lebenszeichen. Anna hatte inzwischen sämtliche Marktplätze der Stadt aufgesucht. Nachdem dies keinen Erfolg gezeigt hatte, nahm sie sich die Stadttore vor, aber niemand konnte sich an einen Mann seines Aussehens erinnern. Einem Impuls folgend hatte sie daraufhin nach weiteren Beinschnitzern in der Stadt Ausschau gehalten. Tatsächlich gab es noch zwei Meister dieser Zunft, die allerdings seit Jahren keine Lehrlinge mehr einstellten. Annas Verzweiflung wuchs, deshalb bot sich Korbinian eines Tages an, Sebastian als vermisst zu melden. Anna wehrte entsetzt ab, denn ihre Furcht, dass der Stadtrat ihren Mädchennamen und somit von ihrer Flucht aus dem Kloster erfahren würde, erschien ihr zu groß.

»Sorg dich nicht, Anna«, sprach Korbinian beruhigend auf sie ein. »Ich werde ihnen erzählen, dass dein Bruder und ich gute Freunde sind und er nicht aufzufinden ist. Dein Name wird nicht fallen.«

Damit erklärte sie sich schließlich einverstanden. Doch leider kehrte der Buchmaler unverrichteter Dinge heim. Der schwarze Tod hatte unzählige Familien auseinandergerissen, es gab noch immer viele Menschen, die vermisst wurden. Korbinian sollte, wenn Sebastian bis dahin nicht aufgetaucht war, in einem Monat wiederkommen.

In den Nächten lag Anna oft wach. Sebastian musste etwas zugestoßen sein, das war die einzig mögliche Erklärung. Bilder aus der Vergangenheit zogen an ihrem inneren Auge vorbei. Verkrüppelte oder entstellte Gliedmaßen, vernarbte und ausgezehrte Gesichter. Trauernde, die sich über die Leichname ihrer Familienmitglieder beugten. Vater und Mutter. Xaver, mit nur sechs Jahren von dieser Welt gegangen. Der Gestank der eitrigen Pestbeulen und der fiepende Laut, wenn der letzte Lebenshauch aus den zerstörten Lungen gepresst wurde. Menschen, die wie Gespenster umherschlichen, mit Augen, die zu viel Leid gesehen und ihren Glanz verloren hatten. Wer wusste schon, ob sich die Pestilenz nicht bereits neue Opfer suchte? Lass Sebastian nicht unter ihnen sein, hörte sie sich nach vielen Wochen, während denen sie mit Gott gehadert hatte, zum ersten Mal wieder beten.

Früh an einem Morgen weckte sie eine Berührung, zart wie der Flügelschlag eines Schmetterlings, auf ihrer Wange. Sie öffnete die Lider und begegnete dem liebevollen Blick ihres Ehemannes.

»Guten Morgen«, murmelte sie ebenso verschlafen wie verlegen und konnte sich des Gefühls nicht erwehren, er habe ihren halb entblößten Körper schon länger auf diese Weise gemustert.

Korbinian erwiderte ihren Gruß mit einem Kuss auf ihre Nasenspitze und schloss sie in die Arme. Sanft machte sie sich von ihm frei, warf die Decke beiseite und schwang die Beine aus dem Bett.

»Bleib noch ein wenig liegen, ich mache uns ein gutes Frühstück und sehe nach der Kleinen.«

»Schade, ich hatte gehofft …«, kam es leise von der Schlafstatt, aber sie tat, als hätte sie es nicht gehört, und verließ die Kammer.

Nachdem sie sich angekleidet und die Haare gebürstet hatte, lauschte sie an der Tür der Schlafkammer, in der das Kind seit Kurzem schlief. Dahinter war noch kein Geräusch zu hören. Anna stieg die Treppe ins Erdgeschoss hinab. In der Küche trat sie an das mit Butzenscheiben verglaste Fenster, öffnete es und blickte zum Himmel. Trist und wolkenverhangen war er an diesem Morgen. Nur eine Reihe Vögel, die sich auf dem Dach des gegenüberstehenden Hauses versammelt hatten, begrüßte fröhlich den neuen Tag, und Anna konnte der Versuchung nicht widerstehen, den gefiederten Sängern einige Momente lang zu lauschen.

Sie ahnte sehr wohl, wonach es Korbinian gelüstete, und wenn sie es recht betrachtete, war er ihr gegenüber wirklich geduldig. Nicht, dass seine Berührungen ihr zuwider waren, im Gegenteil, er behandelte sie voller Zärtlichkeit. Doch all seine Bemühungen und Liebkosungen ließen sie tief in ihrem Inneren ohne Empfindungen zurück, weshalb sie sich Korbinian immer öfter entzog. Anna seufzte. Vermutlich bin ich für diese Art der Liebe einfach noch nicht bereit, dachte sie und schloss das Fenster. Wenn sie an ihre Jugendzeit zurückdachte, wie oft hatte sie Nachbarinnen und Spielgefährten über derlei Dinge flüstern und kichern hören, als wäre es etwas Besonderes, mit einem Mann das Bett zu teilen. Selbst in diesen Tagen noch konnte sie nicht verstehen, was andere Frauen an dem Akt fanden, dass sie so aufgeregt waren und offenbar nicht abwarten konnten, es wieder zu tun.

Anna schüttelte den Kopf, trat zum Herd und entzündete mit wenigen geübten Griffen das Feuer. Im Topf war noch etwas Mus vom Vortag, das würde für Korbinian und sie reichen. Während sie mit dem Löffel im Mus rührte, dachte sie daran, wie dumm es wäre, in dieser schrecklichen Zeit, in der die Angst vor der Seuche immer noch allgegenwärtig war, ein Kind zu bekommen. Sie würde mit Korbinian reden müssen, obwohl allein der Gedanke an ein solches Gespräch ihr die Handflächen feucht werden ließ. Energisch drängte sie ihre Grübeleien beiseite, stellte einen Korb mit Brot und eine Schale mit dem erwärmten Mus auf den Tisch und bereitete für Lenchen einen Haferbrei zu.

Für den Nachmittag hatte sie eine Einladung von Agnes Dürer erhalten, und da Korbinian mit einem Porträt, das ein Augsburger Patrizier in Auftrag gegeben hatte, ohnehin alle Hände voll zu tun hatte, freute sie sich auf die willkommene Abwechslung. Außerdem wäre es mehr als unhöflich gewesen, eine Einladung der Frau des berühmten Malers abzulehnen. Anna sah den Mann vor sich, den sie am Tag ihrer Verlobung kennengelernt hatte. Herrn Dürer mit seinem feinen Humor hatte sie sofort gemocht, deshalb war sie umso neugieriger, wie die Frau sein mochte, die mit ihm das Leben teilte. Zumal sie beide mit Künstlern verheiratet waren und wussten, wie es war, wenn der Gatte mal wieder völlig in sich versunken die halbe Nacht in der Werkstatt verbrachte.

Am frühen Nachmittag wickelte sie Lenchen in frische Windeln und Tücher und zog ihr einen einfachen, aber hübsch gefärbten Umhang über, um die Kleine vor dem Regen zu schützen. Danach machte sich Anna selbst sorgfältig zurecht. Das eng anliegende rote Gewand mit der passenden Kopfbedeckung war Korbinians Hochzeitsgeschenk gewesen. Endlich fand sie eine passende Gelegenheit, es zu tragen. Das halblange Haar band sie zu einem Zopf, steckte es hoch und setzte die Haube auf. Als sie mit der Kleinen die Werkstatt betrat, um sich von ihrem Gemahl zu verabschieden, weiteten sich seine Augen unwillkürlich.

»Du siehst wunderschön aus«, murmelte er und strich ihr über den Arm. »Ich sollte dich häufiger ausführen, damit du dieses Kleid anstelle des alten, einfachen Gewandes tragen kannst.«

Sie lächelte, drehte sich im Kreis und freute sich, als sich der Rock über ihren Hüften bauschte. »Ich hätte nichts dagegen, Korbinian.«

Sie hauchte ihm einen Kuss auf die Stirn. In seinem lockigen Haar schimmerte es bläulich, und sie zupfte ihm einen kleinen Farbklecks aus einer Strähne hinter dem Ohr. Ihr Lächeln wurde weicher, als er sich verlegen räusperte.

»Weiß auch nicht, wie die Farbe dort hinkommt.«

Anna hingegen wusste es sehr wohl, denn wenn ihr Ehemann in die Arbeit vertieft war, fuhr er sich ständig durch die Locken.

»Bis später, ich bin vor dem Abend zurück.«

»Vergiss nicht, mir alles haarklein zu berichten, Anna.«

Sie setzte sich Lenchen auf die Hüfte, winkte Korbinian noch einmal zu und verließ das Haus.

Ihr Mann hatte ihr den Weg zum Tiergärtnertor, wo Meister Dürer mit seiner Frau Agnes lebte, genau beschrieben. Von der Waaggasse aus, wo Korbinians Werkstatt lag, passierte sie den Grünen Markt und lief weiter. An der Sebalduskirche angekommen, überquerte sie erst den Milch- und dann den Korbmachermarkt und schlug den Weg in die Zisselgasse ein. Von dort aus konnte sie bereits das Fachwerkhaus vor sich sehen, das Herr Dürer laut Korbinians Erzählungen mit seiner Frau, einigen Lehrbuben, Mägden und Gesellen bewohnte. Wie vornehm es aussah, wie geschaffen für den berühmtesten Mann der Stadt. Während sie sich langsam dem Haus näherte, überprüfte sie noch einmal den Sitz ihrer Haube, strich ihr Gewand glatt und fühlte, wie ihr Mund trocken wurde.

Anna näherte sich dem vierstöckigen Gebäude, dessen steiles Dach mit Erkern besetzt war, und blieb stehen. Sie nahm einen tiefen Atemzug und klopfte an die schwere Eichentür.

Diese öffnete sich, und eine Magd fragte höflich nach ihrem Anliegen. Als Anna ihren Namen nannte, ärgerte sie sich über das Zittern ihrer Stimme, das ihre Aufregung verriet.

»Kommt herein, Frau Dietl«, forderte die Hausangestellte sie auf und trat zur Seite. »Die Herrschaften erwarten Euch.«

Anna folgte der jungen Frau durch die Diele eine Treppe hinauf in einen Raum, in dem sich die Hausherrin von einer Polsterbank erhob und ihr entgegentrat. Agnes Dürer war etwa doppelt so alt wie sie, von rundlicher Gestalt und schien mit dem einfach geschnittenen Surcot so gar nicht zu ihrem stets elegant gekleideten Mann zu passen.

»Frau Dietl, wie schön, dass Ihr meiner Einladung gefolgt seid. Oh, wie reizend, Ihr habt auch die Kleine mitgebracht.«

Mit diesen Worten ergriff die Frau des Malers und Ratsmitgliedes Annas freie Hand und schüttelte sie herzlich. »Nanu, Ihr zittert ja. Es ist aber auch wirklich ungemütlich heute. Susanne wird uns gleich einen *imbiz* bringen. Mag das Kind vielleicht eine warme Milch?«

Sie wies auf die Stühle in der Mitte des Raumes, dessen getäfelte Wände von fein gearbeiteten Truhen aus dunklem Holz und einem Kachelofen geziert wurden. Auf dessen Gesims standen ein silberner Leuchter, Zinnkrüge und Teller.

Anna nahm Platz. »Gern, vielen Dank.«

»Albrecht ist in seiner Werkstatt. Wenn Ihr möchtet, können wir hinuntergehen, und Ihr könnt sie Euch ansehen, bis Susanne so weit ist.«

»Sehr gerne, Frau Dürer. Wenn Euer Mann nichts dagegen hat.«

»Ach was, Anna!«, winkte die Frau mit dem runden Gesicht ab. »Schließlich seid Ihr nicht eine dieser unzähligen neugierigen Personen, die bloß wissen wollen, wie es im Atelier des berühmtesten Malers im ganzen Reich aussieht, sondern die Ehefrau eines Freundes. Kommt, ich nehme Euch derweil das

Kind ab.« Sie hob Lenchen kurzerhand auf die Hüfte, hakte Anna unter und führte sie aus der Stube.

»Albrecht, wir haben Besuch«, erklärte Agnes Dürer, als sie schwungvoll die Tür des Raumes aufstieß. »Frau Dietl ist gekommen. Sicher erinnerst du dich.«

Der Maler drehte sich um. In der rechten Hand hielt er eine Farbpalette. »Ah ja, natürlich. Wie geht es Euch und Eurem Gatten? Tretet nur näher.«

»Danke, Herr Dürer«, antwortete Anna. »Es geht uns gut.«

Lenchen fühlte sich augenscheinlich wohl bei der Hausherrin, denn sie krähte fröhlich. Unwillkürlich hielt Anna die Luft an. Den Geruch nach Farben und Lösungsmitteln kannte sie aus Korbinians Werkstatt, aber dieser Raum war ausladender und hatte mindestens die doppelte Größe des Wohnraumes im ersten Stock. Auf einem Tisch lag ein Totenkopf, daneben befanden sich eine Reihe von Ochsenhörnern, Muscheln und Federn. Anna erstarrte, als sich in einem großen Käfig neben dem Kachelofen ein Tier bewegte, das einen schrillen Schrei ausstieß. Sie wich zurück.

»Keine Angst, Frau Dietl«, erklärte Dürer, während das katzenartige Wesen mit dem runden Kopf und dem langen Schwanz seine Pfötchen um die Gitterstäbe legte und Anna mit wachen Augen betrachtete. »Die Meerkatze kann nicht heraus. Den Käfig habe ich eigens anfertigen lassen.«

Die seltsame Katze ließ unheimliche Schnalzlaute hören.

Die Frau des Malers seufzte. »Ein Geschenk an meinen Mann. Wenn das so weitergeht, können wir bald einen Tiergarten eröffnen. Erst kürzlich hat er eine Schildkröte gekauft, und der Papagei, den dieser Portugiese meinem Gatten in Antwerpen geschenkt hat, treibt Susanne und mich noch in den Wahnsinn.«

»Weil Susanne ihm das Sprechen beigebracht hat, ja. Da musst du mit ihr schelten, nicht mit mir.« Albrecht Dürer lachte. »Signor Roderigo wollte dir eine Freude bereiten, meine Liebe. Du solltest dich schließlich nicht langweilen, als ich zur Krönung des Kaisers nach Aachen gereist bin. Außerdem weißt du doch, dass ich die Tiere und all das hier für meine Naturforschungen benötige.«

Anna ließ den Blick durch die Werkstatt schweifen. An den Wänden und auf hölzernen Gestellen lehnten in Öl gemalte Porträts von mindestens zwei Dutzend Männern und Frauen, auf langen Tischen und Regalen lagen Kohle- und Federzeichnungen, die Landschaften oder Ansichten der Nürnberger Burg sowie der Stadt darstellten. Bewunderung erfasste sie beim Studium dieser Zeichnungen. Auf einem der Blätter war das dunkle Antlitz einer Mohrin mit gedankenverlorener Miene zu sehen, ein zweites zeigte vermutlich ihren Gemahl, einen Mann mit dunklen Locken und kurz geschnittenem Bart. Auf anderen waren Pflanzen und Stillleben abgebildet. Ihre besondere Aufmerksamkeit jedoch erregte eine kleine Zeichnung, die zwei wie zum Gebet zusammengelegte Hände zeigte, deren detailgetreue Darstellung Anna staunen ließ. Ihr Blick wanderte weiter zu einer Federzeichnung, auf der sich seltsame behaarte Wesen wie im Tanz bewegten. Eines davon hatte einen langen, gekrümmten Schwanz, der an einen Bischofsstab erinnerte. Das Tier – um ein menschliches Wesen konnte es sich unmöglich handeln – hielt einen Schellenkranz in der linken und eine Rassel in der rechten Hand.

Der Maler trat neben sie. »Ich nenne es ›Affentanz‹«, erläuterte er. »Die Zeichnung habe ich übrigens erst gestern beendet.«

»Ich glaube nicht, dass Frau Dietl weiß, was Affen sind, Albrecht«, ließ sich Agnes Dürer hinter ihr vernehmen.

Die Frau des Künstlers hatte inzwischen mit Lenchen auf einem Lehnstuhl Platz genommen und spielte mit ihr. Kindersegen war den Dürers bisher versagt geblieben, wusste Anna.

Albrecht Dürer nickte. »Bitte entschuldigt, Frau Dietl, das habe ich nicht bedacht. Unser Herrgott hat schon eine Menge eigenartige Kreaturen erschaffen. Diese sonderbaren Tiere leben am anderen Ende der Welt. Ich habe sie während meiner zweiten Italienreise in einer Menagerie in Venedig gesehen. Genau wie dieses Wesen hier.« Er zog ein anderes Blatt unter dem Stapel hervor. Die Zeichnung stellte ein kräftiges Tier dar, das einen Panzer zu tragen schien. Am Ende des Kopfes saß ein spitzes Horn. »Man nennt es Rhinozeros.«

Annas Blick wanderte zu einem Tisch, auf dem neben mehreren irdenen Gefäßen mit Pinseln und Federn ein Korb mit einem guten Dutzend Muschelschalen stand.

»Meine Palette, wenn ich in der Natur arbeite«, erläuterte der Maler. »Damit die Farben nicht austrocknen, verschließe ich sie mit Eiweiß.«

Eine Weile später saßen die Dürers mit ihrem Besuch in der reich ausgestatteten Kammer an einem schweren Eichentisch und ließen sich den *imbiz* schmecken. Anna flößte Magdalena etwas warme Ziegenmilch ein. Ihr schwirrte der Kopf von den vielen verwirrenden Eindrücken im Künstlerhaus am Tiergärtnertor, das nicht nur Gemütlichkeit ausstrahlte, sondern auch den erlesenen Geschmack seiner Besitzer bewies. Mit den gediegenen Möbeln und zahlreichen Gegenständen, die von Meister Dürers Kunst- und Sammlerleidenschaft zeugten, hatte der Maler sich ein Heim geschaffen, das sich seiner würdig erwies. Anna warf einen Blick in einen zweiten Raum, dessen Tür weit offen stand.

Frau Dürer schmunzelte. »Dort sitzt mein lieber Mann gerne bis spät in die Nacht mit seinen Freunden beim Bier zusammen und diskutiert über Gott und die Welt. Oft finden die Herren einfach kein Ende, besonders, seit es immer mehr Nachrichten über die Neue Welt gibt, die dieser Spanier Kolumbus entdeckt hat.«

»Euer Haus ist wunderschön und größer als jedes, das ich bisher gesehen habe, Meister Dürer.«

Der Maler hob sein Weinglas und trank ihr zu. »Da wir außer Susanne und einer zweiten Magd auch einige Gehilfen und einen Lehrling beherbergen, benötigen wir viel Platz. Außerdem ist da noch mein ganzer Stolz, die Druckerpresse, mit der ich Kupferstiche und Holzschnitte von meinen Arbeiten anfertigen kann. Ich habe vor einiger Zeit einen neuen Burschen eingestellt, der mir bei den schweren Kupferplatten und Eisenwalzen zur Hand geht.«

Anna hob den Kopf. Es dämmerte bereits, und sie erschrak. »Ist es schon so spät? Ich habe Korbinian versprochen …«

»Mir geht es oft ebenso, wenn ich meinem Mann bei der Arbeit zusehe, nicht wahr, Albrecht?« Der Blick, den sie ihrem Gatten zuwarf, zeugte von Hingabe und Bewunderung. »Anna, ich werde einen unserer Angestellten rufen lassen, damit er Euch nach Hause geleitet.«

Lenchen tastete mit der Hand nach einem Stück Gebäck, und Anna reichte es der Kleinen, die es sofort zum Mund führte und daran nuckelte.

»Das ist nicht nötig, Frau Dürer.«

»Und ob!« Sie nahm eine kupferne Glocke zur Hand und läutete.

Gleich darauf betrat eine andere Magd die Stube und fiel in einen Knicks.

»Gertrudt, sag bitte Hans, er soll Frau Dietl mit dem Kind nach Hause begleiten.«

Die Magd nickte und verließ die Stube.

Anna erhob sich und nahm Lenchen auf den Arm. »Ich danke Euch vielmals für alles.«

Meister Dürer stand ebenfalls auf und reichte ihr die Hand. »Wir freuen uns jederzeit über Euren Besuch. Gott mit Euch.

Wenn Ihr mich jetzt bitte entschuldigen würdet, ich habe noch zu tun.«

»Ja, was auch sonst?«, war Agnes Dürers Kommentar, während die beiden Frauen dem Maler nachsahen.

Als kurz darauf ein junger Mann den Raum betrat, hüllte Anna erst die Kleine und dann sich selbst in den Umhang und verabschiedete sich.

Kapitel 20

Sebastian erwachte aus einem unruhigen Schlaf und fuhr sich mit der Hand über das Gesicht. Er wandte den Kopf zu dem kleinen Fenster über der zweiten Bettstatt, auf der er im Halbdunkel die Silhouette seines Freundes ausmachen konnte. Vielleicht noch eine Stunde bis Tagesanbruch. Einige Momente lang horchte er auf Sepps tiefe Atemzüge. Sebastian schloss die Augen und biss die Zähne zusammen. Wieder dieser Traum. Eine Begegnung mit drei Männern wollte ihm nicht aus dem Sinn gehen, verfolgte ihn selbst bis in den Schlaf, obwohl sie bereits zwei Monate zurücklag. Zwei Burschen, kaum älter als er selbst, und ein Mann von etwa fünfzig Lenzen waren es gewesen. In einer Schänke nahe den Hallerwiesen hatten die drei gesessen und leise miteinander gesprochen, als Sepp und Sebastian, gefolgt von Dietrich Bratler, Ferdinand und Tilmann Schimpf, den Raum betreten und sich an einem Tisch niedergelassen hatten. Tilmann war erst vor wenigen Wochen in die Bruderschaft aufgenommen worden. Sebastian mochte den etwa dreißig Lenze zählenden dunkelhaarigen Mann. Vor einem Jahr sei er nach Nürnberg gekommen, um unweit der Kaiserburg eine kleine Kupferschmiede zu eröffnen, hatte er Sebastian beim letzten Treffen der Bruderschaft erzählt. Schon zwei seiner Urahnen hätten dieses Handwerk betrieben, wenn auch im Norden des Reiches, wo die Familie Schimpf gelebt hatte, bis Tilmann nach Nürnberg gezogen war. Sebastian erinnerte sich an jede Einzelheit, als wäre es gestern gewesen. Die Schankstube war nur spärlich besetzt, der Wirt musste sie gerade erst geöffnet haben.

Ferdinand winkte ihn heran. »Bring uns heißen Würzwein, aber schnell, es ist verdammt kühl heute!«

»Da müsst Ihr Euch schon noch etwas gedulden, junger Herr. Muss erst ein Fass aufmachen und ein frisches Feuerchen unter dem Kessel entfachen.«

»Worauf wartest du dann noch?«

Eine junge Schankmagd ging an ihnen vorüber, um drei anderen Gästen in der gegenüberliegenden Ecke Bierkrüge zu bringen. Es war Sepp deutlich anzusehen, dass ihm das Mädchen gefiel, und auch Ferdinand bedachte die junge Frau mit einem wohlwollenden Blick. Als sie wieder an ihrem Tisch vorüberkam, streckte Ferdinand blitzschnell die Hand aus und zog die Magd auf seinen Schoß.

Diese schrie auf. »Bitte, lasst mich los, junger Herr!«

Ferdinand lachte. »Stell dich nicht so an, Mädchen. Ist doch sicher nicht der erste Schoß, auf dem du sitzt.« Schon wanderte seine freie Hand über ihre Hüften aufwärts.

Unbemerkt hatte sich der Älteste der drei Fremden erhoben und trat an ihren Tisch. »Lasst das Mädel los«, forderte er Ferdinand mit unüberhörbarer Schärfe in der Stimme auf. »Was Ihr tut, gehört sich nicht für einen guten Christenmenschen!«

»Belehrt uns nicht, was sich gehört, alter Mann! Verzieht Euch lieber zu Euren Kameraden«, antwortete Sepp an Ferdinands Stelle.

Indes versuchte sich die Schankmagd aus dessen Griff zu befreien.

»Mir scheint, ich habe es mit einer Wildkatze zu tun«, bemerkte Ferdinand grinsend.

Inzwischen war der Schankwirt zurückgekehrt. »Nehmt sofort die Finger von meiner Tochter, sonst könnt ihr was erleben!«, stieß er mit gebleckten Zähnen hervor.

»Hört, hört.« Ferdinand gab das Mädchen frei, das sich sofort in die gegenüberliegende Ecke flüchtete, und erhob sich. »Was soll ich erleben, he?«, fragte er lauernd und näherte sich dem Wirt. »Das kannst *du*, wenn du nicht augenblicklich den Würzwein herbeischaffst!«

Der Wirt verschränkte die Arme vor der Brust. »Nichts werde ich Euch bringen! Offenbar wisst Ihr Euch nicht zu benehmen. Verschwindet, sonst …«

Ferdinands rechte Hand schoss vor, packte den um einen Kopf kleineren Mann am Hemdkragen und zog ihn zu sich heran. »Du riskierst ein ziemlich großes Maul, Schenker!«

»Bitte, mein Herr.« Einer der beiden jungen Männer, ein bartloser Rotschopf, trat herzu und hob begütigend die Hände. »Lasst doch den Mann in Ruhe. Die Heilige Schrift ermahnt uns, Frieden zu halten.«

Sepp musterte ihn aus zu Schlitzen verengten Augen. »Misch dich nicht ein, Kerl. Was bist du, ein Priester oder was?«

Der andere schüttelte den Kopf. »Wir sind Lutheraner aus Ingolstadt und auf dem Weg zu Andreas Osiander. Er soll in Nürnberg als Pfarrer wirken.«

»Anhänger Luthers seid Ihr, aha.« Ferdinand gab den Wirt frei und wischte sich die Hände an seinem Umhang ab, als hätte er sich beschmutzt.

»So ist es«, nickte der ältere Mann, und Sebastian konnte erkennen, wie sich die Miene des Fremden ein wenig entspannte. »Eure Stadt ist eine der größten im ganzen Reich, gewiss könnt Ihr uns sagen, wo wir unseren Freund Osiander finden.«

»Wie kämen wir dazu? Fragt in der Stadt nach«, gab Sepp zurück. »Oder besser noch – geht dorthin zurück, wo Ihr hergekommen seid! Von Euresgleichen gibt es schon genug in

Nürnberg! Lutheraner, pah!« Wie um seine Worte zu bekräftigen, spie er auf den Holzboden.

Bisher hatte der dritte Mann das Geschehen verfolgt, ohne einzugreifen, aber nun sprang er auf. Sein Stuhl flog polternd um, und der Bursche stürzte auf Sepp zu, der schützend die Arme hochriss. Doch Ferdinand kam ihm zu Hilfe. Er packte den Mann am Hals und drosch ihm die Faust ins Gesicht. Mit einem erstickten Schmerzensschrei fiel der Fremde nach hinten und blieb mit blutender Nase auf dem Boden liegen. Seine beiden Kameraden wollten sich auf Ferdinand werfen, aber der hatte blitzschnell seinen Dolch aus dem Gürtel gezogen.

»Keinen Schritt weiter, wenn ihr nicht mit dieser Klinge Bekanntschaft machen wollt! Seid gewiss, Lutheraner, ich zögere nicht, sie zu gebrauchen.«

Die Mienen der Männer waren wutverzerrt, ihre Hände zu Fäusten geballt. Nur Ferdinands Dolch, den er den beiden noch immer entgegenhielt, hinderte sie daran, sich auf ihn zu stürzen. Sebastian brach der Schweiß aus allen Poren. Am liebsten wäre er aus der Schankstube gerannt – und wusste doch, das war nicht möglich. Wo sollte er auch hin? Sepp, Ferdinand, Dietrich und einige andere aus der Bruderschaft waren schließlich seine einzigen Freunde. Schimpf und Bratler sprangen nun ebenfalls auf und stellten sich zu Ferdinand und Sepp. Dabei entging Sebastian nicht der unsichere Blick Tilmanns, mitleidsvoll auf den am Boden liegenden Mann gerichtet, der sich stöhnend aufzurichten versuchte. Ungeachtet des Dolches, der immer noch auf ihn und seine Kameraden gerichtet war, kniete einer der Fremden neben dem Verletzten nieder und wischte ihm mit einem Tuch das Blut aus dem Gesicht.

»Ich schlage vor, wir verlassen dieses ungastliche Haus, in dem man nicht einmal einen anständigen Würzwein bekommt«, grinste Sepp in Richtung des Wirtes, der sich hinter den Schanktisch zurückgezogen hatte.

»Gehen wir«, stimmte Ferdinand zu und trat ein paar Schritte zurück, behielt jedoch die Klinge in der Hand, »bevor hier noch ein Unglück geschieht.«

Langsam bewegte er sich rückwärts auf die Tür zu. Schimpf, Bratler und Sepp folgten ihm. Sebastian hatte es ihm gleichgetan, allerdings war es am folgenden Abend zu einem heftigen Streit mit Sepp gekommen.

Sebastian seufzte und erinnerte sich an eine weitere Begebenheit mit einem Glaubensbruder, die ihn seither beschäftigte. Peter Gehbauer, ein Zimmermannsgeselle, der der Bruderschaft wenige Wochen zuvor beigetreten war, hatte die Gruppe einige Zeit später wieder verlassen und sich Andreas Osiander zugewendet. Daraufhin hatten Elias Männer zum Herrn gebetet, er möge Gehbauer bestrafen, genau wie alle ihre anderen Feinde. Nur drei Tage später war der Geselle von einem Baugerüst gestürzt und hatte sich beide Beine gebrochen. Offenbar besaß Elia großen Einfluss. Die Demonstrationen seiner Macht hielten viele Anhänger bei der Stange, vermutete Sebastian. Wer wagte es schon, einen Propheten – nein, *den* Propheten der letzten Zeit, bevor Christus wiederkehre – zu verlassen und damit zu verraten!

»Na, Bruder, wieder am Grübeln?«

Sebastian äugte zu dem zweiten Schlaflager hinüber. Im ersten Licht des neuen Tages konnte er erkennen, dass Sepps neugieriger Blick auf ihm haftete. *Bruder*, so nannten sich die Anhänger von Elia seit einiger Zeit untereinander. Außerdem hatte der Prophet damit begonnen, den Männern neue Namen zu geben, mit denen sie einander anredeten, wenn sie unter sich waren. Sepp trug seit der letzten Zusammenkunft den Namen Simon. Ihm selbst war dieses Privileg noch nicht zuteilgeworden, wobei Sebastian nicht behaupten konnte, dass ihm dies etwas ausmachte. Er warf die Wolldecke beiseite und schwang die Beine aus dem Bett.

Der Freund verschränkte die Arme hinter dem Kopf. »Was ist eigentlich los mit dir?«

Sebastian legte die Hand auf die Türklinke und drehte sich um. »Lass mich einfach in Ruhe, ja?«, gab er zurück.

Sepp setzte sich auf die Bettkante. »Denkst du immer noch über diesen Gehbauer nach? Der Bursche hat's verdient, hörst du?«

»So, hat er das? Nur weil er die Bruderschaft verlassen hat und zu Osiander gegangen ist? Hör auf, Sepp! Und dieser Bursche im *Ochsen*, den Ferdinand zusammengeschlagen hat? Hat der es etwa auch verdient? Warum eigentlich? Weil er Lutheraner ist?«

»Diese Leute sind Ketzer, Bruder. Geht das nicht in deinen Schädel? Martin Luther zerstört unsere heilige Kirche und findet immer mehr Anhänger. Das ist der Abfall vom rechten Glauben, von dem die *Biblia* spricht, eines der Zeichen für das Ende, bevor der Herr wiederkommt!« Er erhob sich und trat auf Sebastian zu. »Die Zeichen, Bruder – schon vergessen? Mann, Mann, hast du denn überhaupt nichts verstanden von all dem, was der Prophet lehrt?«

»In der *Biblia* heißt es auch: ›An ihren Früchten werdet ihr die wahren Propheten erkennen‹«, gab Sebastian scharf zurück.

»Was willst du damit sagen?«

Sebastian schwieg.

»Ich frage mich manchmal wirklich, was in dich gefahren ist.« Sepps Augen wurden schmal. »Und nenn mich gefälligst bei dem Namen, den Elia mir gegeben hat. Sicher wirst auch du bald einen neuen erhalten, so wie unser Herr einigen der Apostel und Paulus …«

»Verschon mich mit diesem Gewäsch! Das ist doch alles Blödsinn«, unterbrach Sebastian ihn, riss die Tür auf und trat auf den schmalen Flur.

»Blödsinn und Gewäsch, ja?«, zischte Sepp. »Haben wir etwa einen Judas in unseren Reihen? Wäre das vielleicht der Name, der dir gut zu Gesicht stünde?«

Sebastian fuhr herum. »Du nennst mich Judas?« Blitzschnell packte er den Freund am Hemd und zog ihn zu sich heran. »Ausgerechnet mich? Vergiss nicht, ich war es, der Elia das Leben gerettet hat, während du und die anderen nichts anderes getan habt, als zuzusehen!«

»Ist ja schon gut, war nicht so gemeint«, gab Sepp zurück.

»Dann nenn mich nie wieder einen Verräter!«

Kapitel 21

Es hatte geklopft. Korbinian ging in den Flur und öffnete die Tür, die von dem kleinen Hinterhof und dem angrenzenden Gärtchen direkt zu seiner Werkstatt führte. Im Licht der einsetzenden Dämmerung erkannte er Konrad Mutz. Neben dem Holzschnitzer mit dem hellen Bart stand ein ihm unbekannter zweiter Mann.

»Gott zum Gruße, Korbinian.« Mutz' Blick war ernst. »Hast du ein wenig Zeit für uns?«

»Kommt herein.«

Er trat zur Seite, und der Holzschnitzer schob seinen gewaltigen Schmerbauch an ihm vorbei ins Innere des Hauses. Der andere Mann folgte ihm und nickte dem Buchmaler zu.

»Dietrich Bratler. Es ist sehr freundlich, dass Ihr uns noch um diese Zeit einlasst, Herr Dietl.«

Korbinian öffnete die Küchentür am Ende des kurzen Ganges. »Was kann ich für Euch tun?«

Die Gäste ließen sich auf der Bank nieder und streckten die Beine von sich. Korbinian nahm drei Gläser aus dem Spind und goss Bier hinein.

»Zum Wohl, die Herren.«

»Zum Wohl, Dietl.«

Die Männer tranken einen Schluck.

»Man hört, Eure Geschäfte laufen nicht besonders«, eröffnete Bratler das Gespräch. »Liegt es an den beiden neuen Druckereien, die kürzlich in Nürnberg aufgemacht haben?«

Korbinians Miene verdüsterte sich. »Ist der Papst katholisch?«, fragte er, an Konrad Mutz gewandt, der sich den Bierschaum von den Lippen wischte.

Der Angesprochene schmunzelte. »Hör zu, Korbinian, wir haben einen Auftrag für dich, der dir zunächst etwas ungewöhnlich erscheinen mag.«

Erst in diesem Moment bemerkte Dietl den Lederbeutel, den Mutz neben sich abgelegt hatte und in den er nun griff. Der Holzschnitzer förderte einen länglichen, in eine dünne Lederhaut eingeschlagenen Gegenstand zutage und öffnete ihn. Ein Pergament, unbeschrieben, aber offenbar alt, soweit der Buchmaler dies im Licht der Kerze auf dem Tisch beurteilen konnte.

Er hob den Blick. »Was soll ich damit anfangen?«

»Ich sagte ja bereits, es handelt sich um einen ungewöhnlichen Auftrag. Wir möchten, dass du ein Schriftstück anfertigst, in dem das Kommen eines Propheten angekündigt werden soll, eines Mannes namens Elia.«

Korbinian beugte sich vor. »Sprechen wir über eine der Prophezeiungen aus der *Biblia*?«

»Nein.« Mutz leckte sich über die fleischigen Lippen. »Wir sprechen über das Auftreten des Propheten Elia im Jahre des Herrn 1522.«

»Ich verstehe nicht.«

Nun ergriff Dietrich Bratler das Wort. »Dann lasst es mich Euch erklären, Herr Dietl. Wir benötigen dieses Pergament, in dem vorhergesagt ist, dass im Jahre 1522 der letzte Prophet des Herrn auftreten wird. Den genauen Wortlaut werden wir Euch noch mitteilen, wenn Ihr einwilligt, diesen Auftrag auszuführen.«

»Also im vergangenen Jahr.« Verwirrt fuhr sich Korbinian über das Gesicht. »Der Prophet Elia, sagtet Ihr. Aber da ist doch gar kein ...«

»Er *ist* gekommen, Dietl«, unterbrach ihn der Mann. »Glaubt mir, er ist bereits gekommen. Leider haben die meisten Menschen das immer noch nicht begriffen. Deshalb wollen wir ein wenig nachhelfen. Das Pergament wird auch die letzten Zweifler überzeugen.«

»Aber das wäre ja eine ... Fälschung! Erwartet Ihr wirklich von mir, so etwas mitzumachen?« Korbinian sah mit kaum verhohlener Entrüstung zu Mutz.

»Der Zweck heiligt die Mittel, Korbinian. Es soll dein Schaden nicht sein.«

Der Buchmaler erhob sich mit einem Ruck. »Ihr müsst verrückt sein.«

»Überlegt es Euch gut.« Bratler streckte den Rücken, stand ebenfalls auf und wies auf die auf dem Tisch liegende Tierhaut. »Wir bieten Euch fünf Goldgulden. Morgen kommen wir wieder und erwarten Eure Entscheidung.«

»Die habe ich bereits getroffen. Sucht Euch einen anderen Dummen.«

Konrad Mutz schüttelte den Kopf. »Dietl, wir suchen keinen Dummen, sondern einen Könner seiner Zunft. Und das bist du.« Er schlug den Mantel zurück und fasste nach seinem Geldbeutel. »Auf einen oder zwei Gulden mehr soll es uns nicht ankommen. Ich weiß, du brauchst das Geld dringend, also denk gut darüber nach. Ich gebe dir einen Goldgulden als Anreiz, dir die Sache noch einmal zu überlegen.«

Schon wollte der Mann die Schnur seines Beutels aufziehen, aber Dietl hob die Hand.

»Lass dein Geld, wo es ist, Konrad. Ich denke, ihr verlasst besser mein Haus. Sofort!«

»Du wirfst uns hinaus, Korbinian?«, rief der Holzschnitzer aus. »Wie lange kennen wir uns nun schon? Acht Jahre, zehn Jahre? Ich dachte, wir sind Freunde?«

»So? Dachtest du das? Na schön, wenn du meinst, Konrad. Damit das auch so bleibt, bitte ich euch zu gehen. Nehmt das Pergament gleich mit. Ich will nichts damit zu tun haben.«

Bratlers Miene versteinerte. »Offenbar habe ich mich in Euch getäuscht, Dietl! Mutz hat mir versichert, Ihr wärt ein guter Buchmaler, vielleicht der beste Nürnbergs – ich sehe allerdings nichts als einen Narren vor mir, denn nur ein Dummkopf schlägt ein derartiges Angebot aus!«

»Haltet von mir, was immer Ihr wollt«, entgegnete Korbinian. »Für Gaunereien bin ich jedenfalls nicht zu haben, nicht einmal für hundert Goldgulden. Und jetzt verschwindet, bevor ich die Büttel rufen lasse!«

»Ihr habt es so gewollt«, zischte Bratler, der Mutz nun am Arm fasste. »Kommt, mein Lieber, wir vergeuden hier nur unsere Zeit mit einem Ungläubigen.«

Als sie kurz darauf die Tür geräuschvoll ins Schloss zogen, zuckte Korbinian wie unter einem Schlag zusammen. Wie betäubt ließ er sich auf einen der Stühle sinken und vergrub das Gesicht in den Händen. Fünf Goldgulden, mindestens. Kalter Schweiß stand ihm auf der Stirn, während ihm bewusst wurde, für wie viele Wochen er die Existenz seiner Familie samt der Werkstatt hätte sichern können. Aber selbst wenn er nicht gottesfürchtiger war als die meisten Menschen in dieser Stadt, so gab es für ihn Grenzen, die schier unverrückbar waren – und einen Teil der *Biblia* zu verfälschen gehörte eindeutig dazu. In Gedanken versunken begab sich Korbinian zurück in die Werkstatt, sein bestes Heilmittel gegen düstere Stimmungen und Anfeindungen jeder Art. Doch dieses Mal fiel es ihm schwerer als üblich, sich auf seine Arbeit zu besinnen.

Die Eisengallustinte ging allmählich zur Neige, und da bis zu ihrer Fertigstellung einige Tage ins Land ziehen würden, sollte er sich stattdessen der Mischung der Zutaten erinnern. Korbinian fluchte leise, um seinem Herzen Luft zu machen. Was bildeten Konrad und dieser andere Kerl sich überhaupt ein, ihm ein derart verachtenswertes Angebot zu unterbreiten? Nicht einmal vor der *Biblia* machen manche Menschen halt, dachte er, schüttelte den Kopf und wandte sich wieder seiner Aufgabe zu.

Unterlief ihm auch nur der geringste Fehler beim Vermengen der Zutaten oder nahm er nicht das korrekte Maß, wäre die mühevolle Arbeit vergebens, und er müsste noch einmal von Neuem beginnen. Korbinian seufzte und füllte drei Krüge je mit Brunnenwasser, Wein und Weinessig und stellte sie auf einen Tisch, den er stets zur Tintenherstellung benutzte. Einem der Regale entnahm er ein weiteres Tongefäß sowie einen Mörser. Die Galläpfel, die er im vergangenen Jahr von den Blättern der Eichen gesammelt hatte, hatte er erst getrocknet, zerstoßen und zerkocht, dann gesiebt und wieder getrocknet, bis sie ein feines Pulver ergaben, das er in einem Gefäß sorgsam verschlossen hielt.

Der Buchmaler warf einen Blick aus dem Fenster. Die Sonne war längst hinter den Dächern verschwunden, und Dunkelheit legte sich über die Stadt. Korbinian entzündete einige Talglichter und verteilte sie in der Werkstatt. Nun nahm er das Gefäß mit dem Gallapfelpulver zusammen mit einer weiteren tönernen Schale aus einem Regal und stellte sie neben die anderen Behältnisse. Eisenvitriol und danach Gummiarabikum wurden ebenfalls zu Pulver zerstoßen. Korbinian wischte sich Schweiß von der Stirn, während die Zeit verstrich. Schließlich mischte er ein halbes Maß Wasser, anderthalb Viertel von einer Maß Wein und ebenso viel Weinessig. Daraufhin entnahm er sechs Lot zerstoßene Galläpfel und je vier Lot Eisenvitriol sowie

Gummiarabikum und gab sie zu der Flüssigkeit. In drei bis vier Tagen musste dieser Sud durch ein Tuch geseiht werden, erst dann würde seine Gallustinte fertig sein.

Noch während er werkelte, hob sich seine Stimmung, und als er die Utensilien sorgfältig säuberte und an ihren angestammten Platz stellte, war er sichtlich zufrieden. Ausgiebig wusch er sich die von der Arbeit dunkel verfärbten Hände, löschte die Lichter und schloss die Werkstatttür. Die herzhaften Aromen eines Eintopfes drangen bis zu ihm herüber, und er sog sie genießerisch in die Lungen. Stille Freude wallte in Korbinian auf. Welch gutes Gefühl, von einem hübschen Weib und seinem kleinen Mädchen erwartet zu werden.

»Was wollten die Männer?«

Anna stand am Herd und rührte in dem Kessel mit Linseneintopf, den sie zum Abendessen zubereitet hatte. Korbinian schloss die Küchentür, trat näher und beugte sich über den dampfenden Topf.

»Riecht wunderbar, Liebes«, erklärte er, ohne auf ihre Frage einzugehen.

Eine seiner Angewohnheiten, die Anna schon nach wenigen Wochen Ehe kennengelernt hatte und die sie bisweilen zur Weißglut trieb. Ernst blickte sie ihm ins Gesicht.

»Konrad Mutz und der andere Mann – Korbinian, was wollten sie?«

»Nichts Besonderes.«

»Nach ›nichts Besonderes‹ hat es sich aber nicht angehört.«

»Hast du etwa gelauscht?«

Entrüstet legte sie den Kochlöffel beiseite und baute sich vor ihrem Gatten auf, der sie um Haupteslänge überragte. »Ich lausche nicht, mein lieber Mann!«

Mit einem Lachen zog er sie an sich und küsste ihre Stirn. »Ist ja schon gut, Anna.«

Damit ließ er sie los, setzte sich auf die einfache Holzbank und griff nach dem Bierkrug, den sie ihm bereits hingestellt hatte.

»Eure Unterredung war laut genug, Korbinian, jedenfalls zum Ende hin. Was für eine Sache sollst du dir gut überlegen, und warum hast du die Männer fortgeschickt?«

»Anna, die beiden haben etwas Unmögliches von mir erbeten. Mehr möchte ich nicht dazu sagen, ja?«

»Ich dachte, du vertraust mir«, gab sie mit einem beleidigten Unterton in der Stimme zurück und schob die Unterlippe vor.

»Das tue ich auch. Aber es gibt Dinge, die musst du nicht wissen.« Sein Lächeln geriet schief. »Lass uns essen, mir knurrt schon der Magen.«

Kapitel 22

Nach längerer Zeit nahmen Korbinian und Anna wieder an der Hauptmesse in St. Sebald teil. Lenchen schlief fast den ganzen Gottesdienst über in ihrem Arm. Sie erwachte erst, als die Kirchenglocken zu läuten begannen und Korbinian und Anna in den breiten Mittelgang traten, um hinter den anderen Messbesuchern den geöffneten Türen zuzustreben. Beim Verlassen des Gotteshauses, das den Namen des Nürnberger Heiligen Sebaldus trug, trat ihnen Konrad Mutz in den Weg. Mit einem knappen Nicken begrüßte er zunächst Anna, um sich dann dem Buchmaler zuzuwenden. Er zog Korbinian einen halben Steinwurf weit fort, sodass sie nichts von der leise geführten Unterhaltung zwischen den beiden Männern verstehen konnte. Zudem verkündeten die Glocken das Ende der Messe und gellten ihr schmerzhaft in den Ohren. Lenchen, die von dem Lärm erwacht war, verzog den kleinen Mund und begann zu quengeln. Anna hatte ihre liebe Not, das Kind zu beruhigen.

Die Kirchbesucher liefen an ihr vorbei, ihren Häusern und dem guten sonntäglichen Essen zu – sofern daheim jemand auf sie wartete, der für sie das Essen zubereiten konnte. Der Platz vor dem Portal der Sebalduskirche leerte sich zusehends. Unter den letzten Messegängern konnte sie zahlreiche Personen ausmachen, deren Gesichter vernarbt oder entstellt waren oder die sich nur mithilfe von Stöcken fortbewegen konnten. Überlebende von Aussatz und Pestilenz, was einerseits einen Funken Hoffnung in ihr auslöste, Anna aber auch daran erinnerte, wie viele Einwohner der Stadt, einschließlich eines Teils ihrer Familie, diese Krankheiten nicht überstanden hatten. Sie fröstelte und richtete ihre Aufmerksamkeit wieder auf die Gestalten der beiden Freunde. Lebhaft gestikulierend redete Mutz auf Korbinian ein. Anna blieb nichts anderes übrig, als auf die wenigen Satzfetzen zu lauschen, die der einsetzende Wind zusammen mit den ersten herabfallenden Blättern über den Kirchplatz zu ihr herübertrug.

»... soll ich zu Holzschuher oder Dürer gehen und euch anzeigen?«, meinte sie Korbinian in diesem Augenblick fragen zu hören und erschrak.

Auch Mutz' scharfe Antwort war deutlich zu verstehen. »Wenn du das tust, Korbinian Dietl, sind wir geschiedene Leute!«

Der Holzschnitzer drehte sich auf dem Absatz um und ging mit langen Schritten davon. Ohne sich noch einmal umzuschauen, war er gleich darauf in einer schmalen Gasse verschwunden. Anna drückte das weinende Kind an ihre Brust und eilte ihrem Mann entgegen.

»Willst du mir nicht endlich erzählen, was Mutz von dir fordert?«

Korbinian nahm seine greinende Tochter an sich und herzte sie, bis Lenchen sich wieder beruhigt hatte. »Lass uns nach Hause gehen, Anna. Mach dir keine Sorgen, ich werde alles zum Besten regeln, glaub mir.«

Kaum waren sie zu Hause, zog sich Korbinian in seine Werkstatt zurück. Zwischen den Stapeln dicker Bücher und allerlei weiteren Utensilien lugten nur noch seine blonden Haarsträhnen hervor, und Anna wandte sich verärgert ab. Im Stillen hatte sie gehofft, ihrem Gatten noch etwas über den

Streit mit Mutz entlocken zu können, aber das schien vergebene Liebesmüh zu sein. Geräuschvoll zog sie die Werkstatttür ins Schloss.

Beim gemeinsamen Abendessen spürte Anna, wie ihr Gatte sie aufmerksam durch die Gläser seiner Stegbrille musterte.

»Du bist mir immer noch böse, oder?«

Sie wich seinem Blick aus und fütterte Lenchen ungerührt weiter. »Ich bin eben nur ein Weib, nicht wahr? Und seinem Weib muss man nicht alles erzählen, die sind ohnehin zu dumm, um manches zu begreifen.«

Korbinian ließ seinen Löffel sinken. »Herrje, das habe ich nie behauptet«, erwiderte er entgeistert und schüttelte den Kopf. »Außerdem ist das Unsinn, Anna. Du bist die klügste Frau, die ich kenne. Hast du vielleicht schon einmal in Betracht gezogen, dass ich dich nur schützen möchte?«

Sie säuberte dem Kind mit einem Tüchlein den Mund und seufzte. »Es tut mir leid, wenn ich ein wenig heftig reagiert habe. Das war nicht recht, dennoch ärgert mich dein Schweigen.«

In seine Augen trat ein warmer Schimmer. »Und mir tut es leid, dass ich mich hinter der Arbeit vergraben habe, anstatt mit dir zu reden. Verzeih mir, Anna.« Er erhob sich, ging um den Tisch herum und nahm ihr die Kleine vom Schoß. »So, Schätzchen, jetzt kommst du zu mir, damit deine Mutter in Ruhe essen kann.«

Einen Moment lang saß sie nur da und blickte ihn reglos an. »Was hast du da gerade gesagt, Korbinian?«, presste sie hervor, während sie Lenchen beobachtete, die sich vertrauensvoll an die Brust ihres Vaters schmiegte und mit einem hölzernen Knopf seines Hemdes spielte.

»Du bist ihre Mutter, Anna. Martha hat sie zwar geboren, aber du bist die einzige Mutter, die sie je kennengelernt hat.«

Mit einem Mal war ihr die Kehle eng. Korbinian nahm eine Stoffpuppe zur Hand, die Anna vor einigen Wochen für die Kleine genäht hatte und die auf einem Stuhl neben ihm lag, und reichte sie dem Kind. Sogleich nahm Lenchen sie an sich, und der kleine Daumen wanderte in den Mund.

Während Korbinian das Kind schlafen legte, erwärmte Anna auf dem Herd ein wenig Wein, dessen würziger Duft bald den ganzen Raum erfüllte. Wenig später saßen sie schweigsam nebeneinander und nippten an ihren Bechern. Der Blick aus dem Fenster zeigte Anna einen sternenklaren Himmel, und ihre Gedanken schweiften in die Ferne, zu Abenden wie diesem, an denen sie gemeinsam mit Sebastian versucht hatte, die Sterne zu zählen. Oder in jene Zeit, in der sie geglaubt hatte, ihr Schicksal sei längst vorgezeichnet. Wie sehr sie sich geirrt hatte.

»Du bist so still heute Abend«, bemerkte Korbinian und strich ihr eine Haarsträhne aus der Stirn. »Magst du mir nicht erzählen, was dich beschäftigt?«

Anna nahm einen Schluck aus dem Becher und freute sich über die Wärme, die sich in ihr ausbreitete. »Es ist nichts.«

»Du denkst an ihn, oder?«

Anna stutzte, winkte ab, aber diesmal hielt er ihren Blick fest.

»Erzähl mir von ihm«, bat er, »und von Sebastian. Ich weiß so wenig von dir und deinem Leben.«

»Wozu?«, fragte sie nach kurzem Zögern und sah an ihm vorbei. »Nicht einen Moment von all jenen, die gewesen sind, können wir zurückholen. Warum also willst du es wissen?« Zart nahm sie seine Hand in ihre und schmiegte sie an ihre Wange. »Ist dir die Gegenwart nicht genug?«

Ein Schatten lag auf Korbinians Zügen, als er ihre Hand anhob und sie küsste. »Doch, das ist sie, Anna. Aber ...« Er suchte sichtlich nach Worten. »Aber ich wüsste gern mehr von dem Mann, der wie ein Geist zwischen uns zu schweben scheint.«

»Und ich mehr von Martha«, erwiderte sie matt. »Wie war sie?«

Er zog Anna näher an sich und begann zu sprechen. Davon, wie er seiner ersten Frau einst, als sie noch kleine Kinder waren, geschworen hatte, sie zu heiraten, wenn sie erst erwachsen wären. »Wir hatten Glück, denn unsere Eltern hatten keine Einwände. Also haben wir geheiratet, als wir achtzehn waren.« Mit ruhiger Stimme berichtete er ihr von dem Moment, als Martha und er die Werkstatt eröffnet hatten. »Wir waren so stolz. Zu dem Zeitpunkt waren wir schon mehrere Jahre verheiratet, und die Zukunft schien klar vor uns zu liegen. Nur ein eigenes Kind blieb uns verwehrt, und Martha litt unsagbar darunter, obwohl ich ihr immer wieder versicherte, dass ich auch ohne Kind mit ihr glücklich wäre. Aber meine Worte schienen sie nicht zu erreichen. Dabei hatten wir allen Grund, zufrieden zu sein, denn ich konnte mich damals vor Aufträgen kaum retten.« Korbinian hielt beim Erzählen die Lider halb gesenkt. »Als ihr Wunsch endlich in Erfüllung gehen sollte, war Martha wie verwandelt. Sie sprühte nur so vor Glück. Den Rest der Geschichte kennst du.«

»Sie hat dir ein Kind geschenkt und dafür ihr eigenes Leben gelassen«, sagte Anna wie zu sich selbst.

Korbinian antwortete nicht, er nahm ihre Hand und drückte sie in stillem Einverständnis.

Anna sammelte sich und begann, von Sebastian zu erzählen, bis hin zu dem Moment, an dem sie sich voneinander verabschiedet hatten. Sie blinzelte eine Träne fort und seufzte. »Vielleicht möchte er gar nicht, dass ich ihn finde?«, schloss sie. »Was ist, wenn er die Stadt verlassen hat, um sich ein neues, ein eigenes Leben aufzubauen?« Ruckartig erhob sie sich und trat zum Fenster. »Der Beinschnitzer hat ihn hinausgeworfen, und wie ich Sebastian kenne, wäre es ihm furchtbar unangenehm, mir das einzugestehen.«

»Du meinst also …?«

Anna drehte sich zu ihrem Mann um und begegnete seinem aufmerksamen Blick. »Ja, Korbinian. Ich vermute, er hat die Stadt verlassen, um eine neue Arbeit zu suchen. So eigensinnig, wie er ist, wird er erst heimkehren, wenn ich stolz auf ihn sein kann.«

Der Buchmaler erhob sich ebenfalls, trat neben sie und legte ihr den Arm um die Taille. »Hm, das wäre natürlich möglich, Liebes.« Er hielt sie wortlos umfangen.

Er wartete, wartete auf Martins Geschichte. Sein Körper war angespannt, und alles in ihr sträubte sich. Annas Handflächen wurden feucht, als eine unangenehme Stille eintrat, und sie fragte sich selbst, warum es ihr so schwerfiel, mit ihm über Martin zu reden. Was war schon dabei? Schließlich war Korbinian ihr gegenüber offen gewesen und hatte ihr von seinem Leben mit Martha erzählt. Durfte sie sich ihm nun verschließen?

»Bitte entschuldige, es ist nicht so, dass ich Geheimnisse vor dir habe, aber …«

Seine Augen senkten sich in ihre. »Aber was, Anna? Hast du etwa kein Vertrauen zu mir?«

»Nein, nein«, wehrte sie ab, »im Gegenteil. Ich traue niemandem so wie dir.« Sie sah zu ihm auf und umschloss mit den Händen zärtlich sein Gesicht.

Aus seinen Augen strahlte ihr etwas entgegen, das ein pures, unverhofftes Glücksgefühl durch ihre Adern jagte. Sie waren wie ein offenes Buch, in dem sie jederzeit zu lesen vermochte. Es drängte Anna, ihren Gemahl endlich wissen zu lassen, was sie soeben voller Freude entdeckt hatte, und sie küsste ihn.

»Weißt du nicht, dass ich dich so gern habe wie niemanden sonst, Korbinian Dietl?«

Einst hatte sie jede gestohlene Stunde mit Martin, jede Umarmung und jedes geflüsterte Wort der Liebe in ihrem Inneren verschlossen. Wie ein Kästchen, in dem man all die vielen Kleinigkeiten aufbewahrt, die einem etwas bedeuten. Ein Kästchen voller Erinnerungen, das man nach Wunsch verriegelt oder wieder öffnet. Aber es hatte nun jede Bedeutung für sie verloren.

Korbinian riss sie aus ihren Überlegungen, indem er sie mit einer Innigkeit küsste, die ihr den Atem raubte.

»Wie schön, ich wollte dich wirklich nicht bedrängen«, erwiderte er ein wenig heiser, nachdem er sie freigegeben hatte. »Nur eins muss ich wissen, Anna.«

»Sag es mir.«

Korbinian fuhr sich mit einer Hand durch die wilden Locken, und sie musste unwillkürlich lächeln. Doch an diesem Abend waren seine Finger ohne Farbflecke.

»Angenommen, ich würde mit diesem Mann um dein Herz kämpfen. Hätte ich eine Aussicht zu gewinnen?«

Anna registrierte jede Regung in seinen aufgewühlt wirkenden Zügen und konnte der Versuchung nicht widerstehen, über seine mahlenden Kieferknochen zu streichen.

»Was redest du nur für einen Unsinn, mein lieber Mann?«, brach es schließlich aus ihr heraus. »Niemand ist mir so wichtig wie du und Lenchen – und Sebastian natürlich. Ich möchte nicht mehr ohne dich sein. Du bist mein bester Freund und alles, was ich will. Martin gehört der Vergangenheit an, er war nichts als eine Täuschung, ein Irrglaube. Wir hätten nicht zueinander gepasst. Ich will ihn nie mehr sehen.«

Korbinian räusperte sich, und sie konnte ihm deutlich anmerken, wie schwer ihm das Gespräch fiel. »Der Narr wird inzwischen von unserer Heirat erfahren haben. Solche Neuigkeiten sprechen sich allzu schnell herum.«

»Gut möglich, Korbinian, aber das muss uns nicht berühren. Du, Lenchen und ich – das ist alles, was zählt.«

Er fuhr ihr übers Haar und spielte mit einer ihrer dicken Strähnen. »Ich bin in diesen Dingen nicht besonders geschickt,

Anna, war es noch nie.« Flüsternd kamen ihm die Worte über die Lippen. »Ich liebe dich von ganzem Herzen, verstehst du?« Korbinian bettete ihren Kopf an seiner Schulter, und sie konnte das Schlagen seines Herzens hören. »Ich hätte nicht gedacht, dass es möglich ist, ein zweites Mal sein Herz … sein Herz zu verschenken. Aber so ist es eben.« Er küsste ihre Stirn. »Ich gehöre dir für alle Zeit, Anna.«

Korbinian eröffnete ihr einige Tage später beim Abendessen, nach Ansbach reisen zu wollen. Ein dort ansässiger Stadtschreiber namens Brandl hatte einen seiner Hausangestellten mit der Bitte vorbeigeschickt, der Buchmaler möge in die sechs Meilen entfernte Stadt kommen, um seinen Sohn zu porträtieren.

»Ich werde zwei oder drei Tage fort sein, aber der Auftrag bringt uns ein paar Gulden, die wir dringend benötigen«, versprach Korbinian.

»Wann wirst du aufbrechen?«

»Gleich morgen früh. Ich möchte Ansbach vor Sonnenuntergang erreichen.« Korbinian schob seinen Stuhl zurück und erhob sich. »Ich muss noch Farben, Pinsel und Leinwand einpacken. Florian Tucher, ein alter Bekannter, fährt morgen zum Zisterzienserkloster Heilsbronn, um seinen Bruder zu besuchen, und nimmt mich bis dahin mit. Von dort aus sind es noch etwa zwei Stunden Weges bis Ansbach.«

»Warum kann der Sohn dieses Stadtschreibers nicht nach Nürnberg kommen und sich hier von dir malen lassen?«, wollte Anna wissen, stand ebenfalls auf und hantierte mit den Tellern und Löffeln.

Korbinian schmunzelte. »Der junge Mann ist fünf Jahre alt, Anna.« Er trat zu ihr und sah ihr tief in die Augen. »Meinst du, du kommst ohne mich zurecht, Liebling?«

»Es wird schon gehen, außerdem habe ich mir vor unserer Ehe auch zu helfen gewusst.«

»Davon bin ich überzeugt, trotzdem ist es nicht das, was ich gern gehört hätte.« Er lächelte und legte ihr den Arm um die Taille, um sie zu küssen.

Anna folgte ihrem Mann in die Werkstatt und sah ihm zu, wie er seine Utensilien zusammensuchte.

»Ich werde dir einen Beutel mit Proviant packen«, sagte sie und eilte in die Küche.

Sie warf einen Blick aus dem Fenster. Einige Leute liefen – die Kapuzen tief ins Gesicht gezogen – mit unsicheren Schritten über das Pflaster, das von einer Schicht bunten Laubes bedeckt war. Dazu fiel schon seit Tagen heftiger Regen. Es war nicht mehr zu übersehen, dass der Herbst Einzug gehalten hatte. Eine junge Frau gegenüber geriet ins Schlittern und wäre fast gestürzt.

Anna wandte sich um, denn Korbinian betrat den Raum.

»Mir wäre wohler, wenn du mit deiner Reise nach Ansbach warten würdest, bis die Regenfälle nachlassen.«

»Damit der Mann den Auftrag an einen anderen Maler vergibt? Nein, Anna, in Zeiten wie diesen muss ein Buchmaler für jede Anfrage dankbar sein.«

Nachdem alles für die bevorstehende Reise vorbereitet war, begaben Anna und er sich frühzeitig zur Ruhe. Korbinian breitete die Arme aus, und Anna schmiegte sich an ihn, denn sie fröstelte. Nicht, dass es ihr Schwierigkeiten bereiten würde, sich während seiner Abwesenheit um die Kunden des Buchmalers zu kümmern. Er hatte sie gut unterwiesen, und da es wenig zu tun gab, würde sie mit Lenchen die Nachmittagsstunden in der Werkstatt verbringen. Auf ihre Frage, wie sie sich zu verhalten hätte, wenn Konrad Mutz ihn noch einmal zu sprechen wünschte, erwiderte Korbinian, sie solle die Männer einfach fortschicken, schließlich sei alles gesagt. Die Abende und die Nächte bis zu seiner Rückkehr jedoch waren es, die sie fürchtete. Nie war sie des Nachts allein im Haus gewesen. In ihrer

Kindheit waren es die Eltern und die Geschwister gewesen, deren Stimmen und Geräusche sie in den Schlaf gewiegt hatten. Später hatte sie sich mit Sebastian eine Kammer geteilt; seine Anwesenheit zu spüren war wohl der größte Trost in jener dunklen Zeit gewesen. Und nun lag ihr Gemahl nachts stets an ihrer Seite.

Korbinian schien ihre Gedanken zu spüren, denn er zog sie näher und bettete ihren Kopf an seiner Brust. Sein Herz schlug gleichmäßig und kräftig an ihrem Ohr.

»Meine Anna«, murmelte er schon leicht schläfrig, »wenn ich wieder daheim bin … Ich hätte gern ein Kind mit dir, weißt du?«

Sie hob den Kopf, betrachtete im schwachen Licht der Kerze seine gelösten Züge. In seinem Blick lag so viel Zuneigung, dass ihr das Herz weit wurde. Anna räusperte sich und strich ihm über die Wange. »Es ist schon spät, lass uns schlafen. Wir reden darüber, wenn du zurück bist, ja?«

»Gut, wir müssen ja nichts überstürzen. Ihr beide werdet mir so sehr fehlen.« Zart strich er ihr noch einmal über den Rücken und schloss die Augen.

Der Abschied am nächsten Morgen fiel flüchtig aus, denn Tucher drängte zum Aufbruch, da er das Kloster vor Sonnenuntergang erreichen wollte.

Korbinian sah Anna tief in die Augen und ließ den Blick von ihr zu Magdalena schweifen, die zu spüren schien, was vor sich ging. Weinerlich verzog sie den Mund und streckte die Ärmchen nach ihrem Vater aus, woraufhin er sie auf den Arm nahm und herzte, bis sie vor Vergnügen gluckste.

»Passt gut auf euch auf, und lasst keine Fremden ins Haus, habt ihr verstanden?«

»Wie Ihr befehlt, mein Herr und Gebieter.« Anna senkte in gespielter Demut den Kopf.

Korbinian lachte und zog sie einige Herzschläge lang an sich. Dann löste er sich von ihr, hob den schweren Rückentragekorb an, auf den Anna noch zwei zusammengerollte warme Decken gelegt hatte, und trat auf den jüngeren Mann zu, der bereits ungeduldig auf ihn wartete.

Als das Fuhrwerk sich in Bewegung setzte, blickte Korbinian sich noch einmal um und winkte ihnen zu, bis er hinter der Wegbiegung aus Annas Sichtfeld verschwand.

Kapitel 23

Inzwischen war der fünfte Tag nach seiner Abreise angebrochen, und noch immer war Korbinian nicht heimgekehrt. Es war früh am Morgen, und Lenchen schlief noch friedlich, als Anna mit einem skeptischen Blick aus dem Butzenfenster der Küche sah. In feinen Fäden fiel der Regen vom Himmel. Sie seufzte. Gewiss hatte Korbinian vergangene Nacht in Ansbach übernachtet und würde, sobald die Sonne höher am Himmel stand, den Rückweg antreten. Vielleicht hatte das Porträtieren des Kaufmannssohnes mehr Zeit in Anspruch genommen als geplant – welches Kind von fünf Jahren mochte schon stundenlang still sitzen, nur um sich malen zu lassen? Sie nahm ein paar trockene Zweige aus dem mit Holz und Reisig gefüllten großen Weidenkorb, legte sie zusammen mit einem kleinen Stück Zunderpilz in den Herd daneben und schlug das Schlageisen gegen den Feuerstein. Bald darauf konnte sie zwei Holzscheite in die Flammen legen, und Wärme erfüllte den kleinen Raum.

Wenn Korbinian nicht an diesem Tag zurückkäme, dann spätestens am nächsten, mit fünf oder sechs Goldgulden im Geldbeutel. Wahrscheinlich hatte er bisher keinen Fuhrmann gefunden, der in Richtung Nürnberg unterwegs war, und zögerte nun angesichts des andauernden Regens und des schweren Gepäcks, sich zu Fuß auf den Rückweg zu machen. Anna zog das wollene Tuch enger, das sie über den Schultern trug. Ihre Gedanken wanderten zum letzten Winter zurück, den sie im Kloster in Regensburg verbracht hatte. Wie sehr sich ihr Leben seither verändert hatte! Von all ihren Träumen war ihr nichts außer Erinnerungen geblieben. Dafür war ihr das Glück zuteilgeworden, einen Ehemann wie ihren Korbinian bekommen zu haben. Rasch wandte sie sich vom Herd ab und schlich in Lenchens Kammer, um sich neben die Wiege zu setzen und den Schlaf des Kindes zu bewachen. Die Kleine hatte die gleichen lockigen Haare wie ihr Vater, und wenn sie schlief, verzog sie stets die Lippen zu einem Schmollmund. Ihre Wangen waren gerötet und die Ärmchen seitlich am Körper zu Fäusten geballt. Sanft strich Anna dem Kind über den Kopf und wusste, sie liebte es, als wäre es ihr eigenes. Wenn Lenchen erst größer war, würden sie ihr von der Mutter erzählen müssen.

Bis auf den Besuch eines jungen Benediktinermönchs, der im Auftrag seines Abtes einen guten Maler suchte, verlief der Tag ereignislos. Immer wieder schaute Anna aus dem Fenster, denn eine ganze Reihe von Fuhrwerken passierte die Gasse. Korbinian jedoch war nicht unter den Reisenden.

Mit jedem Tag, der verging, wuchs Annas Furcht. Wenn Korbinian nur keiner Bande von Wegelagerern in die Hände gefallen war! Schreckliche Bilder drängten sich ihr auf, von rohen Gestalten, die ihm auflauerten und ihn ausraubten. Sie konnte die Gedanken nur mit Gewalt von sich schieben. Wo steckte er nur? Die Nächte verbrachte sie zwischen Albträumen und Wachzuständen, in denen sie das sichere Gefühl nicht loswurde, sie müsste etwas unternehmen. Aber wenn sie morgens erwachte, schalt sie sich eine überängstliche Närrin, denn wie oft kehrten Händler oder Künstler erst Tage später heim als erwartet?

Während die ersten Tage vergingen und sie ihren alltäglichen Pflichten nachging, meinte sie immerzu Korbinians

Schritte im Flur zu hören, oder sein lieb gewordenes Gesicht tauchte plötzlich vor ihr auf. Niemals hätte sie geglaubt, dass sie sich ohne ihn so einsam fühlen würde. Wann war es nur geschehen, dass er sich ganz leise, beinahe unmerklich, in ihr Herz geschlichen hatte? Auch Lenchen schien ihre Unruhe zu spüren, denn sie wurde von Tag zu Tag unleidlicher.

Als Korbinian nach einer Woche noch immer nicht zurückgekehrt war und die nagende Sorge um ihn sie schier um den Verstand zu bringen drohte, machte Anna sich am Morgen des achten Tages schließlich auf den Weg zum Stadtrat und meldete ihren Mann als vermisst. Äußerlich gefasst, gab sie eine genaue Beschreibung von ihm ab, schilderte die Kleidung, die er bei seinem Fortgang getragen hatte, sowie den Grund und die Route seiner Reise. Mit einem freundlichen Nicken versicherte ihr der Ratssekretär, sie sogleich benachrichtigen zu lassen, sobald jemand Kunde von Korbinian erhalten würde.

Wieder zu Hause, konnte sie nicht länger an sich halten und ließ ihrem Kummer freien Lauf, bis es an der Tür klopfte. Sie wischte die Tränen fort und erhob sich. Ein Kunde wollte ein Bild abholen, und sie händigte es ihm aus. Nachdem der Mann gegangen war, beschloss sie, im Haus für Ordnung zu sorgen. Doch auch während sie mit dem Reisigbesen durch Küche, Stube und Werkstatt ging und den Staub zusammenfegte, kehrten ihre Gedanken unzählige Male zu Korbinian zurück. Anna fütterte die Kleine, ging auf den Markt und ließ Lenchen später noch ein Weilchen auf dem Stubenboden spielen. Wieder einmal trat sie ans Fenster und blickte hinaus.

Langsam senkte sich die Sonne über Dächer und Mauern und tauchte die Stadt in ein rötliches Licht. Nicht mehr lange, dann würde sich Dunkelheit über die Stadt legen. Sie riegelte die Hintertür ab und schloss die Fensterläden. Dann trat sie in den Flur und nahm den schweren Haustürschlüssel vom Haken.

Anna wollte den Schlüssel gerade ins Türschloss schieben, da vernahm sie Schritte und die Stimme eines Mannes. Täuschte sie sich, oder hatte er ihren Namen genannt? Sie nahm das Kind hoch, riss die Tür auf und entdeckte zwei ihr unbekannte Männer in schlichten Uniformen. Als Anna in ihre ernsten Mienen blickte, fühlte sie eine Gänsehaut über ihren Nacken kriechen und sah sich rasch nach allen Seiten um.

»Was ... kann ich für Euch tun, Ihr Herren?«, kam es zögernd über ihre Lippen, während sie das leise weinende Kind an sich presste.

Die Männer lüfteten ihre Hüte. »Gott zum Gruß. Seid Ihr Frau Dietl, die Frau des Buchmalers?«

»Die bin ich.«

»Wir sind Franz Wenzel und Veit Burger, Ratsbüttel der Stadt. Dürfen wir vielleicht für einen Moment hereinkommen, Frau Dietl?«

»Habt Ihr etwas von meinem Mann gehört?« Sie fuhr sich durchs Haar. »Bitte entschuldigt meine Unhöflichkeit. Hier entlang.« Mit einer Handbewegung forderte sie die Männer auf, ihr zu folgen, und wies in Richtung Stube.

Die Büttel blieben stehen und verschränkten die Arme hinter dem Rücken.

»Darf ich Euch etwas anbieten?« Sie legte Lenchen auf eine Decke, die neben dem Tisch ausgebreitet war. Dann griff sie nach einem Krug mit verdünntem Wein, der auf dem Tisch stand. Ihre Finger zitterten jedoch so sehr, dass sie ihn sogleich wieder abstellte.

Die beiden lehnten dankend ab.

Anna wandte sich zu den Männern um. »Habt Ihr Kunde von meinem Gatten? Ich wäre Euch dankbar, wenn Ihr mir alles ohne Umschweife erzählen würdet. Wo ist er?«

Der Ältere der beiden räusperte sich vernehmlich. »Ich fürchte, Frau Dietl, wir haben eine schlimme Nachricht für

Euch. An der Straße zwischen Heilsbronn und Ansbach haben Reisende einen Leichnam gefunden. Eurer Beschreibung beim Stadtrat nach handelt es sich bei dem Toten wohl um Euren Mann.«

Anna wollte protestieren, den Bütteln versichern, dass sie sich irrten. Aber aus ihrem Mund drang nichts als ein heiserer Ton, und Furcht griff nach ihrem Herzen wie eine eisige Hand.

»Setzt Euch bitte«, hörte sie die Stimme des jüngeren Büttels wie durch einen Nebel. Gleich darauf fand sie sich auf einem der Polsterstühle sitzend wieder. Einer der beiden reichte ihr einen Becher mit Wasser, aber sie schüttelte wild den Kopf.

»Wie ... wie kommt Ihr darauf, dass es mein Mann ist, der gefunden wurde?«

Die Männer nahmen ihr gegenüber auf einer Bank Platz.

»Ihr habt beim Stadtrat erklärt, dass Ihr Euren Gemahl seit über einer Woche aus Ansbach zurück erwartet.«

»Ja, das ist richtig, aber deshalb muss es sich bei dem Toten doch nicht um meinen Gatten handeln?«

»Euer Mann trägt eine Brille, nicht wahr?«

Sie bejahte.

»Er ist der einzige männliche Bürger Nürnbergs, der derzeit vermisst wird. In der Nähe des Toten wurden obendrein Augengläser gefunden. Außerdem soll er nach Aussagen der beiden Händler, die ihn entdeckt haben, einen braunen Wollumhang mit einer Kapuze getragen haben, so einen, wie Ihr es beim Stadtrat geschildert habt.«

Einer der Büttel kramte in seinem Mantel und förderte aus einer eingenähten Tasche ein Baumwolltuch zutage, in das etwas eingeschlagen war. »Dies hier haben die Handelsleute uns gegeben. Erkennt Ihr es wieder?«

Das Herz pochte heftig gegen ihre Rippen, als sie mit fliegenden Händen das Tuch beiseiteschlug. Eine Brille kam zum Vorschein, eins der Gläser war gesplittert, saß jedoch noch vollständig in der Fassung. Darunter ein Stück wollenen Stoffes. Nur mühsam gelang es ihr, Haltung zu bewahren. »Kann ich ihn ... sehen?«

»Leider nicht. Der Tote ist ...« Der Büttel brach ab.

»Sprecht weiter, bitte.«

»Euer Mann muss vom Blitz getroffen worden sein. Er hat wohl unter einer Eiche Schutz vor dem heftigen Unwetter gesucht, das vor einigen Tagen tobte. Das hat ihn das Leben gekostet. Es tut uns sehr leid, Frau Dietl, aber ich muss Euch sagen, dass die Männer den Toten auf der Stelle begraben haben.«

»Sie haben was?«, flüsterte Anna mit weit aufgerissenen Augen. »Wenn Korbinian, ich meine, mein Mann ... wieso wurde er denn nicht nach Nürnberg gebracht«, sie schnappte nach Luft, »damit ich ihn in geweihter Erde beerdigen lassen kann?«

»Das war unglücklicherweise nicht möglich. Frau Dietl, Ihr solltet den beiden Herren dankbar sein, denn sie haben Euren Gatten zur letzten Ruhe gebettet, bevor ...«

Anna erhob sich ruckartig. »Bevor was?«

Der jüngere Büttel drehte seinen Hut in den Händen und blickte an ihr vorbei, dann kam er seinem Begleiter zu Hilfe. »Bevor ... bevor die wilden Tiere sich weiter an ihm vergehen konnten.«

»Wilde Tiere«, erwiderte sie tonlos.

»Ja, leider. Zu unserem Bedauern können wir Euch keine andere Nachricht überbringen.«

Mit diesen Worten erhoben sich die beiden Männer. Sie wünschten ihr noch den Segen Gottes, setzten ihre Hüte auf und ließen sie allein. Als die Haustür hinter den Bütteln ins Schloss fiel, fuhr Anna zusammen. Reglos verharrte sie auf dem Stuhl, unfähig, sich zu bewegen, und beobachtete, wie alles in ihr still wurde.

Verrann die Zeit, oder waren nur wenige Herzschläge vergangen? Sie wusste es nicht, blinzelte und streckte die Hand nach dem Becher aus, der neben dem Krug stand. Ihre Finger waren gefühllos, aber schließlich gelang es ihr, sich einzuschenken. Ihre Kehle war wie ausgetrocknet, und sie stürzte den Inhalt des Bechers in einem Zug herunter, ohne jedoch etwas schmecken zu können. Gewiss war sie in einem Traum gefangen, einem jener furchtbaren, aus denen man des Morgens schweißnass erwachte. Es konnte gar nicht anders sein.

Auf einmal war es ihr, als würde ein Laut die Nebel durchdringen, fordernd und immer nachdrücklicher. Anna nahm einen hastigen Atemzug und schüttelte den Kopf. Und wieder waren da diese seltsamen Töne. Sie zwang sich, den Blick durch den Raum schweifen zu lassen. Lenchen. Die Kleine lag auf dem Bauch, hatte jämmerlich das Gesicht verzogen. Dicke Tränchen kullerten über ihre Wangen. Schwankend stand Anna auf, bückte sich und nahm das Kind auf den Arm. Wie lange mochte Magdalena schon geweint haben, ohne dass sie es bemerkt hatte?

»Ist ja schon gut, mein Liebling«, murmelte sie mit einer Stimme, die nicht ihr zu gehören schien.

Sofort hörte Lenchen auf zu weinen und tapste mit den Fingern nach ihrer Nase, ihren Wangen.

»Die beiden Männer täuschen sich, weißt du?«, sagte sie wie zu sich selbst. »Dein Vater wird bestimmt bald zur Tür hereinkommen und sich wundern, warum wir heulen wie die Klageweiber.« Noch während sie diese Worte aussprach, überfielen sie Zweifel. Sollte Korbinian lediglich in Schwierigkeiten stecken, hätte er Mittel und Wege gefunden, um sie zu benachrichtigen. Niemals hätte er zugelassen, dass sie sich unnötig sorgte.

Kapitel 24

Anna warf der Brille, die nach wie vor auf dem Tisch lag, einen Blick zu und schauderte. Tränen verschleierten ihr die Sicht, während sie das Kind wiegte. Magdalena lehnte sich vertrauensvoll an sie und schien ihre Verzweiflung zu spüren. Annas Gedanken wirbelten durcheinander, und immer wenn sie versuchte, einen davon festzuhalten, war er auch schon wieder fort – wie eine Seifenblase, die sich bei der ersten Berührung in Luft auflöste, als wäre sie nie gewesen.

Sie brauchte dringend frische Luft, daher zog sie Magdalena und sich mit fahrigen Bewegungen warm an. Kurze Zeit später trat sie mit der Kleinen auf die Straße und irrte umher auf der Suche nach einem Ziel, einem Ort, an dem sie willkommen war. Wo sie die Kälte, die sich durch jede Pore ihres Körpers zu fressen schien, besiegen konnte. Menschen gingen an ihr vorüber, andere sprachen sie an, aber sie schritt wortlos weiter, überquerte auf einer der Brücken den Fluss und fand sich im südlichen Teil der Stadt wieder. Unvermittelt blieb sie vor dem Portal von St. Lorenz stehen, zu dem ihre Schritte sie geführt hatten, und blinzelte. Eine bleierne Schwere überfiel sie jäh. Mit unsicheren Schritten stieg sie die wenigen Stufen zum Gotteshaus empor und trat ins Halbdunkel des nur mit wenigen Kerzen erhellten Kirchenraumes. Sie suchte sich einen Platz am Rande einer Bank.

Außer ihr befanden sich nur wenige Menschen im Gotteshaus, und die waren mit sich selbst beschäftigt und achteten nicht auf sie. Lenchen sah sie mit ihren großen Augen an, ahnungslos und unschuldig, wie nur Kinder es vermögen. Wieder wurden Annas Augen feucht. Ob sie dem Kind die Eltern würde ersetzen können? Sie würde es müssen, denn die Kleine ins Findelhaus zu bringen brachte sie nicht übers Herz. Gewiss, den Waisenmädchen, die in dem Haus in der Weißgerbergasse aufwuchsen, fehlte es an nichts, auch wenn sie dafür in der Küche und im Stall arbeiten mussten. Die Älteren von ihnen erhielten sogar Schulunterricht. Und dennoch. Es schüttelte Anna, wenn sie daran dachte, dass zuweilen Neugeborene auf dem flachen Stein neben dem Portal des Hauses abgelegt wurden, das sich im Viertel der Gerber und Lederer nördlich der Pegnitz befand. Anna hatte diese Gegend immer gemieden, in der es nach den Säuren und Bleichmitteln stank, mit denen die Handwerker die Tierhäute behandelten. »Stinkende Häut' machen reiche Leut'«, hieß es in der Stadt. Tatsächlich gehörten die prächtigen Häuser dort einigen der gut betuchten Nürnberger.

Lenchen hatte den Daumen in ihrem Mund versenkt und nuckelte heftig. Anna unterdrückte ein Schluchzen, das ihr die Kehle hochzusteigen drohte. Den Blick auf den Altar gerichtet, faltete sie die Hände und bat um innere Stärke, damit sie im Strudel der Ereignisse ausreichend Halt finden möge, um für Magdalena sorgen zu können. Der Geruch von Weihrauch drang ihr in die Nase, und sie schloss die Augen.

Da hörte sie Schritte, und die bekannte Gestalt Andreas Osianders trat durch eine der Seitentüren. Rasch trocknete sie sich das Gesicht, während der Pfarrer langsam den Gang hinunter auf den Eingang zuschritt.

»Gott zum Gruße, Herr Pfarrer.«

Osiander hatte sie inzwischen ebenfalls entdeckt. Sein Blick wanderte kurz zu Magdalena, um sich erneut auf Anna zu richten. »Gott zum Gruße. Ihr gehört nicht zu meiner Gemeinde, nicht wahr?«

»Nein, ich besuche gewöhnlich die Messe in St. Sebald«, antwortete sie leise.

Der Pfarrer musterte sie. »Sind wir uns nicht schon mal begegnet? Damals habt Ihr mich nach einem jungen Mann gefragt, wenn ich mich recht erinnere.« Anna schwieg, aber der Pfarrer sprach weiter. »Wie ist es Euch seitdem ergangen?«

»Herr Pfarrer«, ihre Stimme bebte, »ich bin Euch noch etwas schuldig.« Aus einer kleinen Tasche ihres Umhanges holte sie eine Münze hervor und reichte sie ihm. »Ich habe nicht vergessen, was Ihr damals für mich getan habt.«

Ein Lächeln umspielte Osianders Lippen, als er die Münze entgegennahm und ihr dankte. »Ihr seid inzwischen die Frau des Buchmalers Dietl aus der Waaggasse, oder?« Er trat ein wenig näher. »Nachdem Euch Korbinian Dietl zur Frau genommen hatte, erzählte mir mein Freund Albrecht Dürer davon, als ich eines Abends in seinem Haus zu Gast sein durfte.«

Bei der Erwähnung von Korbinians Namen zuckte erneut ein Schmerz durch Annas Inneres. In diesem Moment wurde ihr wieder deutlich bewusst, dass sie ihn nie wiedersehen, mit ihm reden und scherzen würde. Mühsam blinzelte sie die Tränen fort.

»Ihr kennt Herrn Dürer?«, erwiderte sie atemlos.

»Selbstverständlich. Wir denken in vielem gleich, besonders, was die neue Lehre des Doktors aus Wittenberg angeht. Albrecht, Lazarus Spengler und ich sind froh, dass sich Martin Luther bester Gesundheit erfreut und die Reformation immer mehr Städte im ganzen Reich erfasst. Nicht überall ist man Luthers Gedanken gegenüber so aufgeschlossen wie in

Nürnberg«, erläuterte der Pfarrer. »Aber glaubt mir, die Feder ist mächtiger als das Schwert, und das geschriebene Wort besitzt mehr Kraft als alle, die es bekämpfen.« Osiander zupfte sich an seinem dunklen Bart. »Wie geht es Eurem Gemahl?«

Sie wandte sich ab.

»Aber was ist denn, Frau Dietl?«, wollte der Gottesmann wissen und legte Anna die Hand auf die bebenden Schultern.

»Korbinian ist …« Anna versagte die Stimme. Sie strich der Kleinen über den Rücken, denn das Kind wurde allmählich unruhig.

»So sprecht doch weiter.«

»Gerade heute hat man mir mitgeteilt, dass zwei Männer ihn tot aufgefunden haben«, brach es aus ihr heraus.

»Tot aufgefunden? Um Himmels willen, was ist denn passiert, Frau Dietl?«

»Korbinian soll in ein Unwetter geraten sein. Er wollte sich wohl unter einem Baum in Sicherheit bringen, als ihn ein Blitz …« Sie stockte erneut und senkte die Lider.

»Das ist ja schrecklich! Wenn ich Euch irgendwie helfen kann, so sagt es nur«, bot Osiander an. »Sind sich die Büttel ganz sicher, dass es sich bei dem Toten um Euren Mann handelt?«

»Man hat seine Brille gefunden.«

Der junge Pfarrer schwieg einen Moment. »Wann werdet Ihr Euren Gemahl zu Grabe tragen, Frau Dietl?«

Anna starrte zu Boden. »Es wird keine Beerdigung geben, Herr Pfarrer. Die Reisenden, die meinen Mann fanden, haben seinen Leichnam bereits an Ort und Stelle beigesetzt.« Sie hob den Kopf. »Ich hoffe, es waren gute Christenmenschen, die noch ein Gebet für ihn gesprochen haben, wenn er schon nicht auf dem Gottesacker ruhen kann.«

»Da bin ich mir sicher, Frau Dietl.« Andreas Osiander rieb die Hände aneinander. »Es ist kalt hier. Wollt Ihr nicht noch auf einen Becher warmen Würzweins mit mir ins Pfarrhaus kommen?«

Anna nickte, folgte ihm in die Stube des Pfarrhauses und setzte sich auf einen Polsterstuhl, während er in der Küche verschwand, um gleich darauf mit zwei Bechern dampfenden Weins zurückzukehren.

»Was gedenkt Ihr jetzt zu tun, Frau Dietl?« Osianders Blick wanderte zu Magdalena, die allmählich erwachte.

»Ich weiß es nicht«, gestand Anna, ohne aufzusehen. »Ehrlich gesagt kann ich noch immer nicht glauben, dass Korbinian wirklich tot sein soll. Er war ... war stets äußerst vorsichtig und hätte sich niemals wissentlich in Gefahr begeben.« Sie hob die Lider. »Zunächst werde ich die beiden Händler aufsuchen, die ihn gefunden und begraben haben. Ich muss alle Einzelheiten in Erfahrung bringen, versteht Ihr? Wie sonst soll ich den Tod meines Mannes begreifen?«

»Ich werde für Euch beten, Frau Dietl, und hoffe, Ihr findet die Antworten, die Ihr sucht.«

»Danke.« Tränen nahmen ihr die Sicht, und sie senkte den Kopf. »Wie nur soll ich das alles verstehen, wenn ich mich nicht einmal von ihm verabschieden konnte?«

Auch Lenchen fing leise zu weinen an. Zart strich sie dem Kind auf ihrem Schoß über die geröteten Wangen. Danach berichtete Anna mit brüchiger Stimme, was sie von den Bütteln erfahren hatte.

»Wilde Tiere haben ...?« Osiander bekreuzigte sich. »Wie gut ich Euren Wunsch nach einem christlichen Begräbnis verstehen kann.« Seine breite Stirn kräuselte sich, und sie konnte ihm ansehen, wie es dahinter arbeitete. »Frau Dietl, es gäbe da unter Umständen eine Möglichkeit.«

»Welche ist es?«

Osiander beugte sich über den Tisch. »Wer sagt, dass Ihr nicht doch noch Abschied nehmen könnt?« Auf seinem Gesicht zeigte sich ein feines Lächeln. »Es war die Rede von Ansbach, habe ich recht? Dann biete ich Euch an, Euch zu dem Ort zu begleiten, an dem man den Toten gefunden und begraben hat.«

»Das würdet Ihr für mich tun, Herr Pfarrer?«

»Natürlich. In Ansbach lebt eine Familie, ein Vater mit sechs Kindern, die ich hin und wieder besuche, seit die Mutter im letzten Jahr das Zeitliche gesegnet hat. Wir könnten übermorgen aufbrechen. Eine Messe kann ich dort freilich nicht halten, wohl aber eine kleine Aussegnungsfeier, und Ihr könntet von Eurem Gemahl Abschied nehmen. Was meint Ihr?«

Annas Finger zitterten, als sie nach ihrem Becher griff. »Ich wäre Euch von Herzen dankbar. Vielleicht könnte ich den Ansbacher Stadtschreiber aufsuchen, dessen Sohn mein Mann malen sollte? Er ist wahrscheinlich der letzte Mensch, der Korbinian lebend gesehen hat.«

»Wenn Ihr wisst, wo dieser Herr wohnt, dann solltet Ihr das tun.«

»Das weiß ich leider nicht, Herr Pfarrer. Nur an seinen Namen erinnere ich mich. Mein Mann sagte, sein Auftraggeber hieße Brandl.«

»So viele Ratsangestellte mit diesem Namen dürfte es in der Stadt nicht geben«, meinte Osiander. »Kommt bitte übermorgen zu mir. Dann könnt Ihr mich nach Ansbach begleiten.«

Mit einem Händedruck schieden Anna und der Geistliche voneinander, und sie machte sich auf den Weg zum Rathaus. Dort angekommen, eilte sie die breite Treppe in den ersten Stock hinauf und lief den Gang entlang, bis sie vor der Kammer des Ratssekretärs Lienhart Hasenklever stand. Bei ihm hatte sie Korbinian als vermisst gemeldet. Auf sein »Herein« öffnete sie die Tür.

Der Angestellte der Stadt, ein betagter Mann mit spärlichen, sorgfältig quer über den Schädel gekämmten Haaren, saß an seinem Schreibpult. »Gott zum Gruß, Frau Dietl. Was kann ich für Euch tun?«

Sie erwiderte den Gruß und ließ sich auf den einfachen Stuhl sinken.

Wie sollte sie ihm ihre Bitte ruhig vortragen, wenn allein die Nennung von Korbinians Namen ausreiche, um ihre Knie weich werden zu lassen? Anna kämpfte, sie wollte nicht weinen, nicht hier. »Ich bitte Euch um die Namen der beiden Männer, die meinen Gatten gefunden und begraben haben.«

Der Ratsangestellte legte den faltigen Kopf schief. »Ich verstehe, Frau Dietl.« Damit trat er an eine Regalwand, holte ein in dickes Leder gebundenes Buch hervor und legte es auf den Schreibtisch, um darin zu blättern. Wenig später hielt er inne, offensichtlich zufrieden. »Die Namen der beiden lauten Clemens Münzberger und Diethelm Lamprecht. Sie sind gemeinsam nach Ansbach gereist. Lamprecht findet Ihr in der Spitalgasse und Münzbergers Instrumentenwerkstatt hinter dem *Goldenen Stern* am Hohen Pflaster.«

Kapitel 25

Ferdinand, Sepp und Sebastian bogen in die Gasse ein, an deren Ende sich Augustin Hofers Haus und die Brauerei des angehenden Ratsmitgliedes befanden. Während die drei auf das vierstöckige Gebäude nahe der Pegnitz zugingen, fiel Sebastians Blick auf einen Bettler, der sich soeben vor dem Türstein niederließ. Auch dieser Mann besaß nur noch ein Bein, wie Sebastian erkannte. Als Sepp, Ferdinand und er das Portal des Hauses erreicht hatten, rutschte der Alte ein Stück beiseite. Sepp würdigte ihn keines Blickes, während Ferdinand nach dem Türklopfer griff und zweimal gegen das Holz schlug.

»Eine milde Gabe, Ihr jungen Herren«, ließ sich der Bettler mit matter Stimme vernehmen, »nur ein paar Pfennige. Es wird Euch im Himmel belohnt werden.«

Ferdinand wandte den Kopf. Der Blick, mit dem er den Einbeinigen bedachte, war kühl. In diesem Moment wurde die Tür geöffnet, und Augustin Hofer erschien. Als der rotbärtige Brauereibesitzer des Bettlers gewahr wurde, wedelte er unwillig mit der Hand, als wollte er ein lästiges Insekt vertreiben.

»Verschwinde, aber hurtig.«

»Ach, Herr Hofer, ich bitte Euch …«

»Du hast gehört, was der Mann gesagt hat – pack dich!«, stieß Ferdinand anstelle des Hausherrn hervor. Die Gleichgültigkeit, mit der er den Alten gemustert hatte, war unverhohlener Verachtung gewichen.

Als dieser nicht sogleich Anstalten machte, nach der neben ihm liegenden Krücke zu greifen und sich zu erheben, trat Sepp vor. Er packte den Mann am Kragen seines schmutzigen, abgerissenen Mantels, zerrte die zerlumpte Gestalt vom Eingang des Hauses fort und stieß sie in einen Laubhaufen.

»Der Teufel soll Euch holen!«, würgte der Alte hustend hervor, aber Sepp und Ferdinand lachten nur.

»Pfui, Ihr solltet Euch schämen«, erklang in diesem Moment eine helle Stimme hinter Sebastian.

Er drehte sich um. Ein zierliches junges Mädchen schritt an ihm und Sepp vorbei und trat auf Ferdinand zu. In der Hand hielt sie die Krücke des Bettlers.

»Was hat Euch der alte Mann getan?«

Diese Stimme, die honigblonden Haare. Als sie Sebastian ihr schmales Gesicht zuwandte, sog dieser scharf die kalte Luft ein. Barbara. Das Mädchen, das hinzugekommen war, als Sepp ihn um Hilfe gebeten hatte, weil er mit dem Bewusstlosen nicht fertigwurde. Jene Barbara, die ihm seither nicht mehr aus dem Kopf ging. Das Mädchen mit dem zu einem Zopf geflochtenen Blondhaar hatte ihn ebenfalls erkannt, was er an dem Aufblitzen ihrer Augen bemerkte.

Ihr Blick heftete sich auf Sepp und sie schnaubte verächtlich. »Und du bist auch dabei? Natürlich, das passt zu dir …«

»Ihr kennt euch?« Ferdinands Lippen verzogen sich zu einem Grinsen.

Sepp schüttelte den Kopf. »Keine Ahnung, wer die Metze ist. Muss mich wohl verwechseln«, meinte er, um im nächsten Augenblick aufzuschreien, denn Sebastian hatte sich auf den Freund gestürzt und ihn am Kragen gepackt.

»Was bist du nur für ein Mensch?«, brüllte er und zog Sepp noch näher an sich heran.

Im nächsten Moment stöhnte er auf, denn der Sohn des Sattlers hatte ihm blitzschnell das linke Knie in den Unterleib gerammt. Jäh lockerte sich Sebastians Griff, er taumelte und sank auf die Knie. Aus den Augenwinkeln sah er Ferdinand näher treten. Schon zog der junge Mann mit den kurzen blonden Haaren ihn in die Höhe.

»Was sollte das denn eben?«, zischte er. »Was fällt dir ein, auf einen Glaubensbruder loszugehen?«

Sebastian stieß pfeifend die Luft aus den Lungen. Der Schmerz zwischen seinen Beinen raubte ihm beinahe den Verstand. Kalter Schweiß brach ihm aus allen Poren. »Bruder?«, brachte er endlich mühsam hervor. »Ich pfeif auf solche Brüder! Ihr seid doch alle wahnsinnig!«

Der Faustschlag, der ihn am Kinn traf, verschlug ihm den Atem, aber es gelang ihm, sich auf den Beinen zu halten. Ein nicht minder kräftiger weiterer Hieb traf seine Nase. Vor Schmerz trat ihm Wasser in die Augen. Ferdinand hob erneut drohend die Hand, da hörte Sebastian Barbaras Ruf.

»Komm mit!«

»Ja, verschwinde«, zischte Sepp. »Ich hab doch gesagt, du bist ein Judas! Elia wird froh sein, wenn er dich endlich los ist! Lass dich bloß nie wieder bei uns blicken!«

Barbara hatte die Haustür des zweigeschossigen Fachwerkhauses schon geöffnet. »Komm schnell herein«, brachte sie hervor, immer noch außer Atem.

Die beiden hatten den größten Teil des Weges zum Wollnertor im Laufschritt zurückgelegt, denn Ferdinand und Sepp waren noch eine ganze Weile hinter ihnen hergerannt. Sebastian beugte sich vor und stieß den Atem aus den Lungen. Wie eine kleine Wolke stand er in der kalten Luft. Gebe Gott, dass sich Sepp nicht daran erinnert, wo sich Barbaras Elternhaus befindet, durchfuhr es ihn. Das Mädchen zog Sebastian in eine

Diele, von der nur drei Türen abgingen. Eine schmale Stiege führte ins Obergeschoss des Hauses. Barbara öffnete eine der Türen, und Sebastian folgte ihr in die Küche. Zwei Buben, denen die dunklen, lockigen Haare über die Ohren fielen, saßen auf einer Holzbank an dem blank gescheuerten Küchentisch und starrten Sebastian mit großen Augen an. Vor dem gemauerten Herd stand eine Frau, die sich nun umwandte. Genau wie Barbara trug sie das blonde Haar zu einem Zopf geflochten, hatte ihn aber hochgesteckt. Ihre ebenmäßigen Gesichtszüge ähnelten denen des Mädchens.

»Mutter«, Barbara küsste sie auf die Stirn, »das ist Sebastian Stäubling. Er hat mich damals nach Hause gebracht, als … du weißt schon.«

Die Miene der Frau erhellte sich. »Natürlich, Kind«, nickte sie ihrer Tochter zu und wandte sich zu Sebastian. »*Ihr* seid das also gewesen. Endlich können mein Mann und ich uns bei Euch bedanken.« Sie deutete auf einen Schemel. »Bitte, setzt Euch.«

Sebastian tat, wie ihm geheißen.

»Ihr seid verletzt. Lasst mich einmal sehen.« Vorsichtig hob sie sein schmerzendes Kinn an. »Da hat aber jemand kräftig zugeschlagen«, murmelte sie, drehte sich um und zog eine Lade des Küchenschrankes auf.

Die beiden Knaben verfolgten das Ganze mit geöffneten Mündern. Ihre Mutter nahm ein zusammengelegtes Tuch heraus und tauchte es in eine mit Wasser gefüllte Schüssel. Ein Mann steckte den Kopf zur Tür herein. Die Barthaare, die auf seinem Kinn und den vollen Wangen sprossen, waren bereits ergraut.

»Wir haben Besuch?«

»Stell dir vor, mein Lieber – dies ist Sebastian Stäubling, der junge Mann, der damals unsere Tochter nach Hause gebracht hat, als dieser Kerl sie belästigte.«

»Wie schön, Euch kennenzulernen, Stäubling!«, unterbrach der Hausherr seine Frau und zwinkerte Barbara zu. Mit wenigen Schritten durchmaß er die Küche und reichte Sebastian eine kräftige Hand. »Ich bin Michael Freisler, Steinmetz. Das ist meine Frau Katharina, und die beiden Burschen am Tisch, die den Mund gar nicht mehr zukriegen, heißen Paul und Endres.« Der Mann furchte die Stirn. »Was ist mit Euch geschehen? Seid Ihr unter die Räuber gefallen?«

Sebastian biss sich auf die Lippen. »Sehe ich so schlimm aus?«

Barbara ging zum Schrank, nahm einen handtellergroßen Spiegel heraus und hielt ihn Sebastian vors Gesicht. »Und ob. Sieh selbst.«

»Verdammt«, entfuhr es ihm. Mit der blutverschmierten Nase, dem angeschwollenen Kinn und den wild in die Stirn hängenden Haaren bot er wahrlich keinen schönen Anblick.

»Das bekommen wir schon wieder hin«, ließ sich Frau Freisler vernehmen.

Vorsichtig tupfte sie Sebastian das Blut aus dem Gesicht, während sich ihr Mann neben den beiden Jungen niederließ, einen Beutel und eine Pfeife hervorzog und diese mit getrockneten Kräutern zu stopfen begann.

»Wo ist Euer Zuhause, Stäubling?«, wollte er wissen, ohne aufzublicken.

»Nennt mich bitte Sebastian«, bat dieser und nickte Frau Freisler zu, die ihr Werk beendet hatte und das Tuch in der Schüssel auswusch. Dann blickte er zu ihrem Mann, der aufgestanden war, um die Pfeife am Herd zu entzünden. »Um Eure Frage zu beantworten: Bis gestern hatte ich ein Bett in der Kammer meines Freundes Sepp in der Schildgasse. Damit ist es nun allerdings vorbei.«

»Du hast bei diesem Kerl gewohnt?«, fuhr Barbara auf.

Müde hob Sebastian die Schultern. »Ja, seine Eltern waren so freundlich und haben mich aufgenommen. Sie können ja nichts für ihren Sohn.«

Der würzige Rauch aus Freislers Pfeife erfüllte den Raum. »Wie auch immer«, erklärte der Steinmetz, »meine Frau und ich schulden dir etwas, junger Mann. Du kannst die nächsten Tage hierbleiben.«

»Vielen Dank, Herr Freisler«, sagte er, »und Euch natürlich auch, Frau Freisler.«

»Wir wären schlechte Christenmenschen, wenn wir jemanden vor die Tür setzen würden, der kein Heim mehr besitzt. Noch dazu, wenn er unserer Tochter geholfen hat.«

»So ist es«, sagte Michael Freisler und hob den Becher. »Nun trink erst mal einen Schluck, Sebastian. Der Glühwein wird dir guttun. Morgen möchte ich allerdings ein wenig mehr darüber erfahren, wie es dazu kommt, dass sich ein eigentlich ganz vernünftig wirkender junger Mann solchen Rüpeln anschließt.«

Kapitel 26

Die Kapuze wegen des scharfen Windes tief ins Gesicht gezogen, schritt Anna mit Lenchen durch die Stadt. Zur Spitalgasse, in der Diethelm Lamprecht sein Geschäft betrieb, war es nicht weit. Als sie Lamprechts Haus betrat, war der Pelzhändler in ein Gespräch vertieft. Eine junge Frau bat sie höflich, sich eine Weile zu gedulden, Herr Lamprecht werde sich um sie kümmern, sobald es seine Zeit zuließ. Währenddessen musterte sie den vornehm wirkenden Mann, der es offensichtlich gerade mit anspruchsvollen Kunden zu tun hatte. Es dauerte eine geschlagene Stunde, bis sich der Geschäftsmann mit einem entschuldigenden Lächeln an sie wandte. Anna schilderte ihm mit stockenden Worten ihr Anliegen.

»Ach herrje, Frau Dietl! Es tut mir leid, was geschehen ist. Wir wussten uns wirklich nicht anders zu helfen, als Euren Gatten an Ort und Stelle zu begraben. Mein Freund Clemens Münzberger hat ihn gefunden.« Der Pelzhändler bat sie nach einem prüfenden Blick in einen Nebenraum, doch sie wehrte ab.

»Danke, aber ich wäre Euch dankbar, wenn Ihr mir unverblümt mitteilen könntet, wie der ... der Leichnam meines Mannes ausgesehen hat.«

Lamprecht gab der jungen Frau ein Zeichen, woraufhin sie davoneilte, um Anna eine Erfrischung zu reichen. Vorsichtig nippte sie kurz darauf an dem gewärmten Wein und stellte den Becher ab.

»Nun«, begann der Geschäftsmann mit einem bedauernden Schulterzucken, »zugegebenermaßen hat mir der Anblick des Leichnams sehr zugesetzt, deshalb habe ich Herrn Münzberger gebeten, die Bestattung zu übernehmen. Der Tote hatte blonde Haare, neben ihm lag eine Brille, daran erinnere ich mich deutlich. Da er auf dem Bauch lag, konnte ich allerdings nicht viel mehr erkennen. Bitte verzeiht, wenn ich sonst nichts zur Aufklärung beitragen kann.«

Anna dankte ihm leise und wollte sich gerade nach dem genauen Fundort erkundigen, als zwei Herren das Geschäft betraten und Lamprecht lautstark begrüßten. Also machte sie sich nach einer flüchtigen Verabschiedung auf den Weg in den Süden der Stadt und schickte ein Stoßgebet zum Himmel, dass Clemens Münzberger ihr mehr Klarheit bringen konnte.

Mit jedem Schritt durch die verwinkelten Gassen der Lorenzstadt wurde ihr das Herz schwerer. Magdalena schien der Spaziergang zu gefallen, denn sie krähte fröhlich. Als sie schließlich vor der Ladentür des Geschäftes am Hohen Pflaster ankam, hielt sie inne. Ein junger Mann begrüßte sie freundlich. Auf ihre Frage, ob sie Herrn Münzberger kurz sprechen könne, erwiderte er, der Instrumentenbauer sei leidlich, und bat sie, zu einem anderen Zeitpunkt wiederzukommen.

Zwei Tage später lenkte der Pfarrer den von einer braunen Stute gezogenen Wagen durch das Spittlertor aus der Stadt. Anna saß neben ihm auf dem Kutschbock, Lenchen hatte sie auf den Schoß genommen. In den frühen Morgenstunden hatte es zum ersten Mal in diesem Jahr geschneit. Der Einspänner rollte über die von einer dünnen Schicht aus Pulverschnee bedeckte Straße in westlicher Richtung.

»Bevor Ihr vorhin bei mir angeklopft habt, habe ich noch ein krankes Gemeindemitglied in der Nähe des Wollnertors besucht. Der Mann hat mir von einem Nachbarn berichtet, der derzeit einen jungen Gast beherbergt.«

»Ach ja. Ein Freund der Familie?«, erwiderte sie gedankenverloren.

»Soweit ich weiß, ist es wohl eher ein Bekannter der Tochter. Er soll aus Nürnberg stammen und einen Großteil seiner Familie an den Schwarzen Tod verloren haben.«

Anna starrte in Osianders Gesicht, während ihr eine Unzahl Gedanken durch den Kopf huschten. Erregung ergriff sie. »Ihr meint, es könnte sich bei dem jungen Mann um meinen Bruder handeln?«

»Ich will Euch keine falschen Hoffnungen machen. Außerdem kenne ich weder Einzelheiten noch habe ich eine Beschreibung von ihm. Aber es wäre immerhin möglich.«

»Das gäbe Gott. Danke, Herr Pfarrer.« Gleich nach ihrer Rückkehr wollte sie den Mann aufsuchen, um sich nach Sebastian zu erkundigen. Hätte sie dies doch nur schon vorher gewusst, dann hätte sie jetzt Gewissheit.

Bald darauf erreichten sie das Städtchen Schwabach und etwa eine Stunde darauf das Dorf Dettelsau, in dem sie in einem Gasthaus eine einfache Mahlzeit zu sich nahmen.

Am Nachmittag fuhren sie durch Heilsbronn und weiter auf Ansbach zu. Dort hoffte Anna inständig, den Ratsangestellten anzutreffen. Vorher jedoch wollte sie die Stelle aufsuchen, an der Korbinian begraben lag. Am Vortag war Anna noch im Nürnberger Rathaus gewesen, um eine genauere Beschreibung des Ortes zu erhalten. Dieser liege etwa eine halbe Stunde Weges von Heilsbronn entfernt und befinde sich unweit einer Gruppe alter Eichen, teilte man ihr mit.

»Erzählt mir ein wenig über Euren Gemahl, Frau Dietl«, bat Osiander. »Wie würdet Ihr ihn beschreiben?«

Anna sog tief die kalte Luft ein, die zusammen mit dem ersten Schnee vom nahen Winter kündete. »Eure Frage überrascht mich, Herr Pfarrer. Warum möchtet Ihr das wissen?«

Osianders Blick drang warm in ihren. »Nun denn, leider habe ich Euren Gatten nicht gekannt. Um ihm jedoch eine gebührende Grabrede halten zu können, möchte ich mir gern ein Bild von ihm machen.«

Anna schlug erst Magdalenas und dann ihre Kapuze hoch, um sich gegen den Wind zu schützen. Ja, wie war Korbinian gewesen? Ein schlanker, großer Mann mit einem ebenso großen Herzen. *Ihr seid fleißig und hübsch anzusehen. Was sonst kann sich ein einsamer Mann zu seinem Glück wünschen?* Hatte sie ihn glücklich gemacht? Sie war sich nicht sicher, denn gerade in der letzten Zeit hatte Korbinian ob der schlechten Auftragslage oft bedrückt gewirkt, obwohl er versucht hatte, es vor ihr zu verbergen.

»Korbinian war mir ein guter Ehemann und seiner Tochter ein liebevoller Vater«, beantwortete sie nach einem Moment des Nachdenkens des Pfarrers Frage. »Niemals habe ich jemanden erlebt, der seine Arbeit so sehr geliebt hat wie er. Er war ein großartiger Buchmaler und ein Mensch, den ich sehr bewundert habe. Außerdem war er mein Freund und Vertrauter.«

Anna drängte sich die Erinnerung auf, wie oft ihr Mann bei der Arbeit die Zeit vergessen hatte, Gesicht und Haare mit Farbklecksen verunziert. Seit Korbinians Verschwinden lag eine bedrückende Stille über dem Haus, in dem zuvor heimelige Wärme geherrscht hatte. Immer wieder sah sie sein Bild vor sich, hörte seine letzten Worte, als er von der gemeinsamen Zukunft gesprochen hatte. Könnte sie doch nur ein letztes Mal ihre Wange an seine Brust legen, wenn er schlief. Annas Augen brannten von den vielen ungeweinten Tränen.

»Offenbar habt Ihr ihn sehr geschätzt. Gibt es einen schöneren Grund als diesen, eine Ehe zu schließen?«

Sie seufzte, wollte dem Pfarrer noch so viel von ihrem Mann erzählen, aber die Trauer und die Unfähigkeit, ihre Gefühle in Worte zu fassen, schnürten ihr die Kehle zu. Hoffentlich musste Korbinian nicht zu lange an jenem Ort verweilen, an den die Seelen der Verstorbenen gingen, um auf ihre Begegnung mit Gott vorbereitet zu werden. Da durchfuhr Anna ein jäher Schreck. Nie hatte sie gesehen, dass ihr Mann Ablassbriefe gekauft hatte. Im Gegenteil, als sie vor einigen Wochen auf dem Marktplatz einem dieser Gnadenhändler begegnet waren, hatte Korbinian sich spöttisch über das »Geschäft mit den Sünden« geäußert, das der Dominikanermönch betrieb. Lebhaft standen Anna die an den Seitenwänden seines Wagens angebrachten Bildtafeln vor Augen, die den Nürnbergern die furchtbaren Qualen der Hölle zeigten, die ihre verstorbenen Angehörigen erwarteten. »Erlöst die Seelen Eurer Lieben für einen Viertelgulden aus den Flammen!«, hatte der Mönch gerufen, woraufhin eine vornehm gekleidete Frau vorgetreten war und dem Mann gleich einen ganzen Beutel voller Münzen gereicht hatte.

»Gebt das Geld lieber den Armen als diesem Betrüger«, war Korbinians Kommentar gewesen. »Dass der Papst mit dem Geld den Petersdom baut, weiß doch inzwischen jedes Kind.«

Osiander musste ihre Unsicherheit bemerkt haben. »Was ist Euch, Frau Dietl?«

»Korbinian wollte keinen von diesen Ablassbriefen kaufen. Außerdem war mein Mann kein großer Kirchgänger. Höchstens alle paar Wochen haben wir die Messe besucht.«

Der Pfarrer ergriff ihre Hand und hielt sie fest. »Macht Ihr Euch etwa Sorgen, Euer Mann müsse zu lange im Fegfeuer bleiben? Da kann ich Euch beruhigen, denn vor unserem Herrn Jesus Christus zählt nicht, wie oft wir in die Kirche gehen. Unser Herr legt keinen Wert auf Äußerlichkeiten, sondern sieht das Herz an, heißt es in der Heiligen Schrift. Menschen haben nicht über andere zu richten, das steht allein Gott zu.«

»Das sagt Ihr, ein Pfarrer?«

Osianders Lippen hoben sich. »Das sage ich, ein Pfarrer, der es mit Martin Luther hält, dem von Gott gesandten Erneuerer unserer Kirche. Luther schreibt in seinen Thesen, die Lehre vom Fegfeuer sei ein Unkraut, das der Teufel gesät hat, während die Bischöfe schliefen. In der *Biblia* werdet Ihr vergeblich nach einem solchen Ort suchen. Wie schon der Apostel Paulus in seinem Brief an die Römer, so lehrt auch Martin Luther, dass wir nur aus Gnade gerecht werden, nicht um unserer Werke willen, mögen sie auch noch so gut sein.«

»Meint Ihr wirklich? Wir waren ja nicht lange verheiratet, aber so, wie ich Korbinian kannte, hat er gewiss niemandem absichtlich Schaden zugefügt.«

Der Pfarrer betrachtete sie eingehend, während sie sprach, doch sie wich seiner Musterung nicht aus. »Auf Euch kommen schwere Zeiten zu, Frau Dietl. Als alleinstehende Frau mit einem Kleinkind und einer Werkstatt werdet Ihr jeden Beistand benötigen.« Die kleinen Falten um seine Augen wurden tiefer. »Ihr könnt jederzeit auf mich zählen. So, wie ich Euch einschätze, wird es Euch gelingen, Euer Leben neu zu ordnen. Mir scheint, der Verstorbene – Gott möge seiner Seele gnädig sein – hat seine Gattin klug gewählt.«

Anna murmelte einen Dank und senkte den Kopf, um die aufsteigende Röte ihrer Wangen zu verbergen.

In einiger Entfernung erblickte sie mehrere mächtige Bäume, deren kahle Äste bis in den grauen Himmel zu ragen schienen. Einer der Stämme war von oben bis zum Boden gespalten. Das musste der Baum sein, unter dem Korbinian Schutz vor dem Unwetter gesucht hatte. Annas Herz klopfte schmerzhaft gegen die Rippen, als sie sich der Stelle näherten, an der ein Hügel frisch ausgehobener Erde von dem grauenhaften Fund der Reisenden zeugte. Andreas Osiander lenkte den Wagen zum Wegesrand und hielt ihn an. Er kletterte vom Kutschbock und half Anna, die sich Lenchen auf die Hüfte setzte, wortlos hinunter. Sie ließ den Blick schweifen. Felder und Schafsweiden, so weit das Auge reichte, nur unterbrochen von einem schmalen Waldsaum, der sich dunkel gegen den diesigen Himmel abhob. Bilder von dunklen Schatten drängten sich ihr auf, Tiere, die sich aus dem nächtlichen Wald lösten, um sich fauchend und knurrend auf Korbinians reglose Gestalt zu stürzen. Ihre schmatzenden Laute vermischten sich mit heiserem Vogelgeschrei. Sie fröstelte.

Andreas Osiander trat neben sie. Der Pfarrer heftete den Blick auf den von einer dünnen Schneeschicht bedeckten Erdhügel. Die beiden Händler hatten ein einfaches Holzkreuz aus zwei zusammengebundenen Ästen darauf gesteckt. Osiander schloss die Augen und faltete die Hände. Anna tat es ihm gleich.

»Herr, es hat dir gefallen, Korbinian Dietl zu dir zu nehmen«, begann der Pfarrer mit kräftiger Stimme zu beten. »Schmerzlich müssen wir erleben, was dein Wort im Buch des Propheten Jesaja sagt: ›Meine Gedanken sind nicht eure Gedanken, und meine Wege sind nicht eure Wege.‹ So müssen auch wir, die wir heute am Grab von Anna Dietls Mann stehen, bekennen, wir verstehen deine Gedanken nicht. Wir fragen nach dem Sinn. Warum musste Korbinian Dietl sterben, ein guter Ehemann und Vater, ein hilfsbereiter Mensch? Wenn es eine Antwort darauf gibt, so kennen wir sie nicht. Aber eines wissen wir: Du versprichst den Witwen und Waisen dieser Welt, sie nicht allein zu lassen in ihrer Trauer. Das ist gewisslich wahr. Herr, lehre auch uns zu bedenken, dass wir sterben müssen, auf dass wir klug werden, und nimm den Verstorbenen gnädig in dein Reich auf. Amen.«

Nun war es an Anna, ein kurzes Totengebet zu sprechen, doch ihr fehlten die Worte. So griff sie nur nach dem Rosenkranz, den sie mitgenommen hatte, und ließ die Perlenschnur durch die Finger gleiten.

Wenig später erreichten sie Ansbach, wo Osiander den Wagen vor einem einfachen Gebäude zum Stehen brachte.

»Hier wohnen die Leute, die ich aufsuchen möchte.« Er wies die Gasse entlang. »Wenn Ihr um die Ecke biegt, stoßt Ihr auf ein ordentlich geführtes Gasthaus, in dem Ihr übernachten könnt. Ihr könnt es nicht verfehlen. Es heißt *Zum Ansbacher Keller* und wird von Sigmund Moser und seiner Familie betrieben. Richtet ihm Grüße von mir aus.« Er streckte ihr die Hand entgegen. »Morgen nach dem Frühstück hole ich Euch dort wieder ab.«

Anna nahm seine Hand und schüttelte sie. »Sehr gern.«

Sie schritt die Gasse hinab, bog um die nächste Ecke und steuerte mit Lenchen auf dem Arm auf eine mit feiner Holzarbeit verzierte Tür zu. Im Inneren empfing sie das anheimelnde Dämmerlicht zahlreicher Öllampen. In der Gaststube duftete es nach gebratenem Fleisch und Zwiebeln. Anna lief das Wasser im Mund zusammen. Ein untersetzter Mann mit einem kahlen Haupt kam ihr entgegengeeilt und wischte sich die Hände an seiner Schürze ab.

»Grüß Gott, was kann ich für Euch tun?«

»Grüß Gott, Ihr seid gewiss Herr Moser, nicht wahr?«, versuchte Anna ein Lächeln. »Ich soll Euch von Herrn Osiander Grüße ausrichten und bitte um eine Kammer.«

»Ach, der Herr Pfarrer, wie nett. Ein außergewöhnlicher Mann, der in meiner Familie großes Ansehen genießt. Eine Kammer, sagt Ihr? Wie lange gedenkt Ihr zu bleiben?«

»Nur bis morgen, wir reisen mit Herrn Osiander am Vormittag wieder zurück nach Nürnberg.«

»Wie Ihr wünscht. Die Gästezimmer findet Ihr im ersten Stock, ich bringe Euer Gepäck gleich hinauf. Auf dem Grill liegen frische Schweinelendchen, dazu gibt es Rübenmus und Gerstenbrot.«

»Das ist wunderbar«, entfuhr es ihr, »wir sind sehr hungrig. Außerdem hätte ich gern einen Becher Bier und für meine Tochter Ziegenmilch«, fügte Anna hinzu und wunderte sich, wie leicht ihr diese Bezeichnung über die Lippen kam.

Der Wirt entblößte ein erstaunlich vollständiges Gebiss und wies auf einen Tisch, der sich in einer der Ecken befand. »Macht es Euch bequem. Wie Ihr seht, seid Ihr heute meine ersten Gäste, aber glaubt ja nicht, das würde so bleiben, abends werden hier gern Würfelspiele ausgetragen.«

Kapitel 27

»Sieh nur, es hat wieder geschneit«, sagte Sebastian nach einem Blick durch das kleine Fenster, als er sich am folgenden Tag Barbara gegenüber am Küchentisch niederließ.

Es war spät geworden am vorigen Abend. Nachdem Frau Freisler ihre beiden jüngeren Kinder zu Bett gebracht hatte, wollte der Vater des Mädchens alles über Sebastians Zeit in der Bruderschaft wissen. Anfangs war es ihm unangenehm, vor Fremden über seine Erlebnisse zu reden, aber dann verspürte Sebastian ein Gefühl der Erleichterung und war froh, endlich über das Erlebte sprechen zu können. Die Ereignisse des vergangenen Tages hatten sich förmlich überschlagen, Sebastians Kinn war noch immer geschwollen und schmerzte bei der kleinsten Mimik. Aber wenn er dafür dem hübschesten Mädchen der Stadt gegenübersitzen, mit ihm plaudern und ihm nahe sein konnte, ließ er sich gern einen Kinnhaken verpassen. Nur mit Anstrengung unterdrückte er ein Grinsen und sog ihren Anblick in sich auf. Dabei kam es ihm so selbstverständlich vor, mit ihr am Tisch zu sitzen und zu frühstücken, als wären sie schon seit vielen Jahren Freunde.

»Du bist dir wirklich ganz sicher, dass du das Richtige tust?«, wollte Barbara mit besorgter Miene wissen. Sie hob den Becher mit Würzbier an die Lippen.

Der Steinmetz war in der Werkstatt, und seine Frau war mit den fünf- und sechsjährigen Buben zum Markt gegangen, weshalb die beiden Muße hatten, sich ein wenig allein zu unterhalten.

Sonnenstrahlen fielen durch das Butzenfenster auf Barbaras Gesicht und warfen einen goldenen Schimmer auf ihr schulterlanges Haar. Wie bereits bei ihrer ersten Begegnung verspürte Sebastian einen Kloß im Hals, wenn er sie betrachtete. Ihre Stupsnase gefiel ihm ebenso gut wie der meist lächelnde Mund. Sie erwiderte seinen Blick ohne jedes Arg. Ebendiese Unschuld hatte Sepp damals offensichtlich an ihr gereizt. Dieser Schurke! Was war er nur für ein Narr gewesen. Sebastian fühlte, wie ihm das Blut in die Wangen schoss.

»Redest du heute Morgen nicht mit mir, Sebastian?« Barbara schnitt eine weitere Scheibe Brot ab und legte sie ihm auf den Teller.

Er murmelte einen Dank und bestrich die Brotscheibe mit Butter. »Entschuldige, ich war in Gedanken. Ja, natürlich«, erwiderte er schlicht. »Diesen Verrückten muss endlich das Handwerk gelegt werden, bevor noch mehr Blut vergossen wird.« Sebastian schauderte es, wenn er an die Brutalität und Rücksichtslosigkeit zurückdachte, mit der Pankratius' Männer vorgingen. Dabei machten sie vor niemandem halt, ob Bettler, Lutheraner – oder junge Frauen wie Barbara.

»Ich werde dich begleiten.«

Sebastian schüttelte den Kopf. »Kommt nicht infrage. Diese Sache muss ich ganz allein erledigen, du bleibst hier.«

Barbara reckte das Kinn. »Sebastian Stäubling, du bist nicht mein Vater, dem ich zu gehorchen habe.«

Er verzog das Gesicht. »Ich meine es ernst. Bitte bleib hier, das ist mein letztes Wort. In einer Stunde bin ich zurück.«

Sie senkte die Lider und schwieg. Dann griff sie nach dem ledernen Band, das sie um den Hals trug, und reichte es ihm. »Möge es dich beschützen.«

Der Anhänger bestand aus einer bronzenen Scheibe und zeigte das Bild eines vollbärtigen Mannes, den jeder Bürger Nürnbergs kannte. Der heilige Sebaldus, Schutzpatron der Stadt, um dessen Leben sich zahllose Legenden rankten. Als Sebastian sich kurz darauf erhob und zum Flur eilte, um seinen Umhang vom Haken zu nehmen, hielt Barbara ihn am Arm fest.

»Bitte sei vorsichtig!«

Die Kapuze seines Umhangs tief in die Stirn gezogen, um sich vor dem kalten Wind zu schützen, lief er los. Sebastian beschleunigte seine Schritte und musste dabei achtgeben, nicht auszugleiten. Er lugte unter der Kapuze hervor. Von einigen jungen Weibern abgesehen, die sich nahe an eine Häuserwand drängten und miteinander schwatzten, war es ruhig in der Gasse. Unwirsch verjagte er einen streunenden Hund, der ihn knurrend verfolgte. Bis zum ehrwürdigen Gebäude des Stadtrates war es nicht weit, nur wenige Gässchen entlang, an diesem Tag jedoch wollten sie schier kein Ende nehmen. Immer wieder blickte er sich um. Auf dem Platz vor der prächtigen, erst im letzten Jahr frisch bemalten Fassade angekommen, atmete Sebastian tief durch. Weich wie in der Sonne geschmolzene Butter waren seine Knie, und eine Stimme in seinem Inneren mahnte, besser den Rückweg anzutreten und es einem Mutigeren zu überlassen, die Bruderschaft und ihre dunklen Machenschaften aufzudecken. Aber da war auch eine zweite Stimme in ihm, die ihn zur Eile antrieb – allen Gefahren zum Trotz.

Hinter ihm ertönte das Gegacker von Hühnern, und ein mit Käfigen beladenes Fuhrwerk rumpelte so dicht an ihm vorüber, dass ein Schwall Schmutzwasser auf seinen Umhang spritzte. Er suchte Schutz hinter einer Reihe schlanker Birken, die den Rathausplatz säumten. Gegenüber, am Ostchor der Sebalduskirche, bewarfen zwei Jungen eine Bettlerin mit Schneebällen. Als er sicher war, von niemandem beachtet zu werden, eilte er dem Eingangsportal zu. Er passierte das Häuschen, in dem ein Büttel den Dienst des Türwächters versah, und zog einen Flügel der Tür auf. Im Vestibül hinterließen seine Stiefel kleine Pfützen auf dem Holzfußboden. Unschlüssig ließ er den Blick durch die Eingangshalle schweifen. Zwei Männer in der farbenfrohen Kleidung der Patrizier – feine Stoffstrümpfe, ebensolche Hosen und Wämser mit ausgepolsterten Schultern – gingen leise miteinander redend an ihm vorüber und stiegen eine breite Holztreppe in das obere Stockwerk hinauf.

In diesem Moment öffnete sich eine der vielen Türen, und ein kleiner, hagerer Mann trat heraus. Als er Sebastian gewahr wurde, blieb er stehen und maß ihn streng durch seine Stegbrille. Ein Sekretär vermutlich.

Sebastian räusperte sich, die Hände hinter dem Rücken verschränkt. »Grüß Gott. Ich ... ich möchte ...«

»Was wollt Ihr?«, unterbrach ihn der Mann barsch. »Ich habe zu tun.«

Sebastian war versucht, sich auf dem Absatz umzudrehen und das Gebäude zu verlassen, besann sich aber eines Besseren. »Sicher, Herr. Es ist nur so ... es gibt in unserer Stadt gewisse Leute ... also Männer, deren Verhalten ... Anlass zur Sorge gibt«, begann er umständlich und schalt sich selbst für sein Herumgestotter.

»Gewisse Leute, soso. Könntet Ihr bitte etwas deutlicher werden?«

»Sicher.«

»Gut, dann kommt mit in meine Arbeitsstube.«

Er folgte dem Mann in einen kleinen Raum, in dem der Sekretär hinter einem Schreibpult Platz nahm. Da es keinen weiteren Stuhl gab, blieb Sebastian stehen und wartete.

Der Mann kramte ein Stück Pergament aus einer Lade des Pultes hervor und nahm einen Federkiel zur Hand. »Gut, bitte fangt an.«

Sebastian versuchte, das Grummeln in seinem Inneren zu ignorieren. Abermals ging er in Gedanken jede Einzelheit durch, sammelte sich und begann zu sprechen.

»Was wollt Ihr nun eigentlich von mir?«, fragte der Mann ihn, nachdem er geendet hatte. »Ich fasse zusammen: Besagter Elia hält sich für einen Propheten, wie viele andere in diesen Tagen. Er hetzt gegen Pfarrer Osiander sowie unsere Ratsmitglieder Dürer und Pirckheimer, weil diese offen ihre Sympathie gegenüber Martin Luther erklärt haben. Das ist nicht verboten. Seine Männer haben ein paar Lutheraner verprügelt. Wo sind sie? Ihr wisst doch: Wo kein Kläger, da kein Richter. Ob dieser Prophet wirklich etwas mit dem Sturz des Zimmermannsgesellen zu tun hat, ist zumindest zweifelhaft.«

Grimmig verließ Sebastian das Rathaus und ließ die schwere Tür hinter sich ins Schloss fallen. Nichts hatte er gegen die verdammte Bruderschaft unternehmen können. Was musste noch geschehen, damit den Wahnsinnigen endlich das Handwerk gelegt wurde? Er hätte so gern lautstark geflucht, hielt sich aber zurück. Der Türwächter schaute kurz auf, als er an ihm vorüberging. Sebastian ließ den Blick schweifen. Einen Moment lang glaubte er, sein Herz müsse aussetzen, als er durch das einsetzende Schneegestöber auf der gegenüberliegenden Seite eine Gruppe junger Männer ausmachte, die ihn neugierig beäugte. Aber die Gesichter waren Sebastian fremd, was ihn erleichtert aufatmen ließ. Wenn Kilian Pankratius' Leute erfuhren, was er getan hatte, drohte ihm das Gleiche, was diesem Gehbauer widerfahren war. Inzwischen war er überzeugt, dass Elias Leute bei diesem Unfall nachgeholfen hatten. Offensichtlich hatte der Geselle aus Angst vor der Bruderschaft keine Anzeige erstattet.

In Ansbach betrat Andreas Osiander den Schankraum, der sich allmählich mit den Gästen des Wirtshauses füllte, und ließ sich Anna gegenüber nieder.

»Seid mir gegrüßt, ich hoffe, Ihr wart mit Eurer Kammer zufrieden.«

»Danke, Herr Pfarrer. Lenchen hat geschlafen wie ein Murmeltier.« Ihre Nacht war allerdings weniger erholsam verlaufen. Erst kurz vor Morgengrauen war sie in einen unruhigen Schlaf gesunken.

Der Wirt trat an ihren Tisch und reichte Osiander erfreut die Hand. »Wie schön, Euch wiederzusehen. Frühstückt Ihr mit Eurer Bekannten?«

»Vielen Dank, aber ich habe die Nacht im Haus von Franz Brunner verbracht und dort bereits gegessen. Einen Krug Bier allerdings könntet Ihr mir bringen lassen.« Er griff in die Tasche, die er unter dem Arm trug, und zog eine Flugschrift heraus. »Moser, ich habe Euch etwas mitgebracht. Seid Ihr des Lesens mächtig?«

»Es geht so, Herr Pfarrer.«

»Gut. Das hier ist eines der Traktate von Martin Luther, die zurzeit im ganzen Reich verteilt werden. Der Inhalt ist nicht schwer zu verstehen. Wenn Ihr es gelesen habt, reicht es weiter an jemanden, dem Ihr vertraut. Auch wenn Markgraf Georg den Lehren Luthers gegenüber Wohlwollen geäußert hat, haben wir noch genug Gegner.«

»Danke, Herr Pfarrer.«

Der Wirt nahm das eng bedruckte Papier entgegen und wollte sich entfernen, da hielt Osiander ihn am Ärmel fest.

»Sagt, wisst Ihr, in welcher Gasse wir einen Stadtschreiber namens Brandl finden?«

»Nichts leichter als das.« Mit wenigen Worten beschrieb Moser den Weg zum Haus des Gesuchten.

Kurz darauf trat eine Schankmagd hinzu und stellte ein Tablett mit zwei bis zum Rand gefüllten Zinnkrügen, einem Becher Milch für die Kleine, einem Brotkorb und einer Schale geräucherter Würste ab.

Eilig verzehrte Anna die morgendliche Mahlzeit und fütterte Lenchen. Als der Pfarrer seinen Geldbeutel hervorholte, um alles zu bezahlen, wollte sie abwehren, aber Osiander bestand darauf. Bald darauf verließen sie das Gasthaus und bestiegen den Wagen.

»Dort müsste es sein«, bemerkte Andreas Osiander schließlich und wies auf ein mehrstöckiges Fachwerkhaus an der Kreuzung zweier langer Gassen.

Anna, das Kind auf dem Arm, folgte ihm. Sie fasste nach dem Ring des Türklopfers und schlug zweimal gegen die darunter angebrachte Eisenplatte. Hinter der Haustür waren schwere Schritte zu hören, dann wurde sie aufgezogen, und ein kräftiger Mann stand vor ihnen. Er kniff die Augen zu Schlitzen, um sich vor dem plötzlichen Sonnenlicht zu schützen, dann heftete er den Blick auf Anna.

»Was kann ich für Euch tun?«

»Bitte entschuldigt die Störung. Seid Ihr der Hausherr?«

»Tobias Brandl, ja.«

Mit einem verhaltenen Lächeln nannte sie dem Mann ihren Namen. Sofort huschte ein Ausdruck des Erinnerns über sein glatt rasiertes breites Gesicht.

»Ihr habt meinem Gatten den Auftrag erteilt, Euren Sohn zu porträtieren. Vor gut zwei Wochen muss es gewesen sein.«

»Richtig, doch ich weiß nicht, was ...«

»Ich möchte wissen, ob mein Gatte bei Euch war ... ich meine, hat er das Bild gemalt?«

»Aber ja. Ich verstehe nicht ...«

»Frau Dietls Mann ist verstorben«, ließ sich der Pfarrer vernehmen. »Wenn er Euren Auftrag ausgeführt hat, muss er auf der Rückreise ums Leben gekommen sein.«

Daraufhin erklärte er Brandl, was geschehen war. Dessen Züge spiegelten das Entsetzen wider, das den Mann ob des Pfarrers Schilderung erfüllte.

Als dieser geendet hatte, öffnete Brandl die Haustür weit und bat Osiander und Anna einzutreten. Sie folgten ihm durch den Flur in die großzügige Stube. Annas Blick wurde von einem Gemälde an der gegenüberliegenden Wand angezogen, das einen aufgeweckt wirkenden dunkelhaarigen Jungen von etwa fünf Jahren darstellte. Es hatte etwa die Größe eines der in Leder gebundenen Bücher, die Korbinian kunstvoll bemalt hatte und das man gerade noch unter dem Arm transportieren konnte. Zögernd trat sie näher.

»Ja, das ist es«, entgegnete der Hausherr. »Seht es Euch nur an.«

Anna betrachtete das Porträt eingehend. Die Kombinationen der Farben, die Art, wie Licht und Schatten auf das Haar des pausbackigen Kindes fielen, sowie die Pinselführung – all das trug zweifellos Korbinians Handschrift. Auch ohne die vertrauten ineinander verschlungenen Initialen am unteren Rand des Gemäldes hätte sie es unter Hunderten anderer als sein Werk erkannt. Ihre Sicht verschwamm, und sie schloss gequält die Augen, bis sie glaubte, die Gegenwart wieder ertragen zu können. Sacht berührte sie das Bild und zog die Hand zurück. Die Farbe war noch nicht ganz getrocknet.

Beim Malen hatte Korbinian stets weit mehr als nur reine Äußerlichkeiten dargestellt. Seine Bilder waren für sie wie eine Offenbarung, denn sie fingen jede Eigenart und Stimmung auf und zeugten von seiner Liebe zu allem Lebendigen. Diese Gedanken überraschten Anna selbst. Nie hätte sie etwas derart Tiefsinniges von Korbinian erwartet, als sie ihn kennenlernte.

Für sie war er ein freundlicher Mensch und ein Künstler gewesen, meist geistesabwesend und wortkarg, der seine Tochter abgöttisch liebte. *Wenn Ihr etwas zeichnen wollt, solltet Ihr es nicht nur betrachten, sondern mit all Euren Sinnen beobachten und empfinden.* Sie konnte förmlich seine Stimme hören, die eine Erinnerung an jenen Tag in ihr heraufbeschwor, als sie nach der ersten Nacht im Hause des Buchmalers seine Werkstatt aufgesucht hatte, um ihm bei der Arbeit zuzusehen.

Was mochte Korbinian gedacht und gesehen haben, als er den hübschen Jungen mit der geraden Nase und den lustigen Grübchen am Kinn gemalt hatte? Ob ihr Gemahl sich auch einen Sohn wie ihn gewünscht hatte? Anna strich Lenchen, die ihre Finger nach dem Bild ausstreckte, über den Kopf und wich einen Schritt zurück.

»Seid Ihr zufrieden, Herr Brandl?«, brachte Anna mühsam hervor. »Ich meine, ist es Eurem Sohn …?«

»Ähnlich, meint Ihr? Ja, Euer Gatte hat meinen Johannes vorzüglich getroffen.«

Wovon sie sich im nächsten Moment selbst überzeugen konnte, denn eine zweite Tür wurde geöffnet, und eine Frau mit einem Jungen an der Hand trat ein. Anna schüttelte ungläubig den Kopf, ihr war, als wäre das Kind auf dem Gemälde lebendig geworden. Selbst der Schalk war unverkennbar derselbe. Korbinian hatte ein untrügliches Auge für Details besessen, aber niemals zuvor hatte Anna dies so deutlich ausmachen können wie bei diesem Porträt.

Tobias Brandl, dem ihre Verblüffung offenbar nicht entgangen war, lachte herzhaft. Er winkte die beiden zu sich heran. Der Junge machte einen noch etwas ungelenken Diener und schielte zur Tür.

»Geh nur, Bub, aber bleib in der Nähe, hörst du?«, mahnte der Hausherr.

Das ließ sich das Kind nicht zweimal sagen und stürmte hinaus. Anna lächelte, und auch Osiander, der das Geschehen verfolgt hatte, schmunzelte.

Der Pfarrer stupste Lenchen an der Nase und sah ihre Mutter prüfend an. »Ihr seht aus, als könntet Ihr ein wenig frische Luft gebrauchen.«

»Das ist wahr, wir sollten gehen.« Anna wandte sich den Brandls zu. »Ich danke Euch von Herzen, dass ich das Bild meines Mannes betrachten durfte.« Sie brach ab und schluckte die aufsteigenden Tränen herunter. »Wir machen uns jetzt besser auf den Rückweg, damit wir Nürnberg vor Einsetzen der Dämmerung erreichen. Für mich gibt es noch viel zu erledigen.«

»Natürlich«, entgegnete Frau Brandl mitfühlend und geleitete die Gäste hinaus. »Alles Gute, Frau Dietl. Möge der Herr Euch schützen.«

Anna erwiderte ihren festen Händedruck und wendete sich zum Gehen. Da schoss ihr ein Gedanke blitzartig durch den Kopf, und sie drehte sich noch einmal um. »Dürfte ich Euch noch etwas fragen, Frau Brandl?«

»Gewiss.«

Anna suchte nach Worten. »Als mein Mann aufgebrochen ist … ich meine, wann ist er aufgebrochen, und wie war das Wetter an jenem Tag?«

Die Hausherrin dachte nach. »Ganz früh am Morgen muss es gewesen sein, Frau Dietl. Ich fragte ihn, ob er mit uns frühstücken wolle, aber er lehnte ab. Er wollte unbedingt noch am selben Tag zu Hause sein.« Frau Brandl hielt inne, schüttelte bedauernd den Kopf. »An das Wetter kann ich mich nicht recht erinnern, tut mir leid. Wenn es allzu unbeständig gewesen oder ein Gewitter aufgezogen wäre, hätte ich Ihren Gatten aber sicher nicht abreisen lassen.«

»Das glaube ich Euch, Frau Brandl. Bitte entschuldigt, ich suche nur nach Antworten. Habt Dank und behüte Euch Gott.«

Kapitel 28

Während das Läuten im Glockenturm der Sebalduskirche das Ende der Abendmesse verkündete, strebte Sebastian den weit geöffneten Flügeltüren des Ostportals zu. Kurz blieb er stehen und warf einen Blick in den der Geistlichkeit vorbehaltenen Hallenchor, den eine Schranke vom Kirchenraum der Laien trennte. Im schwachen Licht der Altarkerzen leuchteten die von zahllosen Pilgern am eisernen Zaun des Sebaldusschreins angebrachten Heiligenbilder aus Wachs und – wesentlich kostspieligeren – Folien aus Silber und Gold. Es waren Votivgaben, mit denen die Gläubigen dem Heiligen ihren Dank für die Rettung aus Gefahr und Not darbrachten. Der erdig-süßliche, durchdringende Duft von Weihrauch wehte zu ihm herüber, und Sebastian rümpfte die Nase. Diesen Geruch hatte er noch nie ausstehen können.

Da drehte Barbara sich zu ihm um, und er folgte ihr. Einige Schritte vor ihnen drängten Michael und Katharina Freisler, Paul und Endres mit einigen anderen Kirchgängern hinaus ins Freie. Der Pfarrer hatte aus dem von Martin Luther ins Deutsche übersetzten Dezembertestament gelesen. Wie sein Amtsbruder an der Lorenzkirche war auch der Pfarrer von St. Sebald dem neuen Glauben zugetan und zitierte in seinen Predigten seit Kurzem aus den Schriften des Wittenbergers wie jener »von der

Freiheit eines Christenmenschen«. Auch war es wohl nur noch eine Frage der Zeit, bis der Pfarrer dazu übergehen würde, die Messe nicht mehr in Latein, sondern für jedermann verständlich in deutscher Sprache zu halten. Dafür war der Geistliche längst nicht bei allen seinen Gemeindegliedern wohlgelitten. Demnach musste Sebastian nicht damit rechnen, Elias Männern in der Messe zu begegnen, zumal er sich in Gesellschaft von Barbara und deren Eltern befand. Diese erwarteten ihn bereits.

»Lasst uns noch auf einen warmen Becher Würzwein ins *Bratwurstglöcklein* gehen«, schlug Michael Freisler vor. »Und auf eine feine Wurst mit saurem Kraut«, ergänzte seine Frau lächelnd. »Ich kenne dich doch, mein lieber Mann.«

Die Freislers wollten sich gerade in Bewegung setzen, da blieb Sebastian wie angewurzelt stehen. *Bratwurstglöcklein.* Der Namen der Schänke wirkte auf ihn wie ein Schlag in die Magengrube. Furcht ergriff ihn jäh. Augustin Hofer, Konrad Mutz und Lukas Wendel saßen dort fast jeden Abend zusammen. Den dreien wollte er keinesfalls über den Weg laufen.

Barbara stieß ihn an. »Ist was?«

»Da verkehren Leute, denen ich lieber nicht begegnen möchte«, erklärte er hastig und wandte sich an Barbaras Vater. »Ich werde schon mal zurückgehen, wenn Ihr nichts dagegen habt, Herr Freisler.«

»Wie du willst, Junge. Du weißt ja, wo du den zweiten Hausschlüssel findest. Wir sehen uns in etwa einer Stunde.«

Sebastian blickte der Familie nach, bis sie um die Mauern der Kirche gebogen war, und atmete auf. Mit gesenktem Kopf überquerte er den Kirchplatz, als er hinter sich eine helle Stimme seinen Namen rufen hörte. Er fuhr herum. Ein Pferdewagen hielt geradewegs auf ihn zu, um unweit stehen zu bleiben. Der Mann auf dem Kutschbock war ihm fremd, aber im selben Moment sprang die junge Frau neben ihm herab und lief auf Sebastian zu. Er schnappte nach Luft. Anna! Das war doch nicht möglich.

Mit wenigen Sätzen war sie bei ihm und riss ihn an sich. »Sebastian! Endlich habe ich dich gefunden, dem Himmel sei Dank!«

»Anna, du bist hier?«, war alles, was er herausbrachte. Wieso war sie nicht im Kloster Heilig-Kreuz zu Regensburg?

»Ich lebe wieder in Nürnberg, Sebastian. Schon länger.«

»Wie hast du mich gefunden?«

Sie nahm sein Gesicht in beide Hände. »Vor zwei Tagen habe ich von Pfarrer Osiander gehört, dass bei einer Familie am Wollnertor seit einigen Tagen ein junger Mann lebt. Am liebsten wäre ich sofort vorbeigekommen, um nachzusehen, ob du es bist, musste aber zuvor nach Ansbach reisen.« Sie streichelte seine Wange. »Oh, Sebastian, es kommt mir vor wie ein Wunder. Ich hatte fast schon die Hoffnung aufgegeben, dich wiederzufinden. Als ich heute aus Ansbach zurückkehrte, fuhren Pfarrer Osiander und ich sogleich zum Wollnertor. Ein Nachbar der Freislers sagte mir, dass du mit ihnen zur Abendmesse in die Sebalduskirche gegangen bist.«

Der Mann, der den Wagen gelenkt hatte, trat zu ihnen und stellte einen Tragekorb neben Anna ab. Darin lag ein schlafendes Kind. »Gott zum Gruß, ich vermute, Ihr seid Anna Dietls Bruder.«

»So ist es«, antwortete Sebastian. »Und Ihr seid …?«

»Andreas Osiander, der Pfarrer von St. Lorenz. Wie schön, dass Eure Schwester Euch nach so langer Zeit endlich gefunden hat.«

Sebastian ergriff die Hand des Geistlichen.

»Pfarrer Osiander hat viel für mich getan«, erklärte Anna mit vor Erregung stockender Stimme.

»Ich lasse Euch jetzt allein mit Eurem Bruder«, lächelte Osiander. »Bis zur Waaggasse ist es ja nicht mehr weit.« Damit ging er zu seinem Wagen zurück.

Sebastian sah seine Schwester prüfend an. Wie schmal sie geworden war. Eine braune Haarsträhne löste sich und fiel ihr ins Gesicht, als Anna sich bewegte. Was war mit ihren schönen hellen Haaren geschehen? Plötzlich legte sich Traurigkeit über ihre Züge. Er trat auf sie zu, zog sie an sich.

»Ach, Sebastian, wo bist du nur die ganze Zeit gewesen?«, murmelte sie an seinem Ohr.

Stumm hielt er sie in seinen Armen, unfähig, ihre Frage zu beantworten. Alles kam ihm vor wie im Traum. Hatte er wirklich seine geliebte Schwester vor sich, oder würde er gleich aus einem Wunschtraum erwachen?

Sie löste sich von ihm. »Diese Freislers, wieso wohnst du bei ihnen?«

»Das lässt sich nicht in drei Sätzen erzählen, Anna.«

»Wir haben alle Zeit der Welt, Sebastian. Aber nun lass uns zu den Leuten gehen und deine Sachen holen.«

»Und dann? Du sagtest, du lebst in Nürnberg.«

»Ach, auch ich habe dir viel zu erzählen. Ich wohne in der Waaggasse, mit meiner Tochter.«

»Das Kind ist deine Tochter?«

»Ich will dir alles erklären, aber als Erstes müssen wir die Familie Freisler am Wollnertor besuchen.«

Sie eilten durch die Gassen, über die sich eine weiße Decke gelegt hatte. Wenig später standen sie vor dem Haus des Steinmetzen. »Warte einen Moment.« Sebastian lief auf den Hof, hob einen der Steine an, unter dem Herr Freisler stets einen Hausschlüssel versteckte, und kehrte zu Anna zurück. Er steckte ihn ins Schloss, da öffnete sich die Tür und Michael Freisler stand vor ihm.

»Ihr seid schon daheim?«, entfuhr es Sebastian überrascht.

»Im *Bratwurstglöcklein* gab es keinen freien Tisch mehr, deshalb sind wir nach Hause gegangen. Komm herein.«

»Herr Freisler, ich bin hier, um mich zu verabschieden und meine Sachen zu holen.«

»Warum denn das? Gefällt es dir etwa nicht bei uns?«

»Oh doch. Aber ich werde zu meiner Schwester ziehen.«

»Zu deiner Schwester? Sag, ihr habt euch wiedergefunden? Das freut mich für euch!«

»Ich kann es selbst kaum fassen und vermag Euch gar nicht zu sagen, wie glücklich ich bin.« Sebastian streckte die Hand aus. »Ihr wart sehr gut zu mir, möge Gott es Euch vergelten.«

Rasch lief er in die kleine Kammer hinauf und holte sein Bündel mit den wenigen Habseligkeiten.

Dann ging er in die Küche, in der Barbara und ihre Mutter saßen und ihn mit großen Augen ansahen.

»Du gehst?«, brachte Barbara hervor.

Sebastian berichtete von der überraschenden Begegnung mit Anna. »Meine Schwester nimmt mich in ihr Haus auf«, erklärte er, »sie wartet draußen.«

Barbara folgte ihm auf den Flur. »Ich freue mich ja wirklich für dich, nur wann sehe ich dich wieder?«

»Ich komme dich in den nächsten Tage besuchen«, versprach er, strich ihr über das glänzende Haar und trat ins Freie.

Seine Schwester blickte ihm mit einem strahlenden Lächeln entgegen.

Anna öffnete die Haustür und führte Sebastian in die Küche, wo ihr Bruder sein Gepäck ablegte. Sie setzte Lenchen, die erwacht war, auf eine Decke und gab ihr einen kleinen Stoffball zum Spielen. Bis ins Innerste berührt, drehte sie sich um und ergriff seine Hände.

»Willkommen daheim, Sebastian.«

Der warme, feste Druck seiner Finger schenkte ihr die Gewissheit, dass der Bruder tatsächlich vor ihr stand. Mit Bedauern löste sie sich von ihm. Magdalena lag auf dem Bauch, strampelte mit den Beinen und zog einen Flunsch.

»Gleich, mein Schätzchen. Warte einen Moment, damit ich uns mehr Licht machen kann.« Rasch entzündete Anna einige Öllampen und stellte eine auf den Tisch. »Setz dich, Brüderchen, ich heize uns den Ofen an. Es ist kalt heute.«

Sebastian tat, wie ihm geheißen. »Hübsch hast du es hier«, erklärte er nach einer Weile. »Wem gehört das Haus denn?«

Anna, die eben im Begriff war, ein kleines Stück Holz in das schwach glühende Feuer im Ofen zu legen, hielt in der Bewegung inne. »Dies ist das Haus meines verstorbenen Mannes Korbinian.« Obwohl sie sich bemühte, ihre Stimme gefasst klingen zu lassen, zitterte diese verräterisch.

»Dein … verstorbener Mann?« Sebastian starrte sie entgeistert an. »Was ist mit Martin? Warum hast du *ihn* nicht …?«

»Ich möchte Martin nie wiedersehen, hörst du? Er ist mit einer anderen Frau verheiratet«, unterbrach sie ihn.

»Mein Gott, ich weiß offenbar so vieles nicht, oder?« Er fuhr von seinem Platz hoch, trat auf sie zu und umarmte sie.

Anna schmiegte sich an ihn. »So lange ist es her, seit diesem verfluchten Morgen, Sebastian.« Sie wischte sich über die Wangen. »Warum nur warst du so lange fort? Wo hast du die ganze Zeit gesteckt?«

»Wie gesagt, das ist eine lange Geschichte, Anna«, erwiderte er gepresst. »Aber willst du mir nicht erst erzählen, was geschehen ist?«

Sie ging zu der Decke hinüber und reichte Lenchen ihre Puppe, in der Hoffnung, sie damit besänftigen zu können. Doch das Kind warf das Spielzeug fort und fing an zu greinen.

»Weißt du was? Ich mache uns Abendessen. Lenchen hat Hunger und ist müde.«

Sebastian grinste übers ganze Gesicht und schlug sich vielsagend auf den flachen Bauch. »Einverstanden.«

So kam es, dass sie eine gute Stunde später, satt und zufrieden nach einer einfachen Mahlzeit, in der Stube saßen und an einem Becher Wacholderbier nippten. Da Anna spürte, wie die Fragen in Sebastian brannten, begann sie schließlich zu erzählen. Von der Zeit im Kloster, ihren Hoffnungen und Ängsten, ihrer Flucht. Bis hin zu dem Moment, als sie erfahren hatte, dass Martin verheiratet war.

»Er hätte mich im Kloster besuchen und es mir sagen müssen, Sebastian. Stattdessen habe ich es durch Herrn Osiander erfahren. Eben aus diesem Grund lege ich keinen Wert mehr darauf, ihm noch einmal zu begegnen, verstehst du?«

Die Miene ihres Bruders verfinsterte sich. »Wie konnte er sich nur so schäbig verhalten? Das hätte ich niemals von ihm erwartet. Bist du dir sicher, dass du ihn nie wieder sehen willst? Immerhin sind wir eine Familie.«

»Ich bin mir sicher. Soll er glücklich werden mit seiner Therese. Ich habe es längst überwunden, denn ich habe Korbinian getroffen.« Sie fuhr mit ihrem Bericht fort. »Ein besseres Versteck als bei ihm hätte ich nicht finden können.« Bei diesen Worten verspürte Anna einen Stich im Herzen. Gedankenverloren blickte sie in ihren Becher und wartete, bis der Sturm in ihrem Inneren abebbte. »Ich hatte das Gefühl, keinen Boden mehr unter den Füßen zu haben, Sebastian. Plötzlich war da dieser Mann, der mir vertraute und mir ein Leben in Sicherheit bot.« Ganz deutlich taten sich die Bilder aus der Erinnerung vor ihr auf. »Am Ende nahm ich Korbinians Antrag an, und glaub mir, ich habe es nicht bereut. Wenn uns auch nicht viel Zeit miteinander vergönnt war.«

Sebastian schwieg betreten. Das Licht der Öllampen warf helle Schimmer auf sein nachdenkliches Gesicht. »Wie ist dein Mann gestorben?«, fragte er nach kurzem Zögern.

Anna holte tief Luft. Ein Beben fuhr durch ihren Leib, aber dann erzählte sie ihm auch den Rest der Geschichte. Nachdem sie geendet hatte, war in der Stube nur der Wind zu hören, der an den Fensterläden rüttelte wie ein ungnädiger Geselle, der Einlass begehrte. Sie war dankbar um die eintretende Stille. So bot sich die Gelegenheit, die bedrückenden Bilder abzuschütteln, die sie noch immer gefangen hielten. Schließlich erhob sie sich steif, legte ein weiteres Holzscheit ins Feuer und setzte sich neben Sebastian.

Als er begann, ihr die Erlebnisse des letzten Jahres zu schildern, entzog er sich ihr, seine Züge waren angespannt und der Blick auf einen Punkt an der Wand gerichtet. »Dir wird nicht gefallen, was du zu hören bekommst. Und solltest du mich danach wegschicken, glaub mir, dann verstehe ich dich.«

»Dich wegschicken?«, lachte sie auf. »Niemals!«

Er nahm einen Schluck aus dem Becher. »Sag niemals nie, Anna.« Seine Lippen verzogen sich zu einem freudlosen Lächeln. »Ich war ein Dieb. Ich habe bei den Obdachlosen geschlafen und eine Weile bei ihnen gelebt. Sie zeigten mir, wie man den Pfeffersäcken die Beutel vom Gürtel schneidet. War gar nicht so schwer.« Sebastian wagte nicht, sie anzusehen. »Aber ich schämte mich. Am meisten Angst hatte ich davor, von irgendwem erkannt zu werden. Deinetwegen habe ich mich sicher gefühlt, ich dachte ja, du wärst ...«

»... im Kloster«, ergänzte sie seinen Satz leise.

Er nickte und fuhr fort. »Vor ungefähr einer Woche habe ich beim Stadtrat Anzeige gegen die Schweine erstattet. Leider haben sie keine Handhabe gegen diese Kerle, denn sie können ihnen keine Straftaten nachweisen. Ich fürchte, die sind immer noch hinter mir her. Wenn sie mich finden, wird es mir übel ergehen. Diese Leute sind zu allem fähig.«

Anna spürte, wie das Blut aus ihrem Gesicht wich. »Mein Gott, Sebastian!«

Der grinste nur schief und tätschelte ihre Hand. »Du siehst aus, als könntest du Schlaf gebrauchen. Du bist viel zu schmal und zu blass, Schwesterchen.«

»Ja, ich bin tatsächlich sehr müde. Komm, ich zeige dir, wo du nächtigen kannst.«

Kapitel 29

Nur langsam wich das Gefühl von Anna, der graue Himmel über ihr stehe kurz davor einzustürzen, um Lenchen und sie unter sich zu begraben. Mittlerweile waren fünf Wochen vergangen, seit sie die Nachricht von Korbinians grausam entstelltem Leichnam erhalten hatte. Allein die Tatsache, dass Sebastian und sie einander wiedergefunden hatten, brachte ein wenig Licht in ihr Leben. Es erschien ihr schlicht wie ein Wunder. Sie hätte so gern mehr über diese Bruderschaft und seine Zeit als Beutelschneider erfahren, wollte jedoch nicht in ihn dringen. Anna erinnerte sich an die Worte des Beinschnitzers, der Sebastian wegen Diebstahls entlassen hatte. Niemals hätte sie sich vorstellen können, dass der Bruder zu solchen Taten fähig wäre. Sie erinnerte sich, wie energisch sie die Anschuldigung des Mannes von sich gewiesen hatte. Aber auch ihr Leben hatte Wendungen genommen, die sie sich noch vor einem Jahr niemals hätte vorstellen können.

Ihre Gedanken kehrten in die Gegenwart zurück, zu den schier unlösbaren Problemen. Inzwischen war die Summe von zehn Groschen und zwei Dutzend Pfennigen, die sie in einem hölzernen Kistchen in der Schlafkammer aufbewahrte, bedrohlich geschrumpft. Zu allem Übel hatte Sebastian ihr gestanden, keinen roten Heller zu besitzen.

Anna seufzte, während sie eines Morgens mit Lenchen auf dem Weg zum Großen Markt war, da sie sich dort mit Frau Dürer treffen wollte. »Wir machen einen Einkaufsbummel und danach wärmen wir uns in unserer Stube bei einem großen Becher Würzwein auf«, hatte die Frau des Malers vorgeschlagen. Zuletzt hatten sie sich an Allerheiligen getroffen, als Anna die Hauptmesse in St. Lorenz besucht hatte.

Nach dem Kirchgang hatten sie noch beieinandergesessen. Agnes Dürer war das Entsetzen im Gesicht abzulesen, nachdem Anna ihr von Korbinians Tod berichtet hatte. Jedes Wort der Erklärung war Anna unendlich schwer über die Lippen gekommen. Immer wenn sie vom Tod ihres Mannes sprach, erschien es ihr, als wäre es gar nicht ihre Geschichte, nicht ihr Schicksal. Aber kaum betrat sie das stille, dunkle Haus, wurde sie grausam an die Wahrheit erinnert. Die Gerüche der Farben und von Korbinians Seife hingen noch immer in der Luft, beinahe so, als würde er jeden Augenblick zur Tür hereinkommen. Anna wusste nicht, was sie mehr fürchtete: den Tag, an dem sich diese Gerüche verflüchtigt hätten, oder wenn das Haus weiterhin mit seinen typischen Düften seine Anwesenheit bekundete. Einzig Sebastians Anwesenheit ließ das dumpfe Gefühl in ihrem Inneren verblassen.

Die Dürers hatten ihr angeboten, Korbinians Leichnam nach Nürnberg zu überführen und ihn dort ordentlich bestatten zu lassen, auf ihre Kosten natürlich. Auch die Seelenmesse hatten sie bezahlen wollen. Anna hatte höflich, aber bestimmt abgelehnt. Sie wollte keine Almosen.

Vorsichtig setzte sie ihre Schritte. Ihr Bruder hatte noch geschlafen, als sie die Tür hinter sich ins Schloss gezogen hatte. Er verließ das Haus ungern und wenn doch, dann nur im Schutz der Dunkelheit. Seit dem Zusammenstoß mit Ferdinand und Sepp erschien es ihm sicherer, erst abends hinauszugehen, um nicht von seinen einstigen Glaubensgenossen erkannt zu werden. Ein Frösteln durchfuhr sie. Bitterkalt war es geworden. In der Nacht hatte es wieder geschneit, und der Schnee bedeckte das Pflaster des ausgedehnten Platzes vor der Frauenkirche mit glitzerndem Weiß. In einem der Gänge winkte ihr die Frau des Meistermalers zu. Frau Dürer stellte ihren Korb ab und reichte Anna die Hand, um sie von Kopf bis Fuß zu mustern.

»Mir scheint, Ihr seid schon wieder schmaler geworden, seit wir uns das letzte Mal gesehen haben. Auch die Kleine könnte etwas mehr auf den Rippen gebrauchen. Was hatte sie früher für runde Bäckchen!« Als Anna schwieg, trat ein Zeichen des Verstehens in Frau Dürers Antlitz. »Lasst uns die Einkäufe erledigen, und dann schnell zurück ins warme Haus«, sagte sie resolut und führte die Freundin mit sich. Diese ließ es dankbar geschehen.

Die beiden Frauen erstanden an verschiedenen Marktbuden, was sie benötigten, und strebten dem Haus am Ende der Zisselgasse zu. Die Steine, mit denen der steile Weg zum Tiergärtnertor gepflastert war, verwandelten jeden Gang in eine Rutschpartie. Zudem hatte es erneut zu schneien begonnen.

Im Haus des Malers angekommen, klopften sich die Frauen die weißen Flocken von den Mänteln, die ihnen die herbeieilende Magd abnahm, um sie zum Trocknen aufzuhängen.

»Bring uns einen Teller Lebkuchen, Susanne«, wies die Hausherrin sie an. »Wir gehen hinauf ins Esszimmer. Bring auch einen Becher warme Milch für das Kind, und richte Marianne aus, sie soll etwas von dem guten Würzwein erhitzen, der gestern geliefert wurde. Frau Dietl und ich frieren wie die Schneider. Etwas Warmes wird uns guttun, nicht wahr, Anna?«

Diese folgte der Hausherrin. Nachdem sich die Tür geschlossen hatte und Lenchen fröhlich auf dem Schoß der Gastgeberin zappelte, verzogen sich deren Lippen zu einem Lächeln.

»Na, meine Kleine, dir gefällt es bei mir, nicht wahr?« Sie wandte ihre Aufmerksamkeit wieder Anna zu. »Ich habe eine

Köchin eingestellt, weil mein Mann es seit einiger Zeit vorzieht, im Wirtshaus zu speisen. Anscheinend genügen ihm meine Kochkünste nicht mehr, seit er an der Tafel des Kaisers gesessen und in Antwerpen mit Fürsten und Philosophen getafelt hat.« Sie brach ab. »Entschuldigt, ich möchte Euch nicht mit Erzählungen aus unserem Eheleben langweilen. Sicher habt Ihr anderes im Kopf, so kurz nach dem Ableben Eures Mannes.«

Anna schüttelte den Kopf. »Ihr langweilt mich nicht. Im Gegenteil, die Ablenkung tut gut. Meine Tage sind lang geworden, seit ich die bestellten Arbeiten ausgeliefert habe. Seitdem betreten die Leute nur noch die Werkstatt, um neugierige Fragen zu stellen oder mit mir um das Mobiliar oder Korbinians angefangene Arbeiten zu feilschen. Meist begleitet von mitfühlenden Blicken. Sie tun geradezu so, als müsste ich noch dankbar sein, wenn sie mir etwas abkaufen wollen.« Sie seufzte. »Diesen Menschen ist es in Wahrheit vollkommen gleichgültig, wie es uns ergeht, solange sie nur Geschäfte wittern.«

Frau Dürer rollte mit den Augen. »Haben die letzten Kunden wenigstens wie vereinbart gezahlt?«

»Nicht alle. Sie glauben sicherlich, eine Frau – noch dazu eine Witwe – weiß sich in ihrer Trauer nicht zu wehren.«

»Ihr werdet diese unverschämten Personen eines Besseren belehren, vermute ich?«

»Das werde ich. Obendrein gibt es in meinem Haus einen hungrigen Magen mehr zu füllen.«

»Wie meint Ihr das?«, fragte Frau Dürer und beugte sich zu ihr herüber.

Anna berichtete ihr von Sebastian. »Wir haben uns vor Kurzem endlich wiedergefunden.« Freude wallte in ihr auf, während sie erzählte. Wie wunderbar es war, diese Worte auszusprechen zu können! »Seitdem lebt mein Bruder bei uns.«

Agnes Dürer klatschte in die Hände. »Tatsächlich? Wie schön! Seht Ihr, ist das nicht ein Lichtblick in dunklen Zeiten?«

Frau Dürer musterte sie nachdenklich. »Mein Gemahl und ich haben uns gestern über Euch unterhalten und möchten Euch gern helfen, meine Liebe.« Die Frau des Malers erhob sich von ihrem Polsterstuhl und trat an einen Schrank. Mit einer kleinen Schatulle in den Händen kehrte sie an den Tisch zurück, öffnete sie und griff hinein. »Nehmt bitte dies als Zeichen unserer Freundschaft und aufrichtigen Anteilnahme an Eurem Schicksal«, bat die Ältere. »Möge es Euch helfen, wie Ihr es verdient.«

Vor ihr auf dem Tisch lagen acht Silbergulden. Anna schnappte nach Luft. Sie wartete, bis ihr Pulsschlag sich allmählich beruhigte und die unzähligen Gedanken, die wie Bienen in ihrem Kopf schwirrten, endlich zur Ruhe kamen. »Frau Dürer!« Energisch schüttelte sie den Kopf. »Das ist sehr großzügig von Euch, aber das kann ich unmöglich annehmen. Wie soll ich Euch das Geld jemals zurückzahlen?« Dennoch kam sie nicht umhin, im Geiste zu rechnen, bis ihr schwindelig wurde. Mit dieser Summe würden Sebastian und sie über den Winter kommen, und sie könnte das Haus vorerst behalten.

»Ihr habt mich falsch verstanden, Anna. Albrecht und ich möchten Euch ein Geschenk bereiten.« Frau Dürer ließ Lenchen auf ihrem Schoß hopsen und summte ein einfaches Lied dabei.

Anna ließ die Worte einige Herzschläge lang auf sich wirken und atmete tief durch. »Ich danke Euch sehr und nehme Euer großzügiges Angebot an, allerdings nur, wenn ich Euch das Geld eines Tages zurückgeben darf.«

»Macht Euch darüber bitte keine Gedanken, meine Liebe. Acht Silbergulden sind für Albrecht und mich keine große Summe, mein Mann hat in letzter Zeit recht gut verdient. Also, lasst Euch ruhig Zeit.«

Susanne betrat den Raum. Sie stellte zwei mit heißem Wein gefüllte Becher, einen weiteren mit warmer Milch sowie eine

Schale mit herrlich nach Honig und Zimt duftenden Lebkuchen auf den Tisch.

»Unsere Susanne ist einst aus dem Findelhaus zu uns gekommen«, erklärte Frau Dürer, nachdem sich die Tür hinter der Magd geschlossen hatte. »Mein Mann hat einen Narren an ihr gefressen. Deshalb hat sie uns sogar auf unserer Reise in die Niederlande begleitet. Im Herbst möchte Georg, ein Schüler Albrechts, sie heiraten. Der junge Mann ist sehr talentiert, obgleich von ärmlicher Herkunft. Wir werden den beiden eine schöne Hochzeit ausrichten. Das Mädel ist wie eine Tochter für uns. Ich hoffe, Ihr mögt Lebkuchen, Anna?«

»Gibt es Menschen, die keine Lebkuchen mögen?«, erwiderte Anna und sog den köstlichen Duft in ihre Nase.

Die beiden Frauen lachten, ehe sie in die mit Zuckerguss überzogenen und mit Mandeln verzierten dunklen Gebäckstücke bissen. Nachdem sie sich gestärkt hatten und der nach verschiedenen Gewürzen schmeckende Wein Annas Innerstes angenehm erwärmte, tätschelte Agnes Dürer ihr den Arm.

»Wisst Ihr, ich habe Euch wirklich gern um mich. Mein Gemahl ist ohnehin immerzu beschäftigt und bemerkt kaum, ob ich daheim bin oder nicht.« Die Ältere zwinkerte ihr zu. »Wenn Ihr mögt, seht Euch die neuen Federzeichnungen meines Mannes an. Sie sind wirklich ungewöhnlich und werden für Furore sorgen.«

Wie konnte Anna diese Bitte ausschlagen?

Albrecht Dürer stand mit zur Seite geneigtem Kopf mitten im Raum und schien etwas zu betrachten, was Anna von der Tür her nicht zu erkennen imstande war. Als er ihrer gewahr wurde, begrüßte er sie mit einem freundlichen Nicken.

»Gott zum Gruß, Frau Dietl.« Sein Lächeln geriet etwas schuldbewusst. »Ich habe Euch gar nicht kommen hören, das geschieht mir leider häufiger, wenn ich arbeite. Bitte entschuldigt.«

»Anna möchte sich gern ein paar deiner neuen Zeichnungen ansehen«, ließ die Frau des Malers verlauten, die hinter ihrem Gast den Raum betreten hatte.

»Selbstverständlich. Kommt nur und schaut Euch um.«

Agnes Dürer streckte die Arme nach dem Kind aus, um es ihr abzunehmen, aber Anna winkte ab.

»Vielen Dank, es geht schon. Lenchen sieht sich gern Bilder an, nicht wahr, mein Schatz?« Sie hauchte einen Kuss auf die Kinderstirn.

»Dort drüben auf dem Tisch liegen meine letzten Arbeiten«, fuhr Dürer fort, während seine Frau es sich auf einem Stuhl bequem machte. »Einige davon sind nur Studien und Skizzen für spätere Gemälde. Nun ja, wir werden sehen, was sich davon gebrauchen lässt.«

Während der Maler sich wieder an seine Staffelei begab, trat Anna an einen der Tische und ließ den Blick über die Blätter mit den Federzeichnungen schweifen. Einige zeigten gut gewandete unbekannte Männer und Frauen, andere dagegen wirkten befremdlich auf sie, denn der Künstler hatte sie so abgebildet, wie Gott sie schuf. Nicht einmal ein Lendentuch verbarg die Scham der dargestellten Frauen und die Gemächte der Männer.

Sie wandte sich ab, der Maler jedoch, der sich an ihre Seite gesellte, musste die Röte bemerkt haben, die ihr ins Gesicht gestiegen war.

»Stoßt Ihr Euch an der Darstellung des menschlichen Körpers, Frau Dietl?«

»Nun ja, es steht mir ganz gewiss nicht an, etwas an Euren Bildern auszusetzen.«

»Haltet Ihr diese Zeichnungen etwa für etwas Schmutziges? Ich kann daran nichts Anstößiges finden.« Der Maler verschränkte die Arme vor der Brust. »Schließlich hat unser Herr den Menschen so erschaffen, und als er sein Werk vollendet hatte, heißt es in der Heiligen Schrift darüber: ›Und siehe, es war sehr gut.‹ Unser Schöpfer war also zufrieden mit seinem Werk, versteht Ihr?« Dürer ging zur Staffelei zurück.

»Darf ich sehen, woran Ihr zurzeit arbeitet?«, wollte Anna wissen, um dem Gespräch eine andere Wendung zu geben.

Der Maler wiegte den Kopf. »Wenn Euch die Studien und Skizzen dort schon Anstoß bereiten, solltet Ihr Euch dieses Bild besser nicht ...«

Dürer hatte für einen Moment den Blick auf die Leinwand freigegeben, und Anna starrte auf die Darstellung des gekreuzigten Christus. Das Antlitz des Heilands trug die Züge Albrecht Dürers. Sie blinzelte, schloss die Lider und öffnete sie erneut. Der Wunsch, sie hätte sich die Ähnlichkeit nur eingebildet, erfüllte sich nicht. Dürer hatte sich tatsächlich selbst dargestellt. Etwas in ihr wollte sich abwenden, aber sie konnte nicht anders, als das Bild immer wieder zu betrachten. Je öfter sie in das Gesicht des gemarterten Mannes sah, umso heftiger wühlte es sie auf. Liebend gern hätte sie dem Meister gesagt, was sie von dieser Art Selbstdarstellung hielt. Weitaus schlimmer jedoch war ihre Entdeckung, dass der Maler dem sterbenden Gottessohn nicht einmal ein Lendentuch gegeben hatte, wie es üblich war, sondern den Unterleib des Gemarterten in allen Einzelheiten darstellte.

Abrupt wandte sie sich ab, um auf die Tür zuzusteuern, da fasste Agnes Dürer nach ihrem Arm.

»Wartet, liebe Freundin. Ich kann mir denken, was in Euch vorgeht. Glaubt mir, ich war ebenso verstört, als ich dieses Bild zum ersten Mal sah.« Anna presste die Lippen aufeinander und schwieg, während die Frau des Malers weitersprach. »Mein Albrecht ist ein großer Künstler. In vielem ist er seiner Zeit voraus, das erkenne ich immer mehr. Dazu gehört neben den genauen Perspektiven und der detailgetreuen Wiedergabe seiner Motive auch die Darstellung des menschlichen Körpers.

Mein Gatte zeigt ihn ohne falsches Pathos, sondern so, wie er tatsächlich beschaffen ist.«

»Frau Dietl, ich hoffe, Ihr habt Euch vom Anblick meines neuen Bildes erholt und beehrt uns dennoch weiterhin.«

»Ich wollte Euch nicht beleidigen, Meister Dürer, verzeiht mir bitte.«

»Das habe ich auch nicht so verstanden. Allerdings muss ich Euch sagen, dass meine Frau und ich uns um Euch sorgen. Hat sie Euch schon etwas aus ihrer Schatulle gegeben? Agnes und ich haben beschlossen, Euch zu unterstützen.«

Sie ergriff Dürers feingliedrige Hände. »Ich danke Euch sehr. Mit Eurer großzügigen Hilfe kann ich mir mit der Suche nach einer Wohnung noch etwas Zeit lassen.«

Agnes Dürer trat neben sie. »Ihr müsst das Haus verkaufen, Anna?«

»Ja, das Haus und die Werkstatt. Aber nun kann es mit etwas Glück bis zum Jänner warten.«

Sebastian kam ihr an der Haustür entgegen. »Du bist spät dran, Anna. Ich habe mir schon Sorgen gemacht.«

Er nahm ihr Lenchen ab, damit sie sich den Umhang abstreifen konnte, und sie gingen in die Küche.

»Es tut mir leid, mein Lieber. Ich habe Frau Dürer getroffen, die mich zu sich eingeladen hat.« Ein Seufzer stieg in ihr auf. »Glaub mir, dort habe ich die besten Lebküchlein gegessen, sie haben nach Honig geduftet und ...«

Sebastian bemühte sich um eine strenge Miene, aber das Glitzern in seinen Augen strafte ihn Lügen. »Soso. Auch ich habe Neuigkeiten.«

Anna hängte den feuchten Umhang zum Trocknen nahe dem Kaminfeuer auf und blickte ihren Bruder erwartungsvoll an, während sie sich Lenchen auf den Schoß setzte und ihr die Mütze vom Kopf nahm. »Ich bin gespannt.«

Er gesellte sich zu ihr an den Tisch. »Stell dir vor, ich habe Onkel Gerald getroffen.«

Sie erstarrte. »Wo?«

»Hier, Anna. Er wollte dich sprechen.«

Der Onkel hatte ihn offenbar nicht sofort erkannt und mit einem freundlichen Nicken begrüßt. Er habe gehört, dass der Buchmaler Korbinian Dietl gestorben sei, und da er vor einigen Jahren des Öfteren mit ihm geschäftlich zu tun gehabt habe, wolle er der Witwe nun sein Beileid aussprechen. »Ich dachte, mich trifft der Schlag, als Onkel Gerald plötzlich vor mir stand.«

»Hast du ihn hereingebeten?«, wollte Anna mit Erregung in der Stimme wissen.

»Nein, natürlich nicht. Als er mich erkannte, wollte er sowieso nicht mehr eintreten. Onkel Gerald hatte es auf einmal recht eilig«, fügte Sebastian mit einem boshaften Grinsen hinzu.

»Er weiß also, wo ich bin?«, stieß sie atemlos hervor.

»Den Rest wird er sich wohl denken können. Immerhin war unschwer zu erkennen, dass ich kein Hausangestellter bin, oder?«

Anna versank in Schweigen, und als sie schließlich den Kopf umwandte, klang ihre Stimme wieder fest. »Sei's drum, oder? Sollen er und sein geliebter Ziehsohn meinetwegen wissen, wo ich lebe. Eines Tages wäre es ohnehin herausgekommen.«

»Richtig, Schwesterchen. Obendrein bist du eine ehrbare Frau und hast dir nichts vorzuwerfen.«

Anna erhob sich mit der Kleinen und begann, in der Küche auf und ab zu gehen. »Wenn wir davon absehen, dass ich mich seinem Willen widersetzt habe und aus einem Kloster geflohen bin, gewiss nicht. Hast du etwas von mir erwähnt?«

»Nein, wo denkst du hin?«, entgegnete er entrüstet. »Allerdings müssen wir nach dieser Begegnung mit einem weiteren Besuch von Onkel Gerald rechnen. Zwangsläufig werden sich ihm Fragen aufdrängen. Du kennst ihn, er wird nicht lockerlassen, bevor er sie nicht alle beantworten kann.«

Anna blieb stehen. »Soll er ruhig kommen.« Sie nestelte mit einer Hand an ihrer Geldkatze herum, und nachdem es ihr endlich gelungen war, sie vom Gürtel zu lösen, warf sie sie Sebastian zu.

Geschickt fing er sie auf und wog ihr Gewicht in der Hand. Seine Augen wurden groß und fragend.

»Zähl nach, Brüderchen!«

Er schüttelte sich die Münzen in die Hand und starrte Anna an. »Wo hast du ... wo hast du das her? Sag nicht ...«

Sie warf den Kopf zurück und lachte. »Oh doch. Die Dürers haben es mir gegeben. Ich kann es ihnen zurückzahlen, wann immer ich möchte. Ist das nicht wunderbar?«

Sebastian stand ruckartig auf und umarmte die beiden stürmisch. »Ich bin ja so glücklich, Anna.«

Kapitel 30

Anna warf ein Holzscheit in die Flammen des Stubenkamins, den Sebastian entzündet hatte. Sie trat zurück und setzte sich in einen der beiden Lehnstühle. Ihr Bruder hatte sich in die Küche zurückgezogen. Versonnen starrte sie in das lodernde Feuer. Nächsten Monat war schon Weihnachten. Eigentlich stand ihr nach allem, was in den letzten Wochen geschehen war, nicht der Sinn danach, das Christfest zu feiern. Wo warst du, Gott, als mein Mann in das Unwetter geriet und Schutz vor Blitz und Donner suchte? Hattest du anderes zu tun? Sogleich schalt sie sich für diese Gedanken. Wer war sie, mit dem Herrn zu streiten? Schließlich gab es auch genügend Grund zur Freude. So würde sie am Christtag wie jedes Jahr die Messe in der Sebaldkirche aufsuchen. Sollte sie dort Martin oder Gerald Pfanner begegnen, ging sie ihnen eben aus dem Weg. Sebastian hatte bereits bekundet, zu Hause bleiben zu wollen, war ihm doch die Gefahr zu groß, von Mitgliedern der Bruderschaft erkannt zu werden.

Der Türmer von St. Lorenz läutete zur ersten Mittagsstunde. Anna erhob sich, um eine Mahlzeit zu bereiten. Etwas Schinken und Käse, eine Scheibe Brot und ein Becher Bier würden ihnen jetzt guttun.

Sie verharrte mitten in der Bewegung. Hatte es geklopft? Oder war es ein im Feuer berstendes Holzscheit gewesen? Anna legte den Kopf schief und horchte. Nein, wieder pochte es an der Tür. Schnell erhob sie sich, lief den kurzen Flur hinab und öffnete. Im Sonnenlicht standen zwei Männer, der eine hochgewachsen und schlank, der andere etwas kleiner, aber von kräftiger Statur. Eine schlecht verheilte Narbe lief quer über seine rechte Wange. Sie trugen beide flache Filzkappen und einfache Wämser. An ihren Gürteln baumelten spitze Dolche. Stadtbüttel. Die Blicke, mit denen die Fremden sie bedachten, ließen Annas Hände feucht werden.

Der Größere der beiden nickte ihr zu. »Seid Ihr Anna Dietl?«

»Ja. Was wollt Ihr von mir?«

»Wir haben den Auftrag, Euch abzuholen.«

»Mich abzuholen? Wieso denn?«

»Wir bringen Euch zum Lochgefängnis.«

Zum Lochgefängnis? Unwillkürlich wich sie einen Schritt zurück, da streckte der kleinere der beiden Männer auch schon die Hand aus und umfasste schmerzhaft ihren Arm.

»Aber ... was wird mir denn vorgeworfen?«, brachte sie heiser hervor. »Ihr tut mir weh!«

Sebastian war hinter sie getreten. »Was ist hier los? Lasst gefälligst meine Schwester los!«

»Wer seid denn Ihr?«, fragte der zweite Büttel mit hochgezogenen Brauen.

»Frau Dietls Bruder, wenn's recht ist. Was wollt Ihr von ihr?«

»Eure Schwester steht im Verdacht, ein wertvolles Gemälde von Meister Dürer gestohlen zu haben.«

Sebastian baute sich vor den Männern auf. »Ach ja? Wer behauptet denn so etwas?«

»Das würde ich auch gern wissen«, gab Anna zurück.

»Der Ratssekretär.«

»Ein Bild von Meister Dürer? Ihr müsst verrückt sein! Lasst mich los!«

»Werdet nicht unverschämt, Frau Dietl. Wir haben unsere Befehle.« Zumindest lockerte der Mann seinen Griff ein wenig.

Sebastians Stimme wurde schneidend. »Was soll der Unsinn, verdammt? Das Ganze muss ein Irrtum sein! Meine Schwester würde niemals stehlen, schon gar nicht bei jemandem, den sie verehrt!«

»Das wird sich gewiss herausstellen«, erwiderte einer der Männer ungerührt. »Holt Euren Mantel und setzt Eure Haube auf. Und dann kommt mit uns.«

»Meine Schwester geht nirgendwo hin!« Sebastian trat näher an einen der Büttel heran und senkte seinen Blick in den seines Gegenübers.

»Wollt Ihr es drauf ankommen lassen?«, erwiderte der Mann mit der Narbe. »Vergesst nicht, wir sind im Auftrag des Rates hier.«

Sie schüttelte den Kopf. »Aber ich habe ein kleines Kind, das mich braucht. Ich kann meine Tochter doch nicht einfach hier zurücklassen.« Anna wandte sich um und begegnete Sebastians entsetztem Blick. Die Geschwister fielen sich wortlos in die Arme.

»Mach dir um Lenchen keine Sorgen. Ich bleibe bei ihr. Kann ich sonst noch etwas für dich tun, Liebes?«, wollte Sebastian mit brüchiger Stimme wissen.

»Nein. Ich bin … ich bin so schnell wie möglich zurück.« Sie machte sich ruckartig von ihm los und lief ins Haus. Die Kleine saß auf dem Stubenboden und spielte mit einem Holzpferdchen. »Lenchen, sag Auf Wiedersehen. Mama kommt, so schnell sie kann, zurück«, stieß Anna hervor, bemüht, ihrer Stimme einen normalen Klang zu geben.

Sie küsste das Kind, das die Ärmchen um ihren Hals schlang, und vergrub einen Moment das Gesicht in der samtweichen Haut von Lenchens Halsbeuge. Mit der Kleinen auf dem Arm kehrte sie in den Flur zurück und reichte wortlos dem Bruder das Kind. Mit fliegenden Händen griff sie nach ihrem Mantel sowie der schwarzen Haube, die ihre Witwenschaft bezeugte, legte beides an und folgte den Männern.

Anna stieg zwischen den Bütteln die enge, steile Treppe hinab. Sie fröstelte in der feuchten Kälte, und der Gestank von Kot und Urin, der ihr entgegenschlug, ließ sie die Luft anhalten. Unten angekommen, erwartete sie der Lochwirt Jakob Tobler, der eine unruhig flackernde Öllampe in der Hand hielt. »Ihr könnt gehen, ich kümmere mich um alles Weitere«, erklärte er den Männern.

»Wie du meinst«, gab der Büttel mit der Narbe zurück und drehte sich um.

Während die beiden die Treppe hinaufstiegen, trat Anna mit weichen Knien auf den Lochwirt zu.

»Kommt jetzt.«

In den zahlreichen Nischen des Ganges brannten Öllampen. Anna und der Lochwirt passierten eine Reihe Zellentüren, hinter denen Geheul und Gejammer zu hören waren. Ihr lief es eiskalt den Rücken hinunter. Vor einer der Zellen machte der Lochwirt halt und stieß die Tür auf. Das Kreischen der Angeln schmerzte in den Ohren. Wie der Schlund eines Ungeheuers tat sich undurchdringliche Schwärze vor ihr auf.

Er leuchtete ihr. »Hinein mit Euch.«

Anna schluckte und folgte ihm. Im Schein der Funzel erkannte sie eine Holzpritsche. In der Mitte der Zelle, die kaum mehr als einen Klafter in Länge und Breite maß, lag ein flacher, ausgehöhlter Stein, in dem sich eine tönerne Schale mit Holzkohlen befand. Der Mann hockte sich nieder und hielt die

Lampe an die Kohlen, bis diese zu brennen begannen. Dann richtete er sich auf.

»Tretet näher zur Schlafstatt, ich muss Euch anketten.«

»Anketten? Habt Ihr etwa Angst, ich könnte fliehen?«

»Vorschriften, Frau Dietl. Es tut mir leid.«

Kaltes Eisen schloss sich um ihren Knöchel. Dann wurde die Tür zugezogen und verriegelt.

Im flackernden Licht des Kohlenfeuers fiel ihr Blick auf einen Eimer, der neben der Pritsche stand. Über ihm sollte sie wohl ihre Notdurft verrichten. Der Gedanke daran ließ sie schaudern. Ob Sebastian mit der Kleinen zurechtkam? Zugegeben, die beiden verstanden sich blendend. Dennoch wusste sie nicht einzuschätzen, wie er reagierte, wenn Lenchen nach ihrer Mutter weinte und nicht zu beruhigen war. Annas Augen füllten sich mit Tränen.

Am Abend brachte ihr der Lochwirt eine Scheibe dunkles Brot, etwas Käse und einen Becher dünnes Bier in die Zelle und stellte das Tablett auf dem Eimer ab. Bisher hatte Anna ihn nicht benutzt.

»Die Büttel, die mich hergebracht haben, behaupten, ich hätte ein Bild von Albrecht Dürer gestohlen. Warum sollte ich so etwas tun?«

Er musterte sie und zog die Zellentür hinter sich zu. »Ich denke, in den nächsten Tagen wird man Euch den Prozess machen, dann wisst Ihr mehr«, hörte sie noch, dann drehte sich ein Schlüssel im Schloss und seine Schritte entfernten sich.

Wieder war das Feuer in dem Steinbecken die einzige Lichtquelle. Anna ließ sich auf die harte Pritsche zurückfallen und starrte auf die Eisenkette um ihre Fessel. Kälte breitete sich in ihrem Inneren aus.

»He, du da in der Nachbarzelle!«

Anna zuckte zusammen, schwieg aber.

»Sprichst wohl nich mit jedem, wa? Sollteste aber. Viel Abwechslung wirste hier unten nämlich nich haben, hörste! Hab mich noch gar nich vorgestellt. Walburga heiß ich.« Die Frau kicherte. »Einen Liebestrank soll ich gebraut haben und mit'm Leibhaftigen gebuhlt, ich altes Weib!«

Die Frau war eine Hexe?

»Du hast geklaut, sagt der Lochwirt«, fuhr die Alte fort. »Haste Glück, brechen se dir nur die Finger. Haste aber Pech …«

»Ich bin unschuldig.«

»Das hat der Bäcker auch behauptet, der seinen Kunden zu leichtes Brot vakauft hat. Zwei Wochen lang saßa im Loch.« Die Frau stieß ein schrilles Lachen aus. »Gestern ham se ihn in den Bäckerring gesteckt und dreimal in der Pegnitz untagetaucht.«

Anna hielt sich die Ohren zu. »Halt endlich den Mund und lass mich in Ruhe!«

Eine Weile war es still, und sie hoffte schon, die Frau sei eingeschlafen.

»Wenn se dich erst mal in die Kapelle schaffen, wirste reden, Liebchen!«

In die Kapelle? Was mochte die Frau wohl meinen? Sie drehte sich mit angezogenen Beinen zur Wand. Nachdem die Alte endlich verstummte und Anna eingeschlafen war, erscholl plötzlich ohrenbetäubender Lärm und sie fuhr von ihrer Liegestatt auf. In einem der Gänge brüllte ein Mann wie ein Tier. Das Geschrei brach jäh ab.

»Mach nicht solchen Krach, Kerl!«, gellte jemand. »Du weckst ja Toblers andere Gäste!«

»Lasst mich gehen, ihr verdammten Schergen! Ich war's nicht!«

»Das sagen sie alle«, vernahm Anna die lakonische Antwort eines anderen. Auf dem Gang waren Stiefeltritte zu hören. Kurz darauf schwang eine Tür auf, die Zelle musste sich ganz in der Nähe befinden. »Rein mit dir«, bellte einer der Männer.

»Das wird Euch noch leidtun!«

»Bekämen wir jedes Mal, wenn uns das jemand prophezeit, einen Pfennig, wären wir längst reiche Männer«, gab der andere zurück.

Die Tür schlug zu, und der Schlüssel drehte sich quietschend im Schloss.

Kapitel 31

»Guten Morgen.«

Anna schlug die müden Augen auf. Der Lochwirt stand in der Tür, in der rechten Hand einen Eimer, in der anderen eine flackernde Talgfunzel. Sie erwiderte den Gruß. Viel Ruhe hatte sie in der vergangenen Nacht nicht bekommen. Die Alte nebenan hatte immer wieder im Schlaf aufgeschrien. Ihren hervorgestoßenen Worten nach war Walburga in einem Albtraum gefangen gewesen, in dem man sie zum Rabenstein geschleppt und dort den Flammen eines Scheiterhaufens übergeben hatte.

»Ihr habt Besuch.« Er trat in die Zelle und stellte den mit Kohlen gefüllten Eimer neben der Feuerstelle ab, die in der Nacht erloschen war.

»Besuch?«

Der Lochwirt hob das Talglicht an und beleuchtete das rundliche Gesicht einer Frau von etwa fünfzig Lenzen, die hinter ihm die Zelle betrat.

Anna setzte sich auf. »Ihr?«

Agnes Dürer nahm das Talglicht von Tobler entgegen und kam näher. »Wie geht es Euch, Anna?«

Diese warf die stinkende Wolldecke beiseite und schwang die Beine von der Liegestatt. Frau Dürers Blick ruhte auf der Kette, die Anna mit der Pritsche verband.

»Ich habe das Bild nicht gestohlen. Das müsst Ihr mir glauben! Ihr müsstet wissen, dass ich so etwas niemals tun würde. Ich bewundere Euren Mann und die Kunstwerke, die er geschaffen hat ...«

Agnes Dürer bedeutete ihr mit einer Handbewegung zu schweigen. »Das wissen wir doch! Albrecht hat nicht gewollt, dass Ihr beschuldigt werdet. Er ist manchmal etwas ... nun ja, wie soll ich sagen, ohne ungebührlich zu werden ... vorschnell mit seinen Äußerungen.« Sie winkte ab. »Aber seid unbesorgt, es wird sich alles aufklären.«

»Ich danke Euch, Frau Dürer!«, entfuhr es ihr. »Bitte helft mir, aus diesem furchtbaren Loch herauszukommen. Lenchen braucht mich doch.«

Die Frau des Malers hatte den Blick auf den Eimer gerichtet, über dem Anna in der Nacht ihre Notdurft verrichtet hatte. Sie schämte sich für den Gestank, den er verströmte.

Die Besucherin nickte. »Das werden wir.«

»Warum hat man ausgerechnet mich verdächtigt?«

»Nun ja, das Bild hat Euren Unmut erregt. Daraus habt Ihr bei Eurem letzten Besuch kein Hehl gemacht, meine Liebe. Außer Euch hatten nur noch unsere Bediensteten die Möglichkeit, das Bild zu sehen. Als der Ratssekretär, bei dem mein Mann den Diebstahl anzeigte, ihn fragte, wer das Bild außer uns überhaupt kenne, nannte Albrecht ihm Euren Namen. Unglücklicherweise erwähnte er, wie sehr das Bild Euer Missfallen erregte.«

»Euer Gatte kann nicht ernsthaft glauben, ich hätte ...« Annas Stimme klang hohl. »Eher soll mir die Hand abfallen, bevor ich mich an fremdem Eigentum vergreife. Wenn er mir etwas Derartiges zutraut, werde ich niemals wieder Euer Haus betreten.«

»So beruhigt Euch doch. Albrecht traut Euch eine derartige Tat keinesfalls zu, dennoch wart Ihr die Einzige, der mein Gatte es gezeigt hat. Ihm ist die ganze Angelegenheit äußerst unangenehm. Wir werden für Eure Freilassung sorgen. Nun muss ich gehen. Gehabt Euch wohl.« Sie nickte dem Gefängniswärter zu. »Bringt mich nach oben, Lochwirt, bevor ich hier unten ersticke. Leert den Eimer dort und sorgt dafür, dass es Frau Dietl an nichts mangelt.«

»Jawohl, Frau Dürer. Ich kümmere mich darum.« Tobler öffnete die Tür, und die Dürerin trat aus der Zelle.

Nachdem sie sich wieder geschlossen hatte, sank Anna auf die Pritsche und stieß die Luft aus. Dankbar über die Ruhe in der Nachbarzelle sann sie über die Worte der Besucherin nach. Zum Besten stand es mit der Ehe der Dürers offenbar nicht. Kein Mann, der seiner Frau zugetan war, nannte diese vor anderen Leuten »eine alte Krähe«, wie der Maler es einmal gegenüber Korbinian getan hatte. Gewiss, Hochzeiten wurden üblicherweise aus anderen Gründen als der Liebe wegen geschlossen. Korbinian und sie waren hingegen glücklich gewesen, mehr als das. Er war ein Teil ihres Lebens geworden und hatte eine Lücke in ihr hinterlassen, die mit jedem Tag größer zu werden schien. Tränen rollten ihr über die Wangen, als ihre Gedanken von ihm zu Magdalena wanderten. Ob die Kleine gut geschlafen hatte? Die Vorstellung, dass sie schrie und Sebastian sie vielleicht nicht hörte, tat Anna weh. Was mochte in dem Kind vorgehen, wenn nun auch sie nicht mehr heimkam?

Anna zwang ihre Gedanken in die Gegenwart zurück. Eine fette Spinne kroch geradewegs auf ihren rechten Fuß zu. Als das Tier Anstalten machte, daran heraufzuklettern, beugte sie sich vor, schnippte es fort und zertrat es.

Etwas später wurde die Zwischentür geöffnet und gleich darauf die Tür der Nachbarzelle aufgeschlossen.

»Steh auf, Walburga«, vernahm sie die Stimme des Lochwirts, gefolgt von einem heiseren Krächzen der Alten.

»Ist es so weit?«

»Jetzt geht es vor den Richter«, antwortete der Gefängniswärter.

Walburga fluchte.

Glaubten die Ankläger der Alten wirklich, sie habe mit dem Teufel gebuhlt? Anna lauschte auf die sich entfernenden Schritte.

Bald darauf kam der Wärter zurück und öffnete die Zellentür. »Ich bringe Euch hier jemanden.«

Eine schlaksige Gestalt schob sich in die Zelle.

»Sebastian!«

Anna erzählte dem Bruder von Agnes Dürers Besuch und dass diese sich für sie einsetzen wolle. Sebastian konnte Anna beruhigen, Lenchen gehe es gut, sie solle sich keine Sorgen machen. Schon bald war die knapp bemessene Zeit vorüber, die den Untersuchungsgefangenen mit ihren Verwandten zugestanden wurde, und die Geschwister mussten Abschied nehmen. Jedoch nicht, ohne einander zu versichern, sich ja bald wiederzusehen.

»Ich werde dafür beten«, versprach Sebastian.

Dennoch entging Anna der betrübte Ausdruck auf seinem Gesicht nicht, als er ihr einen letzten Blick zuwarf und sich die Zellentür hinter ihm schloss.

Stunde um Stunde verstrich, und Anna sank der Mut. Musste sie etwa noch eine weitere Nacht in diesem dreckigen Loch verbringen? Endlich hörte sie Schritte.

Der Lochwärter stand vor ihr. »Ihr seid frei, Frau Dietl.« Er beugte sich herab und öffnete das Schloss der Kette.

Anna sprang auf. Sie drängte an ihm vorbei, hinaus auf den halbdunklen Gang, passierte einige der anderen Zellen und stieß die letzte angelehnte Zwischentür auf. Vor dem Tor blieb sie stehen.

»Eine Frage noch, Herr Lochwirt. Was wird nun aus Walburga?«

»Wenn das Gericht sie verurteilt, landet sie auf dem Galgenhof. Wäre allerdings in unserer Stadt das erste Weib, das wegen Hexerei brennt. Ich glaube eher, jemand versucht ihr etwas anzuhängen, weil ihr Liebeszauber nicht gewirkt hat.«

Sie dankte ihm und verließ das Gefängnis.

Draußen blieb sie kurz stehen und sog die frische Luft tief in ihre Lungen, ehe sie sich auf den Rückweg machte. Sie konnte es kaum erwarten, wieder daheim zu sein, denn diesmal war das Haus nicht kalt und leer. Wärme durchflutete Anna, als sie an Sebastian und Lenchen dachte, die sie sicher schon erwarteten. Den Rest des Tages wollte sie gemeinsam mit dem Bruder und der Kleinen ihre wiedererlangte Freiheit genießen.

Am nächsten Morgen suchte sie die Dürers auf.

Gertrudt, die zweite Magd, führte Anna ins erste Stockwerk. Der scheele Blick, mit dem die Frau sie bedachte, entging ihr nicht.

»Wartet hier, ich gebe der Hausherrin Bescheid«, erklärte die Magd und schloss die Esszimmertür hinter sich.

Anna setzte sich mit Lenchen auf einen der gepolsterten Stühle. In einer Zimmerecke stand eine bauchige Vase mit Eibenzweigen, und von dem mit einem bis zum Boden fallenden Tuch bedeckten Tisch wehte der verführerische Duft von Lebkuchen zu ihr herüber. An einer Wand, gegenüber dem wohlige Wärme spendenden Kachelofen, hing ein neues Gemälde, das Porträt eines hageren Mannes mit ernster Miene und einer gewaltigen Hakennase.

»Michael Wolgemut, Albrechts Lehrer. Er verehrt ihn bis zum heutigen Tag.«

Anna erhob sich rasch und glättete ihr Gewand.

Die Frau des Malers reichte ihr die Hand. Sie trug ein geschnürtes wollenes Kleid, das sich um ihre fülligen Hüften bauschte. »Meine Liebe, ich hoffe, es geht Euch gut?« In ihrer Stimme schwang Besorgnis mit.

»Soweit es einem Menschen gut gehen kann, der zwei Tage unschuldig im Loch verbringen musste«, erwiderte Anna nicht ohne Bitterkeit.

»Natürlich. Seid nochmals versichert, dass wir Euch glauben«, gab Agnes Dürer zurück. »Für die Unannehmlichkeiten, die wir Euch bereitet haben, können wir uns nur entschuldigen und um Verzeihung bitten. Diese unselige Angelegenheit wird sich aufklären. Dafür werde ich persönlich sorgen.«

Unannehmlichkeiten?, dachte Anna. Das schien ihr wirklich gelinde ausgedrückt. »Das hoffe ich, Frau Dürer. Ich danke Euch.«

»Bitte nehmt doch wieder Platz«, bat die Hausherrin. Sie betrachtete das Kind. »Wollt Ihr die Kleine nicht absetzen? Ich habe eine schöne, weiche Wolldecke, auf der sie spielen könnte.«

»Das wäre wunderbar, sie wird nämlich immer schwerer.«

Agnes Dürer schritt zu einem der Polsterstühle hinüber, über dem eine wollene Decke drapiert war. Sie breitete sie auf dem Holzfußboden aus und nahm Anna das Kind ab, um es darauf auf den Bauch zu legen.

Staunend beobachteten die beiden Frauen, wie die Kleine sich auf die Arme stützte und ein Bein vorschob. Dabei verlor Lenchen das Gleichgewicht und fiel zur Seite.

»Ich hätte auch gern ein Kindchen mein eigen genannt«, murmelte Frau Dürer.

»Ja, Ihr könnt gut mit der Kleinen umgehen.« Anna wollte nicht weiter in sie dringen, bemerkte jedoch den Schatten, der über das Gesicht ihres Gegenübers huschte.

»Es sollte wohl nicht sein. Der Herrgott hat etwas anderes für mich vorgesehen, obgleich ich eine Weile gebraucht habe, um dieses Los anzunehmen. Heute bin ich dafür herzlich dankbar.«

Anna forschte in Agnes Dürers Miene, die nun einen Ausdruck der Gelassenheit angenommen hatte. »Ich verstehe nicht.«

»Seht, wie hätte ich meinen Gatten aus vollstem Herzen unterstützen können, damit die Welt seine begnadete Gabe erkennt und sich davor verneigt, wenn ich Kinder um mich gehabt hätte, die meine Aufmerksamkeit fordern? Nein, liebe Anna, so ist es schon recht.«

Abermals erkannte sie die Hingabe, mit der Frau Dürer über ihren Gatten sprach, ihre Stimme wurde dann ebenso weich wie die sonst eher groben Züge. Ob Herr Dürer ebenfalls echte Zuneigung für seine Gemahlin empfand? Die Hausherrin zwinkerte Lenchen zu, die sich inzwischen auf den Rücken gerollt hatte, mit den Beinen in der Luft strampelte und sichtlich Freude über die Bewegungsfreiheit zeigte.

»Ich würde gerne auch Eurem Mann meine Unschuld versichern.«

Agnes Dürer griff zur Glocke und klingelte nach der Magd, die alsbald erschien. »Bring uns einen Krug Wein und zwei Gläser, Gertrud.« Die Frau des Malers wartete, bis sich die Tür hinter der jungen Frau geschlossen hatte. »Leider kann mein Mann Euch nicht empfangen, unglücklicherweise liegt er seit einigen Tagen mit Fieber danieder. Auch plagt ihn seit unserer Reise durch die Niederlande immer öfter die Melancholia. Zu viel schwarze Galle im Leib, Ihr versteht?« Frau Dürer seufzte. »Sein Medicus und der Apotheker müssen im letzten Jahr ein kleines Vermögen an meinem Albrecht verdient haben.«

Gertrud betrat den Raum, in den Händen ein Tablett mit farbigen Gläsern und einem Krug, in dem roter Wein schimmerte. Frau Dürer entließ die Magd mit einem Wink und übernahm es selbst, die Gläser zu füllen, ehe sie eins an ihren Gast weiterreichte.

»Lasst uns anstoßen. Auf die Freiheit und die Gerechtigkeit, die letztlich siegen muss!«

Die Gläser klangen wohltönend aneinander, und Anna nahm einen vorsichtigen Schluck von dem tiefroten Wein, der süß und fruchtig schmeckte.

»Möge der Dieb schnell gefunden werden«, setzte die Hausherrin das Gespräch fort. »Nicht nur, um ihn seiner gerechten Strafe zuzuführen, sondern vor allem, damit mein Albrecht sein neues Werk zurückerhält. Seine größte Sorge ist, dass es bereits aus Nürnberg fortgeschafft und verkauft worden ist.«

Nur Lenchens fröhliches Gebrabbel unterbrach die Stille, die auf die Worte der Dürerin folgte. Vor ihrem inneren Auge sah Anna jenes Werk des Meisters vor sich, es war die Gestalt des nackten Heilands am Kreuz, der die Züge des Malers trug. Ja, dieses Bild *hatte* ihr missfallen, in ihren Augen war es nichts als Gotteslästerung und mehr als unpassend, denn was sollte Meister Dürer mit dem Leiden Jesu zu schaffen haben? War der Diebstahl ausgerechnet dieses Gemäldes reiner Zufall – oder gab es jemanden, der ebenso empfand wie sie und es deshalb entwendet hatte?

»Ihr schweigt, Anna?«, unterbrach Frau Dürer ihre Gedanken.

»Ich frage mich nur, wie der Dieb in Euer Haus gelangt sein könnte?«

Lenchen hatte sich inzwischen auf die Seite gerollt und spielte mit ihren Fingern.

Die Ältere wiegte den Kopf. »Das ist uns allerdings auch ein Rätsel, meine Liebe. Die Werkstatttür war nämlich unversehrt, und es wurde auch kein Fenster eingeschlagen.«

Annas Blick verlor sich in der Ferne. »Was nur bedeuten kann, dass der Täter unter Euren Angestellten zu suchen ist.«

Frau Dürer hob die Hände. »Das kann ich mir beim besten Willen nicht vorstellen, Anna.«

»Wie Ihr meint«, antwortete diese. »Hoffentlich wird der Dieb bald gefunden, damit der Verdacht völlig von mir genommen wird.«

Die Hausherrin beugte sich zu dem Kind auf der Wolldecke und reichte ihm einen ledernen Spielzeugball, den die Kleine sogleich in den Mund zu stecken versuchte.

»Sie bekommt einen neuen Zahn und nimmt einfach alles in den Mund«, fühlte Anna sich bemüßigt, erklären zu müssen, aber die Gastgeberin winkte ab.

Anna kehrte mit ihren Gedanken zu den Ereignissen der letzten Zeit zurück und stand auf.

»Frau Dürer, gestattet mir, mich zu verabschieden, Magdalena ist müde, außerdem werde ich erwartet.«

»Wo habe ich denn nur meine Gedanken?«, rief die Ältere unvermittelt aus und schlug sich mit der flachen Hand an die Stirn. »Albrecht hat mir etwas für Euch übergeben, damit Ihr seht, dass seine Entschuldigung kein bloßes Lippenbekenntnis ist. Wartet einen Moment!« Sie lief aus dem Raum, um kurz darauf mit einer Rolle in der Hand zurückzukehren.

»Mein Gemahl hat es erst kürzlich fertiggestellt. Es soll Eure Stube schmücken. Bitte zögert nicht, es zu verkaufen, wenn es nötig sein sollte.«

Verblüfft griff Anna nach dem Bild, das zum Schutz in ein Stück Leinen eingeschlagen und mit einem Wollfaden zusammengehalten war. »Bitte richtet Eurem Gatten meinen Dank und weiterhin gute Besserung aus.«

»Das mache ich gern.« Die Frau des Malers ergriff Annas ausgestreckte Hand. Ein warmes Lächeln umspielte ihre Lippen. »Versprecht mir, zu uns zu kommen, wann immer Ihr Hilfe braucht.«

Anna dankte ihr und schob das Geschenk in ihr Bündel. Sie hob Lenchen auf, kleidete sie an und eilte nach Hause.

Sebastian schürte gerade das Feuer, als sie die Küche betrat. »Na, wie ist es gelaufen?«, erkundigte er sich und musterte sie aufmerksam.

Was sich in ihrem Bündel befand, wollte sie ihm erst später zeigen. »Ich habe den Eindruck, Frau Dürer ist die Angelegenheit äußerst unangenehm«, erklärte sie stattdessen. »Ständig versucht sie, das Verhalten ihres Mannes zu entschuldigen. Er scheint ein schwieriger Charakter zu sein.«

»Du hast ihm noch nicht verziehen, oder?«

»Der Fehler lag bei mir. Vielleicht habe ich zu viel von Meister Dürer erwartet, Sebastian.«

»Er hätte deinen Namen nicht fallen lassen dürfen. Er müsste wissen, dass du ihn nicht bestiehlst«, widersprach er finster.

»Tatsächlich?« Anna setzte das Kind ab. »Meisterliche Künstler wie Herr Dürer haben es mit vielen Neidern und Schmarotzern zu tun. Woher soll er wissen, wem er wirklich trauen kann, zumal wir uns erst seit kurzer Zeit kennen? Außerdem hat er auch viele liebenswürdige Seiten.«

»Ich verstehe dich nicht, Anna. Bist du denn nicht wütend auf ihn?«

»Nicht mehr. Lass es gut sein, Brüderchen. Die Dürers haben sich entschuldigt. Was wissen die beiden schon, wie es ist, in einer engen Zelle auszuharren und wie eine Verbrecherin behandelt zu werden.«

»Wie auch immer. Du bist unschuldig und wieder zu Hause. Nur das zählt, oder?« Sebastian drückte ihre Hand.

Ihr Herz machte einen freudigen Satz, als sie die strahlenden Gesichter ihrer kleinen Familie betrachtete und das Kind die Arme nach ihr ausstreckte. Wie unglücklich auch die letzten Tage gewesen waren, an diesem Abend würde sie mit Magdalena und Sebastian vor dem knisternden Kaminfeuer sitzen. Bald schon würde sie mit ihnen Weihnachten feiern können, und das war mehr, als sie sich die letzten Tage hatte erhoffen dürfen.

Sebastian war zeitig aufgestanden und hatte dem Feuer im Kamin neues Leben eingehaucht, als Anna am nächsten Morgen die Stube betrat. Ihr Bruder saß in Korbinians Lieblingsstuhl. Auf dem kleinen Holztischchen lag die Pfeife, die ihr Mann sich hier gern gestopft hatte, wenn sie am Abend beisammensaßen, um den Tag mit einem Plausch und einem Becher Wein ausklingen zu lassen. Wieder verspürte sie die Leere, die er in ihr hinterlassen hatte.

Sebastian erhob sich, schob den Stuhl etwas näher an die Feuerstelle und bedeutete ihr, Platz zu nehmen. »Setz dich nah ans Feuer.«

Sie schüttelte den Kopf. »Ich muss das Frühmahl bereiten.«

»Ist längst fertig«, entgegnete er grinsend. »Ich bin schon seit einer Stunde wach. Lenchen schläft noch tief und selig. Ich hab gerade nachgesehen.« Er fasste nach seinem Bündel, in dem er seine wenigen Sachen verwahrt hatte, als er zu ihr gezogen war. »Setz dich und mach die Augen zu.«

Anna gehorchte und lauschte auf Geräusche, die ihr verraten könnten, was ihr Bruder ihr verheimlichte. Aber bis auf seinen Atem und das Knacken eines Holzscheits im Kamin blieb es still.

»Du kannst die Augen wieder öffnen.«

Sie tat es. In Sebastians ausgestreckter Hand lag ein dunkelbrauner Kamm.

»Den habe ich aus einem Stück Hirschgeweih geschnitzt.«

Staunend betrachtete Anna den mit einem Blumenmuster verzierten Gegenstand aus poliertem Horn.

»Ich hab ihn gestern gemacht. Gefällt er dir?«

Sie ergriff den Kamm. »Sehr, vielen Dank.«

»Hab zwei davon geschnitzt«, meinte Sebastian. »Der andere ist für Barbara. Ich werde ihn ihr morgen vorbeibringen.«

»Da wird sie sich bestimmt freuen. Du hast viel bei Meister Stöckl gelernt.«

Ein Schatten flog über sein Gesicht, und sie erinnerte sich, wie abfällig der Beinschnitzer über den Bruder gesprochen hatte. Plötzlich fiel Anna das Geschenk der Dürers wieder ein. Sie erhob sich und ging zum Stubenschrank, in den sie das zusammengerollte und in Leinen verpackte Bild am Abend gelegt hatte.

Sebastians Stirn umwölkte sich. »Was ist das?«

»Die Dürerin hat es mir gegeben. Es ist von ihrem Mann.« Anna zog an dem roten Wollfaden und entrollte das Blatt. »Wie hübsch«, entfuhr es ihr.

Die Tuschezeichnung zeigte drei Sperlinge, die auf einem Fenstersims hockten und sich um einen Kanten Brot stritten. Beinahe konnte sie das aufgeregte Tschilpen der graubraun gefiederten Vögel hören, so lebendig wirkte die Szene. Wie die anderen Darstellungen von Tieren und Pflanzen, die Anna in Dürers Werkstatt gesehen hatte, war auch diese an Genauigkeit und Ausführung kaum zu übertreffen.

»Ja, das ist wirklich großzügig von ihm.«

»Ein Geschenk, das ich nicht annehmen würde«, räumte Anna ein, »wüsste ich nicht von Frau Dürer, dass es ein Zeichen der Entschuldigung ihres Mannes sein soll.«

»Das ist auch nötig«, bestätigte Sebastian finster. »Was wirst du mit der Zeichnung anfangen? Willst du sie verkaufen? Dürer hat sie mit seinem Monogramm versehen. Das Bild dürfte dir ein hübsches Sümmchen einbringen.«

Anna ließ das Blatt sinken. »Nein, ich werde das Geschenk in Ehren halten. Ich glaube, Lenchen ist wach geworden. Lass uns in die Küche gehen.« Sie zwinkerte ihm zu. »Das Mus ist sicher längst kalt.«

Kapitel 32

Sebastian öffnete die Tür zur Werkstatt des Steinmetzen, hinter der laute Hammerschläge zu hören waren, und trat ein. Barbaras Vater saß auf einem Schemel vor einem Steinblock. In der rechten Hand hielt er einen Hammer, die andere umfasste einen unterarmlangen Meißel. Er ließ den Blick durch den Raum schweifen. Der Zweck der meisten Werkzeuge, die an langen Nägeln an den Wänden hingen, war ihm fremd. Nur wie der Meister mit der Messlatte, verschiedenen Winkeln und einer Schablone arbeitete, hatte Herr Freisler ihm bei einem Besuch erläutert.

Als der Steinmetz den Gast bemerkte, breitete sich ein Lächeln auf seinem von Staub bedeckten Gesicht aus. »Wie schön, dich zu sehen, Junge!«

Sebastian ergriff die Hand des Mannes und schüttelte sie. »Wie geht es Euch, Herr Freisler?«

»Oh, danke der Nachfrage. Ein Neubürger lässt sich ein Haus am Frauentor bauen und hat einige Steine bei mir in Auftrag gegeben. Da haben mein Geselle und ich die nächsten Wochen reichlich zu tun.« Prüfend sah er Sebastian an. »Und du? Ich nehme an, dass du dir inzwischen eine Beschäftigung gesucht hast?«

Sebastian lehnte sich an eine der getünchten Wände. »Ehrlich gesagt bin ich ein wenig unschlüssig, welchen Beruf ich ergreifen soll, Herr Freisler«, gab er zu. »Die Arbeit bei dem Beinschnitzer, von dem ich Euch erzählte, hat mir eigentlich gefallen. Nur leider sind wir nicht gut miteinander ausgekommen.«

»Von irgendetwas musst du leben, Junge. Oder willst du deiner Schwester auf der Tasche liegen?«

»Natürlich nicht, Herr Freisler.«

»Du wirst schon Arbeit finden. Willst schließlich eines Tages imstande sein wollen, eine Familie zu ernähren.« Das gab Sebastian Gelegenheit, dem Steinmetzen eine Frage zu stellen, die ihm schon seit Tagen unter den Nägeln brannte.

»Gibt es eigentlich jemanden, der ein Auge auf Eure Tochter geworfen hat?«, fragte er in harmlosem Tonfall.

Freisler griff nach einer auf dem Boden liegenden Schablone. »Wieso?«

Sebastian stieß sich von der Wand ab und legte eine Hand auf den Steinquader, den der Steinmetz gerade bearbeitete. Während er über die raue Oberfläche strich, überlegte er, welche Antwort er Barbaras Vater geben sollte, da hoben sich dessen Lippen zu einem Grinsen.

»Ich denke, wir wissen beide, wer ein Auge auf Barbara geworfen hat, oder?«

Sebastian stieg die Hitze ins Gesicht. »Ihr habt es also bemerkt?«

»Ich nicht, aber meiner Frau sind die Blicke nicht verborgen geblieben, mit denen du unsere Tochter anhimmelst. Wir Männer sind in solchen Dingen wohl eher etwas begriffsstutzig.«

Verflixt, waren seine Gefühle so offensichtlich zutage getreten? »Ihr habt hoffentlich nichts dagegen, Herr Freisler?«

»Meine Katharina und ich haben nichts gegen dich, Junge«, wehrte der Ältere ab. »Nur vergiss bitte nicht, worüber wir gerade gesprochen haben. Leider lässt sich ein gesichertes Einkommen noch nicht bei dir erkennen. Solange sich daran nichts ändert, wirst du unseren Segen nicht bekommen.«

In Sebastians Kehle steckte plötzlich ein Kloß, und er schielte auf seine Stiefelspitzen. »Macht Euch deswegen keine Sorgen, Herr Freisler.« Immerhin konnte er froh darüber sein, dass Barbaras Eltern ihn trotz seiner unrühmlichen Vergangenheit nicht ablehnten. Dann fasste er in den Beutel an seinem Wams, nahm den Hornkamm heraus, den er für Barbara gefertigt hatte, und reichte ihn dem Steinmetzen. »Meint Ihr, Eure Tochter freut sich über mein Geschenk?«

Herr Freisler betrachtete den Kamm eingehend. »Feine Arbeit, Sebastian. Hast du ihn selbst geschnitzt?«

»Ja, vor einigen Tagen. Ich würde Barbara gern sehen. Darf ich zu ihr?«

»Geh nur, ich muss ohnehin noch arbeiten.«

Sebastian verabschiedete sich und verließ die Werkstatt. In dem Hof zwischen den beiden Gebäuden traf er auf Barbara, die ihn mit gespielt strenger Miene anblickte.

»Sebastian Stäubling, hattest du nicht versprochen, mich in den nächsten Tagen zu besuchen?«

Das Herz schlug schneller in seiner Brust. »Hast du mich etwa vermisst?«

»Und wenn es so wäre?«

»Dann wäre ich der glücklichste Mann in ganz Nürnberg.«

Ein Lächeln huschte über ihr Gesicht, nur um gleich darauf wieder ernst zu werden. »Wie geht es deiner Schwester? Wir haben gehört, dass sie im Lochgefängnis war. Was ist geschehen?«

Kurz berichtete Sebastian ihr, was sich zugetragen hatte. »Die Dürers haben dafür gesorgt, dass Anna gleich am nächsten Tag entlassen wurde«, schloss er. »Das Ganze war wohl ein Missverständnis, und die beiden haben sich entschuldigt.«

»Trotzdem schrecklich, wie schnell man in einer Zelle landen kann«, antwortete Barbara schaudernd.

»Wollen wir nicht ins Haus gehen, es ist kalt hier draußen«, schlug Sebastian vor, »außerdem habe ich etwas für dich.«

»Du hast ein Geschenk für mich?«

»Nur eine Kleinigkeit«, erwiderte er betont gelassen.

In der Küche überreichte er ihr den Kamm.

»Der ist wunderschön, Sebastian. Dieses Blumenmuster – du bist ein richtiger Künstler.«

Ehe er sichs versah, hauchte sie ihm einen Kuss auf die Wange. Wieder fühlte er, wie er rot wurde.

Katharina Freisler betrat den Raum. »Sebastian, habe ich mich also doch nicht verhört.«

»Gott zum Gruß, Frau Freisler.«

Ihr Blick wurde ernst. »Deine Schwester und du, ihr macht im Moment eine schwere Zeit durch, nicht wahr?«

Sebastian schwieg.

»Warum kommt ihr beiden nicht zum Weihnachtsfest zu uns?«, fuhr Barbaras Mutter fort. »Wir könnten die Christmette in der Sebaldkirche besuchen, uns das Krippenspiel ansehen und den Heiligen Abend gemeinsam verbringen.«

Er fing einen bittenden Blick Barbaras auf, als Herr Freisler ebenfalls die Küche betrat und sich am Tisch niederließ. Seine Frau reichte ihm einen Becher heißen Würzwein.

»Was haltet ihr davon, wenn wir die Dietls zum Christabend einladen?«, fragte sie.

Barbaras und Sebastians Augen leuchteten um die Wette.

»Oh, fein!«, entfuhr es dem Mädchen. »Was meinst du dazu, Sebastian?«

»Sehr gern, aber das müsste ich erst mit Anna besprechen.«

»Mutter und ich lieben die Zeit zwischen Advent und Epiphanias«, fuhr Barbara fort. »Du wirst sehen, wenn du uns das nächste Mal besuchst, schmücken Mistel- und Eibenzweige die Stube, und der Duft von Lebkuchen und Bratäpfeln weht durchs Haus.«

Ihre Worte versetzten Sebastian einen Stich, denn seine Mutter hatte das Haus ebenfalls jedes Jahr während der Weihnachtszeit mit Tannenzweigen und Misteln geschmückt, und auch bei ihnen hatte immer eine große Schale mit Äpfeln und Nüssen auf dem Stubentisch gestanden.

KAPITEL 33

Das Christfest, das Sebastian und sie mit den Freislers verbracht hatten, und Dreikönig lagen bereits hinter ihnen, als Anna eines Morgens vor dem Spiegel in der Stube stand und ihre nun wieder dunkelblonden Haare zufrieden begutachtete. Der helle Ansatz an dem braunen Haar hatte ihr nicht gefallen. Also hatte sie aus Gerstenspreu, zu Asche verbrannten Reben und anderen Zusätzen einen Sud gekocht und das frisch gewaschene Haar mit der Flüssigkeit gespült.

Anna drehte sich zu Lenchen herum, die sie neugierig beäugte. »Ja, da schaust du, mein Schatz.« Sie strich der Kleinen über den Kopf.

Die gleiche Nase, die gleiche hohe Stirn wie ihr Vater, dachte sie wehmütig. Magdalena wurde Korbinian von Tag zu Tag ähnlicher. Mehrmals hatte sie mit weinerlicher Stimme nach ihrem Dada gerufen. Das waren jene Momente, in denen sich die junge Frau so hilflos fühlte wie nie zuvor. Eines Tages würde Lenchen alt genug sein, um Fragen zu stellen. Anna biss sich auf die Lippen und wollte eben in die Hocke gehen, um mit dem Kind zu spielen, da hielt sie in der Bewegung inne.

Auf der Gasse traten drei Frauen ans Fenster und spähten zu ihr herein. Sogar die Augen schirmten sie mit den Händen ab, um besser sehen zu können. Unwillkürlich wich sie zurück. Mit einer Miene, die derart verächtlich wirkte, dass Anna ganz heiß wurde, wies eine der Frauen mit ausgestrecktem Finger auf sie. Sie steckten die Köpfe zusammen und tuschelten. Anna hörte ihr Lachen. Eine der Frauen hob die Hand, etwas wurde gegen die Butzenscheibe geworfen. Sie erstarrte, während sie beobachtete, wie Eidotter an ihrem Fenster hinablief und in der Kälte gefror. Ruckartig wandte sie sich ab und setzte sich zu Lenchen auf den Fußboden. Die Blicke der Frauen spürte sie wie Messerstiche im Rücken, bis sich die Schritte entfernten. Hässliche gelbe Schlieren warfen ein diffuses Muster an das Fenster.

Die Ereignisse der letzten Zeit mussten sich wie ein Lauffeuer in der Nachbarschaft verbreitet haben. Seit sie im Lochgefängnis gesessen hatte, mieden Korbinians Kunden und Nachbarn sie wie der Teufel das Weihwasser. Gut, Anna war es gewohnt, nie mit mehr als einem höflichen Nicken auf der Straße gegrüßt zu werden. Gegenüber der Gattin eines angesehenen Buchmalers durften sich die Leute schließlich keine Unhöflichkeit nachsagen lassen. Aber seit sie nur noch Korbinian Dietls Witwe war, ließen die Menschen jede Respektsbekundung wie Unrat achtlos fallen. Einzig Konrad Mutz hatte kurz nach dem Neujahrstag bei ihr angeklopft, natürlich nicht uneigennützig, und ihr geraten, Haus und Werkstatt zu verkaufen. Er selbst sei durchaus interessiert und könne ihr einen guten Preis zahlen. Anna hatte entschieden abgelehnt und ihn aufgefordert, das Haus auf der Stelle zu verlassen.

Mit einem unguten Gefühl erinnerte sie sich des Tages, als der Holzschnitzer in Begleitung dieses anderen Mannes Korbinian aufgesucht hatte. Sie schüttelte den Kopf. Ausgerechnet an Mutz sollte sie verkaufen? Alles in ihr sträubte sich dagegen. Noch – denn sie ahnte, dass sie eines Tages nicht mehr umhinkommen würde, sich von dem Haus zu trennen und sich anderswo einzumieten. Eine oder zwei Kammern, sie stellte keine Ansprüche, Sebastian würde schließlich nicht für alle Zeit bei ihr wohnen. Sie mussten alle beide unbedingt Arbeit finden.

Annas bisherige Bemühungen waren leider erfolglos geblieben. Die Gerber, deren Viertel sie normalerweise mied, suchten ständig Wäscherinnen, hatte sie geglaubt. Aber das schien ein Irrtum zu sein, denn sie war mit den Worten fortgeschickt worden, man benötige keine zusätzliche Arbeitskraft. Am folgenden Tag versuchte sie es bei den Schneidereien. Die scheelen Blicke, die Anna dort erntete, ließen vermuten, dass den Leuten hier ihre Geschichte ebenfalls zu Ohren gekommen war. Danach hatte sie es in den Spitälern versucht, aber ohne eine Ausbildung wollte sie auch dort niemand einstellen. So konnte es nicht weitergehen. Immer schwerer wurde ihr das Herz, während sie dasaß und darüber nachsann, was das neue Jahr wohl für sie und ihre kleine Familie bereithalten mochte.

»›Denkt nicht, dass ich gekommen bin, Frieden auf die Erde zu bringen, sondern das Schwert‹, spricht der Herr.«

Der Prophet hob den Blick von der beim Evangelisten Matthäus aufgeschlagenen *Biblia*. Prüfend ließ er ihn über die Männer schweifen, die sich in dem Saal versammelt hatten. Ein neu hinzugekommenes Mitglied hatte ihn der Bruderschaft erst kürzlich zur Verfügung gestellt. In den letzten Wochen war die Zahl seiner Anhänger auf gut fünfzig Männer angewachsen, aber an diesem besonderen Abend wollte Elia nur den engsten Kreis seiner Jünger um sich geschart wissen. Dazu zählten neben Sepp Stadler und Ferdinand Kärner auch Konrad Mutz, Dietrich Bratler und ein halbes Dutzend weitere Männer. Unter ihnen war auch Tilmann Schimpf.

Obwohl der Kupferschmied erst seit Kurzem der Bruderschaft angehörte, hatte Elia auch ihn zu sich berufen. Der Mann machte einen vertrauenswürdigen Eindruck, wenngleich Sepp vor einigen Tagen die Vermutung geäußert hatte, Schimpf zweifle öfter an seinem Glauben. Die Bedenken ließen sich in einem Gespräch allerdings rasch ausräumen. Der

Prophet hegte ein gewisses Verständnis für jene Männer, die mit Glaubenszweifeln zu kämpfen hatten, kannte er solche Gedanken selbst nur zu gut. Nachdem er den göttlichen Auftrag erhalten hatte, Sein Prophet zu sein, hatte Gottes Feind ihn immer wieder versucht, um ihn von seinem Weg abzubringen. Zuletzt, als er die Hure im Badehaus bestraft hatte. Wer niemals vom Teufel angegriffen wurde, musste sich fragen, ob er überhaupt ein wahrer Nachfolger war. Hatte nicht auch Johannes der Täufer eine Zeit durchgemacht, in der er sich fragte, ob Christus wirklich der von Gott gesandte Messias war – und das trotz all der Wunder, die der Herr vollbrachte? Auch dem ungläubigen Thomas hatte Christus die Zweifel nehmen müssen, indem er ihn seine Wunden berühren ließ, bis er endlich an den Herrn glauben konnte. Thomas – vielleicht sollte ich Tilmann diesen Namen geben, überlegte der Prophet kurz und wandte sich wieder dem Buch zu, das aufgeschlagen vor ihm lag.

»›Ich bin gekommen, dass ich ein Feuer anzünde auf Erden. Was wollte ich lieber, denn es brennet schon!‹«

Elia schloss die Heilige Schrift und blickte jedem Einzelnen der Anwesenden fest ins Gesicht.

»Liebe Brüder, diese Worte hat der Herr einst zu seinen Jüngern gesprochen, sie gelten auch heute noch, vielleicht mehr denn je. Christus hat mich beauftragt, seinen Willen in die Tat umzusetzen und die Botschaft vom nahen Ende zu verkünden. Leider wollen die wenigsten Nürnberger hören, was der Herr ihnen durch uns zu sagen hat. Sie wenden sich lieber den neuen Lehren des Wittenberger Ketzers zu. Brüder, die Menschen dieser Stadt befinden sich im Abfall vom heiligen Gott und seiner Kirche.« Die letzten Worte hatte er mit erhobener Stimme gesprochen. Nun senkte er sie wieder und streckte beide Hände gen Himmel. »Deshalb hat Er heute Nacht durch einen Engel in meiner Kammer zu mir gesprochen.«

Einen Augenblick wartete er die Wirkung seiner Worte ab. Sie blieb nicht aus. Erstaunen und Bewunderung spiegelten sich auf den vom Licht zahlreicher Öllampen erhellten Gesichtern wider.

Dann setzte er erneut an: »Der Allmächtige hat großes Wohlgefallen an mir. Auch alle meine Nachfolger wird Er reichlich segnen, wenn sie dem Herrn weiterhin treu dienen und gehorsam sind. Jene aber, die das Werk verlassen, sollen hart gezüchtigt werden.« Elia trat hinter dem Pult hervor und machte einen Schritt auf seine Anhänger zu. »Durch Seinen Engel ließ der Herr mir ausrichten, wir sollen einigen Nürnbergern, die den Lehren Luthers besonders zugetan sind, eine Warnung zukommen lassen.«

»Wie wäre es mit Dürer und Pirckheimer?«, rief Bratler aus. »Oder mit den Predigern von St. Lorenz und St. Sebald?«

Der Prophet schüttelte den Kopf. »Weder die Geistlichen noch jemand vom Rat. Ich denke vorerst an Männer wie diesen Tuchhändler Gruber.«

Sepp hob die Hand. »Und wie soll diese Warnung aussehen?«

»Vielleicht sollte man ihm den roten Hahn aufs Dach setzen«, schlug Konrad Mutz vor.

»Das geschähe ihm recht!«, stieß Ferdinand grimmig hervor. »Erst kürzlich habe ich auf dem Weinmarkt mit angehört, wie Gruber uns als Teufelsbrut bezeichnete, als er mit einem anderen über die Bruderschaft sprach. Lasst uns dem Kerl die Hölle heißmachen. Ich bin dabei.«

»Ich auch!«, rief Lukas Wendel aus. »Lieber heute als morgen. Ich kann dem Mann sowieso nicht aufs Fell gucken! Im letzten Jahr wollte ich meinen Ältesten mit seiner Therese verheiraten, aber mein Valentin war ihm nicht gut genug, diesem eingebildeten Pfeffersack«, schnaubte er. »Kurz darauf hat er sie dem Ziehsohn vom Pfanner Gerald zur Frau gegeben.«

Tilmann Schimpf hatte das Geschehen bisher schweigend verfolgt, aber nun konnte er nicht länger an sich halten. »Haltet ihr es wirklich für klug, dem Mann gleich das Haus anzuzünden? Wenn das rauskommt, bringen wir doch die Leute erst recht gegen uns auf.« Empörung schwang in seiner Stimme mit, als er den Blick auf den Propheten richtete. »Ist die Bruderschaft etwa eine Bande von Brandstiftern? Dann will ich nicht länger dazugehören!«

Elia musterte den Kupferschmied. »Bruder Tilmann, du bist noch nicht lange bei uns, darum will ich dir dein ungebührliches Benehmen verzeihen. Der Herr hat dich zu uns geführt und will dich für Seinen Dienst gebrauchen. Da wirft man nicht einfach hin. Wir sind eine Gemeinschaft, die Gott zusammengerufen hat, vergiss das nicht.« Sein Ton wurde schärfer, als er das Wort an Bratler richtete. »Hier geht es nicht um Vergeltung für irgendwelche Kränkungen, Dietrich. Wir tun nur, was der Herr uns aufträgt, nicht mehr und nicht weniger.«

»Verzeiht, Herr.«

Elia nickte ob Dietrichs zerknirschter Miene, ließ sich auf den einzigen Stuhl im Raum sinken und schloss die Augen. Mit einem Mal fühlte er sich müde. Gespannt warteten die Männer, ob der Prophet ihnen noch mehr zu sagen hatte.

»Lasst mich nun allein«, befahl er, winkte jedoch Bratler und Kärner zu sich heran. »Ihr bleibt. Ich habe noch mit euch zu reden. Heute werdet ihr eure neuen Namen erfahren, die der Herr mir für euch gegeben hat.«

Während die anderen Männer den Raum verließen, bedeutete der Prophet den beiden, näher zu treten. Seine Lippen hoben sich zu einem dünnen Lächeln.

»Wegen ihres Feuereifers nannte Christus seine zwei Jünger Jakobus und Johannes Donnersöhne«, begann er, erhob sich und legte Kärner und Bratler je eine Hand auf die Stirn. »Ferdinand, von heute an sollst du Jakobus heißen«, erklärte er. »Und du, Dietrich, trägst von heute an den Namen Johannes. Nun aber wollen wir über den Tuchhändler sprechen.«

KAPITEL 34

Wie sollte Anna ihrem Onkel entgegentreten, wenn er vor ihrer Tür stand? Diese Frage war ihr tagelang durch den Kopf gegangen und löste zunehmend Unruhe in ihr aus. Daraufhin hatte sie sich auf jede seiner möglichen Fragen die passenden Antworten zurechtgelegt. Aber Gerald Pfanner war nicht erschienen. Mariä Lichtmess war vorüber, als ein Gedanke in ihr zu reifen begann. Je länger sie darüber nachdachte, umso mehr hob sich ihre Stimmung.

Es war früh am Morgen, und Sebastian fütterte Lenchen mit Getreidebrei. Überhaupt waren er und das Kind gute Freunde geworden. Die Kleine liebte es, mit ihm zu spielen und zu scherzen. Liebevoll betrachtete Anna die beiden, während sie in ihrem Frühstück herumstocherte. Die Morgensonne warf goldene Schimmer auf Lenchens Lockenkopf. Sie lachte vor Vergnügen, als Sebastian für sie Grimassen zog. Anna wurde warm ums Herz. Bald jedoch kehrten ihre Gedanken zum Ausgangspunkt zurück, und sie blickte nachdenklich aus dem Fenster. Die klare, klirrende Kälte lud zu einem Spaziergang ein.

»Sebastian, könnte ich dir die Kleine für eine Weile überlassen? Ich möchte zur Fleischbrücke und mich bei den Händlern erkundigen, ob sie eine Arbeit zu vergeben haben. Mit etwas Glück kann ich dabei auch ein gutes Stück Suppenfleisch bekommen.« Von dort aus wäre es nicht weit zur Findelgasse, fügte sie in Gedanken hinzu.

»Geh nur, Schwesterherz«, grinste ihr Bruder. Er zwickte Magdalena zärtlich in die Wange. »Wir wissen uns zu beschäftigen, nicht wahr, kleine Maus?«

»Das sehe ich«, schmunzelte Anna.

Er warf ihr einen nachdenklichen Blick zu. »Wieso erkundigst du dich eigentlich nicht bei Onkel Gerald? Vielleicht kann er eine tüchtige Frau wie dich im Geschäft brauchen.«

»Das fragst ausgerechnet du mich, Sebastian, obwohl du ihm nach wie vor aus dem Weg gehst?«

»Na ja«, erklärte er matt, »aber dies könnte eine Möglichkeit für eure Versöhnung sein, oder?«

»Nein, ich werde ihn gewiss nicht um Hilfe bitten! Solange er nicht selbst auf diesen Gedanken kommt, werde ich mich weiterhin anderswo um Arbeit bemühen.«

»Wahrscheinlich ist jeder Einwand von meiner Seite zwecklos, nicht wahr, Schwesterchen?«

»Du hast es erfasst«, lächelte sie und warf den beiden eine Kusshand zu.

Rasch zog sie sich im Flur den Umhang über, setzte ihre Witwenhaube auf und verließ das Haus.

Beinahe windstill war es an diesem Morgen. Ihr Atem hinterließ feine Dampfwölkchen in der Luft, weshalb sie die Kapuze hochschlug und tief ins Gesicht zog. Das tat sie jedoch nicht nur, um sich vor der Kälte zu schützen, zu aufmerksam, ja lauernd waren die Blicke, die ihr folgten.

Nachdem Anna den Marktplatz mit seinem geschäftigen Treiben überquert hatte, steuerte sie auf die Fleischbrücke zu, auf der die Marktschreier lautstark ihre Waren feilboten. Um sie hatte sich eine Traube von Menschen gebildet, die das Angebot der Fleischhauer argwöhnisch beäugten. Unter einem der Marktstände bemerkte sie, wie sich zwei Ratten um ein heruntergefallenes Fleischstück stritten. Kurz darauf verschwand eine von ihnen mit der Beute im Maul zwischen den Füßen der Umstehenden. Anna lenkte ihre Aufmerksamkeit einem anderen Stand zu.

Ein hagerer Mann mit einem fliehenden Kinn hob eine Keule in die Höhe. »Liebe Leute, kommt herbei!«, rief er mit durchdringender Stimme. »Heute Morgen ist die Sau noch im Stall herumgelaufen. Schon diesen Abend könnte ein schönes Stück von ihr auf eurem Teller liegen! Tretet nur näher, junges Weib!«

Anna lehnte dankend ab. Dem penetranten Geruch des Fleisches nach zu urteilen, war das Tier vor mehr als einer Woche geschlachtet worden. Da würden selbst die kräftigsten Gewürze nicht helfen, den Geschmack von Fäulnis zu überdecken. Der Gedanke daran schüttelte sie.

Einige Stände weiter konnte sie ein gutes Stück Rindfleisch ergattern, und sie bat den Fleischhauer, es ihr beiseitezulegen. Er willigte ein. Sie verwickelte ihn in ein kurzes Gespräch, aber der Händler konnte keine weitere Arbeitskraft bezahlen. Bei einem zweiten Fleischer erhielt sie eine ähnliche Antwort. Das Geschäft werfe nicht genug ab, erklärte er ihr. Niedergeschlagen lenkte sie ihre Schritte in Richtung Findelgasse. Anna erschrak, als sich ein Schwall Wasser unvermittelt über ihren Umhang ergoss.

»Könnt Ihr nicht aufpassen, verflixt?« Ein kräftiger Mann, der hinter ihr gelaufen sein musste, trug einen ledernen Eimer, der nur noch zur Hälfte gefüllt war.

»Bitte entschuldigt. Ich habe Euch nicht bemerkt.«

»Mir tut's auch leid. Aber haltet mich nicht auf, es hat gebrannt!« Ohne ein weiteres Wort schlängelte sich der Mann an ihr vorbei.

Anna sah ihm verdutzt hinterher und setzte ihren Weg fort. Kurz vor der Einbiegung in die Findelgasse drang ein scharfer

Geruch an ihre Nase. Verbranntes Holz. Rauch. Keine zwanzig Klafter von ihr entfernt luden eine Handvoll Männer große, offensichtlich schwere Kufen aus einem Karren. Andere übernahmen die Behälter, um auf eines der Häuser zuzulaufen. Anna hielt sich die Nase zu, der beißende Gestank wurde unerträglich und ließ ihre Augen tränen. Onkel Gerald! Sie beschleunigte ihre Schritte. Doch es handelte sich bei der Unglücksstelle nicht um das Heim und Geschäft ihres Oheims. Gerald Pfanners Haus befand sich drei Grundstücke weiter in der spitzgiebeligen Häuserzeile.

Aufatmend blieb sie stehen und schaute hoch. Das Erkerlein, das die Wand im ersten Stock zierte, war nicht beschädigt, dafür bestand der Dachstuhl nur noch aus einem verkohlten, trotzig in den Himmel ragenden Gerippe. Der Mann, der an ihr vorbeigelaufen war, kletterte soeben eine gegen die Hauswand gelehnte Leiter hinauf. Mit einer Hand hielt er sich fest, während er die Sprossen erklomm. In der anderen hielt er den Eimer, den er gegen einen geborstenen Fensterrahmen im oberen Stockwerk entleerte. Anna sprang zur Seite, als das Wasser neben ihr aufs Pflaster klatschte. Ein weiterer Helfer trat neben sie, ließ einen prall gefüllten Wasserschlauch in einen auf der Gasse stehenden Eimer gleiten und öffnete ihn.

»Geht besser weiter«, mahnte er. »Das Feuer ist zwar gelöscht, aber man weiß ja nie.«

Anna wollte ihren Weg fortsetzen, da fasste eine Hand nach ihrem Arm. Sie fuhr herum und sah direkt in Gerald Pfanners Gesicht. Seine Augen lagen tief in den Höhlen, die Stimme klang brüchig wie die eines Greises.

»Anna, was tust du hier?«

»Gott zum Gruße, Onkel Gerald. Ich bin hergekommen, um dich zu besuchen.«

Der Gewandschneider strich sich die Haare aus der Stirn. Er schien sichtlich nach Worten zu ringen und schloss in einer

Geste der Verzweiflung kurz die Lider, bevor er weitersprach. Etwas unbeholfen strich er ihr über die Schulter. »Anna, etwas Schreckliches ist geschehen.«

»Ja, das sehe ich. Ich bin froh, dass das Feuer nicht auf dein Haus übergegriffen hat.«

Sein Blick drang in ihren. Dieser Ausdruck – ein Schauer lief ihr über den Rücken.

»Du weißt nicht, wem dieses Gebäude gehört, nicht wahr?«

Sie verneinte.

Pfanner griff nach ihrer Hand. Tränen traten ihm in die Augen, liefen ihm ungehindert über die Wangen. »Anna, es handelt sich um Erhardt Grubers Wohn- und Geschäftshaus.« Er wandte sich von ihr ab und schnäuzte sich.

»Erhardt Gruber? Onkel, nun rede endlich, um Himmels willen! Was ist passiert?«

Hilflos musste Anna mit ansehen, wie die sonst so beherrschten Züge des Onkels in stummem Schmerz zuckten.

»Gruber ist Martins Schwiegervater, Mädchen.«

»Ist ihm etwas geschehen?«

»Nein, er befindet sich auf einer Reise. Aber Therese und Martin …« Er brach ab und fuhr sich mit der flachen Hand über die Augen.

Anna trat auf den Onkel zu und schüttelte ihn leicht. »Was ist mit Martin?«

Gerald Pfanners Blick wanderte in die Ferne. »Die beiden waren im Haus, als das Feuer ausbrach. Therese lebt, aber Martin hat es nicht geschafft.« Er schluchzte auf. »Sie bergen gerade seinen Leichnam.«

Anna spürte, wie ihre Beine unter ihr nachzugeben drohten. »Martin ist tot?«, flüsterte sie.

»Sie waren bereits in Sicherheit, da ist Martin ins Haus zurückgelaufen, um den kleinen Hund herauszuholen, den er seiner Frau geschenkt hat. Das hat ihn das Leben gekostet.«

»Wie schrecklich.« Einen Moment lang lehnte sie den Kopf gegen seine Brust. Martin tot? Diese Worte erschienen ihr zu unfassbar, um wahr zu sein. Wie Blei sickerte die Nachricht durch ihre Adern. Anna schnappte nach Luft. Wir hätten miteinander reden müssen, durchfuhr es sie. Oh mein Gott.

»Therese und Martin waren so glücklich«, fuhr Onkel Gerald fort.

Erneut schluchzte er auf, und Anna umarmte ihn wortlos. Wie zerbrechlich Pfanner auf einmal wirkte. Wie einfach es plötzlich war, ihm nahe zu sein.

»Macht bitte Platz!«, forderte eine kräftige Stimme sie auf.

Anna löste sich von dem Onkel und erstarrte. Zwei Männer traten aus dem Eingang des Unglückshauses auf die Gasse, zwischen sich einen von einem Leichentuch bedeckten Körper.

Onkel Gerald wandte sich ab. »Komm mit ins Haus«, bat er, ohne Anna anzusehen.

Mit schleppenden Schritten ging er voraus, während sie auf seinen breiten Rücken starrte und ihm mit weichen Knien folgte.

Die beiden saßen nebeneinander in seiner Küche, vereint in stummer Fassungslosigkeit. Irgendwann tastete Gerald Pfanner nach ihrer Hand. Seine Stimme klang tonlos.

»Es ist lange her, seit wir uns zuletzt gesehen haben. Und jetzt stehst du plötzlich vor mir, ausgerechnet im schrecklichsten Moment meines Lebens, in dem ich … meinen Sohn verloren habe. Das muss eine Fügung Gottes sein.«

Unfähig, ihm zu antworten, drückte sie nur seine Hand.

»Ich hoffe, du hast Martin und mir inzwischen verziehen, Mädel.« Pfanner seufzte. »Glaub mir, was ich getan habe, ist nur zu eurem Besten geschehen.«

Anna schluckte die Antwort herunter, die ihr auf der Zunge lag. Wer wusste schon, welche Wendung ihr Leben ansonsten genommen hätte. Nun war Martin tot und es gab keine Möglichkeit mehr, sich mit ihm auszusprechen und zu versöhnen. Gequält schloss sie die Augen.

»Ich hätte dir mehr Zeit lassen müssen, die Wahrheit selbst zu erkennen.«

»Von welcher Wahrheit sprichst du, Onkel Gerald?«

»Davon, dass mir von Anfang an klar war, dass Martins Gefühle für dich … sagen wir mal … eher die eines unreifen Jungen waren.« Aus seiner Manteltasche holte er ein Tuch hervor und schnäuzte sich.

Ihre Blicke begegneten sich.

»Deshalb hast du uns voneinander getrennt, bevor wir deine Pläne durchkreuzen konnten?«, stieß Anna fassungslos hervor.

»Was ich getan habe, war nicht recht«, fuhr der Onkel fort, »aber ich habe befürchtet, du läufst mit Martin fort, wenn du früher von meinen Plänen erfahren hättest.«

»Das hätte durchaus geschehen können«, räumte Anna stockend ein, überrascht von seiner Ehrlichkeit.

»Meine Vermutung bestätigte sich letztlich an dem Tag, an dem ich Martin Therese vorgestellt habe. Es war Liebe auf den ersten Blick. Ich kenne dich, Anna, du hättest all meine Warnungen in den Wind geschrieben. Deshalb zürne mir ruhig, aber ich … ich habe dich letztlich vor einer unglücklichen Ehe bewahrt.«

»Das ist wahr«, flüsterte sie. »Wie ist es zu dem Feuer gekommen?«

Er senkte den Kopf. »Ich glaube, es war drei Stunden vor Sonnenaufgang, als ich den Turmwächter Feueralarm blasen hörte. Kurz darauf läuteten die Feuerglocken Sturm. Warum der Brand ausbrach, weiß ich nicht.«

Sie erhob sich, denn sie hielt weder die Trauer auf Onkel Geralds Miene noch die Erinnerungen aus, die sie einer Welle gleich zu überfluten drohten. »Ich muss heim zu meinem Kind«, erwiderte sie mit tränenerstickter Stimme.

»Du wohnst inzwischen in der Waaggasse, nicht wahr? Vor Weihnachten war ich dort, um der Witwe Korbinian Dietls mein Beileid auszusprechen. Mein Gott, ich wusste zu dem Zeitpunkt ja nicht, dass du es bist, Anna. Bis ich Sebastian gegenüberstand.«

Sie wischte sich übers Gesicht. »Du hast meinen Mann gekannt, Onkel Gerald?«

»Flüchtig. Er war ein Kunde von mir und hat des Öfteren etwas für seine Frau bei mir gekauft. Kommst du mit der Kleinen zurecht?«

Sie nickte.

»Ich nehme an, dein Bruder beaufsichtigt sie momentan?«

»So ist es, Onkel Gerald. Du weißt sicher, dass Sebastian nicht mehr bei dem Beinschnitzer arbeitet.«

»Stöckl hat es mir berichtet. Er war wohl nicht zufrieden mit dem Jungen, um es vorsichtig auszudrücken.«

»Die Beinschnitzerei war nicht das Richtige für ihn, Onkel. Ich bin mir sicher, Sebastian wird eine bessere Arbeit finden.«

Er reichte ihr die Hand. »Pass bitte auf dich auf. Auf dich und deinen Bruder.«

Sanft, aber bestimmt machte sie sich von ihm los und holte tief Atem. »Wenn du mich besuchen möchtest, weißt du ja, wo du mich findest.«

Sechs Tage später wurde Martin auf dem Johannisfriedhof beigesetzt. Therese und ihre Eltern hatten Anna und Sebastian zur Trauerfeier in der St.-Johannis-Kirche eingeladen, aber die Geschwister hatten höflich abgesagt. Sebastian scheute vor der Begegnung mit Onkel Gerald zurück, immerhin hatte er seit der Geschichte mit Meister Stöckl jedes Zusammentreffen mit ihm vermieden. Anna verstand den Bruder nur zu gut.

Also hielten sich die Geschwister mit Lenchen hinter einer Reihe Eiben verborgen, als die Türen der Kapelle sich öffneten und die ersten Trauernden hinaus in die winterliche Kälte traten. Es schien, als wäre ein Großteil der Nürnberger Händler und Ratsmitglieder anwesend, um dem Schwiegersohn des angesehenen Tuchhändlers Erhardt Gruber die letzte Ehre zu erweisen. Den hellen Eichensarg, den einige Immergrünzweige schmückten, trugen die Sargträger an den Sandsteinplatten vorbei, unter denen sich die Gräber zahlreicher bekannter Nürnberger befanden, etwa das des Bildhauers und Baumeisters Adam Kraft und zahlreicher Patrizier. Ihre Wappen schmückten etliche der Grabplatten.

Langsam folgten Anna und Sebastian, der Magdalena auf dem Arm trug, dem Zug über das ausgedehnte Gräberfeld. An einer frisch ausgehobenen Grabstelle blieben die Männer stehen und ließen den Sarg in die Erde hinab.

Andreas Osiander öffnete seine *Biblia* und las den 23. Psalm.

»Er weidet mich auf einer grünen Aue und führt mich zu frischem Wasser ...«

Annas Augen hefteten sich auf Thereses Gestalt, die ihr den Rücken zugewendet hatte und wie festgewachsen vor der ausgehobenen Grube stand, neben sich ihre Eltern sowie Gerald Pfanner. Der Onkel stützte sich schwer auf einen Stock, er hielt den Kopf gesenkt. Sein Anblick schmerzte sie, mehr noch aber der Thereses, deren Schultern unter einem Weinkrampf bebten. Das Bild der jungen Frau, die hinter Martin aus dem Portal getreten war, drängte sich Anna förmlich auf. Wieder sah sie, wie er Therese seinen Arm bot, wie seine Lippen sich bewegten, als er ihr, der Schönen in dem blauen Festtagskleid, etwas zuraunte. Sie hatte gelächelt. *Therese und er waren so glücklich*, hatte Onkel Gerald gesagt.

Tränen traten ihr in die Augen und rannen ihr die Wangen hinab, bis Anna sie fortwischte. Mit einem Seufzen lehnte sie sich gegen Sebastians Schulter, strich über Lenchens rote Wangen und beobachtete das Geschehen. Die Zeit wollte einfach nicht vergehen. Gebete und Gesang wechselten einander ab, bis der Pfarrer endlich über Martin zu sprechen begann. Von seinem freundlichen, stets zuvorkommenden Wesen und von seinem Glauben an den Herrn Jesus Christus, in dessen Reich er nun eingegangen war. Nicht wenige der Frauen zückten ihre Tüchlein und trockneten ihre Tränen. Therese schwankte, Erhardt Gruber und seine Gattin mussten sie stützen. Dann sprach der Pfarrer einen Segen, und es war vorbei.

Gerald Pfanner musste Annas Blicke im Rücken gespürt haben, denn kaum hatte er die ersten Beileidsbekundungen hinter sich gebracht, wendete er den Kopf, suchend, nachdenklich. Als er sie entdeckte, war es ihr, als würde sich für einen kurzen Moment seine Miene aufhellen. Sie erwiderte seinen Gruß und fasste Sebastian am Arm, um sich auf dem Absatz umzudrehen und den Friedhof hinter sich zu lassen.

Kapitel 35

Einige Tage nach Martins Beisetzung war Sebastian schon früh aus dem Haus gegangen, um bei verschiedenen Handwerkern wegen einer Arbeitsstelle anzufragen. Danach wollte er Barbara einen Besuch abstatten. Die zarte Freundschaft zwischen den beiden rührte Anna. Seither war Sebastian regelmäßig im Haus der Freislers zu Gast gewesen.

Die Zeit verstrich, und die Sonne stieg allmählich höher. Genau genommen war es ihr ganz recht, dass der Bruder nicht daheim war. Seit Korbinians Tod waren mehrere Wochen vergangen, und es wurde Zeit, seine persönlichen Sachen fortzuräumen. Unzählige Male hatte sie es sich schon vorgenommen, nur um immer wieder einen neuen Grund zu erfinden, diese traurige Arbeit auf einen anderen Tag verschieben zu können. Wobei es durchaus Momente gab, in denen Korbinians vertraute Kleinigkeiten, die überall im Haus zu finden waren, ihr Trost spendeten. Das Durcheinander in der Werkstatt, sein Kittel, der dort an einem Haken hing, oder auch die Pfeife auf dem Tisch in der Stube. Dann konnte sie sich vorstellen, wie es wäre, käme er zur Tür herein, mit diesem feinen, ihm eigenen Lächeln im Gesicht.

Natürlich war all das Unsinn, deshalb wollte sie sich nun, da sie mit Lenchen allein im Haus war, ans Werk machen. Zielstrebig steuerte sie die Werkstatt an. Als dort der typische Geruch von Farben und Lösungsmittel sie jäh einhüllte, biss sie sich auf die Unterlippe. Sie setzte Lenchen auf den Boden. Rasch brachte sie die Dinge in Sicherheit, mit denen die Kleine, die sich mittlerweile an allem hochzog, Unfug anstellen konnte. Bereits einige Tage zuvor hatte sie Körbe und Kisten in die Werkstatt getragen. Anna trat an ein Regal und begann, alle dort befindlichen Utensilien in einen der Körbe zu legen. Ein Klopfen riss sie aus ihren Gedanken.

»Grüß Gott, Anna.« Gerald Pfanner machte einen Schritt auf sie zu. »Darf ich hereinkommen?«

Sie blieb wie angewurzelt stehen. Als sie nicht reagierte, trat er näher, folgte ihr in die Werkstatt und nahm ihr die Gläser mit Tinte aus der Hand, um sie behutsam in dem Korb zu verstauen.

»Du hast geweint.« Zart strich er ihr über die Wange.

Anna wich zurück. »Gott zum Gruß. Ich muss hier Ordnung schaffen, Onkel Gerald«, antwortete sie lahm.

»Du musst das nicht allein tun. Ich helfe dir.«

Verblüfft betrachtete sie seine untersetzte, gebrechlich wirkende Gestalt. Seine sonst so rosige Gesichtsfarbe war gewichen, und er sah aus, als hätte er nächtelang nicht geschlafen.

»Das ist nett von dir. Aber das muss ich selbst erledigen.« Als über sein Gesicht ein Schatten huschte, strich sie ihm über den Arm. »Wenn du etwas für mich tun möchtest, Onkel Gerald, kannst du die Kisten auf dem Tisch stapeln. Sollte dir dies nicht genügen, würde ich mich später über ein gutes Mittagessen freuen.«

Seine Miene hellte sich auf. »Das sollte sich einrichten lassen.« Er machte einen zaghaften Schritt auf Anna zu, aber sie hielt ihn zurück.

»Wie kommst du im Geschäft zurecht? Hast du inzwischen nach einer Hilfskraft Ausschau gehalten? Du wirst die Arbeit kaum allein bewältigen können.«

Er schüttelte bekümmert den Kopf. »Noch nicht. Mir hat bisher die Kraft dazu gefehlt, Mädel. Die Knochen, du weißt schon.«

»Das tut mir leid.«

Auf einmal war nur noch das leise Säuseln des Windes aus dem geöffneten kleinen Fenster der Werkstatt zu hören.

»Martin fehlt mir, Anna. Leider habe ich es versäumt, ihm zu zeigen, wie viel er mir …« Der Gewandschneider brach ab.

»Er hat gewusst, dass du ihn liebst, Onkel Gerald. Wie geht es seiner Frau?«

Er nahm ihr Werkzeug ab und legte es in einen Korb. »Therese lebt seit Martins Tod bei ihrer Schwester am Stadtrand und ist für niemanden zu sprechen. Dabei könnte ich sie im Geschäft gut gebrauchen. Ein Glück, dass Erhardt Grubers Haus nicht völlig zerstört wurde. Bis zum Winter will er es wieder aufbauen.« Er hob die Schultern und ließ sie wieder sinken.

»Entschuldige, Onkel Gerald, ich wollte nicht in dich dringen.«

Sie wendete sich dem Regal zu und griff nach einem verschnürten Päckchen, um es ebenfalls in den Korb zu legen.

»Später, wenn du fertig bist, werde ich in die nächste Garküche fahren und uns etwas zu essen besorgen«, murmelte Onkel Gerald und wischte sich die Hände an einem Tuch ab. »Lass dir nur Zeit beim Abschiednehmen.«

Sie nickte, und er ging mit schleppenden Schritten hinaus. Anna sah ihm nach, seufzte und fuhr mit der Arbeit fort. Ein Stück nach dem anderen wanderte in die Körbe und Kisten. Manchmal hielt sie inne und ließ die Erinnerungen, die sie bei der Betrachtung von Korbinians Werkzeug ergriffen, an sich vorüberziehen. Als sie schließlich das letzte Utensil verstaute, stellte sie mit Erstaunen fest, dass die Sonne längst ihren höchsten Stand erreicht hatte. Erschöpft ließ sie den Blick über die verlassen wirkende Arbeitsstätte ihres Mannes schweifen. Die Behältnisse standen in Reih und Glied auf dem langen Holztisch. Anna klopfte sich den Staub von ihrem Gewand und verließ die Werkstatt.

»Bruder Jakobus und Bruder Johannes«, sprach Pankratius Ferdinand und Dietrich mit ihren neuen Namen an, »ich denke, es ist besser, wenn ihr beide für eine Weile aus der Stadt verschwindet.«

Seine Stimme war kalt, und das Gesagte glich eher einem Befehl als einem wohlmeinenden Ratschlag. Augustin Hofer, in dessen Haus Pankratius nach wie vor wohnte, hatte nach den beiden Bruderschaftlern schicken lassen, da der Prophet mit ihnen zu reden wünschte. Als der Bierbrauer nun erfuhr, warum sie Nürnberg verlassen sollten, riss er die Augen auf. »Ihr habt das Feuer bei Erhardt Gruber gelegt? Aber warum?«

Pankratius antwortete an seiner Stelle. »Weil ich den Befehl dazu gegeben habe, Hofer!«

Fassungslosigkeit zeigte sich in den Zügen des Brauers. »Ihr?«

Kilian Pankratius legte die Fingerspitzen gegeneinander. »Habt Ihr etwas daran auszusetzen, Hofer? Glaubt mir, ich weiß, was ich tue. Dieser Tuchhändler hat sich öffentlich gegen die Bruderschaft gewandt, er hat uns als Teufelsbrut bezeichnet.«

»Und da habt Ihr ihm den roten Hahn aufs Dach gesetzt?«

»Ihr wisst sicher, was unser Herr einst sagte, als Er auf Erden wandelte? Er sei nicht gekommen, Frieden zu bringen, sondern um auf Erden ein Feuer zu entzünden! Ich bin Sein Prophet, Hofer. Deshalb vollende ich Sein Werk!«

Sein Gegenüber schüttelte den Kopf. »Da mache ich nicht mit!«

»Ihr seid doch längst dabei«, ließ sich Ferdinand vernehmen. »Mitgefangen, mitgehangen.«

Hofer schob seinen Stuhl zurück und wollte aufspringen. Im nächsten Moment erklang ein kräftiges Klopfen an der Haustür, gefolgt von einem herrischen Befehl, diese zu öffnen. Der Brauer hielt in der Bewegung inne und lauschte. Pankratius' Augen verengten sich zu Schlitzen.

»Was ist da unten los?«

Der Mann mit dem bis auf die Brust fallenden Bart wandte sich zu Sepp. »Sieh nach, Simon«, blaffte er.

Der sprang von seinem Stuhl auf, um zum Eingang des Kontors zu stürzen, da waren auch schon schwere Stiefeltritte zu hören, die die Treppenstufen zum ersten Stockwerk heraufpolterten. Pankratius erhob sich und wich an die Fensterseite des Raumes zurück. Im nächsten Augenblick flog die Tür auf, und ein kräftiger Mann stand breitbeinig im Raum, gefolgt von drei weiteren.

»Stadtbüttel!«, rief einer von ihnen, der ihr Anführer zu sein schien. Sein Blick schweifte suchend durch den Raum und blieb auf dem Propheten hängen. »Kilian Pankratius?«

»Was wollt Ihr von mir?«

Der Büttel legte die Hand auf den Griff des kurzen Schwertes, das an seiner Seite baumelte. »Begleitet uns, auf der Stelle!«

Hofer löste sich aus seiner Erstarrung und trat mit erhobenem Kinn vor. »Was soll das? Dieser Mann ist mein Gast.«

»Das ist uns bekannt. Wir haben Befehl vom Rat, ihn mitzunehmen. Beiseite mit Euch!«

»Mitnehmen? Wohin denn?«

»Zum Lochgefängnis.«

Während Hofer nach Luft schnappte, senkte der Büttel den Blick auf Ferdinand, Dietrich und Sepp, die sich bisher still verhalten hatten.

»Nennt Eure Namen!«

Sichtlich eingeschüchtert folgten die drei der in harschem Ton hervorgestoßenen Aufforderung.

»Dann seid Ihr ebenfalls verhaftet.«

Sepp riss die Augen auf. Seine Rechte fuhr zu dem Dolch, der in seinem Gürtel steckte.

Blitzschnell zogen die vier Büttel ihre Schwerter. »Kein Widerstand, Jungchen – sonst müssen wir Gewalt anwenden!«, rief der Hauptmann und ließ seine Klinge schwingen, deren Spitze nun auf Sepps Brust zeigte.

Pankratius wedelte mit beiden Händen und löste sich von der Wand. »Lass es bleiben, Simon. Unser Herr hat einst zu Petrus gesagt, wer das Schwert erhebt, der wird durch das Schwert umkommen.«

»Ihr wisst, dass ich bereit bin, Euch zu verteidigen und wie ein Löwe für Euch zu kämpfen, Elia«, stieß Sepp hervor.

»Ich weiß, mein Freund. Es wird dir im Himmel reich gelohnt werden!«

»Ich sehe, Ihr seid vernünftig.« Der Büttel senkte seine Klinge, behielt das Schwert aber in der Hand. »Her mit Euren Dolchen.«

Widerwillig zogen die Bruderschaftler ihre Waffen und warfen sie auf den Tisch. Auf einen Wink des Anführers hin nahm einer der Büttel die Dolche an sich.

»Folgt uns zum Rathaus. – Eines noch: Der Rat lässt Euch ausrichten, dass Ihr Euer Haus nicht verlassen dürft!« Das Letzte galt Augustin Hofer, der wie betäubt auf einen Stuhl sank.

»Ich bin also ein Gefangener in meinem eigenen Haus?«

»So lange, bis Ihr die Erlaubnis bekommt, es zu verlassen. Oder bis man Euch vor Gericht lädt, um Eure Aussage zu machen.«

»Meine Aussage? Ihr müsst verrückt sein!«

»Vorsicht. Seid froh, wenn Ihr nicht ebenfalls ins Loch wandert. Ihr habt diesen Mann beherbergt und das seit über einem Jahr.«

Wenig später erreichten die vier Stadtbüttel mit Pankratius, Sepp, Dietrich und Ferdinand den Eingang zum Lochgefängnis. Davor stand ein kahlköpfiger Mann, dessen einfache Uniform und das Schwert an seiner Seite ihn ebenfalls als Büttel auswiesen. Als Pankratius vor ihm stand, hoben sich die Lippen des Mannes zu einem spöttischen Grinsen, und er deutete eine Verbeugung an.

»Willkommen, mein Herr.« Er wies in die Tiefe des Kellergewölbes. »Euer Gastgeber erwartet Euch unten. Dort werdet Ihr es allerdings nicht so bequem haben wie beim Hofer.«

Pankratius' Lippen wurden schmal. »Weshalb bin ich hier?«

Der Kahlköpfige stieß ein heiseres Lachen aus. »Wisst Ihr das wirklich nicht? Ich dachte, Ihr seid ein Prophet.«

Die anderen Büttel stimmten in das Gelächter ein. Kilian Pankratius schwieg und setzte den Fuß über die Schwelle.

»Zieht den Kopf ein, da unten ist die Decke ziemlich niedrig«, grinste einer der Büttel. »Nicht, dass Ihr Euch den Schädel einschlagt, bevor es vor den Richteherrn geht.«

Sepp warf dem Mann einen wütenden Blick zu. »Mistkerl«, zischte er und fing sich dafür einen derben Schlag in den Nacken ein.

Die Gefangenen stiegen die von einer dünnen Eisschicht überzogenen Stufen hinab, die zu einer weiteren Tür führten. Als einer der Büttel dagegenschlug, wurde sie geöffnet.

»Wir bringen dir wieder mal ein paar Gäste, Lochwirt.«

Jakob Tobler hob die unruhig flackernde Talgfunzel. »Weiß schon, der neue Prophet.«

»Mitsamt drei seiner Jünger«, ergänzte der andere.

»Damit wären wir dann voll belegt.«

»Keine Sorge, mit denen hier wird's schnell gehen«, antwortete der Büttel, »nach allem, was man so hört.«

Kapitel 36

Bereits fünf Tage später wurden Pankratius, Sepp, Dietrich und Ferdinand kurz nach Sonnenaufgang aus ihren Zellen geholt und mit gefesselten Händen in den Saal des Rathauses geführt. Zahlreiche Männer und Frauen hatten sich eingefunden, um das Schauspiel zu verfolgen. Auch Sebastian war unter den Zuschauern und beobachtete das Geschehen mit Spannung. An der Stirnseite des Saales saßen ein Richteherr und ein Ankläger der Stadt Nürnberg sowie ein Dutzend Ratsmitglieder, die als Schöffen berufen worden waren. Außerdem waren zwei der Bürgermeister erschienen.

»Wir halten Gericht gegen Kilian Pankratius, Sepp Stadler, Dietrich Bratler und Ferdinand Kärner«, eröffnete der Richteherr die Verhandlung und bedeutete dem Ankläger, einem Mann mit einem gewaltigen Backenbart, zu beginnen. Dieser nickte.

»Zunächst zu Euch, Pankratius oder Bruder Elia, wie Ihr Euch nennt. Gibt es jemanden, der für Euch sprechen wird?«

Ein Mann mit tief liegenden Augen trat vor. »Ich bin der Fürsprecher der Angeklagten.«

Während der Gerichtsschreiber den Namen des Mannes in das Protokoll aufnahm, wandte sich der Ankläger erneut an Pankratius.

»Wir halten heute Gericht über Euch, weil Ihr einen Menschen entleibt haben sollt.«

Durch die Menge ging ein Raunen. Sebastian, der sich in die hinterste Reihe gesetzt hatte, reckte den Hals.

»Ihr habt einen Menschen auf dem Gewissen«, fuhr der Ankläger fort. »Habt Ihr etwas dazu zu sagen?«

Der Mann, dem Sebastian einmal willig gefolgt war, verzog keine Miene.

»Dann will ich Euch ein wenig auf die Sprünge helfen. Kennt Ihr die Badestube beim Rossmarkt?«

Der Adamsapfel des Mannes schnellte nach oben. »Nein.«

»Das ist seltsam. Rosel Sterner, die Betreiberin, schwört Stein und Bein, dass Ihr in der ersten Aprilwoche dort wart und ein Bad genommen habt. Zur selben Zeit wie eine junge Hübschlerin mit Namen Marie, die Rosel, kurz nachdem Ihr das Haus verlassen habt, im Badebottich vorfand – erwürgt.«

Sebastian erstarrte zur Salzsäule. Er traute Pankratius ja so einiges zu, aber einen kaltblütigen Mord? Schamesröte stieg ihm ins Gesicht, als ihm blitzartig klar wurde, dass er selbst noch bis vor wenigen Wochen Teil dieser Gemeinschaft gewesen war.

»Das ist eine verdammte Lüge!« Sepp hatte sich dem Griff des Büttels entwunden.

»Haltet Euch zurück!«, mahnte der Fürsprecher, aber der Sohn des Sattlers stürzte bereits auf den Ankläger zu.

Um Sepps Lippen lag ein Zug wilder Entschlossenheit. »Das Weib lügt, Herr! Der Gesalbte des Herrn soll einen Mord begangen haben? Niemals!«

»Büttel, packt den Kerl«, befahl der Mann mit dem Backenbart. »Du da bist später dran, und bis dahin halt gefälligst den Mund. Zurück zu Euch, Pankratius. Leugnet Ihr immer noch, in dem Badehaus gewesen zu sein und Marie gewürgt zu haben, bis der Tod eintrat? Denkt daran, wir haben eine Zeugin.«

Pankratius zog es vor zu schweigen.

»Wie Ihr wollt.«

Ein junger Mann in Begleitung eines Gerichtsdieners und gestützt auf zwei Krücken betrat den Saal. Peter Gehbauer.

»Nennt Euren Namen«, forderte der Richter den Zimmermannsgesellen auf. Anschließend bat der Ankläger ihn, näher zu treten. »Ihr wisst, warum Ihr vorgeladen seid?«

»Ich soll eine Aussage machen.«

»Richtig. Es geht um Euren Sturz von dem Baugerüst des neuen Hauses am Grünen Markt. Seitdem lauft Ihr an Krücken.«

Gehbauer schlug die Augen nieder.

»Dieser Unfall geschah, nachdem Ihr die Bruderschaft des Angeklagten verlassen und Euch Pfarrer Osiander anvertraut hattet?«

Gehbauer nickte zaghaft.

»Es gibt einen weiteren jungen Mann, der vor einiger Zeit beim Stadtrat den Verdacht äußerte, bei Eurem Sturz sei nachgeholfen worden, und zwar durch Anhänger des Angeklagten.«

Sepp sprang auf. »Wer behauptet so etwas?«

»Sebastian Stäubling, ebenfalls ein früheres Mitglied der Bruderschaft.«

Bei der Erwähnung seines Namens zog Sebastian unwillkürlich den Kopf zwischen die Schultern, aber sein einstiger Freund hatte ihn bereits inmitten der Zuschauer ausgemacht. »Du bist genauso ein Verräter wie der Krüppel da!«, stieß Sepp lautstark hervor.

Der Richter ignorierte ihn und nickte dem Ankläger zu. »Also, Gehbauer, wollt Ihr uns nicht endlich erzählen, warum Ihr von dem Baugerüst gestürzt seid? Stand vielleicht jemand hinter Euch, um Euch einen Stoß zu versetzen, wie Euer früherer Gesinnungsgenosse Sebastian Stäubling es dem Ratssekretär gegenüber angedeutet hat?«

»Ja, da war jemand«, kam es ihm zögernd über die Lippen. »Er hat zu den Männern des Propheten gehört. Seinen Namen kenne ich allerdings nicht, er war erst wenige Tage dabei. Bisher habe ich aus Angst vor der Rache der Bruderschaft geschwiegen.«

»Ich danke Euch, Gehbauer. Ihr könnt gehen. Der Gerichtsschreiber wird Eure Aussage zu Protokoll nehmen.«

Der Ankläger trat vor die Bank, auf der Pankratius neben einem Büttel saß. »Angeklagter, habt Ihr den Befehl gegeben, den jungen Mann vom Gerüst zu stürzen?«

Der Gefragte schwieg beharrlich.

Nachdem sich der Ankläger und der Richterherr kurz miteinander beraten hatten, ergriff Letzterer das Wort.

»Wenn Ihr noch immer zu schweigen gedenkt, kommen wir zum nächsten Punkt. Es gibt einen weiteren Zeugen, der beim Rat ausgesagt hat, dass Ihr den Befehl gegeben habt, Erhardt Grubers Haus anzuzünden. Dieser Mann dürfte Euch bekannt sein. Tilmann Schimpf, tretet vor.«

Sebastians Mund wurde trocken, und er schob sich weiter nach vorn. Tilmann belastete Pankratius? Dann hatte also auch er die Bruderschaft verlassen.

Der junge Kupferschmied stellte sich vor die beiden Männer in den Polsterstühlen.

Der Ankläger beugte sich vor. »Tilmann Schimpf, Ihr habt noch bis vor wenigen Tagen zu den Anhängern des Angeklagten gehört?«

»Das ist richtig.«

»Ihr wart dabei, als dieser befohlen hat, das Haus des Nürnberger Tuchhändlers Erhardt Gruber in Brand zu setzen?«

»Ja. Es sollte eine Warnung sein.«

»Eine Warnung, Schimpf? Warum hat Euer Prophet diesen Befehl gegeben?«

»Gruber war ein besonders eifriger Befürworter der …« Tilmann stockte, dann straffte er den Rücken und fuhr fort: »… der Lehren des Reformators Martin Luther.«

Die Miene des Anklägers spiegelte Fassungslosigkeit wider. »Ihr wisst sicher, dass Grubers Schwiegersohn Martin Pfanner bei dem Brand sein Leben verloren hat?«

»Ich habe davon gehört«, antwortete der Kupferschmied. »Grubers Haus sollte nur der Anfang sein. Pankratius hat davon gesprochen, in den nächsten Wochen weitere Anhänger des Wittenbergers ihrer gerechten Strafe zuzuführen.«

»Ihr meint also, die Bruderschaft wollte noch mehr Nürnberger Bürger …«

»So ist es.«

»Das ist ungeheuerlich! Nur fürs Protokoll: Wiederholt hier und heute, wer das Feuer im Haus der Grubers gelegt hat. War einer der beiden Mitangeklagten daran beteiligt?«

Tilmann Schimpf drehte sich um und wies auf Ferdinand und Bratler. »Die beiden hier sowie zwei weitere Männer, deren Namen ich Euch bereits vor drei Tagen genannt habe.«

»Danke. Auch sie sind bereits verhaftet. Ihr könnt jetzt gehen, Herr Schimpf.«

»Auf den Scheiterhaufen mit dem Mörder!«, brüllte ein Mann neben Sebastian, und ein anderer schrie: »Ja, bringt den Kerl zum Rabenstein!«

Der Richteherr hob die Hände. »Gemach, Leute! Zunächst muss das Urteil gesprochen werden. Ankläger, fahrt mit Eurer Befragung fort.«

Dieser hatte sich aus seinem Stuhl erhoben und trat nun auf den Angeklagten zu. »Was sagt Ihr zu den Anschuldigungen von Herrn Schimpf? Entsprechen sie der Wahrheit?«

Pankratius zuckte mit keiner Wimper, als er den Blick des Anklägers erwiderte. »Ja, das tun sie.«

Durch die Menge ging ein Raunen.

Der Fürsprecher sprang auf. »Ihr wisst, was Eure Aussage bedeutet?«, rief er. »Damit sprecht Ihr Euch selbst das Todesurteil!«

Pankratius würdigte den Mann keines Blickes. »Es stimmt – ich habe den Befehl dazu gegeben.«

Sebastian weitete vor Überraschung die Augen.

»Hört mich an, Bürger Nürnbergs!«, rief der Angeklagte mit erhobenen Händen. Laut und deutlich schallte seine Stimme durch den Saal. »Das Ende steht bevor, und die Zeichen dafür erfüllen sich, wohin wir auch schauen. Die Seuchen raffen Zigtausende dahin, Völlerei und Hurerei greifen um sich.«

»Haltet keine Reden«, unterbrach der Ankläger ihn barsch. »Ihr habt gestanden, Euren Männern den Befehl zur Brandstiftung an Erhardt Grubers Haus erteilt zu haben. Erleichtert endlich Euer Gewissen und gebt auch den Mord an der Hübschlerin Marie zu.«

»Mein Gewissen ist rein. Das Weib war eine Hure, und ich habe nur getan, was unser Herr in Seinem Worte sagt! Wenn Ihr mich dafür verurteilen wollt, so will ich die Strafe auf mich nehmen. Alles, was ich jemals getan habe, tat ich im Gehorsam meinem Herrn gegenüber, der bald erscheinen wird, um diese Welt zu richten.«

»Und das hat Er ausgerechnet Euch offenbart, ja?«, ließ sich nun der Richterherr vernehmen. »Angeklagter, wann das Ende der Welt naht, vermag wohl niemand hier im Saal vorauszusehen. Ihr jedenfalls seid ein falscher Prophet, einer der Irrlehrer, vor denen die *Biblia* uns warnt. Mir wird regelrecht übel, wenn ich Euch noch länger ertragen soll. Ich bitte die Schöffen, sich auf ein Urteil zu einigen.«

Wie zu erwarten, lautete das Urteil der Männer in beiden Anklagen »schuldig«, sowohl des Mordes an der Hure Marie wie auch der Anstiftung zur Brandstiftung – beides Verbrechen, für die es keine andere als die Todesstrafe geben konnte. Auch

Ferdinand Kärner und Dietrich Bratler wurden zum Tode verurteilt. Sepp Stadler hingegen konnten keine verbrecherischen Taten nachgewiesen werden, ihn verurteilte der Richteherr daher zu vierzig Rutenstreichen. Der Nachrichter sollte ihn an beiden Wangen brandmarken. Außerdem wurde Sepp Stadler befohlen, die Stadt zu verlassen. Nur Johann Samer, Konrad Mutz und Augustin Hofer konnte nichts nachgewiesen werden, was eine Bestrafung gerechtfertigt hätte.

Nach der Verkündung der Urteile – Tod durch Verbrennen auf dem Scheiterhaufen – führten Büttel die Angeklagten an Ketten aus dem Gerichtssaal, um sie ins Lochgefängnis zurückzubringen. Dort sollten Kilian Pankratius, Dietrich Bratler und Ferdinand Kärner auf die Vollstreckung der Hinrichtung warten. Während die drei hinausgeleitet wurden, erhoben sich die Zuschauer von ihren Bänken. Sebastian stieg als einer der Ersten die Treppenstufen hinab, die in die Halle des Rathauses führten. Plötzlich drangen von unten Schreie zu ihm herauf.

»Vorsicht, der Mann hat ein Messer!«, rief eine schrille Frauenstimme, wie zur Antwort schrie jemand auf, gefolgt von lautem Fluchen, weiterem Geschrei und dem Klirren von Eisen. »Haltet die Lumpen fest!«, brüllte ein anderer. Sebastian wurde vorwärtsgeschoben, stürzte beinahe die Treppe hinunter.

Das Bild, das sich ihm bot, würde er sein Lebtag nicht vergessen. Auf dem Steinboden lag mit aufgerissenen Augen einer der Gerichtsdiener, die Kärner, Bratler und Pankratius in ihre Zellen zurückbringen sollten. In seinem blutverschmierten Hals steckte nahezu bis zum Heft eine Klinge. Ein zweiter Büttel lehnte kreidebleich an der Wand. Ein weiterer Gerichtsdiener kniete neben dem Schwerverletzten und streckte die Hand nach dem Messer in seiner Kehle aus. »Nicht!«, rief ein schmächtiger Mann neben Sebastian. Doch es war zu spät. Mit einem Ruck zog der Büttel die Klinge aus dem Hals des Daliegenden. Fingerdick spritzte das Blut heraus.

»Lasst mich vorbei!« Der Mann neben Sebastian stürzte die letzten Stufen hinab und auf den Schwerverletzten zu. »Ich bin Arzt.«

Immer mehr Zuschauer drängten nach unten, andere umstanden den Schwerverletzten, aus dessen klaffender Wunde unaufhörlich das Blut hervorsprudelte. Auch Sebastian trat näher.

»Her mit dem Messer!«, befahl der Medicus dem zweiten Büttel.

Dieser reichte dem Arzt die blutverschmierte Klinge. Mit ein paar schnellen Schnitten trennte der Medicus ein Stück seines Leinenhemdes ab und presste es auf die Wunde des röchelnden Mannes.

»Was ist überhaupt geschehen?«, wandte sich Sebastian an einen der Umstehenden.

»Die Büttel sind mit den Verurteilten durch die Halle auf die Tür zugegangen, die ins Lochgefängnis führt«, erklärte der Mann. »Plötzlich stürmten zwei weitere Kerle durch das Portal in die Halle. Der Gerichtsdiener, der den Propheten an einer Kette mit sich führte, wurde niedergestochen, der andere bekam eins mit einem kleinen Beil übergezogen, das einer der Lumpen bei sich hatte. Damit hieben sie die Ketten entzwei, und die fünf konnten fliehen!«

Pankratius drückte seinem gescheckten Hengst die Stiefel in die Flanken und folgte den beiden Unbekannten, die ihm, Bratler und Kärner zur Flucht verholfen hatten. Vor ihnen erhob sich das Tiergärtnertor. Der Mann vor ihm trieb seinen Rappen an, und das Tier galoppierte an. Mit einem erschrocken Aufschrei brachte sich der Torwächter durch einen Sprung in Sicherheit. Im nächsten Moment sprengte das erste Pferd an ihm vorüber durch den Tunnel, gefolgt von Pankratius' Hengst, dem zweiten

Fluchthelfer, der einen Schimmel ritt, sowie Bratler und Kärner auf zwei Braunen.

Erst nach etwa einer Viertelmeile zügelten die Fremden ihre Pferde, um unter einem kahlen Baum anzuhalten. Pankratius lenkte seinen Hengst neben den Mann auf dem Rappen. »Wem verdanken wir es, dass wir nicht auf dem Scheiterhaufen landen werden?«

»Es gibt in Neumarkt einige Anhänger von Euch«, erklärte der andere, »alles vermögende, einflussreiche Männer, die von Eurer Gefangennahme gehört haben. Sie haben uns den Auftrag erteilt, Euch zu befreien.«

»Bringt Ihr uns zu Ihnen, damit wir Ihnen unseren Dank aussprechen können?«

»Besser nicht.«

Pankratius nickte. Ihn vor der Hinrichtung zu bewahren war eine Sache, mit ihm gesehen zu werden erschien seinen heimlichen Anhängern in Neumarkt wohl zu riskant. »Ich verstehe, richtet den Herren meinen Dank aus.«

Der Mann lächelte dünn. Er fasste unter seinen Mantel und löste den Beutel an seinem Gürtel. »Das hier sollen wir Euch geben. Ihr werdet es brauchen.«

Überrascht nahm Pankratius den Beutel entgegen. Er wog schwer in seiner Hand. »Habt vielen Dank. Die Herren müssen mir wirklich wohlgesinnt sein.«

»Sieht ganz so aus. Lebt wohl.« Ihre Retter hoben die Hände zum Gruß und ritten davon.

Pankratius blickte ihnen sinnierend nach, um sich dann zu Bratler und Kärner umzudrehen, die das Gespräch wortlos verfolgt hatten.

»Ihr seht, der Herr ist auf unserer Seite«, erklärte er zufrieden. »Er lässt nicht zu, dass denen etwas geschieht, die Ihm treu bleiben.«

Kärner beugte sich im Sattel vor. »Wie geht es jetzt weiter?«

»Zunächst bringen wir möglichst viele Meilen zwischen uns und diese verfluchte Stadt. Wenn wir nach Norden weiterreiten, kommen wir durch Erlangen. Von dort könnten wir nach Würzburg weiterreisen. Dort kenne ich jemanden, der uns gewiss für eine Weile aufnimmt. Zu Pferd müssten wir es in zwei Tagen schaffen.«

Kapitel 37

In den Gärten hinter der Veste waren die ersten Vorboten des Frühlings auszumachen. Märzenbecher, Schneeglöckchen und gelbe Winterlinge erfreuten die Herzen und Augen der Menschen und kündeten vom nahen Osterfest.

»Schwester, du hast Besuch!«

Anna hob den Blick von den Pflanzen des Kräuterbeetes, zwischen deren zarten Stängeln sie wild wucherndes Unkraut herausgezogen hatte. Tief in Gedanken versunken, hatte sie das Knarren der Hintertür gar nicht vernommen, in der nun die Dürerin an der Seite Sebastians stand. Die Frau des Malers nickte dem Bruder zu und näherte sich ihr. Anna wischte sich die Hände an der Schürze ab.

»Frau Dürer, wie schön, Euch zu sehen.«

»Ein feines Gärtchen habt Ihr da«, bemerkte die Besucherin.

»Wollen wir nicht ins Haus gehen?«, lud Anna sie ein. »Es ist recht warm heute. Mein Bruder kann uns einen Krug Bier aus dem Keller heraufholen.«

Nachdem sich Anna in der Küche die Hände gewaschen und Sebastian gebeten hatte, ihnen das Gewünschte zu bringen, ging sie in die Stube hinüber und setzte sich neben ihren Gast, der auf einem der Stühle Platz genommen hatte.

Frau Dürers Blick war ernst. »Albrecht und ich wissen endlich, wer das Bild gestohlen hat.«

Anna beugte sich vor. Irrte sie sich, oder vernahm sie in der sonst so festen Stimme ihrer Bekannten ein Zittern?

»Der Dieb, oder besser gesagt *die Diebin*, hat ein Geständnis abgelegt. Es handelt sich um unsere Magd Gertrudt. Niemals hätten wir ihr so etwas zugetraut.«

»Die Magd hat Euren Gatten bestohlen? Aber warum, um alles in der Welt?«

»Ihr habt also wirklich noch nichts davon erfahren?«

»Seit ich im Lochgefängnis gesessen habe, reden die Leute kaum noch mit mir«, erwiderte Anna.

Ihre Besucherin schnalzte mit der Zunge und machte eine wegwerfende Handbewegung. »Diese Leute sind dumm, das darf Euch nicht kränken.«

»Das ist leichter gesagt als getan«, seufzte Anna und bat ihren Gast fortzufahren.

Frau Dürers Gesicht verfinsterte sich. »Ich habe Euch doch erzählt, dass Ihr nicht als Einzige Anstoß an Albrechts Darstellung der nackten Männlichkeit genommen habt.«

Sebastian betrat den Raum und stellte einen mit Bier gefüllten Krug auf den Tisch.

»Vor einigen Wochen hat Gertrudt mit einem dieser Schurken aus der Bruderschaft getändelt«, erzählte die Dürerin weiter. »Man hat ihn kürzlich zu vierzig Rutenstreichen verurteilt und nach seiner Brandmarkung der Stadt verwiesen. Meine Magd hat mir vor einigen Tagen gestanden, das Bild in seinem Auftrag gestohlen und ihm übergeben zu haben. Sie sagt, ihr Gewissen hätte sie von Tag zu Tag mehr belastet. Ich glaube eher, es war die Angst vor einer harten Strafe, wenn die Sache herauskäme. Wie auch immer, mein Mann und ich sind sehr enttäuscht.«

Annas Bruder hielt mitten in der Bewegung inne und wandte sich um. »Sepp Stadler ist für Annas Aufenthalt im Loch verantwortlich?«

»Ihr kennt den Mann, Sebastian?«

»Leider«, presste er hervor und stellte den Becher auf den Tisch, dass es knallte.

»Sebastian, bitte!« Anna legte ihrem Bruder die Hand auf den Arm. »Reg dich nicht auf, das gehört der Vergangenheit an.«

»Ich weiß, aber manchmal kocht mir einfach die Wut hoch.« Daraufhin gesellte er sich zu den beiden Frauen.

»Woher wusste dieser Stadler von dem Werk Eures Gatten?«, fragte Anna nach kurzem Schweigen und schenkte ihnen ein.

»Gertrud muss ihm davon berichtet haben.«

»Ihr habt sie sicherlich …«

»… entlassen, natürlich. Auch sie hat die Rute zu spüren bekommen und musste Nürnberg verlassen. Damit gelange ich zum eigentlichen Grund meines Besuches, Anna. Als wir uns das letzte Mal trafen, habt Ihr mir erzählt, dass Ihr Arbeit sucht. Hattet Ihr damit Erfolg?«

»Leider nicht, werte Frau Dürer. Ich habe im Laufe der letzten Monate beinahe jedes Geschäft in dieser Stadt aufgesucht. Aber ob Gerber, Schneider, Schlachtereien oder Spitäler, sie haben mich alle abgewiesen. Entweder weil mir eine Ausbildung fehlt oder weil ihnen zu Ohren gekommen ist, dass ich im Loch eingesessen habe. Die restlichen Leute wollten mich nicht einstellen, weil ich ein kleines Kind habe.«

»Ich bitte Euch, arbeitet für meinen Mann und mich. Wenigstens so lange, bis sich Eure finanzielle Lage gebessert hat oder Ihr eine andere Arbeit findet. Wollt Ihr?«

Annas Augen weiteten sich. »Ich soll Euch die entlassene Magd ersetzen?«

»Das möchten wir Euch anbieten, ja. Ich werde Euch gut bezahlen, und Ihr könnt Euer Haus behalten, wenn Ihr es wollt. Was haltet Ihr davon?«

Anna warf Sebastian, dem die Verwirrung ins Gesicht geschrieben stand, einen fragenden Blick zu. Er krauste kurz die Stirn und nickte. Sie trat an eines der Fenster und sah hinaus auf die Gasse. Eine graue Katze lief über das Pflaster. In ihrem halb geöffneten Maul trug sie einen erbeuteten Vogel und schlich um eine Häuserecke. Anna meinte förmlich Sebastians Gedanken zu hören. Kannst du ihm vertrauen? Hast du ihm verziehen? Als sie sich wieder umdrehte, lächelte sie.

»Ich nehme Euer Angebot gern an, Frau Dürer.«

In deren Miene spiegelte sich Erleichterung. »Wie schön. Damit ist es beschlossen. Wann könnt Ihr anfangen?«

Anna setzte sich wieder. Ihre Knie waren von der unerwarteten Nachricht weich geworden. »Wenn Ihr wollt, gleich morgen.«

»Gut.« Frau Dürer lehnte sich in ihrem Stuhl zurück. »Wie ist es mit Euch, Sebastian? Habt Ihr inzwischen Arbeit gefunden?«

»Leider nicht.«

»Seid Ihr in der Lage, einen Pferdekarren zu lenken?«

»Warum fragt Ihr?«

»Hans, unser Fuhrmann, hat sich am letzten Sonntag das Bein gebrochen, für ihn könnten wir einen Ersatz gebrauchen.«

»Wenn Sebastian und ich für Euch arbeiten, Frau Dürer, wer passt dann auf Lenchen auf?«, wandte Anna ein.

»Auch darüber haben Albrecht und ich bereits gesprochen. An den Tagen, an denen Ihr bei uns seid, würde Susanne auf die Kleine achtgeben. Ihr könnt sie ja dafür bezahlen.« Sie leerte ihren Becher und leckte sich den Bierschaum von den Lippen. »Es wird Zeit für mich. Mein Mann hat in vier Tagen Geburtstag, deshalb muss ich mit Susanne noch einiges vorbereiten.« Die Dürerin erhob sich und strich ihr Gewand glatt. »Pirckheimer, Spengler und etliche andere Herren haben ihr Kommen zugesichert. Obwohl meinem Albrecht gar nicht nach Feiern zumute ist.«

»Die Melancholia?«, wollte Anna wissen.

»Wenn es nur das wäre«, seufzte Frau Dürer. »Letzte Nacht hatte er wieder hohes Fieber, gleichzeitig hat er gefroren, dass es ihn nur so schüttelte. Immer wieder hat er im Schlaf aufgeschrien und vom Satanas gesprochen, der überall lauere und die Menschen verderbe. Seit Längerem klagt er über Leibschmerzen, und aus dem *heimlich Gemach*, das ich nach unserer Wiederkehr aus den Niederlanden bauen ließ, kommt er an manchen Tagen kaum noch heraus.«

Tiefe Sorge spiegelten in diesem Moment die Züge der verhärmt wirkenden Frau wider. Wenn Anna es nicht besser wüsste, hätte sie diese gewiss auf beinahe sechzig geschätzt.

»Ich fürchte, ich werde Albrechts Freunde wieder ausladen müssen, wenn es ihm weiterhin so schlecht ergehen sollte.«

»Die Herren haben gewiss dafür Verständnis«, sagte Anna, während sie Frau Dürer hinausgeleitete.

Dort reichte die Ältere ihr die Hände. »Ich danke Euch, Anna.«

»Ich danke Euch für Euren Besuch und Eure freundlichen Angebote. Wir sehen uns dann morgen. Bitte richtet Eurem Gatten meinen Gruß aus. Ich hoffe, er erholt sich rasch.«

Tatsächlich ging es dem Meistermaler am nächsten Tag bereits besser, als Susanne die Geschwister ins Haus bat und in die Stube führte.

»Deine Herrin sagte, du wärest bereit, auf Magdalena aufzupassen?«, sprach Anna sie an.

Susanne strich dem Kind übers Haar. »Das mache ich sehr gern, Frau Dietl. Ich mag die Kleine.«

»Ich weiß. Trotzdem sollst du es nicht umsonst tun.«

»Wie Ihr wünscht, Frau Dietl.« Die junge Magd fasste nach Lenchens Hand, ignorierte deren ängstlich verzogenen Mund und lachte. »Wir werden unseren Spaß haben, Kleines. Komm nur, hier sind einige Kinder aus der Nachbarschaft, die dich gern kennenlernen möchten.« Mit diesen Worten ging Susanne mit dem kleinen Mädchen an der Hand hinaus.

In der Stube warteten der Hausherr und seine Frau bereits auf Anna und Sebastian. Albrecht Dürers Züge wirkten zwar noch mitgenommen, Anzeichen von Fieber vermochte Anna in seinem Antlitz aber nicht mehr zu erkennen. Sein Blick war klar, und ein leichtes Lächeln vertrieb die letzten äußerlichen Anzeichen seines Leidens.

»Frau Dietl, wie schön, dass Ihr das Angebot meiner Frau angenommen habt. Unsere Susanne ist glücklich, Hilfe zu bekommen. Bitte entschuldigt mich, ich habe zu tun. Sachsens Kurfürst erwartet mich.«

»Mein Mann arbeitet an einem weiteren Porträt Friedrichs des Weisen«, erklärte Agnes Dürer, nachdem ihr Mann den Raum verlassen hatte.

Sebastian hatte die Hände hinter dem Rücken verschränkt und trat von einem Fuß auf den anderen.

»Sebastian – ich darf dich doch so nennen, oder?«, fragte Frau Dürer.

»Natürlich.«

Die Hausherrin läutete eine Glocke. Kurz darauf erschien der dunkle Lockenkopf eines jungen Burschen in der Tür. »Georg, das ist Sebastian. Zeig ihm, was zu tun ist.«

Annas Bruder folgte dem Mann hinaus.

»Das war Georg Schlenk, der Schüler meines Mannes, der unsere Susanne heiraten möchte«, erläuterte Frau Dürer. »Ich habe Euch von ihm erzählt. Er kann Albrecht nicht für den Unterricht bezahlen, deshalb arbeitet er als Diener bei uns.«

»Wann findet die Hochzeit denn statt?«, erkundigte sich Anna.

»Im Herbst. Doch zuvor haben wir ein anderes Fest vorzubereiten.«

»Den Geburtstag Eures Gatten.«

»Ganz genau. Kommt mit mir in die Küche, Anna.«

Dort war eine Frau in Agnes Dürers Alter damit beschäftigt, mit einem großen Messer Stücke von einer Schweinekeule abzuschneiden. Als sie Anna gewahr wurde, nickte sie ihr zu.

»Das ist Marianne – Anna«, stellte die Hausherrin sie einander vor. »Seit sie für unser leibliches Wohl sorgt, schmeckt es meinem Gatten hier besser als im Wirtshaus.«

Die Frau lächelte über das Lob und beugte sich wieder über das Schneidebrett.

»Die Gute kann in der Küche wahre Kunstwerke vollbringen, nicht wahr, Marianne?«, klärte Agnes Dürer Anna auf.

Die Köchin lächelte verlegen. »Ich gebe mein Bestes. Willkommen.«

Ihre Herrin tätschelte ihr den Arm. »Frau Dietl wird dir und Susanne in den nächsten Monaten zur Hand gehen. Der junge Mann, den du gleich noch kennenlernen wirst, ist Frau Dietls Bruder Sebastian. Er arbeitet so lange bei uns, bis Hans' Bein verheilt ist.«

Annas erste Arbeitstage begannen mit einer Bewährungsprobe, denn es galt, den Geburtstag Dürers am 21. Mai vorzubereiten. Die Hausherrin hatte mehrere Fasane liefern lassen, die gefüllt und zubereitet werden mussten. Frisch gebackene Brote, kandierte Früchte, Gemüsebrät sowie süße Honigkuchen sollten das Festmahl ergänzen. Die beiden Frauen hatten alle Hände voll zu tun. Nachdem das Fest ein voller Erfolg wurde und erst kurz vor Morgengrauen feuchtfröhlich endete, gab Frau Dürer Marianne und Anna den nächsten Nachmittag mit den Worten frei, sie hätten noch reichlich Speisen übrig und wollten sich daran gütlich tun.

Die letzten Tage des Wonnemonats vergingen wie im Flug. Annas Hauptaufgabe bestand darin, der Köchin beim Trocknen von Fleisch und Fisch zu helfen, mussten doch die Vorratskammern für die kalte Jahreszeit gefüllt werden. Besonders die auswärtigen Besucher des Malers wurden stets reichlich bewirtet. Niemand solle von Albrecht Dürer je behaupten, er sei ein Geizkragen, hörte Anna ihn in diesen Tagen mehr als einmal zu seiner Frau sagen. Im Stillen musste Anna ihm recht geben, ein Knauserer war Frau Dürers Gatte wirklich nicht.

Diese Erfahrung hatte nicht nur sie machen dürfen, auch andere Hilfebedürftige wies er nicht ab. Einmal wurde Anna Zeugin eines heftigen Streits zwischen den Eheleuten. Er verschenke zu viel, schimpfte die Dürerin, wenn sich seine Großzügigkeit herumspräche, stünden die Schnorrer bald in Scharen vor unserem Haus. Ihr Mann lachte nur.

Als der Juni begann, zog der Duft von Pasteten durch die Räume und lockte die Hausbewohner in die Küche, um heimlich davon zu kosten.

Wenn alle Arbeiten des Tages erledigt waren, fand sich die Familie Dürer samt ihren Schülern und Dienstboten gern im Esszimmer ein. Sie baten auch Anna und Sebastian dazu, sodass diese oft erst in Korbinians Haus in der Waaggasse zurückkehrten, wenn der Tag sich neigte. Die Frauen saßen dann bei Handarbeiten beieinander und schwatzten, während sich der Maler im Raum nebenan mit Hans Sachs bei einer Partie Schach vergnügte oder den Meistersänger bei seinem Lied über Luther – die »Wittenbergisch Nachtigall« – auf dem Psalterium begleitete. In jenen Momenten empfand Anna Dankbarkeit, nicht den ganzen Tag in Korbinians Haus verbringen zu müssen, in dem noch immer die Geister der Vergangenheit lebten und sie daran erinnerten, was sie verloren hatte.

Kapitel 38

Kilian Pankratius schloss die *Biblia*, in der er gelesen hatte, und lehnte sich zurück. Seit ihrer Flucht, die ihn und seine Gefährten bis nach Würzburg geführt hatte, waren ihm zwei Namen nicht aus dem Sinn gegangen: Anna Dietl und Sebastian Stäubling. Mutz hatte ihm schon vor Monaten erzählt, dass die beiden Geschwister seien. Die Boshaftigkeit lag ihnen offensichtlich im Blut. Woche um Woche verging, währenddessen wuchs sein Zorn auf die beiden ins Unermessliche. Der Satan selbst musste ihm diese Familie in den Weg gestellt haben. Erst hatte Anna Dietls Ehemann sich geweigert, das Pergament anzufertigen, das seine Existenz als der verheißene Prophet beweisen sollte. Später war ihr Bruder zum Stadtrat gegangen, um ihn anzuzeigen.

Pankratius knirschte mit den Zähnen. Durfte er Sebastian den Verrat durchgehen lassen? Einmal war es ihm gewesen, als habe er die Worte »Mein ist die Rache, spricht der Herr« vernommen. Hieß das, er sollte nichts gegen diesen Verräter unternehmen, sondern Gott die Sache überlassen? Nein, das konnte nicht die Stimme des Herrn gewesen sein, sondern die eines Dämons, der ihn verwirren wollte.

»Ich bin Gottes Werkzeug«, sprach er laut und mit fester Stimme. Er erhob sich von dem Stuhl und trat an die Tür der Kammer, die Traugott Engel ihm zur Verfügung gestellt hatte.

Der Medicus war nicht begeistert gewesen, außer Elia noch zwei weitere Männer beherbergen zu müssen. Traugott Engel war einst mit ihm aus dem Kloster geflohen, fast fünfzehn Jahre war das inzwischen her. In der Zeit danach hatten sie sich nur selten gesehen, aber ihre Erlebnisse im Kloster und die spätere Flucht verband sie auf ewig. Immer noch fühlte er den alten Ekel, wenn er über die Vergangenheit nachdachte. Er lauschte auf die Stimmen von Jakobus und Johannes, die sich in dem kleinen Raum gegenüber unterhielten.

»Wir werden die Pferde verkaufen müssen«, hörte er Jakobus sagen, »sonst sitzen wir in ein, zwei Wochen ohne einen Pfennig im Beutel da.«

Pankratius fluchte. Stand es bereits so schlecht um sie? Er kehrte an den Tisch zurück und öffnete erneut die Heilige Schrift. Da sprangen ihm einige Verse förmlich in die Augen. »Wenn jemand einen eigenwilligen oder ungehorsamen Sohn hat, der seines Vaters und seiner Mutter Stimme nicht gehorcht, und wenn sie ihn züchtigen, ihnen nicht gehorchen will, so sollen ihn steinigen alle Leute der Stadt, dass er sterbe ...« Die Worte verschwammen vor seinen Augen. War es das, was der Herr von ihm verlangte? Wollte Gott, dass Sebastian starb?

»Du warst wie ein Sohn für mich, Sebastian Stäubling«, stieß er hervor, »warum hast du mich verraten?«

Er schloss die Augen. Was soll ich tun, Herr?

Opfere ihn mir. Deutlich, als stünde jemand hinter ihm, vernahm er diesmal die Worte.

Wenn du es willst, oh Herr. Wann soll es geschehen?

Ich werde dich wissen lassen, wenn es so weit ist.

Seine Gedanken wanderten weiter, das Antlitz Anna Dietls tauchte vor ihm auf. Herr, was ist mit ihr? Soll sie ebenfalls sterben? Diesmal schwieg der Allmächtige. Nun gut, das Weib war genug gestraft mit dem, was seine Männer ihrem Gatten angetan hatten.

Anna und Sebastian stiegen drei Tage vor dem Pfingstfest die Gasse hinan, an deren Ende sich die kaiserliche Veste trutzig in den wolkenverhangenen morgendlichen Himmel erhob. Auf sie warte eine Menge Arbeit, hatte die Dürerin ihnen am vorigen Abend, als Sebastian und Anna sich verabschiedeten, angekündigt: »Auch für dich, Sebastian. Mein Mann hat einen wichtigen Auftrag für dich und deine Schwester.«

Sie erreichten das Haus gegenüber dem Stadttor und klopften. Die Magd öffnete und trat zur Seite.

»Gott zum Gruße, Susanne. Der Herr wünscht meinen Bruder zu sprechen. Ist er da?«, fragte Anna.

»Da ist er, aber Pirckheimer ist bei ihm.«

»So früh schon?«

Die Magd zuckte die Achseln.

Frau Dürer betrat die Diele und begrüßte die drei. Magdalena streckte die Arme nach der Hausherrin aus, die das Kind sofort hochnahm. »Guten Morgen, meine Kleine. Susanne wartet schon auf dich.«

Sebastian zog die Mütze vom Kopf. »Ihr sagtet, Euer Gatte habe einen Auftrag für mich.«

»Sobald Pirckheimer gegangen ist, wird mein Mann dich rufen, Sebastian«, antwortete Frau Dürer. »Bis dahin kannst du Hans Gesellschaft leisten.«

Anna gab Susanne das Kind, küsste ihre Tochter zum Abschied und stieg die Treppe ins erste Stockwerk zur Küche hinauf. In diesem Augenblick vernahm sie durch die angelehnte Tür der Stube die kräftige Stimme des Patriziers.

»Der Wittenberger ist dafür verantwortlich, Albrecht, glaubt mir! Ohne die Reformation der Kirche wäre es niemals zu solchen Ausschreitungen wie in Zürich gekommen. Diese Narren meinen, Gott einen Dienst zu erweisen, wenn sie die Bilder und Fenster in den Kirchen zerstören.«

»Ich stimme Euch zu«, räumte Dürer ein. »Mich stößt das ebenso ab wie Euch. Als Künstler tut es mir in der Seele weh, zu hören, dass Bilder und andere Kunstwerke verbrannt werden. Aber womöglich weiß Luther gar nichts von den Vorgängen in Zürich und anderenorts.«

»Er weiß davon, Albrecht. Glaubt mir! Andreas Karlstadt hat es selbst in seiner Reformatorischen Ordnung der Stadt Wittenberg gefordert. ›Bilder und Altäre sollen entfernt werden, um Abgötterei zu vermeiden‹, schreibt er darin. ›Drei Altäre ohne Bilder genügen.‹ In Lübeck und Danzig haben die Verblendeten bereits die Kirchen gestürmt. Ich bin übrigens davon überzeugt, all das geschieht nicht nur aus frommen Motiven. Das Volk will es uns Patriziern vielmehr so richtig zeigen.«

»Weil es der Meinung ist, Ihr Patrizier habt es Euch schon viel zu lange auf Kosten der Bürger und Bauern gut gehen lassen«, war Dürers scharfe Antwort.

Pirckheimer lachte auf. »Ihr meint, das rechtfertige das Zerschlagen der Altarbilder? Das kann nicht Euer Ernst sein.«

»Natürlich nicht, Willibald. Gebe Gott, diese Zerstörung möge nicht auch in unserer Stadt geschehen«, hörte Anna Albrecht Dürer antworten. »Ich liege so manche Nacht wach, weil mir um unsere schönen Kirchen und die Werke von Veit Stoß angst und bange ist. Wir können nur hoffen, dass der Rat hart durchgreift, sollte auch bei uns zum Bildersturm geblasen werden.«

»Vielleicht sollte ich Melanchthon einen Brief schreiben und ihn bitten, auf diese ungute Entwicklung Einfluss zu nehmen, wenn Luther schon nichts dagegen unternimmt«, erwiderte Pirckheimer. »Wir müssen uns ein andermal weiter darüber unterhalten.«

»Ja, ich habe ebenfalls zu tun. Unser Fuhrmann hat sich das Bein gebrochen, und ich benötige dringend einige Grundstoffe für Farben, die ich bei einem Ansbacher Händler bestellt habe. Da ich nicht selbst fahren kann, werde ich Sebastian hinschicken.«

»Du lauschst doch nicht etwa, Schwester?« Grinsend hob Sebastian den Zeigefinger, und Anna spürte, wie ihr die Wärme ins Gesicht stieg.

»Und du beobachtest mich nicht etwa, Brüderchen?«, gab sie im Flüsterton zurück. »Wie lange siehst du mir schon zu?«

Sein Grinsen wurde breiter. »Lange genug, wie's aussieht. Was haben die Herren denn so Aufregendes zu besprechen?«

Anna maß ihn mit gespielter Strenge. »Ach, so neugierig?« Sie senkte die Stimme. »Genaues weiß ich auch nicht, leider konnte ich nicht alles verstehen. Aber sie diskutieren über Luther und die Zerstörung von Bildern, die er angeblich angeordnet haben soll.« Sie blickte sich um. »Lass uns rasch hier verschwinden, bevor sie uns erwischen.«

Sie zog ihren Bruder mit sich bis in die Küche und ignorierte Mariannes verwirrte Miene.

»Was suchst du eigentlich hier, Sebastian? Hast du nichts zu tun?«

Er verzog das Gesicht. »Hans hat mich weggeschickt. Er meinte, ich soll mich im Haus nützlich machen.«

Ihre Unterhaltung wurde jäh unterbrochen, da Susanne mit Lenchen die Küche betrat. Das Kind lief auf seine Mutter zu, und Anna schloss es in die Arme. Sogleich spitzte Lenchen die Lippen und gab ihr einen feuchten, klebrigen Kuss.

Auch Agnes Dürer kam herein. »Grüß Gott, alle miteinander. Ich gestehe, Magdalena erlaubt zu haben, von dem übrig gebliebenen Honigkuchen zu naschen«, lächelte sie entschuldigend, während Anna nach einem Tuch in ihrer Schürze nestelte, um der Kleinen den Mund abzuwischen. »Mein Mann und ich haben eine Bitte«, begann die Dürerin. »Albrecht hat bei einem Händler in Ansbach Lapislazulipulver und Purpur bestellt. Der Mann heißt Ephraim ben Jakob und betreibt sein Geschäft im Judenviertel.« Frau Dürer seufzte. »Gestern Abend hat man uns durch einen Boten mitgeteilt, dass die bestellten Waren abgeholt werden können.« Sie hielt einen Moment inne und blickte Sebastian offen ins Gesicht. »Dringliche Angelegenheiten zwingen meinen Mann jedoch noch heute zu einem neuen, überaus wichtigen Auftrag. Deshalb möchten wir dich bitten, dass du mit deiner Schwester gleich morgen früh gemeinsam nach Ansbach fährst, um die Sachen abzuholen.«

Lapislazuli, Purpur. Anna kannte diese fremdartig klingenden Namen nur vom Hörensagen. Der Gedanke, derartige Kostbarkeiten in den Händen zu halten, löste einen Schauder in ihr aus. Was, wenn ihnen die Fracht verloren ging oder Wegelagerer … Sie wechselte einen schnellen Blick mit ihrem Bruder, der nun das Wort ergriff.

»Entschuldigung, Frau Dürer, mir ist nicht wohl dabei, meine Schwester mitzunehmen. Darf ich vielleicht allein fahren?«

»Nein, nein, Sebastian. Das ist zu gefährlich. Ich kann dich beruhigen: Wenn du mit Anna reist, wird niemand auf den Gedanken kommen, Ihr zwei könntet etwas Wertvolles transportieren. Außerdem wird euch Rupert, einer meiner Knechte, in sicherem Abstand folgen. Das halten wir immer so.« Die Hausherrin strich Anna über den Arm. »Obendrein gibt es Euch die willkommene Gelegenheit, das Grab Eures lieben Mannes zu besuchen. Nun, was meint Ihr?«

»Natürlich, ich begleite meinen Bruder gern.«

Frau Dürer klatschte in die Hände. »Marianne, sorg bitte dafür, dass die beiden ausreichend Proviant mitbekommen, ja? Ein gutes Stück Schinken darfst du auch dazu stecken. Susanne soll alles für die Reise richten. Sie wird sich unterdessen gut um die Kleine kümmern, nicht wahr, Susanne?«

»Gern«, antwortete die Magd und ging in die Hocke. »Kommst du mit mir, Lenchen? Ich glaube, ein wenig Honigkuchen ist noch da.«

Das Kind sah Anna mit großen Augen an.

»Geh nur, Schätzchen. Wir sehen uns später.«

Sie küsste die Mädchenstirn und beobachtete, wie die Kleine sich von Susanne an die Hand nehmen ließ, um mit ihr die Küche zu verlassen.

Kapitel 39

Am folgenden Morgen war Sebastians Laune auf dem Tiefpunkt angelangt. Nicht nur, dass er sich nach wie vor unwohl fühlte bei dem Gedanken, durch Nürnberg zu fahren. In den Augen seiner einstigen Glaubensgenossen war er schließlich ein Verräter. Obendrein sollte Anna ihn auch noch begleiten. Als ob es diese verflixte Reise erleichtern würde, mit einem hübschen, wehrlosen Weib unterwegs zu sein! Sebastian schnaubte. Zugegeben, er fühlte sich geschmeichelt, eine derart verantwortungsvolle Aufgabe übertragen zu bekommen. Aber würde er ihr auch gerecht werden? Üblicherweise machte sich Meister Dürer höchstpersönlich auf den Weg zu seinen Händlern, um die Ware zu begutachten, während er sich lediglich auf die Ratschläge des Malers sowie seinen Instinkt verlassen konnte.

Sebastian stand in der Kammer, die er in Annas Haus bewohnte, kämmte sich das dichte Haar und blickte griesgrämig in den Spiegel, der auf einem Schränkchen nahe seiner Schlafstatt lag. Nun gut, es gab noch einen weiteren Grund, warum ihm die Fahrt nach Ansbach missfiel. Am Nachmittag hatte er sich vorgenommen, Barbara zu besuchen. Daraus würde nun nichts werden. Er schnitt seinem Spiegelbild eine Grimasse, die wohl jeden das Fürchten gelehrt hätte, und ging hinaus.

Kurze Zeit später trafen die Geschwister mit Magdalena vor dem Haus des Malers ein. Das Fuhrwerk war bereits mit allem beladen, was sie unterwegs benötigten. Außerdem hatte die Dürerin den dreien für die Nacht zwei ordentliche Kammern in einem Gasthof besorgt, in dem ihr Mann immer nächtigte, wenn er zwischen Nürnberg und Ansbach pendelte. Anscheinend unbeeindruckt von seiner miesen Stimmung bedachte Anna ihn mit einem Lächeln und kletterte auf den Kutschbock.

»Bist du so weit, Brüderchen?«

Sie legte ihnen beiden eine Decke über die Beine, denn die Luft war noch feucht. Nebelschwaden waberten über die ungepflasterte Gasse und ließen die Burg auf dem Hügel nahe dem Tiergärtnertor beinahe unwirklich erscheinen.

Er schnalzte mit der Zunge, um das gutmütige Kaltblut, das den Wagen zog, in Bewegung zu setzen. Frau Dürer, Magdalena und Susanne winkten ihnen hinterher, dann waren die drei ihrem Sichtfeld entschwunden. Schweigend verließen sie das Stadttor. Vögel sangen in der dunstigen Morgensonne ihr erstes Lied. Nur das gleichmäßige Getrappel des Pferdes unterbrach die friedliche Stille, sodass jedes der Geschwister seinen Gedanken nachhing. Sebastian drehte sich um, aber der Nebel war zu stark, um den Knecht auf seinem Maultier erkennen zu können, der sie in einiger Entfernung begleitete. Noch etwas, das er nicht verstand. Vertraute die Familie Dürer ihm etwa nicht, oder warum schickten sie ihm den Mann hinterher? Eine leise Stimme in seinem Inneren mahnte ihn, nicht ungerecht zu sein. Sebastian pustete sich eine Haarsträhne aus der Stirn, die der Wind ihm ins Gesicht geweht hatte.

»Du machst vielleicht ein Gesicht, Bruderherz«, schmunzelte Anna, ohne in ihrer eingehenden Betrachtung innezuhalten. »Hast du etwa Angst?«

»Wieso sollte ich?«, antwortete er schroff und dachte an den vergangenen Nachmittag zurück.

Er war nach der Arbeit noch schnell zum Haus der Freislers gegangen. Barbara hatte er nicht angetroffen, da sie für ihren Vater einige Botengänge erledigte. Wie dämlich er sich vorgekommen war, ihr die Absage durch Frau Freisler ausrichten lassen zu müssen! Widerwillig richtete Sebastian seine Aufmerksamkeit auf den vor ihnen liegenden Weg, der sie an Feldern und Wiesen vorbei und durch kleine Ortschaften hindurch nach Ansbach führen würde. Das Pferd schnaubte, seine Huftritte wirbelten den feinen Sand auf und erschwerten zusätzlich die Sicht. Er fluchte, als ein Hase direkt vor ihnen den Weg kreuzte und er im letzten Moment verhindern konnte, dass Meister Lampe unter die Wagenräder geriet.

Bald versank Sebastian wieder in dumpfes Schweigen. Ein Schwalbenschwarm schoss aus der Höhe herab und sammelte sich auf den knorrigen Bäumen zu ihrer Rechten und Linken.

Anna stieß ihren Bruder in die Seite und wies mit ausgestrecktem Arm auf ein Rudel Wild, das im Schatten einer Reihe Buchen graste. Die Geschwister zwinkerten sich zu, während das Kaltblut in einen gemächlichen Trab fiel und mit dem Schweif lästige Insekten vertrieb.

Zur Mittagszeit brachte Sebastian den Wagen am Ufer eines Weihers zum Stehen. Sie tränkten das Pferd und gaben Rupert, der sich ihnen langsam näherte, einen Wink, es ihnen gleichzutun. Kurz darauf setzten sie sich ins Gras, um eine Rast einzulegen. Die drei taten sich an den mit Butter bestrichenen Brotscheiben und einem dicken Stück Schinken gütlich, tranken verdünnten Wein aus einem Schlauch und sahen mit Vergnügen einem Blesshuhn zu, das mit seinen fünf Küken durch das stille Wasser zog. Anna lächelte beim Anblick eines der Küken, das offenbar die ersten Tauchversuche unternahm und dabei sein Hinterteil keck in die Luft reckte.

»Mit etwas Glück sind wir zum Abendessen in Ansbach«, sagte Sebastian kauend.

»Ja, allerdings nur, wenn der dämliche Esel nicht dauernd stehen bleibt«, erwiderte Dürers Knecht und wischte sich den Mund am Ärmel seines Hemdes ab.

Kurz darauf rafften sie ihre Habseligkeiten zusammen und setzten ihren Weg fort.

Die Reisenden hatten Schwabach hinter sich gelassen, als Sebastian eine Gruppe von fünf Männern auffiel, die in einiger Entfernung vor ihnen am Wegesrand kauerten. Er kniff die Augen vor dem grellen Sonnenlicht zusammen und spähte zu ihnen hinüber. Anna hatte sie ebenfalls bemerkt, und sie beschlossen, sich ihnen vorsichtig zu nähern. Auf dieser Strecke, so hatte Sebastian gehört, wurden immer wieder fahrende Händler überfallen. Zuweilen waren die Straßenräuber wie Bettler gekleidet und taten recht harmlos, aber kaum hatten die Händler sie erreicht, machten sie sich über die Ladung her.

Die Männer waren allesamt betagt, denn ihre Rücken waren krumm und die Gesichter von einem Netzwerk feiner Falten durchzogen. Einer von ihnen besaß nur noch ein Bein und hielt einen Weidenstock in der Hand. Die Geschwister blickten einander an, und Sebastian schüttelte unmerklich den Kopf. Grüßend nickte er zu den Fremden hinüber und fuhr an ihnen vorüber. Nachdem sie nur noch als winzige Punkte zu erkennen waren, fuhr er sich über die verschwitzte Stirn, wobei er einen nachdenklichen Blick seiner Schwester auffing.

»Na, was hätte ich deiner Meinung nach tun sollen? Mich von den Kerlen in ein Gespräch verwickeln lassen, damit sie …«

Anna strich ihm über den Arm. »Schon gut. Die Gruppe hat nicht den Eindruck gemacht, als würde sie Hilfe suchen. Die Männer haben sich angeregt miteinander unterhalten.«

»Oder sie haben bemerkt, dass wir ohne Ladung fahren«, entgegnete er trocken. »Bei uns ist schließlich nichts zu holen.«

Er trieb das Pferd an. »Jedenfalls, wenn man von unserem prall gefüllten Geldbeutel absieht.«

Anna schwieg. Sebastian wandte den Kopf und beobachtete, wie sich Rupert auf dem Maulesel den Fremden näherte. Der Knecht ritt ebenfalls unbehelligt an den Männern vorüber. Ihre Eltern hatten sie gelehrt, nicht achtlos an Alten oder Hilfsbedürftigen vorüberzugehen. Andererseits bestand auch immer die Möglichkeit, sich mit irgendeiner Krankheit anzustecken. Mit einem bangen Gefühl fragte sich Sebastian, wie es ihm selbst ergehen würde, wäre er einer jener alten Männer am Wegesrand.

»Lass sie uns im Auge behalten, Anna. Sollten wir ihnen abermals begegnen, halten wir an.«

Sie stimmte ihm zu. Bald darauf gelangten sie an den Ort, an dem Annas Mann begraben lag, und Sebastian brachte das Kaltblut zum Stehen. Seine Schwester nahm einen Strauß Bauernrosen vom Boden des Wagens auf, den sie im Garten der Dürers gepflückt hatte, und stieg wortlos aus. Ihre Haltung war aufrecht, als sie sich dem kleinen Hügel näherte. Wie sie dastand, so schmal in ihrem dunklen Gewand und mit der Witwenhaube auf dem glänzenden Haar, machte sie einen gefassten Eindruck. Doch der Schein trog, denn oft genug ertappte er sie dabei, wie sie abwesend Löcher in die Luft starrte oder sich nachts in die Stube schlich, wenn sie nicht schlafen konnte.

Erneut wanderten seine Gedanken zu Barbara. Ob sie ebenso enttäuscht war wie er, dass aus ihrer Verabredung nichts geworden war? Sebastian glaubte es nicht. Wenn er es recht bedachte, hätte er sich vielleicht sogar mit seinem Wunsch, sie zu küssen, lächerlich gemacht. Unwirsch verscheuchte er eine Fliege, die sich auf seine Wange gesetzt hatte. Der Traum, der ihn vor einigen Nächten geplagt hatte, trug auch nicht gerade zu einer Stimmungsaufhellung bei. »Dich soll ich zum Mann nehmen?«, hatte Barbara im Traum auf seinen Heiratsantrag hin ausgerufen und ihn ausgelacht. Er verzog das Gesicht. Es stimmte ja. Er besaß nichts außer seiner Liebe zu ihr. Aber selbst wenn er bald eine anständige Arbeit finden sollte – wie lange würde es dauern, bis er in der Lage war, ihr ein gutes Leben zu bieten? Bis dahin würden sicher mehrere Jahre ins Land ziehen. Ob sie so lange auf ihn wartete? Was passierte, wenn ein anderer Verehrer daherkäme, der mehr zu geben hatte? Würde sie ihn dann freundlich darauf aufmerksam machen, dass sie sich für den Konkurrenten entschieden hatte?

Anna riss ihn aus seinen düsteren Gedanken, als sie auf den Wagen stieg. »Lass uns weiterfahren«, bat sie leise.

Gegen Abend erreichten sie die Stadtmauern Ansbachs. Sebastian band das treue Zugpferd auf einer Wiese an einen der dafür vorgesehenen Pflöcke. Seine Schwester machte sich an einem Sack zu schaffen, aus dem sie einen Armvoll Heu hervorholte und vor dem Pferd ablegte, das sich sogleich hungrig darüber hermachte. Die Sonne war im Begriff, hinter den vor ihnen liegenden Stadtmauern unterzugehen, deshalb suchten sie auf dem direkten Weg den Gasthof auf, in dem die Dürerin ihnen zwei Kammern bestellt hatte. Nach einem einfachen, aber reichhaltigen Abendessen fielen sie alsbald in ihre Betten.

Kapitel 40

»Meinst du, das Geschäft ist schon geöffnet?«, fragte Anna ihren Bruder am folgenden Morgen, nachdem sie den Gasthof verlassen hatten.

»Bestimmt. Frau Dürer hat uns doch angekündigt. Ephraim ben Jakob wird uns also erwarten.«

Nachdem Rupert zu ihnen gestoßen war, passierten sie das Stadttor und machten sich auf die Suche nach dem Viertel, in dem die jüdischen Händler lebten und ihre Geschäfte betrieben. Ein aus einer Schänke tretender Mann erklärte ihnen den Weg zu einem Tor in einer mannshohen Mauer, die das Wohnviertel der Juden von den übrigen Straßen der Stadt trennte. Dann standen sie vor dem Haus des Händlers. Rasch einigten sich die drei darauf, dass Rupert draußen warten sollte, während die Geschwister das Geschäft abwickelten. Sebastian rieb die feuchten Hände an seiner Hose ab und trat ein. Die Aromen verschiedener exotischer Duftwasser und Gewürze hüllten sie augenblicklich ein. Überall standen Talglichter verteilt und verbreiteten ein angenehmes Licht. Links und rechts des ausladenden Raumes befanden sich eine Vielzahl Regale, die bis zur Decke reichten. Halbedelsteine und Kristalle standen dort ebenso aufgereiht wie versteinerte Muscheln und andere kleine Tiere.

»Schau mal, Sebastian«, flüsterte seine Schwester und streckte die Hand nach einem sandfarbenen steinartigen Gebilde aus, das ganz deutlich die Form einer handtellergroßen Schnecke zeigte. Feine dunklere Maserungen ließen sie ungewöhnlich echt erscheinen. »Hast du so etwas schon mal gesehen?«

»Das ist ein ungeschliffener Goniatit, eine Schneckenart.« Die Geschwister fuhren beim Klang der tiefen Stimme zusammen und drehten die Köpfe. »Sie wurde im Königreich Marokko gefunden und ist unvorstellbar alt.«

Lautlos hatte sich ihnen ein schlanker Mann in einem bodenlangen Gewand mit weiten Ärmeln genähert. Seine Haut schimmerte in einem Bronzeton, seine Augen waren rund und schwarz wie die Nacht.

»Friede sei mit Euch und herzlich willkommen in meinem bescheidenen Reich«, begrüßte er sie mit einer tiefen Verbeugung. »Mein Name ist Ephraim ben Jakob. Mit wem habe ich bitte das Vergnügen?« Trotz seiner einwandfreien Aussprache war ein harter, fremd klingender Akzent unüberhörbar.

Alles an diesem Mann wirkte ausgesprochen vornehm, und Sebastian senkte die Lider. »Sebastian Stäubling und Anna Dietl. Wir kommen im Auftrag von Meister Dürer.«

»Ach, des Meisters junge Freunde«, lachte der Händler und breitete die Arme aus.

Sebastian fuhr sich über die Lippen.

»Bitte entschuldigt unser frühes Erscheinen«, mischte sich Anna mit einem schüchternen Lächeln ins Gespräch.

Der Jude machte eine wegwerfende Handbewegung. »Ich bitte Euch! Wenn Ihr näher treten wollt ...«

Der Händler geleitete sie in einen Nebenraum, dessen Boden komplett mit kunstvoll gewebten Teppichen ausgelegt war. Ein niedriger Tisch aus dunklem Holz, auf dem ein silberner Kerzenleuchter und ein Glöckchen standen, sowie einige Sitzkissen vervollständigten das Inventar.

»Bitte nehmt Platz.«

Der Orienthändler trat an eine reich verzierte Truhe, entnahm ihr mehrere in Stoff gehüllte Päckchen und griff nach einer kleinen Glocke. Ein heller Ton erklang, und wenig später erschien eine schlicht gekleidete Frau mit streng nach hinten gekämmten Haaren. Ben Jakob sprach kurz mit ihr, und sie entfernte sich wieder.

»Meine Frau Hanna«, erklärte er freundlich. »Sie wird uns Erfrischungen reichen.«

Während sich Sebastian und Anna mit einem Becher kühlen Weines stärkten, erkundigte sich der Händler nach dem Wohlbefinden der Dürers, und Anna gab bereitwillig Auskunft.

Schließlich beugte sich ben Jakob auf seinem Sitzkissen vor. »Ich nehme an, Ihr wart dort zur Herberge, wo auch Meister Dürer nächtigt, wenn er mich besucht. Wenn es Euch Christen nicht bei Strafe verboten wäre, über Nacht in unserem Viertel zu bleiben, hätte ich Hanna selbstverständlich gebeten, zwei Betten für Euch herzurichten.«

»Das ist sehr aufmerksam, aber wir hatten eine angenehme Nacht«, erwiderte Anna. »Ich nahm an, in Ansbach würden die Juden ...«

»... besser behandelt, meint Ihr?« Ein bitterer Zug legte sich um die Lippen des Mannes. »Besser als in Städten wie Nürnberg gewiss, aber glaubt mir, ein Jude wird nirgends auf der Welt so behandelt, wie es sich für einen Menschen gehört. Auch in dieser Stadt sind wir nur geduldet. Die Vertreter der Stände drängen den Markgrafen Casimir und seinen Bruder Georg schon lange, das Judenviertel räumen zu lassen und uns aus der Stadt zu werfen. Schließlich sind wir die großen Konkurrenten der christlichen Händler.« Ben Jakob begann unruhig im Raum auf und ab zu gehen. »Dass Georg dieser

Forderung des Landtages noch nicht nachgegeben hat, haben wir wahrscheinlich seiner Frömmigkeit zu verdanken. Es heißt, er stehe der lutherischen Lehre nahe. Außerdem bringen wir ihm Geld ein. Georgs Kassen sind angeblich leer. Bisher ist er den Wünschen der Ständevertreter nicht nachgekommen, aber die Leiter der jüdischen Gemeinde machen sich nichts vor – das Blatt kann sich jederzeit wenden, und dann gnade uns Adonai.«

Bald darauf verabschiedeten sie sich von dem Orienthändler und machten sich auf den Weg zum Judentor. Zwei Büttel warfen Sebastian, Anna und Rupert argwöhnische Blicke zu, als sie, unter den Armen die sorgfältig verpackten Waren, das Tor passierten.

Auf der Rückfahrt schielte Anna immer wieder zu den Päckchen hinüber, die sie unter einer Decke zu ihren Füßen verborgen hatte. Zu gern hätte sie einen Blick auf die kostbaren Pulver geworfen, die Meister Dürer zum Malen benötigte. Die Summe, die ben Jakob dafür erhalten hatte, war geradezu schwindelerregend hoch gewesen. Sie legte sich die Päckchen auf den Schoß, schlug die Decke darüber und lehnte sich zurück. Die Wolken hatten sich bald verzogen, und die Luft war von Vogelgezwitscher und dem gleichmäßigen Hufschlag ihres Pferdes erfüllt. Anna band die unbequeme Witwenhaube ab. Von den eintönigen Geräuschen und der zunehmenden Wärme träge geworden, schloss sie die Augen und nickte kurz darauf ein. Bis sie ungeduldig in die Seite gestoßen wurde. Anna blinzelte und sah geradewegs in das Gesicht ihres Bruders.

»Sieh nur!« Sebastian wies mit dem Kopf geradeaus.

Sie kniff die Augen zusammen und entdeckte unweit von ihnen einige Personen, die am Wegesrand unter einem Baum lagerten. Es waren jene Männer, denen sie schon auf der Hinfahrt begegnet waren.

Sebastian hielt die Zügel straffer, und als sie noch etwa fünf Wagenlängen von der Gruppe trennten, blieben sie stehen.

»Ich mach das schon. Du bleibst hier«, zischte er und sprang vom Wagen. »Grüß Gott. Kann ich helfen?«, rief Sebastian den Männern zu, die sich ächzend aufrappelten und den Staub von den Kleidern klopften.

Anna konnte Sebastians Verhalten nachempfinden, immerhin hatte er selbst einige Zeit unter Bettlern und Dieben gelebt und fühlte sich den Ausgestoßenen der Gesellschaft noch immer verbunden.

Ein hagerer, kahlhäuptiger Alter hob die Hand zum Gruß. »Vielen Dank, Jungspund«, erwiderte er nuschelnd. »Aber wir wollen nur ein Weilchen ruhen. Unsere Leiber sind alt und verbraucht.«

Mehrere Fuhrwerke, hoch beladen mit Holzstämmen, ratterten an ihnen vorüber und wirbelten Staub auf. Anna wartete, bis sich die Sicht wieder geklärt hatte, und nahm die Fremden in Augenschein. Mit ihren Armen, die sie schützend auf die Decke gelegt hatte, verbarg sie die wertvolle Fracht vor neugierigen Blicken. Unauffällig musterte sie die alten Männer und war erleichtert, ihnen bei Tage zu begegnen, denn sie boten einen wirklich erschreckenden Anblick. Neben den drei von Krankheiten und Gebrechen entstellten Gestalten wirkten der Kahlkopf und der Einbeinige geradezu harmlos. Da entdeckte sie Rupert, der auf seinem Maulesel herbeigeritten kam, und atmete auf.

Sebastian machte einige Schritte auf die fünf Gestalten zu. »Der Tag verspricht heiß zu werden«, nahm er das Gespräch wieder auf. »Wo wollt Ihr denn hin?«

Von der freundlichen Ansprache ermutigt, trat der Verkrüppelte näher, lüftete seinen Hut und wischte sich den Schweiß von der Stirn. »Eigentlich wollten wir einen Freund besuchen, den guten Gottfried, nicht wahr, Leute?«

Die anderen grummelten zustimmend.

»Leider ist er wie vom Erdboden verschluckt«, ergänzte der Einbeinige und stützte sich schwer auf seinen Stock.

Rupert, der von seinem Esel gestiegen war, um ihn an einer schlanken Buche anzubinden, baute sich vor dem Pferdewagen auf, warf Anna einen beschwörenden Blick zu und lehnte sich lässig gegen die Flanke des Kaltblutes. An seinem Gürtel blitzte im hellen Sonnenlicht ein Messer auf, und Anna schluckte.

Er tätschelte das Tier und ergriff das Wort. »So, Ihr habt ihn also nicht gefunden. Wusste er denn, dass Ihr ihn besuchen wollt?«

»Wo denkt Ihr hin?«, wehrte der Kahlhäuptige ab. »Wir haben ihn schon seit Monaten nicht gesehen. Meistens haben wir uns zwischen Schwabach und Nürnberg auf diesem Weg getroffen, wegen der vielen Händler hier, Ihr versteht? Manche besitzen nämlich noch ein Herz und werfen uns die eine oder andere Münze in den Hut.«

»Geld haben wir nicht, falls Ihr das meinen solltet«, antwortete Sebastian mit einer Spur Schärfe in der Stimme. »Aber wir wollten ohnehin eine Rast einlegen. Wenn Ihr mögt, könnt Ihr mit uns essen. Wir haben noch genug Proviant übrig.« Er betrachtete einen nach dem anderen. »Falls Ihr es allerdings auf Bier oder Wein abgesehen habt und einen Rausch sucht, muss ich Euch leider enttäuschen.«

»Etwas Essbares wäre gut«, antwortete der Einbeinige rasch.

Anna fing Ruperts finsteren Blick auf. »Ist schon gut«, flüsterte sie ihm zu. »Wenn sie uns etwas hätten antun wollen, dann hätten sie es längst getan, oder? Außerdem – schau sie dir doch nur mal an.«

»Stimmt. Aber was machst du mit den Waren für den Meister?«

Sie biss die Zähne aufeinander. »Ich bleibe auf dem Wagen, was sonst? Sagt ihnen, ich sei krank, oder was immer euch einfällt. Aber bitte lasst mir noch etwas Proviant übrig.«

»Wir werden beide hierbleiben«, entschied Rupert energisch. »Soll sich Sebastian allein mit ihnen abgeben. Schließlich hat er uns in diese verflixte Lage gebracht.«

Anna krauste die Stirn. »Mein Bruder meint es wirklich nur gut.«

Dürers Knecht murmelte etwas vor sich hin, das sie lieber nicht verstehen wollte, und schlenderte zu den anderen hinüber.

»Das Weib auf dem Wagen soll mit dem da allein bleiben?«, erboste sich der Kahlhäuptige mit einem Wink auf Rupert. »Ist sicher Eure Angetraute, oder, Jungspund?«

Sebastian nickte der Einfachheit halber, wobei sich seine Mundwinkel unmerklich hoben.

»Kommt nicht infrage! Frauen lässt man nicht allein, erst recht nicht, wenn sie krank sind«, eiferte sich der Narbengesichtige. »Stellt den Wagen hier in den Schatten, und wir passen gemeinsam auf das Weib auf, Junge.«

So kam es, dass sich die Bettlergruppe mit Rupert und Sebastian rund um den Pferdewagen gruppierte. Der Kahlhäuptige musterte Anna mitfühlend und fragte, was ihr fehle, aber sie winkte mit den Worten ab, es sei nur ein leichtes Unwohlsein.

»Darf ich mich mal in den Wagen setzen?«, bat der Einbeinige und erklomm das Gefährt mit einer Geschicklichkeit, die Anna dem Krüppel niemals zugetraut hätte. »Gestattet mir, mich vorzustellen. Mein Name ist Tassilo.«

Anna nannte ebenfalls ihren Namen. »Hier, nehmt eine Scheibe Brot und etwas Schinken.«

Gierig griff der Mann danach.

»Erzählt von Eurem Freund«, forderte Anna ihn auf. »Wie sieht er aus? Vielleicht treffen wir ihn unterwegs und können ihn benachrichtigen.«

»Schön wär's«, seufzte der Mann. »Ja, wie sieht er aus, der Gottfried?« Die vom Alter trübe gewordenen Augen des

Einbeinigen wanderten in die Ferne. »Er könnte mein Sohn sein. Gottfried ist dünn wie eine Bohnenstange, weil er nie genug isst.« Der Alte biss herzhaft in die Brotscheibe. »Wir kennen ihn seit zehn Jahren. Damals haben wir den Kleinen mit uns genommen. Aus dem Hinterhof eines Nürnberger Knochenhauers haben wir ihn gerettet, wo er in den Abfällen herumgewühlt hatte. Dabei erwischte ihn dieser verdammte Köter und biss ihn in die Hand. Wollte den armen Jungen gar nicht mehr loslassen.« Der Mann verzog das Gesicht. »Das Mistvieh hat ihm glatt zwei Finger abgebissen! Hat geblutet wie ein Schwein, der arme Gottfried. Zum Glück hat ihn ein Bader, dem wir unsere letzten Groschen gaben, wieder zurechtgeflickt.«

Anna schauderte unwillkürlich. »Das tut mir leid, Tassilo«, antwortete sie. »Aber bisher bin ich niemandem begegnet, auf den diese Beschreibung zutrifft.«

»Na ja, wär ja auch ein Wunder, wenn Ihr unseren Freund getroffen hättet.« Der Einbeinige ließ den Rest der Brotscheibe in seinem Mund verschwinden. »Ach ja, als ich ihn zuletzt sah, hat er einen roten Schal aus guter englischer Wolle als Verband um seine Hand getragen. Er sagte, wenn der Winter ins Land zieht, schmerzen ihn seine Narben.« Der Bettler betrachtete seine knochigen Hände. »Den Schal hat er von jemandem geschenkt bekommen. So etwas Teures hätte er sich niemals leisten können.«

Unwillkürlich rückte Anna ein wenig von ihm ab.

Der Obdachlose registrierte es mit verengten Augen. »Ihr glaubt doch nicht etwa, dass er den Schal gestohlen hat? Seid Euch gewiss – wir stehlen nicht. Auch wir haben unseren Stolz, junges Weib!«

Hitze stieg in Annas Wangen, und sie murmelte eine Entschuldigung.

»Es ist leicht, über uns zu urteilen«, fuhr der Einbeinige unbeirrt fort. »Die Menschen werfen Bettler und Betrüger gern in einen Topf. Abschaum eben. Dabei waren wir alle einst Leute, die einer ehrlichen Arbeit nachgingen und in einer ordentlichen Kammer wohnten. Doch das Leben hat uns übel mitgespielt und aus uns gemacht, was wir heute sind.«

Schweigend beendeten sie ihre Mahlzeit. Die fünf Bettler bedankten sich höflich, wünschten Sebastian, Anna und Rupert eine gute Weiterreise und winkten ihnen hinterher.

Kapitel 41

Die Nürnberger stöhnten unter der Hitze des Sommers. Wie eine gewaltige Glocke lag sie über Stadt und Land, und nur selten brachte ein nächtlicher Regenguss etwas Abkühlung. Sebastian hatte sich mit Ulrich angefreundet, dem jungen Mann, der Albrecht Dürer bei der Arbeit mit der Druckerpresse half. Das große Gerät faszinierte ihn, und wann immer es ihm möglich war, sah er den beiden beim Drucken von Kupferstichen und Holzschnitten zu.

»Du stellst dich sehr geschickt an«, lobte der Meister ihn eines Morgens. Nachdenklich ruhte sein Blick auf Sebastian. »Hast du schon einmal darüber nachgedacht, dich um eine Lehrstelle als Buchdrucker zu bemühen?«

»Ja, natürlich. Ich habe große Freude am Umgang mit dem Gerät«, gab er zu, »nur um eine Lehre in einer Buchdruckerei zu beginnen, müsste ich gewiss in eine andere Stadt ziehen. Aber die Menschen, die mir wichtig sind, leben hier in Nürnberg.«

»Ich verstehe. Nachdem deine Schwester und du einander erst vor Kurzem wiedergefunden habt, willst du sie nicht gleich wieder verlassen, nicht wahr? Nun, Sebastian, du hast wohl noch nie von den Kobergers gehört.«

»Die Buchhandlung in der Nähe von St. Egidien?«

»Richtig. Anton Kobergers Söhne handeln nicht nur mit Büchern, sie sind auch Verleger und besitzen eine Druckerei mit etlichen Druckerpressen. Obendrein beschäftigen sie mehrere Setzer, Drucker und Buchbinder.«

»Aber ob sie mich nehmen würden? So gut kenne ich mich mit der Druckerpresse wirklich nicht aus, Herr Dürer.«

»Stell dein Licht nicht unter den Scheffel, du machst das bereits ganz gut«, schaltete sich Ulrich in das Gespräch ein, »außerdem dient eine Lehre bekanntlich dazu, etwas zu lernen.«

»So ist es, Ulrich.« Albrecht Dürer wandte sich zum Gehen. »Ich muss zurück in die Werkstatt. Überleg es dir, Sebastian. Wenn du bei den Kobergers anfangen möchtest, sag mir Bescheid. Dann stelle ich dir ein Empfehlungsschreiben aus, mit dem du in die Offizin gehen und darum bitten kannst, eine Buchdruckerlehre machen zu dürfen.«

»Das ist gut gemeint. Vielen Dank, Herr Dürer. Aber ich möchte es selbst versuchen.«

»Das verstehe ich gut.« Der Maler schmunzelte. »Solltest du es dir anders überlegen, komm zu mir, und ich gebe dir einen Brief für die Kobergers mit.«

Nachdem der Meister gegangen war, schlug Ulrich Sebastian auf die Schulter. »Du wirst bestimmt eines Tages ein guter Buchdrucker.«

»Hast du denn auch bei den Kobergers gelernt?«, wollte Sebastian wissen.

»Nein, ich habe mir alles selbst beigebracht«, erklärte der andere. »Hör mal, ich hoffe nicht, dass der Meister mich entlässt, wenn du erst Geselle bist!«

»Bestimmt nicht«, entgegnete Sebastian, »Herr Dürer weiß, was er an dir hat.«

Am Nachmittag suchte er das Gebäude auf, in dem die Offizin der Erben von Anton Koberger untergebracht war. Das Haus war eines von mehreren, die der Familie gehörten. Nach kurzer Wartezeit bat ihn ein junger Mann herein, der höchstens vier oder fünf Jahre älter als er selbst sein mochte.

»Was kann ich für dich tun?«

»Ich würde gern eine Lehre zum Buchdrucker in Eurem Hause beginnen«, antwortete Sebastian, »Herr Dürer, dem ich seit einiger Zeit zur Hand gehe, ist der Meinung, ich sei für dieses Handwerk geeignet. Deshalb lässt er Euch auch herzlich grüßen.«

»Du arbeitest für den Meistermaler?« Koberger nahm hinter einem gewaltigen Eichenschreibtisch Platz. »Gibt es eine bessere Empfehlung, als von Albrecht Dürer im Umgang mit diesem neuartigen Gerät unterwiesen zu werden? Also gut, versuchen wir es. Wenn du dich bei uns genauso gut anstellst wie bei Meister Dürer, darfst du bleiben.«

»Ihr werdet es gewiss nicht bereuen«, versprach Sebastian. Er wies auf ein bis unter die getäfelte Decke reichendes Bücherregal. »Was sind das für Werke?«

»Mein Vater hat besonders gern religiöse Literatur herausgegeben«, erläuterte sein Gegenüber, »Bibeln, Erbauungsliteratur und die Werke der Kirchenväter, aber auch philosophische und historische Texte. Es müssen etwa zweihundertfünfzig Drucke gewesen sein, manche mit einer Auflage von tausendfünfhundert Exemplaren und mehr. Kannst du lesen?«

Sebastian schüttelte den Kopf.

»Es wäre von Vorteil, ist aber nicht zwingend notwendig. Allerdings solltest du es während deiner Lehrzeit erlernen. Ich muss mit einem unserer Meister sprechen, wann du beginnen kannst. Am besten erledigen wir das sofort. Dann kann er dir gleich alles zeigen.«

Koberger erhob sich, und Sebastian folgte ihm aus der Offizin durch einen langen Gang ins nächste Gebäude. In dem weitläufigen Raum befanden sich über ein Dutzend Druckerpressen, an denen Männer jedes Alters angestrengt in ihre Arbeit vertieft waren. Die Geräte machten einen Heidenlärm.

Sein Begleiter trat zu einem älteren Mann.

»Meister Burger, ich bringe Euch Sebastian Stäubling. Er möchte Euer Handwerk erlernen.«

Der andere ergriff Sebastians ausgestreckte Hand. »Das freut mich. Du kannst in vier Wochen anfangen. Dann wechselt mein jetziger Lehrjunge in den Gesellenstand, und ich kann einen neuen ausbilden.«

»Herr Burger arbeitet seit mehr als zwanzig Jahren bei uns«, ließ sich Koberger vernehmen. »Er hat bereits über ein Dutzend Männer ausgebildet und ist einer unserer besten Buchdrucker.«

»Ich danke Euch, Herr Koberger. Soll ich unserem zukünftigen Lehrling gleich die Kammer zeigen, in der er die nächsten drei Jahre wohnen wird?«

»Tut das, Burger. Unsere Lehrjungen bekommen freies Essen und wohnen zu zweit in einer Kammer im Nebengebäude«, erläuterte Koberger an Sebastian gewandt.

Der schüttelte den Kopf. »Das wird nicht nötig sein, Herr Koberger. Ich wohne bei meiner Schwester, nicht weit von St. Egidien.«

»Wenn du weder einen Schlafplatz noch Verköstigung benötigst, zahlen wir acht Nürnberger Pfennige die Woche.«

Sebastians Herz schlug höher. Das waren ja über dreißig Pfennige im Monat! Von seinem Lohn und dem, was seine Schwester bei den Dürers verdiente, konnten Anna, Lenchen und er sicher gut leben.

Sebastian bedankte sich und machte sich auf den Heimweg. Einen Moment lang überlegte er, ob er zum Wollnertor gehen sollte, um den Freislers die Neuigkeiten zu berichten, entschied sich aber, zunächst zum Haus der Dürers zurückzukehren.

In der Küche waren Marianne und Anna mit der Zubereitung des Abendmahls beschäftigt.

»Wo warst du?«, wollte seine Schwester wissen.

»Ich habe mir eine Lehrstelle gesucht, Schwesterchen.«

Annas Augen wurden groß.

»Rat mal, wo ich in vier Wochen anfange«, forderte er sie grinsend auf.

»Sag du es mir.«

»Ich mache eine Lehre in der Druckerei der Kobergers.«

»Wie willst du denn das Lehrgeld aufbringen?«

Er lehnte sich gegen die Tischkante. »Kein Lehrgeld, Anna, im Gegenteil! Sie bezahlen mich sogar! Acht Pfennige bekomme ich in der Woche.«

»Unmöglich, du musst dich verhört haben.«

»Nein, hab ich nicht. Weil sie mir nämlich keine Unterkunft und Verpflegung geben müssen, wie es sonst üblich ist. Ich habe Herrn Koberger gesagt, dass ich bei meiner Schwester wohne. Der besten Schwester, die man sich nur vorstellen kann!« Wieder ergriff er ihre Hände. »Damit können wir in deinem Haus wohnen bleiben.«

Sie nahm ihn in den Arm. »Endlich eine gute Nachricht, Sebastian!«

Ja, dachte er, und Herr Freisler wird zufrieden sein, weil er in drei Jahren einen Schwiegersohn bekommt. Beim Gedanken an Barbara wurde ihm warm ums Herz.

Als Sebastian seine Schwester am zweiten Sonntag nach Trinitatis fragte, ob sie ihn in die Kirche begleiten wolle, willigte sie ein. Anna hatte schon seit Längerem keine Messe mehr besucht. Dass der Pfarrer die biblischen Lesungen inzwischen in deutscher Sprache hielt, war nur eine der Veränderungen, die ihr auffielen und die auf den wachsenden Einfluss Martin Luthers zurückzuführen waren, wie Sebastian ihr leise erklärte.

Als Anna hinter dem Bruder durch das weit geöffnete Portal ins Freie trat, musste sie einen Moment lang die Augen schließen, so grell schien die Sonne vom wolkenlosen Himmel und tauchte den Kirchplatz in gleißendes Licht. Dann folgte sie Sebastian, vorbei an einer ganzen Schar abgerissener Bettler, die auf den Treppen und dem Portal auf das Ende des Gottesdienstes gewartet hatten. In der Menge der verkrüppelten Gestalten, die den Leuten ihre hölzernen Schalen entgegenhielten, erkannte Anna den einbeinigen Bettler namens Tassilo. Sie blieb stehen. Als sich ihre Blicke begegneten, huschte ein Zeichen des Wiedererkennens über das Gesicht des Alten.

»Frau Dietl, nicht wahr?«

»Ihr habt ein gutes Gedächtnis.«

Er grüßte ihren Bruder, der ebenfalls stehen geblieben war und den Mann freundlich musterte.

»Wo habt Ihr Eure Gefährten gelassen?«, wollte Anna wissen.

Der Bettler hob die knochigen Schultern. »Glatze und die anderen sitzen vor der Lorenzkirche.«

»Glatze?«, grinste Sebastian.

»Unser Kahlkopf.« Tassilo kratzte sich das stoppelige Kinn, das schon länger kein Schermesser mehr gesehen hatte.

Da steuerten der Kahlhäuptige und die drei anderen Mitglieder der Bettlergruppe über den nun wie leer gefegten Kirchplatz auf sie zu und ließen sich neben ihrem einbeinigen Freund auf den Stufen nieder.

Sebastian und Anna erwiderten den Gruß des Hageren mit der Glatze.

Tassilo kniff die Augen zusammen. »Hat sich's für euch gelohnt?«

Der Kahlkopf klopfte auf den Beutel an seinem Gürtel. »Für zwei, drei Laibe Brot und ein paar Becher billigen Wein wird es reichen.«

»Wir sollten von hier weggehen«, meldete sich ein Bettler mit einer Augenklappe zu Wort, »vielleicht in die Gegend um Augsburg. Dort hat der Fugger im letzten Jahr eine ganze Siedlung nur für die Armen gebaut. Hab gehört, für einen Gulden im Jahr können die Leute dort wohnen.«

Tassilo wiegte den Kopf. »Das will gut überlegt sein.« Der Alte richtete den Blick auf Sebastian. »Ihr erinnert Euch sicher noch an meinen Freund Gottfried, von dem ich Euch erzählte, als wir uns kennengelernt haben.«

»Natürlich. Habt Ihr inzwischen herausgefunden, wo er sich aufhält?«

»Leider nicht. Aber ich werde das Gefühl einfach nicht los, dass dem Jungen etwas zugestoßen ist. Wisst Ihr, ich war so was wie ein Vater für ihn. Da verschwindet man doch nicht einfach, ohne sich zu verabschieden oder etwas von sich hören zu lassen.«

»Da habt Ihr recht. Sagt, Tassilo, kennt Ihr eigentlich einen jungen Mann namens Caspar?«

»Der Name sagt mir nichts. Wie sieht er aus?«

»Er hat nur noch einen Arm und eine Narbe im Gesicht. Ich war einige Zeit mit ihm befreundet. Hab ihn länger nicht gesehen.«

»Warum fragt Ihr nach diesem Caspar?«

»Ich überlege gerade, ob er wissen könnte, wo sich Euer Gottfried aufhält.«

Der Alte versprach, die Augen offen zu halten und Sebastian Bescheid zu geben, sollte er dem Einarmigen begegnen.

KAPITEL 42

Die Marktverkäufer hatten bereits ihre Stände aufgebaut, als Sebastian drei Tage nach ihrer Begegnung mit Tassilo den Grünen Markt passierte, um nach den Gestalten Ausschau zu halten, die auf den Stufen der Kirchen und Patrizierhäuser kauerten und den Leuten ihre schmuddeligen Mützen entgegenstreckten.

Die Suche nach Caspar gestaltete sich schwierig. Zwischen Frauenkirche und Schönem Brunnen war jedenfalls nichts von ihm zu sehen. Deshalb überquerte er die Pegnitz und lief nach Süden. Mittlerweile war Sebastian nahe dem Weißen Turm angelangt. Der Wind frischte auf und brachte eine willkommene Abkühlung. Einen Steinwurf entfernt konnte er eine Gruppe Gestalten ausmachen, die eng beieinanderstanden und sich unterhielten. Helles Lachen erklang. Sebastian schlug die Kapuze seines Umhanges hoch, denn ein feiner Nieselregen hatte eingesetzt. Nach kurzem Zögern trat er näher. Sechs junge Weiber sahen ihm ungeniert posierend entgegen, und als ihm bewusst wurde, mit wem er es zu tun hatte, wollte er sich auf dem Absatz umdrehen und Reißaus nehmen. Da schlenderte eine von ihnen mit wiegenden Hüften auf ihn zu. Ihr Dekolleté war beachtlich, das tief ausgeschnittene Gewand ließ die zarte Haut an ihren Brüsten blitzen. Sebastian sog tief die laue Sommerluft in die Lungen.

»Schaut Euch nur diesen schmucken jungen Kerl an!«, rief die Frau, wobei sie sich nach den anderen Weibern umblickte. Schon stand sie so dicht vor ihm, dass er ihren warmen Atem am Hals spüren konnte. Mit einer schnellen Bewegung schob sie ihm die Kapuze vom Kopf und grub ihre Finger in sein Haar. »Grüß Gott, Hübscher!«

»Danke, aber würdest du bitte deine Hände aus meinem Haar nehmen?«, brachte er stockend hervor.

Sie zog einen Schmollmund und ließ ihn los. »Schade, ich hatte gehofft, du würdest mit mir auf meine Kammer kommen.« Sie presste ihren wohlgeformten Leib an seinen. »Für ein paar Pfennige bin ich ganz lieb zu dir. Darfst auch selber bestimmen, wie viel ich dir wert bin.«

Sebastians Mund wurde trocken, und er fuhr sich mit der Zunge über die Lippen. »Danke, kein Bedarf.« Er zog die Kapuze wieder über den Kopf und trat einen Schritt zurück. »Du könntest dir die Pfennige allerdings auf andere Weise verdienen.«

Ihre dunkel geschminkten Augen leuchteten auf. »Wie denn?«

Sebastian schilderte ihr mit wenigen Worten sein Anliegen und beschrieb ihr Caspars Aussehen.

Die etwas groben Züge der Dirne erhellten sich. »Caspar? Und ob ich den kenne!« Sie grinste und zeigte dabei eine breite Zahnlücke. »Ihm mag zwar ein Arm fehlen, mein Hübscher, dafür ist er umso geschickter mit seinem …«

»Erspar mir die Einzelheiten. Weißt du, wo er ist?«

Sie warf das helle Haar zurück und betrachtete ihn aus halb geschlossenen Lidern. »Zwei Pfennige.«

»Sollst du haben. Jetzt spuck's schon aus.«

»Bei den Kornhäusern, unten am Henkerstieg«, flüsterte sie ihm ins Ohr. »Jedenfalls habe ich ihn da heute Morgen noch gesehen.«

Er schob sie von sich, griff in seinen Beutel, gab ihr die vereinbarte Summe und ging davon.

Der Nieselregen hatte mittlerweile aufgehört. Sebastian schlug den Weg zum Fluss ein und lief über die nächstgelegene Brücke. Er warf einen Blick über das Geländer. Rot gefärbt war das Wasser der Pegnitz von den Abfällen der Fleischhauer hier. Am Grünen Markt bog er in eine der zahllosen Gassen zwischen den Verkaufsständen ein, hinter denen die Gewürz-, Obst- und Gemüsehändler lautstark ihre Waren anpriesen. Tief sog er den Duft frisch gebackenen Brotes ein, der von den Bäckerbuden herüberwehte. Lautes Blöken und Gackern erfüllten die Luft. Sebastian wendete sich in Richtung der Kornhäuser.

Schon aus der Ferne konnte er inmitten einer Gruppe Männer, die sich um den Rand des Hiserleinbrunnens versammelt hatte, den einstigen Weggefährten ausmachen. Als Caspar Sebastian mit zögernden Schritten auf sich zukommen sah, sprang er auf und lief ihm entgegen.

»He, Stäubling, dich hab ich ja ewig nicht gesehen. Dachte schon, du hast die Stadt verlassen!«, rief er aus und streckte ihm die Hand entgegen.

Sebastian ergriff sie. »Wie du siehst, lebe ich noch hier. Bist du immer noch als Beutelschneider unterwegs?«

»He, nicht so laut.« Der andere trat einen Schritt zurück. »Was soll ich machen, die Zeiten sind schlecht. Du warst dir ja zu fein dafür.« Caspar maß ihn von oben bis unten. »Egal, bin dir nicht mehr böse. Jeder muss tun, was er für richtig hält. Sag mal, als sie mich im letzten Jahr bei der Heiltumsweisung erwischt und verprügelt haben – irre ich mich, oder habe ich dich da zwischen diesen Verrückten gesehen?«

»Darüber mag ich jetzt nicht reden. Es gibt Wichtigeres«, versetzte Sebastian. »Lass uns ein paar Schritte gehen, ja?«

»Als ich dich kennengelernt habe, hast du mir erzählt, du wärst auf der Suche nach deiner Schwester«, meinte Caspar, während sie sich von den übrigen Männern entfernten.

»Ich habe sie inzwischen gefunden und lebe bei ihr. Unser heutiges Treffen ist kein Zufall. Ich habe nach dir gesucht.«

Caspar blieb neben dem breiten Tor eines der Häuser stehen, in denen die Nürnberger gewaltige Mengen Korn lagerten.

»Ich bin auf der Suche nach einem jungen Kerl namens Gottfried. Ein Bekannter von mir macht sich große Sorgen um ihn.« Mit wenigen Sätzen beschrieb er das Aussehen des Mannes.

Der Einarmige fuhr sich über die verunstaltete Wange. »Mir scheint, du bist immer auf der Suche nach irgendjemand. Dünn, Mitte bis Ende zwanzig und eine Hand mit einem roten Schal umwickelt? Ich glaube, den komischen Kauz hab ich tatsächlich mal getroffen. Wenn wir denselben Mann meinen, dann ist er blond, trägt die Haare halblang und hat einen Mittelscheitel. Fast wie ein Weib. Hatte nichts als Träumereien im Kopf und sprach unentwegt von einer jungen Frau und einem besseren Leben, das er mit ihr in Straubing führen wollte. Als ob das so einfach wäre! Das war aber schon im letzten Jahr, im späten Herbst.«

»Das könnte passen. Mein Bekannter vermisst diesen Gottfried seit dem vergangenen November.«

»Es kommt öfter vor, dass ein Bettler einfach so verschwindet«, erwiderte Caspar. »Nach denen fragt doch keiner.«

Die beiden redeten noch ein Weilchen miteinander, bis Sebastian ihm alles Gute wünschte und nach Haus zurückkehrte.

Anna hielt sich im Garten auf. Sie saß auf der einfachen Holzbank, nippte an einem Becher verdünntem Wein und sah Lenchen zu. Die Kleine hockte auf der Grasfläche zwischen den Beeten und spielte mit ihrem Holzpferdchen.

Sebastian setzte sich neben seine Schwester. »Ich habe Caspar wiedergefunden«, begann er. »Er wusste tatsächlich etwas über diesen Gottfried, nach dem Tassilo sucht, und konnte den Mann näher beschreiben. Am auffälligsten war wohl der rote Schal.«

»Ich erinnere mich. Wusste er sonst noch Neues über den Mann zu berichten? Nun komm schon, Sebastian, lass dir nicht jedes Wort aus der Nase ziehen.«

»Unser Gottfried soll blond sein. Laut meinem alten Freund hat er die Haare halblang und in der Mitte gescheitelt getragen. Ihm zufolge ist Gottfried seit dem vergangenen Herbst nicht mehr aufgetaucht.«

Anna starrte auf eine Bauernrose in der Größe eines Kindskopfes, deren Blätter sich im sanften Wind neigten.

»Ist was, Anna?«

Sie wischte sich übers Gesicht. »Ich war nur in Gedanken, entschuldige.«

Sebastian musterte seine Schwester. Sie schien selbst Lenchens Geplapper kaum wahrzunehmen. »Laut Caspar ist dieser Gottfried möglicherweise nach Straubing gezogen. Dort hat wohl ein Mädchen gelebt, mit dem er ein neues Leben beginnen wollte.«

»Straubing? Die Stadt liegt doch südlich von Regensburg. Das sind bestimmt drei Tagesreisen von Nürnberg aus«, überlegte Anna halblaut. »Da wird Tassilo gewiss enttäuscht sein.«

»Wahrscheinlich.«

Sie reichte ihm den Becher, und er leerte ihn in einem Zug.

»Andererseits stimmt es ihn sicher froh, dass seinem Freund nichts Schlimmes widerfahren ist«, fuhr er fort. »Wie ich hörte, kommt es gar nicht so selten vor, dass Bettler einfach verschwinden.«

»Nicht nur Bettler, auch Männer wie Korbinian. Und manche kommen nie mehr heim.«

In Annas Augen schwammen Tränen, als er sie in die Arme schloss und auf die feuchte Wange küsste, weil ihm kein besserer Trost einfiel. Den Rest des Tages brachten sie recht schweigsam zu, denn Anna wollte ihn mit ihren Gedanken und Gefühlen nicht belasten. Was half es auch, wenn selbst ihre eigenen Versuche scheiterten, die Erinnerung an Korbinian nur für ein paar Stunden zu vertreiben?

Auch im Laufe des nächsten Vormittags gelang es ihr nicht, ihre Gedanken zusammenzuhalten, während sie mit Marianne in der Küche arbeitete. Nachdenklich schnitt sie Zwiebeln in Streifen, und der scharfe Geruch reizte ihre Augen. Das Gespräch mit Sebastian hatte etwas in ihr zum Klingen gebracht. Anna zuckte zusammen, als sie sich schnitt und ein Tropfen Blut aus ihrem Mittelfinger hervorquoll. Sie lutschte es mit einem Fluch auf den Lippen ab.

Marianne stieß ihr mit einem nachsichtigen Lächeln in die Seite. »Macht einen Moment Pause, Frau Dietl. Ich schneide die Zwiebeln.«

Am folgenden Sonntag traf Sebastian den alten Mann nach der Abendmesse in der Nähe der Sebalduskirche wieder. Nachdem er Tassilo berichtet hatte, dass Gottfried wahrscheinlich bereits im vorigen Jahr ins Bayerische gezogen war, reichte der Bettler ihm die Hand.

»Ich gehe mit den anderen nach Augsburg. Lebt wohl, Herr Stäubling.«

Sebastian wünschte dem Alten alles Gute und blickte sich unschlüssig auf dem Hauptmarkt um. Seine Gedanken wanderten zu Barbara. Wie von selbst wurden seine Schritte zu dem Haus der Freislers gelenkt.

Die Frau des Steinmetzen öffnete ihm. »Sebastian, komm herein. Das Abendessen ist gleich fertig, möchtest du mit uns essen?«

»Gern. Ist Euer Mann auch zu Hause?«

»Er arbeitet noch in der Werkstatt. Würdest du ihm Bescheid geben?«

Sebastian ging über den Hof zwischen etlichen bereits bearbeiteten Steinblöcken hindurch und betrat die Werkstatt. Wie bei seinem letzten Besuch war der Steinmetz gerade mit einem Steinblock beschäftigt. Herr Freisler wischte sich den Schweiß von der Stirn. »Sei mir gegrüßt, Sebastian.« Der erwiderte den Gruß. »Ich soll Euch von Eurer Frau ausrichten, das Abendessen sei bald fertig.«

»Schön, ich habe einen Bärenhunger.«

Freisler trat auf den Hof, tauchte die Arme bis zu den Ellbogen in einen mit Wasser gefüllten Zuber und wusch sich die Hände. Danach ging er mit Sebastian ins Haus, wo sie der Duft frisch gebackenen Brotes empfing. Sebastian lächelte Barbara zu, die gemeinsam mit ihren Brüdern in die Küche kam.

»Was gibt es Neues?«, wollte ihr Vater wissen, während Frau Freisler einen großen Topf Mus und einen Korb mit Brot auf den Tisch stellte.

»Im nächsten Monat beginne ich eine Buchdruckerlehre bei den Kobergers«, verkündete Sebastian mit einem Lächeln.

Barbaras Augen leuchteten auf, und auch Michael und Katharina Freislers Mienen zeigten deutlich, wie froh die beiden diese Neuigkeit stimmte.

»Wie lange dauert es, bis du die Gesellenprüfung ablegen wirst?«, erkundigte sich Barbaras Vater und tunkte eine Scheibe Brot in seine Schüssel.

»Drei Jahre, meinte der Meister, bei dem ich in die Lehre gehen werde.« Sebastian erzählte, wie es dazu gekommen war, dass er sich in der Offizin der Kobergers vorgestellt hatte.

Mit offenem Mund lauschten Paul und Endres seinem Bericht über die großen Druckerpressen.

»Du bist sicher nicht nur vorbeigekommen, um uns von deiner Lehre bei den Kobergers zu erzählen«, meinte der Steinmetz, nachdem sie gegessen hatten. »Warum macht ihr beiden nicht noch einen kleinen Spaziergang?«

An diesem Abend trat Sebastian erst spät den Heimweg an. Sein Herz hüpfte vor Freude, als er sich noch einmal umdrehte und Barbara zuwinkte. Sie erwiderte seinen Gruß, indem sie ihm eine Kusshand zuwarf. Wenn er nicht fürchten müsste, sich der Lächerlichkeit preiszugeben, hätte er Luftsprünge gemacht. So lächelte er nur und ging leichten Schrittes davon. Sein Mund prickelte noch immer von dem zarten Kuss, den sie ihm zum Abschied geschenkt hatte. »Du traust dich ja doch nicht«, hatte Barbara ihm danach ins Ohr geflüstert. Am nächsten Wochenende wollten sie sich erneut treffen. Sebastian würde die Tage bis dahin zählen.

Zu Hause angekommen, konnte er sein Geheimnis nicht lange für sich behalten. Wie sollte es ihm auch gelingen, wenn er ständig vor sich hin pfiff oder mehr als ausgelassen mit Lenchen spielte? Als er Anna von seiner Liebsten berichtete, küsste sie ihn auf beide Wangen und bat ihn, Barbara bald wieder in die Waaggasse einzuladen.

Im Traum kam Korbinian des Nachts zu ihr. Er trug seine besten Kleider, und das helle lockige Haar hatte er sorgfältig gekämmt. Der Schein des Talglichts, das Anna stets auf der Fensterbank stehen hatte, zauberte einen weichen Schimmer auf seine Züge. Er streckte ihr die Hände entgegen. Nur wenige Schritte trennten sie noch voneinander. Auf einmal wurde ihr bewusst, dass sie nichts als ein leichtes Untergewand am Leibe trug. In seine Augen trat ein Ausdruck der Entschlossenheit, als er die letzte Distanz überwand und vor ihr stehen blieb. Ihr Herz hämmerte. Ob er es hören konnte? Kühlender Wind drang von dem geöffneten Fenster in die Kammer und bauschte ihr Gewand.

Ohne den Blick von ihr zu wenden, legte Korbinian sein Wams ab, öffnete die Schnüre seines Hemdes und zog es über den Kopf. Er warf es zu Boden.

Seine Schultern waren breiter, als sie es in Erinnerung hatte. Sein Brustkorb hob und senkte sich rasch. Anna getraute sich kaum zu atmen, während er sie in die Arme zog und rückwärts zu ihrer Schlafstatt drängte. Sie ließ es geschehen und sank aufs Bett. Es gab keine Fragen, keine Zweifel mehr, nur die Wärme seiner Hände, die ihr Gesicht umschlossen, und seinen Mund, der den ihren zu erforschen begann. Ihr ganzes Leben, so meinte sie, hatte sie auf diesen einen Moment gewartet. Anna schloss die Lider und erwiderte den Kuss, der nach Sehnsucht und Glück schmeckte. Flüchtig nahm sie noch seinen typischen Geruch wahr, als sie sich an ihn schmiegte und die Hände über seinen Rücken gleiten ließ. Hitze schoss ihr durch den Leib, und sie flüsterte seinen Namen. Da löste sich Korbinian von ihr. Er hob den Kopf, und sie begegnete seinem Blick. Das Talglicht flackerte, warf diffuse Schatten auf die Wände und Korbinians Züge. Sie streckte die Hand nach ihm aus, um ihn wieder zu sich herabzuziehen. Ihre Finger ertasteten weiches Haar. Korbinian lächelte melancholisch und küsste sie voller Leidenschaft.

Anna erwachte mit einem Ruck. Sie bebte am ganzen Körper. Tränen rannen ihr ungehindert über die Wangen, versickerten im Kissen. Als sie die Beine aus dem Bett schwang, brach ihr kalter Schweiß aus den Poren. Rasch nahm sie einige tiefe Atemzüge und wischte sich über das feuchte Gesicht. Das Nachtgewand klebte ihr am Leib. Nur mit Mühe gelang es ihr, die Gedanken und Gefühle zu ordnen, die sie einem Sturm gleich hin und her schüttelten. Noch immer meinte sie, Korbinians Hände auf ihrer Haut spüren zu können. Nie zuvor hatte sie ähnlich empfunden, und die Wildheit ihres Begehrens ließ ihr das Blut in die Wangen schießen. Anna schüttelte sich, um die verwirrenden Bilder des Traumes zu verdrängen. Doch ihr war, als wäre ein Teil von ihr nach wie vor im Liebesspiel mit Korbinian gefangen, während der andere Teil jäh von neu entflammter Trauer um ihn erfasst und mitgerissen wurde.

Allmählich beruhigte sich ihr Herzschlag. Barfuß und auf Zehenspitzen ging Anna in die Küche, griff nach einem Becher, füllte ihn und stürzte den Inhalt herunter. Mit einem Seufzen auf den Lippen sank sie auf einen der Stühle, stützte die Ellenbogen auf den Tisch und vergrub das Gesicht in den Händen. Lange Zeit saß Anna einfach nur regungslos da, dann hob sie den Kopf und starrte aus dem Fenster in die finstere Nacht. Die Leidenschaft, diese absolute Liebe und Hingabe, die sie eben noch im Traum mit Korbinian geteilt hatte, waren ihr bisher fremd gewesen.

Annas Herz schlug dumpf und schwer. Wieso erkannte sie erst jetzt die schmerzliche Wahrheit, da es zu spät war? Lange Zeit hatte sie sich eingeredet, nichts als zärtliche Zuneigung für ihren Mann zu empfinden, aber es war weit mehr als das. Sie liebte und begehrte Korbinian, sehnte sich verzweifelt nach ihm. Nur nach ihm. Bis in die Grundfesten von der Heftigkeit ihrer Empfindungen erschüttert, ließ sie ihrem Kummer freien Lauf und verharrte am Tisch, bis die Nacht dem Tage wich und die ersten Sonnenstrahlen den Himmel verfärbten.

Kapitel 43

Heiß schien die Sonne vom Himmel, seit Tagen hatte es nicht mehr geregnet. Ein Bad wäre wunderbar, ging es Sebastian durch den Kopf, als er sich das Haar aus der schweißnassen Stirn schob. Hatte er ganz in der Nähe nicht erst neulich eine Badestube gesehen? Viele gab es nicht mehr in der Stadt, der Rat hatte in den letzten Jahren etliche Badehäuser geschlossen. Zu groß war die Gefahr, sich dort neben anderen Seuchen auch mit der Franzosenkrankheit anzustecken. Ein junger Bursche, der ihm auf der anderen Seite der Holzbrücke entgegenkam, gab bereitwillig Auskunft, und wenig später hatte Sebastian das Haus in der Weißgerbergasse erreicht.

Er warf dem an einem Tischchen sitzenden Mann zwei Pfennige zu und betrat die Kammer, in der die Badenden ihre Kleider ablegten. An einem der Haken hingen eine abgewetzte Hose sowie eine Jacke, ein Paar staubige Stiefel standen darunter. Sebastian schlüpfte aus seinen Sachen, griff nach einem der bereitliegenden Schwämme und zog eine weitere Holztür auf. In der Mitte des Raumes befand sich ein aus Eichenholz gezimmerter großer Zuber. Der dunkelhaarige Mann, der sich entspannt zurückgelehnt hatte, wandte bei dem Geräusch den Kopf.

»Stäubling!«

Der Badende, der den Blick auf ihn gerichtet hielt, war der Kupferschmied. Seit er vor Gericht gegen die Bruderschaft ausgesagt hatte, hatten sich die beiden nicht mehr gesehen.

»Tilmann Schimpf«, kam es Sebastian zögernd über die Lippen.

»Grüß Gott, Sebastian. Nur herein mit dir, das Wasser ist herrlich an einem Tag wie diesem!«

Sebastian stieg über den hüfthohen Rand des Bottichs und ließ sich in das kühle Nass gleiten, in das der Bader Seifenlauge gegossen hatte. Er sog den angenehmen Geruch ein, den das schaumige Wasser verströmte.

»Erzähl mal, Tilmann, wie ist es dir ergangen seit unserer letzten Begegnung?«

Der andere hob die kräftigen Schultern. »Einige Tage nach der Flucht unseres Propheten«, begann er und verzog spöttisch das Gesicht, »hat man mir einen Pflasterstein mit einer Warnung ins Fenster geworfen. Ich sei ein Judas, das Schicksal des Verräters würde mich ereilen. Am nächsten Morgen fand ich einen zu einer Henkersschlinge geknoteten Strick vor der Haustür.«

»Wenn ich geahnt hätte, was für Schurken unter Elias Anhängern sind, hätte ich mich dieser vermaledeiten Bruderschaft niemals angeschlossen«, schnaubte Sebastian. »Erinnerst du dich, wie Ferdinand in der Schänke bei den Hallerwiesen den Lutheraner verprügelt hat?«

»Damals haben wir alle beide zugesehen, ohne einzuschreiten«, ergänzte der andere leise.

»Seit jenem Tag habe ich daran gezweifelt, ob es richtig war, mich Elia anzuschließen«, fuhr Sebastian fort.

»Ich auch«, gab der Ältere zu. »Dennoch hat es noch bis kurz vor der Verhandlung gedauert, bis ich den Mut fand, die Bruderschaft zu verlassen. Den Ausschlag gab schließlich sein Befehl, Grubers Haus in Brand zu setzen. Am nächsten Tag hörte ich, wie sich Ferdinand und Dietrich damit brüsteten, ganze Arbeit geleistet zu haben.«

Sebastian tauchte den Schwamm ins Wasser und wusch sich den Hals.

»Hast du von dem Überfall im letzten November gehört, Sebastian? Ein Mann, der auf der Straße von Ansbach nach Nürnberg unterwegs war, wurde zusammengeschlagen und einfach liegen gelassen.«

»Nein, darüber ist mir nichts zu Ohren gekommen. Woher weißt du davon?«

»Einer der Brüder hat es mir erzählt. Ich glaube, du hast die Bruderschaft zwei Wochen später verlassen. Sag, wo lebst du eigentlich, nachdem sie Sepp gebrandmarkt und aus der Stadt gejagt haben? Seine Eltern werden dich wohl kaum weiterhin beherbergen.«

»Ich habe damals schon bei den Eltern einer Freundin gewohnt. Später hat mich dann meine Schwester aufgenommen«, antwortete Sebastian, »schon im letzten Dezember. Wir hatten uns über ein halbes Jahr lang nicht mehr gesehen.«

»Deine Schwester besitzt ein Haus?«

Sebastian seufzte. »Es hat ihrem Mann gehört. Aber das tut jetzt nichts zur Sache. Ich muss gehen. Besuch mich doch mal in der Waaggasse, wenn du Zeit hast.«

»Mach ich bestimmt, Stäubling. War schön, dich zu treffen.«

Der Kupferschmied reichte ihm die kräftige Hand, und Sebastian stieg aus dem Zuber. Er griff nach einem der bereitliegenden Handtücher und trocknete sich ab.

Zur selben Zeit saß Anna am Küchentisch und wischte sich den Schweiß von der Stirn. Das Fenster hatte sie weit geöffnet, es war beinahe windstill und eine Abkühlung nicht in Sicht. Sie lugte zu den Stoffresten hinüber, die seit dem letzten Besuch des Onkels am Morgen auf einem der Stühle lagen. Lenchen brauchte für den Winter einen Mantel. Nachdenklich ruhte ihr Blick auf dem Kind, das, nur mit einem dünnen Hemdchen bekleidet, auf dem Boden saß und mit seiner geliebten Puppe spielte. Anna hielt mehrere Stoffreste guter Qualität sowie drei Ellen robuste, in einem hübschen Grünton gefärbte Wolle in den Händen und betrachtete sie dankbar. Onkel Gerald gab sich wirklich alle Mühe, um die alten Zwistigkeiten zwischen ihnen aus dem Weg zu räumen.

In diesem Moment betrat Sebastian die Küche und gab ihr einen Kuss auf die Wange. Sie setzte Lenchen auf einen der Stühle, während der Bruder ihr von seiner Begegnung mit Tilmann Schimpf im Badehaus erzählte. Dabei erwähnte er auch den zusammengeschlagenen Mann.

»Im letzten November, sagst du?« Sie sprang auf. Wie durch einen Nebel vernahm sie die Stimme ihres Bruders, der sie festhielt, damit sie nicht hinfiel.

»Anna, setz dich. Du bist ja totenbleich.« Er drückte sie auf die Holzbank und ließ sich neben ihr nieder.

Bilder aus der Vergangenheit wechselten sich in rascher Folge vor ihrem geistigen Auge ab. Auf einmal erschien es ihr, als ob sich die neuen Anhaltspunkte zu einem vagen Gedanken formen würden. Gleichzeitig war dieser so ungeheuerlich, dass es ihr beinahe den Atem raubte. »Was, wenn dieser Mann, von dem Tilmann dir berichtet hat, Korbinian war?«

Sebastian gab einen überraschten Laut von sich. »Schwester, sag mal, hast du einen Becher Wein zu viel getrunken?«

Sie schnaubte leise.

»Schon gut, Anna. Aber du musst zugeben, das klingt mehr als verrückt.«

»Tatsächlich? Nur«, sie suchte nach den passenden Worten, »überleg doch mal! Zwei Männer ungefähr im selben Alter.

Beide blond, mit gewellten Haaren und schlank. Sie verschwinden beide zur selben Zeit und obendrein auf derselben Straße! Können das alles Zufälle sein?« Anna tastete nach ihrem Becher, der vor ihr auf dem Tisch stand. Ihr Blick verlor sich ins Leere. Ein Zittern überlief sie jäh.

»Du meinst, der Reisende, den der Blitz getroffen hat, könnte ein anderer gewesen sein?«

»Es passt alles zusammen.«

»Du solltest dir nicht zu viele Hoffnungen machen, Schwesterchen.«

Tränen schossen ihr in die Augen. »Was, wenn sie Korbinian mit einem anderen Mann verwechselt haben?« Ihre Stimme wurde schrill und schien nicht mehr ihr zu gehören.

»Nürnberg ist groß, Schwesterchen. Weißt du, ob es da nicht mehr Männer gibt, die plötzlich unauffindbar sind? Männer, die keine Angehörigen mehr haben, die sie vermissen könnten beispielsweise?«

Annas Kopf sank an seine Brust. Sie schloss die Augen und sah wieder Korbinian vor sich. Er trug seinen mit Farbe beschmierten Kittel, die Stegbrille war ihm bis auf die Nasenspitze gerutscht. Er verzog die Lippen zu diesem typischen leicht abwesend wirkenden Lächeln und beugte sich – wie in ihrem Traum – mit Traurigkeit in den Zügen über sie.

»Anna.«

Sie hob den Kopf.

Sebastians Blick drang ernst in ihren. »Denk nach. Selbst wenn der Überfallene tatsächlich Korbinian war, wäre er inzwischen längst wieder zu Hause.«

»Du meinst, dass er den Überfall nicht über...«

»Diese Möglichkeit musst du in Betracht ziehen, ja.«

»Selbst wenn es nur winzige Hoffnungsschimmer sind, Sebastian, ich brauche Gewissheit! Oder denkst du, ich könnte vorher Frieden finden? Nein, was es mich auch kosten mag, ich muss herausfinden, was wirklich mit Korbinian geschehen ist.«

Er sah sie aufmerksam an. »Was hast du vor?«

»Ich muss mit Clemens Münzberger sprechen, einem der beiden Männer, die den Leichnam gefunden und begraben haben.«

Kapitel 44

Was suchte sie nur hier? Korbinian war tot, und sie klammerte sich wie eine Ertrinkende an einen Strohhalm. Anna trat ein und ließ den Blick durch den Verkaufsraum schweifen. Zahlreiche Musikinstrumente – birnenförmige, teils schön verzierte Lauten, Schalmeien und Sackpfeifen – waren an den Wänden aufgereiht, auf einem langen Tresen lagen verschiedene Flöten und Fideln. Hinter dem Ladentisch trat ein feingliederiger Mann in den Raum. Als er Anna gewahr wurde, verbeugte er sich leicht.

»Grüß Euch Gott«, erwiderte sie seinen Gruß.

»Möchtet Ihr Euch ein wenig umsehen, oder wisst Ihr bereits, welches meiner schönen Instrumente Ihr zu kaufen wünscht?«

»Weder noch, Herr Münzberger. Ich komme aus einem anderen Grund zu Euch.«

Die dünnen Brauen in dem schmalen Gesicht hoben sich. »Was kann ich für Euch tun, werte Frau …?«

»Mein Name ist Anna Dietl. Ich weiß nicht, ob Euch dieser Name etwas sagt. Ich hätte Euch gern schon im vorigen Jahr gesprochen, aber Euer Geschäft war geschlossen. Ihr und Euer Begleiter habt damals auf Eurer Reise nach Ansbach meinen

Gemahl gefunden. Herr Lamprecht sagte mir damals, Ihr hättet es übernommen, den Leichnam zu begraben.«

In seine Miene trat ein bekümmerter Ausdruck. »Frau Dietl, mein herzliches Beileid! Furchtbar, was Euch widerfahren ist. Aber Ihr braucht Euch nicht zu bedanken, ich habe nur getan, was sich für jeden anständigen Menschen von selbst versteht.« Der Instrumentenbauer trat näher. »Was Eurem Mann geschehen ist, tut mir sehr leid.«

»Die Sache ist die«, unterbrach Anna, »seit einiger Zeit denke ich immer häufiger darüber nach, ob es sich bei jenem unglückseligen Menschen, den Ihr damals beerdigt habt, tatsächlich um meinen Gatten gehandelt hat.«

»Ich verstehe nicht ganz.«

»Glaubt mir«, seufzte Anna, »mir geht es ähnlich. Mittlerweile gibt es ein paar Anhaltspunkte dafür, dass mein Mann noch am Leben sein könnte. Bitte, könnt Ihr mir Auskunft geben, wie der … Leichnam ausgesehen hat?« Die letzten Worte hatte sie nur noch geflüstert.

»Seid Ihr sicher?«

»Ich brauche Gewissheit. Bitte, beschreibt mir den Toten.«

»Also gut. Kommt mit mir nach hinten. Dort können wir uns setzen und uns in Ruhe unterhalten.« Er gab einem Gesellen, der abwartend im Raum stand, die Anweisung, auf den Laden zu achten.

Anna folgte dem Instrumentenbauer in den rückwärtigen Raum. Mit einer galanten Geste bedeutete Münzberger ihr, sich in einen Lehnstuhl ihm gegenüber zu setzen.

»Seid Ihr sicher, dass Ihr alles erfahren wollt?«

Anna nickte zaghaft.

In allen Einzelheiten beschrieb ihr Münzberger daraufhin das Aussehen des Leichnams und erwähnte auch die Brille, die Lamprecht und er etwas abseits des Toten gefunden hatten.

»Wie mir vor einiger Zeit zu Ohren gekommen ist, war Euer Gatte Maler?«, fuhr er fort.

»Ja, Korbinian war Buchmaler, ein sehr begabter sogar. Warum fragt Ihr?«

»Dann hat er gewiss mit der linken Hand gearbeitet, nicht wahr?«

Anna betrachtete ihn verdutzt. »Nein, wie kommt Ihr darauf?«

»Weil der Mann, den Lamprecht und ich gefunden haben, an der rechten Hand nur drei Finger besaß.«

Mit einem Male toste ein Rauschen in ihren Ohren. »Was sagt Ihr da?«

»Der Tote besaß weder Zeigefinger noch Mittelfinger, Frau Dietl.«

Wie vom Donner gerührt verharrte Anna. »Man hat mir berichtet, wilde Tiere hätten …«

Münzberger schüttelte den Kopf. »Nicht die *rechte* Hand, Frau Dietl. Sie war unversehrt. Bis auf die zwei fehlenden Finger eben. Die mussten schon länger … Was ist Euch?«

Das Rauschen in ihren Ohren verstärkte sich. *Fehlende Finger. Schon länger.* Alle Kraft schien plötzlich aus ihren Beinen zu weichen. Die Stimme Münzbergers hallte in ihr nach, wiederholte diese Worte wieder und wieder. Schließlich hielt Anna es nicht länger aus und erhob sich ruckartig. »Habt Dank.«

»Es tut mir leid, mehr kann ich leider nicht zu einer Aufklärung beitragen«, antwortete Münzberger und stand ebenfalls auf. »Ich bringe Euch nach draußen.«

»Korbinian lebt?«

Wie in einem Traum gefangen, indem sie langsam einen Fuß vor den anderen setzte, ging Anna auf die Fleischbrücke zu.

»Korbinian lebt? Gott steh mir bei. Er muss leben.«

Immer wieder flüsterten ihre Lippen diesen Satz. Münzberger und Lamprecht hatten einen Fremden begraben, es konnte gar nicht anders sein. Korbinian war am Leben. Irgendwo. Oder lag sein lebloser Körper verwesend an einem ihr unbekannten Ort? Anna fröstelte. Nein, tief im Inneren spürte sie Gewissheit. Hätte sie so lebensnah von ihrem Gemahl geträumt, wenn er längst in der Ewigkeit weilte? Sie musste es herausfinden. Eilig überquerte sie den Fluss, bis sie die Fassade des Rathauses vor sich sah. Ohne den Wächter zu beachten, riss sie das Tor auf. Indem sie jeweils zwei Stufen auf einmal nahm, lief sie die Treppe hinauf, den Gang zu Lienhart Hasenklevers Amtsstube entlang und klopfte.

»Frau Dietl …« Überrascht legte der Ratsangestellte, der vor einem Regal stand, ein Buch beiseite.

»Ich war bei Münzberger«, stieß sie atemlos hervor.

»Wollt Ihr Euch nicht setzen?«

Anna sank auf einen Stuhl, nur um im nächsten Moment wieder aufzuspringen und auf Hasenklever zuzustürzen. »Mein Mann lebt! Ich bin mir ganz sicher.«

Der Ratsangestellte trat unwillkürlich einige Schritte zurück. »Das freut mich für Euch, Frau Dietl. Was kann ich in der Sache für Euch tun?«

»Ihr müsst mir helfen, ihn zu finden. Bitte beauftragt ein paar Büttel, damit sie nach meinem Mann suchen.«

Der Alte ließ sich hinter seinem Schreibtisch nieder. »Büttel? Wie stellt Ihr Euch das vor?« Er schüttelte den Kopf. »Der Rat kann doch keine Männer losschicken, nur weil Ihr glaubt, Euer Gatte sei noch am Leben und halte sich irgendwo … ja, wo vermutet Ihr ihn überhaupt?«

»Ich weiß es nicht«, gab Anna zu.

»Aber dass er lebt, das wisst Ihr? Woher?«

»Die beiden Männer, die Ihr mir damals genannt habt, haben einen Fremden begraben. Wer auch immer der Tote sein mag, mein Mann war es jedenfalls nicht.«

»Wie Ihr meint.« Der Ratssekretär erhob sich. »Ich muss Euch dennoch bitten zu gehen. Gleich findet eine Ratssitzung statt, bei der meine Anwesenheit erforderlich ist. Wenn Ihr herausgefunden habt, wo sich Euer Mann aufhält, lasst es mich wissen, Frau Dietl. Gott mit Euch.«

Wie betäubt trat Anna auf den Gang hinaus und blieb stehen. Was nun? Zögernd schritt sie an weiteren Amtsstuben und Kammern vorbei, in denen Männer die Geschicke der Stadt lenkten. Nur was wurde aus ihrem eigenen? Sie stieg die Treppe hinab. Ihr blieb wohl nichts anderes übrig, als es in die eigenen Hände zu nehmen. *Hände.* Was hatte Tassilo noch gesagt, als sie ihn und die anderen Bettler kennengelernt hatten? *Das Mistvieh hat ihm glatt zwei Finger abgebissen.* War Gottfried vielleicht doch nicht nach Straubing gezogen, sondern der Mann, den Lamprecht und Münzberger begraben hatten?

»Gott zum Gruß, Frau Dietl.«

Sie hob den Blick. Albrecht Dürer steuerte in Begleitung des stadtbekannten Kaufmanns Hieronymus Holzschuher durch die Halle auf sie zu. Es erschien ihr seltsam, dem Maler nicht in seinem Haus am Tiergärtnertor gegenüberzutreten, sondern im Rathaus. Aber dann erinnerte sie sich, dass Dürer ebenfalls Ratsmitglied war und als solches an der von Hasenklever erwähnten Sitzung teilzunehmen hatte.

Anna ergriff die Hand des Malers.

Albrecht Dürers grüne Augen musterten sie, während er sie festhielt. »Frau Dietl, ich habe den Eindruck, Euch bedrückt etwas.«

Mit wenigen Sätzen berichtete sie ihm, was sie vor kaum einer Stunde von Clemens Münzberger erfahren und wie der Ratsangestellte auf ihre Bitte reagiert hatte.

»Ich kann verstehen, dass Hasenklevers abschlägige Antwort Euch erzürnt, Frau Dietl«, meinte Dürer. »Um Korbinian zu suchen, braucht es sicherlich mehr als zwei Dutzend Männer. Bedenkt nur, wie groß das Gebiet ist, das abgesucht werden müsste.«

»So viele Büttel kann der Rat beim besten Willen nicht abstellen«, bestätigte Hieronymus Holzschuher. »Nicht, weil wir es nicht wollten – uns fehlen einfach die Männer für solche Unternehmungen. Mit Verlaub, ich frage mich auch, warum Euer Gatte sich nicht längst bei Euch gemeldet hat, wenn er noch am Leben ist.«

»Glaubt Ihr, diese Frage habe ich mir nicht selbst schon gestellt?« Sie straffte die Schultern. »Ich werde jedenfalls nicht aufgeben, nun, da mich neue Hoffnung erfüllt, meinen Mann vielleicht eines Tages wiederzusehen. Selbst wenn ich jede fränkische Schänke und jedes Spital persönlich aufsuchen muss, um mich nach Korbinian zu erkundigen.«

»Ich wünsche Euch viel Glück, Frau Dietl«, sagte Holzschuher. »Ihr seid eine mutige Frau.«

Sie wollte sich umwenden.

»Wartet.« Der Maler hob die Hand. »Vor Kurzem habe ich Korbinians Gesicht aus dem Gedächtnis als Vorlage für eine Zeichnung benutzt. Ich weiß zwar nicht, ob sie originalgetreu ist, könnte Euch aber heute Nachmittag eine Skizze mit dem Konterfei Eures Mannes anfertigen. Das Bild zeigt Ihr dann allen Leuten, bei denen Ihr Euch nach Korbinian erkundigt.«

»Das ist sehr freundlich von Euch.«

»Ich mache mich gleich nach der Ratssitzung an die Arbeit«, versprach Dürer. »Wenn Ihr wollt, könnt Ihr das Bild heute Abend abholen.«

Als Anna am späten Nachmittag zum Haus des Malers zurückkehrte, wartete die Hausherrin bereits begierig auf Neuigkeiten.

Die Dürerin zog sie ins Innere. »Ist es wahr, was mein Mann mir soeben berichtet hat? Beim Allmächtigen! Kommt herein. Ihr müsst mir alles haarklein erzählen.«

Anna erklomm hinter der Hausherrin die Treppe.

»Albrecht sagte nur, Ihr wäret bei Clemens Münzberger gewesen und könntet Euch Hoffnungen machen, dass Euer Gatte möglicherweise noch am Leben ist? Ich bin fassungslos, meine Liebe!«

Anna folgte der Aufforderung, sich zu setzen. »Ja, das glaube ich«, erklärte sie atemlos. Allein diese Möglichkeit in Betracht zu ziehen, diese Worte auszusprechen, ließ ihr Herz vor Erregung hüpfen. Wenn es nur wahr wird!, flüsterte es in ihr. Hätte ich doch bloß endlich die Gelegenheit, Korbinian zu gestehen, was er mir bedeutet. In ihr war ein nie gekanntes Kribbeln, sie wusste kaum, wie sie ihre Finger beschäftigen sollte. Sie suchte den Blick der Älteren. »Münzberger und Lamprecht müssen einen Fremden begraben haben, einen Mann, dem an der rechten Hand zwei Finger fehlen. Versteht Ihr, Frau Dürer? Der Tote kann gar nicht mein Korbinian sein.«

»Bei allen Heiligen, wenn Ihr recht hättet, liebe Freundin!« Agnes Dürer hatte sich ihr gegenüber gesetzt und beugte sich nun vor. »Was macht Euch so sicher? Bitte versteht mich nicht falsch, Anna. Wir würden uns von Herzen für Euch freuen. Aber die Tatsache, dass man einen anderen für Euren Gatten gehalten hat, bedeutet noch nicht, er ist am Leben, nicht wahr?«

Anna betrachtete das Augenpaar der Freundin, das mitfühlend auf ihr ruhte. Sie seufzte. »Das stimmt, Frau Dürer. Dennoch kann ich es einfach nicht glauben. Nennt mich meinetwegen eine Närrin«, sie tippte sich auf die Brust, »aber wenn Korbinian tot wäre, würde ich es spüren. Doch da ist eine Verbindung. In meinen Träumen ist Korbinian am Leben.« Noch während sie diese Worte aussprach, wusste sie, wie unglaublich sich das in Frau Dürers Ohren anhören musste.

»So, Frau Dietl, das Porträt Eures Gatten ist fertig«, unterbrach der Hausherr die beiden Frauen und betrat den Raum. »Ich denke, Euer Gatte müsste darauf zu erkennen sein.« Er reichte Anna das Blatt.

Entgegen seiner sonstigen Gewohnheit hatte Albrecht Dürer das Bild diesmal nicht signiert. Der Meister hatte die ihr so vertrauten Züge mit Zeichenkohle auf das Papier gebannt und ihren Gemahl wahrlich gut getroffen. Ihr Herz krampfte sich zusammen. Sie bedankte sich sehr herzlich bei dem Maler.

»Das habe ich gern getan, Frau Dietl«, erwiderte er. »Hoffen wir, dass die Zeichnung Euch dazu verhilft, Euren Korbinian zu finden.«

»Am liebsten würde ich gleich morgen mit der Suche beginnen, Frau Dürer«, bat Anna, nachdem sich der Maler verabschiedet hatte.

»Aber natürlich, meine Liebe. Marianne und Susanne kommen schon allein zurecht. Nehmt Euch so viel Zeit, wie Ihr benötigt.«

Anna erhob sich, rollte die kleine Zeichnung zusammen und schob sie in ihren Beutel.

»Geht mit Gott«, sagte Agnes Dürer warm, »meine Gebete werden Euch begleiten. Bringt die Kleine zu Susanne, damit Ihr Zeit und Muße habt. Bitte meldet Euch sofort bei uns, wenn Ihr etwas herausgefunden habt.«

»Das mache ich. Habt vielen Dank für Euer Verständnis. Ich muss jetzt heim zu meinem Kind.«

Sebastian erbleichte, als Anna ihm kurz darauf erzählte, was sich an diesem Tag alles zugetragen hatte.

»Morgen werde ich jedenfalls mit der Suche nach Korbinian beginnen«, sagte sie entschlossen.

»Ich werde dich begleiten.«

Kapitel 45

Nach dem Frühmahl brachte Anna die Kleine zu Susanne. Dann begaben sich die Geschwister zum Spittlertor. Zwar meinte einer der Wächter, dem sie Dürers Kohlezeichnung zeigte, Korbinian wiederzuerkennen, doch half ihr das nicht weiter. Dass ihr Mann in Richtung Ansbach gereist und dort angekommen war, hatte Tobias Brandl ihr längst bestätigt. Was war während seiner Rückreise geschehen? Leider konnte sich der Torwächter nicht erinnern, ob er Korbinian beim Verlassen oder Zurückkehren in die Stadt gesehen hatte. Der nächste Ort, den Anna und Sebastian aufsuchten, war ein Spital in einem Dorf unweit von Schwabach. Das schlichte Gebäude lag in einen hübschen Garten eingebettet im Sonnenlicht vor ihnen. Über dem ausladenden Portal prangte der Name des Spitals in goldenen Lettern.

»Soll ich dich begleiten, Liebes?«

»Nein danke, Sebastian. Bleib du lieber beim Wagen«, erwiderte Anna mit tonloser Stimme.

Sie küsste ihn auf die Wange und wollte eben das Gebäude betreten, als eine mit einem Berg Wäsche schwer beladene junge Schwester das Spital verließ.

»Grüß Gott. Kann ich Euch helfen?«

Anna stellte sich unter eine alte Kastanie, deren tief hängende Äste ihr einen willkommenen Schattenplatz boten, denn ihr war heiß und sie fühlte sich matt. Dann schilderte sie der Schwester ihr Anliegen.

»Das Beste wird sein, Ihr fragt bei unserem Spitalmeister nach. Geht durch die Tür und haltet Euch links. Am Ende des Ganges findet Ihr seine Schreibstube. Ich habe ihn allerdings heute noch nicht gesehen.«

Anna bedankte sich und schlüpfte ins Innere. Wenig später stand sie vor einem Mann mit einem spärlichen Haarschopf und wiederholte ihr Gesuch.

»Mein Gatte ist seit dem letzten November unauffindbar«, beendete sie ihre Ausführungen.

»Wie lautet sein Name?«, fragte der Spitalmeister.

»Dietl. Korbinian Dietl.«

»Bitte wartet einen Moment.« Er machte sich an einem hohen Regal zu schaffen, suchte eine lange Reihe ab und zog schließlich einen Stapel Pergamente hervor, um sie auf seinem Schreibtisch auszubreiten. Einer Schublade entnahm er eine Lupe und griff nach dem obersten Pergament. Anna sah zu, wie der Spitalmeister ein Dokument nach dem anderen zur Hand nahm und prüfte. Endlich legte er das Vergrößerungsglas beiseite und hob den Kopf. »Bedaure, wir haben keinen Mann dieses Namens in unserem Haus aufgenommen.«

»Seid Ihr sicher? Ich meine, habt Ihr auch alles …?« Anna kam es vor, als würde sich eine dunkle Wolke über ihr zusammenbrauen. Ihr Herz pochte dumpf gegen die Rippen.

»Wollt Ihr meine Kompetenz anzweifeln, Frau Dietl?«

»Nein, natürlich nicht. Entschuldigt.« Sie erhob sich rasch, murmelte einen Dank und wandte sich zum Gehen. Dann drehte sie sich noch einmal um, und ihre Augen füllten sich mit Tränen. »Könnte es vielleicht auch sein, dass Ihr Verletzte versorgt habt, deren Namen Euch nicht bekannt waren? Bitte, ich muss es wissen.«

Der Spitalmeister beugte sich erneut über den Stapel. »Tut mir leid, weder im November noch im Dezember vergangenen Jahres. Ich kann Euch leider nicht helfen.«

Ohne ein weiteres Wort stolperte Anna hinaus ins Freie. Sie registrierte noch Sebastians fragenden Blick, dann schmiegte sie sich in seine Arme und weinte.

So verging Tag um Tag. In allen Ortschaften, an denen die Straße nach Ansbach vorbeiführte, fragte Anna in den folgenden Tagen nach, ob jemand den Mann wiedererkannte, den die Kohlezeichnung darstellte. Ihre Bemühungen blieben jedoch erfolglos.

Niedergeschlagen begaben sie sich eine gute Woche später, es war an einem Sonntagnachmittag, auf den Heimweg nach Nürnberg. Einmal mehr hatte Anna das Gefühl, ihre Suche sei ein aussichtsloses Unterfangen. Wenn Korbinian noch am Leben war, warum kam er dann nicht nach Hause? Auch der Spitalmeister hatte ihr zum Abschied diese Frage gestellt, wie einige andere vor ihm. Vielleicht blickten all die Menschen, die sie inzwischen befragt hatte, nur mitleidig auf sie herab und nannten sie hinter vorgehaltener Hand eine trauernde Witwe, die den Tatsachen nicht ins Auge sehen wollte?

In Schwabach brachte Sebastian den Pferdewagen, den die Dürers ihnen für die Fahrten zur Verfügung stellten, vor dem Eingang einer Wirtschaft zum Stehen. Vor einigen Tagen hatte Anna dem Besitzer bereits die Zeichnung mit Korbinians Porträt gezeigt.

»Lass uns einkehren und etwas trinken, bevor wir weiterfahren«, schlug Sebastian vor. »Es ist so heiß heute.«

In der Schankstube, in dem sich zahlreiche Männer jedes Alters aufhielten, war es angenehm kühl. Als die Frau des Wirts Anna und Sebastian gewahr wurde, trat sie auf die Geschwister zu.

»Gott zum Gruße. Sucht Euch einen Platz, Ihr seht ja selbst, es ist ziemlich voll hier.« Sie wies in eine Ecke, in der zwei Frauen auf einer Bank hockten und sich angeregt mit einem beleibten Mann unterhielten. »Da hinten ist noch etwas frei.«

Die jüngere der beiden Frauen war etwa in Annas Alter, bei der anderen mochte es sich um die Mutter handeln. Die Ähnlichkeit war unübersehbar, obwohl ein dünner Schleier die Gesichter verbarg.

»Ich komme gleich zu Euch und nehme die Bestellung auf«, versprach die Wirtin. »Wollt Ihr etwas essen?«

»Bringt uns nur zwei Becher Bier!«, rief Sebastian ihr nach und steuerte auf den kleinen Tisch zu, an dem die beiden Weiber und der Dicke saßen.

Beim Nähertreten bemerkte Anna, dass die Schleier der Frauen von einem fingerdicken grünen Strich durchzogen waren. Sie blieb stehen und hielt ihren Bruder am Ärmel zurück. »Das sind …«, raunte sie ihm zu.

»… Hübschlerinnen, ich weiß«, gab Sebastian ebenso leise zurück. »Soll ich deswegen auf einen Becher kühlen Gerstensaft verzichten oder mein Bier im Stehen trinken? Komm schon, setzen wir uns dazu.«

Anna seufzte ergeben, und die Geschwister ließen sich gegenüber von den Huren und dem Mann nieder, bei dem es sich offensichtlich um einen Freier handelte. Als seine rechte Hand unter dem Tisch verschwand und die junge Hübschlerin gleich darauf einen spitzen Schrei von sich gab, wandte Anna den Kopf ab. Ein paar der anderen Gäste blickten herüber, und ihr schoss das Blut ins Gesicht. Am liebsten hätte sie die Schänke auf der Stelle verlassen, aber nun brachte die Wirtin zwei Krüge schäumenden Bieres. Sie atmete tief durch und nahm einen Schluck.

»Tut gut bei der Hitze, was?« Die ältere der beiden Frauen lüftete den halblangen Schleier, hob ihren eigenen Becher und trank Anna zu.

Statt einer Antwort drehte sie den Kopf zum Fenster, durch das ein Sonnenstrahl auf die Tischplatte fiel, und versank in Gedanken, bis jemand sie von der Seite ansprach.

Es war der Wirt, ein Mann mit einem roten Gesicht und ebensolchen lockigen Haaren. »Habt Ihr Euren Gemahl noch immer nicht gefunden?«

»Leider nicht«, erwiderte Sebastian an Annas Stelle, die einen weiteren Schluck aus dem Bierkrug nahm.

Der Beleibte an ihrem Tisch wuchtete sich in die Höhe. »Ich muss mal kurz hinterm Haus verschwinden. In der Zwischenzeit überlegt euch, ob ihr nachher mit mir in die Kammer hinaufkommen wollt.« Er schritt durch die Schankstube zum Ausgang.

Der Wirt kratzte sich am Nacken. »Habt Ihr Eure Zeichnung dabei?«, fragte er, an Anna gewandt.

»Ja. Wollt Ihr sie Euch noch einmal ansehen?«

»Das kann ich gerne tun. Ich dachte aber eher an mein Weib. Als Ihr vor einigen Tagen hier wart, lag meine Brunhilde ja krank danieder. Gebt mir das Bild, dann zeige ich es ihr.«

In Anna glomm ein neuer Funken Hoffnung auf. Sie tastete nach ihrem Beutel und zog das zusammengerollte Blatt heraus, mit dem der Wirt verschwand. Wenig später kehrte er zu ihr zurück.

»Leider kann meine Frau sich nicht an Euren Gatten erinnern.« Er legte das Blatt auf den Tisch.

Anna wollte danach greifen, da beugte sich die jüngere der beiden Huren vor.

»Lasst mich bitte einen Blick darauf werfen.«

Sie reichte die Zeichnung an die Hübschlerin weiter. Aufmerksam betrachtete sie das Konterfei Korbinians. »Den kenn ich! Sieh nur, Mutter. Das ist doch der Blonde, den wir im letzten Herbst gefunden haben.«

Annas Mund wurde plötzlich trocken. Sebastian und sie wechselten einen raschen Blick. Ein Beben durchfuhr ihren Leib. »Ihr habt ... seid Ihr Euch ganz sicher ... Ihr seid diesem Mann begegnet?«

Der Freier kehrte zurück und wollte seinen Platz auf der Bank einnehmen, doch die Frauen schenkten ihm keinerlei Beachtung mehr. Stirnrunzelnd stand er neben der Bank und verfolgte zusammen mit dem Wirt das Gespräch.

Die Ältere der beiden wies mit dem Finger auf das Bild. »Das ist er, meine Tochter hat recht. Wir haben diesen Mann damals hinter einem Gebüsch entdeckt, wo wir uns erleichtern wollten. Hat sich nicht gerührt, der arme Kerl, und am Kopf geblutet wie ein Schwein. Entschuldigt, aber wenn wir ihn nicht verbunden hätten, wäre er bestimmt gestorben.«

»Was ist dann geschehen?«, stieß Sebastian heiser hervor. Anna wagte kaum zu atmen. Sie konnte ihren eigenen dumpfen Herzschlag hören. Halt suchend umklammerte sie die Hand des Bruders. Sollte es sich bei dem Verletzten wirklich um ihren Gemahl handeln?

»In Dettelsau haben wir auf dem Marktplatz einen Klosterbruder getroffen«, fuhr die Jüngere unbeirrt fort. »Dem haben wir von dem Fremden erzählt und ihn gebeten, sich seiner anzunehmen.«

»Was er sicherlich getan hat«, setzte der Wirt hinzu. »Muss sich um einen Zisterzienser aus Heilsbronn gehandelt haben. Fragt doch mal in der Abtei nach, was mit Eurem Gatten geschehen ist.«

»Möge der Herr geben, dass es Korbinian war.« Sebastian erhob sich. »Heute ist es zu spät, aber gleich morgen früh werden wir nach Heilsbronn fahren. Komm, Anna.«

Wie betäubt folgte sie ihm aus der Wirtschaft.

Kapitel 46

»Hier, Spieß, dein Geld. Obwohl vier Kreuzer für die zwei mageren Ferkel ein stolzer Preis sind.«

Der Schweinebauer öffnete die Hand und nahm die Münzen entgegen, um sie rasch in seinem Beutel verschwinden zu lassen.

»Meine Schweine sind nicht mager«, entgegnete er.

Der andere, ein Metzger aus Forchheim, winkte ab. »Du solltest sie vielleicht etwas länger bei der Sau lassen, damit sie ein paar Pfund mehr auf die Waage bringen.« Er packte die quiekenden, strampelnden Schweine an den Hinterbeinen und trug sie zu seinem eigenen Wagen.

Burkhart Spieß' stoppelbärtiges Gesicht verzog sich zu einem zufriedenen Grinsen. Die Ferkel sowie acht Herbsthühner, die ein paar Bürgersfrauen ihm in den letzten vier Stunden abgekauft hatten, hatten dafür gesorgt, dass sein Geldbeutel am Ende dieses Markttages prall gefüllt war. Der Bauer machte sich daran, seine alte Stute, die zusammen mit den Zugpferden der anderen Markthändler auf einer Wiese gegrast hatte, vor den zweirädrigen Karren zu spannen.

Da trat ein hochgewachsener Mann mit kantigen Zügen an ihn heran. »Gott zum Gruß, Herr Landmann. Ich sehe, Ihr habt alles verkauft und wollt nun sicherlich zu Eurem Hof zurückkehren. In welche Richtung fahrt Ihr, wenn ich fragen darf?«

Der Schweinebauer maß den Fremden vom Kopf bis zu den Füßen. In seinem langen Wollmantel und mit dem Barett auf dem Kopf wirkte er wie ein Stadtbewohner. »Ich muss die Straße nach Nürnberg nehmen. Warum wollt Ihr das wissen, Herr?«

»Ich suche jemanden, der mich und meine beiden Begleiter mitnimmt. Die Richtung passt mir sehr gut. Würdet Ihr uns ein Stück auf Eurem Wagen mitfahren lassen?«

»Ihr seht nicht aus wie ein Straßenräuber.«

»Dann bin ich ja beruhigt.« Der andere lächelte dünn. »Im Übrigen sollt Ihr uns nicht umsonst mitnehmen. Bis wohin fahrt ihr denn?«

»Mein Hof liegt in der Nähe von Bubenreuth, unweit von Erlangen«, gab Spieß bereitwillig Auskunft. »Wenn Ihr Eure Begleiter holt, können wir uns auf den Weg machen. Von Bubenreuth bis Erlangen ist es nicht mehr weit, dort findet Ihr bestimmt einen Gasthof, in dem Ihr die Nacht verbringen könnt.«

Der Hochgewachsene entfernte sich, und Burkhart Spieß legte der Stute das Zaumzeug an. Warum ein solcher Herr wohl zu Fuß unterwegs war? Nun, es geht mich nichts an, und wenn ein paar Pfennige zusätzlich für mich herausspringen, soll es mir recht sein, dachte er und erklomm den Kutschbock. Kurz darauf kehrte der Fremde in Begleitung zweier junger Männer zurück. Sie wirkten allerdings längst nicht so gepflegt wie der Herr im Wollmantel. Einen Augenblick lang ärgerte Spieß sich, dem Fremden allzu schnell zugesagt zu haben. Die beiden murmelten einen Gruß und kletterten auf die Ladefläche, während der andere sich wie selbstverständlich neben Spieß auf den Kutschbock setzte.

Der Bauer schnalzte mit der Zunge, und nach einem lauten »Hüh!« setzte sich das Pferd in Bewegung. Wenig später lenkte Spieß den Wagen aus Forchheim hinaus.

»Wie groß ist Euer Hof?«, sprach der Mann neben ihm ihn an.

»Ach, viel ist nicht übrig geblieben, werter Herr«, antwortete er, »früher hatte ich zehn Sauen, eine Kuh, und auf dem Hühnerhof lief jede Menge Federvieh umher. Aber die Zeiten sind schlechter geworden. Vor zwei Jahren sind mir fast alle Schweine am Rotlauf elend verreckt. Meine Kuh musste ich im letzten Jahr verkaufen. Zurzeit habe ich eine Sau, deren Ferkel ich auf dem Forchheimer Markt verkaufe, und ein paar Hühner.«

»Bewirtschaftet Ihr den Hof allein?«

»Ihr meint, ob ich einen Knecht habe?«, fragte Spieß belustigt zurück.

Der andere schüttelte den Kopf. »Ich meinte eigentlich, ob es eine Bäuerin gibt.«

»Die gab's, aber sie ist ebenfalls an dieser verdammten Krankheit gestorben.«

»Da habt Ihr wirklich ein hartes Los, Herr ...«

»Spieß, Burkhart Spieß. Und mit wem habe ich das Vergnügen?«

»Entschuldigt, ich habe mich noch gar nicht vorgestellt. Mein Name ist Traugott Engel, und die beiden jungen Männer hinten im Wagen sind meine Söhne Jakobus und Johannes.«

»Ihr wollt also weiter nach Nürnberg? Eine schöne Stadt ist das. Wart Ihr schon einmal dort?«

»Habe ich das etwa gesagt?« Traugott Engels Stimme war schneidend geworden. »Diese Stadt ist ein Sündenpfuhl wie kaum eine andere im Land, merkt Euch das. Wenn Gott Nürnberg im Jüngsten Gericht verschont, muss er sich bei den

Menschen von Sodom und Gomorrha dafür entschuldigen, sie einst vernichtet zu haben!«

Der Bauer war unter den hastig hervorgestoßenen Worten zusammengezuckt wie unter einem Peitschenhieb. Er warf Engel einen schnellen Seitenblick zu und erschrak. Das Gesicht des Fremden hatte sich verdüstert, die Züge wirkten angespannt. Erneut fragte sich Spieß, ob es richtig gewesen war, die drei Männer mitzunehmen, aber inzwischen war es höchstens noch eine halbe Stunde Wegs, bis er sie los sein würde. Er hob den Kopf zum wolkenverhangenen Himmel. Wenige Momente später fielen die ersten Tropfen und durchnässten die vier Männer im Nu. Dazu wehte seit dem Morgen schon ein heftiger Wind, und Engel musste sein Barett festhalten, damit es ihm nicht vom Kopf flog. Hinter ihnen fluchten dessen Söhne laut über das »Dreckswetter«.

Bald darauf stand das Wasser fingerbreit auf dem Pflaster, und noch immer goss es wie aus Eimern. Jetzt entwich auch den Lippen des Wagenlenkers ein deftiger Fluch. Endlich tauchte der Weg vor ihnen auf, der von der Straße zu seinem Hof führte. Er zog am Zügel, brachte das Pferd zum Stehen und wandte sich Engel zu.

»Da wären wir!«, rief er gegen das Rauschen des Windes an.

»Ihr wollt uns einfach hier stehen lassen?«

»So war es abgesprochen.«

»Wie weit ist es noch bis zu dem Dorf, von dem Ihr gesprochen habt?«

»Keine halbe Meile.«

»Ich gehe keinen Schritt weiter bei diesem Mistwetter!«, rief einer der beiden von hinten.

»Ihr habt gehört, was Jakobus sagt.«

»Ich habe keinen Platz, um Gäste aufzunehmen. Steigt vom Wagen«, forderte Spieß ungehalten. Was bildete der Kerl sich eigentlich ein, ihn so von oben herab zu behandeln?

»Wir werden die Nacht in Eurem Haus verbringen. Fahrt weiter«, befahl Engel, »andernfalls ...« Er drehte sich um und machte eine Kopfbewegung.

»Wollt Ihr mir etwa drohen? Das wäre ja noch schöner. Seid froh, dass ich Euch bis hierher mitgenommen habe. Jetzt herunter mit Euch.«

Da krallten sich Hände um seinen Hals. Unbarmherzig drückten sie immer fester zu. Spieß keuchte auf. Wehrte sich verzweifelt. Versuchte, die Finger von seinem Hals zu lösen. Vergeblich. Ein letztes Mal sammelte er seine Kräfte und trat um sich, aber der Griff verstärkte sich nur noch mehr. Schwindel setzte ein und wenig später schwanden ihm die Sinne. »Der Herr sei dir gnädig«, hörte er Engel noch flüstern und fühlte, wie seine Beine einknickten. Dann hörte sein Herz auf zu schlagen.

»Nach hinten mit ihm«, befahl Pankratius.

Seine beiden Begleiter zogen den zusammengesackten Toten auf die Ladefläche. Bratler hockte sich zu dem Propheten auf den Kutschbock, Kärner blieb bei dem Leichnam sitzen, während Pankratius das Pferd in den schmalen Feldweg trieb, bis dieser in den Hof des Bauern mündete. Die Männer blickten sich um.

»Der Kerl hat nicht gelogen«, stellte Bratler fest, »sieht ziemlich armselig aus.«

Kärner spuckte auf den vom Regen durchnässten Hof. »Dieser Schweinebauer war wirklich 'ne arme Sau.« Er lachte meckernd über sein eigenes Wortspiel, aber Kilian Pankratius bedachte ihn mit einem strengen Blick.

»Burkhart Spieß hat sein Leben für eine gute Sache gelassen, spart euch also eure dummen Witze! Brecht lieber die Haustür auf, damit wir ins Trockene kommen.«

Die beiden zogen ihre Dolche. Kurz darauf sprang das Schloss auf, und sie betraten den winzigen Flur. In der Küche ließ sich Pankratius auf einem Stuhl nieder und streckte die Beine von sich.

»Johannes, sieh nach, ob du etwas zu essen findest. Jakobus, du gehst raus und bringst das Pferd in den Stall. Ich nehme an, dort liegt auch das Heu. Gib ihm etwas davon und sieh nach, ob du irgendwo Wasser entdeckst. Das arme Tier soll schließlich nicht verhungern oder verdursten.«

»Mach ich, Elia.«

Bratler verschwand in der angrenzenden Vorratskammer, um kurz darauf mit zwei Brotlaiben und einer geräucherten Wurst zurückzukehren. »Wie lange bleiben wir hier?«

»Bis der Herr mir zeigt, was ich als Nächstes zu tun habe. Vertrau mir einfach, Johannes.«

»Wäre ich sonst noch bei Euch, Elia?«

Die Augen des Propheten wurden feucht. »Du und Jakobus seid die Einzigen, die noch zu mir halten. Alle anderen haben mich verlassen und verraten. Zuerst Sebastian, auf den ich so große Stücke gehalten habe. Erinnert ihr euch noch, wie sich der Verrückte mit seinem Dolch auf mich stürzte, Sebastian sich zwischen uns warf und sein Leben für mich aufs Spiel setzte? Dann Gebauer und Schimpf. Bei der Verhandlung ergriff niemand für mich Partei, wenn man mal von Bruder Simon absieht. Wir hätten ihn mitnehmen sollen.«

»Wir hatten nur drei Pferde, Elia. Außerdem war er es, der den Verräter Stäubling in die Bruderschaft mitgebracht hat«, erinnerte ihn Bratler. Er schnitt eine dicke Scheibe Wurst ab und reichte sie dem Propheten. »Es gab so viele, die an Euch geglaubt haben. Einflussreiche Männer wie Johann Samer und Augustin Hofer.«

»Vergiss sie alle. Mitläufer, nichts als Mitläufer, Johannes. In Zeiten wie diesen trennt sich die Spreu vom Weizen. Da zeigt sich, wer an deiner Seite steht.«

»Euer alter Freund Traugott wollte uns auch so schnell wie möglich wieder loswerden. Aber das Geld für die Kammern hat der feine Herr gern genommen.«

»Ja, der schnöde Mammon verdirbt die Menschen.« Pankratius seufzte. »Früher sind die Leute mir aus Überzeugung gefolgt, heute muss ich sie bezahlen.«

Kärner betrat die Küche. »Im Stall liegt eine Sau«, berichtete er mit glänzenden Augen.

Bratler wies auf die Vorratskammer. »Da drinnen gibt's Brot, Wurst und Kohl, außerdem zwei Fässer Bier.«

»Offensichtlich war dieser Hof die richtige Wahl«, stellte Pankratius fest. Er riss ein Stück Brot ab und biss hinein.

Der Herr meinte es gut mit ihnen.

Kapitel 47

Die gut dreistündige Fahrt hatte sich endlos hingezogen, aber nun wies Sebastian auf eine verwitterte hohe Mauer am Ende einer Gasse und lenkte den Wagen hinein.

»Da müsste es sein.«

Als er den Wagen anhielt, sprang Anna auf den ungepflasterten Platz.

»Ich warte hier«, schlug der Bruder vor.

Anna nickte, trat an das Tor der Zisterzienserabtei und zog an dem Klingelzug. Das Herz schlug ihr bis zum Hals.

Ein gerötetes Gesicht erschien in der Luke, und der Torwärter murmelte einen Gruß.

»Grüß Gott. Ich habe erfahren, dass ein Mitglied Eures Ordens im letzten Jahr einen schwer verletzten Reisenden versorgt hat. Wäre es möglich, mit diesem Bruder zu sprechen?«

»Sprechen? Hier, innerhalb der Klostermauern?« Der Mönch schürzte die Lippen. Irgendwie erinnerte er Anna mit seinem breiten Mund und den wässrigen Augen an einen Karpfen. »So einfach geht das nicht, werte Frau. Dazu braucht Ihr eine schriftliche Genehmigung von Bruder Johannes, dem Vorsteher dieser Abtei.«

»Dann holt ihn bitte, damit ich ihm mein Anliegen vortragen kann.«

»Unser Abt ist beschäftigt. Um diese Zeit bespricht er sich in der Schule mit dem Novizenmeister. Außerdem darf ich die Pforte nicht verlassen. Ich will einen Bruder rufen, der entscheiden wird, ob er Euer Anliegen dem Vorsteher vorzutragen gedenkt.«

Das Fischgesicht verschwand, die Luke wurde geschlossen, und Anna vernahm den hellen Ton einer Glocke. Sie kehrte zu Sebastian zurück, der an dem Wagen lehnte.

Einige Zeit lang war nichts zu hören, dann drangen die Geräusche eiliger Schritte sowie die Stimmen zweier Männer an ihr Ohr. Wenige Augenblicke sah sie sich einem hageren Gottesmann gegenüber, der den Torwärter um Haupteslänge überragte. Abermals erklärte sie sich.

»Ich werde Bruder Johannes Euer Ansinnen vortragen«, versprach der Mönch.

Wieder hieß es warten, bis der Hagere zurückkehrte. In der Hand hielt er ein zusammengefaltetes Blatt Papier.

»Hier, die Bewilligung, die Abtei zu betreten.« Er reichte Anna das Schriftstück. »Kommt mit mir. Ich bringe Euch zu Bruder Johannes.«

Mit trockener Kehle folgte sie dem Mann über den Hof an einem zweigeschossigen Gebäude vorbei bis zu einem beinahe ebenso großen Haus.

»Bitte wartet hier«, bat der Mönch und verschwand im Inneren.

Mit zitternden Knien setzte sich Anna auf eine einfache Holzbank neben dem Eingang, erhob sich jedoch sofort wieder, um über den Hof zu wandern. Quälend langsam verstrich die Zeit. Sie starrte in eine Gasse zwischen einigen weiteren Gebäuden, hinter denen sich der Turm einer Kirche erhob. In diesem Moment trat ein Mönch aus dem Eingang eines der gemauerten Häuser. Die graue Kutte spannte sich bedenklich über seinem Leib, der von krummen Beinen getragen wurde. Ein zweiter Mann in einem Bauernkittel folgte ihm. Letzterer wandte ihr das Gesicht zu, und obwohl die beiden mindestens zwei Steinwürfe weit entfernt waren, konnte Anna die Züge des Mannes deutlich erkennen. Wie angewurzelt stand sie da.

Korbinian – er lebte!

Ihr Puls begann zu rasen. Die Männer redeten miteinander. Es war unverkennbar seine Stimme. Anna lehnte sich schwer gegen den dicken Stamm eines Baumes, als sie hörte, wie der Mönch ihren Ehegatten Franz nannte. Daraufhin drehte sich Korbinian um und schlenderte in die Gasse hinein. Ein erstickter Schrei formte sich in ihrer Kehle, sie wollte ihn rufen, aber aus ihrem Mund drang nur ein heiserer Laut.

Der Ordensmann hatte sie bemerkt und kam auf sie zu.

»Kann ich Euch helfen?«

Annas Hände wurden feucht. »Der Mann, mit dem Ihr soeben gesprochen habt ... er ist mein Gemahl«, stieß sie mit zitternder Stimme hervor. »Sein Name ist Korbinian Dietl. Warum nennt Ihr ihn Franz?«

»Euer Gemahl?«

Anna nickte. Sie konnte kaum einen klaren Gedanken fassen. Korbinian lebte, und er befand sich hier in der Abtei Heilsbronn!

Sie wollte ihm folgen, doch der Mönch hatte ihr zu verstehen gegeben, hier zu warten. Der dicke Ordensbruder entfernte sich mit einem schrägen Blick, und Anna war wieder allein.

Endlich trat ein in das schwarz-weiße Habit der Zisterzienser gekleideter Mönch von etwa vierzig Jahren heraus und näherte sich ihr mit langen Schritten.

»Gott mit Euch«, begrüßte er Anna. »Ich bin Johannes Wenck, der Prälat dieses Klosters. Bruder Melchior sagte mir, Ihr wollt mich sprechen?«

»Mein Name ist Anna Dietl«, stieß sie atemlos hervor. »Der Mann, den Euer Mitbruder soeben Franz genannt hat, ist mein Gemahl.«

»Ihr seid Korbinian Dietls Gattin?«

»Ja, bitte lasst mich zu ihm!«

»Gewiss, aber nicht heute. Zunächst möchte ich mich mit Euch unterhalten.«

»Wieso nicht? Er ist mein Mann. Das könnt Ihr nicht von mir verlangen!« Sie zitterte wie Espenlaub. »Ich dachte, er wäre tot, hört Ihr? Ich verstehe das alles nicht.«

»Das werdet Ihr gleich, Frau Dietl. Bitte folgt mir.«

Kurz überlegte sie, ob sie den Prälaten stehen lassen und auf Korbinian zulaufen sollte.

»Gehen wir ins Haupthaus«, schlug dieser vor und ergriff sachte ihren Arm. »Dort werde ich Euch hoffentlich all Eure Fragen beantworten können. Bitte.«

Widerstrebend folgte Anna dem hochgewachsenen Mann über den Hof, auf dem sich Regenpfützen gebildet hatten, wobei der Abt das lange Habit raffte. Ein junger Mönch hielt ihnen die Tür auf, und sie betrat hinter dem Prälaten eine Halle, in der ihnen eine ganze Anzahl weiterer Klosterbrüder begegneten, die – schweigend und in Zweierreihen – in einem der Räume verschwanden. Am Ende eines langen Ganges im Obergeschoss öffnete der Abt eine Tür.

»So, da wären wir«, sagte er. »Darf ich Euch etwas zu trinken bringen lassen?«

Anna schüttelte den Kopf. Sie wollte nur eines: zu Korbinian laufen und ihn in die Arme schließen. Angestrengt versuchte sie, das Zittern ihrer Glieder zu verstecken, aber es wollte ihr nicht gelingen.

»Es ist nun über ein halbes Jahr her«, eröffnete Wenck das Gespräch, »dass einer unserer Brüder unweit der Straße zwischen Ansbach und Heilsbronn einen Mann gefunden hat, der augenscheinlich schwer verletzt war. Zwei Frauen hatten ihn entdeckt und notdürftig verbunden, der Mann hatte eine Wunde am Kopf und viel Blut verloren. Was ihm widerfahren war, konnte er uns leider nach dem Erwachen nicht mitteilen. Wir nehmen an, dass ihn Straßenräuber überfallen hatten. Natürlich brachte ihn der Bruder hierher, und unser Infirmarius untersuchte ihn. Zwar erholte sich Euer Gatte in den folgenden Wochen, doch konnte er sich lange Zeit an nichts erinnern. Weder an seinen Namen noch an das, was mit ihm geschehen war. Daher nannten wir ihn zunächst Franz, und einige von uns tun es noch heute, obwohl wir seinen Namen inzwischen kennen. Seit einigen Wochen erinnert er sich wieder daran, in Nürnberg gelebt zu haben.«

»Weiß er von mir und seinem Kind?«

»Nein. Sonst hätte ich gewiss einen der Brüder nach Nürnberg geschickt, um nach Euch zu suchen.«

»Mein Mann hat vergessen, dass er verheiratet ist?« Ihre Stimme klang schrill. »Das ist unmöglich!«

»Leider doch, Frau Dietl. So etwas kommt vor, wenn Menschen einen Schlag auf den Kopf erhalten, wie es Eurem Gatten geschehen ist. Daran kann er sich inzwischen erinnern.«

»Wie auch immer, Herr Prälat, ich danke Euch für alles und werde meinen Mann nun mit nach Hause nehmen. Seid gewiss, ich werde gut für ihn sorgen.«

Prälat Wenck hob die Hände. »Das glaube ich gern, Frau Dietl. Dennoch würde ich damit warten, bis Euer Gatte vollständig genesen ist. Zeitweilig leidet er unter Angstzuständen und Albträumen. Außerdem weist sein Gedächtnis noch Lücken auf, die ihn beunruhigen. Es gibt Dinge, an die er sich bis heute noch nicht erinnert. Womit hat er beispielsweise sein Geld verdient?«

»Mein Mann war ... ist Buchmaler.« Einen kurzen Moment lang schloss sie die Augen, bis sie sich stark genug fühlte, der Realität wieder zu begegnen. »Wird Korbinian jemals ...?«

»Gesund werden, meint Ihr? Ihr wisst doch, die Zeit heilt alle Wunden, auch die der Seele. Gebt Eurem Mann diese Zeit. Hier im Hause Gottes, in der Abgeschiedenheit hat er die Ruhe, die er benötigt, um zu sich selbst zurückzufinden.« Wenck stand auf. »Denkt darüber nach, Frau Dietl. Es steht Euch frei, jederzeit in unsere Abtei zu kommen und Euren Mann zu besuchen. Auch seid Ihr herzlich willkommen, in unserem Gästehaus zu übernachten. Allerdings schlage ich vor, Ihr wartet noch ein wenig, bis Ihr ihn ansprecht.« Er strich ihr über den Arm. »Ihr könntet ihm seine Malutensilien bringen. Lasst ein wenig Zeit vergehen, denn er sollte auf die Begegnung mit Euch allmählich vorbereitet werden. Regt Euer Gatte sich zu sehr auf, sehe ich den Genesungsprozess gefährdet. Am besten richtet Ihr es so ein, dass er Euch über den Weg laufen muss. Er wird Euch ansprechen, habt nur Vertrauen! Zwar leidet er von Zeit zu Zeit noch unter heftigen Zitteranfällen, aber auch das hat sich schon wesentlich verbessert.«

Vermutlich hat der Abt recht, ging es Anna durch den Kopf, während auch sie sich langsam erhob. Schwer wie Blei waren ihre Glieder auf einmal. Als sie ans Fenster trat, sah sie Korbinian in Begleitung des Mönchs, der sich ihr als Bruder Melchior vorgestellt hatte, über den gepflasterten Platz gehen und in einem der Nebengebäude verschwinden.

Sebastian hob den Kopf, als seine Schwester ins Freie trat. Wie im Traum schritt Anna auf den Wagen zu, in der Hand immer noch die schriftliche Genehmigung zum Betreten des Klosters. Sie blieb stehen und wandte sich noch einmal um, schien zu zögern.

Er sprang vom Kutschbock. »Hast du etwas Neues in Erfahrung bringen können?«

»Korbinian lebt ... er ist hier.«

»Bei allen ... hast du mit ihm gesprochen?«

»Der Abt hat mir davon abgeraten. Korbinian braucht viel Ruhe, um zu sich selbst zurückzufinden. Sebastian, er erinnert sich nicht mehr an mich.«

»Du meinst, er hat sein Gedächtnis verloren?«

»Er weiß seinen Namen und dass er aus Nürnberg stammt. Das ist alles.«

Sie fasste nach der Wand des Wagens und zog sich hinauf. Er tat es ihr gleich. Dann berichtete sie dem Bruder, was der Prälat ihr über Korbinian erzählt hatte.

»Er lebt, das ist für mich das Wichtigste«, schloss sie, während Sebastian den Wagen auf die Straße nach Nürnberg lenkte.

Den Rest der Fahrt versank Anna in Schweigen, bis sie am Weißen Turm vorüberrollten, um bald darauf das Haus des Malers zu erreichen.

Auch Agnes und Albrecht Dürer waren froh über die wunderbare Nachricht.

Frau Dürer zog Anna an sich. »Liebe Anna, seid versichert, ihr könnt Euch, wann immer der Pferdewagen nicht benötigt wird, seiner bedienen, um Euren Gatten zu besuchen. Die verlorene Arbeitszeit könnt Ihr jederzeit nachholen.«

»Danke, Frau Dürer.«

Im vergangenen Herbst, so erinnerte sich Anna in diesem Moment, hatte sich Korbinian bei einem ihrer Besuche im Haus der Dürers die neuen Arbeiten des Meisters angesehen. Dabei war sein Blick auf einige Kreidezeichnungen gefallen, darunter ein Konterfei Kaiser Maximilians. Es handelte sich um eine Studie für ein wesentlich größeres, auf eine Holztafel gemaltes Brustbild des vor sechs Jahren verstorbenen Herrschers. Korbinian hatte noch nie mit Farbkreiden gearbeitet, wie er freimütig zugab.

»Ihr solltet es einmal versuchen, Dietl«, war Dürers Rat gewesen, und er hatte ihm einige der Kreiden zur Verfügung gestellt.

Diese sowie ein Stoß Papierbögen händigte Anna bei ihrem nächsten Besuch im Kloster einige Tage später dem Prälaten aus und bat ihn, Korbinian die Zeichenutensilien zu übergeben.

»Gott zum Gruße, lieber Herr Dietl.«
Korbinian hob den Kopf von seiner Suppenschale. »Bruder Johannes, seid mir gegrüßt. Was kann ich für Euch tun?«
»Ich habe eine Nachricht für Euch.«
»Ich hoffe sehr, eine gute, Herr Prälat.«
»Das will ich meinen. Ihr wisst ja, dass ich Euch schon vor längerer Zeit fragte, ob Ihr eine Ehefrau und Kinder habt. Erinnert Ihr Euch an unser letztes Gespräch?«
Regungslos blickte Korbinian in Wencks Gesicht. »Ja, wieso?«
»Ihr seid verheiratet, Herr Dietl, und Ihr habt eine kleine Tochter.«
Korbinian schnappte nach Luft. »Woher wisst Ihr das?«
»Eure Gattin war heute hier in Heilsbronn.«
»Meine Gattin?« Angestrengt suchte er in seinem Gedächtnis nach einem Gesicht, einer Erinnerung oder irgendetwas, womit er seine Frau in Verbindung bringen konnte. In ihm blieb jedoch alles still. »Wie heißt sie?«
»Anna Dietl und Eure Tochter trägt den Namen Magdalena.«
Korbinian horchte in sich hinein. Aber das Einzige, was die Nennung dieser beiden Namen in ihm auslöste, war ein bohrender Schmerz in seinem Kopf. Er presste die Hände gegen die Schläfen, als könnte er damit die Erinnerungen zurückholen, die auf ewig verloren zu sein schienen. Meine Frau. Wie das klang. Wer war sie? Wie sah sie aus? Sah seine Tochter ihr ähnlich? »Meine Frau war hier? Wie sieht sie aus? Ich meine, welchen Eindruck hat sie auf Euch gemacht?«, fragte er gepresst.
Wenck lächelte. »Sie ist bezaubernd, wenn Ihr mir diese Bemerkung erlaubt.« Er beschrieb Korbinian Annas

Erscheinung. »Sie wirkte gefasst und sorgt sich offenbar sehr um Euch. Wobei ich mich frage, um wen ich mir größere Sorgen machen sollte. Allerdings ist die Situation für sie auch von besonderer Schwere. Sie wollte Euch sofort mit nach Hause nehmen, aber ich habe ihr davon abgeraten.«

»Warum das?«

»Ihr solltet mit der Rückkehr in die Stadt noch etwas warten, bis Ihr Euch ausreichend gestärkt fühlt, um Eurem Leben neu zu begegnen, Herr Dietl.«

Der Abt legte einen großen Stoffbeutel auf den Tisch. »Seht nur, was Eure Gemahlin heute für Euch hiergelassen hat.«

Korbinian beäugte das Mitbringsel nachdenklich. Er öffnete die Verschnürung und holte mehrere farbige Kreiden und drei zusammengerollte Papierbögen hervor. Auch seine Tonpfeife und einen Leinenbeutel, prall gefüllt mit getrockneten Kräutern, förderte er zutage.

»Ihr habt eine gute Frau«, bemerkte der Prälat und betrachtete die Zeichenutensilien interessiert. »Ihr seid ein angesehener Buchmaler, wie sie mir berichtete.«

Ein Buchmaler? Korbinian wog die Kreiden in der Hand. Ein Bild formte sich vor seinen Augen, ein Raum voller Bücher, ein Tisch mit Farben, Tiegeln, Pinseln und Stiften. Die Gestalten zweier Männer, die ihn aufgesucht hatten. Einer von ihnen schien ihm vertraut zu sein, aber der Name wollte ihm nicht einfallen.

»Nun könntet Ihr wieder malen«, sprach der Abt weiter.

Für eine Weile wurde es still zwischen ihnen.

»Ja, vielleicht. Wenn meine Hände mitmachen. Sie zittern manchmal unkontrolliert, wie Ihr wisst«, erwiderte Korbinian und ahnte, die Kreiden und Papierbögen würden vorerst unangetastet bleiben.

Kapitel 48

Anna umfasste den Klingelzug der Abtei und zog kräftig daran. Seit ihrem letzten Besuch im Kloster hatte sie eine Woche verstreichen lassen. Im oberen Teil des Tores öffnete sich das Fenster, und ein rundes, runzeliges Gesicht erschien in der Öffnung. Wie bei allen Mönchen schmückte ein schmaler Haarkranz den kahl geschorenen Schädel. Die Wache musste gewechselt haben, denn der Mann war ihr unbekannt.

»Was ist Euer Begehr?«

»Mein Name ist Anna Dietl. Mein Gatte hat vor einiger Zeit hier im Kloster Aufnahme gefunden.« Sie zog die von Abt Wenck unterschriebene Genehmigung aus dem Beutel und zeigte sie dem Mann.

Ein Riegel wurde zurückgeschoben, und der Torhüter bedeutete ihr, näher zu treten. Anna bedankte sich und schlug wie gewohnt den Weg zum Haupthaus ein, in dem ihr ein Mönch mit einer himmelwärts strebenden spitzen Nase entgegentrat, den sie bei einem ihrer Besuche als Bruder Titus kennengelernt hatte.

»Seid mir gegrüßt, Frau Dietl. Heute ist es also so weit, nicht wahr?«

»Ja, heute werde ich meinem Mann nach Wochen endlich zum ersten Mal gegenübertreten.«

»Gut. Gehen wir in den Klostergarten.«

Sie passierten mehrere Häuser und schritten an der Klosterkirche vorbei. Da war die Gartenanlage, über deren Mauer hinweg sie Korbinian bei ihren Besuchen immer wieder aus der Ferne beobachtet hatte. Anna öffnete das halbhohe Türlein. Zwischen den Gemüsebeeten waren mehrere Männer in einfachen Kutten mit der Ernte beschäftigt. Ihr Herz setzte für einen Schlag aus, als Bruder Titus auf eine schlaksige Gestalt zeigte, die vornübergebeugt am Anfang eines Mangoldbeetes hockte, mit einem Messer Blätter abschnitt und in einen großen Weidenkorb fallen ließ.

Anna sog scharf die warme Luft ein.

Der Mönch trat neben Korbinian. »Franz, du hast Besuch.« Diskret entfernte er sich.

»Korbinian«, flüsterte sie.

Er hob den Kopf. »Ja, bitte?« Ihr Gemahl betrachtete sie, als sähe er sie zum ersten Mal. Sein teilnahmsloser Blick traf sie bis ins Mark.

»Du erinnerst dich an mich? Ich bin Anna, deine Frau.«

»Das hat man mir erzählt. Wir haben eine Tochter. Ihr Name ist …« Er brach ab, überlegte.

Mit jeder Faser ihres Herzens sehnte sich Anna danach, jene Wiedersehensfreude auf seinem Gesicht zu entdecken, von der sie seit langer Zeit träumte. Doch da war nichts außer seinem verlegenen Lächeln. Sie befeuchtete ihren Mund.

»Unsere Tochter heißt Magdalena, aber wir nennen sie Lenchen. Die Kleine kann schon laufen. Du solltest sie sehen. Sie vermisst dich so sehr.« Sie schluckte. »Und ich dich auch.«

Korbinian blickte zu ihr herüber, wobei seine Miene unbeweglich blieb. Anna trat auf ihn zu, und sie fühlte, wie er sich versteifte. Etwa eine Handbreit über seinem rechten Ohr entdeckte sie eine Stelle, an der das Haar kürzer war und eine wulstige Narbe auf der Kopfhaut preisgab. Der Anblick ließ sie schaudern. Sie strich ihm über die Wange. Seine Haut war rau und wettergegerbt. Dann umschlang sie seine Taille und presste sich an ihn.

Reglos verharrte sie, bis sie seine Hand auf ihrem Haar spürte. Die zarte Berührung ergriff sie bis ins Innerste. Voller Sehnsucht schmiegte sie sich noch enger an seine Brust. Sie nahm Korbinians Geruch nach Erde und Schweiß wahr.

Er atmete heftiger. »Ich habe einen Raum gesehen, der über und über mit Farben, Pinseln und allerlei anderen Dingen übersät war. Ein bestimmter Geruch lag in der Luft.«

»Das war deine Werkstatt, Korbinian«, entfuhr es ihr mit vor Freude bebender Stimme, ohne ihn loszulassen. »Du hast dich erinnert! Es gibt diesen Raum, eines Tages wirst du ihn wieder betreten.«

Sanft löste er sich von ihr. »Zwei Männer haben mich dort besucht. Sie wollten etwas von mir … was war es nur? Sie waren mir unangenehm, das ist alles, woran ich mich erinnere.«

Anna erzählte ihm, was sie über die beiden und den Streit mit Konrad Mutz wusste. »Das ist nicht viel, aber du wolltest nicht mit mir über dieses Gespräch reden. Du hast behauptet, mich durch dein Schweigen zu beschützen. Dein Verhalten hat mich damals ziemlich beunruhigt.« Sie forschte in seinem Gesicht, entdeckte die Anspannung in seinen Zügen.

»Ich erinnere mich nicht, verflixt.« Er drehte sich ruckartig um. »Ich danke dir für alles. Allerdings ist es besser, wenn du jetzt gehst.«

»Ich verstehe nicht.«

»Kehr nach Nürnberg zurück. Zu deinem Leben, zu Lenchen. In der Stadt glaubt ohnehin jeder, ich wäre tot. Gut so. Bitte belass es dabei, und nun geh mit Gott.«

Anna glaubte, der Boden würde unter ihr nachgeben. »Das kann nicht dein Ernst sein.« Sie umfasste seine Oberarme, schüttelte ihn. »Verdammt noch mal, ich bin deine Frau!

Daheim wartet unsere Tochter auf dich!« Ihre Stimme wurde schrill, überschlug sich. »Was denkst du dir, Korbinian Dietl, dass du meinst, du könntest uns aus deinem Leben streichen? Einfach so? Wie ein Dieb auf der Flucht verkriechst du dich hier im Kloster und schickst mich davon wie … wie einen räudigen Hund?« Hitze wallte in ihr auf. »Was fällt dir ein?«

Er fuhr sich mit der flachen Hand über die schweißnasse Stirn. »Ich weiß noch nicht, warum, aber ich kann nicht heimkehren. Jedes Mal, wenn ich an diesen seltsamen Besuch von früher denke, beschleicht mich ein ungutes Gefühl. Etwas Bedrohliches. Fahr zurück nach Nürnberg. Lass alle Leute in dem Glauben, ich wäre tot. Glaub mir, es ist das Beste. Für dich und Lenchen.«

»Aber … wir brauchen dich!«

Korbinian wich zurück und schüttelte den Kopf. »Anna, ich möchte, dass du jetzt gehst. Wenn du willst, besuch mich von Zeit zu Zeit. Doch ich werde nicht mit dir nach Nürnberg zurückkehren.«

Wie erstarrt stand sie da, während ihr Mann sich wieder seiner Arbeit widmete, als wäre nichts geschehen.

Blicklos starrte Anna auf die Mauern ihrer Heimatstadt, die sich in der Ferne am Horizont abzeichneten. Er hatte sie fortgeschickt. *Wenn du willst, besuch mich von Zeit zu Zeit.* Sie zuckte zusammen, als der Fuhrmann der Dürers die Peitsche auf den Rücken des Pferdes knallen ließ. Korbinians Worte waren ebenfalls wie Peitschenhiebe gewesen, die ihr auch Stunden nach ihrer Begegnung noch wehtaten. Das Fuhrwerk näherte sich allmählich dem Spittlertor. All ihre Hoffnungen waren zerstoben wie die Spreu im Wind.

Die Wächter senkten ihre Hellebarden, traten zur Seite und winkten Hans hindurch. Einer der Männer erkannte sie und lächelte freundlich. Bald darauf rollte das Fuhrwerk an dem aus

Backsteinen errichteten, weiß verputzten Turm vorbei, der sich trutzig hinter dem Stadttor erhob.

»Bringt mich bitte in die Waaggasse«, bat Anna den Fuhrmann, da es bereits dämmerte.

»Wie Ihr wünscht, Anna.«

Wenig später brachte Hans den Wagen vor Korbinians Haus zum Stehen, und Anna kletterte hinunter.

In der Küche empfing Sebastian sie. »Schwester, ich muss dir so viel erzählen!«, rief er und sprang auf.

Ach ja, heute war sein erster Tag in der Offizin der Kobergers gewesen. Als der Bruder freudestrahlend auf sie zustürmte, um sie in die Arme zu schließen, versteifte sie sich.

Sebastians Miene wurde ernst. »Was ist geschehen? Ist etwas mit deinem Mann?«, prasselten seine Fragen auf sie nieder.

Anna ließ sich auf einen Stuhl sinken. »Korbinian hat mich fortgeschickt. Er will mich nicht mehr sehen, das heißt, nein, er erlaubt mir gnädigerweise, ihn zu besuchen.« Mit stockender Stimme berichtete sie, was sich zugetragen hatte.

Sie ballte die Hände zu Fäusten. »Ich habe doch nicht wochenlang überall nach ihm gesucht, nur um mich jetzt aus seinem Leben streichen zu lassen, als hätte es mich nie gegeben!« Den hervorgestoßenen Worten folgte ein noch derberer Fluch, der den Bruder zusammenfahren ließ. »Wenn Korbinian Dietl glaubt, ich ließe mich einfach so wegschicken, dann täuscht er sich ganz gewaltig.«

Ihren Worten ließ Anna in den folgenden Wochen Taten folgen. Während Sebastian sich rasch in der Buchdruckerei einlebte, fuhr sie weiterhin nach Heilsbronn, wann immer Frau Dürer den Fuhrmann entbehren konnte und es ihr gestattete.

Bei ihrem nächsten Besuch war Korbinian ebenso abweisend, aber bald zog er es vor, ihre Anwesenheit ohne Protest hinzunehmen und sie zu ignorieren. Dann setzte sie sich auf eine

Bank und sah ihm still bei der Gartenarbeit zu, oder sie half bei der Gemüseernte. Wenn jemand sie einlud, nahm sie auch an den Mahlzeiten teil und gesellte sich zu ihm. Manchmal, wenn Korbinian sich unbeobachtet fühlte, meinte sie, seinen zornigen Blick im Rücken zu spüren. Er hätte es wohl lieber gesehen, wenn sie für immer aus seinem Leben verschwunden wäre. Sein Verhalten reizte Anna zu einem grimmigen Lächeln. Mit dieser Reaktion lebte es sich weitaus besser, als mit Nichtachtung gestraft zu werden. War nicht seine Wut immerhin ein Zeichen dafür, dass sie ihm nicht gleichgültig war?

Wenn sie daheim grübelte und Zweifel an ihr zu nagen begannen, war sein Zorn ihr einziger Trost. Das geschah ihr recht! Korbinian hatte sich nichts außer ihrer Liebe gewünscht, stattdessen war sie viel zu lange einem Jugendtraum hinterhergejagt, in dem Martin die Hauptrolle gespielt hatte. Was blieb ihr also, als die Zähne zusammenzubeißen, Korbinians Abwehr zu ertragen und zu hoffen, dass sich irgendwann alles zum Besseren wendete? Darf sich ein Weib dem Geliebten überhaupt dermaßen anbiedern?, fragte eine andere Stimme in ihrem Inneren, die sie jedoch zu überhören versuchte. Wer, wenn nicht sie, könnte Korbinian davon überzeugen, wie sehr er geliebt und gebraucht wurde?

Bald zeigte ihre Hartnäckigkeit Wirkung – von Mal zu Mal sprachen seine Augen eine andere Sprache, wenn sie auf ihn zutrat. Ihr stockte der Atem, als er zum ersten Mal ihre Hand ergriff und sie knapp, aber höflich begrüßte.

Einmal überraschte sie Korbinian im Blumengarten des Klosters. Er schien tief in Gedanken versunken zu sein, den Blick auf einen unbestimmten Punkt gerichtet, und sie konnte sehen, wie es in ihm arbeitete. Anna setzte sich zu ihm und schwieg, mühsam um Geduld ringend.

»Sagt dir der Name Kilian etwas?«, fragte er nach einer Weile unvermittelt und wandte ihr sein Gesicht zu. »Dieser

Name – er erinnert mich an etwas ... Kennen wir jemanden, der so heißt?«

Sie starrte ihn an. Könnte sie ihn doch nur umarmen, um ihm zu zeigen, wie betroffen und gleichzeitig überglücklich seine Frage sie machte. Um ihn mit ihrer heftigen Reaktion nicht zu erschrecken, nahm sie einige tiefe Atemzüge, bevor sie sich ihm gewappnet fühlte. »Ja, mein Lieber, den kennen nicht nur wir, sondern alle Nürnberger!« Mit hastig hingeworfenen Worten berichtete sie Korbinian von Pankratius und der Bruderschaft, von seinen Verbrechen, der Verurteilung und davon, wie es den Männern gelungen war zu fliehen.

»Geflohen«, wiederholte er tonlos. »Sie können also jederzeit nach Nürnberg zurückkehren.« Abermals versank er in Schweigen.

»Korbinian, bitte denk nach!«, unterbrach sie ihn schließlich, als sie es nicht mehr aushielt. »Es muss etwas zu bedeuten haben, dass du dich ausgerechnet an Kilian Pankratius erinnerst! Wenn er so sehr deine Gedanken beschäftigt, muss es eine Bedeutung haben, verstehst du denn nicht?« Sie rückte etwas näher und zwang ihm ihren Blick auf. »Entschuldige, wenn ich dich bedränge, aber es ist wichtig. Versprichst du mir, dass du versuchst, dich zu entsinnen? Bitte.«

Korbinians Miene wurde starr, doch er nickte.

»Danke«, antwortete sie und seufzte, als sie sich erhob. »Ich muss jetzt heim zu Lenchen. Mit meinen Gedanken werde ich die ganze Zeit bei dir sein. Bis bald.«

Er murmelte einen Gruß, und Anna spürte seinen Blick im Rücken, während sie den Klostergarten verließ und auf den Wagen zusteuerte, der sie wieder nach Nürnberg bringen würde.

Bei ihrem nächsten Besuch fand sie Korbinian auf seinem Lieblingsplatz vor, der Bank im Klostergarten. Er hielt den Kopf über ein Papier gebeugt und zeichnete. Mit Betroffenheit stellte Anna fest, dass er sein Handwerk nicht mehr auf dieselbe Weise beherrschte wie vor dem Überfall. Auch wenn sie sich bemühte, ihm nicht zu zeigen, wie sehr die ungelenk wirkende Zeichnung der Rose sie erschreckte, musste Korbinian es ihr angemerkt haben. Wortlos griff er nach der Kreidezeichnung, zerknüllte sie und warf sie achtlos zu Boden.

»Hab Geduld mit dir«, bat Anna sanft und legte ihre Hand auf die seine.

Korbinian entzog sich ihr. »Geduld, Geduld! Dasselbe erzählt mir Bruder Antonius bald jeden Tag. Ich kann dieses Wort nicht mehr hören.« Der Kasten mit den verschiedenfarbigen Kreiden landete neben dem zerknüllten Blatt. »Werde ich jemals wieder etwas Vernünftiges zustande bekommen?«

Mit einem gequälten Stöhnen, das Anna mehr bestürzte als sein plötzlicher Zornesausbruch, verdeckte er das Gesicht mit den Händen. Sie ging neben ihm in die Hocke und strich ihm über den Rücken.

Eine Ewigkeit verharrten die beiden stumm nebeneinander. Nichts war zu hören, außer dem Zwitschern der Vögel im angrenzenden Obstgarten. Dann begann Anna zu erzählen. Von Sebastian und seiner Lehre bei den Kobergers. Von ihrer Arbeit bei den Dürers, deren neuer Köchin Marianne, von Susannes und Georgs Heiratsplänen. Und von Lenchen.

»Unsere Tochter macht das ganze Haus der Dürers unsicher«, lächelte sie, »sie haben alle einen Narren an ihr gefressen.«

Täuschte sie sich, oder leuchteten Korbinians Augen kurz auf? Sie brach ab, er hob eine Hand.

»Erzähl mir mehr von ihr.«

Ein Klosterbruder ging mit einem Korb voll gelber Äpfel an ihnen vorüber. Flüchtig streifte sein Blick das Paar auf der Bank.

»Bitte komm zurück«, bat Anna eindringlich, nachdem sie geendet hatte. »Tu es für Lenchen und für mich. Ich liebe dich,

Korbinian! Du bist der Mann, mit dem ich mein Leben verbringen möchte. Ist das nicht Grund genug? Eines Tages werden deine Erinnerungen zurückkehren. Ich glaube fest daran.«

Lange Zeit war es still zwischen ihnen, und Anna überlegte schon, ob sie ihn allein lassen sollte, da wendete sich Korbinian ihr zu.

»Ich glaube, die Männer in meiner Werkstatt hatten etwas mit Pankratius und der Bruderschaft zu tun, Anna. Letzte Nacht habe ich davon geträumt. Es ging um einen Auftrag, den ich nicht angenommen habe. Was war es nur?« Sein Gesicht rötete sich vor Zorn. »Wenn ich es nur wüsste, verdammt!«

»Beruhige dich, Korbinian. Was immer es gewesen sein mag, diese Leute können uns nicht mehr schaden. Sie sind auf der Flucht und werden sich hüten, sich in der Stadt blicken zu lassen.«

»Das ist wahr«, entgegnete er. »Erzähl mir lieber von uns.«

Sie warf ihm einen überraschten Seitenblick zu. Nach kurzem Zögern fing sie leise an zu sprechen. Von ihrer Kindheit und Jugend, dem Verlust der Eltern – und von Martin, bis hin zu dem Tag, an dem sie ihn mit seiner frischgebackenen Ehefrau gesehen hatte.

Korbinian hörte schweigend zu.

»Am selben Tag hast du mich in dein Haus gebracht, und ich habe von dir gelernt, wie es ist, bedingungslos geliebt zu werden«, endete Anna ein wenig atemlos.

Nach einer Weile hob er den Kopf. »Ich will dich nicht verletzen, Anna, aber du bist für mich im Augenblick kaum mehr als ein vages Bild aus meinem Gedächtnis. Genau wie unsere Tochter, so, wie ich selbst ein Fremder für mich bin. Ich weiß nicht, ob ich jemals …«

»Eines Tages wirst du wieder ganz gesund sein, glaub mir«, erwiderte Anna mit trockener Kehle. »Bis dahin werde ich dir helfen, dich zu erinnern.«

Korbinians Miene war verschlossen, doch seine Stimme klang fest. »Ich danke dir. Bitte geh jetzt. Ich habe nichts mehr zu sagen.«

Seine Worte hinterließen ein dumpfes Brennen in ihrem Inneren. Sie sammelte sich. »Gut, wenn du es wünschst. Ich lasse dich vorerst allein. Aber ich komme wieder, denn ich habe nicht vor, dich kampflos aufzugeben.« Ihre Stimme versagte.

Er wendete sich ab, und sie sah mit brennenden Augen seiner Gestalt hinterher, die sich ohne ein Wort des Abschieds entfernte.

Anna gab sich alle Mühe, sich nicht von Korbinians abweisendem Verhalten kränken zu lassen und es mit seinem Gemütszustand zu entschuldigen. Allerdings fiel ihr dies von Tag zu Tag schwerer, und an manchen Abenden ertappte sie sich dabei, wie sie immer wieder in Grübeleien versank. Was, wenn Korbinians Gedächtnis ebenso wenig zurückkehrte wie seine Gefühle zu ihr? Seit Annas letztem Besuch im Kloster waren zwei Wochen vergangen, und obwohl Frau Dürer ihr versicherte, sie könne am Wochenende über Hans und den Wagen verfügen, machte sie diesmal keinen Gebrauch von dem Angebot.

Nimm dir alle Zeit der Welt, mein lieber Mann, nur sperr mich bitte nicht aus deinem Leben aus, dachte sie, während sie mit Marianne und Susanne die zusätzlich anfallenden Arbeiten erledigte. Die Köchin hatte vor einigen Wochen im Dachgeschoss das eingelagerte Obst bei geöffnetem Fenster auf einem Tuch ausgebreitet. Nun mussten sie die Äpfel und Birnen ungeschält und halbiert in einen eigens dafür gebauten Ofen schütten. Sie waren für die Speisen der Dienstboten gedacht. Die erlesensten und süßesten Früchte schälten Anna und Marianne, entfernten das Kerngehäuse und schmorten die geviertelten Stücke in Honig, bevor sie das Obst auf Bleche legten und in den Dörrofen schoben. Diese Früchte waren für die Dürers bestimmt. In einem an das Haus angrenzenden Schuppen legten die Frauen weiße und rote Rüben in eine mit Sand aufgefüllte Grube, Wal- und Haselnüsse versenkten sie zum Schutz vor Mäusen in einem Fass.

Unterdessen hackten Georg und Hans Holz in handliche Scheite und beförderten sie mit einem Flaschenzug auf den Dachboden. Dort stapelten die Frauen die Scheite luftig aufeinander, harte Arbeit, die ihren Rücken schmerzen und sie erschöpft ins Bett fallen ließ, wenn der Tag zur Neige ging. Trotzdem verging kein Abend, an dem Anna nicht an Korbinian dachte.

Zeit! Sie wollte sich ja in Geduld üben, ihn nicht bedrängen, damit er zu sich selbst zurückfand. Aber die Stunden und Tage wurden ihr bald zur Ewigkeit. Bange Gedanken lenkten sie tagsüber mehrmals von der Arbeit ab. Was, wenn er nie wieder heimkommen wollte? Wenn alles, was sie unternahm, um Korbinian zu helfen, vergebens war?

Schließlich hielt Anna es nicht mehr aus und bat den Fuhrmann, anzuspannen und sie nach Heilsbronn zu fahren.

Wie bei ihrer ersten Begegnung lag ein Lächeln auf Johannes Wencks fein geschnittenem Gesicht, als er sie begrüßte. »Frau Dietl, ich habe eine Nachricht, die Euch freuen wird«, versprach er.

Erwartungsvoll blickte sie ihn an.

»Das Zittern der Hände Eures Mannes ist so gut wie verschwunden. Er hat in den letzten Tagen eine ganze Reihe von gelungenen Zeichnungen angefertigt.«

Ihr entfuhr ein überraschter Laut. »Das ist ... wunderbar, Herr Prälat! Das wird ihm Hoffnung schenken. Oh, wie sehr ich mich für ihn freue!«

»Noch sehnlicher wünscht Ihr Euch, Euren Gatten nach Hause holen zu können, nicht wahr?«

»Ja, natürlich. Aber mein Mann wollte allein sein. Mein letzter Besuch liegt daher drei Wochen zurück.«

»Was mich betrifft, so könnt Ihr ihn gern heimholen. Ich habe erst heute Morgen mit unserem Arzt gesprochen. Bruder Antonius sieht keinen Anlass, Euren Mann länger hierzubehalten.«

»Ihr meint, es liegt einzig an Korbinian, ob er mit mir zurück nach Nürnberg reist.«

»So ist es. Vielleicht ist es ja die Angst, die ihn zögern lässt«, warf der Abt ein. Er schlug die Beine übereinander. »Ich könnte mir auch denken, dass sich Euer Mann nach der langen Zeit bei uns fürchtet, in die Welt da draußen zurückzukehren.« Der Klostervorsteher räusperte sich. »Geht und redet mit ihm, Frau Dietl.«

Im Klostergarten waren mehrere Mönche mit dem Pflanzen von Knoblauch und der Kräuterernte beschäftigt. Von Korbinian, der sich hier für gewöhnlich aufhielt, war heute nichts zu entdecken. Einer der Männer meinte allerdings, gesehen zu haben, wie er nach dem Essen auf die Kirche zugesteuert war. Anna dankte ihm und schlug den Weg zum Gotteshaus ein.

Angenehme Kühle umgab sie. Suchend blickte sie sich in dem halbdunklen Kirchenraum um und schritt durch das Mittelschiff nach vorne. Ein Mönch kniete leise betend auf dem steinernen Boden. Da entdeckte sie Korbinian in einer der ersten Bänke vor dem von mehreren Wachskerzen erhellten Altar. Nur schwach erhellte ihr Licht sein Gesicht, doch sie konnte erkennen, dass er die Augen geschlossen hielt. Sie schob sich neben ihn. Fragend musterte sie seine Züge und wagte nicht, ihn anzusprechen. Hinten hörte sie den Mönch sein Gebet mit einem deutlichen »Amen« abschließen, und kurz darauf waren sie allein.

Als hätte Korbinian ihre Gedanken erraten, öffnete er die Lider und brach das Schweigen. »Ich komme oft hierher, wenn ich nachdenken muss.«

Anna nahm all ihren Mut zusammen und räusperte sich. »Man hat mir berichtet, dass das Zittern deiner Glieder nachgelassen hat und du schöne Zeichnungen anfertigst.«

Korbinians Züge hellten sich für einen Moment auf. »Es klappt ganz gut. Ich dachte schon, ich könnte niemals mehr malen.« Noch immer mied er ihren Blick.

»Das freut mich sehr für dich.« Anna lehnte sich auf der Bank zurück. Sie hatte getan, was sie konnte. Nun war es an ihm, das Gespräch wieder aufzugreifen. Im Stillen hatte sie sich geschworen, ihn nicht mehr zu bedrängen.

»Du hast gesagt, du liebst mich. Ist das wirklich wahr?«, hörte sie Korbinian flüstern.

Anna hielt für einen Moment die Luft an. »Mehr als alles auf der Welt. Ohne dich ist mein Leben leer, Korbinian.«

Er suchte ihren Blick. »Während all der Zeit im Kloster habe ich mich gefühlt, als ob mir etwas Wichtiges fehlen würde. Ich vermochte nur nicht zu sagen, was. Jetzt endlich weiß ich: Ihr seid es, die ich vermisst habe.«

Sie starrte in seine aufgewühlten Züge und faltete die Hände im Schoß, um nicht der Versuchung zu erliegen, ihn an sich zu ziehen. Ihre Stimme klang hohl. »Wir dich auch.« Ihr Herz klopfte laut, so laut, dass sie meinte, es müsse in der stillen Kirche zu hören sein.

»Ich möchte nach Hause. Zu dir und zu Lenchen. Zurück in mein altes Leben.«

»Oh, Korbinian!«

Anna wollte ihm die Arme um den Hals schlingen, um ihn zu küssen. Da fing sie den strafenden Blick eines Mönches auf, der soeben die Kirche betreten hatte, und hielt inne. Sie lächelte Korbinian unter Tränen an und verließ mit ihm das Gotteshaus.

Kapitel 49

Anna machte sich auf den Weg nach Heilsbronn. Zum letzten Mal, so hoffte sie, denn heute wollte sie Korbinian endlich nach Hause holen. Es war kurz vor Michaelis, dem nächsten Fest im kirchlichen Jahreslauf. Anders als sonst würde sie diese Nacht nicht im Gästehaus der Zisterzienser verbringen, sondern an Korbinians Seite in der Kammer seines Hauses. So schritt der Morgen dahin, während sich der Wagen der Abtei näherte, die Hans gegen Mittag zu erreichen hoffte.

Als die Septembersonne hoch am Himmel stand, bog der Wagen endlich in die Gasse ein, die auf das Klostertor zulief. Annas Hände waren klamm vor Aufregung. Wie oft war sie im Laufe der letzten Wochen durch dieses Tor gefahren.

Der Fuhrmann nickte dem Mönch zu. »Ihr braucht das Tor heute nicht zu öffnen. Ich warte draußen.«

»Wie du wünschst.«

Anna dankte ihm und strebte dem Haupthaus zu. Vor der Tür zum Privatgemach von Johannes Wenck blieb sie zögernd stehen und klopfte an das dunkle Holz. Ein Stuhl wurde zurückgeschoben, Schritte nahten, und der Klostervorsteher öffnete.

»Frau Dietl, kommt nur herein.«

»Wie geht es meinem Mann heute?«

»Sehr gut. Heute Morgen habe ich unseren Infirmarius nach Eurem Gatten sehen lassen. Bruder Antonius ist überaus zufrieden mit ihm.« Er wies zum Fenster hinaus. »Mir ist aufgefallen, dass der Fuhrmann heute nicht auf den Hof gefahren ist. Ihr habt also nicht vor, die Nacht in der Abtei zu verbringen?«

»Nein, ich möchte noch heute nach Nürnberg zurückkehren.«

»Gut. Euer Gatte dürfte sich im Refektorium aufhalten. Ich bringe Euch zu ihm.«

Im Speisesaal saßen Dutzende von Männern an langen Tischen über ihre Schüsseln gebeugt. Die tiefe, durchdringende Stimme eines einzelnen Mönches an der Stirnseite des Saales hallte durch den Raum. Der Mann stand auf einer Empore und las aus der Heiligen Schrift vor, unterbrochen nur vom Klappern der in die Suppenschüsseln eintauchenden Löffel. Fasziniert beobachtete Anna, wie sich die Männer mittels Zeichensprache verständigten.

Der Abt wies in Richtung eines der hohen bogenförmigen Fenster, unter dem Korbinian auf einer Bank saß und den Löffel zum Mund führte. Just in diesem Moment hob er den Kopf, und ihre Blicke begegneten einander. Wie schon öfter, wenn sie ihm in den letzten Wochen in die Augen gesehen hatte, fühlte Anna Furcht aufsteigen vor dem, was vor ihnen lag. Würde Korbinian jemals wieder ganz er selbst sein, jener Mann, der er einmal gewesen war?

Der Vorleser stieg von der Empore herab, und die Männer beendeten ihre Mahlzeit. Während die letzten Mönche an ihr vorbei ins Freie traten, blieb Korbinian vor ihr stehen.

»Anna.« Sein Blick war offen. »Wie schön, dass du gekommen bist.«

Sie wollte seine Hand halten, besann sich jedoch der Anwesenheit der Mönche und strich ihm nur über den Handrücken. »Ich möchte dich heute mit nach Hause nehmen. In Nürnberg wartet ein kleines Mädchen auf seinen Vater.«

Das Lächeln auf Korbinians Gesicht wärmte ihr Herz. »Was sagt Ihr dazu?«, wandte er sich an den Klostervorsteher.

»Meinen Segen habt Ihr, Herr Dietl. Nicht, dass Ihr kein angenehmer Gast gewesen wäret. Dennoch denke ich, es wird allmählich Zeit für Euch, sonst tretet Ihr noch eines Tages unserem Orden bei. Dagegen hätte Eure Gattin gewiss etwas einzuwenden.«

Die beiden Männer lachten, und auch Anna konnte sich eines Schmunzelns nicht erwehren. Korbinian – ein Mönch? Nein, dazu war ihr lieber Mann sicherlich nicht geschaffen.

»Lasst mich Euch danken für alles, was Ihr für mich getan habt. Ohne die Fürsorge in Eurer Abtei wäre ich gewiss nicht mehr unter den Lebenden«, sagte ihr Mann zum Abt.

»Krankenpflege gehört neben dem Gebet und der Arbeit zu unseren Hauptaufgaben, Herr Dietl«, erwiderte Wenck. »Gott sei mit Euch und mit Euch ebenfalls, Frau Dietl.«

Von einem der Mönche nahm Korbinian zwei Bündel entgegen, die seine Habe enthielten. Dann erklomm er mit Anna den Wagen, in dem der Fuhrmann der Dürers ein Nickerchen gehalten hatte. Die Beutel legte Korbinian zu seinen Füßen ab. Die Männer begrüßten einander, und Hans nahm die Zügel in die Hand, um das Pferd anzutreiben. Er wendete den Wagen und lenkte ihn die Abteigasse hinunter, der Straße nach Nürnberg zu.

Anna schob ihre Hand in die Korbinians. Nachdenklich betrachtete sie ihren Mann von der Seite. Er machte einen gelösten Eindruck. Also räusperte sie sich, um ihm eine Frage zu stellen, die ihr schon seit Längerem auf der Seele brannte, die sie sich die letzten Wochen über jedoch nicht zu stellen getraut hatte.

»Entschuldige, wenn ich in dich dringe, mein Lieber«, begann sie behutsam, während Hans den Wagen an den Straßenrand lenkte, da ihnen ein mit Schweinen beladenes breites Fuhrwerk entgegenkam.

Er musterte sie ruhig. »Was möchtest du wissen?«

Seine Hand in ihrer war warm, sein Druck fest.

»Kannst du dich eigentlich an die Männer entsinnen, die dich damals so furchtbar zugerichtet haben?«

Seine Züge wurden hart. »Nein, nicht genau. Ich erinnere mich nur noch an Schritte, die sich mir im Halbdunkel von der Straße her genähert haben. Als ich mich umwandte, war da dieser Kerl, der mich mit meinem Namen ansprach. Währenddessen muss sich ein zweiter Mann von hinten an mich herangeschlichen haben. Im nächsten Augenblick traf mich etwas am Kopf. Das ist alles.«

Das andere Fuhrwerk war vorüber, und ihr Wagen setzte sich wieder in Bewegung.

»Konrad Mutz. Du hast diesen Namen neulich erwähnt. Daraufhin ist mir etwas eingefallen.« Sein Blick glitt an ihr vorbei in die Ferne, an einen Ort, an dem seine spärlichen Erinnerungen jäh wieder aufflammten.

Anna konnte an seiner Miene ablesen, wie die Ereignisse erneut vor seinem inneren Auge abliefen.

»Die beiden wollten mir ein Angebot unterbreiten. Fünf Gulden sollte ich für das Fälschen eines Pergamentes bekommen.«

»Ist das dein Ernst, Korbinian?« Anna schnappte nach Luft.

Seine Lippen wurden schmal. »Es ging um eine Bibelstelle, in der von dem einen letzten Propheten die Rede ist, der erscheinen soll, bevor das Ende der Welt naht. Eine Zeitangabe sollte ich ändern, in der ein gewisser Elia angekündigt wird. Ich bin mir sicher, dass es kein Traum war, sondern eine Erinnerung.«

»Du hast das Angebot doch hoffentlich ausgeschlagen? Immerhin hast du die Männer damals der Tür verwiesen.«

Korbinian hielt ihre Hand an seine Lippen und küsste sie zart. »So ist es.«

»Du meinst, er und Konrad Mutz haben dich …«

»Nein, Anna, an die Kerle, die mir aufgelauert und mich überfallen haben, entsinne ich mich nicht. Das waren andere, sonst würde ich es sicher wissen. Trotzdem werde ich den Gedanken nicht los, dass die beiden hinter der Sache stecken und sich an mir rächen wollten.«

Anna schüttelte fassungslos den Kopf. »Wieso gibt sich Konrad Mutz nur für so etwas her!« Sie dachte an den Besuch des Mannes Anfang des Jahres, bei dem er ihr geraten hatte, Haus und Werkstatt zu verkaufen. An ihn natürlich. Sie schnaubte verächtlich.

Korbinians Züge waren von seinen Empfindungen gezeichnet. Anna bemerkte, wie er eine Hand zur Faust ballte.

»Wirst du dem Rat deinen Verdacht mitteilen?«

»Das werde ich, Anna. Gleich in den nächsten Tagen suche ich Hieronymus Holzschuher auf.«

Ein Schwarm Graugänse flog hoch über ihnen hinweg.

»Ich glaube, der Kerl, der mich damals bedrängt hat, die Fälschung anzufertigen, nannte sich Dietrich Bratler«, unterbrach Korbinian ihre Gedanken.

»So heißt einer der Männer, die zum Tode verurteilt wurden und zusammen mit Pankratius geflohen sind. Sebastian hat mir davon berichtet. Woran kannst du dich noch erinnern, Liebling?«, wollte Anna wissen.

Harte Linien umspielten seine sonst so sanft geschwungenen Lippen. »Ich hatte höllische Schmerzen und muss erneut das Bewusstsein verloren haben, bis sich ein junger Mann im Mönchsgewand über mich beugte. Es war Bruder Anselm, er brachte mich nach Heilsbronn. Den Rest der Geschichte kennst du.«

Endlich passierten sie das Spittlertor und überquerten wenig später den Fischbach. Von Annas Besuchen wusste Korbinian, dass Lenchen sich bei den Dürers aufhielt, wo sie von deren Magd Susanne beaufsichtigt wurde. Als Hans das Pferd zügelte und den Wagen vor dem Haus des Malers anhielt, trat Frau Dürer auf die Gasse. Korbinian nahm seine Habseligkeiten an sich, stieg vom Wagen und reichte ihr die Hand.

»Gott zum Gruße, verehrte Frau Dürer.«

»Seid mir gegrüßt, lieber Herr Dietl. Es ist mir eine große Freude, Euch endlich wiederzusehen. Tretet bitte näher.«

»Danke«, erwiderte er und folgte Anna und der Hausherrin.

In der Stube wartete bereits Meister Dürer, der ihm herzlich auf den Rücken schlug. »Korbinian Dietl! Es wird aber auch Zeit, dass Ihr uns mal wieder mit einem Besuch beehrt!«, rief er mit einem erfreuten Lachen aus.

»Seht es mir bitte nach. In letzter Zeit war ich leider verhindert«, ging Korbinian auf den scherzhaften Ton ein und nahm auf einem der Polsterstühle Platz.

Da betrat Anna den Raum, gefolgt von einer jungen Frau. Auf dem Arm trug sie ein blond gelocktes Mädchen, das fröhlich krähte.

»Lenchen!« Korbinian sprang auf.

Susanne reichte ihm das Kind. »Sie läuft, als hätte sie nie etwas anderes getan, Herr Dietl«, verkündete die Magd.

Mit feuchten Augen hielt Korbinian seine Tochter an sich gedrückt und betrachtete sie eingehend, während sie ihn mit zusammengezogenen Brauen musterte. Magdalena legte den Kopf schief.

Der Buchmaler strich ihr über die Wangen und das Haar. »Ich bin es, dein Dada.«

Einige Herzschläge lang lauschte sie. Auf einmal wurden ihre Augen weit, und sie schlang die Ärmchen um seinen Hals. »Dada.«

Die beiden hielten sich umfangen. Ganz ruhig stand Korbinian da und begegnete Annas Blick und ihrem Lächeln, das warm in ihn drang. Sie machte Anstalten, ihm Lenchen abzunehmen, aber er winkte ab.

»Bitte kommt an die Tafel, meine Lieben. Ich glaube, unsere Köchin hat sich mal wieder selbst übertroffen«, ließ sich Frau Dürer vergnügt vernehmen, die zusammen mit Marianne hereingekommen war. Diese stellte eine große zinnerne Platte auf den Tisch, auf der zwei zerlegte Brathühner im eigenen Saft lagen.

Korbinian lief ob des köstlichen Aromas das Wasser im Munde zusammen. Er setzte sich neben Anna und seine Tochter an den ausladenden Eichentisch. Es folgten eine Schüssel mit Gemüse und eine weitere mit frisch gebackenem Brot.

»Georg, hol uns bitte etwas von dem guten italienischen Wein herauf«, bat der Hausherr ihn, als der junge Mann mit seiner Braut die Stube betrat. »Und dann setzt euch zu uns.«

Anna war dankbar über das Feingefühl der Dürers, nicht in Korbinian zu dringen und sich von seinen Erlebnissen und Erinnerungslücken der vergangenen Monate berichten zu lassen. Zuweilen machte er noch einen etwas verwirrten Eindruck, und Anna fragte sich, ob die beiden ihm im Gedächtnis geblieben waren oder er nur so tat, als wäre alles in bester Ordnung. Nachdem der Hausherr und seine Gattin ihre Gäste aufs Beste bewirtet und verabschiedet hatten, bestanden sie darauf, die kleine Familie von ihrem Fuhrmann nach Hause bringen zu lassen. Korbinian war nicht davon abzubringen, seine Tochter auf dem Arm zu tragen. Mit der freien Hand tastete er nach Anna.

Sie betrachtete ihn aus den Augenwinkeln und fühlte Wärme in sich aufsteigen. Ihr Mann hatte sich verändert, wirkte noch unsicher. Aber das war unwichtig. Er lebte und saß neben ihr auf dem Wagen, etwas, wovon sie noch wenige Wochen zuvor niemals zu träumen gewagt hätte.

Kurz darauf war Lenchen in seinen Armen eingeschlafen. Daheim angekommen, bedankten sie sich beim Fuhrmann und nahmen die Habseligkeiten vom Wagen. Vor der Haustür trafen sie auf Sebastian und Barbara. Der Bruder hatte den Arm um die Schultern des Mädchens gelegt.

»Endlich lerne ich Euch kennen, junger Mann«, lächelte Korbinian, »ich habe schon einiges von Euch gehört.«

»Ich hoffe, nur Gutes, Herr Dietl«, gab Sebastian zurück. »Das ist Barbara, die Frau, die ich eines Tages heiraten möchte.«

Anna und Korbinian wechselten einen Blick, und Barbaras Wangen röteten sich leicht, als sie den Hausherrn begrüßte. Daraufhin folgten die Verliebten dem Ehepaar in die Diele.

»Willkommen zu Hause, Korbinian.« Behutsam nahm Anna ihm das schlafende Kind ab. »Setzt euch schon mal in die Stube. Ich bringe Lenchen zu Bett und bin gleich wieder bei euch.«

Korbinian machte sich noch kurz in der Schlafkammer zu schaffen, öffnete danach die Stubentür und ließ sich in seinem Polsterstuhl nieder. Sebastian und Barbara nahmen ebenfalls Platz.

»Ich hoffe, Ihr habt nichts dagegen, wenn ich in Eurem Haus wohne, Herr Dietl«, eröffnete Sebastian das Gespräch. »Nur so lange, bis ich mir eine eigene Kammer leisten kann.«

»Aber nein«, winkte Korbinian ab. »Allerdings müssen wir etwas zusammenrücken.«

»Das sollte kein Problem sein«, ergänzte Anna, die in diesem Moment den Raum betrat. In der Hand hielt sie einen mit Bier gefüllten Krug. Sie nahm vier Becher von einem der Regale und schenkte den beiden Männern, Barbara und sich ein.

»Das sehe ich ebenso, Liebes.«

Sebastian sprang auf und ergriff Korbinians Hand. »Danke, Herr Dietl.«

»Schon gut.« Korbinian verzog das Gesicht. »Ihr glaubt gar nicht, wie sehr ich mich auf meine eigene Kammer freue, nachdem ich fast ein Jahr lang zusammen mit drei Dutzend Männern in einem Saal schlafen musste. Eines noch, Sebastian.«

»Ja, Herr Dietl?«

»Sag doch bitte Korbinian zu mir.«

»Gern. Ich werde Barbara noch nach Hause bringen. Euch beiden schon mal eine gute Nacht.«

Im Haus war es still. Anna stand im Flur und trat vor den Spiegel, um sich das Haar zu kämmen. Ihre Finger zitterten, wie damals, als sie nach der Hochzeit im Bett auf Korbinian gewartet hatte. Einst war es das Zittern eines jungen Mädchens gewesen, das ohne Freude in die Ehe gegangen war und sich vor den Berührungen seines Gatten fürchtete. Sie lächelte ihrem Spiegelbild zu, betrachtete ihre rosige Haut und die vor Glück strahlenden Augen. Nun hatte sich alles verändert. Ihr Mann war zu ihr und Lenchen heimgekehrt. Eine schier endlose Zeit hatte sie diesen Moment herbeigesehnt und sich zuweilen gefragt, ob er jemals eintreten oder ein Wunschtraum bleiben würde.

Kurz darauf drückte sie die Klinke des Schlafraumes herunter und trat ein. Hastig sog sie die Luft ein. Die Kammer hatte sich in ein einziges Blütenmeer verwandelt. Weiße Rosenblüten bedeckten den Boden und verströmten einen betörenden Duft. Auf einem Schränkchen neben dem Bett lagen weiße und rosafarbene Dahlien verstreut. Überall standen dicke Wachskerzen, deren Flammen die Kammer in weiches Licht tauchten. Anna entfuhr ein überraschter Laut.

Korbinian, der am Fenster stand, drehte sich um und kam lächelnd auf sie zu. »Gefällt es dir?«

»Es ist wunderschön, Liebling. Wann hast du das nur bewerkstelligt?«

Sein Lächeln vertiefte sich und ließ seine Züge weich erscheinen. Jene Zerstreutheit, die ihm sonst zu eigen war, hatte sich verflüchtigt. »Die Blumen sind aus dem Klostergarten. Bruder Titus hat mir angeboten, für dich die schönsten Blüten abzuschneiden.«

Er streckte die Hände aus und zog sie an sich. Reglos standen sie da. Anna lehnte sich gegen seine Brust und lauschte in die Stille.

Seinen Körper so nah an ihrem zu fühlen löste eine Flut von Empfindungen in ihr aus. Hatte sie wirklich niemals bemerkt, wie kräftig seine Arme und Schultern waren, dass sie wie dafür gemacht waren, sie zu halten? Mit den Fingerspitzen fuhr sie seine Brust entlang und spürte den Schlag seines Herzens unter ihrer Hand.

Er zögerte, räusperte sich und hob ihr Kinn. »Dieser Moment, diese Nacht soll uns für immer im Gedächtnis bleiben. Deshalb dachte ich mir, wir feiern unsere Hochzeit ein zweites Mal. Dazu benötigen wir weder einen Priester noch Zeugen. Nur uns, mein Liebling. Was meinst du?«

Anna konnte nur nicken.

Korbinian löste sich ein wenig von ihr, nahm ihre Hände und führte sie wieder an die Stelle, an der sein Herz pochte. »Hiermit nehme ich dich vor Gott zu meinem Weib. Ich werde dir ein treuer Mann sein, in guten wie in schlechten Tagen, und gelobe, dich zu lieben bis in alle Ewigkeit.«

Annas Augen wurden feucht. Sie wollte ihm so vieles sagen, bekam jedoch keinen Ton heraus. Stattdessen trat sie zurück, sah ihm tief in die Augen und löste quälend langsam die Verschnürungen ihres Nachthemdes. Sein Blick folgte ihren Bewegungen und blieb an ihrem Brustansatz haften. Annas Puls beschleunigte sich. Ob er sehen konnte, wie sehr sie ihn wollte? Dann zog sie das Nachthemd über den Kopf und ließ es zu Boden gleiten. Korbinians Augen weiteten sich unwillkürlich, als sie auf ihn zuging.

»Ich nehme dich vor Gott zum Mann und gelobe, dich zu lieben bis in alle Ewigkeit.« Anna umschlang seine Taille. Ihre Lippen fanden sich zu einem langen, innigen Kuss. Er stöhnte leise, als sie sich an ihn presste. »Liebe mich, Korbinian«, raunte sie ihm ins Ohr.

Stumm führte er sie zum Bett und warf die Decken achtlos beiseite. Anna sank nieder, ohne ihn aus den Augen zu lassen. Korbinian tat es ihr gleich. Einen Moment lang ruhte sein Blick auf ihr, dann lagen seine Lippen wieder auf den ihren, diesmal mit einer Leidenschaft, die sie schwindelig machte. Sie schloss die Lider, als er seinen Mund über ihren Hals bis hinunter zum Schlüsselbein wandern ließ. Seine Liebkosungen jagten Hitzeschauer durch ihren Leib. Er bedeckte ihre Haut mit Küssen, und Anna hatte das Gefühl, als zöge er mit seinem Mund eine feurige Spur, die ihren Körper beinahe in Brand zu setzen schien.

Anna nestelte an seinem Hemd, löste mit fliegenden Fingern die Bänder und zog es ihm über den Kopf. Endlich konnte sie seine warme Haut auf ihrer fühlen. Ungeduldig entledigte Korbinian sich seiner Bruche. Einige Herzschläge lang betrachtete Anna den sehnigen Körper ihres Gemahls im Schein des Mondlichts, das durch das Fenster in die Kammer fiel. Ihrer beider Atem ging stoßweise. Sie strich über seine nur leicht behaarte Brust, dann glitten ihre Finger tiefer.

Er stöhnte heiser auf. »Komm.«

Er umfasste ihre Hüften und hob sie über sich. Dann überließen sich die beiden ihren Gefühlen.

Kapitel 50

»Herr Dietl, wie schön, Euch wiederzusehen.« Hieronymus Holzschuher zog einen Stuhl heran. »Nehmt bitte Platz. Was kann ich für Euch tun?«

»Ich bin gekommen, um Konrad Mutz anzuzeigen«, erklärte Korbinian ohne Umschweife.

»Weshalb? Im Zusammenhang mit Kilian Pankratius und der Bruderschaft konnten wir dem Mann nichts nachweisen. Deshalb sind er, Samer und Hofer auch straffrei ausgegangen, wenn man davon absieht, dass Hofers Antrag auf Mitgliedschaft im Stadtrat abgelehnt wurde.«

»Zumindest Konrad Mutz ist nicht so unschuldig, wie Ihr glaubt«, erwiderte Korbinian. »Es gibt etwas, das Ihr über diesen sauberen Herrn, den ich lange für einen Freund gehalten habe, wissen solltet.«

»Sprecht.«

»Mutz und ein Mann namens Bratler sind im letzten Jahr mit einem unbeschriebenen Pergament in mein Haus gekommen. Sie boten mir fünf Goldgulden, wenn ich ein Schriftstück anfertigte, welches für das Jahr 1522 das Erscheinen des Propheten Elia ankündigte.«

»Ich kann Euch nicht ganz folgen, Dietl.«

»Das werdet Ihr sogleich, Holzschuher«, fuhr Korbinian fort und berichtete dem Ratsherrn, was sich damals zugetragen hatte.

»Ihr habt das schändliche Ansinnen von Mutz und Bratler natürlich abgelehnt.«

»Selbstverständlich. Ein paar Tage später hat Mutz es erneut versucht, daraufhin habe ich ihm gedroht, ihn bei Euch anzuzeigen.«

»Was geschah weiter?«

»Ich bin nach Ansbach gereist, um den Sohn eines Stadtschreibers zu porträtieren. Was auf dem Rückweg passiert ist, wisst Ihr.«

»Der Überfall. Ihr glaubt, Mutz steckt dahinter?«

»Leider kann ich es nicht beweisen, aber der Gedanke liegt auf der Hand.«

»Ihr habt recht, Dietl.« Der Ratsherr griff nach einer handtellergroßen Dose auf seinem Schreibtisch, klappte den Deckel auf und blickte auf das Zifferblatt.

»Eine Uhr von Peter Henlein?«, fragte Korbinian interessiert.

»Ein kleines Meisterwerk«, nickte Holzschuher, »sie läuft vierzig Stunden lang, danach muss sie aufgezogen werden. Der Meister hat uns kürzlich ein Dutzend davon geliefert. Der Rat verschenkt sie an bedeutende Besucher der Stadt.« Er erhob sich. »Ich muss in eine Sitzung, aber ich verspreche Euch, Konrad Mutz gleich morgen Vormittag verhören zu lassen. Haben er und Bratler Euch damals gedroht, weil Ihr Euch geweigert habt, die Fälschung anzufertigen?«

»Bratler sagte, es werde mir noch leidtun, mich nicht auf die Seite der Bruderschaft und des Propheten gestellt zu haben.«

»Das könnte man durchaus als Drohung verstehen«, antwortete Holzschuher, »deshalb bitte ich Euch, beim Verhör ebenfalls anwesend zu sein.«

»Selbstverständlich.«

Die Männer verabschiedeten sich, und Korbinian machte sich auf den Heimweg. Als er Anna wenig später in der Küche von seinem Gespräch mit Holzschuher berichtete, legte sie den Kochlöffel, mit dem sie in dem eisernen Topf gerührt hatte, aus der Hand.

»Das gefällt mir gar nicht. Was, wenn Mutz immer noch mit Pankratius in Verbindung steht?«

»Warum sollte er?«, winkte Korbinian ab. »Mutz war nur ein Mitläufer, wie so viele in unserer Stadt. Er wird froh sein, so glimpflich davongekommen zu sein. Sein Ruf hat durch die Mitgliedschaft bei Pankratius gelitten, aber das werden die Leute bald vergessen haben. Du hast selbst gesagt, von dem Verrückten fehlt seit seiner Flucht vor über einem halben Jahr jede Spur.«

»Und du hast dich damals geweigert, mit mir nach Nürnberg zurückzukehren, weil du befürchtet hast, sie könnten die Stadt abermals mit ihren Verbrechen heimsuchen«, erinnerte sie ihn.

Korbinian streckte die Arme aus und zog sie an sich. »Der Mann wäre schön dumm, nach Nürnberg zurückzukehren. Jedenfalls werde ich bei dem Verhör dabei sein.«

Sie betrachtete ihn liebevoll. »Du erinnerst dich täglich an weitere Einzelheiten aus der Vergangenheit, stimmt's?«

Er küsste sie auf die Nasenspitze. »Ja, und all das habe ich dir zu verdanken. Du hast immer fest daran geglaubt. Eines Tages werden alle Gedächtnislücken verschwunden sein.«

»Ein furchtbares Wetter, nicht wahr, Herr Dietl?«, begrüßte der Ratsherr ihn am folgenden Tag.

Korbinian zog seinen vom Regen durchnässten Mantel aus und hängte ihn an einen Haken neben dem kleinen Sitzungssaal. In den Morgenstunden hatte es heftig zu regnen begonnen und seither nicht aufgehört. »Kommt mit hinein, Mutz wird gerade geholt.«

Die beiden Männer betraten den Raum, wo ein vierschrötiger Mann von etwa fünfzig Lenzen und ein zweiter, etwas jüngerer sie bereits erwarteten. Es musste sich um gut betuchte Kaufleute handeln, das verrieten ihre Schauben aus feiner Wolle mit den weit über die Schultern reichenden Pelzkrägen. Neben ihnen saß ein Schreiber über einen Stapel Papiere gebeugt.

»Die Ratsherren Bugenberger und Schramm«, stellte Holzschuher vor, »Korbinian Dietl, der Buchmaler aus der Waaggasse.«

Die Männer nickten ihm zu.

Da betrat Konrad Mutz in Begleitung eines Stadtbüttels den Raum. Als er Korbinian erkannte, verengten sich seine Augen zu Schlitzen. »Dir habe ich das hier also zu verdanken.«

»Setzt Euch«, befahl der Vierschrötige und klärte den Holzschnitzer über den Grund seines Besuches auf. Korbinian beobachtete, wie das feiste Gesicht seines einstigen Freundes bleich wurde, bis Bugenberger ihn aufforderte, zu den Anschuldigungen Stellung zu nehmen. Konrad Mutz rieb sich über die Stirn, auf der feine Schweißperlen standen.

»Es ist wahr«, sagte er schließlich. »Dietrich Bratler und ich wollten Herrn Dietl dazu bringen, diese Fälschung anzufertigen. Als er sich weigerte, beschloss Dietrich, ihm einen Denkzettel zu verpassen. Deshalb haben wir zwei Kerle dafür bezahlt, ihm aufzulauern und ihn zu verprügeln.«

»Einen Denkzettel?«, unterbrach Hieronymus Holzschuher. »Es war ja wohl weit mehr als das. Hattet Ihr keine Angst, dass er Euch anzeigt?«

Konrad Mutz bedachte Korbinian mit einem gehässigen Seitenblick. »Wie hätte er beweisen sollen, dass die Bruderschaft dahintersteckte?«

Korbinian sprang auf. »Was bist du nur für ein Dreckskerl?«, entfuhr es ihm, und er ballte die Fäuste. »Du bist in meinem Haus ein und aus gegangen, warst zu unserer Hochzeitsfeier eingeladen ...« Nur mühsam konnte er sich beherrschen, dem Holzschnitzer nicht einen Kinnhaken zu versetzen.

»Der Einfall kam von Bratler«, brachte Mutz hervor.

»Den wir dafür nicht mehr zur Verantwortung ziehen können«, bellte Holzschuher, »aber Ihr werdet es büßen, darauf könnt Ihr Euch verlassen, denn ich werde Anklage gegen Euch erheben.«

Noch einmal musste Korbinian dem einstigen Freund gegenübertreten. Bei der Gerichtsverhandlung wurde Konrad Mutz der Anstiftung zur Körperverletzung eines Nürnberger Bürgers angeklagt. Das Urteil lautete lebenslange Haft im Schuldturm bei Wasser und Brot. Ein karges Mahl für den fettleibigen Mann, wie Korbinian nicht ohne innere Befriedigung feststellte, als Mutz aus dem Saal geführt wurde. Anna war ebenfalls unter den Zuschauern, und danach machten sich die drei gemeinsam auf den Heimweg. Lenchen lief zwischen ihnen die Waaggasse hinab.

Als Korbinian einen Blick seiner Frau auffing, erschrak er. »Was ist mit dir? Du siehst aus, als hättest du den Leibhaftigen gesehen. Du hättest zu Hause bleiben sollen, Liebes.«

»Ich wollte bei dir sein, Korbinian.« Sie blieb stehen. »Jetzt ist es ja endlich vorbei.«

Kilian Pankratius stand am Küchenfenster und spähte hinaus, als Dietrich Bratler den Wagen neben dem Brunnen zum Stehen brachte und vom Kutschbock stieg. In der Hand hielt er einen mit Brot, Rüben und Fischen gefüllten Korb. Der Prophet hatte ihn am Morgen nach Bubenreuth zum Markt geschickt, da die Vorräte in der Speisekammer merklich geschrumpft waren. Auch die Sau hatten Kärner und Bratler längst geschlachtet.

»Es gibt Neuigkeiten aus Nürnberg«, berichtete Johannes und stellte den Korb auf den Tisch. »Ich habe zwei Händler über die Bruderschaft reden gehört. Sie haben Mutz in den Schuldturm geworfen.«

»Konrad Mutz? Warum?« Pankratius begutachtete Bratlers Einkäufe, roch an den Fischen und nickte zufrieden.

»Ganz frisch gefangen, die Fische. Zu Eurer Frage: Korbinian Dietl hat ihn angezeigt.«

Pankratius knirschte mit den Zähnen. »Ich dachte, sein gottloses Maul sei für immer gestopft, nachdem du und Mutz ihn habt zusammenschlagen lassen.«

Johannes erzählte ihm die ganze Geschichte. »Der kann froh sein, dass wir ihn nicht einen Kopf kürzer gemacht haben«, schloss er.

Draußen erscholl lautes Gebell. Jakobus mit seinem Hund. Er hatte das kräftige Tier bei seinem letzten Besuch in Bubenreuth einem Mann abgekauft, der es auf Märkten gegen andere Hunde kämpfen ließ. »Kann nicht schaden, einen Wachhund zu besitzen«, waren seine Worte gewesen.

»Johannes, die Dietls sind vom Teufel besessen, davon bin ich mehr denn je überzeugt«, erklärte Pankratius. »Mit ihnen hat unser ganzes Unglück angefangen. Zuerst weigert sich der Buchmaler, das Pergament herzustellen. Dann verlässt Sebastian die Bruderschaft, um uns beim Stadtrat zu beschuldigen, Gehbauer von dem Gerüst gestoßen zu haben. Nein, ich muss endlich etwas gegen diese Leute unternehmen. Ich fürchte, es reicht ihnen nicht, dass die Bruderschaft nicht mehr existiert. Sie werden mit ihren Plänen, uns zu zerstören, fortfahren.«

Die Augen seines Gegenübers wurden groß. »Wir sollen zurück nach Nürnberg?«

Jakobus betrat die Küche.

»Elia will sich an den Dietls rächen«, berichtete Johannes seinem Glaubensbruder, der fragend zwischen ihnen hin und her geblickt hatte.

»Ein Prophet des Herrn hat es nicht nötig, sich zu rächen, Johannes«, rügte Pankratius ihn. »Es geht vielmehr darum, diesen Werkzeugen des Satans Einhalt zu gebieten. Der Allmächtige hat mich auserwählt, in Seinem Namen zu wirken.«

»Elia, werden wir dann nicht alle auf dem Scheiterhaufen enden?«, stieß Jakobus hervor.

»Niemand wird nach Nürnberg gehen! Hört mir gefälligst zu, wenn ich mit euch spreche! Ich habe euch nur mitgeteilt, dass ich etwas gegen die Dietls unternehmen werde. Dazu ist es nicht nötig, die Stadt zu betreten.« Er wandte sich Johannes zu. »Wie viel Geld besitzen wir noch?«

Der löste den prall gefüllten Beutel von seinem Gürtel und schüttete den Inhalt auf den Tisch. Zwischen einem Haufen Pfennige glänzten fünf Silbergulden, der Rest der Summe, die sie für die drei Pferde erhalten hatten.

Elia griff nach einer der Münzen und betrachtete sie mit einem dünnen Lächeln. »Für einen Gulden dürfte sich leicht jemand finden lassen, der uns einen Dienst erweist.«

Johannes' Brauen hoben sich. »Was meint Ihr damit, Elia?«

Erwartungsvoll hingen die Gefährten an seinen Lippen.

»Endlich ist der Tag angebrochen, unsere Verräter zu richten. Auch um diesen Kupferschmied, der uns vor Gericht der Brandstiftung bezichtigt hat, werden wir uns kümmern.«

»Was habt Ihr vor?«, fragte Jakobus.

»In Würzburg hat mir der Herr gesagt, Er wünsche sich ein Opfer. Er wollte mir mitteilen, wann es so weit sei.« Pankratius lächelte dünn. »Ich denke, der Zeitpunkt ist gekommen, liebe Brüder.«

KAPITEL 51

»Wir wollen nachher die Abendmesse besuchen. Hast du Lust, uns zu begleiten?«, wollte Korbinian von Sebastian wissen, als die drei eines späten Sonntagnachmittags in der Stube beieinandersaßen.

»Heute nicht. Ich habe etwas anderes vor, etwas sehr Wichtiges.«

Anna beugte sich über den Tisch. »Erzähl, Bruderherz. Was ist es?«

»Sei nicht so neugierig«, gab Sebastian grinsend zurück.

»Ich möchte nur wissen, was so wichtig ist, dass du dir Pfarrer Osianders Predigt entgehen lässt.«

»So gern ich ihn die neue Lehre verkünden höre«, er machte eine kurze Pause, um dann mit gehobener Stimme weiterzusprechen, »heute werde ich Michael und Katharina Freisler um die Hand ihrer Tochter bitten.«

»Du meinst, du kannst es wagen, obwohl du erst seit Kurzem in der Lehre stehst?«, schmunzelte Anna.

»Jetzt, da ich einer Arbeit nachgehe, gibt es für Barbaras Vater keinen Grund mehr, sie mir nicht in drei Jahren, wenn ich ein richtiger Buchdrucker bin, zur Frau zu geben.«

»Ich bin ganz deiner Meinung, Junge«, nickte Korbinian und schlug Sebastian wohlwollend auf die Schulter. »Weiß Barbara, dass du heute kommst?«

Er bejahte.

»Richte ihr und ihren Eltern bitte unsere Grüße aus. Wir sehen uns dann heute Abend, wenn wir von St. Lorenz zurück sind.«

Sebastian lächelte den beiden zu und verließ die Stube. Im Flur schlüpfte er in seinen leichten Umhang und die frisch geputzten Stiefel und verließ das Haus. Von der Waaggasse bis zum Wollnertor auf der anderen Seite der Pegnitz war es kaum eine halbe Stunde Fußwegs. Es nieselte, und auf dem Pflaster hatten sich Pfützen gebildet, in denen Vögel mit gespreizten Flügeln ein Bad nahmen. Er überquerte den Grünen Markt und lief Richtung Süden auf die Fleischbrücke zu. Während er den Fluss überquerte, legte er sich zum wiederholten Male die Sätze zurecht, die er an Barbaras Eltern richten wollte.

»Liebe Frau Freisler, verehrter Herr Freisler«, murmelte er, als er an einer Horde kleiner Kinder vorüberschritt. »Ich kenne Eure Tochter nun schon einige Zeit und liebe sie mehr als mein eigenes Leben.« Hörte sich das übertrieben an? Und wenn schon, das war es, was er empfand. »Als Geselle werde ich imstande sein, eine Familie zu ernähren.«

Da war die Gasse, an deren Ende das Wollnertor die Stadtmauer durchbrach. Das Haus und die Werkstatt des Steinmetzen lagen etwa in der Mitte der Häuserzeile.

Sebastians Schritte wurden zögernder. »Deshalb bitte ich Euch: Gebt mir in drei Jahren Eure Barbara zur Frau. Bis dahin will ich gern auf sie warten.«

Als er hinter sich Schritte vernahm, drehte er den Kopf. Zwei Gestalten näherten sich, Männer in langen Mänteln, die Gesichter im Schatten ihrer breitkrempigen Hüte. Sie flüsterten. Sebastian trat zur Seite, um die beiden passieren zu lassen.

»Dank Euch«, drang es heiser zu ihm herüber, als der Erste an ihm vorbeiging. Im nächsten Augenblick umklammerten ihn kräftige Arme, die ihm hinterrücks die Luft aus dem Oberkörper pressten.

»He, was soll das?«

»Mach schon!«, zischte jemand.

Sebastian keuchte. »Lasst mich sofort los!«

Stattdessen zogen sie ihn in eine schmale Gasse.

»Das Tuch, schnell!«

Einer von beiden presste einen feuchten, widerlich riechenden Lappen auf seinen geöffneten Mund. Er würgte, trat um sich – vergeblich. Verzweifelt wand er sich, aber der Fremde war um einiges kräftiger als er und verstärkte zudem seinen Griff. Da streifte ihn ein fischiger Atem. Ein hastiges Schnaufen neben ihm.

»Bitte«, wimmerte Sebastian, »lasst mich los …«

Sie zogen ihm derben Stoff über Kopf und Schultern, dann folgte ein Schlag in die Magengrube, der ihn aufstöhnen ließ. Seine Beine gaben unter ihm nach, und er schlug mit den Knien schmerzhaft auf dem Pflaster auf. Sein Rachen wurde trocken, und das Letzte, was er wahrnahm, war sein eigenes ersticktes Röcheln.

Der Pfarrer hatte den Abschlusssegen erteilt und eilte durch den Mittelgang an den Gläubigen vorüber zum Kirchenportal, wo er sich von den Gottesdienstbesuchern verabschiedete. Als Andreas Osiander Anna und Korbinian erkannte, legte sich ein Lächeln auf sein Gesicht. Anna ergriff die ausgestreckte Rechte des Mannes, dem sie so viel verdankte.

»Vielen Dank für Eure Predigt, Herr Pfarrer«, sagte sie. »Die Art, wie Ihr zu den Menschen sprecht, ist sehr erbaulich, nicht wahr, Korbinian?«

Ihr Gemahl nickte, aber sie erkannte, dass er mit den Gedanken nicht bei der Sache war. Zweifelte er etwa, ob es richtig gewesen war, Mutz anzuzeigen?

Sie verabschiedeten sich von Osiander und machten sich auf den Heimweg. In der Waaggasse angekommen, stellten sie fest, dass Sebastians Umhang nicht am Kleiderhaken im Flur hing. Auch seine Stiefel fehlten. Seltsam, er hatte über eine Stunde vor ihnen das Haus verlassen.

»Wie lange kann so ein Gespräch dauern, Korbinian?«, fragte sie.

Ihr Mann lächelte. »Vielleicht dauern die Verhandlungen mit Freislers länger.«

»Über drei Stunden?«

Anna trat ans Fenster und blickte auf die regennasse Gasse, das trübe Licht der Fackeln spiegelte sich in den Pfützen. »Sebastian müsste längst zurück sein.«

»Dein Bruder ist kein kleines Kind, Liebes. Er wird sicher jeden Moment kommen.«

»Sebastian hütet sich davor, nach Einbruch der Dunkelheit unterwegs zu sein. Habe ich dir das nie erzählt?«

»Also gut, Anna. Wir werden noch eine halbe Stunde auf ihn warten. Wenn er bis dahin nicht hier ist, gehe ich den Weg ab, den er zu den Freislers genommen hat, einverstanden?«

Er ließ sich auf seinem Lieblingssessel nieder. »Setz dich bitte. Sebastian kommt auch nicht schneller heim, wenn du am Fenster stehen bleibst und hinausstarrst.«

Anna nickte und setzte sich ebenfalls. Nur um wenige Augenblicke später aufzustehen und erneut ans Fenster zu treten. Mittlerweile hatte der Regen nachgelassen. Eine Weile sagte keiner ein Wort, bis sie es nicht mehr aushielt. »Lass uns aufbrechen, Korbinian.«

Ein energisches Klopfen ließ sie verstummen. Anna lief zur Haustür, riss sie auf und stand Michael und Barbara Freisler gegenüber.

Die Miene des Steinmetzen war ernst. »Gott zum Gruße, Frau Dietl. Ist Sebastian zu Hause?«

Ihr Herz krampfte sich schmerzhaft zusammen. »Nein, wir erwarten ihn seit Stunden zurück. Er wollte doch zu Euch!«

»Ja, ich weiß«, antwortete Barbara. »Wann ist er denn aus dem Haus gegangen, Frau Dietl?«

»Am Nachmittag bereits. Es ist fast vier Stunden her.« Annas Mund wurde trocken.

Korbinian trat neben seine Frau. »Herr Freisler, Barbara ... was gibt es?«

Anna klärte ihn leise auf. »Kommt bitte herein.« Die drei folgten ihr in die Stube.

Barbaras Miene spiegelte ihre Sorge um Sebastian wider. »Es muss etwas passiert sein, Frau Dietl.«

»Malt nicht den Teufel an die Wand«, versuchte Korbinian die junge Frau zu beruhigen.

Um Barbara gegenüber ihre Furcht nicht zu zeigen, gab Anna ihrer Stimme einen festen Klang und richtete den Blick auf Michael Freisler. »Mein Mann und ich werden Euch nach Hause begleiten und dabei Ausschau nach Sebastian halten, nicht wahr, Korbinian?«

»Natürlich, vier Augenpaare sehen bekanntlich mehr als zwei.« Er ging in den Flur, griff nach seiner Jacke und reichte Anna ihren Umhang.

An der Seite der Freislers schritten die beiden den Weg ab, den auch Sebastian genommen haben musste. Dabei spähten sie auch in die schmalen Gassen hinein, aber von dem Bruder war keine Spur zu entdecken. Je näher sie dem Viertel am Wollnertor kamen, in dem die Freislers lebten, desto mehr sank Annas Hoffnung, Sebastian zu finden. Da war auch schon das

Haus der Familie. Der Steinmetz und seine Tochter blieben stehen.

»Und nun?«, brachte der kräftig gebaute Mann hervor.

»Wenn er morgen früh immer noch nicht zurück ist«, antwortete Anna, »gehe ich zum Stadtrat und erbitte mir ein paar Büttel, die uns bei der Suche helfen.«

Kapitel 52

Als Sebastian die Augen öffnete, herrschte Finsternis. Der grobe Jutesack, den die Männer ihm über den Kopf gezogen hatten, war feucht und stank nach Mäusekot. Furcht fraß sich durch seine Adern und ließ sein Herz hämmern. Diese Scheißkerle. Sie hatten ihn also doch erwischt.

»Fahr zu«, befahl einer der Männer seinem Begleiter.

Er musste direkt neben ihm sitzen. Sebastian schien sich auf einem Wagen zu befinden, denn der Boden, auf dem er lag, war hart und es roch nach Mist. Der Wagen wurde schneller.

»Beeilt Euch! Wir wollen das Tor schließen!«, schrie jemand.

Sie brachten ihn aus der Stadt! Sebastian wollte schreien, aber das speichelgetränkte Tuch in seinem Mund verhinderte, dass seine Hilferufe bis zu den Torwächtern drangen.

»Halt's Maul«, zischte der Kerl neben ihm, gleich darauf trat er ihm in die Rippen.

Sebastian stöhnte auf. Hinter ihm schloss sich ächzend das Holztor.

»Glück gehabt«, rief der andere, der auf dem Kutschbock saß. »Was macht unser Gast? Willst du ihn nicht noch ein bisschen schlafen legen?«

»Nur, wenn er Dummheiten macht.«

Sebastian röchelte.

Der Wagen rollte weiter durch die Dunkelheit und den Regen, der unablässig fiel und ihn längst bis auf die Knochen durchnässt hatte. Wie viel Zeit war wohl vergangen, seit seine Entführer ihn überwältigt und verschleppt hatten? Es musste an diesem Zeug liegen, mit dem sie ihn betäubt hatten, dass er jedes Zeitgefühl verloren hatte.

Die Fahrt schien kein Ende zu nehmen, bis der Mann auf dem Kutschbock das Zugtier langsamer laufen ließ und den Wagen auf einen holprigen Weg lenkte. Während er sich seinem Ziel näherte, schwiegen die Männer, bis der neben ihm Sitzende ihn erneut in die Rippen hieb.

»So, Stäubling, unsere kleine Reise ist beendet.« Der Wagen hielt an. »Hoch mit dir!«

Sebastian setzte sich mühsam auf. Seine Knochen schmerzten. Hände griffen nach dem Sack, zerrten ihn über seine Schultern, seinen Kopf. Finger rissen ihm den Mund auf, zogen den nassen Knebel heraus. Gierig atmete Sebastian die frische Abendluft ein. Der Fahrer hatte das Gefährt vor einem stallähnlichen Gebäude zum Stehen gebracht.

»Absteigen«, befahl der andere.

Sebastian gehorchte und blickte sich um. Auf der gegenüberliegenden Seite des kleinen Hofes stand ein Haus, dessen Tür sich nun öffnete. Im Halbdunkel erkannte er Kilian Pankratius.

Der Prophet kam gesetzten Schrittes auf Sebastian zu, in der Hand eine Fackel. »So sehen wir uns also wieder, mein Freund. Ich nehme an, damit hast du nicht gerechnet, oder?« Elias Lippen hoben sich zu einem Lächeln. »Du wirst es nicht glauben, aber ich habe in den letzten Monaten oft an dich gedacht.« Er trat noch näher und strich Sebastian beinahe zärtlich über die Wange. »Du hast mich schwer enttäuscht, mein Freund. Ich weiß noch, als ob es gestern gewesen wäre, wie wir uns kennengelernt haben. Du hast dich nicht würdig gefühlt, der Bruderschaft beizutreten, weil du gegen Gottes Gebote verstoßen hattest.«

Sebastian wollte etwas entgegnen, aber Pankratius bedeutete ihm zu schweigen, indem er einen Finger auf den Mund legte.

»Ich habe dir damals geantwortet, dass jenen, die sich mir anschließen, alle Sünden vergeben seien. Du erinnerst dich bestimmt, oder?«

Sebastian nickte.

»Sepp hatte das begriffen«, fuhr der Prophet mit einem entrückten Lächeln fort, »die *Biblia* sagt, wem viel vergeben ist, der liebt viel. Deshalb war Sepp einer meiner treusten Anhänger. Wie viel lieber würde ich heute *ihm* gegenüberstehen als demjenigen, der ihn verraten hat.« Das Lächeln des Propheten erstarb, und plötzlich erinnerte sein Blick Sebastian an klirrendes Eis. »Wie es deinem und meinem Freund wohl ergehen mag, nachdem die feinen Nürnberger ihn mit Schimpf und Schande aus der Stadt gejagt haben?« Seine Hand legte sich schwer auf Sebastians Schulter. »Du hast uns alle verraten. Weil du ein Judas bist. Ich habe oft mit unserem Herrn über dich gesprochen und Ihn gefragt, wie ich mit dir verfahren soll. Gleich morgen werde ich dir erzählen, was Er mir befohlen hat.«

Sebastian wollte etwas einwenden, aber aus seinem Mund drang nichts als ein erstickter Ton. Auf einen Wink des Propheten hin packten ihn die beiden Männer und fesselten ihm die Hände. Sie stießen ihn zum Stall hinüber, entriegelten die Tür und schoben ihn hinein. Der Gestank von Tierkot, verbunden mit dem widerlich süßlichen Geruch von Verwesung, schlug ihm entgegen und raubte ihm schier den Atem.

»Schöne Träume«, lachte einer seiner Entführer meckernd, »da hinten sind die Schlafkammern.«

Hinter ihm schloss sich die Tür, und Sebastian taumelte vorwärts. In der Mitte des fensterlosen Gebäudes blieb er stehen und hob den Kopf zur Decke. Durch ein wagenradgroßes Loch fiel Mondlicht herein. Er starrte ins Halbdunkel und schauderte. Die verdammte Dunkelheit, seine Hände zitterten, kalter Schweiß brach ihm aus den Poren. Er versuchte seine Angst im Zaum zu halten, sah sich blinzelnd um und nahm Strohballen und eine Schubkarre wahr. An einer Seite des Stalls befanden sich mehrere Schweinekoben. Als er näher trat und hineinsah, bewegte sich etwas. Bei allen Heiligen, das war kein Tier! Auf dem Boden lag, zusammengekrümmt und stöhnend, ein Mann.

Sebastian beugte sich über die halbhohe Mauer. »Wer seid Ihr?«

»Tilmann, Tilmann Schimpf«, kam es aus schwacher Kehle.

»Tilmann!« Seine Knie wurden vor Erleichterung weich.

Der Kupferschmied hob mühsam den Kopf. »Stäubling! Haben die Schweine dich also auch …« Krampfartiges Würgen unterbrach den einstigen Glaubensbruder, und im nächsten Moment schoss ein Schwall Galle aus seinem Mund.

Sebastian wandte sich um und wartete, bis Tilmann sich beruhigt hatte. »Was haben sie mit dir angestellt?«

»Ich sollte diesen Wahnsinnigen um Vergebung bitten, weil ich vor Gericht gegen ihn als Zeuge aufgetreten bin. Als ich mich weigerte, haben Kärner und Bratler mich zusammengeschlagen.«

»Diese Dreckskerle. Wie lange bist du schon hier?«

Der Kupferschmied hustete. »Eine Woche. Die Handlanger von Pankratius haben mich außerhalb der Stadt überfallen. Als sie mich herbrachten, sprachen sie von einem weiteren Verräter, den sie in den nächsten Tagen hier abzuliefern hätten.«

»Das dürfte ich gewesen sein«, erwiderte Sebastian und befeuchtete den trockenen Mund. Der Gestank war bestialisch. Wenn er nicht bald hier herauskäme, würde er verrückt. Hastig schaute er sich um. Es musste doch einen Weg hinaus … Er deutete zur Decke empor. »Das Loch dort oben ist groß genug, um hinauszuklettern, da vorn liegen jede Menge Strohballen. Komm, versuchen wir es!«

»Mit zusammengebundenen Füßen? Selbst wenn es uns gelänge – wir kämen nicht weit, ehe sie uns einholen.«

Da huschte etwas über den Boden, und Sebastian sprang zur Seite.

»Wie viele sind es?«

»Die beiden, die mich und wohl auch dich entführt haben, Ferdinand Kärner und Dietrich Bratler. Und der Hund.«

»Was für ein Hund?«

»So ein großer, kräftiger. Er gehört Kärner. Liegt an einer langen Kette vor der Haustür. An dem kommen wir niemals vorbei.« Wie zur Bestätigung erklang draußen lang gezogenes Geheul. Sebastian schluckte. »Pankratius sagt, er habe mit ›dem Herrn‹ über mich gesprochen.«

»Über dich auch?« Tilmann zog die Beine an und versuchte sich aufzusetzen.

Sebastian reichte ihm die Hand, und der andere lehnte sich gegen die Rückwand.

»Danke. Ich glaube, der Verrückte will uns umbringen. Kärner und Bratler sind ihm blind ergeben und haben schon mit der Brandstiftung in Erhardt Grubers Haus bewiesen, dass sie auch vor Mord nicht zurückschrecken. Vergiss nicht, durch unseren Verrat, wie sie es nennen, haben wir der Bruderschaft einen empfindlichen Schlag versetzt. Es wird lange dauern, bis Pankratius anderswo im Reich neue Anhänger um sich scharen kann.«

»Du glaubst, er wird weitermachen?«

»So einer gibt nicht auf, Sebastian. Ich habe mit angehört, wie Kärner und Bratler auf dem Hof darüber sprachen, dass sie nach Süden ziehen wollen, wenn ihr Elia erst mit uns fertig ist.«

Sebastian fühlte, wie ihm das Blut aus dem Gesicht wich.

Kapitel 53

»Konntest du ein wenig schlafen?«, erkundigte sich Korbinian, als er am Morgen die Küche betrat, und sah Anna besorgt an.

Sie schüttelte den Kopf. Nachdem sie sich stundenlang hin und her gewälzt hatte, war sie um Mitternacht leise aufgestanden und aus der Schlafkammer geschlichen. Wie sollte sie mit dem Wissen schlafen, dass ihr Bruder da draußen war und möglicherweise Hilfe brauchte? Sebastian musste irgendwo zwischen der Waaggasse und dem Haus der Freislers etwas zugestoßen sein. Geradezu rasend machte sie dieser Gedanke. Anna wanderte im Raum auf und ab.

Korbinian schloss sie in die Arme. »Lass uns zum Rathaus gehen, Liebling.«

Statt einer Antwort machte sie sich von ihm frei, lief in Lenchens Kammer, hob das schlafende Kind aus dem Bett und trug es in den Flur. Ihr Mann hatte sich inzwischen Schuhe und Umhang angezogen.

»Wir bringen sie zu den Freislers, Anna. Sie werden uns bestimmt helfen.«

Schweigend zog sie der Kleinen einen leichten Mantel über, und sie verließen das Haus, um keine halbe Stunde später an die Tür des Steinmetzen zu klopfen.

»Noch immer keine Nachricht von Eurem Bruder?«, fragte Freisler, als die beiden mit dem Kind in der Küche Platz genommen hatten.

»Nein, leider nicht.«

Barbara und ihre Mutter kamen herein. Das Mädchen hörte noch Annas letzte Worte, schluchzte auf und warf sich seinem Vater an die Brust. Etwas unbeholfen strich er ihr über das offene Blondhaar und suchte Korbinians Blick.

»Wenn Ihr nichts dagegen habt, werde ich mich an der Suche beteiligen«, bot der Steinmetz an.

»Gern. Wir können jede Hilfe gebrauchen.« Korbinian wandte sich Frau Freisler zu. »Würdet Ihr auf unsere Tochter achten, solange wir unterwegs sind?«

»Natürlich.«

»Vielleicht will sich jemand an Sebastian rächen«, sprach Korbinian gleich darauf aus, was Anna im Laufe der durchwachten Nacht ebenfalls durch den Kopf gegangen war.

»Ihr sprecht von der Bruderschaft, nicht wahr?« Michael Freislers Backenknochen mahlten. »Das würde ja bedeuten, dass sich dieser Pankratius immer noch in der Stadt aufhält.«

»Das glaube ich nicht«, entgegnete Korbinian, »Nürnberg ist zwar groß, aber sich hier monatelang verborgen zu halten dürfte schwierig sein.«

»Du denkst, die Kerle haben Sebastian aus der Stadt gebracht?«, entfuhr es Anna.

»Ja. Da das Ganze erst gestern und vermutlich im Schutz der Dunkelheit geschehen ist, können sie allerdings nicht weit sein. Deshalb zählt jede Stunde.«

»Ihr habt recht.« Herr Freisler griff nach seinem Umhang und schlüpfte hinein. »Wir haben keine Zeit zu verlieren.«

»Aufwachen!«

Sebastian schreckte hoch und blinzelte ins Tageslicht, das durch die weit geöffnete Stalltür fiel. Vor ihm stand ein Mann. Die blonden Haare waren verfilzt und starrten vor Schmutz, sein Blick ruhte kalt auf ihm. Ferdinand Kärner – oder Jakobus, wie Pankratius ihn nannte.

»Herzlich willkommen. Wie nett, der Stäubling! Na los, hoch mit dir! Elia will dich sehen.«

Der Gefangene gehorchte.

»Du auch, Schimpf.«

Tilmann hob den Kopf. »Dann musst du mir schon die Fesseln lösen, Kärner.«

Dieser zog den Dolch aus seinem Gürtel, öffnete die Pforte des Schweinekobens und beugte sich über die Geisel. Mit zwei schnellen Schnitten durchtrennte er den Strick zwischen Tilmanns Knöcheln. »Du stinkst wie ein Schwein, Schimpf.«

»Gleichfalls«, raunte Tilmann.

Sebastian befürchtete schon Konsequenzen, aber Kärner schien die Antwort glücklicherweise nicht vernommen zu haben. Der Kupferschmied erhob sich stöhnend, trat aus dem Koben und schwankte. Da versetzte Kärner ihm einen Stoß und schubste ihn durch den Stall, in dessen Mitte sich eine Pfütze gebildet hatte. Sebastian blickte zur Decke empor. Dicke Regentropfen fielen durch das schadhafte Loch zu Boden.

»Ein bisschen schneller, wenn ich bitten darf«, bellte Kärner.

Sebastian folgte den beiden über den Hof und zog den Kopf zwischen die Schultern, denn der Regen prasselte unaufhörlich auf den aufgeweichten Boden. Neben einem gemauerten Brunnen lag der Hund. Als die drei an ihm vorbeigingen, drang ein tiefes Knurren aus seiner Kehle, und das massige Tier erhob sich.

Kärner strich ihm über den Rücken. »Braver Wachhund.« Er verbeugte sich leicht und machte eine einladende Handbewegung. »Hinein in die gute Stube.«

Auf einem Stuhl hinter einem alten Esstisch saß Kilian Pankratius. Dietrich Bratler stand neben ihm.

»Ich hoffe, ihr hattet eine angenehme Nacht?«

Die Lippen des Propheten hoben sich zu einem feinen Lächeln, was seinem ohnehin hart wirkenden Gesicht einen unheimlichen Zug verlieh. »Leider ist meine derzeitige Unterkunft nicht so komfortabel wie die Kammer, die mir unser Freund Augustin in seinem Haus zur Verfügung gestellt hat. Deshalb müssen wir unsere Gäste leider in diesen einfachen Mauern unterbringen. Aber das wird euch sicher nicht weiter stören, oder? Zum Glück bekommen wir nur selten Besuch. Der letzte war der Bruder des Bauern, der nach ihm sehen wollte, weil er seit Wochen nichts von ihm gehört hatte.«

Sebastian hatte sich schon gefragt, wem dieses Gehöft gehörte und wo sich der Besitzer aufhielt. »Was ist mit ihm geschehen?«

»Das geht dich nichts an«, schnauzte Bratler, doch Pankratius hob beschwichtigend die Hände.

»Bruder Johannes, bitte. Wie oft muss ich dir denn noch sagen, dass man seine Gäste höflich behandelt.«

Ferdinand Kärner lachte. »Zumindest, solange sie sich anständig benehmen.«

»Was der Mann leider nicht getan hat«, nickte Pankratius mit betrübter Miene. »Wäre er einfach wieder gegangen anstatt überall nach seinem Bruder zu suchen, hätten Johannes und Jakobus ihm gewiss kein Haar gekrümmt.«

Der Verwesungsgestank! Sie hatten den Bauern und seinen Bruder umgebracht und im Stall versteckt. Erneut fühlte Sebastian Furcht in sich aufsteigen, die sich rasch ausbreitete und ihn lähmte.

»Aber reden wir nicht länger von diesem unschönen Vorfall, sondern lieber von dir, Sebastian. Ich habe dir gestern Abend etwas versprochen.« Er wandte sich Tilmann zu. »Schimpf, auch du wirst nun erfahren, was der Herr mir mitgeteilt hat.« Er lehnte sich zurück und faltete die Hände über dem Bauch. »Erinnert ihr euch an die Geschichte von Ananias und Saphira, die uns in der *Biblia* überliefert wird?«

Tilmann schüttelte den Kopf.

»Gut, dann will ich sie euch noch mal erzählen. Das Ehepaar hat sich der ersten Christengemeinde in Jerusalem angeschlossen. Reiche Leute, heute würde man sie wohl als Pfeffersäcke bezeichnen. Ein Gewinn für die Gemeinschaft. Leider haben sie die Apostel belogen und betrogen. Wisst ihr, was mit ihnen geschehen ist?«

Sebastian blickte zur Tür. Sie war zwar nur angelehnt, aber dahinter wartete der Wachhund.

»Ihr wisst es nicht?«, fuhr Pankratius ungerührt fort. »Die beiden hat der Schlag getroffen. Ein Gottesgericht. Oder Judas, einer der zwölf Jünger, die drei Jahre lang täglich mit Christus unterwegs waren und dem unser Herr vertraute, bis Judas ihn den Soldaten überlieferte. Auch er musste sterben.« Pankratius beugte sich vor, seine Finger umklammerten die Armlehnen, und seine Stimme schwoll bedrohlich an. »Betrüger, Lügner und Verräter. Genau wie ihr beiden. Johannes und Jakobus – packt sie!«

Kärner trat hinter Sebastian. »Auf die Knie!«

Der fiel nach vorne, da erhielt auch Tilmann einen Stoß und stürzte auf den rauen Bretterboden.

Pankratius erhob sich von seinem Stuhl. »Seht mich an!« Er wartete, bis er sich ihrer Aufmerksamkeit gewiss sein konnte, und hob die Hände. »Das Urteil eures himmlischen Richters, Gott selbst, lautet Tod! Stäubling, du wirst der Erste sein, gleich morgen. Für dich habe ich mir etwas ganz Besonderes ausgedacht.«

Sebastian keuchte auf. Was hatte das Schwein mit ihm vor? Barbara. Anna. Mein Gott.

Im nächsten Augenblick zerrte Kärner ihn hoch, dann stellten sie auch den Kupferschmied auf die Füße.

»Bringt sie zurück in den Stall!«, befahl Pankratius.

Wieder führte Kärner sie, unterstützt von Bratler, am Brunnen vorbei über den Hof, den inzwischen große Regenpfützen bedeckten. Sterben, hallte es in Sebastian nach. Er suchte Tilmanns Blick, aber der hielt den Kopf gesenkt.

Bratler öffnete die Stalltür. »Hinein mit Euch.« Hinter ihnen wurde der Riegel umgelegt.

Während sich Pankratius' Männer entfernten, ließen sich die Gefangenen auf einem Strohballen nieder.

»Die Lumpen wiegen sich in Sicherheit«, flüsterte Tilmann, »sie haben uns nicht einmal gefesselt.«

»Wenn wir es wagen wollen zu fliehen, muss es sofort geschehen«, raunte Sebastian zurück.

»Wie stellst du dir das vor?«

»Die Strohballen. Wir stapeln sie aufeinander und klettern durch das Loch im Dach. Los, fass mit an.«

So geräuschlos wie möglich zogen sie die zusammengepressten Ballen unter die Öffnung, durch die unablässig Regen in den Stall herabfiel. Als Tilmann die wackelige Treppe erklomm und auf dem obersten Ballen stand, erwies sich die Konstruktion als zu niedrig. Nur mit ausgestreckten Armen konnte er das Dach in gut vier Klaftern Höhe erreichen. Tilmann fluchte und schickte sich an, wieder hinabzusteigen, aber Sebastian schüttelte den Kopf.

»Bleib, wo du bist, ich komme rauf. Du musst auf meine Schultern steigen. Da ich der Erste bin, den sie umbringen wollen, musst du es allein versuchen.«

»Ich soll dich hier zurücklassen?«

»Das ist unsere einzige Möglichkeit. In Nürnberg musst du zu Korbinian Dietl und meiner Schwester gehen und Hilfe holen. Sie wohnen in der Waaggasse.«

»Wie weit ist es bis zur Stadt?«

»Das weiß ich nicht. Durch die Betäubung habe ich jedes Zeitgefühl verloren, aber es werden einige Stunden gewesen sein.«

»Verdammt, das schaffe ich nie! Bis ich zurück bin, haben die Schweine dich längst ...« Tilmann brach ab.

»Hör zu, mein Freund. In Nürnberg lebt ein Mädchen, dem ich sehr zugetan bin. Eines Tages will ich sie heiraten, weißt du? Meine Schwester, ihr Mann, meine kleine Nichte, ich liebe sie alle sehr und möchte genau wie du heimkehren. Deshalb musst du es tun, Tilmann! Die Kerle sollen ihre gerechte Strafe bekommen. Oder willst du, dass sie ihr mörderisches Spiel fortsetzen? Bitte, du musst es versuchen!«

Vorsichtig kletterte er in die Höhe, bis er neben dem Kupferschmied stand. Die Strohballen schwankten bedrohlich hin und her, hielten aber ihrem Gewicht stand.

Sebastian ging in die Hocke. »Steig auf meine Schultern.«

Tilmann pustete sich Luft zu. »Meinst du wirklich?«

»Mach schon. Wenn du hindurch bist, lass dich auf der Rückseite des Stalls hinuntergleiten, damit der Hund dich nicht bemerkt. Er könnte dich allerdings hören, also sei leise. Dann schlag einen Bogen um das Gehöft und versuch, zu der Straße zu gelangen, auf die der Weg zuläuft.«

»Wenn sie kommen, um dich zu holen, sehen sie doch, dass ich verschwunden bin«, wandte Tilmann ein.

»Hier drin ist es ziemlich düster«, wischte Sebastian seine Bedenken fort. »Wir müssen sie in dem Glauben lassen, du liegst im Schweinekoben. Zieh deinen Umhang aus.«

Der Kupferschmied weitete die Augen. »Was hast du vor?«

»Lass mich nur machen.«

Tilmann schlüpfte aus dem Umhang und reichte ihn Sebastian. Der ließ ihn fallen.

»Jetzt mach, dass du hier rauskommst!«

Tilmann seufzte. Nach einem tiefen Atemzug setzte er seine Füße auf Sebastians Schultern. Das Gewicht schmerzte, er biss die Zähne zusammen.

»Gott mit dir!«, presste er hervor.

»Mit dir auch, Sebastian.«

Ein letzter Blick zurück, und der Kupferschmied zog sich durch das Loch und verschwand. Sebastian lauschte auf die Laute des Freundes, dann herrschte wieder Stille. Er kletterte herunter und hob Tilmanns Umhang auf. Nachdem er etwas Stroh zusammengerafft hatte, trat er in den Schweinekoben und formte es zu einem länglichen Haufen, über den er den verschmutzen Stoff legte. Mit viel Glück würden sie ihn im Zwielicht des Stalls für ihren zweiten Gefangenen halten. »Lass es gelingen, Herr«, flüsterte er.

Dann schlich er zur Tür und spähte durch ein Astloch in einem der dicken Bretter. Kärners Hund lag, den Schädel auf den Vorderpfoten, mit halb geschlossenen Augen neben dem Brunnen.

Sebastian lief zurück, baute den Turm aus Strohballen ab und legte sie wieder so hin wie zuvor. Keinen Augenblick zu früh, denn es näherten sich Schritte. Gleich darauf stand Bratler vor ihm, in der Hand hielt er eine Schüssel mit Mus.

»Euer Essen. Mehr gibt's heute nicht.«

Sebastian nahm es entgegen und dankte Gott leise.

Wieder war er allein. Essen sollte er, mit dem Wissen, dass irgendwo im Stall zwei Tote lagen? Keinen Bissen würde er bei diesem Gestank herunterbekommen. Er stellte die Schüssel neben sich. Wo mochten ihre Mörder den Bauern und dessen Bruder versteckt haben? Vielleicht in der großen Truhe da hinten an der Wand? Er schüttelte sich und wandte den Blick ab. Ob Tilmann schon die Straße erreicht hatte?

Wie Sebastian ihm geraten hatte, war der Kupferschmied in einem Bogen einmal um den Hof herum und durch das

Unterholz des Wäldchens geschlichen, bis er auf den Weg gestoßen war, der zur Straße führte. Dort angekommen, blieb er stehen und verschnaufte. Ob sie seine Flucht bereits bemerkt hatten? Zu hören war jedenfalls nichts. Tilmann straffte den Rücken. Verdammt, wo lag Nürnberg? Was, wenn er in die falsche Richtung lief?

Er rannte, so schnell ihn seine Beine trugen. Die Straße erwies sich als menschenleer. Er traute sich nicht anzuhalten, sondern beschleunigte seine Schritte. Als er irgendwann ins Wanken geriet und heftig nach Luft rang, meinte er das Knarren von Rädern vernommen zu haben. Aber er hatte sich getäuscht, die Geräusche verhallten im Nichts. Hätte er nur nicht auf Sebastian gehört und ihn im Stich gelassen. Nun war es zu spät. Er lief und lief, und die Zeit verging. Wie lange er unterwegs war, wusste er nicht.

Endlich vernahm er Hufschläge und drehte sich um. In einiger Entfernung konnte er einen Reiter ausmachen. Als der Mann sich näherte, zügelte er sein Pferd neben Tilmann.

»Gott zum Gruß!«, rief der Fremde, dessen untere Gesichtshälfte ein kurz geschnittener Bart zierte. »Zu Fuß unterwegs? Das ist nicht ungefährlich!«

Tilmann nickte grimmig. »Seid Ihr auf dem Weg nach Nürnberg? Bitte, ich brauche Eure Hilfe. Es geht um Leben und Tod!«

Der Mann beugte sich in seinem Sattel vor. »Ja, nach Nürnberg. Aber wenn ich Euch so betrachte, seht Ihr aus, als ob Ihr unter die Räuber gefallen wärt.«

»So etwas Ähnliches, werter Herr«, erwiderte der Kupferschmied voller Ungeduld. »Kennt Ihr Kilian Pankratius?«

»Wer nicht? Warum fragt Ihr?«

»Dieser Mistkerl hat mich und einen anderen Nürnberger in seine Gewalt gebracht, um uns aus Rache zu töten, weil wir gegen seine Bruderschaft ausgesagt haben.« Tilmann trat näher an Pferd und Reiter heran. »Hört Ihr, ich muss sofort nach Nürnberg in die Waaggasse. Könnt Ihr mich dorthin bringen?«

»Steigt auf, mein Pferd ist stark, es trägt zur Not auch zwei Männer.«

Der Kupferschmied ergriff die ausgestreckte Hand und schwang sich auf den Rücken des Tiers. Dabei tat ihm jeder einzelne Knochen im Leib weh.

»Haltet Euch gut fest!«, rief der Reiter über die Schulter, während er dem Rappen die Stiefelabsätze in die Flanken drückte und das Tier sich in Bewegung setzte. »In ein paar Stunden müssten wir in Nürnberg sein.«

Kapitel 54

Korbinian eilte auf einen mit einer Hellebarde bewaffneten Mann zu, der zusammen mit zwei weiteren Wächtern seinen Dienst am Tiergärtnertor versah.

»Wir sind auf der Suche nach einem jungen Mann namens Sebastian Stäubling. Es könnte sein, dass man ihn durch Euer Tor vor die Mauern der Stadt gebracht hat.«

»Mein Bruder wurde möglicherweise entführt«, ergänzte Anna, die neben ihm und Freisler stand. Sie räusperte sich, denn die Worte auszusprechen, kostete sie Überwindung. »Wir nehmen an, dass Kilian Pankratius und seine letzten Anhänger sich an ihm rächen wollen.«

»Diese Mörderbande?« Ungläubig sah der Mann sie an. »Die Kerle sind stadtbekannt!«

»Pankratius wird es vermutlich nicht selbst erledigen. Wahrscheinlich hat er dafür ein paar ehrlose Schufte gedungen«, gab Korbinian in deutlich ungeduldigem Tonfall zurück. »Denkt nach. Ist Euch am gestrigen Abend etwas aufgefallen?«

»Versucht Euch zu erinnern«, bat auch Anna mit zitternder Stimme, »es geht um Leben und Tod.«

Der Mann kratzte sich den kahlen Kopf. »Jetzt, da Ihr es sagt – kurz vor Toresschluss kam noch ein Wagen mit zwei

Männern. Sie schienen Händler zu sein. Einer saß hinten neben der Ladung.«

»Hab mich auch gewundert«, ließ sich der zweite Torwächter vernehmen, »dass die so kurz vor Einbruch der Nacht hinaus wollten. Welcher Händler verlässt so spät noch die sicheren Mauern unserer Stadt?«

»Das könnten sie gewesen sein«, sprach Anna wie zu sich selbst und lugte in den kurzen Tunnel zwischen den Mauersteinen. »Wohin führt die Straße?«

»Erlangen und Bamberg«, lautete die Antwort des kahlköpfigen Torwächters. »Dazwischen liegen einige Dörfer. Habt Ihr denn schon an den anderen Stadttoren nachgefragt?«

»Am Spittlertor und am Frauentor waren wir bereits«, nickte Freisler, »dort hat man uns nicht helfen können. Aber Euer Hinweis könnte uns auf die richtige Spur führen.«

Gedankenverloren wich Anna einem Ochsenfuhrwerk aus, das über das Pflaster auf die Torwächter zurollte. Da schweifte ihr Blick zu dem Balkon des gegenüber der Burg errichteten Hauses. Es war das von Albrecht Dürer. Einem unbestimmten Impuls folgend, überquerte sie den Platz vor der Stadtmauer, eilte zum Haus des Meistermalers und klopfte.

Die Dürerin öffnete die Tür. »Anna, das ist aber eine Überraschung!« Sie hielt inne und musterte ihr Gegenüber. »Was ist geschehen? Ihr wirkt ja völlig aufgelöst.«

Mit wenigen Worten erzählte Anna von dem Verschwinden ihres Bruders und ihrem Verdacht. »Es scheint, als hätten die Männer Sebastian durch das Tiergärtnertor aus der Stadt geschafft«, schloss sie, während Herr Freisler und ihr Gemahl neben sie traten.

»Der Hinweis der Torwächter ist der einzige, den wir bekommen konnten«, fügte Korbinian hinzu.

Albrecht Dürer erschien in der Haustür, begrüßte Anna und ihre Begleiter und ließ sich von seiner Frau berichten, was sich ereignet hatte. Sein Antlitz nahm einen sorgenvollen Ausdruck an. »Wart Ihr schon beim Stadtrat, damit Euch ein paar bewaffnete Männer bei der Suche zur Seite gestellt werden?«

»Wir haben keine Zeit zu verlieren«, erklärte Anna, »wer weiß, wo dieses Versteck liegen mag.«

Der Maler bat die Besucher herein, aber sie winkten ab. »Wie wollt Ihr das Versteck zu dritt finden? Obendrein ist nicht bekannt, wie viele seiner Handlanger bei Pankratius sind.«

»Herr Dürer, könnt Ihr vielleicht ein paar von Euren Angestellten entbehren?«, fragte Anna.

»Aber natürlich. Hans, Rupert und Georg können Euch begleiten. Ich sage Ihnen sofort Bescheid!«

Etwa drei Meilen von Nürnberg entfernt kauerte Sebastian mit angezogenen Beinen in einer Ecke, als sich Schritte näherten.

»Aufstehen, Judas.« Kärner stand breitbeinig vor ihm, er spuckte die Worte förmlich aus. »Es ist so weit.«

Sebastian, der in der Nacht kein Auge zugetan hatte, weil er immer wieder Barbaras und Annas geliebte Gesichter vor sich gesehen hatte, erhob sich und trat dem Mann entgegen. »Ich komme ja schon«, entgegnete er in betont gleichgültigem Ton, obwohl ihm die Angst schier die Luft abschnürte.

Kärner reckte den Hals, starrte ins Halbdunkel des Stalls und erhob die Stimme. »Wo ist der andere Verräter?«

»Tilmann schläft. Er ist völlig erschöpft.« Eilig trat Sebastian an seinem Bewacher vorbei ins Freie, sodass diesem nichts anderes übrig blieb, als ihm zu folgen.

»Ins Haus«, befahl Kärner.

In der Stube empfingen ihn Pankratius und Bratler.

»Sei mir gegrüßt, Stäubling«, begann der Prophet mit salbungsvoller Stimme, »ich werde dir heute deine Strafe verkünden. So höre: Ich möchte es Gott höchstselbst überlassen, dich zu richten. Du weißt, was ein Gottesurteil ist?«

Sebastian stand wie angewachsen da und nickte.

»Gut. Der Brunnen auf dem Hof ist ziemlich tief. Er ist zwar versiegt, enthält aber noch genügend Wasser. Einem Mann von deiner Größe dürfte es bis zu den Knien reichen. Du ahnst sicher, was ich mit dir vorhabe?«

Noch immer brachte Sebastian keinen Ton heraus.

»Meine beiden treuen Anhänger werden dich gleich in den Brunnen hinunterlassen. Wie du schon bemerkt haben dürftest, regnet es seit einigen Tagen.« Seine Stimme wurde schneidend. »Sollte der Regen anhalten, wirst du bald ertrunken sein. Wenn nicht, werde ich dich herausholen lassen und – vielleicht, und auch nur, wenn du mich um Verzeihung bittest – begnadigen.«

Elendig ersaufen sollte er also. Schwindel ergriff Sebastian, und nur mit äußerster Kraft konnte er sich auf den Beinen halten. »Warum tötet Ihr mich nicht gleich?«, schrie er und wollte sich auf Pankratius stürzen.

Kärner war jedoch schneller, hielt ihn fest und versetzte ihm einen Schlag ins Genick.

»Du hast mich nicht verstanden, Stäubling. Nicht ich bin es, der dich tötet, sondern der Herr.«

»Wollt Ihr Euch die Hände nicht mit mir schmutzig machen? Es klebt sowieso genug Blut daran, da kommt es auf einen Toten mehr auch nicht mehr an«, krächzte er.

Pankratius trat so nahe auf ihn zu, dass Sebastian seinen Weinatem riechen konnte. »Eigentlich sollte ich dich für deine Frechheiten auspeitschen lassen.« Elias Hand fuhr empor und packte ihn am Kinn. »Wage es nicht noch einmal, so mit mir zu sprechen. Andernfalls überlasse ich dich Johannes und Jakobus. Glaub mir, was die beiden mit dir anstellen, würde dir gar nicht gefallen.«

Auf eine Handbewegung hin nahmen Kärner und Bratler Sebastian in ihre Mitte und führten ihn auf den Hof hinaus. Pankratius folgte ihnen. »Was für ein furchtbares Wetter«, hörte

Sebastian ihn frohlocken, und plötzlich spürte er, wie sich seine Blase entleerte und seine Hose nass wurde. Pankratius' Männer zerrten ihn zum Brunnen. Kärners Hund wedelte mit dem Schwanz, als er seinen Besitzer bemerkte.

»Braver Hund«, wisperte dieser und tätschelte den Kopf des Tieres.

Pankratius trat neben seine Gefolgsleute und reichte Kärner einen aufgerollten Strick. Mit wenigen Griffen knotete er eine Schlinge, schob sie Sebastian über Kopf und Schultern und zog sie unterhalb seiner Achseln zusammen. Dann packten ihn die Männer und hoben ihn über den Brunnenrand. Wie gelähmt ließ er es geschehen. Da ging es auch schon in die Tiefe, bis seine Füße von Wasser benetzt waren. Endlich spürte er den Boden unter den Füßen, atmete auf. Das Wasser reichte ihm bis zu den Knien. Er legte den Kopf in den Nacken und sah blinzelnd hinauf. Dicke Regentropfen trafen sein Gesicht und liefen ihm in den Nacken. Neben ihm klatschte der Strick in die trübe Brühe.

Seine Peiniger blickten zu ihm in die Tiefe.

»Oh, ich bin wirklich sehr gespannt, wie der Herr sich entscheidet. Ob der Regen anhält?«, rief Pankratius und winkte Sebastian mit einem feinen Lächeln zu. »Lasst uns ins Haus gehen, lieber Jakobus, mir wird es hier draußen zu ungemütlich.«

Kärner nickte. »He, Stäubling, eins noch. Falls du versuchen solltest, nach oben zu klettern – mein vierbeiniger Freund erwartet dich.«

Die Männer verschwanden, kurz darauf wurde es still. Er war allein. In Sebastians Kehle formte sich ein Schrei, der seine Lippen jedoch nicht erreichte.

Fieberhaft tastete er den gemauerten Rand ab, auf der Suche nach einem Haken oder irgendetwas, das ihm helfen könnte, aus diesem verflixten Brunnen herauszuklettern. Aber er fühlte nur glitschige, moosbewachsene Steine, von denen er abrutschte, sobald er versuchte, sich daran zu klammern. Ihm war eiskalt, seine Füße begannen bereits, gefühllos zu werden. Er musste sich dringend ablenken, wenn er nicht den Verstand verlieren wollte. Barbaras Gesicht tauchte vor ihm auf. Ihr Lächeln, die Sommersprossen auf ihrer Nase. Sie machte sich bestimmt furchtbare Sorgen um ihn. Der Gedanke, sie könnte weinen, um ihn weinen müssen, ließ all seine Selbstbeherrschung wie ein Kartenhaus zusammenfallen. Sollte er wirklich tatenlos auf sein Ende warten? Es musste einen Weg aus dem Brunnen geben, auch ohne göttliche Hilfe. Sebastian dachte an Anna. Hatten sie sich gerade erst wiedergefunden, um einander schon wieder zu verlieren?

Das Wasser stieg und stieg, es reichte ihm mittlerweile fast bis zu den Oberschenkeln. Das Klatschen der Regentropfen, die unaufhörlich auf ihn niederprasselten, hallte mit einem hohlen Ton im Brunnen wider. Wie lange stand er nun schon in der trüben Brühe?

Da drangen Geräusche an sein Ohr. Jemand entriegelte die Stalltür, einige Herzschläge später folgte ein wütender Aufschrei.

»Was ist los?«, hallte Pankratius' Stimme über den Hof.

Sebastian hielt die Luft an.

»Schimpf ist weg!«

»Wie ist das möglich?«

»Ich weiß es nicht, Elia! Er muss durchs Dach geflohen sein.«

»Verdammt!« Schritte näherten sich, und Pankratius beugte sich über den Rand des Brunnens. Sein Gesicht war hochrot angelaufen. »Wie habt ihr zwei verfluchten Verräter das angestellt?«

Sebastian schwieg.

»Antworte gefälligst, wenn der Prophet Gottes mit dir spricht!«

Er presste die Zähne aufeinander. Am liebsten hätte er Elia seine ganze Verachtung und Wut entgegengeschleudert, ahnte aber, dass er den Verrückten damit nur noch rasender machen würde.

»Ich sollte dich heraufholen und von meinen Männern aufhängen lassen!« Pankratius warf ihm einen letzten hasserfüllten Blick zu, dann verschwand er aus Sebastians Gesichtsfeld.

»Was nun?«, fragte Kärner. »Was, wenn Schimpf mit Verstärkung zurückkommt? Sollten wir nicht besser abhauen?«

»Nein. Wir werden erst gehen, wenn Stäubling tot ist.«

»Aber das kann noch Tage dauern.«

»Wir bleiben. Das Wasser steht ihm bereits bis zur Hüfte und steigt stetig. Der Herr ist auf unserer Seite. Deshalb wird uns hier auch niemand finden. Ich vermute, Schimpf ist nach Nürnberg unterwegs. Der Dreckskerl ist erschöpft. Bis er die Stadt erreicht, dürften noch mindestens zwei Tage vergehen.«

Sebastian schloss die Augen. Er hob die kalten Hände in die Höhe und strich über die feuchten Mauersteine. Sollte er es trotz Kärners Warnung wagen, daran emporzuklettern?

Kapitel 55

»Würdet Ihr uns Euren Wagen noch einmal zur Verfügung stellen, Herr Dürer?«, bat Anna.

»Freilich, aber ich fürchte, damit seid Ihr zu langsam. Es gibt eine bessere Möglichkeit. Könnt Ihr reiten? Der Mietstall in der Ledergasse verleiht Pferde.«

»Ich habe noch nie auf einem Pferd gesessen«, antwortete Anna.

Korbinian dagegen nickte. »Ich schon.«

»Ich beherrsche es ebenfalls«, erklärte Freisler, »jedenfalls einigermaßen.«

»Fein. Unser Fahrer Hans ist ein guter Reiter, Rupert kann seinen Esel nehmen, und Georg wird sich ebenfalls auf einem Pferderücken halten können. Beeilt Euch, meine Angestellten werden am Tiergärtnertor auf Euch warten.«

Korbinian, Anna und Michael Freisler eilten in die Lorenzstadt zu dem Mietstall, wo sie für zwei Silbergulden einen Apfelschimmel, einen Rappen und einen Braunen ausliehen. Freisler erklomm die braune Stute, und Korbinian half Anna auf den Rücken des Rappen, um sich danach selbst in den Sattel zu heben. Das dritte Reittier führten sie an einem Strick neben sich her. Gegenüber von Dürers Haus trafen sie auf den

Knecht Rupert, der bereits auf seinem Esel saß, und auf Hans, das Zugpferd am Zügel.

»Der hier ist für Euch«, erklärte Korbinian und drückte dem Schüler des Malers den Strick des dritten Pferdes in die Hand.

Etwas ungeschickt erklomm Schlenk den Rücken des Apfelschimmels, der – so hatte der Besitzer ihnen versichert – am leichtesten zu reiten war, hielt sich aber ganz gut im Sattel.

Albrecht und Agnes Dürer traten herzu. »Wir wünschen Euch viel Glück.«

Das werden wir brauchen, dachte Anna bang. Dürer sprach kurz mit den Wächtern, bald darauf passierten die Reiter das Stadttor und fanden sich auf der Straße wieder, die nach Erlangen führte.

Die kleine Stadt im Norden erreichten sie drei Stunden später in strömendem Regen. Es war inzwischen Mittagszeit. In einem Gasthof fragten Korbinian und Anna den Wirt, ob er in den letzten Tagen zwei Männern eine Kammer vermietet hatte, aber weder er noch ein weiterer Schankwirt am Ortsausgang konnte ihnen helfen.

»Sebastians Entführer sind also die Nacht durchgefahren«, stellte Korbinian fest, als er sein Pferd aus der Stadt lenkte.

Michael Freisler, der die meiste Zeit neben ihnen ritt, nickte. »Was bedeutet, dass sich Pankratius' Versteck nicht weit von Erlangen befinden kann.«

Korbinian trat dem Pferd die Fersen in die Flanken, woraufhin Anna seine Taille umklammerte. »Ihr meint, weil die Kerle kein Nachtlager gebraucht haben.«

»Das könnte der Grund sein.«

Hoffnung keimte in ihr auf. »Korbinian, durch welche Stadt führt diese Straße als Nächstes?«

»Der Wirt nannte den Namen Forchheim. Bis dahin seien es etwa zwei Meilen.«

»Zwei weitere Meilen? So weit werden die Männer in der Dunkelheit nicht mehr gefahren sein.« Sie wendete sich erneut dem Steinmetzen zu. »Herr Freisler, ich glaube, Ihr habt recht. Mein Bruder muss sich irgendwo ganz in der Nähe befinden.«

In dem kleinen Ort Bubenreuth, in dem sie eine halbe Stunde später ihre Reittiere vor einer Schänke festbanden, wusste niemand, ob sich in letzter Zeit Fremde in der Stadt niedergelassen hatten. Anna, Korbinian und die anderen verließen das Wirtshaus. Während sie die vom wilden Ritt erschöpften Tiere tränkten, ließ Anna ihren Gedanken freien Lauf.

»Wo könnten sich mehrere Männer über längere Zeit aufhalten, ohne aufzufallen?«

»Jedenfalls nicht in einem kleinen Ort wie diesem hier«, antwortete Georg Schlenk.

Michael Freislers Miene nahm einen grimmigen Ausdruck an. »Wenn wir mit unserer Vermutung richtigliegen, können sich Sebastians Entführer eigentlich nur auf einem einsam gelegenen Bauernhof aufhalten.«

Weitere Gäste betraten den Schankraum, und der Wirt eilte hinaus, um einen der Neuankömmlinge zu begrüßen.

»Guter Mann, entschuldigt die Störung«, unterbrach Korbinian kurzerhand das Gespräch. »Rund um Bubenreuth gibt es gewiss einige Gehöfte, oder?«

»Allerdings. Es mögen wohl ein halbes Dutzend sein«, erwiderte der Gast freundlich und folgte dem Wirt ins Haus.

Anna trat zur Seite, denn ein weiterer Reiter lenkte sein Pferd auf die Wirtschaft zu. Als er es zügelte, sah sie, dass hinter ihm ein zweiter Mann auf dem Pferderücken saß. Beide waren vom Regen völlig durchnässt. Der Jüngere blickte sich fieberhaft nach allen Seiten um. In seinen Augen stand nackte Angst. Etwas an der Art, wie der Mann sich benahm, ließ sie aufmerken. Er hielt in der Bewegung inne und musterte sie. Sein Gesicht war bleich wie der Tod. Sie blieben voreinander stehen.

»Entschuldigt bitte, aber seid Ihr Frau Dietl aus Nürnberg?«, stieß der Fremde schwer atmend hervor.

Ihr Mund wurde trocken. »Ja, die bin ich«, brachte sie hervor.

»Gott sei's gedankt, Ihr seid es tatsächlich! Mein Gefühl hat mich nicht getrogen. Die Ähnlichkeit, Ihr versteht. Mein Name ist Tilmann Schimpf. Kilian Pankratius hat Euren Bruder und mich in seine Gewalt gebracht …«

»Wo ist Sebastian jetzt?«, schrie Anna auf.

Korbinian trat mit den anderen Begleitern an ihre Seite.

»Die Dreckskerle halten ihn auf einem Gehöft gefangen. Ich konnte mithilfe des freundlichen Herrn hier fliehen.« Er wies auf den älteren Mann neben ihm, der die Szene interessiert beobachtete.«

»Ihr habt meinen Bruder im Stich gelassen?«, unterbrach Anna den Redeschwall des jungen Mannes und schüttelte ihn. »Wo ist er?«

»Kommt. Ich erzähle Euch alles unterwegs. Jede Stunde zählt!«

Anna schlug die Hand vor den Mund.

Tilmann wies auf die angebundenen Tiere. Seine Hand zitterte. »Ihr seid mit diesen Pferden hier gekommen?«

Korbinian nickte.

»Lasst uns umkehren!«, stieß Tilmann hervor. »Pankratius' Versteck befindet sich etwa eine halbe Meile von hier entfernt. Wir sind zu sechst, es muss uns gelingen, die Lumpen zu überwältigen und Sebastian zu retten.«

Der Buchmaler rief ihren Begleitern Befehle zu, dann saßen sie auf. Herr Freisler reichte Tilmann die Hand, und dieser zog sich auf den Rücken des Pferdes.

Sebastian hatte die letzten Stunden in einem Dämmerzustand verbracht. Immer, wenn ihm die Lider schwer wurden und zufielen, sank er in sich zusammen. Inzwischen war er völlig durchnässt, und das Wasser reichte ihm bis zur Brust. Er fror, und seine Beine spürte er kaum noch, weshalb er zuweilen das Gleichgewicht verlor und ins Wasser fiel.

»Na, Stäubling, wie ist das werte Befinden?«, drang die höhnische Stimme Ferdinand Kärners zu ihm herab.

Sebastian hob den Kopf, blinzelte. »Was willst du?«

»Nur mal nach dir sehen. Nach dir und meinem Hund. Kannst dich ja mit ihm unterhalten, wenn es dir langweilig wird da unten.« Kärner stieß sein typisches Lachen aus, das an das Meckern eines Ziegenbocks erinnerte, und verschwand vom Brunnenrand.

Sebastian hörte ihn mit dem Tier reden. Seine Zähne klapperten aufeinander. Erneut versank er in Gedanken, denn er durfte nicht ohnmächtig werden oder einschlafen, sonst würde er ertrinken. Unaufhörlich versuchte er sich die Gesichter von Barbara und Anna vorzustellen, ihre Stimmen, ihr Lachen. Wie glücklich seine Schwester gewesen war, als sie sich endlich wiedergefunden hatten. Niemals würde er ihre glückstrahlende Miene vergessen. Dann stand ihm Barbaras Gestalt vor Augen, ihr schönes Blondhaar. Sie konnte durchaus beharrlich sein, wenn sie sich etwas in den Kopf gesetzt hatte. Selbst das gefiel ihm an ihr.

Die Kälte schickte Schmerzwellen durch seinen Leib. Würde Tilmann es rechtzeitig schaffen? Wie lange mochte man unterwegs sein von hier bis nach Nürnberg? Sicher mehrere Stunden. Es würde weitere Stunden dauern, bis der Kupferschmied mit ein paar Helfern zurück war. Wie ein schwarzes Tuch senkte sich die Verzweiflung über ihn, und er schloss die Augen. Die Bilder seines Lebens zogen an ihm vorbei. Längst vergessen geglaubte Kindheitserinnerungen stiegen in ihm auf. Noch einmal erlebte er jede Freude, jede Sorge und jeden Kummer. Bis hin zu diesem Moment, an dem das Wasser allmählich anstieg und somit die Zeit, die ihm noch auf Erden blieb, wie die Körner in einer Sanduhr verrann.

Als Sebastian mit einem jähen Schreck wieder zu sich kam, war der Himmel über der Brunnenöffnung heller geworden, und der Regen fiel nur noch in feinen Fäden auf ihn herab. Dem Stand der Sonne nach zu urteilen, musste es ungefähr Mittagszeit sein. Er atmete die moderige Luft ein. Dann hörte er Stimmen. Gleich darauf beugten sich Bratler und Kärner über den Brunnenrand.

»He, Stäubling«, rief Bratler, »nimm das Seil!« Gleich darauf fiel das Ende neben ihm ins Wasser. »Bind es dir um, damit wir dich hochziehen können.«

Mit bebenden Händen knüpfte er eine Schlinge und legte sie sich um die Brust. Zu zweit zogen Kärner und Bratler ihn in die Höhe, bis er sich triefend nass und mit schmerzenden Rippen über den Rand des Brunnens schob. Doch die Schergen von Pankratius ließen ihm keine Zeit zu verschnaufen.

»Mitkommen«, befahl Kärner, »Elia erwartet dich.«

Wieder führten sie ihn in die Stube, wieder saß Pankratius ihm gegenüber, aber anders als zuvor ruhte sein Blick nun nachdenklich auf ihm. »Der Regen hat nachgelassen«, begann er. »Du weißt, was das bedeutet, Sebastian?«

»Wenn Ihr zu Eurem Wort steht, werdet Ihr mich jetzt begnadigen«, stammelte er, vor Kälte bebend.

»Zweifelst du etwa an meinem Wort? Das passt zu dir. Aber erinnere dich, ich habe auch gesagt, dass du mich zuerst um Verzeihung bitten musst. Nur dann brauchst du nicht in den Brunnen zurück. Also, was ist? Bereust du deinen Verrat an dem Propheten des Herrn, der dir vertraut hat wie Christus seinem Jünger Judas?«

Sebastian starrte zu Boden. Was hielt ihn zurück, die wenigen Sätze auszusprechen, die Pankratius hören wollte? Sie würden ihm das Leben schenken und ihn zu Anna und Barbara zurückbringen. Lediglich ein paar Worte. Trotzdem wollten sie ihm einfach nicht über die Lippen kommen.

»Ich höre, Sebastian. Meine Geduld währt nicht ewig. Brauchst du wirklich so lange, um dir über eine Antwort auf eine einfache Frage klar zu werden?«

Ihre Blicke begegneten sich. »Es ... es tut mir leid«, brachte Sebastian endlich lahm hervor.

»Es tut dir leid? Das ist mir zu wenig für eine Entschuldigung. ›Es tut mir leid‹, das sagt sich so leicht dahin. Wie wäre es stattdessen mit ›Vergib mir meinen schändlichen Verrat, Elia‹ oder mit ›Ich habe mich gegen dich und die Bruderschaft versündigt‹?«

»Und gegen den Herrn«, schlug Kärner vor, der sich an die Wand gelehnt hatte.

»Richtig, Jakobus. Immerhin bin ich Sein Sendebote. Wer den Propheten verrät, der verrät auch den Herrn. Da ist es nicht mit einem ›Tut mir leid‹ getan.« Pankratius lehnte sich zurück und legte die Hände wie zum Gebet aneinander. »Nein, Sebastian, ich fürchte, ich kann dich nicht begnadigen, denn deine Reue kommt nicht von Herzen. Da muss ich mir wohl etwas anderes überlegen.« Angeekelt verzog er das Gesicht. »Hinaus mit ihm, Brüder, ich will ihn nicht mehr sehen.«

»Was sollen wir mit ihm anstellen?«, fragte Bratler.

»Macht mit ihm, was ihr wollt. Aber nicht auf dem Hof, ich will das Geschrei nicht hören. Außerdem möchte ich innerhalb der nächsten Stunde nicht gestört werden, ich will mit dem Herrn allein sein.«

Sebastian wollte zur Tür stürzen, aber Bratler und Kärner packten ihn und drehten ihm die Arme auf den Rücken. Gequält stöhnte er auf. Sie führten ihn über den Hof und in den Stall. Der Gestank verschlug ihm abermals den Atem. Er würgte. Dann traf ihn ein Tritt, und er stürzte zu Boden.

»Schließ die Tür«, raunte Bratler seinem Glaubensbruder zu, »du hast gehört, was Elia befohlen hat.«

Kärner zog die Tür ins Schloss und kam auf Sebastian zu. »So, nun sind wir allein, Stäubling. Was meinst du, wollen wir ein wenig spielen? Wie wäre es hiermit?« Im nächsten Moment griff er nach einem breiten Lederriemen, der über einem Holzbalken hing, und bewegte sich auf Sebastian zu.

Der wich an die Wand zurück. »Bitte, tut das nicht!«

»Feige ist er auch noch«, grinste Bratler.

Kärner trat auf ihn zu. »Alle Verräter sind Feiglinge, Johannes. Wusstest du das nicht?« Er hob den Arm und ließ den Riemen durch die Luft pfeifen.

Sebastian warf sich zur Seite, bevor das Leder ihn treffen konnte. Kärner setzte ihm nach und schwang erneut den Riemen.

»Das verspricht lustig zu werden!«, rief er höhnisch, als Sebastian mit einem Riesensatz zur anderen Seite sprang.

Bratler, der mit verschränkten Armen dastand, grinste nur. »Der Feigling schlägt ja Haken wie ein Hase. Sag Bescheid, wenn ich ihn festhalten soll.«

»Ich weiß etwas Besseres. Wir veranstalten eine Hasenjagd«, antwortete Kärner. »Elia hat uns schließlich freie Hand gelassen.«

»Aber er wünscht nicht gestört zu werden.«

»Das bekommt er gar nicht mit. Los, wir jagen ihn ein wenig durch den Wald.«

»Was, wenn es ihm gelingt zu fliehen? Elia bringt uns um.«

Kärner winkte ab. »Er bringt niemanden um, dafür hat er uns. Schon vergessen?«

Die beiden Männer lachten.

Sebastian versuchte, ihnen zu entkommen, aber sie trieben ihn in eine Ecke des Stalls, packten und zerrten ihn ins Freie. Vom Hof waren es kaum zwei Steinwürfe bis zu dem Buchenwäldchen, welches an drei Seiten des Gehöfts grenzte und in das die beiden ihn führten. Auf einer kleinen Lichtung blieb Kärner stehen und zog den Riemen aus der Tasche, um Sebastian die Beine an den Knöcheln locker zusammenzubinden.

Bratler nickte anerkennend. »Damit uns das Wild nicht entkommt, was?«

»Genau. Na los, Stäubling, zeig uns, wie gut du damit laufen kannst. Wir lassen dir auch ein wenig Vorsprung.«

Sebastian rannte los. Der Lederriemen erlaubte zwar keine großen Sprünge, dennoch gelang es ihm nach einigen ungelenken Schritten, ein gutes Stück Entfernung zwischen sich und seine Verfolger zu bringen. Keuchend blieb er stehen. Nur das Hämmern eines Spechts unterbrach die Stille, dann knackte irgendwo hinter ihm ein Ast. Eine Gestalt tauchte zwischen den Bäumen auf. Kärner. Sebastian lief weiter, stolperte über eine Baumwurzel und konnte sich gerade noch fangen. Lachen, diesmal seitlich von ihm. Er wandte den Kopf. Bratler stapfte durchs Unterholz geradewegs auf ihn zu.

Kapitel 56

»Hier ist es.« Tilmann Schimpf, der hinter Barbaras Vater auf dem Rücken der Stute saß, wies auf einen schmalen Weg.

Korbinian hielt den Rappen an. »Seid Ihr sicher?«

Der Kupferschmied nickte grimmig. »Wir müssen vorsichtig sein, damit sie uns nicht bemerken.«

Anna schlug das Herz bis zum Hals. Wenn nur Sebastian nichts geschehen ist, dachte sie, während Korbinian hinter Freisler herritt. Schlenk, Rupert und Hans folgten ihnen, bis Tilmann die Hand hob und Michael Freisler sein Pferd zum Stehen brachte.

Der Kupferschmied sprang ab und trat zu Korbinian und Anna. »Den Rest sollten wir zu Fuß zurücklegen. Es ist nicht mehr weit.«

Korbinian wies die anderen an abzusitzen. Der Weg führte unmittelbar am Rand eines Wäldchens vorbei. »Bindet die Reittiere an die jungen Bäume dort«, ordnete er an, »Rupert, Ihr bleibt hier und passt auf die Tiere auf.«

Korbinian und Tilmann gingen voraus, gefolgt von Anna, Freisler, Georg Schlenk und Hans.

Anna spähte zwischen die Bäume und das Unterholz zu ihrer Rechten, wo sie eine Bewegung wahrgenommen hatte. Sie blieb stehen und kniff die Augen zusammen. »Wartet«, brachte sie heiser hervor, »dort, zwischen den Bäumen …«

Korbinian trat neben sie, reckte den Hals. »Du hast recht, Anna, da ist jemand.«

In diesem Moment durchschnitt ein Schrei die Stille.

Anna spürte, wie sich ihre Nackenhaare aufstellten. »Das muss Sebastian sein.«

»Anna, warte!«

»Ich muss zu ihm!«

Korbinian und ihre Begleiter folgten ihr durch das nasse Gestrüpp, das den vom Regen vollgesogenen Waldboden bedeckte. Ein Zweig schlug ihr ins Gesicht, es war ihr gleich.

»Sebastian!«

Da war eine Bewegung, ganz nahe bei ihr. Ein Mann mit abstehenden blonden Haaren trat hinter einem mächtigen Buchenstamm hervor. In einer Hand hielt er ein Messer.

»Keinen Schritt weiter, wenn Stäubling nichts geschehen soll.«

Ein zweiter Mann tauchte hinter einem Gebüsch auf. Mit der linken Hand hielt er Sebastian umklammert, der Anna mit schreckgeweiteten Augen anblickte. An seinem Hals lag die Klinge eines Dolches.

Anna stieß einen gellenden Schrei aus und wollte vorwärtsstürzen, aber Korbinian hielt sie am Arm fest. »Dietrich Bratler, nicht wahr?«, rief er dem Mann zu.

»Ihr erinnert Euch an mich?«

»Natürlich, Ihr wart schließlich in meiner Werkstatt. Ihr seid zu zweit, wir zu fünft. Gebt auf und lasst Sebastian frei. Meine Frau und ich werden vor dem Richter ein gutes Wort für Euch einlegen.«

»Glaub ihm kein Wort, Johannes!« Der zweite Mann lachte boshaft auf. »Sobald sie uns haben, werden sie uns töten!«

Korbinian ließ Anna los. »Wir sind keine Mörder.«

»Mag sein, doch uns erwartet ohnehin der Scheiterhaufen. Wir haben nichts zu verlieren. Also verschwindet, sonst bekommt der Verräter die Klinge zu spüren.«

»Nein.« Anna ging langsam auf Sebastians Peiniger zu.

»Bleib stehen!« Korbinian wollte sie aufhalten, aber sie schritt einfach weiter und zwang sich, Bratler direkt in die Augen zu sehen. »Ich bitte Euch, lasst meinen Bruder los.«

»Bleibt stehen, sonst …«

Sie gehorchte. Nur wenige Schritte trennten sie noch von Bratler und ihrem Bruder. Sebastians Augäpfel traten hervor, als die Klinge tiefer in sein Fleisch schnitt. Ein Tropfen Blut quoll aus der Wunde. Anna konnte den Anblick kaum noch ertragen. Verzweifelt suchte sie nach einer Möglichkeit, den Mann vom Irrsinn seines Vorhabens zu überzeugen. Sie streckte den Rücken durch.

»Ihr nennt Euch inzwischen Johannes, oder?« Obwohl sie versuchte, die Unsicherheit in ihrer Stimme zu unterdrücken, gelang es ihr nicht.

»Ja, unser Prophet hat mir diesen Namen gegeben.«

Anna hob eine Hand. »Johannes war der Lieblingsjünger des Herrn, heißt es. Aber das wisst Ihr sicher.« Kurz begegneten sich Sebastians und ihre Blicke. Erneut richtete sie den ihren auf Bratler. »Johannes, ich bin sicher, Ihr habt das alles nicht gewollt. Als Ihr Euch der Bruderschaft angeschlossen habt, glaubtet Ihr, das Richtige zu tun. Ist es nicht so? Elia, wie Ihr ihn nennt, schien Euch der von Gott gesandte Prophet zu sein, der nur Gutes für unsere Stadt wollte.«

»Ja, so war es«, entfuhr es dem Mann.

Sein Glaubensbruder stieß ihm in die Seite. »Merkst du nicht, dass das Weib dich einwickeln will?«

Anna sprach unbeirrt weiter. »Ihr mögt schwere Schuld auf Euch geladen haben, im Grunde Eures Herzens jedoch seid Ihr kein Mörder, Johannes. Erst Elia hat Euch dazu gemacht.«

»Euer Bruder hat die Bruderschaft verraten«, widersprach Bratler und trat dabei von einem Fuß auf den anderen.

»Sebastian hat nur getan, was er für richtig hielt. Genau wir Ihr«, erklärte Anna so sanft, wie sie es vermochte.

Aus dem Augenwinkel erkannte sie, wie sich Korbinian dem Mann unmerklich Schritt um Schritt näherte, während Hans, Tilmann und Georg Schlenk weiterhin in einiger Entfernung verharrten. Ein feines Rinnsal Schweiß rann ihr die Schulterblätter hinunter, als sie ebenfalls einen Fuß vor den anderen setzte.

»Ihr wart einst Glaubensgenossen, hattet dasselbe Ziel. Vergesst das nicht«, fügte sie beschwörend hinzu.

»Das ist wahr.«

Annas Augen wurden feucht. »Dann lasst ihn gehen, bitte!«

»Tu es nicht!«, rief Kärner.

Zu spät, Bratler lockerte bereits seinen Griff. Im nächsten Augenblick warf sich Sebastian nach vorn und stolperte auf Anna zu.

Sie bemerkte seine zusammengebundenen Füße, da stürzte Hans auch schon hin und durchtrennte den Riemen. Sebastian und Anna fielen sich in die Arme.

»Verfluchter Narr!«, brüllte der Blonde und wollte Sebastian nachsetzen.

In diesem Moment warf sich Michael Freisler mit einem Riesensatz auf ihn. Der Mann wehrte sich nach Leibeskräften, bis der Steinmetz, der einiges mehr an Kraft besaß, ihn mit einem Faustschlag zu Boden streckte. Bratler, dem die Auswegslosigkeit der Situation offenbar klar wurde, versuchte zu flüchten. Korbinian war jedoch schneller, holte ihn ein und rang ihn nieder.

»Wo ist Pankratius?«, herrschte er den Verbrecher an, aber der schwieg.

»Ich führe Euch hin, Herr Dietl«, mischte sich Tilmann ein, »das Versteck befindet sich dort hinten, ganz am Ende des Weges.«

Freisler und der Kupferschmied fesselten die Gefangenen, dann machte sich die Gruppe auf den Weg. Korbinian klopfte Sebastian lächelnd auf die Schulter und legte den Arm um seine Frau, die den Bruder schluchzend umarmte und nur widerwillig losließ.

Wenig später erreichten sie den Hof.

»Da drinnen haben sie mich gefangen gehalten.« Sebastian wies auf einen Brunnen. »Der Köter dort neben der Haustür hat mich bewacht.« Als der Hund sein Herrchen erkannte, wedelte er mit dem Schwanz.

»Nur zur Vorsicht.«

Korbinian zog sich sein Tuch vom Hals, riss es in Stücke und stopfte Bratler ein Stück Stoff in den Mund. Der Steinmetz tat es ihm mit Kärner nach, und sie banden die beiden Männer an einem Baum neben dem Stall fest.

Korbinian winkte Tilmann und Freisler näher. »Wir drei gehen hinein«, raunte er. »Die anderen passen auf die Schurken auf.«

»Sei vorsichtig, Korbinian.« Anna strich ihm über die Wange.

Statt einer Antwort küsste er zart ihre Stirn. Im nächsten Augenblick drückte er lautlos die Klinke hinunter. Anna starrte ihm nach und stürzte hinterher.

Als Pankratius die Eindringlinge erkannte, griff er an seinen Gürtel und riss einen Dolch aus der Scheide.

»Euer blutiges Treiben ist beendet!« Korbinian und Freisler traten auf ihn zu, ohne ihn aus den Augen zu lassen. »Ihr seid entlarvt und Eure ... Eure Diener gefangen genommen.«

Anna wurde es eiskalt, alles Blut schien aus ihren Gliedern zu weichen, weshalb sie sich an der Wand abstützen musste.

Der Prophet wollte sich auf Korbinian stürzen, aber Tilmann und Freisler bauten sich breitbeinig vor ihm auf. Waren die beiden völlig von Sinnen? Wenn dieser Verrückte sich jetzt mit dem Messer auf sie ... Gott, steh ihnen bei!, durchfuhr es Anna.

Pankratius' Augen weiteten sich beim Anblick der kräftigen Armmuskeln des Steinmetzen.

»Keinen Schritt weiter!«, zischte Freisler.

Korbinian schritt unbeirrt auf ihn zu. »Wag nicht zu hoffen, du könntest uns entkommen, du Mistkerl! Vor der Tür stehen weitere Männer, die nur darauf warten, dich endlich deiner gerechten Strafe zuzuführen!«

Anna erstarrte zur Salzsäule, während sie auf den Rücken ihres Mannes blickte. Pankratius sank lautlos auf die Knie und erhob die Hände zum Gebet, ohne sie zu beachten. Freisler und Korbinian warfen einander einen kurzen irritierten Blick zu.

»Steh sofort auf, du Schwein«, schrie Freisler, »damit wir dich eigenhändig ...!« Er griff nach dem Arm des Propheten, um ihn auf die Beine zu ziehen, als dieser die Lider schloss und ungerührt zu beten begann.

»Gott allein soll mein Richter sein!«

Plötzlich ertönte ein markerschütternder Schrei, und Anna sah nur, wie der Verbrecher in sich zusammensackte.

Korbinian und Freisler wichen entsetzt zurück. Auch Anna schrie, denn in der Brust des Propheten steckte bis zum Heft sein Dolch.

»Er hat sich selbst gerichtet«, murmelte Korbinian.

Als er sich auf dem Absatz umdrehte, entdeckte er Anna, die nahe der Tür stand. Seine Brauen zogen sich zu einer Linie zusammen. Er nahm sie an der Hand und ging mit ihr hinaus. Sebastians Fragen prallten auf sie beide ein, doch er schenkte Annas Bruder keine Beachtung.

Korbinian umfasste ihre Schultern. »Was hattest du dort zu suchen? Du bist ein unvernünftiges Weib! Habe ich dich nicht gebeten hierzubleiben?«

So aufgebracht hatte sie ihn noch nie erlebt, aber Anna reckte das Kinn. »Nein, hast du nicht«, konnte sie gerade noch erwidern, dann versagte ihr die Stimme. Sie schlang die Arme um seinen Hals und vergrub das Gesicht in seiner Halsbeuge.

Endlich, dachte sie, endlich hat die Bedrohung ein Ende. Es war ihr, als fiele eine zentnerschwere Last von ihrem Herzen. Ein letztes Mal warf sie einen Blick zurück. Der Prophet lag – gleich einer Marionette ohne eine Hand, die sie führte – in seinem Blut, die starren Augen gen Himmel gerichtet, als würde er selbst im Tod noch Gott ins Antlitz sehen wollen. Sie wandte sich erst ihrem Mann und dann Sebastian zu, der das Geschehen mit vor Entsetzen geweiteten Augen verfolgt hatte. Korbinians kantiges Gesicht mit den wirren Haaren und daneben das ihres Bruders mit dem zarten Flaum am Kinn.

Wärme durchflutete sie, als sie die Hände der beiden Männer ergriff. »Lasst uns nach Hause zurückkehren. Dort gibt es Menschen, die auf uns warten.«

»Was machen wir mit dem Hund?«, wollte Freisler wissen.

Korbinian seufzte. »Wir werden ihn wohl oder übel mitnehmen müssen. Als Wachhund hat er sich ja durchaus bewährt.«

»Es gibt hier noch etwas Dringendes zu erledigen«, gab Sebastian zu bedenken. »Die Mistkerle haben im Stall zwei Leichen versteckt, den Besitzer dieses Gehöfts und seinen Bruder. Unsere beiden feinen Herren hier haben sie auf dem Gewissen. Die Toten müssen noch begraben werden.«

Korbinian, Sebastian, Tilmann und Freisler gingen hinein. Kurz darauf trugen sie zwei Säcke heraus und legten sie vor Pankratius' Männern ab. Anna schauderte, und auch Georg Schlenk und der Fuhrmann der Dürers pressten die Hand auf den Mund, denn der Gestank, der den Säcken entströmte, war ekelerregend.

Korbinian schritt auf die Verbrecher zu und wies auf zwei Schaufeln an der Stallmauer. »Begrabt Eure Opfer«, befahl er Kärner und Bratler, »und beeilt Euch, damit wir diesen verdammten Ort endlich verlassen können!« Er nahm ihnen die Knebel aus dem Mund und band sie los.

»Wo ist Elia?«, schrie Bratler heiser. »Was habt Ihr mit ihm gemacht?«

»Euer verehrter Elia ist tot! Der Feigling hat sich selbst gerichtet«, erwiderte Korbinian ruhig.

»Ich glaube Euch kein Wort!« Kärners Miene spiegelte blankes Entsetzen wider.

Sebastian stellte sich an Korbinians Seite. »Das müsst Ihr auch nicht. Wenn Ihr Eure Opfer begraben habt, könnt Ihr euch gern mit eigenen Augen davon überzeugen. Bis dahin haltet den Mund und tut, was Euch befohlen wurde!«

Die Mörder starrten Sebastian sprachlos an und machten sich ohne weiteren Protest an die Arbeit. Nur Kärners Lippen entwich ein Fluch, als die Schaufeln mehrmals auf faustgroße Steine stießen, die sie herausheben mussten. Eine Stunde später waren die Toten von einer Schicht Erdreich bedeckt und die Kerle wieder gefesselt.

»Eins noch.« Sebastian stieß Kärner einen Finger an die Brust. »Was ist aus den beiden Männern geworden, die meinen Freund und mich entführt haben? Habt Ihr sie ebenfalls umgebracht?«

Der Gefragte schüttelte den Kopf. »Am Tag, nachdem sie Euch abgeliefert haben, schickte Elia sie ins nächste Dorf. Sie sollten etwas zu essen und einen Schlauch Wasser kaufen, aber sie kamen nie zurück.«

»Sollen wir Euch das wirklich glauben?«

»Warum sollte ich Euch belügen? Wir werden sowieso sterben«, gab der Mann mit finsterer Miene zurück.

Das werdet ihr, dachte Anna, spuckte vor den Verbrechern aus und wandte sich ab. Wie viel Leid hatten die Männer der Bruderschaft über sie und all jene gebracht, die sie liebte. Mitgefühl konnte sie nun wahrlich nicht für die beiden empfinden.

Epilog

Seit Tagen fegten heftige Herbststürme über das Land, und es dauerte sicher nicht mehr lange, bis der erste Schnee fiel. Nur wenn die Dürerin Anna darum bat, weil besonders viel Arbeit anlag, ging sie der Köchin weiterhin zur Hand. Auch an diesem Tag konnte Marianne ihre tatkräftige Hilfe gebrauchen. Agnes Dürer hatte für den Abend einige Frauen von Geschäftspartnern ihres Gatten zu einem kleinen Festessen eingeladen, bevor am folgenden Tag die vierzigtägige Fastenzeit begann.

Anna stellte eine Schale mit frischem Obst auf den Stubentisch, an dem ihr Mann und Albrecht Dürer saßen. Der Hausherr begrüßte sie freundlich.

»Seid Ihr zufrieden mit Eurem neuen Schüler?«, fragte sie.

»Oh ja, er ist mein bester Schüler, werte Frau Dietl. Er macht täglich Fortschritte.« Der Maler senkte die Stimme. »Aber erzählt es bitte nicht weiter, Georg könnte sonst gekränkt sein.«

Korbinian schmunzelte ob dieses Lobes aus des Meistermalers Mund. Wenige Tage nach ihrem Wiedersehen hatte Albrecht Dürer ihn in der Waaggasse aufgesucht und ihm das Angebot unterbreitet, ihn in der Porträtmalerei zu unterrichten, die Korbinian nicht mehr sonderlich gut beherrschte, wie er freimütig zugab. Mehrmals in der Woche lehrte der

Meistermaler ihn diese Kunst, so wie Dürer sie von einigen italienischen Künstlern während seiner Venedig-Reisen gelernt hatte.

Anna kehrte zurück in die Küche, wo ihr die Hausherrin begegnete.

»Wie geht es eigentlich Eurem Bruder, Anna?«, wollte Frau Dürer wissen, während sie eine Kelle in Mariannes großen Suppentopf tauchte und vorsichtig von dem dampfenden Inhalt kostete.

Auf dem Küchentisch stand bereits die große irdene Schale mit zwei Gänsen. Die Köchin und Anna hatten die am Vormittag auf dem Markt gekauften Vögel gerupft und mit geschälten Äpfeln, Zwiebeln, Knoblauch und Speck im Herd geschmort. Der Duft ließ Anna das Wasser im Munde zusammenlaufen.

»Sebastian fühlt sich sehr wohl bei den Kobergers«, beantwortete sie die Frage.

Ihr Bruder erzählte täglich begeistert von den großen Druckerpressen und anderen Geräten, mittels derer die Arbeiter nicht allein reformatorische Werke wie jene von Johannes Bugenhagen, sondern auch jene des Meistersängers Hans Sachs herstellten. Viele davon waren Fastnachtsspiele und Spruchgedichte. Über die amüsierten sich Korbinian und Sebastian regelmäßig, wenn die drei des Abends noch beieinandersaßen und Annas Bruder einiges davon aus dem Gedächtnis aufsagte.

»Das ist wunderbar.« Frau Dürer lächelte. »Pfarrer Osiander erwägt, ein Buch bei den Kobergers herauszugeben. Fragt mich nicht, wovon es handelt. Übrigens habe ich heute von Albrecht gehört, dass sich unser guter Herr Pfarrer im kommenden Jahr verheiraten wird.«

»Osiander will den Bund der Ehe eingehen?«, fragte Anna erstaunt.

»Mit Katharina Preu, einer guten Partie.«

»Was wird die Kirche dazu sagen?«

»Als ob sich unser werter Herr Pfarrer darum kümmern würde, Anna! Außerdem ist Osiander nicht der Einzige, der das Gebot der Ehelosigkeit infrage stellt. Es würde mich nicht wundern, wenn sich auch Luther wie schon Bugenhagen und Melanchthon bald ein Eheweib nehmen würde.«

»Ja, die Zeiten ändern sich«, stellte Georg Schlenk fest, der soeben die Küche betrat. Nur noch drei Wochen, dann würden auch er und Susanne den Ehebund miteinander eingehen.

Frau Dürer bedachte sie mit einem feinen Lächeln. »Anna, ich denke, Ihr könnt für heute Schluss machen.« Sie entnahm dem Geldbeutel an ihrem Gürtel ein paar Münzen. »Hier ist Euer Lohn. Habt vielen Dank für Eure Hilfe. Nun lasst uns nachsehen, ob die Herren der Schöpfung immer noch zusammenhocken«, zwinkerte sie ihr zu.

Die Frauen fanden ihre Männer in der Stube, wo sie nach wie vor miteinander ins Gespräch vertieft waren.

»Es wird bereits dunkel, Albrecht. Frau Dietl möchte jetzt gehen«, erklärte Agnes Dürer und trat neben ihren Gatten.

Der nickte Anna zu. »Kommt gut nach Hause.«

»Mit ihrem Mann, Albrecht!«

»Oh, natürlich. Entschuldigt. Wir haben gerade über Arithmetik und Geometrie gesprochen. Eigentlich wollte ich Korbinian mein Exemplar der *Elemente des Euklid* zeigen.«

»Setzt euer Gespräch beim nächsten Mal fort, mein Lieber. Außerdem dürften meine Gäste jeden Augenblick eintreffen. Also, räumt die Stube, mein Herr und Gebieter.«

»Schon gut.«

Susanne, die sich den Nachmittag über mit Lenchen beschäftigt hatte, übergab Anna ihre Tochter. Als Korbinian und Anna sich mit Magdalena auf den Heimweg machten, trafen bereits die ersten Gäste vor dem Haus der Dürers ein.

Immer wieder musste Anna ihren Mann von der Seite betrachten, um sich zu vergewissern, dass er tatsächlich und leibhaftig neben ihr schritt. Seine Miene war heiter. Als er ihre Blicke bemerkte, lächelte er warm. Wie wundervoll es ist, gemeinsam heimzugehen, dachte sie wie so oft in den letzten Tagen.

In der einsetzenden Dämmerung kam ihnen eine fröhlich singende Kinderschar mit hell lodernden Fackeln in den Händen auf dem Weg zu einem der Martinsfeuer entgegen. Nie zuvor waren Anna die Lichter so strahlend erschienen, das Lachen der Kinder so ansteckend und die Luft so klar wie in diesem Moment. In wenigen Wochen war wieder Weihnachten. Doch anders als im vergangenen Jahr würden sie das Christfest diesmal voller Dankbarkeit und Freude begehen.

Nachwort der Autoren

Neben den von uns erfundenen Figuren Anna und Sebastian, Korbinian, Sepp und etlichen anderen finden sich in unserer Geschichte auch eine Anzahl Personen, die es tatsächlich gegeben hat, allen voran der im Heiligen Römischen Reich Deutscher Nation berühmte Maler Albrecht Dürer und seine Frau Agnes. Dürer starb 1528 – also sechs Jahre nach den fiktiven Ereignissen unseres Romans – im Alter von siebenundfünfzig Jahren, seine Frau überlebte ihn um elf Jahre. Man weiß heute, dass Dürers Verhältnis zu seiner Frau zwiegespalten war. Der Maler bezeichnete sie gegenüber seinem langjährigen Freund Willibald Pirckheimer als *alte Krähe*, dann wieder nannte er sie liebevoll *mein Agnes*. Albrecht Dürer konnte nach unseren Informationen einerseits freundlich, weltoffen und großzügig, zuweilen aber auch überaus derb und in seiner absoluten Ehrlichkeit beleidigend sein. Er war allem Schönen zugetan, einschließlich der Frauen. An welcher Krankheit der Maler in den letzten Jahren seines Lebens litt und verstarb, lässt sich bis heute nicht mit Sicherheit sagen. Zumeist wird von einer Form der Malaria ausgegangen, andere – wie Dürer selbst – vermuteten, dass er sich mit der Syphilis, damals »Franzosenkrankheit« genannt, angesteckt hatte, die sich seit 1495 in ganz Europa rasend schnell ausbreitete.

Susanne, die Magd der Dürers, heiratete Georg Schlenk, einen Schüler des Malers, im Jahre 1524. Sie starb 1562 – wie Dürer – im Alter von siebenundfünfzig Jahren.

Andreas Osiander war von 1522 bis 1548 Prediger an St. Lorenz, einer der beiden Hauptkirchen Nürnbergs. Osiander – ein Kenner der hebräischen Sprache und Freund des Judentums – war genau wie Dürer und einige andere führende Köpfe der Stadt schon früh von der Theologie Martin Luthers überzeugt und setzte sich für die Reformation ein. Er starb 1552 mit vierundfünfzig Jahren in Königsberg.

Zu Luthers Anhängern in Nürnberg gehörte auch das Ratsmitglied Willibald Pirckheimer, ein Humanist und Universalgelehrter, der Geschichte, Philosophie, Recht und Mathematik studiert hatte. Pirckheimer war ein Förderer Albrecht Dürers und starb 1530 im Alter von sechzig Jahren in seiner Heimatstadt.

Die Buchdruckerei Koberger, in der Sebastian seine Lehre beginnt, existierte bis zum Jahre 1526. Anton Koberger war der bedeutendste Buchdrucker, Verleger und Buchhändler seiner Zeit und unterhielt Filialen in Wien, Venedig, Paris, Lyon und anderen Städten. Angeblich beschäftigte Koberger zeitweilig um die hundert Gesellen – Setzer, Drucker, Buchbinder – und besaß vierundzwanzig Druckerpressen. Nach seinem Tod im Jahr 1513 führten seine Söhne die Offizin weiter. Kobergers Grabstätte befindet sich auf dem Johannisfriedhof.

Das Lochgefängnis, in dem Anna einige Tage verbringen muss, existiert noch heute. Die zwölf erhaltenen, zwei mal zwei Meter großen Zellen und die Folterkammer, die ihrer gewölbten Decke wegen Kapelle genannt wurde, können besichtigt werden.

Da die meisten Nürnberger Ärzte und Geistlichen an der Existenz von Hexen, Zauberei und Teufelsbünden zweifelten und diese Dinge dem Aberglauben der Menschen zuschrieben, traten hier – im Gegensatz zu anderen Städten – verhältnismäßig wenige Fälle von Hexerei auf.

Die in dem Gespräch zwischen Pirckheimer und Dürer erwähnte Zerstörung von Altären, Bildern und anderen Kunstwerken fand in den Jahren 1522 bis etwa 1566 im gesamten Heiligen Römischen Reich statt, in anderen europäischen Städten auch noch bis ins 17. Jahrhundert. In Nürnberg kam es nie dazu, weshalb zahlreiche mittelalterliche Kunstwerke noch heute erhalten sind.

Das von den Mitgliedern der Bruderschaft gestohlene und verbrannte Bild, das Dürer nackt am Kreuz zeigt, hat es nie gegeben. Jedoch hat sich der Maler tatsächlich mehrfach selbst als Christus porträtiert. Eine Federzeichnung mit den Maßen neunundzwanzig mal neunzehn Zentimeter, die etwa 1521 entstand und den Künstler nackt zeigt, erinnert an Christus an der Geißelsäule, die Hautfalte über der rechten Hüfte an die Seitenwunde Christi. Der Maler hat dieses persönlichste, intimste Selbstbildnis niemals aus der Hand gegeben.

Während es in Nürnberg um 1524 keine Juden mehr gab, lebten diese in Ansbach noch bis zum Jahr 1561, als Georg Friedrich, Markgraf von Brandenburg – anders als sein Vorgänger Georg der Fromme – dem Wunsch des Landtages nachkam und alle jüdischen Mitbürger aus der Stadt vertrieb.

Der Mathematiker und Astronom Johannes Stöffler (1452–1531) sagte für den 5. Februar 1524 eine große Flut voraus, da zu diesem Zeitpunkt alle Planeten in einem Sternbild stehen würden. Aufgrund dieser Prophezeiung gerieten viele Menschen in Panik, bauten Archen und bestiegen Berge, unter ihnen auch der Kurfürst von Brandenburg.

Glossar

Badehaus: auch Badestube. Von einem Bader betrieben, spielte diese Einrichtung in den Städten bis zum 16. Jahrhundert eine wichtige Rolle im sozialen Leben. Hier wurden auch Zähne gezogen, Haare geschnitten und Krankheiten behandelt. Mit dem vermehrten Auftreten der Pest wurden immer mehr Badehäuser geschlossen.

Bäckerring: ein mit Steinen beschwerter eiserner Reifen, der dem Bäcker, der seinen Kunden ein zu leichtes oder qualitativ minderwertiges Brot verkaufte, um den Leib gelegt wurde. So wurde der Bäcker zur Strafe mehrmals – manchmal auch in einem Käfig – in die Pegnitz getaucht (Bäckertaufe).

Beinschnitzer: ein Handwerker, der aus Knochen und Horn Kämme und andere Gebrauchsgegenstände herstellte.

Bruche: mittelalterliche Unterhose des Mannes.

Bütte: großes Gefäß aus Holz oder Metall mit Tragehenkeln.

Büttel: mittelalterlicher Hilfspolizist.

Bugenhagen, Johannes: Theologe und Reformator (1485–1558).

Bulle: gesiegelte Urkunde des Papstes oder Kaisers.

Elemente des Euklid, Die: eine Abhandlung des griechischen Mathematikers Euklid.

Erkerlein: später Chörlein genannt. Ein aus Holz oder Stein gebauter Ausbau im ersten Geschoss vieler Häuser von wohlhabenden Nürnbergern.

Fleischbänke: An der Nürnberger Fleischbrücke boten die Schlachter das Fleisch nach Sorten getrennt auf Bänken an.

Fürsprecher: auch Vorsprecher. Im Hoch- und Spätmittelalter der Vertreter eines Angeklagten vor Gericht, der darauf achten sollte, dass dieser nicht durch unbedachte Äußerungen oder Versprecher einen Rechtsstreit verlor.

Gallapfel: Der rundliche Gallapfel ist im Herbst an der Innenseite von Eichenblättern zu finden. Er entsteht durch abgelegte und befruchtete Eier der Gemeinen Eichengallwespen und enthält Gallusgerbsäure (Tannin) sowie Gallussäure. Durch einen Absud mit Eisensulfat und verschiedenen anderen Zutaten entstand die Eisen-Gallus-Tinte.

Grüner Markt, auch *Großer Markt:* seit ca. 1800 Hauptmarkt in Nürnberg.

Habit: langes Gewand von Ordensleuten.

Heiltumsweisung: das öffentliche Zeigen von Reliquien auf Holzgerüsten oder Kirchengalerien, entweder unverhüllt oder in Glasbehältern. Zu diesen jährlich stattfindenden Massenveranstaltungen, die den Teilnehmern einen Sündenablass gewährten, kamen auch viele Diebe, Huren und Gaukler. In Nürnberg fand die Heiltumsweisung von 1424 bis 1523 zusammen mit der Ausstellung der Reichskleinodien – Kaiserkrone, Zepter, Schwerter und Reichsapfel – statt.

Heimlich Gemach: Abtritt, Toilette.

Homilie: Teil der mittelalterlichen Messe: Auslegung der Evangelienlesung.

Hübschlerin: mittelalterliches Wort für Prostituierte, Hure. So bezeichnet, weil sich eine ehrbare Frau nicht herausputzen, also hübsch machen durfte.

Imbiz: althochdeutscher Begriff aus dem 9. Jahrhundert für eine Zwischenmahlzeit, heute Imbiss.

Infirmarius: Leiter des Krankenhauses in Klöstern.

Jänner: alte Bezeichnung im süddeutschen Raum (in Österreich noch heute) für den Monat Januar.

Klafter: alte sowohl Hohl- als auch Längenmaßeinheit. Je nach Gegend etwa 1,70 bis 1,80 Meter, die Breite der ausgestreckten Arme eines Mannes.

Lautmerung: öffentliche Hochzeitsfeier im mittelalterlichen Nürnberg.

Melanchthon, Philipp: Theologe, Humanist, Reformator und Freund Martin Luthers (1497–1560).

Metze: Bezeichnung für ein leichtes Mädchen.

Müntzer, Thomas: Theologe und Prediger (1489–1525), der Martin Luther bewunderte, später aber weit über dessen Forderung nach einer Reformation der Kirche hinausging und zum gewaltsamen Aufstand gegen die weltliche Ordnung aufrief. 1525 gefangen genommen und hingerichtet.

Nachrichter: anderes Wort für den Scharfrichter, da er nach dem Richteherr richtete.

Offizin: Werkstatt mit angeschlossenem Verkaufsraum; der Begriff wird bis heute für Apotheken und Buchdruckereien verwendet.

Oheim: altes Wort für Onkel.

Pamphlet: Spottschrift zu einem politischen oder religiösen Thema.

Papist: erstmals in der Reformationszeit aufgekommene abwertende Bezeichnung für Katholiken.

Pappenheimer: Die Müllmänner des Mittelalters sammelten Dreck und Fäkalien von den Straßen und Gassen der Stadt und brachten diese in großen Bütten zur Pegnitz, wo sie von der Strömung fortgetragen wurden. Deshalb durfte das Wasser nicht zum Bierbrauen oder Backen verwendet werden. – Bekannt ist auch der Ausdruck »Ich kenne meine Pappenheimer« aus Friedrich Schillers Drama *Wallensteins Tod*. Hier ist die Treue der Reitersoldaten Gottfried Heinrich Graf zu Pappenheims gemeint, auf die sich Wallenstein verlassen konnte. Heute ist dieser Ausspruch eher abwertend gemeint.

Pfeffersack: mittelalterlicher Spottname für Nürnberger Kaufleute, ihres Handels mit Gewürzen aus dem Mittelmeerraum wegen.

Pfeife rauchen: Auch vor dem Anbau der Tabakpflanze in Europa um 1560 durch den französischen Diplomaten Jean Nicot war Pfeiferauchen gebräuchlich. Als Rauchwaren dienten damals Majoran, Lavendel und andere Kräuter.

Prälat: höherer Amtsträger der katholischen Kirche wie Bischof oder Vorsteher einer Abtei.

Psalterium: Musikinstrument des Mittelalters, Urform einer griffbrettlosen Zither.

Rabenstein: Richtplatz vor den Toren Nürnbergs.

Rat: Nürnbergs Stadtverwaltung, bestehend aus Großem Rat und Innerem Rat. Mitglieder waren zunächst nur Angehörige von Handels- und Kaufmannsfamilien (Patrizier), später auch Handwerksmeister und Künstler wie Albrecht Dürer, der 1509 in den Großen Rat gewählt wurde.

Rotlauf: Tierseuche, trat meist bei Schweinen auf, aber auch beim Menschen.

Schecke: kurze Männerjacke mit Knopfverschluss.

Spitalmeister: Vorgesetzter eines mittelalterlichen Hospitals.

Stadtschreiber: Der vom Rat angestellte Leiter der städtischen Verwaltung erteilte den Bürgern Auskünfte und war Protokollführer in den mittelalterlichen Rats- und Gerichtssitzungen.

Trinitatis: Dreifaltigkeitsfest am ersten Sonntag nach Pfingsten.

Trippen: hölzerne Sohlen zum Unterschnallen, die die Schnabel- oder Lederschuhe der Städter vor Nässe und Straßendreck schützen sollten.

Türmer: auch Turmwächter. Neben dem Warnen vor Gefahren, wie bei einem Feuer, gehörte im Spätmittelalter auch das stündliche Schlagen einer Glocke zur Zeitangabe zu seinen Aufgaben.

Veste: später Festung, mittelalterliche Bezeichnung für Burg.

Wagner: der Mechaniker des Mittelalters. Er stellte Achsen, Räder und Speichen für Wagen und Kutschen her.

Wams: kurze Jacke, frühe Form der heutigen Weste.

Benutzte Literatur

Staatliche Archive Bayerns: Ausstellungskatalog Nr. 30: *Der Nürnberger Zeichner, Baumeister und Kartograf Hans Bien*, Nürnberg 1991.

Borst, Arno: *Die Welt des Mittelalters*, München 1988.

Eberlein, Johann Konrad: *Albrecht Dürer*, Hamburg 2003.

Julius, Cornelia: *Die Leute im Hause Balthasar*, Weinheim 1991.

Schieber, Martin: *Nürnberg. Die mittelalterliche Stadt*, Nürnberg 2009.

Unverfehrt, Gerd: *Da sah ich viel köstliche Dinge – Albrecht Dürers Reise in die Niederlande*, Göttingen 2007.

Vogt-Lüerssen, Maike: *Der Alltag im Mittelalter*, Norderstedt 2006.

Winzinger, Franz: *Albrecht Dürer*, Hamburg 1971.

Danksagung

Unser besonderer Dank geht an unsere wunderbare Lektorin Lena Woitkowiak und an alle anderen von Amazon Publishing München.

Ein dickes »Dankeschön« an Simone Kühlewind für das aufmerksame Lesen unserer Druckfahnen!

Auch diesmal wieder vielen Dank unseren Ehepartnern Michael und Gislind für eure Unterstützung und Motivation.

Liebe Mitglieder von *Nethas Schmökerkiste*, ein LeserInnenforum, das wir an dieser Stelle gern weiterempfehlen – wir freuen uns auf die nächste Leserunde mit euch!

Ein besonderes Dankeschön gilt Petra Schuster, die uns durch ihre Heimatstadt Nürnberg führte, und Claudia Hermann, die besonders in der Schlussphase eine unerlässliche Hilfe war.

Zu guter Letzt wie immer ein herzlicher Dank an unsere Agentin Lianne Kolf und ihre Mitarbeiterinnen der Literaturagentur Kolf.